历代笔记小说大观

履园丛话

[清] 钱泳 撰　孟斐 校点

上

图书在版编目（CIP）数据

履园丛话 /（清）钱泳撰；孟裴校点. —上海：
上海古籍出版社，2012.11（2023.8 重印）
（历代笔记小说大观）
ISBN 978-7-5325-6345-6

Ⅰ.①履⋯ Ⅱ.①钱⋯ ②孟⋯ Ⅲ.①笔记小说-小
说集-中国-清代 Ⅳ.①I242.1

中国版本图书馆 CIP 数据核字(2012)第 044796 号

历代笔记小说大观

履园丛话

（全二册）

[清] 钱泳 撰

孟 裴 校点

上海古籍出版社出版发行

（上海市闵行区号景路 159 弄 1-5 号 A 座 5F 邮政编码 201101）

(1) 网址：www.guji.com.cn

(2) E-mail：guji1@guji.com.cn

(3) 易文网网址：www.ewen.co

常熟文化印刷有限公司印刷

开本 635×965 1/16 印张 29.75 插页 4 字数 392,000
2012 年 11 月第 1 版 2023 年 8 月第 2 次印刷
印数：2,101—3,200
ISBN 978-7-5325-6345-6

Ⅰ·2499 定价：72.00 元

如有质量问题，请与承印公司联系

校 点 说 明

　　《履园丛话》二十四卷，清钱泳著。泳初名鹤，字立群，号台仙；改名后，更字梅溪。江苏金匮（今无锡）人。生于乾隆二十四年（1759），卒于道光二十四年（1844）。一生艰于科举，以诸生客游毕沅、秦震钧、张井诸大僚幕府，遍历大江南北，所交多学者名士。他精研金石碑版之学，工书法，尤长篆隶，善画能诗，著述颇丰，其中以《履园丛话》最为著名。

　　《碑帖》、《收藏》、《书学》、《画学》及《阅古》、《艺能》诸卷，为本书学术价值所在，充分体现了作者的专长。对历代石刻、拓本、法书、名画，或叙述源流，或评骘得失，或品第甲乙，或鉴别真伪，资料翔实，辨析精审，有助于研究者参稽考证，间有议论，也不乏精辟的见解。此外则人物事迹、工艺介绍、政情物价、土俗民风、星变风异、轶闻琐事等记载，也可供社会人文、经济、方志等方面参考采撷。《水学》所述三吴历代治水的利弊，"但知水旱之为害，而不知人事之不修"，发人深省。

　　但涉及到作者并不熟悉的领域，则也难免出现错谬。《阅古·古砖》中的《晋建兴砖》、《蜀汉建元砖》二条，不知蜀汉刘禅、成汉李雄俱有建兴年号，且皆在晋愍之前，仅援晋愍，未免武断；又"蜀汉"于史为三国蜀专称，二条所言蜀汉实指十六国汉刘聪，聪建国北方，与蜀无涉。《考索·札朴·或问青黑异色》条"秦二世时赵高欲作乱"云云，出自《礼记·礼器》郑注，桂馥《札朴》不误，而作者误为《史记》。《杂记上·裹足》条"足长八寸"三句,原为描写梁氏女莹之文,而误以为吴姁。诸如此类,以本书不出校记,恐贻误读者,故赘于此。然不过偶一见之,不至影响它的学术价值和在清代笔记中的地位。

本书据清代唯一刻本——道光十八年述德堂本整理,对因作者笔误和版本疏漏而出现的错字,经查考或据文理径为改正。不当之处,尚祈读者不吝指正。

目　　录

卷二 阅古

卷三 考索

卷十九　陵墓

卷二十　园林

卷二十一　笑柄恶俗附

卷二十四　杂记下

履园丛话序

　　履园主人于灌园之暇，就耳目所睹闻，著《丛话》二十四卷，间以示余，曰："吾以是遣愁索笑也。"孙子读而叹之，曰："此非遣愁索笑之为也，先生欺余哉！"主人改容起曰："噫！子知我者，试为我序之。"其曰《旧闻》，识轶事，备野乘也；曰《阅古》，择所见三代秦汉以来法物而资小学也；曰《考索》，杂取古书事物疑异以证心得也；曰《水学》，专为三吴水利辑录先世旧文而增益之，以纪时事也；曰《景贤》，劝薄俗，垂典型也；曰《耆旧》，思老成，奉楷模也；曰《臆论》，警颓风也；曰《谭诗》，正雅音也；曰《碑帖》，从所好也；曰《收藏》、曰《书画》，慨云烟之过眼，正法眼藏也；曰《艺能》，即形下以见道也；曰《科第》，纪人才之盛也；曰《祥异》，明天地之大也；曰《鬼神》、曰《精怪》，穷阴阳之变也；曰《报应》，昭天人之合也；曰《古迹》、曰《陵墓》、曰《园林》，记雪泥之鸿爪也；曰《笑柄》，寓庄于谐也；曰《梦幻》，示实于虚也；而以《杂记》终焉。凡人情物理，宇宙间可喜可愕之事，无不备也。此温伯雪子目击道存之义也。序既毕，以复于主人曰："履园之义何昉乎？履之言礼也，将以辨上下，定民志也。顾履而园，则'赉于丘园'之谓也。其殆将托于戈戈者以讽世与？抑话者，言之善也；不话于朝而话于野，亦各言其志也。《坤》之初六曰'履霜坚冰至'，《履》之九二曰'履道坦坦，幽人贞吉'，履园有焉。然则是话也，即以为遣愁索笑可也。"时道光三年十月廿有三日，昭文孙原湘书。

履园丛话序目

　　昔人以笔札为文章之唾馀，余谓小说家亦文章之唾馀也。上可以纪朝廷之故实，下可以采草野之新闻，即以备遗忘，又以资谭柄耳。余自弱冠后便出门负米，历楚、豫、浙、闽、齐、鲁、燕、赵之间，或出或处，垂五十年，既未读万卷书，亦未尝行万里路。然所闻所见，日积日多，乡居少事，抑郁无聊，惟恐失之，自为笺记，以所居履园名曰《丛话》，虽遣愁索笑之笔，而亦《齐谐》、《世说》之流亚也。曩尝与友人徐厚卿明经同辑《熙朝新语》十六卷，已行于世。兹复得二十四卷，分为三集，以续其后云。道光十八年七月刻始成，梅花溪居士钱泳自记，时年政八十。

卷一 旧闻

有 福

皇朝定鼎,大难悉平。顾有明诸藩僭号自立,江南则有福王,浙西则有潞王,浙东则有鲁王,江西则有益王,福建则有唐王,两广则有桂王,旋窜入楚,入黔,入滇。是时滇、黔大乱,始而土司普吾沙,继而张献忠养子孙可望、李定国,日寻干戈,摧残粤、楚,而海寇郑成功乘机窃发,肆扰江南,其他揭竿持梃者,所在多有。王师征讨,历十有八年,翦除殆尽。乃越十年,而耿精忠叛于闽,尚之信叛于粤东,孙延龄叛于粤西,吴三桂叛于滇、黔、陕、甘、楚、蜀,流毒尤甚。虽曰劫数,其中玉石俱焚,正复不少。今幸遇承平之世,圣圣相传,且又生于苏、杭福地,自当立心行善,各执其业,以答天庥。谚有云:"有福不可享尽。"愿人人深省焉。

天 道 好 还

云南五华山故宫,桂王所建。顺治丁亥,洪公^{承畴}督师由贵筑大路取滇,李定国拒战于曲靖,吴三桂由广西、四川旁捣其虚,至黄草坝入城。桂王遁至阿瓦,三桂以重赏购得之,缢于桂阳府。遂以功封平西王,镇守云贵,因据五华山故宫,增修十有余年,备极壮丽。康熙癸丑,三桂反,出攻长沙。潮州镇刘进忠首叛,遥为声援,平藩尚可喜发兵讨之,以次子尚之孝督师,屡出无功。乙卯岁,三桂僭尊号;丁巳,病死。戊午,诸王贝勒讨贼,驻军曲靖,赖将军平耿精忠,自福建进征粤西,亦由四川黄草坝直薄省城,俘三桂孙伪洪化,斩之,滇南大定。金陵邵为章有诗云:"擒人即是人擒处,谁道天公不好还。"

沈 百 五

明末崇明有沈百五者,名廷扬,号五梅,家甚富,曾遇洪承畴于客舍。是时洪年十二三,相貌不凡,沈以为非常人,见其穷困,延之至家,并延其父为西席,即课承畴。故承畴感德,尝呼沈为伯父。后承畴已贵,适山东、河南流贼横行,淮河粮运辄阻,当事者咸束手。于是洪荐百五,百五乃尽散家财,不请帑藏,运米数千艘,由海道送京。思陵召见,授户部山东清吏司郎中,加光禄寺卿。不数年,承畴已归顺本朝,百五独不肯,脱身走海,尚图结援,为大兵所获。洪往谕降,百五故作不识认,曰:"吾眼已瞎,汝为谁?"洪曰:"小侄承畴也,伯父岂忘之耶?"百五大呼曰:"洪公受国厚恩,殉节久矣。尔何人斯,欲陷我于不义乎!"乃揪洪衣襟,大批其颊。洪笑曰:"钟鼎山林,各有天性,不可强也。"遂被执,至于江宁,戮淮清桥下。妾张氏收其尸,尽鬻衣装,葬之虎丘东麓,庐墓二十年而死。初百五结援时,手下有死士五百人,沈死后,哭声震天,一时同殉,殆有惨于齐之田横云。

血 袍

苏州杨忠文公廷枢,以顺治元年殉节于里第,事载府志。有血袍一件,忠文之子易亭先生名无咎者谨藏于家,珍同球璧。易亭生文叔先生绳武,文叔生石埭教谕庆孙。教谕十二三岁时,曾受业于先外祖华嶰山先生,其时易亭尚在,年八十余矣。外祖既设帐于其家,拟请忠文公血袍一见,久之而未允也。一日忽命家人入书房请外祖,遂衣冠而进,见易亭服斩衰上香,三奠酒,三奠毕,俯伏大哭,命启箱,取袍出,复大哭,然后呈示。外祖亦拜而观之,是红袍,有绣补,俱变黄色,刀痕血迹宛然。外祖亦不觉失声,趋而出。盖外祖之祖曙生公,故为忠文弟子也。后外祖谓人曰:"易亭真孝子,吾早知如此,何忍观之以伤孝子之心耶!"教谕之子名一鸿,号梅溪,中乾隆癸卯乡榜。余曾见之,闻此袍至今犹在。

席 氏 多 贤

苏州东洞庭山有席康侯者，名本桢，吴县诸生。其父右源，为山中巨富，撄势豪之网，牙角十年，家遂中落。至康侯成人，遂解其纷，排其难，势豪怯，退舍避，然不使其父之知也。选庖寻胜，杖履追随，日娱亲于弦歌山水之间，色养以终其身。迨父殁未几，适当明季蝗旱不登，饿莩载道，而齐、鲁、幽、燕之区为尤甚。康侯以为畿辅重地也，不可饥馑，乃日夜焦心，思所以赈济之法。时司农告匮，百姓汹汹，地方大吏亦惟有束手而已。康侯遂散家财，走襄樊，挽粟数十万石，普为赈救。当事者以上闻，帝喜，授中书舍人，晋太仆少卿，以风励天下。不数年，大兵下江南，天下大定，而吴中少年乘机窃发，倡言起义，实纵剽劫。康侯乃纠结乡勇数千人，助当事破平之。中丞土公国宝恨洞庭两山不靖，将大索湖中。康侯闻之，急宰牛载酒，厚款求解，湖民以安。当流寇之再出郧襄也，朝廷发兵防御，以兵粮不继，戍卒哗然。康侯闻之，亟以十万金为盐菜费，戢乱兵而安帖之。本朝芦政既行，计亩起科，滨山咸扰，将为民累矣。康侯力争于王侍中，止革之。闻兖东被燹，暴露骸骨数十万，募人而悉掩之。知亲旧逋者不能偿，契券数千纸，一旦而悉焚之。至于涂穷计尽之辈，则呼而周之；命悬丝缕之人，则助而救之。迷津难渡，则具舟楫以济之；峻岭难行，则甃道路以坦之。有郡邑黉宫倾颓朽坏，墍茨而凡觫之；孔道旧迹，门楼表坊，有轻弃而贱售者，倍其价而存之。墓以封也，树以表也，有伐树而削墓者，厚其遗而使人守之。凡此忠君恤民、利人利物之事，指不胜屈。说者谓比之陶朱公输财亲党，卜大夫毁家助边，康侯实有过之。吾友钦赐举人世臣，其六世孙，翰林编修煜，其七世孙也。

顺治戊子年，吾乡胶、宛两山之间，有贼匪万人啸聚，击掠村民。其头目曰吴匏山、华七、陆四，俱自称大王，或操舟数百，出没于鹅湖、茭菱、华荡，旗鼓相应。当是时，城门昼闭，官兵敛迹，莫有声言杀贼者。常熟羊尖镇东，有席华甫瑛、席宗玉琼、席荆生祈兄弟，家素封，其先本东洞庭山，迁居于此，与康侯为兄弟行。三人者皆名诸生，而多智略，乃相议曰："民之衔贼也深矣！掳其资，淫其妇，火其庐，恨无人为之率先耳。袒臂一呼，人必响应，此摧枯之势也。"荆生曰："欲为民除害，当散财而养士，然不可以轻试。且擅兵兴众，即为罪阶；或请命于上官，又恐掣肘。虽然，必假手于官而后可也。"于是荆生入城见邑侯瞿公名四达，河内人，语之曰："乡贼多，乞速请镇兵，不然蔓延难治矣。"邑侯曰："镇兵暴，徒扰民。"荆生曰："然则起一城之众，父台自将之，某兄弟率乡人之勇者从旁相助，必克贼矣。"邑侯曰："城无守奈何？"荆生默然良久，曰："贼所耳而目之者，镇兵、县兵也。兵来贼去，兵去贼来，民无噍类矣。夫镇兵、县兵之不可遣，诚如公虑。今贼跨城邑，掠资重，淫凶焚杀，而官兵莫之撄，骄甚矣。彼不虞乡兵之猝至也，今能得父台委片札，使愚兄弟得长一乡，率众出不意，所谓批亢捣虚，是父台不赉粮，不折矢，可一战而灭矣。"邑侯大喜，即给旗委札，出库兵，恣荆生所取。荆生归，而华甫已先集三千人为防守计，兄弟三人又各以千金为助，日给钱米，为诸乡勇安家，御贼之日则倍是，更班巡警，直宿外悉守家肄农业，有不从者罚，从贼者杀之，以首解县。约束既定，推山明为队长。山明故烈士，勇力绝人，而爽直和易，无不敬爱之。五月望日，宰牛享士，部伍始定。廿五日，贼知之，突击羊尖镇，势甚张，建大旗曰"大明中兴"。有数人来约战，荆生慷慨慢骂曰："汝等岂不知圣主贤臣之俱出乎！尚猖獗如是，不日而殄灭矣！"宗玉乃集众议，言人人殊。荆生锐然欲出，谓宗玉曰："此先来者零贼也，避坚而击瑕，莫逾于今日。如贼众齐集，则彼势盛，我怯矣。"乃贯甲提刀，出勒众，众唯唯。廿七日平明，贼索战，列阵天台寺。日方午，华甫率勇敢者数十人先出冲其锋，贼皆陷，荆生与诸弟侄继进，炮铳齐发，呼声动天，贼大溃。追至宜桥，贼纵火焚烧，烟焰迷目，宗玉越火而前，与贼相攻击，杀七人。华甫大呼曰："前近宛山，皆贼巢，不可进，彼众我寡，难敌矣，不若收兵固守，为万全计。"宗玉听之，乃三转旗，众皆退。退至镇，镇民之老弱妇女逃避者已尽归，咸望尘而拜。六月六日，贼复炽，扎营李家坟，营广二里许。华甫、宗玉、荆生以三千人继进，因与山明上马而驰，贼惶急散走，以百艘越荙菱南去。大众集，无以渡，遥望贼旗飘飘然，惟叹恨而已。七月朔薄暮，适大雾，荆生曰："翦此贼在今夕矣。"因与宗玉聚百舟,将启行,而邑侯手札至,且遣捕役官兵以相助,势愈壮。因穿入芦苇,纵炮鸣锣,贼闻声而遁,遗舟八百余艘,被获者二十余贼,并器械粮食等。次日,荆生缚解县,民皆吹呼,骈肩塞路,而胥吏衙役辈鼓唇咋舌,欲以罔利,且言贼非真,器械自所制也。荆生怒,立公庭下,斥言曰:"我辈得县官亲札,靖一方之害,乃汝等翻欲陷我耶!宁死贼,毋媚役也。"县官出为周旋之,骂而散。然诸邑民闻席氏起义,相效之,咸结乡兵擒杀,百里内贼尸填港,舟不得行,而诸邑之流亡者亦稍稍归,保妻子、复故业矣。是时苏州镇总兵有杨大宗,常州镇副总兵有曹虎,本县有徐参将,诇吴匏山、华七、陆四辈及诸贼匪多党于三营之兵,兵无贼资,贫甚,衔恨刺骨,悁悁然思一隙以中席也。入杨营者诬荆生窝盗,入曹营者诬华甫、宗玉叛谋,入徐营者诬席氏一门擅杀,凡控六大案。一日忽有常州副总兵曹虎提兵来,将灭席氏。荆生有族侄号长康者,善然诺,能辞辩,偕友徐敬宾挺身见曹,呈之以邑侯之榜与札,言起乡兵者,本出自邑侯,无他意。曹总兵不识字,惟左右是听,用极刑,令招叛谋。逼之甚,长康不屈死,而敬宾两足断,十指折,亦不屈。遂以席氏弟兄名申文按道,而拘提甚急。华甫、荆生既被执,下之狱,将一网无遗矣。邑侯知其事,急具文详六案以鸣其冤,卒弗解。席氏家破身刑,沉冤莫诉,穷诘连引,亲朋避逃,惟宗玉一人奔走苏、常,哀吁于权势之门而已。有纪纲陈贤者,任侠而好施,广交而多智,为倾身护持,贿通折狱者,得轻比。然而人怀贿赂,需索万端,荆生曰:"必见抚军方直供也。"抚军者,土公国宝也,素重常熟令剿贼功,而不知出诸华甫、宗玉、荆生也。公既阅申文,接荆生甚和煦。荆生因供曰:"大人提雄兵下江左,军民人等所以望马首而慴服者,以戢奸禁暴,得保斯民于故业也。今暴者纵之,安者挠之,而众执事兵弁等又奉行无当,毋乃非大人之初意乎!某居常熟之羊尖地,士弦歌,民稼穑,俗驯风厚,无过此者。然三湖逼其前,四荡列其后,大海寰其后,长江注其肩,固烟波芦苇,奸雄藏伏之薮也。治之为甚难,乱之则甚易。况挺而走险,人之本性也。大人莅兹土,虑深而谋密,外则江海,内则湖荡,设官委兵,分守要害,真犬牙错制,诘奸御盗之良法也。不意官兵肺肠,更甚于盗贼。兵来盗去，纵使劫焚，兵去盗来，尽行抄荡，甚而至于贿脱真盗，诬指善良。行者断路，居者巷哭。民自知死于盗、死于兵，等死也，遂哗然为盗。三府之民，不谋同起，械船飞桨，遍布洪涛，建帜立囤，络绎村镇，白骨枕于野，赤血流于河。斯岂厄数之未尽耶？抑民心之好乱耶？夫不乱于招抚之初，而乱于安抚之后者，其故可知也。本县瞿父母蒿目时艰，熟筹本计，以为请镇兵，库竭而粮耗，出县兵，城虚而势危。是以委札鄙儒，略无疑忌者，以生世儒家，诚谨可倚也。受任以来，剿贼是务，捐资竭产，卧甲枕戈，凡数月不寝处，得以平剧盗，复耕作，输赋税，是非为身谋，而为国谋也。生并不敢干当路，望厚赏，与彼弁争尺寸；而彼弁者丧心病狂，诬纵杀，诬叛谋，诬窝盗，又诬造伪札，置伪官。果是者，一死不足以塞责，而灭族有馀矣。沥肝碎首，无以鸣冤；誓日指天，莫能伸曲。伏愿大人提贪弁与生质是非，鞫情实，得一言之见雪者，死亦瞑目也。今生已被虏，人被杀，儿孤妇寡，饥寒交迫，形槁心灰，虽生亦犹死也。生死不足惜，而大人保釐江左，嘉惠万民，窃忧诸执事武弁之未可信任也。"荆生言既切，泪下交颐。土公见之，怆然色变，顾左右而嘻曰："不意官兵之至此也。"华甫、荆生之狱已涉期年，至是始雪，即汇集文书发本县，一谳而还。旋将华七杖毙，其吴匏山、陆四已为乡人所杀，磔其尸。时犹有荐绅先生得盗贿，为之出结保护于当事者，土公乃饬江南分巡诸镇将，一时收营。旋上闻，非奉檄毋许出兵，武官不得受民词，擅诘断，权归有司。自此民不苦贼，而江南大治。

吴　留　村

　　吴留村，名兴祚，字伯成，其先本浙之山阴人，中顺治五年进士，时年十七。其明年，即选江西萍乡县知县，迁山西大宁县知县，升山东沂州府知府，以事镌级，左补江南无锡县知县者十三年，政通人和，士民感戴。忽有奸人持制府札，立取库金三千两，吴疑之，诘以数语，其人伏罪。乃告之曰："尔等是极聪明人，故能作此伎俩。若落他人手，立斩矣。虽然，看汝状貌，尚有出息。"乃畀以百金，纵之去。后数年，闽寇日炽，吴解饷由海道至厦门，忽逢盗劫，已而尽还之。盗过船叩头谢罪曰："公大恩人也。"询之，即向所持札取库金者。由是其人献密计为内应，将以报吴。时闽浙总督为姚公启圣，与吴同乡，商所以灭寇之法。康熙十五年冬，八闽既复，姚上闻，特擢福建按察使，旋升两广总督。

留村在无锡，既膺殊遇，凤驾将行。锡之父老士庶被泽蒙庥者，自县治以至河干，直达于省城之金阊门，八九十里，号泣攀留，行趾相接，不下数万人。其搢绅及受知之士，则操舟祖道，肆筵设席，鼓吹喧阗，或有执卮酒以献于道路者，亦连樯数十里，依依不舍，使君为之泫然。士民之感德如此。

王　永　康

苏州王永康者，逆臣吴三桂婿也。初，三桂与永康父同为将校，曾许以女妻永康，时尚在襁褓。未几父死，家无担石，寄养邻家。比长，飘流无依，至三十余犹未娶也。一日有相者谓永康云："君富贵立至矣。"永康自疑曰："相者言我富贵立至，从何处来耶？"有亲戚老年者知其事，始告永康。时三桂已封平西王，声威赫奕。永康偶检旧箧，果得三桂缔姻帖，始发奇想，遂求乞至云南，无以自达，书子婿帖诣府门，越三宿乃得传进。三桂沉吟良久，曰："有之。"命备一公馆，授为三品官，供应器具，立时而办，择日成婚，妆奁甚盛。一面移檄江苏抚臣，为其买田三千亩，大宅一区，在今郡城齐门内拙政园，相传为张士诚婿伪驸马潘元绍故宅也。永康在云南不过数月，即携新妇回吴，终未接三桂一面。永康既回，穷奢极欲，与当道往来，居然列于公卿之间。后三桂败事，永康先死，家产入官，真似邯郸一梦。吴中故老尚有传其事者。

炮　异

明季亡将王蜚结水寨于太湖，沉一大炮于吴塘门。值水涸，里人秦宇明获之,利其铁,夜静时,袖椎掊击,炮作大声吼,声闻数里,惧而埋之田。十余年,邑武弁张姓者镇守吴塘门,居人有与秦相仇,指称田中藏炮,秦因此破家。移炮置无锡县南城门上,以朱红虎头床覆载之。历二十年,耿精忠反于闽,檄四方炮赴南,取而去。

小 韩 都 堂

顺治十六年,海寇作乱,苏郡有驻防兵来守。将军祖大寿圈封民居以为驻防之所,号大营兵,自娄门至桃花坞宝城桥而止,独不及后板厂一隅。缘后板厂有李灌溪横,曾任前明兵备,时祖公为微员,有事当刑,幕友劝李解救。李适掷色,曰:"此人有福,当得全色。"一举而得六红,遂救之,得免,祖故以此报之也。康熙三年,抚军韩公心康奏请以驻防兵移至京口,去之日,恐兵有变,预与将军谋,先备船于城外,令兵一时尽行出城,不得停留一刻,违者斩首。盖当时民间有借兵银者,偿之无已,名曰满债。韩公深知其意,预令欠户远逃,贴抚军封条于门,兵来索债,见之舍去,民赖以安。吴人感其德惠,立祠于虎丘半塘,春秋祀之,今韩公祠是也。公抚吴时,年未三十耳,俗呼为小韩都堂。

欠 粮

顺治十八年春,巡抚朱国治奏销十七年分条银,计江南绅士以逋欠除名者一万四千余人,常熟一县计七百余人,宫墙为之一空。

善 知 识

吾乡华公亦祥,中顺治十六年进士第二人,圣眷甚优。康熙初,尝随车驾幸香山,有某禅师者,德望素著,圣祖见之如礼佛然,而此僧箕踞自若也。亦祥含怒未发。顷之,车驾出门,亦祥遂取所持锡杖痛殴之,慢骂曰:"尔何人,敢受天子拜耶!"僧曰:"不拜我,拜佛。"华亦曰："我不打你，打佛。"僧乃合掌曰："阿弥陀佛，善知识。"

康熙六巡江浙

圣祖仁皇帝南巡，始于康熙二十三年甲子，十月二十六日，御舟抵浒墅关。先于廿四日过扬州，将由仪征幸江宁府，忽遇顺风，可以速达京口，遂乘沙船顺流而下，次早上金山，晚而登舟扬帆，过丹阳、常州、无锡，俱未及泊，一昼夜行三百六十余里。时汤文正公斌正为巡抚，务俭约，戒纷华。御舟已入邑境，县令犹坐堂决事也。上骑马进阊门，士庶夹道，至阗塞不得前。上辄缓辔，命勿跪，访求民间疾苦，蔼然若家人父子。至接驾桥南，行幸瑞光寺。巡抚前导，由盘门登城，穷檐蔀屋，极目无际，上为眷念者久之。遂从齐门而下，幸拙政园。晚达葑门，驻跸织造府。

第二次南巡是二十八年己巳，二月初三日，御舟抵浒墅关，苏州在籍诸臣汪琬、韩菼、归允肃、缪彤等接驾。日晡时，上入城，衢巷始结灯彩。次日幸虎丘，登万岁楼。时楼前有玉蝶梅一株盛开，芳香袭人，上注目良久，以手抚之。出至二山门，有苏州士民刘廷栋、松江士民张三才等伏地进疏，请减苏松浮粮。上命侍卫收进，谕九卿科道会议。至十九日，车驾自浙江回苏，合郡士庶进万民宴，上额之，命近侍取米一撮，曰："愿百姓有饭吃。"士民复请，上又取福橘一枚掷下，曰："愿尔等有福也。"

第三次南巡是三十八年己卯，奉慈圣太后以行。三月十四日，驾抵苏州，在籍绅士耆老接驾，俱有黄绸幡，幡上标明都贯姓名，恭迎圣驾字样。自姑苏驿前，虎丘山麓，凡属驻跸之所，皆建锦亭，联以画廊，架以灯彩，结以绮罗，备极壮丽，视甲子、己巳逾十倍矣。十八日，恭逢万寿圣诞，凡百士庶献康衢谣若干帙，颂圣诗若干帙，万寿诗若干帙，分天、地、人、和四册，以祝万年之觞。又于诸山及在城名刹广列祝圣道场，百姓欢呼途路。十九日，召苏州在籍官员翁叔元、缪曰藻、顾汧、王原祁、慕琛、徐树毂、徐升入见，赐赏各有差。又赐彭孙遹、尤侗、盛〔符〕升御书扁额。二十日辰刻，御驾出葑门，登舟幸浙江。时两江总督为遂宁张鹏翮,江苏巡抚为商丘宋荦也。上问云:"闻吴人每日必五餐,得毋以口腹累人乎?"臣鹏翮奏云:"此习俗使然。"上笑云:"此事恐尔等亦未能劝化也。"四月朔日,驾由浙江回苏。初二日传旨,明日欲往洞庭东山。初三日早出胥口,行十余里,渔人献馈鱼银鱼两筐,乃命渔人撒网,又亲自下网获大鲤二尾。上色喜,命赏渔人元宝。时巡抚已先到山上。少顷,有独木船二拨桨前行,御舟到岸,而随从者未至。巡抚备大竹山轿一顶伺候,上升舆,笑曰:"到也轻巧。"有山中耆老百姓等三百余人执香跪接,又有比丘尼艳妆跪而奏乐,上云:"可惜太后没有来。"其时翠峰寺僧超揆步行先驱,引路者倪巡检、陈千总也。在山士民老少妇女观者云集,上分付众百姓:"你们不要踹坏了田中麦子。"是时菜花已经结实成角,上命取一枝细看,问巡抚何用,奏云打油,上曰:"凡事必亲见也。"是日有水东民人告菱湖坍田赔粮,收纸付巡抚。上问扈驾守备牛斗云:"太湖广狭若干?"奏云:"八百里。"上云:"何以《具区志》止称五百里?"奏云:"积年风浪,冲坍堤岸,故今有八百里。"上云:"去了许多地方,何不奏闻开除粮税乎?"奏云:"非但水东一处,即如乌程之湖溇,长兴之白茅嘴,宜兴之东塘,武进之新村,无锡之沙潋口,长洲之贡湖,吴江之七里港,处处有之。"上云:"朕不到江南,民间疾苦利弊焉得而知耶?"初四日,即由苏起銮北发。

　　第四次南巡是四十二年癸未,二月十一日,驾抵苏州。时巡抚宋荦尚在任,一切行宫彩亭,俱照旧例。荦扈从时,见上勤于笔墨,每逢名胜,必有御制诗,或写唐人诗句。荦从容奏云:"臣家有别业在西陂,乞御笔两字,不令宋臣范成大石湖独有千古。"上笑曰:"此二字颇不易书。"荦再奏云:"臣曾求善书者书此二字,多不能工。倘蒙出自天恩,乃为不朽盛事。"上即书二字颁赐。顷之,又命侍卫取入,重书赐之。上勤于笔墨如此。

　　第五次南巡是四十四年乙酉,三月十八日,驾抵苏州。是日为万寿圣诞,奉上谕:"江南上下两江举监生员人等,有书法精熟,愿赴内廷供奉抄写者,着报名齐集江宁、苏州两处,俟朕回銮日亲加考试。"四月十四日,命掌院学士揆叙赴府学考,进呈册页,取中汪泰来等五十一人，同前考过郭元钎等十人俱赴行宫引见，各蒙赐御书石刻《孝经》一部。是年，驾又幸昆山县，登马鞍山，旋往松江阅提标兵水操。

　　第六次南巡是四十六年丁亥，二月二十六日，上幸虎丘山。三十日，幸邓尉山圣恩寺，僧际志恭迎圣驾。午后传旨宫门伺候，御赐人参二斤，哈蜜瓜、松子、榛子、频婆果、葡萄等十二盘。上云："吾见和尚年老也。"六次南巡中，天恩温谕，莫可殚述，江南父老至今犹能言之。初，无锡惠山寄畅园有樟树一株，其大数抱，枝叶皆香，千年物也。圣祖每幸园，尝抚玩不置，回銮后犹忆及之，问无恙否。查慎行诗云："合抱凌云势不孤，名材得并豫章无？平安上报天颜喜，此树江南只一株。"迨圣祖宾天，此树遂枯，亦可异也。

斗　　富

　　康熙初，有阳山朱鸣虞者，富甲三吴，迁居申衙前，即文定公旧宅。其左邻有吴三桂侍卫赵姓者，混名赵虾，豪横无比，常与朱斗富。凡优伶之游朱门者，赵必罗致之。时届端阳，若辈先赴赵贺节饮酒，皆留量。赵以银杯自小至大罗列于前，曰："诸君将往朱氏，吾不强留，请各自取杯一饮而去，何如？"诸人各取小者立饮，赵令人暗记，笑曰："此酒是连杯偕送者。"其播弄人如此。朱曾于元宵挂珠灯数十盏于门，赵见之，愧无以匹，命家人碎之。朱不敢与较，商于雅园顾吏部予咸，顾唯唯。乃以重币招吴三桂婿王永康来宴饮，席散游园，置碎灯于侧。王问曰："可惜好珠灯，何碎不修？"朱曰："此左邻赵虾所为，因平西之人，未敢较也。"王会意，耳语家人，连夜逐赵出城另迁，一时大快人心。鸣虞之子后入翰林，常与王往来，王居北街拙政园，俱先三桂死。今申衙前尚有阳山朱衖之名，问所谓朱鸣虞、赵虾之号，竟无有知者。

南　州　逸　事

　　玉峰徐大司寇乾学，善饮啖，每早入朝，食实心馒头五十、黄雀五十、鸡子五十、酒十壶，可以竟日不饥。同朝京江张相国玉书，古貌清臞，每一朝止食山药两片、清水一杯，亦竟日不饥。二公之不类如此。徐公解组后，常寓苏州雅园顾氏。凡人有一面者，终身不忘，无材艺者不入门下。有执贽者，先缮帙以进，公十行俱下，顷刻终篇，其有不善处，则折角志之。其人进见，公面命指示，一字不爽。故凡人有奇材者，必有异相也。

测　　字

阊门外上津桥朱某，家贫，欲入山寻死，遇仙解救，授测字一书，其验如神。求之者必需预定日期，每日只测一字，取资一两，悬牌门首，某日测某人字。时吴三桂将反，有文书来，向苏藩库借饷十万两。方伯慕公天颜踌躇莫决，乃延朱测字，且告以故。朱曰："请命一字。"适几上有残枣，慕公随手翻转，指"正"字为枚。朱曰："不可借。'正'似'王'字，王心已乱。且枣正面合几上，正而反矣，即反之兆也。"慕即拒之。未几，果应其言。其子亦习父业，占验不减于父，但非一日测一字也。有人以"武"字问有子否，朱曰："绝矣，一代无人，自此而止。"其人果无后。朱子死，其书遍寻不得，或以为仙人收去，遂失其传。朱之孙号心传，曾孙号孔亭，俱习医，亦颇有名。

题　　壁

康熙十八年，三藩为乱，调兵四出。有卒过横泾，宿关帝庙，题二绝句云："昔为典兵使，今反在兵列。十载从军行，太阿混凡铁。""四海男儿志，沙场得得行。深闺今夜月，同此照凄清。"此人亦奇士也。

骐　骥　诗

吾乡有钱一飞者，尝赋骐骥诗七古一首，言马至骐骥之良，尚为人驾驭，羁绊其身，故结句云："何如猛虎深山里，一啸风生百兽寒。"其父见之，愀然曰："此子将来必为盗贼。"欲杀之，一飞遂逃去，后为逆臣吴三桂将领参谋。康熙十九年正月，勇略将军赵良栋领兵追剿，一飞始逃归。老而无子，竟以寿终。

人 心 刁 诈

康熙二十三年，两江总督于清端公_{成龙}，喜微服潜行，察疑狱，求民隐。然奸人造言散布，以倾怨家，或反失入，属吏虽灼知而不敢言也。有布衣程姓者，进见直言，且指目击一二事为征。公悚然曰："微子言，吾安知人心刁诈若此耶？"

陈恪勤公_{鹏年}守吴，亦喜微行。有金狮巷富室汪姓两子，以暧昧事杀其师，贿通上下衙门，以疑案结局。惟公不可以利诱，汪遂重贿左近茶坊酒肆、脚夫渡船诸人，嘱其咸称冤枉。公察之，众口如一，遂不深究。又刘家浜富家乳妪携一小孩，看稍懈，忽不见，杀死城干，剥去金珠衣服，缉凶无着。公夜出查访，遇醉汉曰："此沈某杀也。"次日拿沈审问，沈极口称冤。其实并无此事，略加刑即释焉。孔子曰："众好之，必察焉。众恶之，必察焉。"善夫！

铁 面 御 史

汤文正公_斌莅任江苏，闻吴江令即墨郭公_琇有墨吏声，公面责之。郭曰："向来上官要钱，卑职无措，只得取之于民。今大人如能一清如水，卑职何敢贪耶！"公曰："姑试汝。"郭回任，呼役汲水洗其堂，由是大改前辙。公喜，特保举卓异。而前任督抚江苏者，余公国柱也，方掌纶扉，征贿巨万，闻之衔恨刺骨，嗾人劾奏，虞山翁铁庵司寇从而和之，赖圣祖皇帝英明，稔知郭无他故，得以保全。时长洲贡生何义门_焯在京考选，为司寇门生，遂登翁之门，攘骂不已，索还门生帖，否则改称，不认为师，义门由是知名。二十六年，郭公内升御史，于半年中参罢三宰相、两尚书、一阁学，直声振天下，称为铁面御史。旋以吴江张令亏空，举发旧案，株连落职，拟遣戍。幸蒙圣明洞鉴，以郭琇居官尚有风力，免其治罪。二十八年，擢两湖总督。

明 哲 保 身

汤潜庵先生抚苏时，尝诣东林讲学。有邑绅某，曾委蛇闯逆而脱归者，于座讲明哲保身之义，缕缕不绝。潜庵厉声云："比干谏而死，亦是明哲保身。"邑绅面发赤，无地可入。然先生实不知其旧事也。

陆 清 献 公

陆稼书先生宰嘉定，日坐堂上课子读书，夫人在后堂纺绩。民有事控县者，即出票交原告唤被告，如抗出差。其听讼也，以理喻，以情恕，如家人父子调停家事，渐成无讼之风。有兄弟争讼不休，公谓之曰："弟兄不睦，伦常大变，予为斯民父母，皆予教训无方之过也。"遂自跪烈日中。讼者感泣，自此式好无尤。呜呼！若先生者，诚圣人所谓"道之以德，齐之以礼，有耻且格"者也。公生辰，贫不能备寿筵，夫人笑之，公曰："汝且出堂视之，较寿筵何如？"但见堂上下香烛如林，斯民敬之若神明焉。

相传稼书先生殁后为嘉定县城隍，县民数百人直至平湖接公上任。时先生夫人尚在，谓县人曰："公在县时不肯费民一钱，今远道见迎，恐非公意耳。"

御 舟 即 事 诗

吴南村廷桢，博学多才，书法少师赵、董，馆于巡抚慕公天颜署中。南村故吴人，因冒陕西籍中式北闱，行查斥革。康熙三十八年三月，恭逢圣祖南巡，廷桢献诗。四月朔日，上自浙江回銮，伏谒平望河干。上召见，命作御舟即事，韵限三江一绝。吴援笔立就，云："金波溶漾照旌幢，共庆回銮自越邦。"正在构思，闻自鸣钟响，宋中丞荦奏曰："将到吴江矣。"吴遂得续句云："御幄裁诗行漏报，计程应已到吴江。"上得诗甚喜，称赏。次日引见，命廷桢写擘窠大字讫，问廷桢曰："苏州民既庶矣,看来是庶而未富。"对曰:"并非不富,只因皇上视民如伤之心太切了,觉得如此。"天颜甚豫,遂命礼部注册复还举人。其明年会试中进士,入翰林,官至宫谕。

重游虎丘诗

沧州陈公鹏年,康熙辛未进士,以大学士张鹏翮荐,出知江宁府。四十二年,圣祖南巡,总督阿山借供帐名,欲加赋税。公力争曰:"官可罢,赋不可增。"阿衔之。公尝逐群娼,建亭其上,月朔宣读圣谕。阿乃劾公大不敬,以此落职,下之狱,绝其食。狱卒怜之,私哺以饼饵,为守者李丞侦知,杖卒四十,曰:"与一勺水如之。"公自问命绝矣。适浙抚赵公申乔过之,叱狱官,得以生。圣祖赦其罪,命入武英殿修书,寻起知苏州府。《重游虎丘》诗云:"雪艇松龛阅岁时,廿年踪迹鸟鱼知。春风再扫生公石,落照仍衔短簿祠。雨后万松全遝匝,云中双塔半迷离。夕佳亭上凭阑处,红叶空山绕梦思。""尘鞅公余半晌闲,青鞋布袜也看山。离宫露出云霄上,法驾春留紫翠间。代谢已怜金气尽,再来偏笑石头顽。楝花风后游人歇,一任鸥盟数往还。"时总督噶礼以为诽谤,句句旁注而劾奏之,摘印下狱中。圣祖诏曰:"诗人讽咏,各有寄托,岂可有意罗织,以入人命。"复其官,寻擢霸昌道,旋升江宁布政使。

烧 坯

康熙末年,总督噶礼由晋抚升任两江,办事勤敏,喜著声威。尝以南闱号舍逼窄,请旨增建,即今平江府各字号是也。而贪婪不法,无敢言者。辛卯岁,江南科场事发,噶祖护之,得银数十万两。又大纵估客粜米出洋,米价一时腾跃,以至军民交怨。时仪封张清恪公伯行为江苏巡抚,密饬查拿,果得总督令箭,并访获张元隆等交通海贼情状,以实参奏。圣祖震怒,正钦差张鹏翮出京审办科场,兼讯噶礼。而噶礼权势甚盛,遂以反诬,革张伯行职。事闻,圣祖曰:"朕素所知张伯行为天下第一清官,着加恩免议。"旋调仓场侍郎,而罚噶礼修热河城工以赎前愆。

五十一年九月,上知城工未完,懈于督办,遂将噶礼拿交刑部。适噶礼之母诣都察院讼礼忤逆,令家人进毒弑母等事,奉旨廷讯,果然,发部议以凌迟处死。上命先将噶礼眼珠打出,又割其两耳,籍没其家,妻子同谋,法皆斩首。其母恨礼甚,又诣刑部,请照陶和气例,凌迟后焚尸扬灰。有旨赐帛,而噶礼又贿嘱帛系未绝时,即行棺殓。监绞官候至夜分,忽闻棺中语云:"人去矣,我可出也。"闻者大骇,劈其棺。噶礼遽起坐,因耳目俱无,不知所之。监绞官惧事泄,一斧劈倒,连棺焚化,始行覆命。圣祖笑曰:"这奴才真烧坏也。"此案见康熙五十一年邸抄。

水　鉴

雍正初年,田公文镜抚豫十有二年,威不可犯,大法小廉,查逐坐省长随,禁止府州县官,毋许逗留省城,往来晏会,随到随见,见后即去,如有言未尽,只许留宿城外,次日禀见巡行,自此怨声载道。清则清矣,而郡中商民之生计绝矣。古语云:"水至清则无鱼,人至清则无徒。"是知为人上者,毋为民鉴,当以水鉴也。

为政不相师友

雍正间,朱文端公轼以醇儒巡抚浙江,按古制婚丧祭燕之仪以教士民,又禁灯棚、水嬉、妇女入寺烧香、游山、听戏诸事,是以小民肩背资生,如卖浆市饼之流,扽担闭门,默默不得意。迨文端去后,李敏达公卫莅杭,不禁妓女,不擒挈蒱,不废茶坊酒肆,曰:"此盗线也,绝之则盗难踪迹矣。"公虽受知于文端,而为政不相师友,一切听从民便,歌舞太平,细民益颂祷焉。人谓文端是儒者学问,所谓"齐之以礼";敏达是英雄作为,所谓"敏则有功"也。

独力捐办御道

乾隆十六年辛未,高宗第一次南巡,江南总督黄廷桂驭下严,催督急,州县奉行不善,因科派地方绅富各人承办,人心惶惶。苏州绅士畏廷桂势,唯诺不办。在籍翰林蒋恭棐负重望,暨其兄户部郎中蒋曰梅、弟刑部员外蒋楫、侄内阁中书蒋应焜力持不可,见廷桂侃侃议论,不稍贬损。适御史钱琦风闻其事,参劾廷桂一折,奉旨严行申饬。时蒋氏官监司、郡守、州牧、邑令者三十余人,相约助捐,惟楫力拒之曰:"吾承先人余业,衣食稍给,理宜报效朝廷于万一。弟侄辈居官在外,一郡有一郡之政,一邑有一邑之政,学校农桑,有关国计民生者,事事可取之家财,以利地方。果能馨家为国,百姓受福,吾荣多矣。"乃独力捐办御跸临幸大路,计费白金三十余万两,亲自督工,昼夜不倦。楫字济川,诸蒋中家最饶,性慷慨,仗义疏财,官刑部十年,明慎练达,囹圄有颂声焉。

失　一　知　己

胡中藻之文见赏于鄂西林相国,目为昌黎再世。后相国薨,左迁为光禄寺卿,乃郁郁不乐,发言多犯,卒干大戮。失一知己,便尔丧身,可畏哉!

安　顿　穷　人

治国之道,第一要务在安顿穷人。昔陈文恭公_{宏谋}抚吴,禁妇女入寺烧香,三春游屐寥寥,舆夫、舟子、肩挑之辈无以谋生,物议哗然,由是弛禁。胡公_{文伯}为苏藩,禁开戏馆,怨声载道。金阊商贾云集,晏会无时,戏馆酒馆凡数十处,每日演剧,养活小民不下数万人。此原非犯法事,禁之何益于治。昔苏子瞻治杭,以工代赈;今则以风俗之所甚便,而阻之不得行,其害有不可言者。由此推之,苏郡五方杂处,如寺院、戏馆、游船、青楼、蟋蟀、鹌鹑等局,皆穷人之大养济院。一旦令其改业,则必至流为游棍、为乞丐、为盗贼,害无底止,不如听之。潘榕皋农部《游虎丘冶坊浜》诗云:"人言荡子销金窟,我道贫民觅食乡。"真仁者之言也。

田　　价

前明中叶,田价甚昂,每亩值五十余两至百两,然亦视其田之肥瘠。崇祯末年,盗贼四起,年谷屡荒,咸以无田为幸,每亩只值一二两,或田之稍下,送人亦无有受诺者。至本朝顺治初,良田不过二三两。康熙年间,长至四五两不等。雍正间,仍复顺治初价值。至乾隆初年,田价渐长,然余五六岁时,亦不过七八两,上者十余两。今阅五十年,竟亦长至五十余两矣。

米　　价

康熙四十六年,苏、松、常、镇四府大旱,是时米价每升七文,竟长至二十四文。次年大水,四十八年复大水,米价虽较前稍落,而每升亦不过十六七文。雍正、乾隆初,米价每升十余文。二十年虫荒,四府相同,长至三十五六文,饿死者无算。后连岁丰稔,价渐复旧,然每升亦只十四五文为常价也。至五十年大旱,则每升至五十六七文。自此以后,不论荒熟,总在廿七八至三十四五文之间为常价矣。

银　　价

顾亭林《日知录》记明洪武八年造大明宝钞,每钞一贯折银一两,四贯易黄金一两。十八年后,金一两当银五两。永乐十一年,则当银七两五钱。万历中犹止七八换。崇祯中已至十换矣。国朝康熙初年,亦不过十余换。乾隆中年,则贵至二十余换。近来则总在十八九、二十换之间。至于银价,乾隆初年,每白银一两换大钱七百文,后渐增至七二、七四、七六至八十、八十四文。余少时,每白银一两,亦不过换到大钱八九百文。嘉庆元年,银价顿贵,每两可换钱一千三四百文,后又渐减。近岁洋钱盛行,则银钱俱贱矣。

卷二 阅古

周 舀 鼎

镇洋毕秋帆先生巡抚陕西时得此鼎,高汉尺二尺四寸,周四尺八寸,两耳三足,中有铭文二十四行,共计四百又三字。铭分三节。第一节盖因王锡舀赤环赤金等,而用金作牛鼎以祀文考宄伯也。第二节则小子歔讼于井叔,以金百爰赎五夫,舀受五夫而为誓词也。第三节匡众寇舀禾十秭,舀告东宫,因与匡季为誓词也。案《说文》曰部:"曶,出气詞也,象气昌形。"籀文从口。今无此字,皆作忽。余谓象人言时口中出气易于散也。《春秋传》曰:"其亡也忽焉。"《楚词》:"忽而来兮。"《洛神赋》:"飘忽若神。"汉《樊敏碑》:"奄曶藏形。"皆言易散之义。古人命名自有意见,不必定取吉祥语。如《论语》之仲忽,《春秋》之郑太子忽,皆名忽也。先生既得此鼎,久置经训堂之东楼。余尝请于先生,盍送曲阜孔庙,供奉殿庭,垂之千古乎。卒未果,惜哉!

周 邢 叔 钟

秋帆先生家又有邢叔钟一具,高汉尺五尺二寸,前后面俱十二乳,满身青绿,间有朱砂斑,真宝物也。铭文四行,剥蚀过半,惟有"邢叔母曰:髀叔文祖皇考,对扬乃德,得屯乍鲁永终于吉。毋不敢弗帅用文祖皇考"三十二字尚可辨,因名之曰邢叔钟。此器曾开贡单奏进,以斤两太重,难于抬运入乾清门,而侍卫内监又不敢据以进宫,遂发还。先生殁后,家产入官,不知此钟犹在人间否也。

周太簇钟

金陵司马舍人亶有周钟一具，高一尺五寸。铭文中有"䇾"字不可识，遂将拓本质之歙县程瑶田先生，以周尺度之，曰："此太簇钟也。"瑶田深于小学，当必有据。

周散邑铜盘

散邑盘，旧藏扬州徐氏，今归洪氏。华秋岳尝绘图，其形如盘，盘中有文十九行，末一行蚀其半，共计三百五十七字。山阳吴山夫、绍兴俞楚江、嘉定钱辛楣、仪征江秋史、曲阜孔光生、苏州江郑堂皆有释文。阮云台先生为浙江巡抚时，收入《积古斋钟鼎款识》，尝命工仿造一个，可以乱真。

案商、周之器，西汉时已有出土者，得之以为祥瑞，因而改元、立祀、作歌，至张敞、郑众，皆能辨识，其来尚矣。魏、晋、六朝、隋、唐之间，无有明其学而为考订者。自宋刘原父刻《先秦古器记》，遂有欧阳永叔、叶少蕴、李公麟踵其后，而赵明诚、董彦远、黄伯思、薛尚功、王子弁、翟耆年亦有著录。自此好古之士，每得一器，必将诸集录证之。而本朝之《西清古鉴》尤备千古未有之奇。近时阮云台宫保又刻《积古斋钟鼎彝器款识》，洋洋大观，愈精愈博，不特可补经传之所未备，且可益许氏之所未及者，岂仅足资考订而助翰墨哉！余生平所见商、周之物，如鼎、钟、彝、卣、壶、爵、盘、瓿、觯、敦、匜、鬲以及戈、剑、弩机之属甚多，以有款识者为上品，无款识者次之，亦如看书画，作云烟过眼可也。

秦　权

余于嘉庆甲子，在邗上见一秦权，上有文云："廿六年，皇帝尽并兼天下诸侯，黔首大安，立号为皇帝，乃诏丞相状、绾法度量，则不壹歉疑者,皆明壹之。元年,制诏丞相斯、去疾法度量,尽始皇帝为之,皆有刻辞焉。今袭号而刻辞不称始皇帝,其于久远也,如后嗣为之者,不称成功盛德,刻此诏,故刻左使毋疑。"共一百字,虽青绿遍体,并不剥蚀一字,心窃疑之。自后又见两枚,与甲子所见者无异,乃知皆仿造也。

汉 量

汉铜量一,重今曹平三斤十二两。其文云:"律石衡兰奉蚀二字。容六斗,始建国元年正月癸酉朔日制。"共二十二字。向藏桐乡汪砚畦家,今不知所归。又见长白斌少仆家亦有铜量一具,容米四斗许,亦是汉物。《说文》"毅"字许委切。注云:"米一斛春为八斗。"又云:"米一斛春为九斗。"据此,则量有大小不同,非若今之定以五斗为一斛也。

汉 陶 陵 鼎

是鼎为扬州阮云台宫保所藏,盖上有文云:"重十一斤。"器上有文云:"容一斗,重八斤一两。"又云:"重十斤。"今除盖,以库平法马秤之,重四斤十三两三钱二分。所云"容一斗"者,以今官斗较之,得一升八合。何古今权量之不同也。宋陈无择云:"二十四铢为两,每两古文五铢钱四个,开元钱三个。"至赵宋广科,以开元钱十个为两。今之三两,当汉、唐十两,故今之升斗、尺寸、斤两,皆后大于前也。宫保云:"器与铭辞不相应者,恐当时共鼎正多,不知何时互错耳。"鼎今藏焦山方丈。嘉庆十九年冬,余从高邮回吴,适遇王南陔中丞,同游焦山,抚摩一过。

汉 铜 洗

汉铜洗,余所见者不下十数具,即古盘匜之属也。有阳嘉洗,有大吉羊洗,有富贵昌宜侯王洗,有章和、中平、永建洗,有宜子孙大富贵洗,大约皆本朝出土者居多。

建 昭 雁 足 镫

青浦王兰泉司寇家有雁足镫，其镫檠似雁，一足立起，上燃以镫，烛油并用，制作甚精。上有"建昭三年考工辅为内者造铜雁足重三斤八两"云云五十九字。阮云台宫保考为大将军王凤之物。凤于永光二年嗣封阳平侯，阳朔元年成帝所赐也。嘉庆廿五年春，余尝仿造四具，赠斌笠耕观察。观察自为制铭，每当夜宴，四镫烂然，颇令人发怀古之幽情也。

汉 长 安 铜 尺

铜尺一，今藏嘉定瞿木夫通守家，铜质坚贞，青绿可爱。上有文云："长安铜尺卅枚第廿，元延二年八月十八日造。"计十有八字，篆法精密，的是汉人，与曲阜孔氏所藏虑俿铜尺相等，惟此尺作阳文叠起，较之虑俿尺短六分。按虑俿尺造于后汉章帝建初六年，距前汉成帝元延二年不过九十二年，已长短之不同如此。《汉书·地理志》：长安县，高帝五年置，属京兆尹，为领县第一。今文云"长安铜尺卅枚"，当是在长安铸者三十枚，此为第二十，未必铸三十枚以颁郡县也。《晋书·律历志》载：汉章帝时，零陵文学史奚景于泠道舜祠下得玉律，度以为尺，相传谓之汉官尺，未闻有铸铜为尺者。今虑俿尺既流传人间，或又疑此尺为刘歆所造。然案宋秦熺《钟鼎款识拓本》中有晋尺，上有文云"周尺、《汉志》镏歆铜尺、后汉建武铜尺、晋前尺并同"十九字。今将此尺与晋尺较之，又短八分，则知非歆造矣。案今之裁尺大于工部营造尺，犹之宋三司布帛尺大于晋尺，晋尺大于汉建初尺，建初尺大于元延尺，元延尺大于周尺是也。时代既殊，尺有赢羡，难以定论云。

古　泉

古者金、货、布、币、刀俱谓之泉，其名始见于《史记·平准书》及

《食货志》。梁顾烜有《泉谱》,宋陶岳有《货泉录》,杜镐有《铸泉故事》,罗泌《路史》有《泉币考》,金光袭有《泉宝录》,李孝美、董逌俱有《泉谱》,洪遵、徐象梅俱有《泉志》。近方氏嵩年有《钱谱》十卷,朱氏近漪又有《古金待问录》,华氏师道有《钱币考》,翁氏宜泉有《古钱考异》,所载货、布、币、刀大备。案《管子》言:"燧人氏以来,未尝不以轻重为天下也。"盖谓制货以权轻重,此即用币之始,而其制则未闻。或谓太昊氏以前已有钱矣,高阳氏谓之金,有熊氏谓之货,陶唐氏谓之泉,夏、商谓之币,亦谓之布,齐人谓之刀。曰泉、曰布者,取流通之义也故太公作九府圜法;周景王铸宝货;秦铸半两;汉兴亦有半两,又三铢、四铢、五铢、八铢;而王莽又铸货泉,小泉直一、么泉一十、幼泉二十、壮泉四十、大泉五十,及货布,契刀五百、一刀平五千、大布黄千之类;又东汉正品亦有五铢;蜀汉正品有直百、直百五铢,又有曰大泉五百、大泉当千者:皆古泉也。

晋初用魏五铢,吴兴沈充又铸小钱,径三分,名沈郎钱;又有赵石勒铸丰货,成李寿铸汉兴之类。宋有四铢、五铢、二铢、孝建、孝建四铢、景和、永光之类,年号入钱文自此始。齐、梁有五铢、五朱、大通五铢、大富五铢、大吉五铢,拓跋魏有太和五铢、永安五铢之类。陈有大货六铢,宇文周有五行大布、永通万国布泉,隋亦有五铢钱。至唐初始有开元通宝、乾封钱宝、乾元重宝、大历元宝、建中通宝、咸通元宝之类,而开元通宝最为繁多。其幕有字,乃武宗时所铸,如京、洛、兖、福、兴、平、昌、润、襄、益、鄂、丹、梓、洪、梁、越、潭、宣、广、荆、桂、蓝之字,犹如本朝顺治通宝幕文有同、福、临、东、江、宣、原、西、蓟、昌、南、河、荆、云、浙、阳、巩、陕、延、襄是也。即如五代十国所载铸钱之事,如后唐、后晋、后汉、后周,以及南唐、前蜀、后蜀、南汉、楚、闽、吴诸国流传之钱,亦日渐日少矣。

嘉庆三年,海州秫家沟乡民浚池,得巨瓮二,发之,中实大泉五十、大布黄千皆满,土花剥蚀,苍翠可爱。

嘉庆戊寅春,绍兴西郭门外西彝山下,土人掘得一墓,皆大砖砌成,状如墰道,其中空洞无物,外有砂缸二具,不甚古,中贮五铢钱数万枚,并无青绿。郡人陈圭堂亲见之,携以示余。余谓汉、蜀、两晋时无窑器，唐、宋无五铢钱，皆事之不可解者。

吴江翁海村言：迪化州有屯兵垦地，得坎窨，深不逾丈，下见墙屋，积米盈仓，青蚨一堆，大径寸，文曰"永安一千"，皆是铁铸。此又前人之所未及者也。

乾隆己酉岁，荆州筑堤取土，得古钱无数。余时在武昌节署，偶渡江至汉口，见肆中有古钱三千枚，皆购得之。其钱文曰"宋通元宝"、"太平通宝"、"淳化元宝"、"至道元宝"、"咸平元宝"、"景德元宝"、"祥符元宝"、"天禧通宝"、"天圣元宝"、"明道元宝"、"景祐元宝"、"皇宋通宝"、"康定元宝"、"庆历重宝"、"皇祐元宝"、"至和元宝"、"嘉祐通宝"、"治平元宝"、"熙宁重宝"、"元丰通宝"、"元祐通宝"、"绍圣元宝"、"元符通宝"、"圣宋元宝"、"崇宁通宝"、"崇宁重宝"、"大观通宝"、"政和通宝"、"重和通宝"、"宣和通宝"、"宣和元宝"、"靖康元宝"、"建炎通宝"、"绍兴通宝"、"隆兴元宝"、"乾道元宝"、"淳熙元宝"、"绍熙元宝"、"庆元通宝"、"嘉泰元宝"、"开禧通宝"、"嘉定元宝"、"嘉定之宝"、"大宋元宝"、"绍定通宝"、"端平元宝"、"嘉熙重宝"、"淳祐元宝"、"皇宋元宝"、"开庆通宝"、"景定元宝"、"咸淳元宝"、"德祐元宝"，皆有宋一代之钱。余为分次甲乙，计五十三种。幕中友洪稚存、徐朗斋、方子云、孙香泉辈见之，半被分去。案高宗南渡建都，改杭州曰临安府，铸铜牌行用，其文曰"临安府行用"五字，其阴面曰"准叁伯文省"，亦有"准伍伯文省"者，是当时国贫，补救变通之法，其牌最少。

嘉庆十八年三月，高邮州城北挡军楼后，为加筑河工堤岸，民夫掘土，得铁钱数万枚，并古镜、刀、剑之属，又有铜盘、磁碗甚多。其钱文曰"祥符"、"天圣"、"熙宁"、"元丰"、"元祐"、"绍圣"、"崇宁"、"政和"、"宣和"、"乾道"，背有同元等字。"淳熙"、同十五、春十四、春十六。"绍熙"、春元、春三、春四、春五、同二、同五。"庆元"、春二、汉四、汉三、同六。"嘉泰"、春元、同三。"开禧"、春元、春二、汉二、汉三。"嘉定"、春四、春十一、春十三、汉元、汉二、汉十三、汉十四。"绍定"、春三、春五。"淳祐"、"景定"、"皇宋"、"大宋"，计二十余种，余皆见之，其中亦有铜者。按《宋史·食货志》，两宋钱币，本有铜铁二等，而折二、折三、当五、折十，则随时立制。太祖初，铸钱俱用铜，凡诸州轻小恶钱及铁镴钱悉禁之。蜀平后，仍用铁钱。其所谓小平钱、夹锡钱最后出，然亦不能通行郡县。大观二年，蔡京复相，江南东、西、福建，两浙始许铸使铁钱。至绍兴末年，淮、楚屯兵，月费五十万，南北贸易，缗钱之入境者不知其几，于是沿边皆用铁钱。乾道初，诏两淮、京西亦用铁钱。司农许子中以舒、蕲、黄皆产铁，请各置监鼓铸，舒州有同安监，蕲州有新春监，广州有齐安监，江西有广宁监，兴国有富民监、大冶监，临江有丰余监，抚州有裕国监，湖北有汉阳监，是以大小铁钱通行于两淮。今诸钱之背有文曰"同"、曰"春"、曰"汉"者，即同安、新春、汉阳诸监之所铸也。

钱　范

翁宜泉太守有《钱母说》，即朱竹垞所谓泉范，以铜为之，所以鼓铸也。今官局鼓铸，皆用翻砂，所云板板六十四者。余尝亲至钱局看鼓铸，有一板成二三十，有一板成四五十不等，未必定是六十四也。今钱范亦不等，有五铢泉一板成八枚者，有大泉五十一板成六枚者，亦有四枚、两枚者。范必两块合成，中有二小笋，作牝牡形，所以符合，取不移动也。惟古来博古家总未及此。余所见有四五种，近亦渐少矣。

秦汉铜印

集秦汉印者，莫备于顾从义之《集古印谱》，虽宋《宣和印谱》、赵子昂《印史》、王俅《啸堂集古录》，皆所不及也。余少时最嗜汉印，所见官印私印不下千万枚，皆能鉴别。尤留心于官印，以为汉人缪篆纷纭，参杂隶法，不足以引证《说文》；而职官之因革废置，古今不同，实可以表里史传也。尝欲专摹秦、汉、魏、晋、六朝职官及蛮夷诸印为一集，有志而未逮云。

秦汉瓦当

瓦当者，宋李好文《长安图志》谓之瓦头，盖屋瓦皆仰，当两仰瓦之际，为半规之瓦以覆之，俗谓筒瓦是也。云当者，以瓦文中有"兰池宫当"、"宗正官当"、"宜富贵当"、"八风寿存当"，是秦汉时本名。《说文解字》云："当，田相值也。"《韩非子·外储说》："玉卮无当。"《史记·司马相如传》："华榱璧当。"司马彪曰："以璧为瓦之当也。"《西都赋》："裁金璧以饰当。"注家谓当即底也，故谓之瓦当。按瓦当之文，欧、赵、洪氏俱不载，盖当时人犹未之见。逮元祐六年，宝鸡县民权氏浚池，得古瓦，文曰"羽阳千岁"，其事载王辟之《渑水燕谈录》。又黄伯思《东观余论》亦载有"益延寿"三字瓦。自是而后，阒无闻焉。国朝康熙间，侯官林佶人得有"长生未央"瓦，一时名士俱有诗，见于王阮亭、朱竹垞集中。乾隆初年，浙人有朱枫者，以其子官关中，又得瓦当之有文者三十余种，因作《秦汉瓦图记》。至四十八、九年间，镇洋毕秋帆先生为陕西巡抚，尝著《关中金石记》，采瓦当文字十余种入记中。幕府诸客，如张舍人埙、宋孝廉葆醇、赵文学魏、钱别驾坫、俞太学肇修所获瓦当最多。后青浦王兰泉先生为陕西廉访，亦获廿余种。而海内通博之士依两公以游者，岁不乏人，亦往往获瓦以去。时阳曲申大令兆定正候补长安，亦深好古篆籀之文，见诸君所得有异文奇字者，皆为双钩，用旧砖摹仿，较之原本毫发无遗，故特备于诸君，而歙县程彝斋敦为作《秦汉瓦当文字》一卷。逮毕、王二公相继迁擢，诸君亦皆星散，近亦不可多得。盖物之显晦有时，诚有莫知其然而然者。今就程彝斋、申大令两家所拓本录之，较毕公之《关中金石记》、王公之《金石萃编》为尤备焉。

[十二字瓦] 文曰"维天降灵，延元万年，天下康宁"十二字。此宋芝山、赵晋斋得于长安市中者，诸君断为秦瓦。

[兰池宫当] 此瓦晋斋得之咸阳。考《汉书·地理志》，渭城有兰池宫。又《史记·始皇本纪》："始皇微行咸阳，与武士夜出，逢盗兰池。"《正义》引《括地志》："兰池陂即古之兰池，在咸阳县界。"据此，则始皇因池以为宫，又即以名宫也。

[卫] 此瓦晋斋、献之皆有之，俱得自汉城。《长安志》云："又有作'楚'字者。秦作六国宫室，用其国号以别之也。"彝斋谓《汉·百官表》有卫尉，掌宫门卫屯兵。当为卫尉寺并宫内周垣

下区庐瓦也。

［长乐未央］张、宋、赵、钱诸君俱有之，皆得自汉城。《汉书·高帝纪》：五年后九月，关中治长乐宫。《史记·高祖本纪》：七年，长乐宫成。八年，萧丞相作未央宫。九年，未央宫成。据此，则长乐、未央本两宫，此瓦文合而一之，亦取吉祥语意配合成文耳，未必某宫即用某字瓦也。

［长生未央］此瓦最多，诸君俱有之，皆出于汉城。盖亦未央宫瓦，亦取"长生"二字配合成文也。

［长生无极］此瓦亦出汉城，当是未央、长乐宫瓦也。

［与天无极］此瓦当与"长生无极"同意，颂祷之辞也。

［亿年无疆］此俞太学得于长安市上，不知所施。或谓王莽妻陵瓦，非也。考秦、汉宫殿以年寿命名者甚多，率取颂祷之辞耳。

［延年益寿］此瓦赵、钱、俞、申诸君俱有之，亦得于长安市上。当是甘泉宫益寿观瓦。

［延寿万岁］此瓦俞太学所得。当亦万岁殿或延寿观瓦也。

［千秋万岁］此瓦亦诸君所有，出于汉城者。《长安志》引《三辅黄图》，谓未央宫有万岁殿，此即其殿瓦欤？

［长毋相忘］此张舍人所得，亦出自汉城，不知何官所施。案《长安志》引汉宫殿名，有相思殿者，不知所在。此疑为后宫所用也。

［永受嘉福］此瓦四字俱是虫篆，盖汉人有此篆法也。俞太学得于长安肆中，引《董贤传》为"椒风嘉祥"，或又引《扬雄传》为"迎风嘉祥"。细审之，实是"永受嘉福"四字耳。

［永奉无疆］此瓦钱、俞、申三君俱有之，皆得于汉城。钱别驾定为汉太庙上所施。

［便］此瓦惟一"便"字，作阴文。申大令得于长安市，引《汉书·武帝纪》：六年四月，高园便殿火。小颜曰："凡言便殿、便室、便坐者，皆非正大之处，所以就便安也。"据此，则为便殿

所施。

[飞廉]此瓦作飞廉形,俞太学得于汉城。考《史记·孝武本纪》:公孙卿曰:"仙人好楼居。"于是上令长安作飞廉观。当是飞廉观瓦也。

[朱鸟]此瓦作朱鸟形,钱别驾得于汉城。案张平子《西京赋》李善注引《汉宫阙名》有朱鸟殿;又《长安志》未央宫有朱雀殿,一名朱鸟殿。此其所施也。

[玄武]此瓦作玄武形,上蟠一蛇,赵文学得于汉城,引《史记·高祖本纪》:八年,萧丞相营作未央宫,立东阙、北阙。注云:"东有苍龙阙,北有玄武阙。"即玄武阙瓦也。

[凤]此瓦作凤形,俞太学从汉城仙女楼下得之。考《汉书·武帝纪》及《郊祀志》,建章宫有凤阙,此其瓦也。

[万物咸成]此瓦申大令得于长安市肆。考《三辅黄图》云:"后宫在西,秋之象也。秋主信,故以长秋、长信为名。"今云"万物咸成"者,当是长秋殿瓦。

[上林]此瓦钱、申、俞三君皆有之。案《史记·始皇本纪》、《汉书·扬雄传》及《东方朔传》俱有上林苑,此上林门署卫垣之瓦也。

[鹿甲天下]此瓦上有二鹿形,下"甲天下"三字左行书,乃俞太学于淳化友人处索得者,不知其所由来,或谓天鹿阁瓦,非也。案《长安志》引《关中记》,上林苑中有二十二观,有众鹿观,"甲天下"者,言其多也,岂即众鹿观瓦耶?

[三鸟]此瓦有三鸟形,俞太学得于长安道上。《长安志》二十二观中有三雀观,此其观瓦也。

[黄山]此瓦惟"黄山"二字,俞太学得自兴平。《汉书·地理志》槐里有黄山宫,孝惠二年起。《长安志》云:"汉黄山宫在兴平县西南十里。"其为黄山宫瓦无疑。

[宗正官当]此瓦申大令得于汉城。案《汉书·高帝纪》:七年二月,置宗正官,以序九族。《百官表》云:"宗正,秦官,掌亲属。"《史记·文帝纪》注《正义》曰:"汉置九卿,七曰宗正。"此瓦

当是宗正官瓦也。

［都司空瓦］此瓦赵文学得于汉城。案《汉书·百官表》,宗正属官有都司空。如淳曰:"律,司空主水及罪人。"

［右空］此赵文学得之长安市中。案《汉书·百官表》:"少府,秦官,掌山海池泽之税,以给供养。"属官有左右司空。据此,当是右司空瓦。

［上林农官］此瓦钱别驾得于长安市中。据《史记·平准书》:"水衡、少府、大农、太仆各置农官。"则上林之有农官,当自此始。此即农官治事处之瓦也。

［宜富贵当］此瓦亦取吉祥语意。中有二小字,或说"金"旁作"刃",为"刘"字,非也。余尝见古镜上有小印曰"千金",细审之,实是"千金"二字。

［高安万世］此钱别驾得自汉城。别驾据《汉书·佞幸传》,董贤封高安侯,上为起大第北阙下,重殿洞门,穷极技巧。此即其殿瓦耶?

［大］此瓦俞太学得之汉城,不知所施。

［有万熹］钱别驾于汉城得一残瓦,惟"万熹"二字。后申大令在长安市亦获瓦半片,惟一"有"字。合而观之,上下文藻相合,实"有万熹"三字耳。汉碑"熹"、"喜"二字通用。

［八风寿存当］此瓦程彝斋得之汉城长乐钟室旧址南百步埃尘之间。因考《汉书·郊祀志》:王莽二年"兴神仙事,以方士苏乐言,起八风台于宫中。台成万金,作乐其上。"此当是八风台瓦也。

［丰］此瓦嘉定钱既勤所得,上下左右作四神形,甚奇古。阮云台先生定为"丰"字瓦。

［仁义自成］此瓦程彝斋所得,不知所施。

［虎］此瓦作虎形,虎口前有一"申"字,不知何义。或曰此真白虎观瓦也。

右秦、汉瓦当三十六种,其中有重文者、异文者、残阙者,共记所见一百二十余块,较诸家著录为多。

古 砖

按古砖题字,亦不载于欧、赵著录,惟洪氏《隶续》有永平及汝伯宁诸砖,自后无有见者。近来好古之士,渐次搜罗,日出日多。老友海盐张芑堂征君作《金石契》,山阴陈雪樵骑尉有《古砖题字考》,又吴兴陈抱之太学作《金石图》,俱载有汉、魏、两晋、六朝诸砖,又借拓他人所得者,计三十种,传之艺林,亦可备嗜古之一助云。

[汉万岁砖]此砖乾隆辛卯吴兴莘芹圃得之,桐城胡雏君又于长兴得一砖,亦有"万岁"二字。《隶续》载汝伯宁砖曰"万岁舍",曹叔文砖曰"千万岁署舍",邯君篆砖曰"万秋宅"。观此则知汉人尚吉语,如瓦当文曰"千秋万岁"、"万年无疆"之类,必是汉砖无疑也。

[汉五凤砖]此砖扬州阮云台先生案头见之,文曰"五凤三年"四字,海盐张芑堂所贻也。

[汉竟宁砖]文曰"竟宁元年岁"五字,下缺,上端作大兽面,形模古异,吴兴陈抱之太学所得。按《元帝纪》,第四改元曰竟宁,岁字下当是"在戊子"三字无疑。

[汉建平砖]文仅建平二字,下缺。按哀帝纪元曰建平,砖右侧有一"宜"字,上有"廷尉书"三字。《文献通考》云:"廷尉,秦官,汉因之。景帝中元六年,更名大理。武帝建元四年,复为廷尉。哀帝元寿元年,复改为大理。"知建平时犹未改也。

[汉永建砖]文仅"永建"二字,下缺。按《后汉·顺帝纪》,顺帝在位十九年,纪元五,初纪曰永建,凡六年。

[汉本初砖]文曰"本初元年,岁在丙戌,下端曰造作助"十四字。按后汉质帝纪元本初只一年。此亦抱之所得。

[汉中平砖]文曰"中平五年七月"下缺,计六字,其左侧有"万岁富贵"四字。按《后汉·灵帝纪》,帝在位廿二年,纪元四,末改元曰中平,凡六年。

[汉亭长砖]扬州罗两峰有一砖画像,车骑外貌一人,方面

丰颐，鬖鬖有须，两手执旗杆而立。上有八分书"亭长"二字，宛如汉石室画像。按《汉官仪》，民年二十三为正，一岁以为卫士，一岁为材官，五十六乃得免为民，就田，合选为亭长。亦汉砖也。

[吴宝鼎砖] 康熙四年，吴之村民于小雁岭掘地得之，文曰"大吴宝鼎二年岁在丁亥作"计十一字，书法在篆隶之间，一面有蟏文，笔势劲挺。朱竹垞《曝书亭集》亦载此砖，以为宫殿上所用，引孙皓起昭明宫为证。然魏、晋以前，砖上大率皆有文，不独此砖也。

[吴潘冢砖] 文曰"嘉兴象西潘儒南父母坟茔砖"十二字，又两头有曰"潘冢"、曰"潘墓"，皆篆书，共十六字。浙江嘉兴、海盐诸处委巷颓垣中，往往有之，其书法非隶非篆，绝似《国山碑》。张芑堂《金石契》定为孙吴时砖，引赤乌五年避太子和嫌名，改嘉禾为嘉兴，亦一证。

[晋太康砖] 太康砖，余所见者甚多，其文亦不一。乾隆五十年，吴中大旱，居民于太湖中掘井，得数百块，皆太康砖也。其文曰"太康七年七月十七日吴贺申作"十三字。又吴兴陈抱之亦得有"太康八年临安□弻制万年"十一字砖，砖右侧有"万岁不败"四字。又一块曰"太康□年五月十三日"九字，此吴门陆默斋舍人所藏也。

[晋蜀师砖] 蜀师砖，嘉兴之海盐、扬州之平山堂，皆掘有蜀师砖，或以为蜀都城砖，非也。然"蜀师"二字，义终未详。嘉庆六年冬，浙中陈南叔得一砖，文曰"太康三年七月廿日蜀师所作"，计十二字，则知蜀师为陶人也。

[晋永平砖] 嘉庆丁巳岁，南康谢蕴山先生为浙江布政使，辟东园屋，得永平砖八块。先生大喜，定为晋惠帝时物，遂名之曰八砖书舫，赋诗纪之，一时和者至数十家。或以为明永平厂所造，非晋砖也。先生怒曰："尔辈嗜古家，每以穿凿附会为长，区区瓦砾，何足深究耶！"

[晋元康砖] 文曰"元康八年八月廿六日宣作"十一字。按《晋书》，惠帝第三改元，岁在戊午。

　　[晋永宁砖] 文曰"永宁元年六月十九日淳",下缺,计十字。近嘉兴张叔未解元得有一砖,文与前同,下曰"淳于氏作,奉在立"共十有六字,载芑堂《金石契》。又一砖文曰"永宁元年,岁在辛酉,蔡作",上下两端作蕉叶文,亦惠帝改元也。

　　[晋永兴砖] 文曰"永兴二年八月",下缺,计六字,亦惠帝改元,当在乙丑岁也。山阴陈雪樵所得。

　　[晋永嘉砖] 文曰"永嘉二年,岁在"下缺,计六字。按《晋书》,永嘉,怀帝纪元。此云二年,当是戊辰岁也。此亦抱之所藏。

　　[晋建兴砖] 文曰"传世富贵",左侧有"建兴三"三字,当是建兴三年也。按《晋书》,愍帝改元曰建兴。考三年是乙亥,即蜀汉建元元年也。

　　[蜀汉建元砖] 文曰"建元二年七月八日故民王有张申明仲和马"十八字。按建元是蜀汉年号也。亦雪樵所得。又东晋康帝、秦苻坚亦曰建元。

　　[东晋泰元砖] 晋泰元砖有数种:其一曰"泰元元年八"五字,一曰"晋泰元九年十月",又一曰"晋太元十六年",又一曰"卜氏塴,太元廿一年",皆陈抱之所藏,阮云台尚书有跋语。又嘉庆四年,山阴兰渚山土人掘地得一穴,大逾瓮。有好事者缒入,昏黑不可辨,地宽广约一间屋许,以火照之辄灭,以手扪壁,得古砖五,每块长一尺六寸,厚二寸,博一尺许,上有"晋太元廿二年建墓",凡八字,作阳文凸起,四砖皆同。其一砖尺寸相仿,文已磨灭,惟存"君讳坚,字君实,会稽山阴人也。长子玩,次子玫",凡廿二字,则阴文。五砖皆楷书,今藏吴比部_{兰馥}家。

　　[晋咸康砖] 此砖拓本在吴门陆谨庭孝廉家见之,文曰"咸康四年"。按咸康是东晋成帝年号也。

　　[晋永和砖] 余见者有两砖:一曰"永和四年",陆谨庭所藏车氏拓本也;一曰"永和九年七月十",下缺,张芑堂曾刻入《金石契》者也。梁山舟侍讲尝题一诗云:"顽物千年遂不磨,不知荡濂几沧波。昭陵玉匣今安在,断甓犹传晋永和。"

　　[宋元嘉砖] 文曰"宋元嘉六年太岁己巳",俱反文。按宋文

帝元嘉元年是甲子，六年乃己巳也。此亦陈抱之所藏。

［宋泰始砖］此宋明帝年号也。文曰"泰始二年四月"六字，下缺。陈雪樵得于山阴。

［梁天监砖］文曰"天监八年五月"六字。杭州万氏营葬于西溪，掘土得之。砖藏丁龙泓先生家，载《金石契》。

［梁台城砖］本朝康熙中，江宁民人于台城旧址掘得一砖，计有文四行，曰"南康府提调官"，下缺；"都昌县提调官"，下缺；"总甲曹才"，下缺；"窑匠邓"，下缺：共十九字。车氏拓本也。

［隋大业砖］乾隆五十八年，绍兴府城戢山下居民商姓于住屋清晖轩下掘土得之，砖旁有"隋大业九年太岁癸酉袁"，凡十字，砖顶上又有"迟柠"二字，疑陶人名也。

［唐大和砖］文曰"大和六年"四字。按唐文宗有大和年号，后人误作太和耳。

［唐大中砖］文曰"大中四年"四字。按唐宣宗年号也。此二砖俱陈抱之所藏。余曩在吴门，又见有"柳砖"二字，笔法颜鲁公，想亦唐时砖也。

右汉、魏、晋、唐砖，合重文、异文及残缺者，计四十余块。又有无年月可考者，如功曹史砖、左将砖、柳砖、崔氏造砖、李氏砖、王宥砖、东迁砖、潘氏砖、孙氏砖、大泉五十砖、五铢砖、可久长砖、长乐砖、寿考砖、安富贵砖、大吉祥砖之类，不能尽记，皆汉、唐物也。

铜　　鼓

铜鼓形如坐墩，中空无底，扣之有声，面圆而多花纹，其上隐起，有四耳，作蛙鼋之状，无铸造年月字样。有径二尺余者，有径尺许者，亦大小不等。余生平所见不下三四十枚，惟晋陵赵瓯北先生家所藏一枚为最大。今云南，四川，广东、西俱有之。国初赵秋谷有《铜鼓歌》，朱竹垞有《铜鼓考》，谓皆出自诸葛孔明所铸，其实非也。《后汉书·马援传》：于交址得骆越铜鼓，援取其鼓以铸铜马。是在孔明之前。《晋书·食货志》："广州夷人宝贵铜鼓。"又《载记》云：赫连勃勃铸铜为大鼓，以黄金饰之。又在孔明之后。惟《岭表录异》云：蛮夷之乐有铜鼓焉。《新唐书》云：蛮人宴聚则击铜鼓。则铜鼓者，实苗蛮之所造，非孔明也。

铜　带　钩

古铜带钩，余见者有二十余种，形如螳螂，要皆是汉、魏之物。其下有文，皆吉语，如"位至公侯"、"长宜君官"、"大吉祥"、"富贵昌"之类。考者谓革带所施。《隋书·礼仪志》"革带，案《礼》博二寸，今博三寸半，加金缕鰈、螳螂钩以相拘"是也。金缕者，即今之嵌金银丝也。

玉　昭　文　带

昭文带，本名璲。《说文》："璲，剑鼻玉也，所以鼻剑者也。"今人谓之昭文带。古玉者固多，后人仿造者亦复不少。余见有汉玉者十余条，其色有红者、白者、黑者、白质黑章者、白质红章者，恐皆是古人殉葬之物。

古　　镜

余三十年来所见古镜极多，而各有不同。一曰："黄帝治镜于西方，青龙白虎辟不羊，朱鸟玄武调阴阳，子孙备具居中央，为保长生富贵昌。"一曰："炼治同锡清而明，以之为镜宜文章。光照天下达四方，长保二亲世世昌。"一曰："十言之纪从竟始，调炼同华去恶滓。刻竟均好置孙子，长保二亲乐毋已。寿同金石天王母，富如江海东西市。"一云："青盖作镜四夷服，多贺国家人民息。胡虏殄灭天下服，风雨时节五谷熟。长保二亲，得天力兮。"又云："人鉴以形，我鉴以心。暗室屋漏，上帝汝临。"又云："得月之光，长毋相忘。"按洪氏《隶续》所载镜铭，与此亦大同小异。余谓诸镜恐是唐、宋人翻沙，未必尽汉镜也。

唐　　镜

嘉庆己卯三月，钱塘赵晋斋来吴门，携有一铁镜，径六寸许，背有嵌金飞龙两条，中有字曰"武德壬午年造，辟邪华镟铁镜"十二字。其铭文云："三乾卦。镟铁作镜辟大旱，清泉虔祈甘霖感。魅孽当前惊破胆，服之疫疠莫能犯。双龙嘍略垂长颔，回禄睢盱威早敛。"共四十四字，金色煌然，真奇物也。

铁　　券

唐昭宗乾宁四年，赐先武肃王铁券，当为吾家至宝。泳拜观者凡两次。第一次乾隆五十六年，在绍兴府与修郡志，李晓园太守专札台府克公借观。第二次则道光三年三月，泳省先世坟庙，至浙，亲往台州观之。券藏东门外五十里白石山下一小村庄，皆钱姓，地名里外钱。其守券者曰钱永兴，兄弟三人，皆务农，轮流值管。有小楼三间，专为藏券而造，并有五王遗像及忠懿王草书真迹，并宋、元、明人题跋极多，惜乡城远隔，未得装池，为可惜耳。谨案铁券之制，其形如瓦，高今裁尺九寸，阔一尺四寸六分，厚一分五厘，重一百三十二两，盖熔铁而成，镂金其上者。文二十四行，行十四字，惟"忠以卫社稷"一行，"社稷"二字平抬，连后官衔一行"中书侍郎"云云，合三百四十二字，然剥蚀者已十之三四矣。铁色如墨，并无锈溢，而金书烂然，光彩射目，尚如新制。按自忠懿王纳土后，至太宗之淳化元年，杭州守臣以前券及竹册、玉册各三副，诏诰百余函进呈，诏赐忠懿王嗣子惟濬，藏之汴京赐第。仁宗登极，霸州防御使晦侍左右，帝问券，欲见之。晦遂进呈，帝览讫，赐还，券藏于昭化坊赐第。神宗元丰四年，特令钱氏孙朝奉大夫藻进呈，仍降付本家，永传后裔。至驸马都尉景臻尚主，宗器属焉，券遂安于都尉之第。靖康元年，金人入寇，诏公主子荣国公忱奉母出居江南，以券行，因避地湘、湖间。绍兴元年，迁台，高宗遂即台城崇和门内赐公主第，由是券世藏于台之美德坊。德祐二年丙子，元兵南下破台时，有家人窃负以逃，莫知所在。迨至顺二年辛未，渔者偶网得之，乃在黄岩州南地名泽库深水内。一村学究与渔邻，颇闻赐券之说，售以铁价，然二人皆不悟其字乃金也。有报于宗子叔琛之兄世珪，用十斛谷易得之。失水五十六年，青毡复还，诚为异事。明太祖洪武二年秋八月，燕都西北州郡次第皆平，郊祀天地，大告武成。又念开国大臣劳烈，将锡之以铁券，前一月，下礼官议立制度。翰林学士危素奏言：唐和陵时尝赐钱武肃王，其十五世孙尚德，字允一，号存斋，天台人，元末官青田教谕，实宝藏之。遣使者访焉。尚德即世珪子也，奉诏，椟券及五王遗像以进。上御外朝，与丞相定国公李善长、礼部尚书牛亮、主事王肃观之镂木为式。敕省臣宴于仪曹，恩意有加。陛辞日，命还券、像，刘基、宋濂、王祎等咸赠以诗。尚德并其祖王手迹，各装潢为卷，历代名贤俱有题跋。二十一年正月，十六世孙克邦以大臣荐赴阙，吏部引见。上以钱氏纳土，至今子孙尚存，寻授克邦建昌知府。二十三年，都察院引见奉天殿，谕："孺子，前当五代时，天下大乱，各据偏方。尔祖能保两浙之民不识兵革，到宋朝来，知太祖、太宗是真主，便将土地归附。尔之祖先，忠孝好处，可延赏也。券、像复与尔归守。"永乐五年正月，礼部奉旨差行人曹闰驰驿至台，十七世孙广西参政汝性同行人奉券进呈，览毕，以礼敦遣，藏于宗子凤墀家，世守不坠。至本朝乾隆二十七年，高宗皇帝南巡，三月初五日，予告刑部尚书裔孙钱陈群，率台之族孙武进士钱选等进呈乙览，当奉到御制七古诗一首。臣陈群进表称谢，一时随驾诸大臣及守土大吏、在籍搢绅，如庄有恭、范清供、齐召南、沈德潜、蒋士铨、沈初、费淳等，皆有恭和御制诗原韵，为一时之盛。案是券凡七登天子之庭，非若世之商彝、周鼎，徒以世远得名者所可比并也。

金　涂　塔

先忠懿王造金涂塔事，不载于《吴越备史》，故自宋、元、明以来，人无有知之者。虽《嘉泰会稽志》、周文璞《方泉集》、《台州府志》、《舆地纪胜》及程孟阳《破山寺志》俱载有吴越金涂塔，而未见其物，故亦未详其制。至本朝朱竹垞《曝书亭集》，竟视为塔之瓦，误矣。乾隆壬子三月，余游芜湖，忽见于吾友陈雪樵案上。塔高今工部尺四寸三分，中有一顶已缺。塔四版合成，上有四角，镂金刚八位；下层每面有佛三位；其中一层，即沙门德清所谓释迦往因本行示相也。腹内有"吴越国王钱弘俶敬造八万四千宝塔，乙卯岁记"十九字，下又有一"保"字，想是造塔时所编记目耳。余始为之作考，曾经供奉案头者累月，一时士大夫赋诗，传为佳话。后闻是塔为朱文正公所得，陛见时作面贡矣。嘉庆己卯岁，常熟刘君在市中亦得二枚，云自石门县田野中掘土出之，与前所见者无异。孙子潇庶常为作七古一首，甚妙。古人云："传闻不如亲见。"信哉！

宋 宣 和 铜 器

宣和年所铸铜器甚多，据所见者，则有铜瓶、铜香炉、铜爵、铜壶、铜如意之属，虽制作精妙，大约总不如周、秦、两汉之朴而华也。

宋 瓷 器

陶九成《辍耕录》谓瓷器始于五代，非也。尝读杜少陵《乞韦少府大邑瓷碗》诗云："大邑烧瓷轻且坚。"则唐时已有之，至五代、两宋而始盛耳。明永乐、宣德以及成、弘、正、嘉诸朝，皆称极盛。而本朝康熙、雍正、乾隆、嘉庆四朝，制作尤精，实超出乎前古；惟质地颇松而脆，不比宋、明之坚且结，可以垂久。

岳 氏 铜 爵

乾隆甲寅岁七月，余寓西湖，监修表忠观。桐乡金云庄比部示余铜爵一，高裁尺五寸六分，深二寸七分，中镌"精忠报国"四篆字，爵右边有小印曰"岳珂建造"。按珂为武穆王孙。孝宗初政,始雪武穆之冤,访求裔孙,赐葬建祠。此爵之造,必其时也。比部云,拟将此爵归之岳庙中,以垂永久。武进赵味辛为作赋纪之。

秦 桧 铁 锅

浙江藩署,南宋秘书省也。著作郎石待问尝书"蓬峦"额于省中。谢蕴山先生为方伯时,命余亦书此二字,以名其轩。轩前有大铁锅一具,可煮五石米饭。相传为秦桧之家中旧物也。

元 石 础

吴郡齐女门内有潘氏巷及拙政园、任蒋桥一带,皆元时张士诚女夫潘元绍旧宅,故今尚有驸马府及七姬庙之称,俱为元绍遗迹。嘉庆二十年春三月,偶同潘榕皋、畏堂两先生及其令子理斋户部、树庭中翰游拙政园。园西有粉墙,露出桃花几枝,因问两先生为何家所居,曰:"程氏也。"遂通知主人,并往游焉。见后园有石础八枚,制作奇古,每一础上蟠螭六面,下列三兽,穿于螭首之下,高二尺许,围圆四五尺,心窃喜之。主人曰:"此元时潘元绍家中物也。"隔三四年,闻此宅已为他人所有,遂从程氏购归,置之履园报春亭下。余所得者仅四础,其余四础为榕皋先生取去,亦置之须静斋中。余尝有诗云:"七姬冢上乱鸦翻,驸马堂前秋草蕃。留得苍苔蟠柱础,任人移置别家园。"按《明史》:至正十六年,张士诚陷平江,改名曰隆平府,开宏文馆,设官属,自立为吴王,妻刘氏为后,以女夫潘元绍为驸马都尉,视同腹心。元绍好治园圃,聚敛金玉及法书名画,日夜歌舞自娱,凡挎蒱、蹴鞠、游谈之士,无不罗至。及元绍败,士诚俱置不问。世所谓七姬者,皆元绍妾也。余得础后,友人赋诗者甚众。吴门陆君果泉又为赋《石础歌》,用韩昌黎《石鼓歌》韵,尤妙,附记于此。"钱君新得元石础,命我试作石础歌。元季伪周潘驸马,谋画自谓同萧何。事见《明史·张士诚传》。出兵邀请美田宅,挎蒱蹴鞠慵提戈。皆元绍事。大兴土木驸马府,石工朝夕相砻磨。结客少年曳珠履，藏娇金屋皆绮罗。回廊曲榭何深邃，雕甍画栋真巍峨。豫章梗楠远采取，武康文石搜岩阿。石破天惊金鼓震，橄飞八罪空讥呵。皂林一败势渐孤，西风黄叶谣非讹。摧坊倒碣作飞炮，罗雀掘鼠搜池蝌。平江被围九月，兵食俱尽，至取坊碣充炮石，取水虫食之，一鼠直百钱。府中础石偏完固，坚比金铁蟠蛟鼍。书画收藏更充满，岂借鉴定丹丘柯。三兽刻镂猛如虎，六龙围绕飞如梭。风云际会思航海，熟知海运路委蛇。赵家旧例受周禅，后房妆饰同宫娥。士诚改至正十四年为天祐元年，皆元绍谋也。元绍本为赵宋子孙，改姓潘氏。其国号曰大周者，思继周也。后降元，去伪号，由海运漕粟十一万石于大都。苏城被围，元绍等又劝士诚即用海运船袭取日本自立，如虬髯故事。盖元时安南亦以婿受禅。谁知一朝心胆碎，七姬涕泪流滂沱。铭留墨宝称三绝，七姬墓志，张羽撰文，宋克书丹，卢熊篆，盖世称三绝。盘荐红颜调六和。元绍后房妾有苏氏者，才色俱绝。元绍醉后，杀以飨客。杨铁崖作《金盘美人行》歌。杀妾何辜飨士卒，加租有额私升科。明太祖平定平江，籍没元绍及周仁、徐义等田产，取私租簿以定田赋。郎君投溷须眉动，夫人摩笄流血多。士诚既死，太祖虑元绍叛，杀而投诸溷中。其妻张，城破后摩笄自杀。亭馆凄凉存石础，何异荆棘悲铜驼。回想当年全盛日，朝歌暮舞常经过。周仁徐义同筵燕，宋克卢熊相切磋。或倚云根斜点笔，或乘画舫浮清波。勒石铭勋夸卫霍，投戈立马轻剪颇。石人无眼已如此，石城有国难如他。元末有童谣云："石人一只眼。"明太祖以金陵石头城为都。堂呼都尉尊塑像，庙傍宰嚭邻婑婑。驸马府堂塑潘元绍夫妇像，在盘门丽娃乡，是乡相传为吴伯嚭旧宅。至今尚有潘氏巷，竭来吊古三摩挲。玉册流星灯影散，太平新曲今谁哦。士诚盛时，尝于元夜张灯，有玉册、流星、万点金、百花团诸名目与其母曹氏、其妻刘氏登观风楼，召元绍等开赏灯宴，赋《望太平》诸曲。齐云楼废啼乌鹊，金女坟沈来鸭鹅。士诚既厚葬其妾金姬，复用其父李素为隆平府丞，立庙建碑，命饶介撰文，周伯琦书丹。其后墓陷为湖，今俗称金姬湖。沧海桑田五百载，石火电光一刹那。础底尚镌天祐岁，痕疑铜柱七中轲。君因访碑得四础，如闻汉碣来东河。今年河决山东，闻有新出汉碑。珍藏不殊钟与鼎，我欲来看常蹉跎。"

卷三　考索

动

《易》曰："吉凶悔吝,生乎动者也。"宋儒解之曰："同一动也,吉居其一,而凶悔吝居其三。故君子慎动。"推其意,将必有以枯禅入定,始谓之吉矣。余以为"天行健,君子以自强不息",凡事皆从动而生,动而成者,未有不动而生,不动而成者也。所以仕宦要勤俭,种田要勤俭,工作要勤俭,商贾要勤俭。凡事勤则成,懒则败。故君子之动也以礼,自吉多而凶少;小人之动不以礼,自吉少而凶多。陆象先云:"天下本无事,庸人自扰之。"所谓扰之者,庸人也,非君子也。无礼而扰之,小人之道也;有礼以当之,君子之道也。

错　简

《舜典》"舜让于德,弗嗣"之下,紧接"正月上日,受终于文祖",中间似有错简。或曰《论语》"尧曰:咨,尔舜"数语当在此。又《孟子·万章》"今有御人于国门之外者"一节,注中有"殷受夏"至"为烈"十四字,语意不伦。李氏以为断简或阙文者。吾乡秦元宫先生谓当在《滕文公》"彭更"章"非其道"之下:"孟子曰:'非其道,则一箪食不可受于人;如其道,则舜受尧之天下,殷受夏,周受殷,所不辞也。于今为烈,不以为泰,子以为泰乎?'"皆属有理。

出　母

世传孔氏三世出妻,此盖误会《檀弓》"孔氏不丧出母,自子思始"之说。按其文曰:"伯鱼之母死,期而犹哭。夫子闻之,曰:'谁与哭者?'门人曰:'鲤也。'夫子曰:'嘻,其甚也!'伯鱼闻之,遂除之。"又曰:"子上之母死而不丧,门人问诸子思曰:'昔者子之先君子丧出母乎?'曰:'然。''子之不使白也丧之何也?'子思曰:'昔者吾先君子无所失道,道隆则从而隆,道污则从而污。伋则安能? 为伋也妻者,是为白也母;不为伋也妻者,是不为白也母。'故孔氏之不丧出母,自子思始也。"此则后人谓孔子、子思出妻之证也。按《左传》:"康公,我之所自出。"出之为言生也,谓生母也。其曰"子之不使白也丧之",何也? 盖嫡母在堂,不得为三年丧耳。其曰"为伋也妻是为白也母"者,正其妾之谓也。必白为妾所出,而子思不令其终丧故也。考之年谱,孔子六十六岁,夫人亓官氏卒。六十七岁,有伯鱼母死期年犹哭,子曰"谁与"之问。六十八岁,孔子归鲁。又考之古礼,父在为母服期。合诸夫子六十六岁而亓官夫人卒,六十七岁正伯鱼期年丧毕之时,而伯鱼犹哭者,盖贤者过之也。夫子之言,殆谓父在而哭母之礼不可过,非谓母出而为子之服又当降也。乃迂执者拘于期字之义,谓出母无禫,期可无哭,必以实孔子出妻之说。如谓孔子所出者即亓官夫人,则后人何不记夫人之出,而反记已出之夫人之卒? 如谓伯鱼之期而犹哭者又一夫人,则孔子有二夫人,而伯鱼为生母之丧矣。然则子上之不丧出母,生母也,非见出于父之母也,更无待辨,何疑乎子思有出妻之事,而兼疑乎伯鱼为出母之丧哉! 况《檀弓》止有"出母"字,并无"出妻"字。后人因出母字而溯从前一代为出妻,亦弗思之甚。谓伯鱼出妻者,盖亦据《檀弓》曰:"子思之母死于卫,柳若谓子思曰:'子圣人之后也,四方于子乎观礼,子盖慎诸?'子思曰:'吾何慎哉? 吾闻之:有其礼,无其财,君子弗行也;有其礼有其财,无其时,君子弗行也。吾何慎哉!'"又据《檀弓》曰:"子思之母死于卫,赴于子思。子思哭于庙,门人至曰:'庶氏之母死,何为哭于孔氏之庙乎?'子思曰:'吾过矣! 吾过矣!'遂哭于他室。"即以此说论之:既曰"庶氏之母",则固明指为庶母矣,何曲为之解者反曰伯鱼卒,而其妻嫁于卫之庶氏也? 子思又尝居于卫,则母之从子于卫,亦寻常事,而何言乎嫁于卫也? 礼诸侯一娶九女,惟嫡夫人祔庙,鲁隐考仲子之宫,为《春秋》所讥。则妾之不可祭于嫡室,自古而然。是子思之哭生母于他室而不

于庙,固其宜也。《孟子》曰:"是欲终之而不可得也。"非不能申丧于
生母之谓也。然则夫子为政三月,而鲁国大治,商贾信于市,男女别
于涂,岂室家之内,朝夕熏陶,及于积世,独不能如有虞之化,率二女
以执妇道耶? 学者偏信彼而疑此,亦惑之甚矣。此说始于周栎园,南
汇张友白亦极论之,可以破千古之疑。

苟

《说文》部首有苟字,居力切,读曰"急",恭敬之"敬"字从此。许
祭酒曰:"苟,自急敕也,从羊省,从勹口者,犹慎言也,与义、善、美同
意。"段懋堂大令《说文注》谓此字不见经典,惟《尔雅·释诂》:"悈、
骏、肃、亟、遄,速也。"《释文》"亟"字又作"苟"同。观此,则与苟字绝
然相反。若言"苟","苟,艸也,从艸句声,古厚切。"苟且之"苟"字从
此。案《燕礼》:"宾为苟敬。"郑注云:"苟,且也,假也。"又《聘礼》:"宾
为苟敬。"郑注云:"苟敬者,主人所以小敬也。"又《毛诗》:"无曰苟
矣。"郑亦迁就,并解为苟且之"苟",误矣。余以为《论语》"苟志于仁
矣",《大学》"苟日新",朱子《章句》并解为"苟,诚也",亦误。

仁

《论语·学而篇》:"孝弟也者,其为仁之本与!"即上文"其为人也
孝弟"之"人",非仁义之"仁"也。案篆文"人"作尺,或变作尽,隶书亦
作人,汉《礼器碑》"士人"作"士仁",则"人"、"仁"二字,古盖通用,犹
之"井有人焉"作"仁"也。若作仁义字解,便投入荆棘,其义反晦。近
刻《十三经校勘记》、《论语古训》俱未言及。

三　归

《论语·八佾篇》:"管氏有三归。"《集说》据《说苑》云:"三归,台
名。"考《韩非·外储说》:"管仲相齐,曰:'臣贵矣,然而臣贫。'桓公曰:

'使子有三归之家。'"《晏子春秋·内篇杂下》：景公曰："昔吾先君桓公，有管仲恤劳齐国，身老，赏之以三归。"《国策》："齐桓公宫中女市，女闾七百，国人非之。管仲故为三归之家。"《史记·礼书》："周衰，礼废乐坏，大小相逾，管仲之家，兼备三归。"包咸注："三归，娶三姓女也。妇人谓嫁曰归。"王伯厚亦曰："惟正己可以格君，故管仲有三归，不能谏六嬖之惑。"合观诸说，则非台明矣。刘向因《国策》宋君筑台、齐桓女闾，赖子罕抶民、管仲三归以掩君过，遂以三归系于筑台之下，误为台名，紫阳袭其误耳。

亳

顾亭林《日知录》论《说文》云："亳为京兆杜陵亭，此地理之不合者。"案《史记集解》徐广曰："京兆杜县有亳亭。"《索隐》："秦宁公与亳王战，亳王奔，遂灭汤社。皇甫谧云：'周桓王时，自有亳王号汤，非殷也。'"此亳在陕西长安县南。若殷汤所封，是河南偃师之薄。《书》传及本书原作"薄"。如《逸周书·殷祝解》云："汤放桀而归薄。"《郊特牲》："薄社北牖。"《管子·地数篇》云："汤有七十里之薄。"《墨子·非攻篇》云："汤奉桀众，以克有属诸侯于薄。"《荀子·议兵篇》云："古者汤以薄。"《吕览·具备篇》云："汤尝约于郼薄矣。"高诱注："薄或作亳。"惟《孟子》作"汤居亳"。盖借音字。则《说文》所指京兆杜陵亭者，未尝误也。桐城孙岌之教授尝著《榷经斋札记》，考之甚详。

巂　周

《尔雅·释鸟》"巂周"注："子巂鸟，出蜀中。"下云："燕燕，鳦。"案"巂"字音规，巂周即子规也。《说文》误其句读，解"巂"字曰"周燕"，陆德明《经典释文》亦承许氏之误。

寡　公

《左传》："齐崔杼生成及疆而寡。"是丈夫丧耦亦可称寡。俗语有寡公寡妇之说，非无本也。

廋　　词

《晋语》："范文子莫退于朝。武子曰：'何莫也？'对曰：'有秦客廋词于朝。'"注："廋，隐也。谓以隐伏谲诡之言问于朝也。"案隐语如《左传》"庚癸"、"鞠劳"，及邹衍、淳于髡、东方朔之微言皆是也，故曰廋词。东坡诗云："巧语屡曾遭蕙苂，廋词聊复托芎劳。"或作庾词者误。

玄　　堂

《吕览》："天子居青阳。"高诱注："东出谓之青阳，南出谓之明堂，西出谓之总章，北出谓之玄堂。"今吴语呼客堂曰"员堂"，殊无意义，恐是玄之误。以人家朝南，上玄堂俱北出耳。

并　为　傍

《史记·始皇本纪》："并海上，北至琅玡"，"遂并海，至平原津"，"并海南，至会稽"。《封禅书》："并海上，北至碣石。"《大宛传》："还并南山，欲从羌中归。"《汉·郊祀志》："遂登会稽，并海上"，"东巡碣石，并海"，"皆在齐北，并渤海"。《沟洫志》："并北山，东至洛。"《薛宣传》："酷吏并缘为奸。"以上"并"字，《索隐》、师古注皆步浪反，读曰"傍"，今吴语所云"靠并"、"依并"是也。

草　　书

昔人谓草书在篆隶之前。赵壹曰："草书起秦之末。"卫恒曰："汉兴有草书，不知作者姓名。至章帝时，齐相杜度作草书；元帝时史游作急就章，解散隶体粗书之，谓章草之始。"余以为皆非也。草书之名,实起于草稿。《史记·屈原传》:"屈原属草稿未定。"是古篆隶皆有草稿书,非今之草书也。熟观二王草书,字字从真行而生,岂草书反在篆隶之前乎?虽《淳化阁帖》有汉章帝草书,实是王著妄作,不可遂为典据。

老　先　生

老先生之称,始见于《史记·贾谊传》。明时称翰林曰老先生,虽年少总称老先生。国初称相国曰老先生,两司称抚台亦曰老先生。近时并不以称老先生为尊,而以为贱,何也?

名　　士

《汉书》:"闻张耳、陈馀两人,乃魏之名士。""名士"二字始见《月令》,云:"聘名士。"又《史记·律书》亦云:"自是之后,名士迭兴。"谓名家、法家之士,非有名德有词章之谓也,今人往往误用。

古　今　人　表

班孟坚列《古今人表》于《汉书》中,颜师古以为但次古人而不表今人者,其书未毕故也。于是后人有议之,有驳之,讫无定论。余独谓不然,盖上古之世,圣帝明王接踵而生,故圣人、仁人、智人居多;中古之世,则渐生中下之人;至战国时,则下愚之人接踵而生,上上之人少矣。故自周公、孔子而后,无有一人列于上上者。班氏意盖本孔子"唯上知与下愚不移"、"中人以上,可以语上也"二语,是借古人以鉴今人,此立表之深意也。若必欲以有汉一代之人尽列表中,试问将高祖以下诸帝,置于圣人之列耶?仁人之列耶?抑孟坚是汉人,能雌黄本朝人物耶?且序中立意,原归乎显善彰恶,劝戒后人,故博采焉。后人读书,每每误会前人意见如此。暇时拟著"两汉人表",以补班、范两家之书,亦一快事。

亲　　家

今人呼姻亲为亲家,始见于《后汉书·礼仪志》。"亲家公"三字,则见于《隋书》李穆弟李浑传,皆作平声读。今吴人呼亲家为窥家,又作去声读。《左传》:师服曰:"庶人工商,各有分亲。"是亲家之"亲",本读去声也。案《说文》:"窥,至也,初仅切。"秦刻石文:"窥巡远方"、"窥巡天下",犹言亲之至也。唐卢纶《王驸马花烛诗》云:"人主人臣是亲家。"可见呼亲家为窥家者,其来久矣。

大 长 公 主

先六世祖会稽郡王讳景臻,尚宋神宗第十女贤穆大长公主,事见《宋史·外戚传》。心窃疑之,以为行次第十,何以加"大长"二字?案《汉书》,天子女称公主,姊妹称长公主,姑称大长公主。至高宗朝,盖贤穆已长三四辈矣。

关 侯 世 家

关侯神庙始于唐贞元十八年,为玉泉伽蓝,有董侹为记。宋、元、明以来,皆有封号。至本朝,显灵尤盛,尊为武庙,祀以太牢,与孔子并重,今且尊之为帝矣。余尝晤江都校官郑君名环者,为作《关侯世家》,以《三国志》本传为主,而注之以历代祀典、杂说,直至本朝加封徽号及恩锡、致祭、典礼为一卷,颇为详备。惟称周将军为实有其人,见本传中,不知何据。

打　　踪

本朝礼制,幼辈见长者,下属见上司,仆人见主人,以一足略屈,欲作拜势,谓之打踪。此上古已有之。《史记·滑稽传》:"犗鞴鞠腿。"徐广曰："腿与跽同，谓小跪也。"《说文》曰："跧，蹴也。一曰卑也，縮也。庄缘切。"又《后汉书》：高句丽在辽之东，跪拜曳一足。即郑注《周礼》"奇拜"之义，为屈一膝是也。

海市蜃楼

王仲瞿常言：始皇使徐福入海求神仙，终无有验。而汉武亦蹈前辙，真不可解。此二君者，皆聪明绝世之人，胡乃为此捕风捉影、疑鬼疑神之事耶？后游山东莱州，见海市，始恍然曰："秦皇、汉武俱为所惑者，乃此耳。"其言甚确。

高邮州西门外尝有湖市，见者甚多。按高邮湖本宋承州城陷而为湖者，即如泗州旧城亦为洪泽湖矣，近湖人亦见有城郭楼台、人马往来之状。因悟蓬莱之海市，又安知非上古之楼台城郭乎？则所现者，盖其精气云。

请雨

请雨祈晴之说，自古有之。如《檀弓》、《吕氏春秋》、《荀子》、《春秋繁露》皆有载者，如董江都之闭阳门则雨，欲止则反是之谓也。余谓晴雨是天地自然之理，虽帝王之尊，人心之灵，安能挽回造化哉？即有道术，如画符遣将、呼风唤雨诸法，亦不过尽人事以待天耳。杭人请雨祈晴，则全仗观音力，尤为可笑。究竟观音果能祈雨耶？不能祈雨耶？吾不知之也。阮云台宫保巡抚浙江，适逢大旱，未往天竺进香，而人心遂大不服，啧有繁言。世俗之惑，一至于此。

水车

大江以南灌田之法，俱用水车，其来已久。又名曰桔槔。《庄子·天运篇》："桔槔者，引之则俯，舍之则仰。"故水车为桔槔也。《太平御览》引《魏略》曰:"马钧居京都,有地可为园,患无水以灌之,乃作翻车,令儿童转之,而灌水自覆,更出更入,其巧百倍。"水车之制始此。东坡《无锡道中赋水车》诗云:"翻翻联联衔尾鸦,荦荦确确脱骨蛇。分畦翠浪走云阵,刺水绿针抽稻芽。"可谓形容尽致。近吴门沈狎鸥孝廉按之古法制龙尾车,不须人力,令车盘旋自行,一日一人可灌田三四十亩,岂不大善。然只可用之北地,不可施之江南。且一车需费百余金,一坏即不能用,余谓农家贫者居多,分毫计算,岂能办此?犹之风车非不善,在大江边可行,若是日无风,便不得水,总之不如水车之妙。

土 地 之 神

今坟墓上有土地之神,每年祭扫,必设酒脯祀之,其来已久,见《檀弓》:"以几筵舍奠于墓左。"注:"虞翻云:'舍奠墓左,为父母形体在此,礼其神也。'"《正义》云:"置于墓左,礼地神也。"

润　　笔

润笔之说,昉于晋、宋,而尤盛于唐之元和、长庆间。如韩昌黎为文必索润笔,故刘禹锡祭退之文云:"一字之价,辇金如山。"李邕受馈遗巨万,皇甫湜索缣九千,白乐天为元微之作墓铭,酬以舆马、绫帛、银鞍、玉带之类,不可枚举。

乡勇自古有之

古人寓兵于农,言兵即可以为农,农即可以为兵也。后世分兵农为两途,言兵不可以为农,农不可以为兵也。今之所谓乡勇者,非兵非农,与之言兵,素不知干戈之轻重;与之言农,又不知稼穑之艰难,然则何以用之哉?《韩非子》有言曰:"今者所养非所用,所用非所养。"乃知乡勇自古有之。

泉 之 为 钱

余年二十七八，馆于吴门徐复堂家，正录先世《大宗谱》，谱中载篯铿第二十六子孚为周文王师，拜官钱府上士，因去篯之竹而为钱氏，此定姓之祖。时内阁学士颎年才十四五，见之笑曰："《周礼·泉府》字皆作'泉'。《说文》曰：'钱，铫也，古田器。'不可以钱作泉也。"余答曰："子不见郑司农注云'泉，故书作钱'耶？"盖泉之为钱，其来久矣。近嘉定献之别驾坫，凡为人书碑版、楹帖、条幅，名款竟书"泉坫"，亦尚古好奇之甚。盖泉别有一姓，《后周书》有泉企，上洛丰阳人，《新唐书》诸夷蕃将传有泉男生。献之毕竟以钱为泉，亦觉无谓。

札 朴

老友桂未谷大令尝作《札朴》二十卷，考订精确，发前人所未有，略记数条于此。

或问："今学宫之乐舞生本于何书？"桂未谷曰："《周礼》籥师掌教国子舞羽龡籥。郑注：'所谓籥舞也。'今人称乐舞者误也。"

或问："青黑异色，今北地人辄呼黑为青者何也？"桂未谷曰："史记秦二世时，赵高欲作乱，或以青为黑，黑为黄。民言从之，至今犹存其语耳。"

或问："今之善讼者，谓之刁风，南北通行，何义也？"桂未谷曰："此字循习不察久矣。《史记·货殖传》：'而民雕捍。'《索隐》注云：'言如雕性之捷捍也。'吏胥苟趋省笔以代'雕'耳，犹福州书吏书'藩台'为'潘台'是也。"

或问："四月八日为浴佛日，有典乎？"桂未谷曰："《宋书·刘敬宣传》：'敬宣八岁丧母，四月八日，见众人灌佛，乃下头上金镜，为母灌佛。'即铸金象佛也。《文选·七命》：'乃炼乃铄，万辟千灌。'王粲《刀铭》：'灌辟以数。'皆铸之义也。今人以为浴佛，误矣。"

或问："今之履历有典乎？"桂未谷曰："今之履历，犹古之脚色也。

《通鉴》:'隋虞世基掌选曹,受纳贿赂,多者超越等伦,无者注脚色而已。'注云:'注其入仕所历之色也。'宋末参选者,具脚色状,即根脚之谓也。"

或问:"棺有前和、后和之称,何也?"桂未谷曰:"案《吕氏春秋》:'昔王季历葬阳山之尾,栾水啮其墓,见棺之前和。'谢惠连《祭古冢文》云:'两头无和。'是也。"

北 音 无 入 声

顾亭林曰:入为闰声,李子德编入声俱转去声,盖北音无入声,以《五经》、《左》、《国》尽出北人也。如费无极之"极"字,《史记》、《吴越春秋》俱读作"忌",犹如郦食其、审食其,"食"字俱音"异"也。《易·未济》初六象曰:"濡其尾,亦不知极也。"朱子注曰:"极字未详。"考上下韵亦不协,若读如"忌"声,则上下韵俱叶矣。或解作无忌惮,义亦通。或曰:"如子言古无入声,与《中原韵》何别?"余曰:"《五经》、《左》、《国》,上世之北音;《中原韵》,后世之北音也。"

古 韵

今所用韵与《唐韵》不同,以今音叶唐诗者误矣。而昧于学者,以《唐韵》叶《三百篇》尤误。要知古今言语各殊,声音递变,汉、魏以还,已不同于《诗》、《骚》,况唐宋乎?且一方有一方之音,岂能以今韵叶古韵乎?近金坛段懋堂大令有《六书音均表》,高邮夏澹人孝廉有《三百篇原声》,吾乡安汇占孝廉有《说文韵徵》,皆可补顾氏《音学五书》之阙。

鲲 鹏

余幼时读《庄子》"北溟有鱼,其名为鲲"数语,为之大骇,以为断无此理。问之长者,云:"此庄生寓言也。"嘉庆丙子十月,安东县知县详报,沿海有大鱼一头,两目已剜去,计长三十六丈,自背鬣至腹,高七丈有余。又袁叔垫刺史言:山东蓬莱县与海最近,一日有大物从空而来，两翼垂天，日为之晦。满城人大惧，罗拜焚香，逾时而去，日光复明。又《南汇县志》载国初有大鱼过海中，其鬣如山，蠕蠕而行，过七日七夜。岂即《庄子》所谓鲲鹏者非耶？

梅　　梁

禹庙梅梁，为词林典故，由来久矣。余甚疑之，意以为梅树屈曲，岂能为栋梁乎？即如金陵隐仙庵之六朝梅，西川崇庆州署之唐梅，滁州醉翁亭有欧阳公手植梅，浙江嘉兴王店镇有宋梅，太仓州东园亦有王文肃手种一株曰瘦鹤，皆无有成拱抱而直者。偶阅《说文》梅字注曰："楠也，莫杯切。"乃知此梁是楠木也。

补　天　射　日

《太平御览》载女娲氏炼石补天，后羿射毕十日，岂可信乎？余释之曰："炼石补天者，言烧石成灰，可补屋漏也。射毕十日者，言射的如日之圆，十日并中也。"《山堂肆考》又谓羿善射，河伯溺杀人，则射其左臂；风伯坏人屋舍，则射中其膝，有功于天下，皆不经之言。

颜　淑　冉　予

汉石室画像题字云："颜淑独处，飘风暴雨。妇人乞宿，升堂入户。燃蒸自烛，惧见意疑。未明蒸尽，搤芒续之。"颜淑字叔子，事详《诗·巷伯》疏，与鲁男子闭户事异。又绍兴府学中有一唐碑刻《十哲赞》，称冉予字子我。案《史记·仲尼弟子列传》云："宰予字子我。"裴骃引郑康成注曰："鲁人。"《淮南子·人间训》亦称宰予，未闻其姓冉也。然自必有据。

繖

古有簦无繖，《说文》簦字注："盖也。"笠字注："簦无柄也。"然则籈即今之伞也。《晋书·王雅传》："雅遇雨，请以繖入。"此为繖字初见。又《史记·五帝本纪》："舜以两笠自扞而下。"皇甫谧注云："繖也。"崔豹《古今注》："太公伐纣，遇雨，乃为曲盖。"亦即繖也。故今吴人呼繖为持笠，盖本此。又《三国志》："忘其行轩。"疑亦是繖。今俗作伞，然唐碑《吴岳祠堂记》已用之。

扇

或谓古人皆用团扇，今之折扇是朝鲜、日本之制，有明中叶始行于中国也。案《通鉴》："褚渊入朝，以腰扇障日。"胡三省注云："腰扇，佩之于腰，今谓之折叠扇。"则隋、唐时先有之矣。

转　蓬

《汉书·贾山传》："使其后世曾不得蓬颗蔽冢而托葬焉。"师古注云："蓬颗，谓土块。"张华《博物志》："徐人谓尘土曰蓬块。"今吴人方言谓之"蓬尘"，即灰尘也。杭人方言又谓之"蓬坺儿"，坺亦尘也。如曹植诗："转蓬离本根，飘飘随长风。何意回飙举，吹我入云中。"《芜城赋》："孤蓬自振，惊砂坐飞。"即《庄子》"蓬之心"，《管子》"飞蓬之问"，皆言尘土之义，未必是蓬草也。然古人亦有认作蓬草者，如司马彪诗："百草应节生，含气有深浅。秋蓬独何辜，飘摇随风转。"又唐人蒋防《转蓬赋》："凌寒后雕，虽有惭于松柏；近秋俱败，亦无愧于兰荪。"观此则知古人错认之处不少。试思蓬草何物，岂能吹入云中而随风转耶？此理之易明者也。

宗　谱

唐尚氏族，贞观初，有诏令天下贡氏族谱，奉敕旨第其甲乙，勒为成书，有谱者为望族，后世谓之谱学。此读书人别是一种学问，又在词章、考据、举业之外者也。如吾族钱氏有《大宗谱》，武肃王《自叙》

云："盖闻古贤垂训，先哲修身，莫大于上承祖祢之泽，下广子孙之传。是故尧、舜之理天下，其先则曰敦睦九族，然后平章百姓，协和万邦。《诗》不云乎：'无念尔祖，聿修厥德。'是知为人子、人臣之道，莫过于尊祖敬宗，扬名立身者也"云云。其所谓《大宗谱》者，以少典氏为第一世，黄帝为第二世。其略曰：钱氏之先，出于少典。初，少典氏为诸侯，八传而生黄帝。谱宗黄帝，而追帝之所自出，故以少典为一世，黄帝为二世。黄帝生昌意，昌意生颛顼，颛顼生偶，偶生老童，老童生重黎，重黎生吴回，吴回生陆终，陆终生六子，曰樊、曰惠连、曰籛铿、曰永言、曰安、曰季连。樊为昆吾氏，惠连为参胡氏，永言为邓人，安为曹姓，季连为芈姓，而籛铿即彭祖是也，商时为彭城伯，仕夏、商、周三代为国师，年七百九十七岁，四十九妻，五十四子。其第二十六子孚承其后，为周文王师，拜官钱府上士，因去籛之竹而为钱氏，此定姓之祖也。自此以下第七十一世而至武肃王，原原本本，一丝不乱。泳谓此谱断非武肃所作，尚是沿袭贞观初所贡之氏族旧本。即他姓之谱，如此类者甚多，皆渺茫之言，不足信也。故颜师古极论之，谓"私谱之文，出于闾巷，家自为说，事非经典，苟引先贤，妄相假托，无所取信，宁足据乎。"如《欧阳氏谱》只序世系，自询以下仅五世，已阅三百年；自琼以下才百四十年，而业已十八世。据三十年为一世之说，何长短之不齐也！又《苏氏族谱》引云："唐神尧初，长史味道刺眉州，卒于官，一子留于眉，眉之有苏氏自此始。"案神尧者，高祖谥也，而味道并非高祖时人。又载讳釿者为始祖，注云："不仕，娶黄氏，享年若干，七月二十六日卒。"既不详世次，又不著纪年，究竟在何年之七月二十六日，皆可笑。其《自叙》云："《苏氏族谱》，小宗之法也，凡天下之人皆得而用之，而未及大宗也。"其疏略如此，而亦谓之谱。至今人尚有《欧谱》、《苏谱》之称，皆以为典据，谬矣！宋狄青不认梁公为同族，世争重其言，吴毅父驳之，谓其武臣少读书，昧于谱牒，而疏于原本。若梁公之在唐，望云思亲，何其孝也；反周为唐，何其忠也。既忠且孝，青恐不能克肖前人耳，何云"一时遭际，安敢自附前人"邪？况狄之先，由周成王封少子于狄，因以为氏。青与梁公实系一派，惟世远人亡，徙迁靡定，谱牒莫稽，举原一本者而途人视之，又何怪焉！至今人家无谱牒可考者，辄以狄青之言为证，亦不足以为典据也。惟吾钱氏一族，家家有谱，或此详彼略，或彼详此略，要其指归，大约相同。自武肃王以下至泳凡三十世，独忠懿王后一支最为繁多，以纳土于宋，无有兵革，未尝破家，故合族三千余人俱入汴京；至高宗南渡，仍回临安，自此散居江、浙故江浙之钱氏视他省为尤盛。所以谱牒之传，亦较别家为可信，无有渺茫之言，及欧、苏、狄青之病也。然每见读书人俱不留心，如屿沙方伯之先出常熟千一公后名应龙者，字吟溪，系鹿园支，至方伯为三十一世，误认奚浦支应隆公为祖，则忽长五世，为武肃王二十六世孙矣。又黼堂少宰为文僖公第十子景略公后，实三十世，而行状以为武肃三十三世孙，亦失考之甚。更有奇者，竹汀宫詹博雅嗜古，著作如山，为当代之通儒，而不及谱牒一字。余尝亲问之，曰：“无稽矣。”后见《虞山世谱》，知宫詹亦出自常熟千一公后，有讳浦者，迁嘉定，是即宫詹之所祖也。

墓　碑

墓之有碑，始自秦、汉。碑上有穿，盖下葬具，并无字也。其后有以墓中人姓名官爵及功德行事刻石者，《西京杂记》载杜子夏葬长安，临终作文，命刻石埋墓，此墓志之所由始也。至东汉渐多，有碑、有诔、有表、有铭、有颂，然惟重所葬之人，欲其不朽，刻之金石，死有令名也。故凡撰文、书碑姓名俱不著，所列者如门生故吏，皆刻于碑阴或别碑，汉碑中如此例者不一而足。自此以后，谀墓之文日起，至隋、唐间乃大盛，则不重所葬之人，而重撰文之人矣。宋、元以来，并不重撰文之人，而重书碑之人矣。如墓碑之文曰：君讳某，字某，其先为某之苗裔，并将其生平政事文章略著于碑，然后以某年月日葬某，最后系之以铭文云云。此墓碑之定体也，唐人撰文皆如此。至韩昌黎碑志之文，犹不失古法，惟《考功员外卢君墓铭》、《襄阳卢丞墓志》、《贞曜先生墓志》三篇，稍异旧例，先将交情、家世叙述，或代他人口气求铭，然后叙到本人，是昌黎作文时偶然变体。而宋、元、明人不察，遂仿之以为例，竟有叙述生平交情之深，往来酬酢之密，娓娓千余言，而未及本人姓名家世一字者。甚至有但述己之困苦颠连，劳骚抑郁，而借题为发挥者，岂可谓之墓文耶？吾见此等文属辞虽妙，实乖体例。大凡孝子慈孙，欲彰其先世名德，故卑礼厚币，以求名公巨卿之作，乃得此种文，何必求耶？更可笑者，《昌黎文集》中每有以某年月日葬某乡某原字样，此是门人辈编辑时据稿本钞录，未暇详考耳。而后之人习焉不察，以为昌黎曾有此例，刻之文集中，而其子孙竟即以原稿上石者，实是痴儿说梦矣。

四　金　刚

今寺院门首必设四金刚，即佛家所谓四大天王也。溯其所由，乃唐代宗时西蕃寇西凉，诏不空和尚入诵《仁王》密语，神兵见于殿庭。西凉累奏东北云雾中见神兵鼓噪，蕃部有金色鼠皆咋绝弓弦，而城坞忽幻光明，有四天王怒睨蕃帅，蕃帅大奔。由是敕诸寺院皆置四天王像，此其始也。

盂　兰　盆　会

《旧唐书·王缙传》载：代宗奉佛，缙为宰相，尝七月望日于内道场造盂兰盆，饰以金翠，所费百万。又设高祖以下七圣神座，备幡节、龙伞、衣裳之制，各书尊号于幡上以识之，舁出内，陈于寺观。是日排仪仗，百寮序立于光顺门以俟之，幡花鼓舞，迎呼道路，岁以为常。今盂兰盆会之始也。

宋　儒

《六经》、孔、孟之言，以核《四子书》注，皆不合，其言心、言理、言性、言道，皆与《六经》、孔、孟之言大异。《六经》言理在于物，而宋儒谓理具于心，谓性即理。《六经》言道即阴阳，而宋儒言阴阳非道，有理以生阴阳，乃谓之道。戴东原先生作《原善》三篇及《孟子字义疏证》诸书，专辩宋儒之失，亦不得已也。

萧山毛西河善诋宋儒，人所共知。同时常熟又有刘光被者，亦最喜议论宋儒。尝曰："朱晦庵性不近诗而强注诗，此《毛诗集传》所以无用也。"又曰："一部《春秋》，本明白显畅，为胡安国弄得七曲八曲。"其言类如此。西河同乡有韩太青者，著有《说经》二十卷，为西河作解纷，皆平允之论。

时　艺

袁简斋先生尝言：虞、夏、商、周以来即有诗文。诗当始于《三百篇》，一变而为骚赋，再变而为五七言古，三变而为五七言律，诗之余变为词，词之余又变为曲，诗至曲，不复能再变矣。文当始于《尚书》，一变而为《左》、《国》，再变而为秦、汉，三变而为六朝骈体，以至唐、宋八家，八家之文，又变而为时艺，文至时艺，亦不复能再变矣。尝见黎园子弟，目不识丁，一上戏场，便能知宫商节奏，为忠为孝，为奸为佞，宛对古人，为一时之名伶也。其论时艺虽刻薄，然却是有理。余尝有言："虚无之道一出，不知收束天下多少英雄；时艺之法一行，不知败坏天下多少士习。"

董思白云："凡作时文，原是虚架子，如棚中傀儡，抽牵由人，无一定也。"余在汴梁，识海州凌仲子进士。仲子自言尝从江都黄文旸学为时艺，乃尽阅有明之文，洞彻底蕴，每语人曰："时艺如词曲，无一定资格，今人辄刺刺言时文者，终于此道未深。"与思翁之言相合。

题　目

余尝论考试写题目低两格，写文则顶格，皆习焉不察。题目是圣贤经传，时文乃发明圣贤精义者，何以反高两格？试看《十三经注疏》，岂有注高于经，疏高于注耶？即《廿一史》本纪、列传、志、表题目，亦无有低两格者。不知当时何人定此式样。

纸　钱

纸钱之名，始见于《新唐书·王屿传》。盖汉以来，葬者皆有瘗钱，后里俗稍以纸剪钱为鬼事。开元二十六年，屿为祠祭使，始用之以襄被祭祀。然古人有用有不用者，范传正谓颜鲁公、张司业家祭不用纸钱，宋钱若水不烧楮镪，邵康节祭祀必用纸钱。有明以来，又易纸锭，大小元宝，黄白参半，与纸钱并用。近人又作纸洋钱，乡城俱有之，真可笑也。

七　七

丧家七七之期，见于《北史》、《魏书》、《北齐书》及韩琦《君臣相遇传》，又顾亭林《日知录》、徐复祚《村老委谈》、郎瑛《七修类稿》皆载之，要皆佛氏之说，无足深考。惟《临淮新语》谓始死七日，冀其一阳来复也。祭于来复之期，即古者招魂之义，以生者之精神，召死者之灵爽，至七七四十九日不复，则不复矣，生者亦无可如何也。此说最通。

卷四　水学救荒附

总　　论

尝论天下之水，自淮而北，由九河入海，《书》所谓"同为逆河，入于海"者是也。自淮而南，由三江入海，《书》所谓"三江既入震泽底定"是也。今九河既塞，故燕、赵之间多霖潦；三江既塞，故三吴之间多水患。

江南治江，淮北治河，同一治也，而迥然不侔。黄河之水迁徙不常，顺逆乍改，其患在决。虽竭人功，而天司其命。江南之水，纡回百折，趋纳有准，其患在塞。虽仰天贶，而人职其功。

大都论水于江北其利在漕，论水于江南其利在田。江北惧水——黄河之徙；江南病水——太湖之溢。以治河之法治江，恐未必有济；以治河之费治江，则事半而功倍矣。

三吴，泽国也，万水所归，东环沧海，西临具区，南抵钱塘，北枕扬子。其中潴蓄者，则有庞山、阳城、沙河、昆城诸水；宣泄者，则有吴淞、刘河、白茅、七浦诸水。纵横联络，如人之一身，血脉流通，经络贯串。盖血脉不和则病，经络不舒则困。然一人得病，无伤于天地之和；一方得病，实有关于万民之命。

昔人于溧阳之上尝为堰坝以遏其冲，于常州则穿港渎以分其势，于苏州则开江湖以导其流，并疏塘浦以通其脉，又备规制以善其后。惟是上源之来者不衰，下流之去者日滞，潮汐往来，易于淤塞。故唐末五代有撩浅夫、开江卒，以时浚治，水不为害，而民常丰足。

治水之大要惟二道，曰蓄、曰泄而已。蓄以备旱，泄以防潦，旱则资蓄以灌溉，水则资泄以疏通。

宋政和间，赵霖体究治水之法有三：一曰开治港浦，二曰置闸启闭，三曰筑圩裹田。隆兴间，李结又献治田之法：一曰敦本，二曰协力，三曰因时。故郑熏言水利专于治田，单锷言水利专于治水。要之治水即所以治田，治田即所以治水。总而言之，似瀚漫而难行；〔析〕（柝）而治之，则简约而易办。高田之民自治高田，低田之民自治低田，高田则开浚池塘以蓄水，低田则挑筑堤防以避水。池塘既深，堤防既成，而水利兴矣。

范文正公曰："今之世有所兴作，横议先至。"至哉言乎！故水利之不兴有六梗焉，大都为：工费浩繁，库无储积，一时难于筹划，则当事为之梗；享其利者而欲避其事，恐科派其膏腴之田而为累也，则官宦家与富豪者为之梗；或有惑于风水之说，某处不宜开，某处不宜塞，为文运之攸关，则科第家与诸生监为之梗；小民习懒性成，难与图始，则刁顽为之梗；卖法者多，程功者少，则吏胥为之梗；甘苦之相畸，劳逸之相悬，张弛之相左，则怨咨者为之梗。此六梗者，水利之所以不兴，而人心之所以未定也。

宋有天下三百年，命官修治三吴水利者三十余次。明有天下三百年，命官修治三吴水利者亦三十余次。盖开江治水，未免扰民；然正恐其扰民，故开江治水。

夫天下事最误于因循，而亦忌速成。如治水大事也，岂能限时日而奏功乎？大约一年二年而围岸可成，三年四年而沟洫可深，五年六年而浦渎可通，七年八年而三江可入，至于九年十年，则无不告厥成功矣。

太　　湖

太湖之为震泽、具区、笠泽、五湖，前人载之甚详，可不具论。惟是襟带三州，众水所宅，东南之利害系焉。其西北则自建康等处入溧阳，迤逦至长塘河，并镇江、丹阳、金坛、茅山诸水，会于宜兴、荆溪以入。其西南则自宣、歙、天目诸山，由临安、余杭以及湖州之安吉、武康、长兴、乌程，合苕、霅两溪之水以入，汇为巨浸，分布诸河。一由吴江出长桥，入吴淞；一由长洲出昆山，入刘河；一由无锡出常熟，入白茅：皆入于海。其底定也，则灌溉三吴之民田而享其利；其泛滥也，则浸淫三吴之民田而被其害。是以古人之治水也,疏其源,导其流,皆为民兴利除害而已。

徐贯曰:"太湖之水,上流不浚,无以开其源;下流不浚,无以导其归。"洵至言也。今五堰既塞,广通又废,而吴江长桥一带亦淤垫,几成平陆。然上筑周行以通行旅,下开堰洞以泄湍流,似可以为万世之利矣。而不知湍流不畅,则不达于枝河,枝河之水不达于三江,三江之水不达于大海。故遇旱则赤地千里,遇水则一望汪洋,而农田为之害。农田日害而下民穷蹙,下民穷蹙而赋无所出,皆听命于天时,而实非也。

或有问于余曰:"太湖之水为长桥所塞,致三吴有漂没之忧,何不去之,以复古之旧迹乎?"曰:"不可也。从来治水治田,两者相兼;舟行陆行,不能偏废。且病积日久,难以施功,岂去一长桥,而遂能为三吴之利耶?只求斩其菱芦,浚其淤积,相其地宜,顺其水性,修其堰洞,通其湍流而已矣。"

说者谓吴江未筑长堤以前,吴中自来无水患;既筑长堤以后,横截湖流,不能宣泄,水患始于此矣。余曰:"不然。吴地襟江带海,淤潮易积,虽不筑堤,亦难治也。试看五代、宋、元以来,有营田军、庸田使、农田水利使、都水营田使,以及都水监诸官,又有所谓撩浅夫、开江卒者,年治月修,故得丰稔。夫修治而不得其法,即为水患,况不修治耶?由此言之,太湖诸口,自宜常通,不宜略塞;水利之官,自宜特设,不宜兼领耳。"

三　江

三江之说,自昔互异,或以班固、韦昭、桑钦诸家为是,或以孔安国、郭璞、张守节、程大昌为是。余以为俱可弗论,总之以导江入海为第一义,俾有蓄泄以溉三吴之民田为第二义。盖古之治,治水也;今之治,治田也。时代既移,沧桑莫定,虽考订精详,寻其故道,岂再能复禹之旧迹乎?但以目前而论,震泽之下可通入海者,惟吴淞、刘河、白茅为最利,即今日之三江也。

王同祖曰:"三江通,则太湖诸水不为害,苏、松、常、镇、杭、嘉、湖七府皆安，而民被其利；三江不通，则太湖东注，泛滥为灾，三吴先受其害矣。"故东南治水，三吴为急。

自禹导三江之后，历周、秦、汉、魏、晋、唐，不言三吴有水患，而水患之来，却有故焉。一塞于东江，再塞于长桥，水已失其宅矣。后之人但知开浚三江之为利，而不知屡开屡塞之为害也。今之治水者，莫若因其势之便而导之，如近三泖者使入黄浦，近沙河者使入娄江，近昆城者使入白茅是也。

大凡治事，必需通观全局，不可执一而论。昔人有专浚吴淞而舍刘河、白茅者，亦有专治刘河而舍吴淞、白茅者，是未察三吴水势也。盖浙西诸州，惟三吴为卑下；数州之水，惟太湖能潴蓄。三吴与太湖相联络，一经霖潦，有不先成巨浸乎？且太湖自西南而趋东北，故必使吴淞入海，以分东南之势；又必使刘河、白茅皆入扬子江，以分东北之势。使三江可并为一，则大禹先并之矣，何曰"三江既入，震泽底定"也。后之人有能翻大禹之旧案乎！

昔人有以钱塘、扬子、吴淞为三江者。谓杭州筑长林堰，而太湖东南之水不得入于钱塘；自常州筑五堰，而太湖西北之水不得入于扬子；独吴淞一江当太湖下流，泄三州之水以注海。此又一说也。

治三江者，自当以吴淞为急，刘河、白茅为次。三吴诸水，众流所归，总汇于太湖，而吴淞当太湖之冲，使先泄上流，其势然也。假使嘉庆二十四年不开吴淞，则癸未年之水，泛溢于三吴之间，民皆鱼鳖矣，可不危哉！

来　　源

三吴水源，天目为大。其水东出临安，泛溢而为苕、霅，入于具区。又自天目东南出杭州天竺诸山，汇而为西湖。一由昭庆寺前流入松木场，为下河；一由涌金水门入城为濠，分布诸河，至得胜诸坝，为上河，以灌海宁之田。如西湖水溢，则由诸坝流入下河，合于余杭塘河。一遇霖潦，则从石门、桐乡、嘉兴、松江以入吴淞、黄浦诸港，则下流先为浸溢，太湖之水相与抗衡，反无归缩之路矣。

溧阳之上有五堰，古来治水者所以节宣、歙、金陵、九阳江诸水，由分水、银林二堰直趋太平之芜湖，以入大江。其后以商人由宣、歙贩运木箄东入两浙，以五堰为艰阻，因绐官司废去五堰，则诸水皆入于荆溪，而汇于震泽。

广通坝者，实与五堰相表里，所以障宣、歙、广德、金陵诸水，使之不入太湖也。明永乐元年，成祖迁都于燕京，苏州民吴相伍以水为下流患，引宋单锷书上奏，改筑土坝，设官吏金同溧阳、溧水两县民夫四十名守坝，使宣、歙诸水不入震泽。正统二年，周文襄又为重修，增高土石，奉有钦降版榜，如有漏泄水利，淹没苏、松田禾者，坝官吏皆斩，夫邻充军，如此其重也。今之议论三江，辄从下流开浚，而无有言及五堰、广通坝者，是东坡所谓知其一不知其二也。

太湖诸水，于上流既有五堰，又有宜兴、荆溪、阳湖之百渎，乌程、长兴之七十二溇矣。下流则又有无锡之二十一港，而独山门、吴塘门为之大；长洲之六港，而沙墩、金市为之大；吴县之九港，而铜坑、胥口为之大；吴江、震泽之七十二港，而长桥为之大。皆所以通经递脉，以杀其奔冲之势，而为太湖分泄者也。今大半湮塞，难于复旧，而民之利其业者，又惮于疏浚，以积其弊，日复日深。故郏亶曰："譬诸一人之身，五堰为首，荆溪为咽喉，百渎为心，震泽为腹，旁通震泽枝河则为脉络、众窍，而吴江为足。今废五堰，使宣、歙诸水不入于芜湖，反东注震泽，而长桥又阻之，使太湖之水积而不泄。是犹桎其手，缚其足，塞其众窍，以水沃其口，沃之而不已，必腹满而气绝矣。"

近世言东南水利者，辄引《尚书》"三江既入，震泽厎定"二语，以开浚三江为首务。然既知太湖之水有去处，而不知太湖之水从何处来耶？上古地广人稀，以治水为急。今则赋繁财重，以治田为急。若不量其远近，视其高下，察其浅深，与夫水源之来历，而欲兴水利，亦难矣哉！

枝　　河

三江为干河，诸浦为枝河。干河则用孟子之水利，浚河导海是也。枝河则用孔子之水利,尽力沟洫是也。

既知太湖之来源矣,则太湖诸水从何处去乎?曰:枝河也。既知三江之入海矣,则三江诸水从何处来乎?曰:枝河也。故治水者,干河既深,而枝河亦自要紧。凡民田落在官塘者,不过百分中之一分,其田多在腹内,其利多在枝河。譬如花果树,百千枝干,皆附一本而生,开花结实者,则从枝干而发。若仅治干河,不治枝河,徒费财力无益也。

大凡浚治水利者,往往于大工告成之后,力疲心懈,不复议及善后经久之计,每置枝河于不问,辄曰且俟异日,而不知前功尽弃矣。必使各枝河得利业户照田论工,先后并举,各治己田,水远路遥,一时尚难周遍,况漠然置之哉!

浚干河时,凡干河诸水,悉决诸枝河,而后大工可就。浚枝河时,凡枝河之水,悉归诸干河,而后小工易成。此不易之论也。

水　　利

郏亶有言:天下之利,莫重于三吴;三吴之利,莫重于水田。盖江南之田,古为下下,今为上上者何也?有太湖之蓄泄,江海之利便也。故大江南北,财赋所出,全资乎水利。

三吴地势,湖高于田,田又高于江海。水少则引湖水以溉田,水多则泄田水縣江以入海。潴水泄水,两得其宜,故鲜水旱之忧,皆膏腴之地。今以苏、松、常、镇、杭、嘉、湖、太仓推之,约其土地,无有一省之多,而计其赋税,实当天下之半,是以七郡一州之赋税,为国家之根本也。

凌云翼曰:"东南水利,犹人身之血脉也;东南财赋,犹人身之脂膏也。善养生者,必使百节不滞,而后肢体丰腴,元气自足。盖财赋俱出农田,农田资乎水利。故水利不修,则田畴不治;田畴不治,则五谷不登;五谷不登,而国用不足矣。"

欲求水利,先除水害。盖水之害在泛溢,此水年之所以不泄而为田害也;水之利在渟泓,此旱年之所资灌溉而为田利也。以治田之法治水，则水利兴；以治水之法治田，则田自稔。故曰，善治农田者，必资乎水利；善治水利者，必溯其源流。

天下事有利于民者，则当厚其本，深其源；有害于民者，则当拔其本，塞其源。况水之利，尤当深探其本，而穷究其源者也。

古圣人尽力沟洫，非止为治田之计，正欲就其顺下之性，引而导之，入于江，入于海，俾无阻滞，旱涝皆宜。国计民生，即赖于是。国计者何？赋税是也；民生者何？力田是也。

王叔杲曰：国家之视江南，犹富室之视腴产，不可使农田一日不加勤恤也。使患至而赈抚之，一出一入，其费增倍。与其修治于已患，不若预防于未来。与其骤兴于一时，以多两倍之费；不若施工于平日，以成十倍之功。

吴中水利，固惟浚枝河为要务，筑圩岸为急需。究其本源，则枝河淤塞者，由圩岸坍塌；圩岸坍塌者，由人力怠惰。余以为开渠者，土无堆积，而即为圩岸；筑堤者，无从取土，而即以开渠。二者相兼，其功百倍。盖开得河深，灌溉自利；筑得堤高，泛溢无虞也。故郏亶曰："取塘浦之土以为堤岸，使塘浦阔深，而堤岸高厚。塘浦阔深，则水通流而不能为田之害；堤岸高厚，则田自固而不至使水冲决，势必趋于江与海也。如此则高低皆利，而无水旱之忧矣。"

五代钱氏不废汉唐治水之法，自今之嘉兴、松江沿海，而东至于太仓、常熟、江阴、武进，凡一河一浦，皆有堰闸，使蓄泄以时，旱潦无患，而田自利。其时岁丰人乐，每米一石钱五十文。范文正守三吴，大兴水利，斗米十钱。至南宋，农政不修，水利不举，三吴之田，日渐隳坏，则石米一贯矣。以此推之，兴水利则如此，不兴水利则如彼。

郦道元曰："东南地卑，万流所凑，而常熟之地，在三吴尤为卑下。"何也？上流则太湖东泄之水，由吴江经郡城，合元和塘诸流，会于常熟；下流则太湖北泄之水，由无锡而东，合宛山、鹅湖、华荡诸流，亦会于常熟。在汉、唐时，本有三十二浦以泄诸水，旱则资潮汐以灌田，涝则分诸浦以入海，田常丰熟，而民力有余，故谓之"常熟"。每年赋税，甲于三吴。今则不然，白茅、七鸦诸浦已废矣，而独留福山港一线之道，亦淤塞仅通舟楫，欲其常熟得乎！此所谓知其末，不知其本矣。

国家修治黄河，费无所惜，修治运河，费无所惜者，为转漕故也。漕从何来乎？江、浙之赋为重也。江、浙之赋何忧乎？曰水利之道不兴也。

许光凝曰：开一江有一江之利，浚一浦有一浦之利。考之前古，有置闸之启闭，有围田之厉禁，有浚川之舟楫，有水课之殿最，所以为三吴之利者甚备，济旱如救焚，防潦如拯溺。故曰欲享其利，不得不除其害也。

水　　害

王政所重，莫先民食，而食出于农，农资于水。水得其用，可以挽凶而为丰，化瘠以为沃，利莫大焉；水不得其用，可以反丰而致凶，化沃以为瘠，害莫甚焉。

三吴水利，固在太湖，三吴水患，亦在太湖，所谓有大利必有大害也。昔钱公辅守金陵，常究五堰之利，而不知五堰以东之害，所谓知其利不知其害也。又谓三江通，则三吴均受其利；三江不通则三吴均受其害。今地方县令，但知奉檄追征，痛恨小民之逋负，而不知逋负之所由；大吏监司，但知谨守前规，痛惜东南之凋弊，而不知凋弊之所至。

禾生于水，溺之则死；禾资于水，养之则熟。三吴之间，低田多而高田少，故水平则为利，水溢则为害。

古人治水之道，必观其源，溯其委。上筑五堰以节其流，而使发源之水西出于芜湖；下疏三江以杀其势，而使诸渎之水东入于沧海。后世五堰既开，则来者愈迅；湖堤既障，则去者复缓。由是三江之水，上不受湖流之冲，而下有潮沙之涌，其不为三吴之害者几稀矣。

或谓自海塘南障，三江北折，而太湖之尾闾已失其势矣。或又谓太湖泄水第一要处，全在吴江之长桥。自宋时筑堤驾桥，元时又易以石，虽留堰洞以泄水势，而咽喉已塞，积淤渐高，使上流阻遏，下流散缓，而吴淞日坏者，石堤之害也。

昔人论吴江东通青龙江，由青龙入海之处，因监司相视，恐走漏商税，遂塞此江。夫商税利国无几，而湮塞湍流，其害莫大。

农人之利于湖也，始则张捕鱼虾，决破堤岸，而取鱼虾之利；继则遍放菱芦，以引沙土，而享菱芦之利；既而沙土渐积，乃挑筑成田，而享稼穑之利；既而衣食丰足，造为房屋，而享安居之利；既而筑土为坟，植以松楸，而享风水之利：湖之淤塞，浦之不通，皆由于此。一旦治水，而欲正本清源，复其故道，怨者必多，未为民便也。或曰："兴举水利，正所以便民也。譬诸恶人不惩治，病者无医药，恐岁月寝久，日渐填塞，使水无所泄，旱无所溉，农民艰困，赋税无由，为三吴之大害，当何如耶？"余则曰："方将兴利以惠民，何忍扰民以增害。然单锷有言：'上流峻急，则下水泥沙自然啮去。'今能以太湖之水，通泄三江之口不淤，则向之豪民占而为田、为屋、为坟墓者，可十坍其五六。此不待惩而自治，不待医而自药矣。"

三吴之民，但知水旱之为害，而不知人事之不修，遂谓湖之浅深，江之通塞，无关紧要，而一经水旱，事穷势迫，抢地呼天而莫之应，是谁之过欤？今太湖、百渎、七十二溇皆湮没矣，枝河、枝港半成菱芦矣，白茅、刘河、七浦皆为平陆矣，吴淞虽开，水流不畅，以浩渺无涯之水，决他何处去耶？呜呼！旱年则水无自蓄，水年则水无自泄，三吴水旱之忧，恐自此始矣。

水之为利甚广，而害亦甚广，盖治之则为利，不治则为害也。所谓害者，害民田也。民田一害，则民食何由而生？赋税何由而出？饿死者有之，鬻儿女者有之，迫而为盗贼者有之。至如去年之水，田禾既湮没矣，民舍亦漂流矣，而城郭之坍塌，坟墓之冲决，桑麻之枯萎，花豆之不登，至于流离载道，民不聊生，反劳圣躬之筹画，不惜数十万帑藏，以加惠元元，水之为害至于此耶！故曰，治之则为利，不治则为害。

建　　闸

范文正公曰："三吴水利，修围、浚河、置闸，三者缺一不可。"余以为三江既浚,建闸为急。何也？盖水利之盈虚,全在乎节宣。今诸江入海之处,冈身既高,而又有潮汐往来,一日夜凡两至。前人谓两潮积淤,厚如一钱,则一年已厚一二尺矣,十年而一二丈矣。故沿海通潮港浦,历代设官置闸,使江无淤淀,湖无泛溢,前人咸谓便利,惟元至顺中有废闸之议。闸者,押也,视水之盈缩所以押之以节宣也。潮来则闭闸以澄江,潮去则开闸以泄水。其潮汐不及之水,又筑堤岸而穿为斗门,蓄泄启闭,法亦如之。安有不便乎？

古人治闸,自嘉兴、松江而东至于海,遵海而北至于扬子,沿江而西至于润州,一江一浦,大者闸,小者堰,所以外控海潮,而内防旱潦也。今惟于初开之时,务深而不务阔,且有石闸以卫之。既开之后,务通而不务塞,再设撩浅以导之。然后可图永利。

或谓设闸之道,有数善焉。如平时潮来则扃之,以御其泥沙;潮去则开之,以刷其淤积。若岁旱则闭而不启,以蓄其流,以资灌溉;岁涝则启而不闭,以导其水,以免停泓。且沿江设险,私贩难以度越;因闸设官,盗贼易于敛迹。严启闭之规,添疏导之卒,庶几乎可也。

前人常议及潮汐易淤海口,于治河时,开至尽头处,留一坝不开,以断海口,既无退潮留泥之患,又省防盐防盗之虞。若逢水灾汹涌,请牌开坝,举锸如云,半日可通,水泄复塞。此亦一法也。

围　　田

古人治低田之法,必先治塘浦,即取塘浦之土以为堤岸。塘浦既深,则水流易畅,堤岸既高,则低田不湮,虽大水之年,水流激湍无虞矣。若但知治水而不知治田,则所开之地,不过积土于两岸之侧,一经霖雨荡涤,复入塘浦,不二三年,淤塞如旧,全功皆弃。今徒阳运河可鉴也。

范文正公常言:江南围田,每方数里,内有河渠,外有门闸,旱则启之,潦则闭之,旱潦不及,为农之利。故治水必先治田,治田必先治岸。盖水道为农田之命脉,低田以围岸为存亡。今门闸不可复矣,而修筑堤岸堰坝之策,独不可行耶？

　　高田之浦港常通，则无暵旱之虞；低田之堤防常固，则无水潦之患，夫人而知之矣。其所以不力者，亦有故焉。或因田主但知收租，而不修堤岸；或因佃户利于易田，而致湮塞；或因一圩虽完全，而同圩有贫富之不等，有公私之相吝，而一人为之阻隔，以致因循误事。夫愚民岂知后日之利益哉，但厌目前之奁畚耳。人心之不齐，皆以此也。

　　三吴之田最低下，众水所归，为民利亦为民害。大约畏涝者十之七八，畏旱者十之二三，不筑堤岸不可也。既筑堤岸矣，而无杨柳以植之，葵芦以卫之，风雨之冲，牛羊之践，不及数年，又复如故，而欲田之稔，岁之丰，岂可得乎？

　　老农有云："种田先做岸，种地先做沟。"盖高乡不稔，无沟故也；低乡不稔，无岸故也。是池塘为高乡之急务，大约有田百亩，必辟十亩之塘，以蓄水而防旱；堤岸为低乡之急务，大约有田百亩，必筑三尺之圩，以泄水而防潦。夫圩者，围也，内以围田，外以围水也。

　　增筑堤岸，亦有法焉：必今年筑若干高，取葭葵以蔽之；明年增若干高，插水杨以护之；后年增若干高，取罱泥以益之。三年之后，草木根深，堤岸坚固矣。

　　或谓每岁农隙，令民各出其力以治圩岸，圩岸高则田自固，虽有霖潦，不足畏也。或于田旁近地，取其〔淤〕（圩）塞河道之土以筑之；或罱河底之泥以益之。如最低之田，无从取土，则在田中开一塘，挑泥增岸。盖农人每以粪壤为肥禾之用，一年高一年，仍取田土以实之，并无妨于田也。

　　宋转运使王纯臣常建议，请苏、湖、常、秀卑下之田，修作田塍，位位相接，以防水旱，以御风涛。水涨则专增其里，水涸则兼筑其外，遇旱年则车水以入，遇水年则戽水以出，高低之田皆熟矣。

浚　　池

　　昔人治高田之法，凡陂塘池堰，可以潴蓄以备暵旱，可以宣泄以防霖潦者，皆所以治田者也。盖高田去河辽远，无水可溉者，则必有陂塘池堰。土人谓之藏浜，所以藏水也。又谓之上浜，言高于通河也。其年雨旸时若，则无资于上浜；或雨水霖潦，亦无妨于田土。一遇干旱之年，苗禾立槁，人心皇皇，则滴水如珠，全藉接济，使转凶而为丰者，上浜之力也。

三吴之田，虽有荒熟贵贱之不同，大都低乡病涝，高乡病旱。然自古言水利者，往往详于治水，而略于治旱。盖低乡田圩不修，水固不能自避；高乡池塘不浚，水亦安能逆上哉！故梁寅《凿池论》曰："尝观畎亩之间，有田十亩而废一亩以为池，则九亩可以资灌溉，常丰稔矣。"民非不知此也，盖以膏腴之壤，人人所惜，孰能以一亩之田，为九亩之利乎？今高区皆有陂有塘，有池有堰，而民不知浚深以蓄水。一遇亢旱，束手无策，坐看苗槁，有哭于野者，有叹于路者，有流离四方者。惜小费而失大利，亦愚矣哉！

上浜一浚，为利无穷。旱年蓄水以资灌溉，水年藏水以备不虞。深者养鱼为利，浅者种荷为利。其地瘠者，每年以罱泥取污，即为肥田之利。其与通河较远者，每日汲水浣纱，兼为饮食之利。今常、镇各州县，大半高区，农民不但不浚，而反皆填塞，或筑为道路，或廓其田畴，有谁禁之哉！弃天之时，失地之利，罪莫大焉。无怪乎低田常熟，而高田常荒也。

专　　官

王叔杲曰："水利有专官，至急之务也。"以田畴之广衍，民力之勤惰，不可无专官以督率之也。夫州县之长，既苦于政务之繁，而遑计其农政之琐，身坐堂皇，目周四境，虽神禹不能也。若非有专官之治，带同丞贰，巡行阡陌，浮泛江湖，问农民之疾苦，察田荡之利弊，量河渠之大小，定土方之深阔，料滩岸之远近，为夫役之多寡，时当农忙，则勉民以勤俭，时当农隙，则督民以疏浚。不特此也，穷乡僻壤，去城辽远，民有善恶，事有轻重，岂无冤抑，岂无控诉者？使有专官以协理之，则讼自鲜，水自治，利自益，而民自安矣。

治三吴之水，有六策焉：一曰开泄水之川，二曰浚容水之湖，三曰杀上流之势,四曰决下流之壅,五曰挑潮涨之沙,六曰立治田之规;而又请专官以督之,庶几乎可也。若以三吴之利而责于三吴之民,譬诸一国之事,责办于一家,以百人之负,而责荷于一人,势有所不能也。

张内蕴曰:"治水者,天下之大事也;而足国裕民,天下之大功也。任天下之大事,以成天下之大功,非有天下之大智,秉匡时之大忠者,其孰能与于此?"

或曰:"小民力田为生,固所自尽,添设专官,徒以增扰。"或又曰:"今各府州县,未尝不设水利之官,而卒未见有裨于农事也。"如低乡畏潦,则急于筑岸;高乡畏旱,则急于浚池。某处病于淤塞,某处应增泥土。至近湖之滨,滩涨不一,坍则速为开除粮税,俾小民免虚赔之累;涨则速为照丈升科,俾奸豪销专利之谋。今官水利者,有知之乎?

吴韶曰:"今府州县水利官,皆四海九州之人,骤官临莅,莫识水土之性,种植之宜。不数年间,即升调去。有秩满而不知湖浦之通塞,不分五谷之贵贱者,比比是也。不若分隶于近卫之官军,则土著之人,功绪易施,而水易治。"

徐桓曰:"专官非难,得人为难;修举非难,经费为难。"盖专官之要,虽在于得人;而修举之宜,惟先于足用。人不得,所设皆具官也;用不足,所议皆空谈也。故治水之道,得人最难。即得人矣,亦需通达古今,熟识时务,凡地形高下之宜,水势通塞之便,疏瀹决排之方,大小缓急之序,夫田力役之规,官帑出纳之要,经营度量之法,催督考验之术,了然胸中,方能任以大事。非仅精明强干、清廉自持者所能施功也。

或议治水之道,当以丰穰之年为始,俾人民乐输,工料易办,备预不虞,策之上者。此言是也。然余以为譬如治病,今人尚有无力就医而听之呻吟者,岂有病未至而先服药者乎?病既至矣,初则择医甚难,继则服药无效,或调理之不得其宜,反至增重,吾见病未去而人已惫矣。故曰得人最难。

治水之法,既不可执一泥于掌故,亦不可妄意轻信人言。盖地有高低,流有缓急,潴有浅深,势有曲直,非相度不得其情,非咨询不穷其致。是以必得躬历山川，亲劳胼胝。昔海忠介治河，布袍缓带，冒雨冲风，往来于荒村野水之间，亲给钱粮，不扣一厘，而随官人役，亦未尝横索一钱。必如是，而后事可举也。如好逸而恶劳，计利而忘义，远嫌而避怨，则事不举而水利不兴矣。

金藻曰："治三吴之水，有六事焉，曰：探本源也，顺形势也，正纲领也，循次序也，均财力也，勤省视也。五者既行而不省视，则不及十年，又复废弛。故专官尤为所急。"

又曰："欲水患消除，必专任大臣，而辅之以所属；责成于守令，而催办于粮里。不宜他官分督，而有失厚利。某处系上游水汇，某处系下流支港，应分某水以杀其势，应阔某岸以缓其冲，应浚某河以会其流，某处坝闸宜修，某处塘堰宜筑，应复旧，应新开，非专官而能之乎？"

所谓勤省视者，官廉能矣，或惰于省视，与无廉能同。既省视矣，而无赏罚，与不省视同。既赏罚矣，而不能继，与不赏罚同也。

一图之省视，责在里长。一区之省视，责在县丞。一县之省视，责在邑令。一府之省视，责在太守。提七郡之纲领，而以水功分数为殿最者，大臣也。参赞于上，纲纪乎下者，大臣之佐也。如能行之，而水利不兴，农田不熟者，吾未之信也。

协　济

东南水利为国家至切至急至重之务，工繁费巨，而必资帑藏以行之，非下民之所能办。然为民者，亦当思所以协济国家之要务，而后可以告厥成功。如帑藏之外，或动支衙门之闲款，或量罚有罪之豪右，或激劝仗义之巨室，或举贤才，或起废员，或收投效。计工筹费，相为表里。盖费足则工举，工举而水利兴焉。

小民难于虑始，可与乐成。如官帑先行，则协济自至。若徒以空文催督，彼亦以空文谩应，虽有兴修之虚名，终鲜兴修之实效。故设处钱粮为第一着。

库无盈余，似以浚筑为缓事。然水利为民生之本，乡间之休戚赖焉,国赋之盈缩系焉,协济之功,尤不容已。

大凡运河官渎、通江大湖,以及闸坝陂堰,蓄泄利民者,其施工自在有司。凡府州县城内外濠河浜港,可通舟楫者,其施工则在本城富家铺户。凡府州县地方与官河稍远处,有通河支港及蓄水围圩,可资农田者,其施工则在近处居民。凡江南、江北有通海道藉以运盐者,其施工又在盐商矣。此协济之一法也。

国家承平将二百年,生齿日繁,太仓无三年之蓄,所藉七省漕运,是以设官分职,从事淮、黄。惟河身日高,河岸日加,设有冲决,运船阻塞,此最危之事。往者封疆大吏尝议及海运一事,卒不果行,何也?朝廷不忍使民以蹈海,有司不敢保漕以无事,即运官、运丁、水手人等,生平未尝出海,亦何能挺而走险以济事耶?此断断不能行也。今查上海、乍浦各口,有善走关东、山东海船五千余只,每船可载二三千石不等。其船户俱土著之人,身家殷实,有数十万之富者。每年载豆往来,若履平地。常时放空北去,而必以泥土砖石以压之;及装豆回南,亦无货不带。一年之中,有往回四五次者。是海船去空而回重,较运船去重而回空,正相反也。盍请有司上奏先以减一存造之粮,乘其放空北去之时,试行有效,递年增加,送往天津交卸。以江浙、江西、湖广全漕受载牵算,每船运以千石,处之豫如也。其法只求地方官先选殷实船户,花名注册,取其连镮保结,方许出运。如果踊跃从事,运载功多,则赏之以币帛,加之以衔名,船户无不乐从者。况近年海道清平,百无一失,因风乘便,不劳人力,而所费无多,既省朝廷治河、治漕之帑,又省州县陋规帮费之烦。自此太仓日积,国课日盈,亦协济之一法也。

水陆官兵,原所以卫民者也。每年坐食银粮以亿万计,可派在城在乡以佐开浚之用。古人有寓兵于农者,今则寓兵于治水,亦协济之一法也。

相传宋时修治东南水利,辄下空名度牒二千道,给与承德郎、将仕郎等官告身。或仿其法而行之,亦协济之一法也。

谨查康熙十七年戊午,有旨令该各直省童生每名捐银一百两,准予入泮,一科一岁,后不为例。其岁、科两试之原额,仍照旧办理,其法良善。盖秀才无额，不碍仕途，一也；随处捐纳，国帑丰盈，二也；所取甚廉，不伤百姓，三也；不开幸进，多造人才，四也。亦协济之一法也。

水利之兴，莫急于财力，而财力亦出于民间，非照田科派之谓也。盖高田无变更，而湖田有坍涨，亦有挑土塞河以宽广其田者。今三吴之间，不下数十万顷，其利倍于常田。大约仕宦富豪所得者十之七八，平民所得者十之二三。虽有升科，不及其半，以姑息之小恩，忘浩博之大利。苟能排定字圩，挨丘编号，通行量丈，照数征收，其赋必倍，亦协济之一法也。

积荒田土，在在有之。江南四郡一州，惟常、镇两府为尤甚。或以官逋为累，或以水道不通，或以古墓相连，或以瓦砾难种，兹欲区处农民，必其开垦而成熟之，事亦难矣。然亦有说焉：一以赋负民逃而不垦；一以粮重租多而不垦；一以其地弯远，难于照应而不垦；一以小民穷困，舍本逐末而不垦。是以荒瘠之地日多，而懒惰之民日积，使膏腴成弃地，粮税为积逋，所以府库日亏，而农民日困也。惟有专官而治，时时省察，就近招徕，轻其租赋，劝其开垦，勉其勤惰，使民无弃地，家有余粮，而库无积欠矣。亦协济之一法也。

三吴圩田，亦在在皆有。农民习懒性成，惟知种苗禾、种豆麦蔬菜而已，其有水者则弃之，何也？余以为水深三四尺者种菱芡，一二尺者种芰荷，水不成尺者则种茭白、茨菇、荸荠、芹菜之属，人能加之以勤俭，虽陂湖亦田也。试看杭、嘉、湖三府，桑麻遍野，菱芡纵横，有弃地如苏、松、常、镇四府者乎？如此则民不偷惰而赋常足，民不告劳而食不匮。亦协济之一法也。

俗语云："百年田地转三家。"言百年之内，兴废无常，必有转售其田至于三家也。今则不然，农民日惰，而田地日荒，十年之间，已易数主。盖赋有旧额，田无一定，或筑坟墓，或造房屋，或此开彼塞，或东涨西坍。至于田畴交错，鳞册无征，有有田无粮者，有有粮无田者，不知凡几。故小民交怨，讼狱频仍，富者益富，贫者益贫。必得官为量丈，重画图册，田段一准而田自多，田既多而赋自盈。然后除其坍角荒瘠之地，抵其不足而均其有余，计亩均收，似与小民有益而无损。

即以治田之利为治水之利，不必一一仰资乎公帑，而亦无待加派于穷民。孔子曰："因民之所利而利之，择可劳而劳之，又谁怨乎！"倘能职之以专官，辅之以协济，因天之时，设地之利，皇皇晓谕，奋激必多。奋激多而水利兴，水利兴而田自治，则岂特活东南数百万生灵之命，抑亦培朝廷亿万年富庶之基也。

救　荒附

公督私藏法

公督私藏之法，可以行之一里、一乡、一镇，无不善者，然必以丰年为始，思患豫防。其法公举里中长者一人，遍告有田之家，凡有粮田若干，捐米若干，铺户典押则捐钱文。如一里中有田千亩，铺户数家，则有米十余石，钱数千，听里长者开明数目，立一簿存于公家。其所捐之钱米，仍听各家自为藏积。如岁丰人乐，并不支动一粒，支用一钱。一遇水旱凶荒之年，凡里中有寒不能衣，饥不能食，病不能药，死不能葬者，则请里长者查明，将簿上所捐钱米酌量济之。或有他县饥民流入境内者，一集村庄，不能不仰望于富户，男男女女，扶老携幼，轰然而来，驱之不去。则里长者同地保等与流民通语，每人给米几合，钱几文，幼孩者半之。倘有流民百人，不过分数斗之粟，数百之钱，可以令其欣喜感激，不顷刻而他往矣。在此一乡、一里、一镇之家，既能济邻近之困贫，又能杜流民之扰累，而家无所耗，处之晏然，真积德行善，弭盗安民之第一法也。谨陈条例如左：

一、公举之人，不过稍通文理而略能识字者一二人，同地保到有田之家，查明粮田、自田、租田，分为三等。粮田一亩约捐米一升，自种自粮田一亩约捐米一升五合，租田一亩约捐米五合。其所捐多寡不同，各随其田地之肥瘠，力量之大小，不必拘于一格也。

一、铺户典当，本钱多少不一，约铺户有本一百两以上者，捐钱五百文；典当小押有本一千两以上者，捐钱五千文。以此类推，如能多捐，听其自便。

一、小户人家，种田不满十亩，开铺不满四五十金者，不必过强其捐。如能慨然上捐，亦不可没其美意。

一、有田有铺之家，既经起捐登簿，簿上须注明总结米若干石，总结钱若干千，其总簿存于公家收存。

一、公捐钱米，仍系各家自藏，并不交于他人。然既已捐出，即视同公家之物，似宜另贮一处，不可妄取己用，致临时短少，呼应不灵。

一、里中极次贫民，惟本处人知之最悉，须预先查明注簿，令本人自来给领，以杜存私虚报。

一、贫民有缺少棉衣入典当者，即取其典票赎回，给发本人。有实在寒冷无衣者，则买旧棉衣一件与之，其价约三四百文为率，新者恐其当去。

一、捐施诸贫人，必要斟酌尽善，方能行之，不可执一而论，亦不可太多，太多则恐难继也。

一、贫民每日每人约给米六合，钱十二文，幼孩者半之。或其乡富户捐多，则请益之，各随其便。

一、病者医药，势难遍及，查明实在有病，每一病者约给百文，以为买药之费，十日一领。

一、死者施棺，一时未能猝办，需预为做就，以待不虞。

一、有他县流民来集村庄索钱索米者，每口定以给米五合，钱六文，幼孩者半之。如流民不遵理法，强索硬讨者，则里长邀同地保，将流民为头强横之人，送官究治。

一、里中所有饥寒疾病之人，既蒙有田有铺之家公捐周济，自当感激不遑，不可再生觊觎。或有结通外来豪强之辈抢击偷盗者，许本人指名报官，从重治罪。

一、里长地保诸人，亦有贫富不等，年终当在公簿内酌量分出米若干、钱若干谢之，以作劳神之费。

一、公捐钱米分派贫民，倘或不继，则里长再向各家续捐赈给，以下年麦熟为止。或所捐钱米尚有盈余，则各家仍收为己用可也。

一、公捐钱米，倘其乡富户众多，而年岁屡丰，各家堆积，毋须取用，则将此项动支，办理地方上至公至要之事，如河道、桥梁、渡船、道路、义冢、施药、施衣、茶亭之类俱可。独不可将此项用尽，则一遇荒年，难为继也。亦不可以此项作迎神、赛会、灯棚、烟火、演戏、敬神、说书、弹唱诸事，以博一日之欢，则俾昼作夜，妇女杂遝，聚赌窝贼，由是而起，尤为贫家留客之累，及地方之害也。

一、此举专为富家而设，必当踊跃从事，切莫视为虚文。若富家一吝，贫人怨生，便不可问，慎之慎之。

禀 帖 稿附

为岁荒人困，谨呈管见，叩恩给示各乡，令民遵办事：窃某居乡，并不多事。本年五六月内，霖雨过多，田地湮没，雨泽愆期，河水干涸，遂至不能插种。现当青黄不接之时，各乡各镇，人情汹汹，以抢击为能。豪强者得米而炊，懦弱者忍饥而卧。今冬明春，尤为可虑。某目击心伤，不忍坐视。今有公督私藏之法，可令每乡每镇有田有铺之家，各捐钱米，注明公簿，仍听各家自为藏积。责令里长、地保查看本乡极次贫民，开单注簿，即将所捐钱米分出周济，令贫民自来给领。或流民乞食，亦可依此而推。仰体老父台大人爱民如子之心，出示境内被灾各处，将此法行之。在有田有铺之户并无伤耗，而里巷贫民均沾实惠，岂但积德行善，实可弭盗安民。伏乞宪慈俯准，及早设施，实为德便。上禀。

图 赈 法

嘉庆甲戌岁，江南北大旱，赤地千里。时督抚大吏命各州县劝捐赈恤。而无锡、金匮两邑侯韩公履宠、齐公彦槐，亦下乡勘灾，顺便劝捐。无锡计捐十三万余缗,金匮计捐十二万四千余缗,活人无算。其图赈之法,前人未有,已载齐公《征信录》中。兹特再录一通,无论水荒旱荒,劝捐放赈者当以此为法。

　　嘉庆十有九年,江南大旱,金匮分无锡地,地势视无锡为高,被灾尤剧。八九月间,槐尝以事赴乡,窃见赤地数十里,民间炊无米,爨无薪,汲无水,恻然忧之。夫官发常平仓谷,平粜于民,便矣。然远在数十里之外者,不能为升斗之米来也。故官平粜,但能惠近民,不能惠远民。殷富之家,以其余米平粜于其乡,远近咸便矣。然无升斗之资者,不能籴也。故民平粜,但能惠次贫,不能惠极贫。天恩浩荡,极次贫户,悉予之赈,而靡不遍德矣。然赈者,赈灾也,于例但及有业之贫民,而不及无业之贫民。故欲推广皇仁,不使一物不获其所,惟邑之殷富捐资接济,乃救荒之大者。夫恻隐之心,人皆有之,殷富之家,幸足于衣食,目击邻里乡党之人饥且寒以死,孰不欲解衣衣之,推食食之者?顾上劝捐而下或不应,何也?则经理之不得其道,不能使人无所疑惑,无所瞻顾也。且人情之所甚不忍而急欲救之者,亦第于其亲者近者耳;其目所不及见,耳所不及闻者,固非情之所甚迫者也。向之捐者,大抵设立公局,令一邑之钱悉入局中。彼殷富者,以为吾既捐矣,不知是钱也,官将发之于何人之乡,董事者将散之于谁氏之里,而我乡我里之贫乏无赖者,犹不免于我乎扰也。而吝不捐者,遂妄生议论,曰:"是特以饱官之囊橐,供董事者之侵渔而已。"以故愿捐者少,而不愿者多。今也定为图赈之法,以各图所捐之钱,各赈本图。图有贫富,以富图之有余,协济贫图之不足,令图自举一人焉以经理之。其钱即存于捐者之家,而不必入于公局,官与公局之董事者,第纪其数,为之调拨而已。某图饥口若干数,捐若干数,协济若干数,各书一榜于其图内,使贫富见之,晓然明白。施者知其财之所由往,食者知其食之所自来,则捐者无所疑,而不捐者无可藉口。且以富稽贫,其户口必清;以贫核富,其捐数必实。于恤贫之中,寓保富之意,则事易集而官不劳也。是说也,槐尝谋之乡先生,言之上游,皆以为可。自十月初旬捐廉以倡,至今岁三月,计捐钱十有二万四千余缗矣。而殷富之家,好行其德,复于其间为粥以赈,城乡设厂十余处,计所捐又不下万数千缗,饥民赖以全活者无算。呜呼!孰谓人心之淳,风俗之厚,今不古若哉!赈既毕,尚有余钱六千余缗,而无锡之赈亦有钱余。于是复谋之乡先生,言之上游,以所余钱留为修建南北二桥之费,亦以工代赈也。邑之人乐其事之集,刊为成书,用垂永久,而归美于槐。嗟乎!槐何功?槐既不能善政及民,使岁不饥;又不能使民俭且勤,皆有盖藏,虽饥而不至于困。其起死人而肉白骨者,乡先生之谋,邑人殷富之力也,槐则何功?虽然,人各有乐善好施之心,而能不阻之,使其无所疑惑,无所瞻顾者,则图赈之法良也。用是书之,以告后之官斯土者。

卷五 景贤

乡 贤 一

华景辉字曙生，吾邑之南塘人。裔出南齐孝子宝后。祖楷，父礼卿，俱以资雄于乡。年十七，从吴门杨忠文公廷枢游，研穷性命之学。明鼎革时，礼卿为游骑劫掠，惊悸死。景辉椎心泣血，丧葬尽礼。事母以孝闻。常建祖祠，置墓田，修宗谱，慎终追远，务本为急。两弟早世，抚其孤至成立。从弟允斌为邑诸生，无子，亦雄于资。允斌死，有遗腹子，而族中汹汹，利其家产者甚众。景辉为掌护之，历二十年。既授室，景辉乃为文祭弟，而尽以家产还之。凡母党亲属、邻里故旧，有贫乏失怙恃及婚嫁丧葬者，景辉必力为经纪，委曲矜全，各慰其欲以去。屡遇岁荒，米谷腾贵，必减价平粜，捐粟赈济。遇丰年，则必出所余，以周贫困。而尤以孝弟为行仁之本。故自家而族，而乡，而亲，莫不德之者。顺治元年，忠文公被难，景辉奔赴恸哭。哭止而起，贺其子无咎曰："吾夫子道德文章，负海内重望，今又就义成仁若此，千载而后，莫不知有维斗先生矣。"士论伟之。后遁迹蠡滨，闭关独处，拥书万卷，晨夕啸歌。尤精研经义，虽盛暑祁寒，必衣冠点勘，至老无惓容。所著有《存心养性编》三卷、《家训必遵录》一卷。年八十卒，里中学者私谥为端肃先生云。

吾邑有老儒鲍震西者，事母孝，二子亦孝谨。而仲子尤笃挚，得一病甚剧。伯子祷于城隍庙，夜宿庙中，梦神谓曰："汝弟笃孝，上帝已命为淮阳侯，期在三月，弗能久矣。"伯子窹，识其语，不使父及弟知。震西有弟馆于淮安者，忽返，家人询之，曰："吾梦淮南郭门有多人扫除行道，问之，云：'淮阳侯将到任矣。'问淮阳侯为谁，曰：'汝仲侄也。'吾恐侄病，故急返耳。"仲子果于三月卒。卒之夜，里中人皆言有仪仗灯彩入鲍家云。康熙中事。

华世栋字尔任，南塘人。生母黄早卒，事后母秦，或无过鞭扑，世栋略无愠色，惟引咎顺受而已。从弟世桢被诬，力为营救，代白抚军，事得雪。尝置墓田，广祠宇，临事果决，乡党称之。卒年七十九。子琦字景韩，少聪颖，好读书，年三十余，始补博士弟子员。为文雄放，有先辈风，而困于场屋。乃设家塾，引掖后进，师范诸生，言规行矩，至数十百人皆拾青紫以去。年七十七卒。

华世桢字元臣，世栋从弟。年十四丧父，哀毁如成人。母郭守节，年九十余，世桢每食必躬亲视膳，先意承欢，不少懈。有弟已嗣出矣，而仍将父产两析之。族人有以居屋售于世桢者，将迁矣，其家有两寡妇哭甚哀，不肯去。世桢为之恻然，焚其券，仍令安居，而不责其值。后复念其两寡励志守节，并为之请旌。年七十余，公举世桢为乡饮宾，辞不受。卒年七十六。

王荣祖字霁云，砖桥人。状貌奇伟，博学能文，不为章句之学，而孝谨闻于乡里。尝以古事预拟成败，学者服其智识。国朝顺治初，天下初定，荣祖尝自躬耕，与二三知己如吴郡林梅、孟皋辈，对酒赋诗，以为乐也。年八十八而卒。著有《耕隐集》八卷。

王之芳字伯圣，邑诸生。严毅方正，学博识精，胶庠中推为眉目。诗文力追汉、魏，而尤敦于本行，每以孝友龂龂为后生家言，乡里多化之，咸以为彦方复见云。卒年八十七。著有《古文评》、《家训十则》。

张元义字心才，邑诸生。苦心力学，友爱天至，与其弟东美同居五十余年无间言。家甚贫，以馆谷为生。伯尝少于仲，心才乃言曰："余兄弟垂老同居，安能保子侄之久合乎？盍分爨也。"仲媳恽氏闻之，即出见二翁，敛衽曰："家不可析也。忆媳于归时，父尝戒曰：'张氏家庭最雍睦，同居已三世矣。若汝去而析居，是汝之故也。'"言毕而泣。二翁笑曰："有此贤妇，吾无忧矣。"乃同爨终身。

王雨来，砖桥人。少贫，未读书，而持身恭俭，孝友性成。有弟四人俱幼，雨来能开拓田园，给与诸弟。诸弟有逋负人者，雨来出己财偿之。终身如是，毫无怨色。雨来尝以事入官，应受杖，诸弟号泣愿代。令曰："尔何人也？"诸弟对曰："身受胞兄覆育之恩，故愿代也。"令乃叹曰："尔等手足之情如此，其为人可知矣。"命免杖。一时啧啧人口。雨来年七十余卒。子应魁，字裕臣，亦以孝称。

　　吾乡有蔡翁者，板村人。家甚贫，为人佣工，家中仅种田一二亩，以此为食。父母死后，尽筑为墓，负土成封，植以松楸，且编篱以卫之，见者莫不窃笑，其贫如故也。隔二三年，松楸渐长，松下时出鲜菌，乡人谓之松花菌，日出不穷，每朝持一二筐入市上，卖得数百文。如是者十余年，积资千金，以之买田得屋，近且为小富翁，有田数百亩矣。《史记·淮阴侯传·赞》谓："韩信虽为布衣时，其志与众异。其母死，贫无以葬，然乃行营高敞地，令其旁可置万家。"亦此意也。

乡　贤　二

　　顾大任字永肩，号价仔，长洲庠生，官广东按察司司狱，升知事。或荐补邑宰，大任固辞曰："我才岂能为百里长耶？"当明崇祯间，世路日非，乞归，力行义举。十四年，苏州大疫，饥馑载道，顾倾囊赈济，赖活甚多，家竟中落，仅存一屋，青苔满壁。甲申之变，呼天大恸曰："我虽微秩，岂可偷生乎！"遂缢于庭，家人救之，公厉声曰："汝辈欲污我耶！"又赴水，不死，遂成疯疾，跛左足不能起，或歌或哭，须发皆截，终日恸号，间日而食。顺治三年十二月二十四日，呕血数升，连呼"皇帝，臣来也"而没，年六十一。子顼，字君俨，由乡荐官学博。甲申后，闭户不言，数日一起。南都再建，阮大铖屡聘屡却，与同里韩馨、郑敷教结社阐学。丙戌父丧，哀毁成疾，筑庐于墓，梅花绕室，自矢清操，以终其身。

　　毛尔张字宅卿，长洲庠生，忠愍公维张弟。兄宦在都，公孝养其母。甲申之变，缢于庭，不死，旋至西跨塘祖祠中自经死。此二人《殉节录》失载，故补之。

　　长洲蒋宇均字理平，父廷宣，名辉，由庠生官贵州巡检，借补龙里县典史，民心颇洽。缘事挂误，谪戍新疆。宇均万里相随，寸步不离，同抵戍所。未几，得家信，知母彭氏患病，即子身回苏侍疾。母殁，守丧甫逾百日，又至戍所省父。居数月，又回苏葬母。葬毕，仍往戍所。

居半载，父遇恩赦，乃侍奉回南。前后五六载中，四次跋涉，茧足黧面，备尝艰险，途中悬崖绝壑、豺虎蛮箐、水火盗贼之虞，无所不历，濒于死者屡矣。从侄大熔仿《黄向坚万里缘》传奇，制曲播其事，宇均闻之，怒曰："天下岂有无父之人哉！"为拉杂摧烧之。宇均为时庵少司马侄，芝庭大司马外孙，自幼见赏于二公，谓其至性有过人者。

孝子杨士选字有贞，吴县人。父公瑞，业贾，走中州营什一之利，屡竭其资，郁而成疾，欲归不得。父之客徐生者来苏，言其状。士选时年十三，闻之瞿然惊起，向母曰："父病危，隔二千里，茕茕无倚，有子不得侍，何以立天地间？儿今日行矣。"遽束装出门。舟经黄河，顾视东南，云气昏黑。未几，风雨大作，邻舟覆者无算，舟人相顾失色。士选窃祷曰："某数固应死，但愿一见父，死无恨矣。"有顷风止，舟竟无恙，抵怀庆，人呼为孝子舟。先是，其父病逆旅久，家问不通，自度无生理，梦神人语之曰："尔子当来。"比士选至，父惊喜，病少愈，遂奉父归。方公瑞业贾时，家已中落，至是益窘。逾二载，娶妇唐氏。值岁荒，米价腾贵，士选与其妻忍饿，惟餍糠秕，间屑豆食之，而于父母曲尽甘旨。父病思食枇杷，时移居下堡，村僻不可得。下堡近洞庭东山，因渡太湖觅之。中流遇风，波浪冲激，同舟数人皆溺，独士选以渔船救免。渔人前夕梦神呼曰："明日杨孝子有厄，吾从中保护，烦尔一手之力，必有重赏。"及救至船，诘之，则杨姓也，而身无一钱，不解所谓厚赏也。是夜月明，泊舟湖滨，得白金一锭，始信神言之不爽。杨妻唐氏，庠生姜震女，亦有孝行。姑病疽，医言不治，氏含泣吮之，出毒血数碗而愈。而己亦病疽者三载，不令姑知。后遇村妪授之药，疽以痊。李客山作传纪其事。

长洲蒋示吉名仲芳，居娄门，编竹为屋，环以疏篱，兴至吟咏，以此自终。尤精岐黄术，著有《医宗说约》八卷、《望色启微》三卷、诗文十卷。卒于康熙癸巳，年九十。其父君辅先生，名元允，前明诸生。鼎革后，键户著述，不复省人间事。所著《四书注解》《山居闲集》，为世传诵。韩慕庐宗伯未遇时，尝袖文求正，君辅曰："子异日名臣也。"属其加墨，不可，曰："我为世外人，尚欲品题天下士耶？"

蒋逢源字深资，长洲诸生，事亲至孝。年十二，母病，夜半走神祠呼吁，愿以身代，归而迷其路，遇邻妪携归。父殁，三年不入内，邻里罕见其面。家中偶失火，适祭祖茔归，遂冒烈焰负母出，复冒火抢先世栗主，须发尽焦，死而复苏。火焚后，母居堂兄家，晨夕省母，往来十余里。一夕冲雨过桥，失足堕河，伤一股，人救之，终身不令母知。葬父母，亲自穿窆，即庐居墓侧，每一哭，乌鸟俱下。家有一仆，母病，欲归未决，逢源怒，逐之曰："天下岂有无父母之人哉！"仆感泣而去。乾隆初，诏举孝廉方正，当事者将以逢源名上闻。逢源不可，大哭曰："《周官》不孝之刑，犹恐蹈之，安敢邀旷典乎！无其实而有其名，吾不愿也。"其伯兄学海，以五经领乡荐，选绩溪教谕，报至，适父讳日，大哭不赴任。仲兄文河，以五经食饩于庠，亦有孝行。乡党称为蒋氏三孝子云。

顾培源字立忠，号笠舫，元和人。祖鼎荣，早卒。祖母缪，甘贫守节，常至绝粮，有硕鼠投钱之异，咸称苦节所感。培源天姿颖悟，切志于学，因父远幕不归，业市以养，事祖母恪代子职，饮食起卧，必躬自扶持，未敢稍怠。及寿终，哀毁成礼。寻父归，僦居甪直，旬日必往一省，自携时物，欣然饷之，遇风雨，匍匐数十里不顾也。迨父病，数月不解带，虮虱满身。生母陈患疽，亲吮其疮，病目，亦舐其目，并得瘥如故。及卒，毁容泣血，绝而复苏者四。父止之，虽听命，日必数恸，终年不复见齿。孝养其父十有三年，虽处寒微，必极奉甘旨。父没居丧，形枯骨立，庐墓三年，种松艾草，常致悲号，逢讳日祭祀，至老犹孺子泣。与兄同炊，三十余年如一日。二嫂早故，抚其女，厚嫁之。三兄远幕，依表兄申赞皇署，养嫂二十余年，必恭敬止。晚年家渐饶裕，扩宅构园，以娱泉石。倡修祖茔，不吝千金，荟然成林。族中代嫁者四，娶者五，殡葬者九。凡有所求，必倾囊以助之。及老，力行善举，家道旋落，宅属他人，亦无难色也。嘉庆十八年九月卒，年八十。近重修郡志，尚未采入。

毛金塘字韩望，齐门内华阳桥人。性至孝，事母唐，极尽扶持甘旨之事。母享期颐，金塘亦耄耋，尝作老莱之戏。其平生孝实，莫可枚举，至今闾里犹有传述者。

嘉定钱氏两先生传

钱民字子辰，嘉定人。年十三而孤，家奇贫，不得已，废书学贾，久之乃叹曰：“世多妄人，求其不妄者，圣贤而已。”初名枢，尝梦人教以名民，觉而思之曰：“圣人与民亦类也。”遂易名，慨然有希圣之志。闻青浦有孔子衣冠墓，择日斋戒，拟往谒，是夜又梦有告者曰：“汝能谢绝汉以来诸儒论说，乃可为学也。”自是始读《六经》正文，题所居之室曰“存养屡”，端坐其中，学日益进。时陆稼书先生知嘉定县，民谒之，议论多不合。人怪而询之，则曰：“陆公从朱文公入，某从孔子入耳。”尝与友人书，谓先圣之学，贵乎本末兼尽，始终有序。《大学》所谓“知本”者，知所作圣之基也。“诚”“正”者，为其作圣之功也。《中庸》所谓“尊德性”，先也，本也；“道问学”，后也，末也。即物穷理，其误在于无本；六经为我注脚，其误在于无末。《论语》曰：“君子务本，本立而道生。”文公以为学者不可厌末求本，教人但学其末，是所谓其本乱矣。本乱而求末之治，岂可得乎？此未合于《大学》也。《孟子》曰：“尧、舜之知不遍物。”《中庸》曰：“虽圣人亦有所不知焉。”文公教初学者，即责以知既尽而后意可诚。《语类》又云：“格物者，穷事事物物之理；致知者，知事事物物之理。”如此则意之惑乱殊甚，又何可诚？且使尧舜复生，亦恐知不遍物，况初学乎！此未合于《孟子》也。程子曰：“不必尽格天下之物。”又云：“存心一草木器用之间。”如此而望有得，如炊沙而欲其成饭也。文公则曰：“上而无极，下而一草一木一昆虫之微，亦各有理。一书未读，即阙了一书道理。一事不穷，即阙了一事道理。一物不格，即阙了一物道理。须著逐件与他理会过。”愚意无极太极，是天人合一之学，学至有成，亦可自得。初学者学之，虽非先务，无伤也。草木昆虫事物之众，人无百岁寿算，何能一一尽之？孟子以为治天下不可耕且为，文公亦以为大臣不当亲细务，奈何志在学圣，而反务尽一草一木一昆虫之微哉！此未合于程子也。又言今之学者，不知追求孔、孟之实，而只辨朱、陆之所以异，非圣学本务，去道甚远。所以近世学文公者，止得念庵之学而已矣；学象山者，止得阳明之学而已矣。在朱、陆当日，虽有不同，亦不至相辟如明儒之甚也。学圣而相辟是务，故圣学日亡也。其议论类如此。民后以贫死。稼书先生尝作《钱子辰字说》以勉之。

钱王炯字青文，嘉定县学生，少博学经籍，事父母以孝闻。其兄早殁，抚其孤成立。幼从太仓李景初课诵，李殁无子，迎其妻黄氏，敬养三十余年，及其殁也，为制丧服，葬而除之。尝谓读书必先识字，于四声清浊，辨别无少讹溷。经史之外，旁及天文、地学以及卜筮禄命之书，亦无不穷究也。惟不喜二氏之学，尝云："仙言长生，佛言不灭，二者皆未可信。夫神依形以立，未有形去而神存者。今二氏之徒遍天下，卒无一人能见古仙古佛者，则长生非生，不灭乃灭也。孔子言疾没世而名不称，立德、立功、立言，吾儒之不朽，即吾儒之长生不灭也。"乾隆二十三年，有司举乡饮礼，延为大宾。知县介玉涛问何以致寿，答曰："某生平不知导引服饵之术，但文字外无他嗜好，未尝轻易喜怒耳。"卒年九十二。以孙大昕贵，诰赠奉政大夫、翰林院侍读，晋赠中宪大夫、詹事府少詹事。

书会宁令李君守城事

李君名堡，号石涛，元和人。少读书，刻厉为学，中乾隆三十六年辛卯科二甲进士。四十五年，选授陕西会宁县知县。堡到任之明年，适岁歉，视民疾苦，乃捐廉赈饥，男妇老幼就食者以数万计，度不能资，日夜焦心。查有前任详请修署之官帑得千金，遂详报上官，以工代赈，自此城郭、儒学、衙署俱焕然一新，为士民所悦。会宁为关中冲要，其东北三百里接平凉府盐茶厅之小山，正北为靖远县境。其自小山至靖远界所经村落，则有打喇赤、刘家井、狼山、黑虎垄、黄家坳等处，皆隶县之北境。西北二百里外，则有铁木山，山以西为安定县之马家堡、官川里，山以东为黑庄、郭城驿、金坛坪、乾沟，皆会宁境内地也。县西南接通渭县之牛营堡，正西则接安定县之西巩驿，距会宁城六十里。正南为通渭、陇西、伏羌三县，东南为通渭之石峰堡，直接一冈川，皆与会宁接壤僻路也。四十九年四月十五日，忽有逆回田五倡乱，初在平凉府盐茶厅之小山中结众起事，不过三百余人。先焚西安州土堡，肆行劫掠。时陕甘总督李公侍尧、按察使陈公步瀛、固原提督刚公塔闻之，咸统兵先赴贼营，十七日辰刻已过会宁境。贼闻官兵至，纷纷四窜，田五中鸟枪，自刎死，而贼党会集山中，犹称未死，煽惑诸回，遂入靖远，纵火烧木厂，烟焰蔽天，兰州省城亦震动矣。官兵复追击之，贼遂从黄河以北绕至靖远山后，夺舟而渡，又啸聚于安定县之马家堡，因入官川里，势甚猖獗。五月初六日，西巩驿焚劫一空，贼遂于初七、八两日直抵通渭县之牛营堡，径奔马营。马营为通渭冲衢，距城九十里，商贾云集，乃巩昌府之一大都会也，居民数千家及寺庙十余所，俱为煨烬，惟存礼拜寺。初九日，贼直抵渭城。县官王某，四川进士也，懦弱而寡谋。初闻贼来，邑绅前威远令李仲晦者，原请王动帑练兵抵御，王故迂，因循不听。适有密告王胥役中与贼通者，王遂收之狱。贼闻之，围愈急，王乃逸去。不三日而城陷矣，仲晦父子亦遇害，积尸如山，填塞道路，凡仓库、衙署、寺庙、民居，尽付烈炬，靡有孑遗，反不如马营之民尚有逃亡也。当是时，会宁为弹丸小邑，而四面受敌，无井泉，去河甚远。李堡初闻贼警，遂戒严，即令四关厢居民拆毁房屋，移居城内，给之口粮，亲率诸军民登城鼓噪，以示其众。未几，贼果来，幸城外无民居，无从焚劫，去而复来者数次。李堡守益坚，下令军民有获杀一贼者，悬重赏，贼竟不敢至。郭城驿距城仅百里，有乡仓，可贮粟万石。堡惧为贼所击，率兵役营护之。行至五十里铺，大雷雨，不得前，从泥泞中又行数里。时夜将半，昏黑莫辨，闻有旧吏王朝宰居此，遂于雨中扣门歇马，且欲问讯，其家不敢留，亦不知有王朝宰者，但云："贼已至马家堡，闻安定尉已死于贼，贼将至金坛坪，去此不过二里许，恐陷不测，请速行。"堡曰："若果尔，命也。如冒雨而进，则前路高山深阱，路更崎岖，人马一堕，当奈何！"乃集随从者，各持器械，以备贼来。堡独坐土室中，衣帽淋漓，灭灯待旦。天既明，雨亦止，乡民知邑宰来，咸荷锄捍卫。又前行十余里，遇有司马荆公道乾奉檄运粮草牛羊驰至军营者，谓之曰："城池仓库，县令事也，不宜前往矣。"堡乃还。时贼氛愈炽，蚁聚蜂屯，枪炮之声昼夜不绝。贼往来于邑境、蹂躏于村庄者以千万计，各村民闻变惊逸呼号者亦以千万计，一见烟起，则讹传贼至。而各邻邑难民闻会宁贼少，皆络绎趋赴而来，而会宁之民出逃者遇之，以为贼至矣，亦呼号奔窜，自相践踏而死者亦以千万计。通渭既陷，远近惊骇，惟恐官军之不至也。先是晋抚巴公延三奉使出口，于四月二十五日过会宁，见李堡初任，未谙军务，为指示机宜。堡随送启行，而忽闻报至，贼即至会宁矣。适逢巴公前骑先驱，贼惊而散，盖不虞巴公之骤至也。于是西安将军傅公玉带兵一千名，巴里坤副都统永公安自山西进京，前来协剿，即傅公婿也。陕西巡抚毕公沅调西安、同州各营兵暨西安满标、抚标两营兵五千名，又调四川屯练降番兵二千名、宁夏兵一千二百名，又川北兵二千名、山西兵二千名，至西安候拨。又河洲韩土司兵一千名，又瓦寺土司桑朗、雍中等自愿效力，挑选精兵四百名。而兴安镇总兵官三公德亦带兵一千名，由秦州一路堵截。延绥镇总兵官策公卜坦又带兵一千名由静宁州一路堵截。不数日，而钦差大臣福公康安偕领侍卫内大臣海公兰察暨巴图鲁、侍卫、章京等相继而至，大学士阿公桂又挑选火器、健锐两营京兵一千名，次第会集。贼见官兵势甚，遂退聚陇西之狼山，出攻陇西、伏羌二县，复攻静宁州、隆德县城，俱坚守不动，贼乃至底店子。底店子者，在静宁州界，回民聚俗而居，不下千余家，沿途胁从者又数千人，以至驿递不通者数日。至六月初三日，贼闻王师北来，遂退入石峰堡。石峰在万山中，其高插天，石路甚险，惟北面一线可上。贼踞为巢穴，筑垒开沟，为负隅计，实绝地也。福公既至，为相度地势，断其樵汲，立栅设卡。时当三伏，七日无雨，贼下视四面重围，勺水不得，遂大困。七月四日夜半，贼有佚围而出夺路奔逃者，官兵四面截杀，贼投崖堕阱无算，生擒万余，贼无一脱者。贼既平，乃班师，而通渭王令忽从民间出，犹怀印绶，似尚欲复任者，遂伏法。李堡时年五十余，贫而傲，刚而直，两月之间，须眉尽白，实有守城功，而禄弗及也。其明年，遂改教皖江。时按察使陈公步瀛已擢安徽布政使，司马荆公道乾亦升调池州太守，而前任秦州刺史王公宽适为敬敷书院山长。边城僚属，重聚一方，酒酣耳热，每谭往事，辄欷歔欲泣而不能自已也。陈公赠诗云："陇上鸿泥不可寻，偶来皖水共题襟。循陔早诵《归田赋》，磨盾犹怀御敌心。乍喜放鹍歌趺宕,岂因失马怨崎嵚。眼前此会知难得,且把松醪仔细斟。"荆公赠诗云:"分襟何意复登堂,回首皋兰雁几行。三月烽烟金甲赤,五年冰雪鬓毛苍。心惊往事同孤垒,天遣离人聚一方。老我驰驱筋力惫,输君报国有文章。"王公赠诗云:"河阳脱帻茹齑盐,回首边城饮水廉。计拙真同洴澼絖,谭高欲卷雪霜髯。冬烘病愈头风檠,春酌灯沉细雨檐。家近百花洲畔住,归来访我九峰尖。""陇坂长驱昔并鞍,险如蜀道岂辞难。石峰纪事心逾壮,讲院谈兵胆尚寒。帆逐雁声催欲别,岁如客意送将阑。寓人薪木期无毁,曾听旧窗夜雨残。"盖惜之也。

书南园先生事

先生姓钱氏,讳澧,字东注,号南园,云南昆明人。其先有名铸者,本籍浙江,为钱武肃王后。明成化间,以游幕至滇南。会司理监太监钱能出镇云南,以其同姓,欲引附。铸耻之,避居迤西。后能去,仍还昆明。八传而至拙叟公,生五子,先生其长也。少颖异,刻励为学,中乾隆三十七年进士,授庶吉士,散馆为翰林检讨,饱读中秘书,文名藉甚,充国史馆纂修官。四十五年,充广西副主考。其明年冬,擢江南道御史,稽查通仓事务。适是年二月,逆回犯兰州,而甘肃冒赈事发,狱已成矣,诛窜者几百人,而独不及陕西巡抚毕沅。先生奏言:"冒赈折捐,固皆由王亶望斁法营私。但查亶望为藩司时,毕沅曾两署陕甘总督,近在同城,岂竟毫无闻见? 诚使早发其奸,则播恶不至如此之甚,即陷于刑辟者亦不至如此之多也。臣虽不敢必其利令智昏,甘受所饵,惟是赡狗回护,不便举发,甚非大臣居心之道。"奏入,上是之,夺沅爵三级。先是,台谏衙门自李漱芳左迁后,无人敢言事者。居无何,复劾山东巡抚国泰吏事废弛,借纳贡名,贪婪无厌,官民苦之,所属州县亏空累累,奏请按问。且言:"嗣后愿皇上勿受贡物,俾天下督抚无以藉口。"上览奏,即命军机处传讯,澧对曰:"御史例得封闻言事,臣有见闻,不敢不告也。"已而有旨随同军机大臣和珅、刘墉、诺穆清等前往查讯。当是时,和珅柄国,而国泰素奔走其门下者,人皆为先生危。及抵山东境,而和已早授意于国泰弥缝,辄以危言动先生,先生曰:"且到山东再看。"惟刘墉深知其弊,常与先生密商。比到省盘库,则和珅先言不用全数弹兑,第抽盘数十封,无短绌可也。和遽起回馆舍,先生请封库。次日彻扃折封,则多系圆丝杂色银,是借诸商铺户以充数者。因诘问库吏,得其实,遂出示召诸商来领,大呼曰:"迟来即封贮入官矣。"于是商贾皆纷纷具领,库藏为之一空。复改道易马,往盘他处亦然。案遂定,而和亦无可如何也。于是国泰与藩司于易简俱拿交刑部,治以罪。上嘉之,以澧敢言,擢通政司参议。四十八年四月,晋太常少卿,转通政司副使。上常召对便殿,其言秘,外人无有知者,惟总管国子监事务尚书刘墉知之,遂宣言于诸生曰:"钱南园已将科场舞弊事面奏矣,诸君慎自爱也。"是年八月,以本官出为湖南学政。到任后,绝干谒,不受陋规,衡文取士,一秉至公,士子莫不感服。迨岁科期满,有旨留任。适丁母忧,星夜出城,宿于旅舍,即委员赍印交巡抚,而于次早启行。各官有追送赙仪者,俱拒不受。未几,又丁拙叟公忧。先生在籍,闭户读《礼》,绝迹公门,每日惟自课子弟读书而已。五十八年,服阕北上。先是督学湖南时,适荆州水灾城圮,而孝感有活埋人命之案,又有匿丧应试,并出首违碍书籍诸事者,先生适在丁忧急归之际,遂将诸事移交巡抚浦霖查办。而浦霖捏辞参奏,以为诸事皆己所发也。上责以钱沣近在邻省,不行查奏,奉部议革职留任,上曰:"澧为官尚知持正,著加恩以主事用。"选户部江南司主事,引见,奉旨以员外补用,即补户部河南司员外郎,复奉旨授湖广道御史。时军机大臣和珅与阿文成公桂议论不和,办事不同一处,虑开朋党之祸,先生上疏曰:"军机大臣应同在公所办事,互商可否,此定礼也。近惟阿桂在军机处,余或在内右门,或在南书房,或在造办处,一切咨事画稿司员皆趋走多歧,将来必生事端。况内右门近接禁寝,向来有养心殿带领引见之例,所以皇上加恩大臣,不令与百官露立,是以设庐,许得暂止。每日清早于未辨色之先,一大臣入,各司官亦随入;一大臣出,各司官亦随出。为日既久,不能不与内监狎熟,万一有如从前高云从之事,虽立正刑辟,而所绁已多。杜渐防微,理宜改正。请皇上饬诸大臣悉照旧章,同止军机处,其圆明园办事亦同一体,以昭画一之规。"上览奏,遂切责诸大臣,谓钱沣所奏甚是,即命在军机章京上行走。当时阿文成桂以下,咸称为南园先生,不以名也。惟和珅频加诘究,欲穷以难处之事,卒不能屈,转资商确耳。六十年乙卯,扈跸滦阳。九月还京,偶感风寒,遂病卒,年五十六。是年冬,浦霖以福建巡抚任内事伏法京师。越四年,己未正月,和珅亦赐死刑部狱中,惜先生之不及见也。初先生提学湖南时,巡抚为吴江陆耀。耀居官清正,每事必商,称为知己。适耀卒,几无以治丧。先生亟典质二百金为赙,而率诸生俱白衣冠步行往吊,遂俯伏恸哭,曰:"公生平不名一钱,愿公受之毋却也。"其风义如此。

书周孝子事

周孝子名芳容,字铁岩,华亭人。其父文荣,弱冠游楚,自楚归娶,时年二十有八。其明年,生芳容。又明年,复往楚。越五载,以省亲旋里,不数月即去。芳容才六岁,稍能记其声音笑貌。后八年,楚中移文至华亭,则客死归州官舍矣,实乾隆五十八年九月十七日也。时芳容已十四岁,祖父母犹在堂,家无毫末之产,赖其母汪勤事纺织,仰事俯畜。又以门祚衰薄,亲戚皆闻讣而叹,岂能往楚迎柩,乃招魂设奠,丧不成礼。既而祖父母相继死,临终抚芳容叹曰:"安得汝为寻亲孝子,使我瞑目九泉乎!"芳容泣而志之,由是始有负骨归葬之念。而连遭丧病,家亦奇贫,笔耕所出,不能谋半菽之养,欲行复止者数载。春秋家祭,闻其母哭声甚哀,而芳容自顾年已及壮,可跋涉险阻,乃自奋曰:"天下岂有无父之人哉!"遂屏弃荤血,茹斋衣素,节日用为母氏余粮,焚香告家庙曰:"此去不得父骨,誓不归矣。"又思途长费重,孤贫下士,岂能徒手遄征,必至京随宦游者以往,事或稍易。因于嘉庆十七年二月,附漕艘佣书入都。先是芳容尝为童子师,见人画兰竹,窃效其法。又于书肆中得《曹全碑》残本,亦时时临仿。既登舟,以其余暑学书作画,又取官僚中启事尺牍,晨书夕写,以为数者兼习之,庶可藉以游楚也。六月抵京师,寓西河沿之泰来店,遍谒同郡官莘下者,泣告之故,皆悯然叹息,许为觅楚馆。初意江汉为天下通途,吴中往仕者指不胜屈，橐笔幕游，意不计重值，当无所难，乃迟之又久，竟不可得。芳容自思曰："必待游幕往楚，则就道无时。吾为寻亲而出，无论佐人持筹握算，下至佣保傔从，苟可因以到楚者，皆所愿也。"又以此意告同郡诸公，亦皆哀怜其志，而楚馆仍不可得。遂拟行乞道路，访求踪迹。而寓京半年，典衣度日，积逋甚多，寓主人督促旅费又甚急。时当十二月，同里耿君省修方以需次在京，甚笃交谊，乃往告其事，求其资以薄少为出都计。耿以岁将逼除，期于正月初商之。至时复往，适有朝士在坐，阍者导入旁舍，则故乡数客在焉。坐有戴宝德者，年逾六旬，曾与文荣同客归州。芳容向之号泣叩头，求示以旅瘗处。耿适至，为详述其故，宝德挟芳容起，曰："汝即周文荣之子，今已成立，将入楚寻亲耶？孝哉，孝哉！虽然，自京师至归州，水陆数千里，观汝形容，傫然一寒士，势不能枵腹往返，其难一也。归州于戊午、己未间遭白莲教之乱，城垣房舍尽已焚毁。今庐而处此者，皆流移雁户。汝父葬乱冢中，兵火之余，安能寻觅？其难二也。孤子当室家有内顾之忧，自宜昌以上，江波绝险，舟行稍一失势，即下饱鱼鳖。汝纵孝不顾身，其如母夫人倚闾之望？何其难三也。为今之计，莫如暂且归里，尽洁白之养。我官江夏日久，宾客多有从归州来者，当代汝访之。候有影响，即以相告，然后往寻未晚也。"芳容哭不止，耿复告以将行乞往寻之事，宝德叹曰："愚哉，愚哉！虽然，其愚不可及也。汝既有此孝思，当为汝图之。今归州吏目江宁钟君光范，我友也。作书付汝，赍以往见。钟君乃好义之士，不汝欺也。"是日耿首倡馈赆，袁方伯秉直、赵侍郎秉冲辈俱有所赠，足以稍资扉屦。明日戴持书至，复出路程目一纸，曰自汉口西上，记载极详，不忧迷道。戴因亲老，乞改近地，归时当相见里门也。乃敦勉而去。芳容走别耿君，将束装向汉口。有同寓张某者，金陵人，曾为某郡司阍，熟游齐、鲁各官署，适流落在京，乃曰："子善书画而无门可投，吾多交游而无物为赞，盍牵连南行，彼此各有所济。且南京楚船甚多，屈指可达也。"遂于十八年正月二十四日相伴出京，一路取笔墨所给，仅足糊口。抵临淮关，张以访友他去，芳容独坐旅舍，愁思凄然。忽念同郡史君本泉方为颍上教谕，盍往访之，兼问入楚道路，乃与张分手。自出都后，芳容日行风霜雨露中，寒燠失度，饥饱无时，精神日烁。由临淮至正阳关，舟行四日，始投止旅店，头目晕眩，遍身焦灼如火，饮井水数升，神思稍定。次日，病不能起。时夏令初届，淮、泗间疠疫流行，多朝发夕死者。主人见芳容病状，惧不敢留，欲徙置邻庙。庙故摧颓无主，旅病者移置其中，无不即毙。芳容乃曰："吾本孤客，主人虑之固当。然吾病虽剧，心实了然，药之可以即愈。且吾有大事未了，为吾招里正，当告以故。"未几，里正至，语以将入楚寻亲，迂道往颍上访史君事，又出戴君书及囊中银二铤，曰："吾命悬此书，恐病中失去，故以相托。"因指银曰："尽此医病，病如不起，即以具殓，遇松江人过此，以书视之，必有反吾柩者。"里正阅书色动，邀邻医至。医乃寿州诸生，受业于史君者，见书甚骇，叩得其详，曰："此吾师之戚，大孝子也。病必无虞，汝辈勿草草。"时观者甚多，皆怂恿主人相留，不复议徙。医者以史君故，尽力诊治，日或二三至。七日，热稍退，渐能饷糜。又七日，病愈。因急欲登途，当风剃发，病复大作。自此之后，或因食复病，或因劳复病，直至六月初旬，始能步履。已留滞正阳关两月，资斧衣装又复罄尽。乃步至颍上，谒史君于学舍。见芳容病容柴瘠，体无完衣，固止其行，言其次子熙文将就试江宁，若同舟以往，则旋松江甚便。以死父而缺生母之养，孝者不为也。芳容志不可转，史恻然怜之，乃命作书画数十幅，以己名刺遣斋夫遍投门下诸生。诸生有答者，馈银或四三钱，或五六钱，聚之得二十余两。因具衣履，别史君而行。自颍上至汉口，道经商、雒、黄、麻间，一路人烟稀少，崇岩巨岭，绵亘千余里，为车马所不通行者。惟乘竹轿，轿日费千钱，非有力者不能也。加以秋暑未退，草木正盛，瘴烟毒雾，终日不一开霁。又滑县邪教将乱，奸人乘间伏莽，道多梗塞。芳容则麻鞋短服，日行三四十里，遇无旅舍处，辄据石倚树，露宿草间，或风雨骤至，往往淋漓达旦。尝宿山家檐下，梦中为物所惊，觉则有长蛇一条，黑质白章，从领穿袖而出，芳容悸不敢动。又夜行青石岭下，山半双灯炯然，以为人也。呼之，灯忽不见，听猛虎一声，遮道而立，因窜身荒堑间以免。又山蹊过雨，水势汹汹，赤脚行石齿中，忽踬决肤裂，流血不已。时有卖草帽者数人同行，有地名往流集者，芳容至此不能复前，数人先去。未几，有两人仓皇而反，曰："过此八九里，峰回路转处，突出十余人，挺刃交下，劫所有以去，已毙一人，余各他窜。吾所以逃归者，欲诉之官也。"芳容骇甚，明日俟多人为伴，始敢前行。山中所经危险之地，不可胜数。及抵汉口，则已清风戒寒矣。前在京时，戴君以路程目相赠，凡江途夷险、城市疏密，及停帆易艇、旅行水宿之事，无不详备。遂依目中所载，附估客船以行。适公安水发，不能前进，枉道由洞庭湖折而西上。舟中侧席而坐，临食而叹，时时以泪洗面，或竟夜不眠，咄咄自语。同舟者怪而问之，不以实告也。至宜昌，空囊如洗，饮食俱缺，检随身物凡值一钱半锱者，悉付质库，得钱一千余文，易舟就道。是夕芳容梦其父形貌如昔，诫曰："明日上滩，汝宜留意。"明日过青滩，水势狂悍，石角参错波涛间，触舟，舟漏，几沉没江中。既出险，各贺重生。乃于九月初一日抵归州城下。自宜昌浮江上溯，滩滩梯接，势若建瓴。归州城濒江设险，鸡鸣犬吠，恍在霄汉。明初崇墉屹立，后为张献忠所夷，乃栅要害守之。近复毁于寇乱，重事版筑，官府方招集流亡，疏节阔目，与民生聚，由是闾阎阛阓，较旧制更严且整。芳容就寓州署之侧，乃持戴君书谒吏目钟君。钟见书骇然，一再阅之，蹙然曰："此乡自被寇后，城郭人民，皆非畴昔，即十年前事，知者甚鲜，况二十年耶？土著之民墓田丙舍，皆已为谷为陵，矧旅榇耶？汝既来此，且少弛担簦，当行寻郊外，裹草根片土招魂归葬，于孝子之心亦可无憾。如欲求真骨以归，正恐徒劳无益耳。"芳容固求公访之，因遍询州役及城内外琳宫佛宇，讫无知者。州有老役徐某，避乱居巴、巫间，常回州应役。一日至署，芳容适在座。钟问曰："前二十年，浙有黄公钟岱官此，汝知之乎？"曰："知之。"曰："黄有幕客周，病殁于署，汝知之乎？"曰："知之。其年某为役总，董率各役。黄本官系六月到任，携幕客三人，一戴，一许，一周。周到署已病，一童子侍汤药。一日，童子唤某入，则已气绝床上，药瓯犹在手也。时黄本官与戴姓者在省未归，惟许姓为具棺殓。虽事越二十余年，犹能记其仿佛。"芳容闻之，感泣不能止，急询瘗埋之所，曰："似在东关外骨坟塘，依稀偏左。自遭教匪蹂躏，恐迷其处矣。"钟谓芳容曰："今略得影响，子宜移寓就近，东关外有太平庵者，可往居之。明当遣徐某为导，求其殡所。"芳容乃移寓庵中。次日，乞徐为导，至骨坟塘。塘去城一二里，荒山乱草，四周立石为界，为商旅丛葬之所。芳容伛偻草际求之，不可得。次日复往寻觅，日将趺，仍不可得。芳容自念曰："此间四五里，白骨如莽，陈陈相因，拟尽半月之功，穷索瘗所。吾万里远来，不得父骨，当投江而死耳。"正然疑间，忽见十余步外，片石半没土中，亟掊土视之，石上字凡三行，中一行云："清故周文荣，系江苏松江府华亭县人。"左行云："殁于癸丑年九月十七日卯时。"右行云："某年月日同人公立。"芳容心喜极而悲，号恸不能起，欲露宿冢上。徐某谓地多豺虎，常白昼啮人，因挟芳容归寓。明日，趋告钟，钟欣然曰："亲骸既获，大志已慰。若迎归故里，则江路辽远，约略计之，非二百金不可。且掩土已久，不如无动。南宋大儒多有父母异葬者，可法也。"芳容决意负骨归，钟不能止，曰："此事宜告本州。"次日，乃告州牧刘公清祥，刘悯芳容志，命里正与伍伯为助。钟亦遣人来，预具水瓮二、黄布囊一、油纸数幅、绵纸八番、蚕绵一束、线一绚，及笔墨、疏布、小刀之属，择于重九日登山收骨。是日天朗气清，雇土工二人，持祭物偕往。至则里正、州役咸在，乃陈祭冢下，启土见棺，则前和已朽，触处糜滥，棺破而骸见。芳容擗踊哀号，以口衔左臂肉，右手持刀割之，用力过猛，皮裂及肘，又割之，以肉抵父颏腭间，辄胶合如漆；左臂血沾渍骨上，亦深入不流。乃搹泥掩创，裹以疏布，匍匐拾骨。伍伯展油纸陈之，土工次第加矿，裹以绵纸。芳容乃以血和墨，寸别件记，凡若干股，装为一囊，护以绵被。又以余墨拓石上字数纸，为归日征信，然后掩石入土。归州江山雄奇，东郭尤胜，时登高者数十百人，闻有此事，至骨坟塘环而视之，无不泪下称叹。乃负骨至太平庵，冀卖书画作归计。而穷途局蹐，费无所出。有湖州商人某亦来游，叩及里居，因曰："今游击张将军廷国，亦松江人也，子如未相识，当为之介绍。"乃谒将军于江上，各叙故旧，并告以不能归骨之故。将军恻然，许为谋之。次日，钟欢笑而至，曰："大好遭际。昨有宴会，文武官皆集。张将军以汝事告刘公，公谓孝行如某，而困不能归，官斯土者之咎也。首赙白银五两，余官皆三两，幕客三人各二两，已二十余两矣。张将军赙钱十缗，遣旗牌檄江船送至汉口，刻期于三日后起程，岂非大好遭际哉！"芳容惘然不知所对。因遣仆导芳容谢刘公。刘延至书室，命以隶写《孝经》数幅，曰："藏此孝子手迹，可为吾子孙劝也。"又遍谢文武诸官。芳容临行，钟君持刘公官封书一通，俾归投华亭县，互相咨照。遂白衣冠负骨登舟，居人出郭争视，途为之塞，时嘉庆十八年九月二十日事也。及解缆，风顺水急，不数日即达汉口，作书托旗牌谢张将军，乃由汉口易舟而东。舟人于柁楼祀金龙神甚虔，芳容亦早晚焚香稽首，祷求默助。半月余，竟达里门。急省其母，虽望眼将穿，犹幸康健如昔。因寄骨城东佛舍，悬所拓石刻字于前，扶老母哭而祭之，闻者皆为酸鼻。既而卜兆于祖墓之旁，营治井椁，即于十一月初九日安葬。时戴君宝德改官金华尉，乞假省亲，适芳容负骸骨归，亦来送葬，则又相顾诧为奇绝也。归时以刘公官封书投华亭周公炜。葬既毕，周招至署中，奖叹不置，以为至性至情，非寻常庸行所及，将闻其事于朝，旌门如制。是役也，芳容在京师时几冻饿死，正阳关几病死，商雒万山中几中蛇虎盗贼死，宜昌滩险几破舟死，盖及于死者数矣。非耿君不能出京；非戴君书，即往归州，与不往等；非史君济以资斧，不能至汉口；非钟君遣老役指迷，力任其事，无由觅冢得棺；非刘州牧与张将军倡赙赠舟，不能浮江归里。乃濒死更生，负骨窀穸，得报其祖父母遗命于地下者，皆其父文荣之灵，其母汪氏之节，乡邦亲故赈穷救患之德，而尤敬芳容之至孝为不可及也。其事与苏州黄向坚万里寻亲相类，记之以传其人焉。道光三年三月勾吴钱泳书。

卷六　耆旧

安　安　先　生

先生姓金氏，讳祖静，字会川，一号定涛，吴县人。雍正七年己酉，以国子生荐举引见，授户部云南司主事，除广西司员外，迁云南司郎中。从大学士忠勇公傅经略金川，佐理军务。奏凯，知四川叙州府事，以亲老改近省，补山东济南府知府，擢济东泰武道，调运河兵备道，又调浙江金衢严道，升贵州按察使。年七十五，致仕归。所居授经堂在金阊门内之皋桥里，筑安安室以自居，芦帘棐几，瓦枕藤床，宴如也。先生好读书，老而弥笃，案头尝置五色笔，见载籍中有人地事迹、年月先后可疑者，必厘而点乙之。时作蝇头小楷，撮记大要，以便翻阅。书法自幼模虞永兴；继从外舅杨大瓢先生游，专攻晋帖；四十后，由二王稍降赵集贤，而尤近文待诏。群从子弟以时相见问字，必博征古今缘起根末，终日无倦。平居多礼而好俭，常语人曰："惟俭可以惜福，惟俭可以养廉。"起居饮食，淡泊寡营，溽暑祁寒，不炉不扇。每日早起晚罢，向夜砚火荧荧，为苦志明经所不逮也。所著有《定涛诗文集》十二卷，赵秋谷、沈归愚两先生为之序，藏于家。年八十一卒。泳年十七，曾受业于先生之门，得与吴中贤士大夫游，自此始也。

随　园　先　生

钱塘袁简斋先生名枚，字子才。少聪颖，年十二能为文，尝作《高帝》《郭巨》二论，莫不异之。乾隆元年，先生游广西，省其叔父于巡抚金公幕。金公奇其状貌，命为诗，下笔千言，遂大为赏叹。适是年有诏旨举博学鸿词科，金公专折奏闻，云："有袁枚者，年未弱冠，经史通明，足应是选。"乃送入京师。当是时，海内老师宿儒贤达之士计九十有八人，而先生年最少，天下骇然，无不想望其丰采也。居无何，报罢，旋中戊午科顺天乡试。其明年成进士，入翰林，散馆以知县用，分发江南，年二十五耳。越十年，乃致仕，筑随园于石头城下，拥书万卷，种竹浇花，享清福者四十余年。著作如山，名闻四裔。年八十二而卒。学者称随园先生云。

抱 经 学 士

卢抱经先生名文弨，余姚人。乾隆壬申恩科进士，以第三人及第，官至翰林学士。邃于经学，所著有《仪礼新校》、《群经拾补》、《钟山札记》诸书。平生最喜校正古籍，为钟山书院山长，其所得馆谷，大半皆以刻书，如《春秋繁露》、《贾子新书》、《白虎通》、《方言》、《西京杂记》、《释名》、《颜氏家训》、《独断》、《经典释文》、《孟子音义》、《封氏见闻录》、《三水小牍》、《荀子》、《韩诗外传》之类，学者皆称善本。

覃 溪 阁 学

大兴翁覃溪先生名方纲，字正三。乾隆壬申恩科进士，历官至内阁学士，降鸿胪少卿。先生之学，无所不通，而尤邃于金石文字，著有《两汉金石记》、《粤东金石考》诸书。所居京师前门外保安寺街，图书文籍，插架琳琅，登其堂者，如入万花谷中，令人心摇目眩而无暇谭论者也。尝得宋板施注苏诗，海内无第二本，每至十二月十九日，必为文忠作生日会，即请会中人各为题名以及诗文歌咏，尽海内贤豪，垂三十年如一日也。嘉庆十六年，重赴鹿鸣。其明年又重赴琼林。卒年八十六。世之言金石者，必推先生为欧、赵焉。

山 舟 侍 讲

钱塘梁山舟先生名同书，字叔颖。乾隆壬申恩科进士，官翰林侍讲。引疾归，以重宴鹿鸣，加四品衔。家居六十年，博学多文，而尤工于书，日得数十纸，求者接踵，至于日本、琉球、朝鲜诸国，皆欲得其片缣以为快。余少时游幕杭州，尝修士相见礼，谒先生于竹竿巷里第，必纵谭古今书法源流，以启迪后生，有董思翁老年风度。年九十余，尚为人书碑文墓志，终日无倦容。盖先生以书法见道者也。

响 泉 观 察

吾邑顾响泉先生名光旭，乾隆壬申恩科进士，以监察御史出为宁夏府知府，旋调平凉府知府，擢巩秦道，俱有惠政。总督文公绶知其贤，奏请署四川按察使，以失出罢官。归田后，为东林书院山长，善诱恂恂，培养后进。能诗工书，著有《响泉诗钞》十二卷。求书必索润笔，亦甚廉，即取以市大布，制棉衣以施寒者。凡邑中同仁堂施药、施粥、施棺诸善事，先生必力为调度，以得宜而后已。乡里称善人焉。

西 庄 光 禄

王西庄先生名鸣盛，字凤阶，嘉定人。乾隆甲戌进士第二人，以内阁学士降光禄卿。寻丁艰归，遂不出，迁居苏州阊门外之闻德桥。余年十六七时，始识于金安安先生坐上。先生勤于著述，尝与元和惠栋、吴江沈彤研精经学，有《尚书后案》、《周礼军赋说》、《十七史商榷》、《蛾术编》诸书，选生平交游之能诗者十二家为《苔岑集》，自刻所为诗文曰《西庄始存稿》。年六十余，双瞽。越十年，双目又明。嘉庆二年，卒于吴门。世之言学者，以先生为圭臬云。

竹 汀 宫 詹

家竹汀先生名大昕，字晓徵，嘉定人。乾隆甲戌进士，官至詹事府少詹。自广东学政衔恤归里，掌教苏州紫阳书院者十余年。其学无所不通，所著有《廿二史考异》、《金石文跋尾》、《十驾斋养新录》、《潜研堂诗文全集》、《三统历述》诸书，精深纯粹，贯综百家，是合惠、戴两家之学而集为大成者也。余尝谒先生于书院中，听其言论，娓娓不倦。大江南北学者，莫不推尊先生为第一人。其弟可庐先生名大昭，为太学生。嘉庆元年，举孝廉方正。著有《广雅疏义》、《诗古训》、《两汉书辩疑》、《后汉书补表》、《说文统释》诸书。

兰 泉 司 寇

青浦王兰泉先生名昶，字琴德，与王西庄、吴竹屿、钱竹汀、赵朴庵、曹习庵、黄芳亭为吴中七子。中乾隆甲戌进士，官至刑部侍郎。自儤值内廷，参与戎幕，以至秉臬开藩，跻秩卿贰，遂历中外者三十余年，并著懋绩。与千叟宴，予告归田。年八十三而卒。先生尝东至兴京，西南至滇、蜀，所至访求金石，延览人材。从征缅甸有功，赏戴花翎。而谦恭下士，著作等身。闻人有一才一艺者，即录其姓名籍贯，细书小折，盛以锦囊，各分门类。每与人坐谈，一闻佳士，辄从锦囊中取出补之。自古怜才爱士之诚，未有如先生者也。著有《述庵文钞》二十卷、《金石萃编》一百六十卷，又类集所知识之诗与文为《湖海诗传》、《湖海文传》若干卷。

二 林 居 士

吴门彭尺木先生名绍升，自号二林居士，前兵部尚书启丰第四子。乾隆丁丑科，与其兄绍观同中进士，未殿试。迨尚书公殁后，遂闭关城东文星阁，精心禅理，阐扬净业，不复与人间事。著书甚多，如《居士传》、《善女人传》诸作，大半皆释氏劝世普济众生之言。古文宗法归震川。有《二林居集》二十四卷，内有《国朝名臣小传》二十篇，曾以上诸史馆。余尝谒先生于文星阁，必从门外击磬三声，而后延入，挥麈谭文，终日不倦。嘉庆元年七月，忽作《辞世偈》，一病而殁。

秋帆尚书

镇洋毕秋帆先生，负海内重望，文章政绩，自具国史。乾隆五十二年，先生为河南巡抚。六月廿四日夜，湖北荆州府江水暴涨，堤溃城决，淹没田庐，人民死者以数十万计。七月朔日，得襄阳飞信，先生即于是日先发藩库银四十万两，星夜解楚赈济，一面奏闻。高宗皇帝大加奖赏，以为有督抚才。不数日即擢授两湖总督，兼理巡抚事务。泳时在幕中，亲见其事。先生为人仁而厚，博而雅，见人有一善，必咨嗟称道之不置。好施与，重然诺，笃于朋友，如蒋莘畲、程鱼门、曹习庵诸公身后事，皆为料理得宜，虽千金不顾也。家蓄梨园一部，公余之暇，便令演唱。余少负戆直，一日同坐观剧，谓先生曰："公得毋奢乎？"先生笑曰："吾尝题文文山遗像，有云：'自有文章留正气，何曾声妓累忠忱。'所谓'大德不逾闲，小德出入可也。'"余始服其言。时和公相，声威赫奕，欲令天下督抚皆欲奔走其门以为快，而先生淡然置之。五十四年夏，和相年四十，自宰相而下皆有币帛贺之。惟先生独赋诗十首，并检书画铜瓷数物为公相寿。余又曰："公将以此诗入《冰山录》中耶？"先生默然，乃大悟，终其身不交和相。六十年二月，贵州苗民石柳邓、湖南苗民石三保等聚众劫掠，人民震恐。先生闻之，即驰赴常德，筹办灭贼之计。事既平，尚驻辰州。以积劳成疾，卒于当阳旅馆，年六十七。后二年，和相果伏法。先生著作甚多，一时不能尽记。尤好法书名画，尝命余集刻《经训堂帖》十二卷，海内风行，至今子孙尚食其利云。

梦楼太守

丹徒王梦楼太守名文治，字禹卿。乾隆二十五年进士第三人，以翰林侍讲出知临安府。其未第时，尝为侍读全公魁幕客，册封琉球，有《海天游草》。太守既工书法，诗亦深纯精粹，远过时流，有《梦楼诗集》二十四卷，袁简斋太史谓其细筋入骨，高唱凌云，非虚语也。其书

亦天然秀发，得松雪、华亭用笔。至老年则全学张即之，未免流入轻
佻一路。然较刘文清、梁侍讲两公，似有过之无不及耳。

竹屿中舍

长洲吴竹屿先生名泰来，字企晋，为吴中七子之一。中乾隆庚辰
进士，与秋帆尚书同年。二十七年，召试，进内阁中书。先生意致萧
闲，才情明秀，作诗一本渔洋，著有《砚山堂集》十卷。五十二年，尚书
为河南巡抚，延先生为大梁书院山长，余时亦在幕中，与洪稚存、方子
云、徐朗斋辈饮酒赋诗，殆无虚日。未几卒。

穆堂侍御

许穆堂先生名宝善，青浦人。乾隆庚辰进士，历官浙江道监察御
史。丁艰归，遂不出。常寓吴门，以诗文自娱。尤工于词曲，善戏谑，
举座莫不倾倒。著《南北宋填词谱》，吴中诸乐部莫不宗仰之者。

苏潭中丞

南康谢蕴山先生名启昆，乾隆庚辰进士，通于史学，尝补《西魏
书》，以正魏收之陋。先生官浙江布政使时，余时在转运使幕中，蒙先
生垂盼，往来甚密。著有《补史亭诗》、《浙东小草》、《蓬峦轩草》诸刻。
所交皆一时名士，如胡荩君、沈磐谷皆在幕下，唱和甚多。后擢广西
巡抚，又著《粤西金石记》十二卷。卒于任。

耘松观察

阳湖赵耘松观察名翼，幼聪颖，年十二学为文，一日成七艺，莫不
异之。以直隶商籍入学。乾隆庚午中顺天举人，辛巳成进士，以第三
人及第，由编修出守广西，民淳讼简，人民悦服。适缅甸用兵，奉命赴

滇赞画军事，调广州监司，未几，擢贵州贵西兵备道，而以广州谳事镌级，遂乞养。归田十年，母既终，不复出。五十二年，台湾林爽文作乱，李公侍尧奉命赴闽，过常时邀先生为参赞。事既平，李公欲入奏起用，先生固辞之。遂由建宁分道，游武彝九曲，过常玉山，遍历浙东山水之胜，与当世贤士大夫相唱酬以为乐。年八十八而卒。所著有《廿二史札记》三十六卷、《陔余丛考》四十三卷、《檐曝杂记》六卷、《皇朝武功纪略》四卷、《瓯北诗抄》、《瓯北诗话》、《瓯北集》共若干卷，学者称瓯北先生。

筠心学士

吴门褚筠心先生名廷璋，字左莪，为先外祖华嶂山先生受业弟子。始以明经教授太和，旋入为中书舍人，登癸未进士，入翰林，至侍读学士。尝奉敕纂修《西域图志》暨《西域同文志》，于回部山川风土最为熟悉。三典省试，四校礼闱，舟车所及，山水之胜，人物之奇，莫不发之于诗，王兰泉司寇谓过于宋之范文穆公云。著有《筠心诗钞》十二卷。

秋室学士

仁和余秋室先生名集，乾隆丙戌进士，官至翰林学士。先生为人端雅修洁，工书画，尤精于人物。历典乡、会试，以病告归，为大梁书院山长，既又为娄东书院山长。年八十余尚能作蝇头小楷。没于吴门。

杜芗宫保

元和姜杜芗宫保名晟，字光宇，为前明给事中埰四世孙。家赤贫，忍饥励学，中乾隆丙戌进士，除刑部主事，历官刑部尚书，湖广、直隶两省总督，加太子少保。吴中科第官刑部而洞悉刑名者，首推宫保与韩桂舲两尚书云。宫保官湖南巡抚时，偶见余笔墨，遂大称赏，屡嘱属吏驰书来聘，时余以母老，辞不赴也。前后二十年中，南北往来，虽未一面，而有知己之感云。

榕皋先生

吴县潘榕皋先生名奕隽，字守愚，少聪颖，年十六，以商籍补仁和县学生。中乾隆壬午乡榜，己丑成进士，及殿试，名列第七，以引见不到，降附三甲末，迨御试保和殿，钦定第十名，以内阁中书用。补官十余年，除户部主事，遂拂衣归。自此林居四十余年，读画评诗，游心物外，怡然乐也。道光壬午岁，重赴鹿鸣。己丑岁，又将重赴琼林，时年已九十矣。以两江总督、大学士蒋公攸铦奏陈，奉旨加四品卿衔，著加恩免其进京，以示体恤耆儒之至意。是年适遇覃恩，胞侄世恩以所得一品封典貤封光禄大夫。先生生一子名世璜，中乙卯探花，亦授户部主事，两孙俱补博士弟子员。尝赋《纪恩诗》十首，海内名公卿和者甚众，莫不荣之。所著有《三松堂诗文集》若干卷，行于世。泳自束发游吴门，与先生为忘年交，往还最密，相知亦最深。呜呼！若先生者，可谓五福兼备者矣。

二云学士

邵二云先生名晋涵，余姚人，乾隆辛卯科会元。五十七年，余初入京师，谒见先生于横街寓第。时官翰林侍讲，为人朴野，德行恂恂，今之召伯春也。而经学之修明，文章之通达，实鲜其匹。是时萧山王南陔中丞尚为秀才，常在先生坐中遇之，剧谈古今，每至竟日。所著《尔雅正义》，可补邢昺之陋略，又有《公羊传》、《孟子义疏》诸书，未传于世。

黼堂少宰

嘉善家黼堂少宰名槭，中乾隆壬辰进士，历官至吏部左侍郎。少工书法,历践清华。年七十余,自营生圹,一切饰终之具,皆自经理。一日早起,命家人将书籍、笔砚、字画什物及生平玩好之具,尽行点检,关锁封固,若将有远行者。遂坐后堂,倏然而逝。余见少宰为翰林时,其貌绝似赵荣禄画像。过五十后,两耳下忽添长须。至七十余,须发俱白,惟两耳下须尚黑,亦罕见者。少宰殁后二十年,其令子熙属余刻神道碑,立于墓左,裴回丙舍者三日而去。时道光壬辰四月也。

芝 岩 太 史

吴县范芝岩太史名来宗,字翰尊,为宋文正公后。中乾隆乙未进士,入翰林,告归,时年五十余矣。范氏故有义庄,积逋累累,不能资,族中咸推先生为主奉,清厘整顿,一秉至公,不三十年,增置良田一千八百余,亩市廛百余所,每岁可息万金。文正公墓故在河南洛阳县之万安山,文正祖墓在苏州之天平山,俱焕然一新。而子孙之穷困者,例给钱米,一切丧葬、助恤、考试之费俱倍加。自此义庄又复振兴,皆先生力也。年八十一卒。著有《洽园诗稿》十八卷。

鱼 山 比 部

冯鱼山先生名敏昌,广东钦州人。中乾隆戊戌进士,入翰林,改户部主事。丁外艰回籍,为南海书院山长,卒于羊城。先生之学,经经纬史,而诗歌、古文、金石、书画亦靡不贯综。钦州在中华极南地,接连交址,有明至今从无科第,得之自先生始也。京师士大夫咸称为南方之学云。

杜 村 观 察

吴杜村先生名绍浣,安徽歙县人。世以盐策为业,寓扬州已百余年,家道殷富。乾隆乙未、戊戌两科,先生与其兄绍灿同中进士,入翰林。先生精于赏鉴，所藏法书名画甚多，当时如彭南昌、董富阳、王韩城、刘长沙诸相国所贡图籍书画，必经先生品题而后奏进。家有颜鲁公《竹山联句》，徐季海、朱巨川告，怀素小草《千文》，王摩诘《辋川图》，贯休《十八应真象》，皆世间希有之宝。至宋、元、明人，其次焉者也。嘉庆初年，余每到邗上，辄主其家；而先生喜余之至，亦必扫榻以待之。后家事中落，不得已报捐观察，补河南南汝光道，卒于官。

秋 史 侍 御

扬州江秋史侍御，前安庆太守恂子，中乾隆庚子恩科进士第二人。博雅能诗，尤嗜古碑帖，自周、秦、两汉、魏、晋、六朝、唐、宋、元、明金石文字，搜罗殆遍。余于乾隆壬子年在京师始识之。时秋史丁太守公艰，赋闲无事，时相过从，语必终日，不知谁为宾主也。忽以青田石一块，高二三寸许，琢为汉碑，式极古雅，上刻云："君讳德量，字量殊，江都人，太守君之元子也。举进士，官御史。世精古文，金石竹素，靡不甄综。乃于乾隆五十七年霜月之灵，刊兹嘉石，以传亿载。"其明年，将服阕，卒于京师，咸以为碑谶云。

平 阶 中 丞

清平阶中丞名安泰，满洲镶黄旗人。中乾隆辛丑进士。为人谦雅。能诗歌，清新有法；喜隶书，亦苍劲入古。而政事修明，虽猾吏莫能炀其灶也。中丞殁后，公子尚幼，其青衣李某为刻其诗，菊溪相国序之。

渊 如 观 察

孙渊如观察名星衍，阳湖人。父勋，举人，为山西河曲令。观察生之夕，祖母许梦星堕于怀，因以名之。幼聪颖，年十余龄，能背诵《昭明文选》，不遗一字。比长，肄业金陵钟山书院，袁简斋太史屡称之曰："天下清才多,奇才少。今渊如乃天下奇才也。"一时名士如杨西禾、洪稚存、顾立方、钱献之、汪容甫、赵味辛、吕叔讷、杨蓉裳、黄仲则、何南园、方子云、储玉琴、汪剑潭辈皆为倾倒。观察尤好山水之游,金石之学,错综经义,泛览百家,以及释道诸书,莫不赅贯,原始要终。先达中如王西庄、朱竹君、钱辛楣、王兰泉、姚姬传、赵云松诸先生,亦莫不赏异之也。乾隆五十一年,始举于乡,明年成进士,对策称旨,以第二人及第,授编修,充三通馆校理,散馆以刑部主事用。旋升员外,除郎中,总办秋审处。每有疑狱,平反核谳,全活甚多。出为山东兖沂曹济道,权臬使,治行廉平,活死罪诬服者十余辈,亦不以之罪县官,曰:"县官实不尽明刑律,皆僚幕误之也。"是以山左吏治为之一变。丁母艰后,不复出,买屋金陵,筑五松园,将为终老计。当道延为主讲,如扬州之安定、绍兴之蕺山、西湖之诂经精舍,造就后学,问字者千余人,一时推为学者。嘉庆八年,为贫起官,补授山东督粮道,请开东省水利,宣泄卫河以滋漕运,增给兵米以恤满营。又以先儒伏生、郑康成有功圣学,直在唐宋诸儒之上,请立博士,俾膺承袭,上之抚部。其后刘学使凤诰又以丘氏为左丘明后,与伏、郑并置博士,俱奉部驳未得行。公事之余,惟与二三同志稽古论文、著书刻书为事。他如伏牺陵、阳陵、柳下惠、闵子、曾点、澹台灭明诸墓,以及季桓子井,皆搜求遗逸,立石表之,俾不失坠。又创建吴将孙子祠于虎丘,重建烈愍祠于金陵,于金坛九里镇拓得孔子延陵十字碑,于句容得三国吴《葛府君碑》及梁天监井栏文,于德州得北魏《高湛碑》,插架盈箱,神与古会。十六年辛未,引疾归金陵,奉侍河曲公。又五年而卒,年六十有六。公生平最喜刊刻古书籍,有《平津馆丛书》若干卷。

兰士太守

灵石何兰士太守名道生,与其弟元烺,俱中乾隆丁未进士。其为人也,温纯缜密;其行事也,胸襟爽朗;其为诗文也,磅礴浑灏,不名一格,要能熔铸古今,以自抒其性灵。嘉庆五年,尝为山东巡漕御史,适余由水路入都,欢聚于南池行馆者凡四五日,饮酒赋诗,为一时佳话。

后出知九江，丁外艰。服满，迁知宁夏，卒于官。著有《方雪斋诗集》十二卷。

宜 泉 太 史

大兴翁宜泉太史名树培，覃溪先生子。乾隆丁未进士，入翰林。博雅好古，能传家学。尤明于钱法，凡古之刀币货布，皆能辨识。所著有《泉币考》，较洪遵《泉志》精博殆过之。闻某处有一古钱，虽远道必躬自往访以为快，其天性然也。后记名以繁缺知府用，未至官而卒。

仲 子 教 授

凌仲子名廷堪，海州板浦人，其父系海上灶户也。仲子年十余岁，未尝上学。至十三四，偶逢读书人，辄喜切三问四，遂以《水浒传》熟读通部，不移一字。廿余岁游京师，始见知于翁覃溪先生。自此淹贯百家，邃于《三礼》、天文、律算之学。所作诗歌，沉博绝丽，古文经解，亦皆有根据，而尤长于词曲，虽老宿见之，亦为俯首。都人士知其才，咸欲助之，捐监应顺天乡试，不中。乾隆戊申岁，余往汴梁，遇于毕秋帆中丞幕中，两眼若漆，奇谈怪论，咸视为异物，无一人与言者。尝与余同居一室，听其言论之刻，观其文章之妙，遂谓仲子曰："以君之才，必中进士。然少福泽，当自勉之耳。"至壬子、癸丑，果连捷，中会榜第四，后补宁国府教授。丁母艰，穷甚，竟无子。

香 杜 舍 人

长洲蒋香杜舍人名廷恩，初名棠，字尊辉。乾隆四十年，余年十七，始见舍人于吴门井仪坊胡恪靖公家。舍人长余七岁，当时已为吴中名士，与顾西金、张清臣、吴玉松、石竹堂、韩听湫、王铁夫、沈芷生辈齐名。迨诸公相继登第，铁夫亦应召试举人，而舍人仍困场屋，不得已走京师，馆质郡王府。至嘉庆庚申，始中顺天乡榜，旋充正黄旗觉罗官学教习。屡试礼部不第，乃窃自念曰："今潘芝轩世恩、吴棣华廷琛两殿撰，皆见其为儿童嬉戏时，今且为大僚矣。拟取廷恩两字改名，或有得也。"乃己卯恩科，果中进士，朝考列第二，授内阁中书，时年已六十八矣。舍人少聪颖，十一岁尝谒沈文悫公于里第，公以近作诗命和，舍人援笔立成，有"马依古道嘶残月，蝉寄高枝噪晚风"之句，遂大加称赏。舍人之学，无所不精，所著有《晚晴轩笔述》二十卷、《爱日堂文稿》二卷又《晚晴轩诗集》并骈体文集各数十卷，俱未刻。道光壬午十一月，舍人薄游淮甸，犹与余相遇于扬州，归而卒于家，年七十一。

鹤侣比部

长洲褚鹤侣先生名寅亮，字搢升。乾隆十六年召试举人，官刑部员外郎。传惠氏之学，一以注疏为归，精于《三礼》，兼通《公羊春秋》。盖何休之学，久无循集者，惟先生与武进庄侍郎存与能会其说。年六十余，乞假回吴，为龙城书院山长。著书甚富，俱未刻。子鸣翔，号观亭，以孝廉为湖北通山县知县，能传家学。

十兰判官

嘉定家十兰先生名坫，字献之。兄塘，中乾隆庚子进士。先生以国子监生中式乾隆甲午顺天副车，就职州判。巡抚毕公奇其才，奏留陕西，补乾州直隶州州判。先生自幼通于小学，及长，博极群书，于汉、唐先儒之学，无不洞悉底蕴，穿穴训诂，断以谨严。著作宏富，无一字苟率，非深信确据者，不著于篇也。尤精篆籀之书，颇自负，尝刻一小印曰"斯、冰之后，直至小生"。晚年病风痹罢官，以左手作书，饶有古趣。所藏金石文字三千余种，既老且贫，皆以易米。其初仕关中时，尝贻余书云："奉七十五岁之老亲，作三千余里之羁客。"官二十年始归，而母夫人康健如故也。初先生在关中，兼理武功县印，值白莲教匪滋事，溢出郿县斜谷口，直蹿鳌屋。鳌屋距武功不过六十里，中界渭河，啸聚往来，焚烧杀掠，邑之民大恐。先生率县人武进士杨君，纠乡勇万余人，分据要害，贼观望不敢渡，时嘉庆三年正月二十日也。至廿六日二更，忽有骑马贼二十余突至县之北门，先生急启门，纵兵歼之，生擒其三人，旋讯伏枭示。益增置军器弓弩，淬以毒药，昼巡夜守，凡十二日未尝解衣，贼始去，危城以全。州人宋某者有富名，有地当冲衢，州民争之者前后数百人，讼起于乾隆七年，其家已易两世，屡定谳屡控不已，案牍山积。先生至，独不以利动，曲折谕之，宋乃悦服，竟捐地为衢，讼以息。此皆卓然可纪者，未可以文章而掩其功绩云。

蓉庄都转

吾邑秦蓉庄先生名震钧，幼贫苦，以国子生充誊录，得议叙，授山东临清州判。值贼匪王伦作乱，陷寿张、阳谷，逼近州城。时先生权州事，戒备坚守，不为动，凡十七昼夜。会钦差大学士舒公赫德统大兵会剿，适是夜大雾，哭声震野，城中执火视之，见数千人奔城下，环呼乞命。官军疑为贼，将发枪炮，秦曰："不可，来城下者，皆难民也，开门纳之。苟有不测，吾任其咎。"然犹惧奸人之溷入也，乃使劲兵数百人排列城门左右，兵刃如雪，只许老弱及妇女先进城，其余留在城外，天明再盘查而后入，分置各庙住宿，给以食，全活者无算。贼既平，以守城功擢州刺史，继调高唐、平度，升陕西平凉府知府，旋擢督粮巡道，至两浙都转运使。尝仿范文正义庄之例，置田千亩，以赡族人。秦氏自有明以来，科甲而富有者无算，未尝有此举也。先生能书，得张天瓶司寇法，尝聚古今名迹，刻《寄畅园法帖》十卷。

香洲先生

吴县蒋香洲先生名耀宗，字思彦，前光禄少卿文澜孙，刑部员外曰梁子。以国子生遵豫工例报捐知县，历任广东、湖南知县，升广州府同知，又升澧州，皆以事去职。先生任石城时，有监生曹某以杀人系狱。曹故乡居，比邻张某素无行。县役诣张催粮，张不能应，时已薄暮,偕役告贷于曹,推户入,则张之父死门内,血迹淋漓,张遂大呼曹杀其父,急告县中。先生阅案牍,宣言曰:"死于门内,曹杀何疑,当就乡亲勘。"忽命舆大搜张室,得木杵于床下,血痕殷然,尺寸与格伤合,遂定以凌迟详报。盖子致父死,潜纳尸门中,役适踵至,诡言告贷,实欲其作证。人虽疑张,莫之肯直也。曹感再生恩,且悔过,乃输金修其村中之观音阁,旦夕焚香,曰:"我非自求福,愿祝我蒋父母子子孙孙富贵寿考也。"后令邵阳,署祁阳,皆有惠政,民德之。子厚培,官广西桂林府通判;元复,乾隆丁酉举人,官山西榆次县知县;万宁,嘉庆辛酉进士,官河南封丘县知县。先生有堂弟名曾爋,字德昭,亦积学砺行,有醇儒风,余总角时,尚见其在学舍中诵读也。后两子俱成进士:长泰阶,由中书历官监察御史;次庆均,由庶吉士历知河南杞县,升补知州。年八十三而卒。

艮 庭 征 君

余于乾隆甲辰、乙巳之间,教授吴门,始识江艮庭先生。先生为惠松崖㧑入室弟子,时年七十余,古心古貌,崇尚经学。余尝雪中过访,见先生著破羊裘,戴风巾,正录《尚书集注音疏》,笔笔皆用篆书,虽寻常笔札登记,亦无不以篆,读者辄口噤不能卒也。尝言许氏《说文》为千古第一部书,除九千三百五十三字之外无字,除《说文》之外亦无学问也,其精信如此。毕秋帆尚书闻其名,延至家校刘熙《释名》,亦用篆书刻之。生平不作诗赋时文,而好填词,有《乌云》、《春山》、《樱桃》、《藕簪》、《金莲》诸阕,柔情旖旎,又绝似宋元人笔墨。潘榕皋农部云:"观艮庭所学,决非西汉以后人,不谓其老树尚能著花也。"嘉庆元年,举孝廉方正,年八十余而卒。

懋 堂 明 府

金坛段懋堂先生,余于乾隆五十年三月始识之。后先生卜居吴门,时相过从。其学无不贯综,初受业于戴东原,以顾亭林、江慎修两家之学考证音韵，定古音为十七部，条分缕析，成为一书，曰《六书音均表》，实能穷文字之源流，辨声音之正变。复以许叔重《说文解字》十五篇为之注疏，且以发明二徐，为《说文解字注》，衷诸家之说，祛后学之疑，孜孜矻矻，垂三十年，始得成书。自有《说文》以来，莫有备于此者。先生名玉裁，字若膺，以孝廉官贵州玉屏县知县，有政声。

端卿刺史

元和顾端卿先生名元揆，中顺天乡试，为果亲王宾客，除浙江龙泉令，擢绍兴府南塘通判，颜其堂曰"吏圃"，自课其子，日坐堂皇，据案著书，俨如学舍。升罗平州知州，未赴任，适丁继母忧。服阕，起补黔西州知州。端卿居官，不名一钱，而清俸无多，犹时时分给寒苦，虽盎无储粟，弗顾也。老年益自刻励，终日赋诗作画，犹不辍云。

子居明府

武进恽子居明府名敬，乾隆癸卯举人，其先为汉平通侯杨恽，因名为氏。恽之子梁相迁毗陵，自汉至今，未尝他徙，南田翁其族也。子居以官学教习出为浙江富阳知县，其为官也，刚方正直，清廉自守，而讼断如流，虽老吏莫能窥其奥，一时有神君之目。与同邑张皋闻为莫逆交，两人俱以古文自命，而子居之文尤为杰出，以韩、欧为宗，以理气为主，如长江大河，浩乎其不可测也。丁艰，起服后，历官江西瑞金、新喻知县，卒以刚方为上官所忌。诖误后，随一仆遨游山水间，数年而卒。余尝有书寄之，云昔司马子长有言："如方枘欲纳圆凿，其能入乎？"良可叹也。

春噓叔讷两明府

陈春噓名昶，阳湖人，入籍大兴。中式顺天乡试，出为浙江知县，历署桐乡、秀水、余姚诸县事，皆有惠政。在余姚时，有仙坛一所，相传阳明先生尝降此坛。春嘘素不信,为驳诘数事,乩中俱能辨雪,乃大服,请受业为弟子。一日早起,忽见阳明先生现形,修髯伟貌,高冠玉立,而面如削瓜,遂下拜,已不见矣。因手摹一像,凛凛然有生气。余尝见之,虽老画师不及也。春嘘学问淹博,不特明于政事,凡古文、诗赋、词章及书画、艺术诸家,无不通晓,而尤邃于地理及兵家言,真经济才也。后补奉天锦县,县中俱习武,俱不读书。春嘘为立书院,涵濡教育,不二三年,中式者数人。嘉庆十一年,仁宗巡幸关东,献赋者十六人,文教从此大兴。任锦县七八年,图治益精,士民感德,为立生祠。卒于官,年未五十耳。

吕叔讷名星垣,为毗陵七子之一,国初吕殿撰宫之后也。以明经官海州学正,得保举,为直隶邯郸县知县。余戏寄一诗云:“自笑书生骨相寒,出门何处是邯郸。早知富贵原如梦,谁肯将来作梦看。愁绪苦长须发短,功名容易别离难。君家老祖如还在,为我先求换骨丹。”叔讷著书甚富,尤长于词曲,嘉庆己卯万寿,尝填《康衢新乐府》传奇,为世所称。

大 绅 先 生

吴郡汪大绅先生名缙,其先休宁人,入籍为吴县学生。好为古文,覃思奥赜,游刃百家,积满而流,沛然无阻。尝为建阳书院山长,以正学导诸生。生平志趣,殆不可测,自作《无名先生传》,与瑞金罗台山、长洲彭尺木为莫逆交,三人皆通禅理,大约以释氏为指归者也。

青 湖 先 生

杭州朱青湖先生名彭,工诗,著有《抱山堂诗集》十卷,武林名士,半出其门。先生又有《南宋古迹记》若干卷,搜罗颇富,寄托遥深,一生心力尽萃于此。嘉庆丙辰冬,不戒于火,惜哉!

谦 士 侍 郎

侍郎为上海赵光禄文哲少子,名秉冲,字砚怀,号谦士。由国子生召入懋勤殿行走，以勤慎著，钦赐举人，授内阁中书，南书房供奉，久历部科卿寺，累官户部右侍郎，加翰林衔，亦异数也。侍郎博雅嗜古，工篆隶，能模印，尤好金石书画之学。嘉庆十三年七月，余在英相国所寓之近光楼，时侍郎亦在澄怀园，朝夕往还，以金石相切磋，怡然乐也。十九年，卒于京师，有恤典。

味 辛 司 马

赵怀玉字亿生，江南阳湖人，为恭毅公申乔曾孙。少读书，刻厉为学。家本素封。以乾隆四十五年高宗皇帝南巡献赋，赐内阁中书，擢侍读，出为山东青州府同知。以母忧去官，家渐贫，益自刻励，发为文章。粹然而纯，渊然而雅，一以韩、欧为宗。所著有《亦有生斋文集》二十四卷、诗词集若干卷。

渌 饮 先 生

鲍廷博字以文，安徽歙县人。少习会计，流寓浙中，因家焉。以冶坊为世业，而喜读书，载籍极博。乾隆三十八年，诏求天下遗书，廷博独得三百余种，赍浙江学政王杰上进，奉旨以内府所刻《图书集成》一部赐廷博，乡里荣之。廷博尝校刻《知不足斋丛书》二十四集，嘉庆二十年，流传禁中，仁宗见之，传谕抚臣曰："朕近日读《鲍氏丛书》，亦名《知不足斋》，为语鲍氏勿改，朕帝王家之知不足，鲍氏乃读书人知不足也。"迨廿五至廿八集进呈，有旨钦赐举人，传为盛事。年八十四，卒于家。

晋 斋 文 学

赵巍字晋斋，浙江钱塘人，诸生。精于金石文字，今之赵明诚也。家贫无以为食，尝手抄秘书数千百卷，以之换米，困苦终身。

曼 生 司 马

陈鸿寿字曼生，浙江钱塘人。以明经朝考得知县，拣发广东，两江总督铁公保奏留南河效力。久之，补溧阳县知县，多惠政，擢河工海防同知，卒于任。曼生幼聪颖，能诗工画，精篆刻，得丁敬身之法。雅好宾客，倾襟联袂，所在咸集，逌然乐也。年五十余卒。

枚 庵 先 生

吴枚庵先生名翌凤，长洲人。少为诸生，工诗，家甚贫，以馆谷自给，尝手抄秘书至数十百卷无倦色。乾隆五十年，吴中大饥，乃携其母夫人暨妻子出游，历湖北、湖南、广东、江西诸省，凡二十余年无所遇，母已百岁，枚庵亦七十余矣。余尝书楹帖赠之云："卖赋卅年惟奉母，浪游千里为寻诗。"晚年家居，仿渔洋《感旧集》之例，选平生交游之诗曰《怀旧集》十八卷，又《卭须集》十八卷、《吴梅村诗集笺注》二十卷。

二 陆 先 生

吴门陆西屏先生名超曾，幼通文史，补长洲学生。家本素封，能诗嗜古，所藏法书名画甚多，与其弟白斋先生更唱迭和，殆无虚日。所居曰鸭蓝半舫，每得一书一画，必相对终日，怡然乐也。后以子侄辈不克家，各移居处，图籍亦星散无余矣。

陆白斋先生名绍曾，字贯夫，工篆隶书，精于赏鉴。余幼时喜八分，尝师事之。先生平生所见碑帖字画皆为抄录成编，凡二十四函，曰《续铁网珊瑚》，曰《吉光片羽》，又有《不惑编》、《名扇录》、《游杭书画录》、《刻碑姓名录》及《撑云笼烟记》之类，皆作小楷书，其精勤于翰墨如此。毕秋帆尚书以千金购得之。

雪樵总戎

陈广宁字靖侯，号默斋，浙江山阴人。少读书，能诗。乾隆五十二年，得其从父圣传难荫世袭云骑尉，咨部引见，着回标学习，期满，摄绍兴都司。时制府伍公阅兵至浙东，广宁执弓矢五发俱中，以是知名。五十八年四月，又摄象山左营守备。象山在东海中，忽有大楼船三停泊钱仓，疑海寇至，合城惊骇。广宁乃携二卒，驾小舟出洋查询，乃西洋嘆咭唎夷船来贡献者也。遂上船呼其译者。夷人皆窄衣羽帽，兵刃如雪，广宁从容语译者，先宣我中华大皇帝威德，故特遣官护视汝国来朝之意。宣毕，就宾席，晤两贡使，两贡使点头詟服。频行，以金盘奉宝货数种，一无所受。嘉庆元年，有诏举孝廉方正，乡先生同为保荐，广宁力辞不就，曰：“盛名非所宜当，今供职军门，报恩有藉，岂敢与耆儒竞进耶？”是岁温、台所属屡遭海寇，剽掠商民，巡抚吉公亲赴督剿，广宁随往，一切军书奏折，皆出其手。蒇功旋省，补海昌海防守备。其地滨海，风雨潮汐，出入尖山、塌山、范公塘等处，每岁修筑，动费巨万，抚军谕广宁分任其事。八年春，援工赈例，捐升阶级，选福建督标右营参将，旋以大府保举，擢本标中军副将。时海盗蔡牵正弄兵海峤，劫掠民船。广宁从事军需局，旋奉大府檄，出五虎门巡视洋面，飓风大作，波涛山涌，不避险阻，遍历岛屿，随壮烈伯李公长庚商灭贼计，目营指画，咸中款要。李大悦，视广宁有文武才。十二年冬，署汀州镇总兵官，又继署建宁、漳州两镇总兵官，皆能整饬兵弁，巡逻海岛，声威肃然。十八年，有旨擢安徽寿春镇总兵，入觐，仁宗召对，询广宁出身履历，颁赐克什。抵任未几，又调山东兖州镇总兵。其明年，兖属洊饥，广宁与郡守捐廉施粥，又预贷府库，普加赈给，活者甚众。九月十日，忽得直隶长垣教匪倡乱之信，即挑选精兵，起行前往。行至巨野，又闻定陶、曹县有戕官陷城之事，而金乡又复告急，当即分兵派守，一面飞调各营兵齐赴曹州，听候守御。时曹人惶惑，一日数警，广宁亲督诸将，搜查奸宄，复檄附近各州县团练、乡勇严加防卫，以待大军。旋获贼匪王朝栋等二十余名枭首，贼闻之少却,而金乡之围亦解。当是时,山东巡抚童公兴提兵亦至曹州,奉廷寄"现在大军未集,总兵陈广宁毋得轻自赴敌"等语,广宁闻之,益加奋勉。时各路贼匪方窥东明,据滑县,围浚城,势甚张,毗连三省。广宁以本标将士可用,请先击贼,防其蔓延合一,以入东境。遂率兵分三路兜剿,自髻山至安陵集,且杀且追,歼贼无算,及全军告捷,而东省以安。时有嫉之者,诤于经略某公,遂参劾之。仁宗知其贤,置不问。调任云南腾越镇总兵,广宁奏言:"今开州未平,滑县未破,请暂留军营,俟大功告成,再赴新任。"奉旨依议。适拿获伪知府王学礼、伪总兵朱文盛等一百七十八名,亦附片奏闻。十二月,滑县平,撤兵回兖,交印信,星夜进京。上召见,询山左战功劳绩,奏对称旨,又赐克什等物,谕云:"滇江重寄,毋得稍延。"广宁即日出都,兼程遄发,行至潜江卒,年五十。广宁孝悌性成,笃于朋友,而文章词翰、金石图书,无不精心研究,著有《寿雪山房稿》,一时朝贵如韩城、大兴、诸城三相国、韩桂舲、黄左田两尚书,以及袁简斋、梁山舟、王梦楼三太史皆称之。

秦 参 将

　　有秦标者,盱眙人,少为县中吏。嘉庆初年,同房科某以赈济侵蚀事下狱,罪应军,向秦大哭曰:"吾上有老母,妻年少,且无子。如我行,君为我周急之,虽死他乡,亦所感激也。"秦慨然曰:"吾惟一身,无所累,愿代子行。"遂白于官,改供自认,乃发遣秦中。适教匪滋事川、楚,蔓延陕西,一路荆棘,秦充乡勇以协官兵,屡得功,议叙为守备。越三年,教匪平,而军年亦满,遂回乡。初补千夫长,屡擢至海州钱家坎都司,旋升仪征参将。秦通文墨,有将略,能通诗古文词,画山水、花卉亦颇得生趣。余在淮阴都督府识其人,畅谈者久之,俨然一书生,真奇人也。

卷七　臆论

五　福

《洪范》五福，以寿为先。有富贵而寿者，有贫贱而寿者，有深山僻壤衲子道流修养而寿者，未必尽以为福，何也？今有人寿至八九十过百岁者，人视之则羡为神仙、为人瑞，己视之则为鲍系、为赘疣。至于亲戚故旧，十无一存，举目皆后生小子，不知谁可言者。且世事如棋，新样百出，并无快乐，但增感慨。或耳聋眼瞎，或齿豁头童，或老病丛生而沉吟于床褥，或每食哽噎而手足有不仁，虽子孙满前，同堂五代，不过存其名而已，岂可谓之福耶！

《洪范》五福，富居第二。余以为富者，极苦之事，怨之府也。有贵而富者，有贱而富者，有力田而富者，有商贾而富者，其富不一，其苦万状，岂曰福乎！盖做一富人，谭何容易，必至殚心极虑者数十年，捐去三纲五常，绝去七情六欲。费其半菽，如失金珠；拔其一毛，有关痛痒。是以越悭越富，越富越悭，始能积至巨万，称富翁。若慷慨尚义，随手挥霍，银钱易散，不能富也。或驳之曰：力田商贾之富，或致如此。若今之吏役长随、包漕兴讼之辈，有一事而富者，有一言而富者，亦何必数十年殚心极虑耶？余答之曰：子不见吏役长随等人中，有犯一事而穷者矣，或一死而穷者矣，总之如沟浍之盈，冰雪之积，其来易，其去亦易。若力田商贾之富，譬如围河作坝，聚水成池，然不可太满，一旦风雨坝开，亦可立时而涸，要知来甚难而去甚易也。

《洪范》五福，其三曰康宁。盖五福之中，康宁最难，一家数十口，长短不齐，岂无疾病？岂无事故？今人既寿矣，既富矣，而不康宁，以致子孙寥落，讼狱频仍，或水火为灾，或盗贼时发，则亦何取乎寿、富哉！

或问云：寿、富非福，何者为福？余则曰：寿非福也，康宁为福；

富非福也，攸好德为福。人生数十年中，不论穷达，苟能事行乐，知止足，亦何必耄耋期颐之寿耶？苟能足衣食，知礼节，亦何必盈千累万之富耶？

人生全福最难，虽圣贤不能自主，惟攸好德却在自己，所谓"故大德必得其位，必得其禄，必得其名，必得其寿"也。然人生修短穷达，岂有一定？宁攸德而待之，毋丧德而败之可也。

有生前之福，有死后之福。生前之福者，寿、富、康宁是也；死后之福者，留名千载是也。生前之福何短，死后之福何长。然短者却有实在，长者都是空虚。故张翰有言："使我有身后名，不如即持一杯酒。"其言甚妙。

三 教 同 源

儒家以仁义为宗，释家以虚无为宗，道家以清静为宗。今秀才何尝讲仁义，和尚何尝说虚无，道士何尝爱清静，惟利之一字，实是三教同源。秀才以时文而骗科第，僧道以经忏而骗衣食，皆利也。科第一得，则千态万状，无所不为；衣食一丰，则穷奢极欲，亦无所不为矣。而究问其所谓仁义、虚无、清静者，皆茫然不知也。从此秀才骂僧道，僧道亦骂秀才，毕竟谁是谁非，要皆俱无是处。然其中亦有稍知理法，而能以圣贤、仙、佛为心者，不过亿千万人中之一两人耳。

天 道 人 道

自古言天道者，皆以吉凶祸福喻之。余以为天道即人道，人道即天道，天道不可强也，人道不可挽也。何以言之？以尧、舜之仁，而其子皆不肖；以禹、汤之仁，而不能不生子孙如桀纣者；以文、武之德，既生周公，复生管、蔡；以孔子之圣，而幼丧父，老丧子，栖栖皇皇，终其身无所遇；以颜子之贤，年三十二而卒：皆不可强也，不可挽也。天地，生物者也，而有水旱、疾疫、兵戈之惨；人心，至灵者也，而有贫贱、夭殇、杀戮之虞。故曰"天道即人道，人道即天道"也。

君子小人

君子、小人，皆天所生。将使天下尽为君子乎？天不能也。将使天下尽为小人乎？天亦不能也。《易》曰："君子道长，小人道消。"然则小人道长，君子道消。此天地之盈虚，亦阴阳之运会也。

行仁义者为君子，不行仁义者为小人，此统而言之也。而不知君子中有千百等级，小人中亦有千百等级。君子而行小人之道者有之，小人而行君子之道者有之；外君子而内小人者有之，外小人而内君子者有之：不可以一概论也。

宽容密察

天地之道尚宽容，故君子小人并生；鬼神之道尚密察，故为善为恶必报。帝王者，即天地也，天地不宽容，则人民扰乱；人臣者，即鬼神也，鬼神不密察，则奸宄纵横。

富贵贫贱

富贵如花，不朝夕而便谢；贫贱如草，历冬夏而常青。然而霜雪交加，花草俱萎；春风骤至，花草敷荣。富贵贫贱，生灭兴衰，天地之理也。

大处判，小处算，此富人之通病也；小事谙，大事玩，此贵人之通病也：而皆不得其中道，所以富贵之不久长耳。余尝论好花如富贵，只可看三日。富贵如好花，亦不过三十年。能于三十年后再发一株，递谢递开，方称长久。然而世岂有不谢之花，不败之富贵哉！

富者持筹握算，心结身劳，是富而仍贫；贵者昏夜乞怜，奴颜婢膝，是贵而仍贱。如此而为富贵者，吾不愿也。

五谷蔬菜

五谷蔬菜之属,见于经史子集者不少,或古有而今无,或古无而今有。余每为留心,又将《尔雅》及明人之《农圃六书》彼此详校,乃知古今名色,各有不同。盖五谷蔬菜,必顺土之性,因地之宜,始能蕃植,然亦随时更换,总无一定。犹之《禹贡》所载"厥田惟上上"者,今为下下;"厥田惟下下"者,今为上上也。

鸟兽草木

余五六岁时,先君子教以《尔雅》,所见之鸟兽草木,皆能辨识。及长,奔走四方,所见之鸟兽草木,又各各不同。至五十以后,偶返故乡,忽园中堕一鸟,红头白尾,长足短翼,又有草花几茎,苍翠缠藤,黄白可爱,俱是少时未经见者。乃知天地生物,递更递换,不可以一律拘也,人自不留心耳。以此观之,唐虞三代之鸟兽草木,与今时之鸟兽草木,不知其几经变改,但以古书图画证之,聚讼纷纷,实隔千里。

援墨入儒

业师金安安先生有句云:"一官骗得头全白。"推此而言,人生富贵功名,声色货利,以至翻云覆雨之事,何莫非骗局耶!甚而骗到身后之名,可悲也!故佛家有五蕴皆空、六根清净之说,为之一笔钩消,甚属畅快。然余以为毕竟六根清净,始可立圣贤之基;果能五蕴皆空,方与言仁义之道。若一入骗局,便至死而不悟矣。斯言也,并非援儒入墨,直是援墨入儒。

忠厚之道

人之诚实者,吾当以诚实待之,人之巧诈者,吾尤当以诚实待之,乃为忠厚之道。莫谓我之心思，人不知之也。觉人之诈，不形于言，此中有无限意味。

覆 育 之 恩

锡山北门外冶坊，有名王仙人者，爱畜珍禽奇兽，群呼之曰仙人。乾隆己酉六月，余与仙人遇于汉口，见其寓中养一小鹿甚驯，架上有白鹦鹉，能言"天子万年"、"吉祥如意"等语。自言尝得一弥猴，高不过六七寸，与老母鸡同宿。猴索食，鸡啄庭中虫蚁哺之，猴不顾；猴亦将所食果栗与鸡。久之竟成母子，猴每夜宿，鸡必以两翼覆护，以为常也。又芜湖缪八判官，亦爱畜禽兽虫鱼之属，官扬粮厅，驻邵伯镇，余过访之，锦鸡鸣于座，白鹤行于庭。有孔雀生卵两枚，取以与母鸡哺之，半月余，果出二雏，一雄一雌。缪大喜。两雏渐长，身高二三尺，犹视鸡为母，飞鸣宿食，刻刻相随，殊不自知其羽毛之多彩；而母鸡行动居止，喔喔相呼，亦不自知其族类之不同也。大凡覆育之恩，虽禽兽亦知之，似较人尤为真切。呜呼！可以人而不如鸟乎？

烘 开 牡 丹

吾尝谓今人既富矣，又何加焉？曰"捐官"。有捐官而十倍于富者，有捐官而立见其穷者，总之如烘开牡丹，其萎易至，虽有雨露之功，岂复能再开耶？所谓"倘不烘开落或迟"者，其言甚确。

商贾作宦，固由捐班；僧道做官，须谋方丈。然而亦要看运气，看做法。做得好，自可以穷奢极欲；做得不好，终不免托钵沿门。

恩 怨 分 明

《史记·信陵君列传》，或者之言曰："人有德于公子，公子不可忘也;公子有德于人,愿公子忘之也。"此言最妙,然总不如"以直报怨,以德报德"二语之正大光明。今见有人毕竟在恩怨上分明者,吾以为终非君子。

贫 乏 告 借

凡亲友有以贫乏来告借者,亦不得已也,不若随我力量少资助之为是。盖借则甚易,还则甚难,取索频频,怨由是起。若少有以与之,则人可忘情于我,我亦可忘情于人,人我两忘,是为善道。

为 善 为 恶

大凡人为善者,其后必兴;为恶者,其后必败:此理之常也。余谓为善如积钱财,积之既久,自然致富;为恶如弄刀兵,弄之既久,安得不伤哉?此亦理之常也。

不 多 不 少

银钱一物,原不可少,亦不可多,多则难于运用,少则难于进取。盖运用要萦心,进取亦要萦心,从此一生劳碌,日夜不安,而人亦随之衰惫。须要不多不少,又能知足撙节以经理之,则绰绰然有余裕矣。余年六十,尚无二毛,无不称羡,以为必有养生之诀。一日余与一富翁、一寒士坐谭,两人年纪皆未过五十,俱须发苍然,精神衰矣。因问余修养之法,余笑而不答,别后谓人曰:"银钱怪物,令人发白。"言其一太多,一太少也。

不 贫 不 富

商贾宜于富,富则利息益生;僧道宜于贫,贫则淫恶少至。儒者宜不贫不富，不富则无以汩没性灵，不贫则可以专心学问。

官 久 必 富

语云"官久必富"。既富矣，必不长，何也？或者曰：今日之足衣足食者，皆昔日之民脂民膏也，乌足恃乎？一旦败露，家产籍没，而为官吏差役剖分偷窃，人情汹汹，霎时俱尽，可叹也。余尝诵某公抄家诗云："人事有同筵席散，杯盘狼籍听群奴。"

收 藏 为 旺

虞山江蕴明尝问闵处士铭曰："术家言水旺于冬，何以至冬反落？"处士曰："意以收藏为旺耳。"此言最有味。今大富极贵之家，如能事事收敛，谦退而行，自可大可久，即收藏为旺之义也。

治　家

《易》曰："家人嗃嗃，悔厉，吉。妇子嘻嘻，终吝。"然吾见家人嗃嗃而操切太过者，不但不吉，凶悔随之。吾见妇子嘻嘻而和易近人者，岂特不吝，家道兴焉。总之治家以和平两字为主，即治国亦何独不然。

权归于上者，但愿贤子孙，子孙多良，其家乃昌；权归于下者，不可听奴仆，奴仆执柄，其家将陨。

早　起

古人有言："日出而作，日入而息。"故凡蚤起者，其人必勤，富之基也；晏起者，其人必惰，穷之基也。今人有俾昼作夜者，自以为适意，而不知奸盗邪淫之事，由此而生；士农工贾之业，由此而败矣。

种　田

古人有云:"耕当问奴,织当问婢。"乃腐儒语。斯人也,真所谓四体不勤,五谷不分,不知稼穑之艰难者也。如余者,虽不自耕而食,而农工之事,了如指掌。盖生在田间,自幼熟闻,又能留心察听,故知之独详,有奴婢之所不尽知者。耕读二事,明是二途,而实则一理。大凡种田者,必需亲自力作,方能有济;若雇工种田,不如不种,即主人明察,指使得宜,亦不可也。盖农之一事,算尽锱铢。每田一亩,丰收年岁不过收米一二石不等,试思佣人工食用度,而加之以钱漕差徭诸费,计每亩所值已去其大半,余者无几。或遇凶岁偏灾,则全功尽弃。然漕银岂可欠耶? 差徭岂可免耶? 总而计之,亏本折利,不数年间,家资荡尽,是种田者求富而反贫矣。吾故曰"必需亲自力作,方能有济"也。

秀水王仲瞿孝廉与余论区种之法,大骂今之种田者。余笑云:田地古今不同,不可执一而论。区种虽始于伊尹,而古法不传。嵇叔夜《养生论》亦言区种之法,一亩可得百斛,然自晋至今,鲜有行者。犹之王荆公行青苗钱,不能治国,适足害民。总之种田以勤俭得时、督率有法为主,便胜于区种矣。

水　利

南北风土异宜,种植亦不同,如江以南谷熟为有秋,江以北豆麦熟为有秋也。然岁之丰熟,全在乎雨旸时若,设有雨旸非其时,则成偏灾矣。余年才六十,已遇两次大旱:一乾隆五十年丁未,一嘉庆十九年甲戌。虽江南烟水之区,皆成赤地,在处干涸,禾苗尽槁,见之伤心。夫苗之得水,犹小儿之食乳,乳已涸矣,儿岂能生? 故凡地方公事,最重水利。今有田富户全不关心,一到旱年,束手无策,为之父母者,将何以为情耶?

大江南各府州县皆种稻,而田有高低,大约低田患水,高田患旱。吾乡高田多,低田少,每遇旱年,枝河干涸,则苗立槁。一乡之人言之保长,将水车数十百具,移至大河有水处,车进枝河,以灌苗田,谓之踏塘车。塘车一踏,则租米全欠,租米全欠,则官粮无所办。故有田之家,每至百孔千创,先籴米以纳粮,后籴米以为食。饥民之困苦未苏,而公家之征催已急,是有田而反为田累矣。推其本源,总在不讲水利之故。盖官河运河是有司之事,枝河池荡是居民之责,不知河道一年淤塞一年,则居民一年穷困一年,人自不觉耳。

余尝在王南陔中丞座上,见两邑宰晋谒,中丞问两宰云:"贵县城周围几里?有几门?"两宰枝梧茫然不能对,余在旁不觉窃笑。夫城郭之大小,为邑宰者尚不知,又安知水利之通塞耶?故凡官于东南而留心民瘼者,必先明水利,再讲田赋,是致治之本。

产　业

凡置产业,自当以田地为上,市廛次之,典与铺又次之。然田地有水旱之患,市廛、典铺有风火之虞,俱要看主人家运,家运好则隆隆日起,家运坏则渐渐消磨。而亦要看主人调度,调度得宜,自能发大财,享大利;调度不善,虽朝夕经营,越做越穷而已。

子　弟

素所读书作宦清苦人家,忽出一子弟,精于会计,善于营谋,其人必富。素所力田守分殷实人家,忽出一子弟,喜谈风雅,笃好琴书,其人必穷。

立　志

大凡英雄豪杰,其立志必与人有异。司马子长谓"韩信虽为布衣时,其志与众异"是也。然余见败家子弟,其志亦与人有异。有某公子最爱度曲,每登场,必妆束小旦,惊艳绝人,观者赞服。有某富翁子最慕长随,啧啧称道,不数年间,家资荡尽,而竟当长随,得遂其志。

可见贤愚之分，只一反掌耳。

吃　亏

吃亏二字，能终身行之，可以受用不尽。大凡人要占些小便宜，必至大吃亏；能吃些小亏，必有大便宜也。

无　学

功名富贵，未到手时，望之如在天上，一得手后，亦不过尔尔。然从此便生出无数波折，无数觑觎，既得患失，劳碌一生，而终不悟者，无学故也。故诸葛武侯《戒子书》曰"学须静也，才须学也，非学无以广才，非静无以成学"也。

谨　言

遇富贵人，切勿论声色货利；遇庸俗人，切勿谈语言文字。宁缄默而不言，毋骋舌以取戾。此余曩时诚儿辈之言也，可以为座右铭。

所　业

人莫不有所业，有所业便可生财，以为一岁之用。又必坚忍操持，则一岁如是，明岁又如是，积之既久，自有盈余；即无盈余，亦不至于冻馁矣。凡子孙众多者，必欲使之各执一业，业成而知节俭，又何患焉。今见世家子弟，既不读书，又无一业自给，终日嬉笑，坐食山空，忽降而为游惰之民，自此遂不可问。臧获皂隶，为盗为娼者，岂有种耶？

利　己

今人既富贵骄奢矣，而又丧尽天良，但思利己，不思利人，总不想一死后，虽家资巨万，金玉满堂，尚是汝物耶？就其中看，略有良心者，不过付与儿孙享用几年，否则四分五裂，立时散去。先君子尝云：人有多积以遗授于子孙者，不如少积以培养其子孙也。

习　气

子不克家，虽是家运，而亦习气使然，是中人以下之人不可以语上者也。尝见某相国家子弟开赌博场，某相国家子弟开蟋蟀场，某殿撰、某侍郎子喜为优伶，某孝廉乞食于市，某进士困于旅舍，死无以殓，皆事之有者。唐权文公不自弃文，谓房、杜子孙，倚其富贵，骄奢淫佚，惟知宴乐，当时号为酒囊饭袋，及世变运移，饿死沟壑，不可数计，知自古而然焉。

拒　客

士相见礼，自古有之，未闻有拒客为礼者。大凡王公大人，越富贵则宾客越多，宾客越多则越拒客，其势然也。王梦楼侍讲出为云南太守，参见督抚，始到官厅，至于腹饥口渴，欠伸倦坐，终不得一见者。尝有诗云："平生跋扈飞扬气，消尽官厅一坐中。"诵之令人齿冷。昔苏子瞻为凤翔判官，陈希亮为府帅，以属礼待之，入谒或不得见。子瞻《客位假寐》诗云："同僚不解事，愠色见髯须。虽无性命忧，且复忍须臾。"亦此意也。

相传裘文达公为尚书时，最喜提奖后进，体恤寒酸，是以宾朋日多，车马日盛，无有不见之客者。每日朝回，请宾朋聚于一堂，而自居末座，一一问语，或有未饭者，辄留饭，使宾朋鼓腹欢欣而去，而私谒之辈从此杜绝，爱士贤声亦从此益著矣。家恬斋为翰林时，尝谒一大吏而为所拒，心甚恶之。及官太守，擢至方伯，客来必见，以清廉为政务，以礼貌当币帛，客亦欢欣而去，无有怨者。皆不拒而拒之法也。

或曰："阳货欲见孔子，孔子不见；孺悲欲见孔子，孔子辞以疾。则孔子亦尝拒客矣，子以为非礼乎？"余答之曰："孔子之拒阳货是抑权势，拒孺悲是明教诲，与寻常拒客不同。然孔子周流列国，仆仆皇皇，卒至无所遇者，又安知非阳货、孺悲之流为之阻抑乎？是可叹也。"

拒客二字，不知亵慢多少人物。或有必不得已之事者，或有进益良言者，或有剖白冤诬者，或有以诗文就正有道者，或有舟车跋涉，越千里而至者，或有并无所事，以一见为荣者，未必尽是有求而来，若概行拒之，恐非处世之道。余见有某比部，富而狂，尝拒客，即为客卖，至于破家辱身，可不警惧乎！

释道寺院，有客堂，有主客师，使四方游人、善男信女，咸可小憩，有来礼佛者，有来布施者，从无拒客之礼。今富贵家亦有宾馆，有客座，原所以待客者也。或主人他出，或实在无暇，或适有公事，或偶撄疾病，亦可使主宾之友相陪，问因何事而来，有所言否。若拒之，必生众怨，众怨一生，便多浮言，殊非处世保家之道。岂富贵家反不如释道耶？

凶　器

兵者是凶器，人人知所避矣，而不知财者亦是凶器，人人知所趋，何也？财之为物如水火，多不得，少不得，用之得当则为善，用之不得当则为恶。非特为恶也，可以杀其身，杀其子孙，至于瓦解冰消而不自知者，故曰亦凶器也。

骄　奢

新城王阮亭先生家法，凡遇春秋祭祀以及吉凶喜庆等事，各服其应得之服，然后行礼；如子弟已入泮者，始易蓝衫，其妻亦银笄练裙，否则终身著布。余五六岁时吾乡风俗尚朴素，与王氏颇同。不论官宦贫富人家子弟，通称某官，有功名乃称相公，中过乡榜者亦称相公，许着绸缎衣服。今隔五十余年，则不论富贵贫贱，在乡在城，男人俱是轻裘，女人俱是锦绣。货物愈贵，而服饰者愈多，不知其故也。

今富贵场中及市井暴发之家,有奢有俭,难以一概而论。其暴殄之最甚者,莫过于吴门之戏馆。当开席时,哗然杂遝,上下千百人,一时齐集,真所谓酒池肉林,饮食如流者也。尤在五、六、七月内天气蒸热之时,虽山珍海错,顷刻变味,随即弃之,至于狗彘不能食。呜呼!暴殄如此,而犹不知惜耶!

《新序》谓昌邑王以冠赐奴,龚遂曰:"今以冠冠奴,是以奴虏畜臣也。"按古者奴婢皆有罪之人为之,故无冠带,所以分贵贱、别上下也。《墨子》曰:"君子服美则益敬,小人服美则益骄。"旨哉言乎!

醉　乡

时际升平,四方安乐,故士大夫俱尚豪华,而尤喜狭邪之游。在江宁则秦淮河上,在苏州则虎丘山塘,在扬州则天宁门外之平山堂,画船箫鼓,殆无虚日。妓之工于一艺者,如琵琶、鼓板、昆曲、小调,莫不童而习之,间亦有能诗画者、能琴棋者,亦不一其人。流连竟日,传播一时,才子佳人,芳声共著。然而以此丧身破家者有之,以此败名误事者有之,而人不知醒,譬诸饮酒,常在醉乡,是诚何心哉!

收　成

大凡苗禾豆麦、花果蚕桑及一切种作,总须勤健培植,自然蕃茂,然而亦要看后来收成如何。于人亦然,任凭富贵功名,享尽人间之福禄者,亦要看老年来结局如何。如结局不好,不可尽推之命运,而亦由自己之不知止足,不识分量,不会收束故也。

名　利

《易》曰:"善不积,不足以成名。"《孝经》曰:"立身行道,扬名于后世。"《论语》曰:"君子去仁,恶乎成名。"可见仁之与名,原是相辅而行。见利思义,以义为利,孟子曰:"何必曰利,亦有仁义而已矣。"可见义之与利,又是相辅而行。后世既区名利与仁义为两途,已失圣人本旨;而又分名与利为两途,则愈况愈远矣。

名利两字,原人生不可少之物,但视其公私之间而已。夫好名而忘利者,君子之道也;好利而忘名者,小人之道也;求名而计利,计利而求名者,常人之道也。吾见名不成、利不就者有之矣,未有不求名、不求利者也。若果不求名、不求利,不为仙佛,定似禽兽。

神　　仙

自昔秦王、汉武,皆慕神仙,求长生之术。余以为生而死,死而生,如草木之花,开开谢谢,才有理趣。《列子》云:"死之与生,一往一反。"若生而不死,仅留此身,有何意味哉? 丁令归来,人民已非;刘阮出山,亲旧零落。至于邑屋变更,无复一人相识者。当此之时,方将伤心悼痛之不暇,而尚复能逍遥极乐耶? 岂寡情少义,忍心害理者,方能为神仙耶?

贪　　巧

贪吏歌于春秋,巧宦目于晋、宋,自古已然,不足论也。夫贪巧而明于民事者,尚有人心者也;贪巧而懵于民事者,则禽兽之不若。何也? 虎狼嗜人,吾知其为虎狼也,避之可也;鹦鹉能言,吾知其为鹦鹉也,畜之可也。人而至于不能避,不能畜,害及万民,害及天下,将何以御之哉? 使为尧、舜之臣,岂特流放杀殛而已!

雅　　俗

富贵近俗,贫贱近雅。富贵而俗者,比比皆是也;贫贱而雅者,则难其人焉。须于俗中带雅,方能处世;雅中带俗,可以资生。

培　　养

大凡一花一木，虽得雨露自然之功，而欲其本根之蕃茂，花叶之鲜新，非培养不能也。先君子偶种凤仙花数十盆，置于庭砌，朝夕灌溉，颇费精神。及花开时，千枝万蕊，五色陆离，竟有生平未经见之奇者。次年灌溉稍懈，仍是单叶常花，平平无奇矣。乃知培养人材，亦犹是耳。或曰："每见丛莽中时露好花一枝，则谁为之培养耶？"余曰："本根有花，虽不培养，亦能开放；然狂风撼其枝，严霜凌其叶，吾见其有花亦不舒畅矣。"

子弟如花果，原要培植。如所种者牡丹，自然开花；所种者桃李，自然结实。若种丛竹蔓藤，安能强其开花结实乎？虽培植终年，愈生厌恶。

夤　　缘

每见官宦中有一种夤缘钻刺之辈，至老不衰，一旦下台，恍然若梦，门有追呼之迫，家无担石之储，在此人固自甘心，而其妻子者将何以为情耶？余尝有游山诗云："踏遍高山复大林，不知回首夕阳沉。下山即是来时路，枉费夤缘一片心。"盖为此等人说法耳。

顺　　逆

人生顺逆之境，亦难言之。譬如行舟，遇逆风则舍舻上纤，迟迟我行，或长江大河，不能施纤者，惟有守风默坐而已，见顺风船过去，辄妒之慕之。未几风转，则张帆箭行，逍遥乎中流，呼啸于篷底，而人亦有妒我羡我者。余尝有诗云："顺逆总凭旗脚转，人生须早得风云。"然既遇顺风，张帆不可太满，满则易于覆舟。一旦白浪翻天，号救不应，斯时也，虽欲羡逆风之船而不可得矣。

宽　急

或问富者所乐在何处,曰:不过一个宽字而已;贫者所苦在何处,曰:不过一个急字而已。然而处富者常哑哑,天下皆是;处贫者常欣欣,实少其人。故孔子曰:"贫而乐,富而好礼。"皆为人所难。若颜子箪瓢陋巷,不改其乐,非有圣贤工夫,未易言也。

贫　富

贫者是天下最妙字,但守之则高,言之则贱。每见人动辄言贫,或见人夸富,最为贱相。余则谓动辄言贫,其人必不贫;见人夸富,其人必不富。乃知处富者不言富,乃是真富;处贫者不言贫,方是安贫。

刻　薄

吾乡有富翁,最喜作刻薄语,尝谓人曰:"钱财,吾使役也;百工技艺,吾子孙也;官吏搢绅,亦吾子孙也。"人有诘之者,富翁答曰:"吾以钱财役诸子孙,焉有不顺命者乎?"语虽刻薄,而切中人情。

余尝谓发财人必刻薄,惟其刻薄,所以发财;倒运人必忠厚,惟其忠厚,所以倒运。

同　此　心

同此心也,而所用各有不同,用之于善则善矣,用之于恶则恶矣。故曰,人能以待己之心待其君,便是忠臣;以爱子之心爱其亲,即为孝子。

童蒙初入学舍,即有功名科第之心;官宦初历仕途,先存山林逸乐之想。故读书鲜有成,而仕宦鲜有廉也。

安心于行乐者,虽朝市亦似山林;醉心于富贵者,虽山林亦同朝市。

不　足　畏

王安石以新法致宰相，专以理财用刑惑乱其君，且谓"天变不足畏"，此其所以为小人也。余谓譬如父母教子，继之以怒，将鞭挞之，亦可云不足畏乎？是必当迁善改过，方可以为人子。

关　学　问

水火、盗贼、兵刑、凶荒、徭役及一切人世艰难之事，无不可以老我之才，增我之智，勿谓无关学问也。

不　会　做

后生家每临事，辄曰"吾不会做"，此大谬也。凡事做则会，不做则安能会耶？又做一事，辄曰"且待明日"，此亦大谬也。凡事要做则做，若一味因循，大误终身。家鹤滩先生有《明日歌》最妙，附记于此："明日复明日，明日何其多。我生待明日，万事成蹉跎。世人苦被明日累，春去秋来老将至。朝看水东流，暮看日西坠。百年明日能几何，请君听我《明日歌》。"

大　才　智

有才而急欲见其才，小才也；有智而急欲见其智，小智也。惟默观事会之来，不动声色，而先机调处，思患预防，斯可谓大才智。

回　头　看

余见市中卖画者，有一幅，前一人跨马，后一人骑驴，最后一人推车而行，上有题云："别人骑马我骑驴，后边还有推车汉。"此醒世语，所谓将有余比不足也。有题张果老像曰："举世千万人，谁比这老汉。不是倒骑驴，凡事回头看。"此亦妙语。

人身一小天地

人禀天地之气以为生，故人身似一小天地，阴阳五行，四时八节，一身之中，皆能运会。始生至十五六，春也；十五六至三十余，夏也；三十至四十余，秋也；五十、六十则全是冬景矣。故二十岁以前，病一番长成一番；若四十岁以后，病一番则衰老一番。犹之春时，雨一番暖一番；秋时，雨一番凉一番也。

凡事做到八分

风雨不可无也，过则为狂风淫雨。故凡人处事，不使过之，只需做到八分，若十分便过矣。如必要做到恰好处，非真有学问者不能。

厚道势利之别

凡遇忠臣孝子及行谊可师、文章传世者之子弟，必竦然敬礼焉，此厚道之人也。凡遇大臣贵戚及豪强富商、有钱有势者之子弟，必竦然敬礼焉，此势利之徒也。

得气长短厚薄

人得天地之气，有长短厚薄之不同，万物皆然，而况人乎！试看花草之属，有春而槁者，有夏而槁者，有秋而槁者，有冬而槁者。虽松柏经霜，未尝凋谢，然至明年，春气一动，亦要堕叶。故知人有夭殇者，有盛年死者，有寿至七八九十至百岁者，不过得气之长短厚薄耳。

过

人非圣贤，谁能无过，只要勿惮改而已，改过迁善而已。天下但有有过之君子，断无无过之小人。吾辈与人交接，舍短而取长可也，但要辨明君子小人之界限。苏文忠公云："我眼中所见，无一个不是好人。"是真君子之存心也，所以一生吃亏；然亦一生堕小人术中而终免于祸。

俭

《晏子春秋》云："啬于己，不啬于人，谓之俭。"谭子《化书》云："奢者心常贫，俭者心常富。"故吾人立品，当自俭始。凡事一俭，则谋生易足；谋生易足，则于人无争，亦于人无求。无求无争，则闭门静坐，读书谈道，品焉得而不高哉！

苦

乡曲农民入城，见官长出入，仪仗肃然，便羡慕之，视有仙凡之隔，而不知官长簿书之积，讼狱之繁，其苦十倍于农民也。而做官者于公事掣肘，送往迎来之候，辄曰："何时得遂归田之乐，或采于山，或钓于水乎？"而不知渔樵耕种之事，其苦又十倍于官长也。

悭

或问有致富之术乎？曰：有。譬如为山，将土一篑一篑堆积上去，自然富矣。然有三大关焉：自十金积到百金最难，是进第一关；自百金积到千金更难，是进第二关；自千金积到万金尤难，是进第三关。过此三关，日积日富矣。亦尚有秘诀焉。问何诀，曰：悭。

累

古人有云，多男多累。余谓凡天下有一事必有一累，有一物必有一累。富贵功名，情欲嗜好，何莫非累，岂独多男哉？故君子知其累也，而必行之以仁义，则其累渐轻；小人不知其累也，而反滋之以私欲，则其累愈重。是以道家无累，尚清静也；佛家无累，悟空虚也；圣人无累，行仁义也。

田为利之源，亦为累之首。何也？盖天下治，则为利；天下不治，则为累。以田为利，大富将至；以田为累，大患将至。

醒

人生一切功名富贵得意之事，只要一死，即成子虚；梦中一切功名富贵得意之事，只要一醒，亦归乌有。当其生时，岂复计死；当其梦时，岂复计醒耶？是以人生一世，变化万端。若能凡事看空，即谓之仙佛可也；若能凡事循理，即谓之圣贤可也。

卷八　谭诗

总　　论

白香山使老妪解诗，为千古佳话。余亦谓诗非帷簿之言，何人不可与谭哉？然不可与谭者却有几等：工于时艺者，不可与谭诗；乡党自好者，不可与谭诗；市井小人营营于势利者，亦不可与谭诗。若与此等人谭诗，毋宁与老妪谭诗也。

诗文家俱有三足，言理足、意足、气足也。盖理足则精神，意足则蕴藉，气足则生动。理与意皆辅气而行，故尤必以气为主，有气即生，无气则死。但气有大小，不能一致。有若看春空之云，舒卷无迹者；有若听幽涧之泉，曲折便利者；有若削泰华之峰，苍然而起者；有若勒奔踶之马，截然而止者。倏忽万变，难以形容，总在作者自得之。

沈归愚宗伯与袁简斋太史论诗，判若水火，宗伯专讲格律，太史专取性灵。自宗伯三种《别裁集》出，诗人日渐日少；自太史《随园诗话》出，诗人日渐日多。然格律太严固不可，性灵太露，亦是病也。

余尝论诗无格律，视古人诗即为格，诗之中节者即为律。诗言志也，志人人殊，诗亦人人殊，各有天分，各有出笔，如云之行，水之流，未可以格律拘也。故韩、杜不能强其作王、孟，温、李不能强其作韦、柳。如松柏之性，傲雪凌霜；桃李之姿，开华结实。岂能强松柏之开花，逼桃李之傲雪哉？《尚书》曰："声依永，律和声。"即谓之格律可也。

古人以诗观风化，后人以诗写性情。性情有中正和平、奸恶邪散之不同，诗亦有温柔敦厚、噍杀浮僻之互异。性灵者，即性情也，沿流讨源，要归于正，诗之本教也。如全取性灵，则将以樵歌牧唱尽为诗人乎？须知笙、镛、筝、笛，俱不可废，《国风》、《雅》、《颂》，夫子并收，总视其性情之偏正而已。

唐人五古凡数变，约而举之：夺魏、晋之风骨，换梁、陈之俳优。譬诸书法，欧、虞、褚、薛，俱步两晋、六朝后尘，而整齐之耳。若李杜两家，又当别论。然李之《古风》五十九首，俨然阮公《咏怀》，杜之前、后《出塞》、《无家别》、《垂老别》诸篇，亦曹孟德之《苦寒行》、王仲宣之《七哀》等作也。

七古以气格为主，非有天姿之高妙，笔力之雄健，音节之铿锵，未易言也。尤须沈郁顿挫以出之，细读杜、韩诗便见。若无天姿、笔力、音节三者，而强为七古，是犹秦庭之举鼎而绝其膑矣。余每劝子弟勿轻易动笔作七古，正为此。如以张、王、元、白为宗，梅村为体，虽著作盈尺，终是旁门。

诗之为道，如草木之花，逢时而开，全是天工，并非人力。溯所由来，萌芽于《三百篇》，生枝布叶于汉、魏，结蕊含香于六朝，而盛开于有唐一代，至宋、元则花谢香消，残红委地矣，间亦有一枝两枝晚发之花，率精神薄弱，叶影离披，无复盛时光景。若明之前、后七子，则又为刮绒、通草诸花，欲夺天工，颇由人力。迨本朝而枝条再荣，群花竞放，开到高、仁两朝，其花尤盛，实能发泄陶、谢、鲍、庾、王、孟、韦、柳、李、杜、韩、白诸家之英华，而自出机杼者，然而亦断无有竟作陶、谢、鲍、庾、王、孟、韦、柳、李、杜、韩、白诸家之集读者。花之开谢，实由于时，虽烂漫盈园，无关世事，则人亦何苦作诗，亦何必刻集哉？覆酱覆醅，良有以也。

每见选诗家，总例以盖棺论定一语，横亘胸中，只录已过者，余独谓不然。古人之诗，有一首而传，有一句而传，毋论其人之死生，惟取其可传者而选之可也，不可以修史之例而律之也。然而亦有以人存诗，以诗存人者。以诗存人，此选诗也；以人存诗，非选诗也。

诗人之出，总要名公卿提倡，不提倡则不出也。如王文简之与朱检讨，国初之提倡也；沈文悫之与袁太史，乾隆中叶之提倡也；曾中丞之与阮宫保，又近时之提倡也。然亦如园花之开，江月之明。何也？中丞官两淮运使，刻《邗上题襟集》，东南之士，群然向风，惟恐不及；迨总理盐政时，又是一番境界矣。宫保为浙江学政，刻《两浙辅轩录》，东南之士，亦群然向风，惟恐不及；迨总制粤东时，又是一番境界矣。故知琼花吐艳，惟烂漫于芳春；璧月含晖，只团栾于三五：其义一也。

蒙古法时帆先生工诗，尤长五律，为世传诵。余一日谒先生于京邸，索余书一小额，曰"四十贤人之室"。是时吴兰雪舍人亦在座，因问所典，先生曰："昔人论五言律诗如四十贤人，其中着一屠沽儿不得。而四十人中，又须人人知己，心心相印，方臻绝诣。"余谓观此则凡古今体五七言皆然，如人之身，微有一点痛痒，则满身不适也。先生与兰雪俱以余为知言。

有某孝廉作诗，善用僻典，尤通释氏之书，故所作甚多，无一篇晓畅者。一日，示余二诗，余口噤不能读，遂谓人曰："记得少时诵李、杜诗，似乎首首明白。"闻者大笑。始悟诗文一道，用意要深切，立辞要浅显，不可取僻书释典夹杂其中。但看古人诗文，不过将眼面前数千字搬来搬去，便成绝大文章。乃知圣贤学问，亦不过将伦常日用之事，终身行之，便为希贤希圣，非有六臂三首，牛鬼蛇神之异也。

口头言语，俱可入诗，用得合拍，便成佳句。如归真子之"无可奈何仍话别，不曾真个已魂销"，檗溪弟之"未免有情终腼腆，明知无益却思量"，皆妙。

元中峰和尚咏雪诗云："冻云四合雪漫漫，谁解当机作水看。"近人咏牡丹诗云："漫道此花真富贵，有谁来看未开时。"此诗家先后一层法也。

作诗易于造作，难于自然。坡公尝言：能道得眼前真景，便是佳句。余尝在灯下诵前人诗，每有佳句，辄拍案叫绝。一妾在旁问："何妙若此？试请解之。"余为之讲释，乃曰："此自然景象，何足取耶？"余笑曰："吾所取者，正为自然也。"

唐宝皋论书入微，不闻其书法过于欧、虞；司空图论诗入微，不闻其诗学过于李、杜。乃知善医者不识药，善将者不言兵也。

以诗存人

唐瑑字仙珮，一字孺含，常熟之莂溪人。为明诸生，工歌诗，甲申、乙酉后，遂弃去，教授于沙溪、直塘之间，以终其身。与长洲汪钝翁友善，钝翁序其诗，以为使陆务观、范致能而在，与先生角逐于文酒之会，虽善论者未易优劣之也。其推重如此。今遗集不传，余偶得数首，录于左。《破山寺》云：“松光淡阴阴，数里度林樾。精蓝隐深翠，恍与前山绝。峰回壑自幽，地破泉迥合。神物无端倪，诸天有迁越。摩挲古桧庭，挑藓读残碣。如闻老龙吟，叫篆风涛杂。山僧寡威仪，客至懒酬接。晚钟戛然鸣，投暝命回辙。”《桃源涧》云：“群溜争有托，一径入深杳。清响散高林，暗流出浅草。石脉互起复，安所穷杳渺。潜羽静不飞，幽花寂相照。久立神智生，返溅湿芒屩。不见桃花红，弥径翳松莒。闲心淡忘归，避世苦不早。武陵何必优，肯与外人道。”《江楼》云：“江楼望不极，飒飒乱帆回。落日千家郭，秋风万里台。但闻南雁至，不见北书来。孤客正愁绝，那堪画角哀。”《拟出塞》云：“将军猿臂志成灰，马上琵琶去不回。偏向沙场留胜迹，明妃青冢李陵台。”“古战场边蟋蟀吟，月寒沙白夜阴阴。悲笳呜咽三更动，唤起封侯万里心。”仙佩又自号雪井老人。

吴乔又名殳，字修龄，昆山人。高才博学，尤工于诗，王阮亭尝称之曰善学西昆，陈其年赠诗亦有“最爱玉峰禅老子，力追艳体斗西昆”之句。然观其语必沉雄，情多感激，正不仅以妆金抹粉，步趋杨刘诸公而已。所著诗名《舒拂集》，余仅见其七律一卷。《寒食虎丘》云：“王泽潜消帝座倾，黄腰白帜遍神京。金瓯不闭千重险，麦饭谁浇十二陵。一半山光埋朔雪，五分花气落春冰。香鞯宝毂相娱赏，肯信江淮只两层。”《登北固山》云：“渺渺川原坐榻前，村村暝色乱炊烟。江边铁瓮城三里，云外金焦石二卷。今夜且呼京口酒，明朝重泛渡头船。生平不忘中流楫，每到登临便怆然。”《雪夜感怀》云：“酒尽灯残夜二更，打窗风雪映空明。驰来北马多骄气，歌到南风尽死声。海外更无奇事报，国中惟有旅葵生。不知冰沍何时了，一见梅花眼便清。”

康熙末年有叶先生者，名景高，号菊垞，太仓诸生。笃学好古，能文章，尤刻意于诗。喜游览，遍历滇、黔、闽、广。老年倦游，买田于张泾之上，筑学耕草堂，因自号学耕老人。今无有知其人者。其诗和平渊雅，可以直接盛唐。《明月山次韵》云：“窈窕如螺髻，青青倚远天。

虹飞深涧曲,寺耸小山巅。秋雨浮岚湿,晴波落涧圆。吟怀堪寄托,
待照我归船。"《清平道中》云:"细雨迷征骑,凉飔动客衣。午晴云气
薄,秋老树声微。参错山丘稻,青葱石径薇。前头沽酒店,买醉兴先
飞。"《怀俞心在符又鲁兼寄柴胥山二首》云:"俞子真同气,符生实妙
才。如何一别后,不见尺书来。异地仍留滞,伊人切溯洄。穷愁应似
我,时命岂须哀。""踪迹千山隔,心期万里通。剪灯同听雨,挥翰各临
风。梦别江城近,思深云树穷。西泠富篇什,早晚遗诗筒。"《华盖洞》
云:"径通云外寺,春锁洞中天。白石炊香饭,红浆醉老禅。鸟随疏磬
下,人趁夕阳还。仙杏初经眼,一枝红欲燃。"《客舍对雨感怀》云:"春
光三月暮,偻偬负花期。好约寻芳侣,来吟对雨诗。园林红剩萼,鬓
发白添丝。堪笑支离态,衰羸只自知。"《过洞庭湖同青崖弟作》云:
"连天一色碧玻璃,帆影湖光望眼迷。铜柱山高人迹少,洞庭水阔雁
行低。芳洲兰杜秋风老,远岸兼葭绿树齐。骚雅吾宗推令弟,题诗直
到夜郎西。"《早春感兴》云:"万里江天客未还,小楼搔首对蛮山。吟
邀春色千峰冷,寺度钟声半榻闲。细雨绿萌愁外草,残杯红驻醉中
颜。茫茫归思情应剧,鬓落边城几点斑。"《便水驿早发》云:"晓乌啼
向驿门前,便水茫茫早放船。仰面人家看不见,午鸡声出乱山巅。"
《漫兴》云:"细数残花到夕阳,独倾村酒问春光。可能借得东风力,吹
落侬头两鬓霜。"抄录数首,以存其人。

余十三岁游虎丘,于肆中见旧扇一柄,以百文购得之,上有七律
二首,云:"长夏成诗未附书,今来把读是冬初。琴中雅调惟孤淡,笔
下陈言早破除。寒雨平添津岸阔,衰杨远映水亭疏。相思一见为经
岁,又待梅开访佛庐。""自恨摧颓逼暮年,况兼多病少安眠。几枝晚
菊经霜后,百种秋悲在雁先。匿影不成键户计,取讥真待买山钱。何
妨旨酒看君饮,但对清淮易惘然。"后题"先著稿为大瓢先生正",因问
先著为何如人,皆不知也。比长,读《国朝别裁集》,始知著字迁夫,四
川泸州人,流寓金陵,有《之溪老生集》,或云是明季遗老也。

华氏为吾邑望族,至今犹盛。幼时在表兄华性焉家见华硕宣诗
一卷,写作俱妙,求问其族中,无有知之者。己卯春日,偶于友人破书
中得一册,始知硕宣字养圣,鹅湖人,康熙间诸生,年七十余卒,自号

东篱居士。读其诗,五律最工。《题友人园亭》云:"小筑深林里,幽怀独往还。乱云封竹径,野鹤护花关。松老鳞方密,梅欹藓自斑。《南华》初读罢,萝月照人间。"《闻笛》云:"横笛秋江上,江空夜更清。韵随风暗度,愁向月明生。杨柳离亭泪,梅花故国情。无端添别恨,进作断肠声。"《登塔》云:"孤塔倚霄汉,登临象外幽。乱山排槛入,远水接云流。日月檐前过,楼台天际浮。遥看霞五色,极目是神洲。"《和友》云:"雨过江皋净,称舟落照间。兴同孤鹤旷,心与野云闲。古涧闻寒水,疏林见远山。欣然载尊酒,访菊扣花关。"《湖上》云:"何处堪栖隐,湖滨烟柳庄。溪声常到枕,花影半侵床。拂石眠苍藓,敲诗倚夕阳。忽惊鸥鹭起,渔笛响沧浪。"《贞女》云:"秦楼引凤曲,幻作断肠音。未识生前面,难移死后心。惟知因义重,非是为情深。空负丝萝约,兰闺泪满襟。"《僧舍梨花》云:"拟入罗浮窟,疏香一径通。淡烟疑远近,明月悟真空。雪影幽窗外,诗情晓梦中。朝来轻带雨,寂寞泪东风。"《归鸦》云:"远水残村外,争飞噪晚晴。梁园朝见影,楚幕夜闻声。落叶愁霜冷,惊栖妒月明。孤琴幽韵远,犹似隔林鸣。"《喜晴》云:"梦回禽语碎,知是报新晴。云散春衣薄,花迎晓日明。红桥烟柳色,紫陌管弦声。好听香风曲,芳郊踏草行。"《春游》云:"红杏依江岸,青山到郭门。舟横春水渡,人醉落花村。娇鸟酬歌韵,香风散雾痕。胜游应不倦,归院欲黄昏。"

徐荔邨有《岁暮寄内》诗云:"双手空空岁又阑,西风心与鼻俱酸。依人自笑冯驩老,作客谁怜范叔寒。写到家书千点泪,算来归计十分难。此身只当从军死,累尔青鸾镜影单。"时荔村方客如皋,吾乡陶学博国果正为校官,其夫人顾氏偶见此诗,读之泪下,谓学博曰:"邑有斯人,可令其流落不归耶?盍为谋焉。"于是夫人自典簪珥为倡,同学诸生闻之,亦酿金以赠,俾其早归,事传远近。又闺秀宋蘅皋,名之淑,李轮霞室也。轮霞久客未归,宋寄以《秋夕感怀》云:"银鸭烧残启碧窗,闲庭风起露华凉。梧桐影里秋如水,蟋蟀声中夜渐长。千里关山添别梦,十年羁旅忆他乡。低头怕见团栾月,只恐天涯也断肠。"呜呼!安得有顾夫人之贤者为厚赠之,团聚其天伦乐事也。

"人从绝巘如鱼贯,马入寒林列雁行",此和致斋公相《随围》诗也。案庾子山《游猎》诗有"石关鱼贯上，山梁雁翅行"，似即本此。然余以为和相未必有此诗在胸中而用其典故，亦偶尔相同耳。和相有《嘉乐堂集》，其子驸马公丰昇殷德所刻。闻驸马亦工诗、古文，惟不自收拾。樊学斋主人尝为余言。

余于癸酉秋日以事往云间，道出昆山，风阻泊舟，遂登岸散步草堂寺。见壁间所挂扇面，有沈师濂七律四首，中一联云："文坛耻说为偏将，酒国甘居是附庸。"可想见其抱负。遍访斯人，无有知者。

有人咏雁来红诗云："汉使传书托便鸿，上林一箭堕西风。至今血染阶前草，一度秋来一度红。"此诗甚妙，不知谁作。近友人张映山亦有诗云："塞鸿嘹唳菊离披，庭际幽丛故出奇。是草独无迟暮感，不花能放艳阳时。粗枝大叶风流在，绿意红情夕照知。欲写秋容传晚节，画图犹觉不如诗。"又蒋伯寅之"秋深忘岁晚，叶老代花开"一联亦妙。

邑侯邵公名骊，山阴人，以中书舍人出宰吾邑，去官后改名无恙，字梦余。陈云伯少时尝从学诗。其诗秀骨天成，非时辈所能跂及。《登徐州城楼》云："霜引边声来朔塞，日摇河色上城楼。"《北固山看雪》云："云痕四合沉诸岛，雪色中开见大江。"《栖霞放舟》云："青山入梦成知己，明月同舟当故人。"《秋夜》云："鹤影倦依凉月立，雁声寒带夜霜飞。"皆名句也。邵殁后，云伯为刻其诗。

徐湘浦司马公子德泉，名珠，性冲淡，诗情幽逸，如花开绝塞，雁唳清秋。七古尤雄健，有《读友人侯贞友焦山诗题后》一首云："文章擅变幻，造化多雄奇。阴阳无轨范，山川有殊姿。长江西来一万里，发源岷蜀东注此。奔冲直下少归束，金焦两山相对峙。海门扼锁气不泄，万古中流作砥柱。金山如贵人，焦山如隐士。苍岩翠壁腕欲无，青螺点点浮春水。山灵奇气自钟秀，侯生蕴蓄天所授。凭轩句挟海涛飞，拾级语侵山骨瘦。焦先不可作，江月投山坳。眼前名士独醉倒，狂歌唤起春江潮。情于此放，诗于此豪。幻想欲跨云中桥，横空万丈连金焦。安得尔我相招要，看君落笔青天高。"

古者奴婢皆有罪者为之，谓之臧获。然婢之中亦有等级，有素敏慧通音律，或善炊爨能持家，即渔童樵青，亦不过供驱使、尽执役而已，未闻有以美丽而得名者。近来士大夫家喜蓄美婢，而青楼尤多，题以雅号，如惜花、采香、待月、绣春之类，然而甘蔗旁生，荔支侧出，似扫眉人不可无此陪衬。马药庵有《赠婢改子》诗四首，云："阿母传呼两字妍，新题锦瑟改么弦。曾闻丫角依兰姊，不信蟠根是李仙。绰约二分笼屧浅，玲珑六寸称肤圆。多情也似雕梁燕，相傍乌衣已十年。""碗脱娇姿绝代夸，管城分荫托琅邪。俭妆未肯依时世，清韵真堪拟大家。绿绮窗前金可铸，白团扇底玉无瑕。阿谁空学夫人样，那比芳名艳榜花。""丁棱仙侣有方千，谓子山。联袂寻春扣绮关。时复中之音呖呖，翾何迟也步珊珊。周旋翻累当筵立，平视惊从隔座看。多谢小红真解事，金筒玉碗许频餐。""一饮琼浆百感生，蓝桥梦影尚分明。平添杜牧重来恨，久负罗敷已嫁盟。未免有情空复尔，似曾相识转怜卿。欲将细语从头问，怕听鹦哥唤客声。"四诗可称绝倒。

以 人 存 诗

于宗尧字二巍，辽东广宁卫人。康熙七年，年十八，由荫生出令常熟，精敏慈惠，一时有神君之颂。《病中咏怀》云："三年花县锁江烟，南国风流事渺然。云外锦峰餐秀色，瓯中琴水拂廉泉。流亡满目愁填壑，水旱焦心欲问天。草野不肥吾貌瘦，强将憔悴弄冰弦。"按公卒时年才二十一，详县志。此诗盖公当日为医士陆显甫书扇头者，陆氏子孙至今宝藏焉。

南城曾宾谷中丞以名翰林出为两淮转运使者十三年。扬州当东南之冲，其时川楚未平，羽书狎至，冠盖交驰，日不暇给而中丞则旦接宾客，昼理简牍，夜诵文史，自若也。署中辟题襟馆，与一时贤士大夫相唱和，如袁简斋、王梦楼、王兰泉、吴毅人、张警堂、陈东浦、谢芗泉、王莳町、钱襄山、周载轩、陈桂堂、李啬生、杨西禾、吴山尊、伊耐园及公子述之、蒲快亭、黄贲生、王惕甫、宋芝山、吴兰雪、胡香海、胡黄海、吴退庵、吴白庵、詹石琴、储玉琴、陈理堂、郭厚庵、蒋伯生、蒋藕船、何岂匏、钱玉鱼、乐莲裳、刘霞裳诸君，时相往来，较之西昆酬倡，殆有过之。中丞尝于九峰园作秋禊之会，赋诗云："昨得兰亭春禊砚，便思招客兰亭游。兰亭去此一千里，春禊故事知谁修？扬州虹桥亦名胜，冶春词句今传讴。渔洋遗韵继者少，百有余岁空悠悠。今年三月动佳兴，颇乏知己相赓酬。褐来名士稍长集，江天雨霁开凉秋。安江门外水新涨，浩荡岂可输闲鸥。棹歌声发古渡头，蒹葭深处清而幽。浓春桃李反嫌俗，秋禊之乐前无俦。南园水木况明瑟，九点烟岚出庭侧。砚池一曲含风漪，倒影奇峰岳莲碧。我携禊砚适来此，一洗寒泉翠欲滴。此池为我禊砚开，此峰为余砚山石。异哉此会非偶然，兰亭之人几曾得。座中名士咸叹息，复有丹青润州客。谓陆晓峰。明朝写出秋禊图，洗砚之人宜可识。"一时和者甚多，吾乡徐阆斋孝廉一诗尤妙，附记于此："春秋二七逢秋禊，故事千年人不记。鲁都赋手建安才，临河叙录兰亭字。兰亭茧纸昭陵收，此文未入文选楼。一时诗句总寂寞，细毡碑打蛟龙愁。秋禊主人有秋骨，白面绣衣持玉节。锦带红迎吉庆花，金樽绿泻银河月。直教江水作流觞，江月照客江花香。园中九峰欲飞去，齐吐云气天苍凉。群贤少长列坐次，知公今年三十四。右军修禊三十三，公长一岁应兄事。前日公携春禊砚，新诗扬州忽传遍。今朝又作秋禊会，观者人人尽称羡。残醉江皋寄采笺，风流不让永和年。相思一夜秋兰发，花里新吟秋禊篇。"

忆自乾隆戊申岁，余尝与阆斋同客秋帆尚书河南幕府。其年七月，尚书擢两湖总督，余回江东，阆斋以与修《卫辉府志》，独留汴梁，送诗云："我留黄河边，送君黄河口。黄河八月浪连天，白日蛟龙挟船走。因君寄信报平安，家有高堂可健餐？春来更望长安去，愁绝天涯行路难。"呜呼！以阆斋之才之美，不得中进士，入词馆，卒以从军功试为县令，郁郁以殁，可悲也。

阮芸台宫保以嘉庆元年提督浙江学政，诸生中有长于一艺者，必置高等，赏叹不已，是以人材蔚起，小学奋兴，为一时之盛。宫保尝试湖州，赋《秋桑》诗，和者数十家，有诸生胡名敬者和云："微黄比似菊衣痕，几树萧疏荫荜门。材美早需当世用，价高留待异时论。御寒只为苍生计，历久空余直干存。多少绮罗丛里客，何曾根本与酬恩？""西郊昨夜有霜侵，减却茅檐一片阴。但使阳和调晚节，几曾经纬负初心？春闱自昔相须急，寒士于今得庇深。菊秀兰芳休把玩，直垂青眼到疏林。"便尔吐属不凡,颇有霖雨苍生之志。不数年,果中乡榜,成进士,今官翰林侍读学士。

长白斌少仆良,为前任两江总督玉公德第八公子,嘉庆己卯、辛巳之间,官苏松粮道,驻扎常熟。署后即虞山也,有小楼可以望远,题曰"辛峰一角楼",与吴中诸名士读画论诗,殆无虚日。自题一联云:"群彦集东南,有温李诗才,荃熙绘事;高楼占西北,挹石梅香月,辛岭晴云。"年未四十著书盈尺矣。《过拂水山庄》二首云:"江总归来白发新,劫灰余烬恋无因。风骚坛坫三朝重,金粉河山半壁陈。貂珥苦思推辅座,蛾糜甘让作完人。孝陵铜狄苔花冷,词馆空吟旧院春。""海天闲话感沧桑,犹有交情忆孟阳。泪化绛云红踯躅,诗题拂水绿荒凉。彦回有寿宁为福,庾信多才亦不祥。禅悦简栖聊自慰,东风愁杀柳枝娘。"

吴杜邨观察名绍浣,其祖父俱业蹉,至杜邨与其兄苏泉俱中进士,入翰林。杜邨诗不多作,亦无专集,而笔甚遒峭。尝记其《舟中感怀》二首云:"枫叶兼芦荻,纷纷满客舟。水云千里白,风露一天秋。独宿同孤雁,愁怀寄远鸥。披衣人不寐,剪烛数更筹。""江湖天地阔,感慨别离多。壮岁犹如此,衰年更奈何! 怀人看落日,倚枕发高歌。长啸惊龙蛰,寒风起碧波。"七言如"乡思暗随灯影动,客愁齐逐雨声来","乱山钟响僧归寺,古渡灯昏月满船"。《咏梅花》云:"山间月黯谁横笛,江上春寒独掩门。"又《寒夜》云:"众星皆淡漠,孤月自精神。"十字亦妙。

辅国公裕瑞为豫亲王弟,自号思元主人,所居曰樊学斋,有亭台花木之胜,一时名士如杨蓉裳、吴兰雪辈皆与之游。所著有《妻香轩吟草》一卷,十额驸丰绅殷德称其诗清华幽艳,是能熔铸长吉、飞卿而自成一家者。记其《滦阳道中》云:"一马长驱挂玉鞭,清秋风景倍萧然。野蛾乱落荒林雪,山鸟斜冲古寺烟。雀舌宜烹疏雨夜,豆棚欲话晚凉天。无眠静对寒檠影,起视云边月正圆。"殊清新可喜。主人尝赠余七古一首,又和《京师冬日八咏》及《春游八咏》诸作,诗甚长,未录也。

婺源齐梅麓庶常彦槐,散馆后出宰吾邑,未及数载,即赋归田,遂卜居阳羡,为侍养计。于其行也,余为刻坡公《种橘帖》赠之。其《留别梁溪》诗四首云：“抚字催科两弗堪，八年竽滥大江南。政难言美差无恶，吏岂能廉只不贪。苗长但须除一莠，马蕃焉用禁原蚕。此生足傲东坡处，腹贮山泉百瓮甘。”“年年清兴在春深，扃户重将旧业寻。校士可能持玉尺，论文谁与度金针？伫看骐骥骧云路，莫遣鸥鹣集泮林。毕竟词章总余事，读书须得圣贤心。”“可怜秋旱稻苗枯，火急符书尚索逋。拙吏甘同道州考，流民终赖郑公图。圣恩浩荡如天大，乡俗敦庞自古无。推解不缘诸父老，哀鸿安得命全苏。自注云：甲戌大旱，自恩赈外，邑之殷富捐资接济，不下十四万缗，全活饥民无算。”“一桥一墓五年修，点缀青山与碧流。俗变荆蛮思泰伯，自注云：泰伯墓在鸿山，岁久倾圮，予募资修葺。名题丰乐忆滁州。自注云：望亭桥旧名龙汇，久圮，予以赈余之钱兴修，改名丰乐。平川日落渔樵渡，寒食花开士女游。俯仰之间已陈迹，他时还念故侯不？”

袁简斋先生通、迟两公子，虽不以科第起家，而皆能诗。迟子名寿芝者，年未弱冠，稿已笋束。记其《游栖霞寺》一联云：“清静尚嫌禽作语，玲珑谁与石争能。”颇有乃祖家法。又铅山蒋心余先生曾孙名志伊者，号小榭，能诗。道光壬午九月，余偶至邗江，相晤于王古灵席上。有《题小红雪楼诗卷后》一律云：“续书香海记前回，曾见山阳旧雨来。小草每依庭际长，寒花独向画图开。春风自扫元卿径，尊酒谁倾杜叟醅？赢得词人题妙笔，欲招黄鹤醉江梅。”俱可谓善承家学者。

东乡吴兰雪舍人有姬人绿春，本苏州人，生长盛京。性修洁，爱贞静，善画兰，法陈古白，又能诗，舍人甚爱宠。死时年二十二耳。舍人悼痛不已，赋诗云：“冷暖相依仅五年，不应草草赋游仙。早知一病无医法，何苦三生种凤缘。嫁日欢娱如梦里，殓时明丽倍生前。定情诗扇教随殉，谁诵新词遍九泉？”“深春妍暖似秋凉，池馆萧闲接洞房。瓶水浸开红芍药，鬓花簪遍白丁香。虫声呜咽吟幽砌，树影玲珑画粉墙。即用绿春旧句。佳句而今零落尽，但思清景亦沾裳。”“缟衣一换泪先倾，奉母艰难百事并。望远魂消归棹影，追逋梦怯打门声。卖文辛苦怜何补，投绂蹉跎悔未成。孤负同心谋养急，劝抛微禄办归耕。”“津门迢递隔江关，旅泊经春苦未还。廿四花风蝴蝶瘦，一双人影鹭鸶闲。衣香小立飘隋苑，泉味同尝爱惠山。输与梁溪唐孝女，白头卖画尚人间。孝女以卖画养亲五十余年。""带围宽尽旧湘裙，支枕哀吟未忍闻。双颊断红疑中酒，一梳浓绿怕消云。翻书风过微嫌冷，沈水香多重怯熏。为爱梅花犹强坐，寒香禁受两三分。""夜半天风沸海潮，仙舟彩伴似相邀。殁前一日，梦中买舟与姊偕行。买山只道成偕隐，临水何堪诵《大招》。心力无多愁易尽，聪明太过福难消。他生合作痴儿女，莫忆前身是翠翘。"其余妙句甚多，不能尽录。

渔家晒网，每于古戍沙滩、斜日西风之下，鳞次栉比，而青山每为所掩。亡友蒋敬斋有《渔家乐》诗云："莫教晒网如城堞，留得青山一面看。"此言未经人道。敬斋名溶，长洲诸生。年二十许，辄喜讲道学，言语坐立不苟。尝自制寝衣，长六尺余，本《论语》所谓"长一身有半"也。余笑谓之曰："古之寝衣，似即今之衾被，恐泥古太甚。"敬斋愕然曰："吾过矣，吾过矣！"至于下拜，其风趣如此。

钟祥彭毓圃名志杰，以孝廉作宰浙江，任乌程十年，有惠政。尝捐俸刻陈无轩《湖州诗录》三十六卷，为一时所称。毓圃能诗，而尤工于五字。《道场山》云："断山云为补，浅涧月能添。"《梅雨》云："竹翠摇新影，溪流没旧椿。"《送友人》云："双鹤去不返，孤云还几时？"《晚晴》云："古树含云润，新花借月明。"皆名句也。其子庆长，字五云，亦能诗，余为书"题裙室"三字赠之。

扬州阮梅叔明经，为云台宫保之弟，年未弱冠，即能诗歌，为艺林传诵。所刻有《珠湖草堂诗》四卷。余最爱其"万树红连斜照外，一峰青插白云中"之句，此吴澹川《南野堂笔记》、杨芸士《述郑斋诗话》所未采也。

邹君春帆与余同庚同月，先后一日而生，自幼相爱。工于帖括，屡困小试。偶过其书斋，有咏落花诗，尚未脱稿，起句云："花落客心惊，小园鸟乱鸣。春光原是梦，流水本同行。"读未毕，愀然曰："子正在盛年，何作此种语耶？"春帆笑而不答。即于是年十月死，不意竟成诗谶。

顾西轩名铣，同乡东湖荡人。余十七八岁时，尝与同寓吴门之石榴亭，有鲍子知我之感。记其《樱桃花》诗云："频年作客缘何事，每到春来不在家。"暗中用典，令人不觉。

张铁琴彰，长洲人，年十五六，貌如美人，世所希见。余长其一二岁，每与谈论古今，辄以张良自命。一日，同往城南看菜花，铁琴有诗云："嫣红姹紫弥天下，关系苍生只此花。"其抱负如此。不数年而死，惜哉！

余姊夫杨廷锡，吴县光福人。少工诗，语能动人，句必有味。

《月下独酌》云："杯中有影人成耦，天上无云月不孤。"《春闺》云："春来心事凭谁问，惟有帘前双燕知。"《初夏》云："新篁未惯经风雨，却傍疏篱护落花。"皆妙。死时年三十，惜无存稿。

纪　　存

先曾祖奉麓公，当明鼎革时，年仅十三，随先高祖避难阳山白龙庙，至本朝顺治三年，始回故里。尝筑归鹤庵以自寄，即今西庄桥西岸之观音庵也。庵门正对阳山。《苏州府志》云："阳山一名四飞山，又名秦余杭山，实一山也。"公有诗云："一巢重结古荆蛮，真似苏耽化鹤还。忍弃先人栖隐处，故教门对四飞山。"其二云："烽火惊心事已非，翻身云外作孤飞。故园犹有前朝树，留得清阴待我归。"今刻石庵中，留示子孙。

余有一扇，画折枝杏花，秋帆先生书一绝于上云："上林佳处午桥边，半染红霞半著烟。记得曲江春日里，一枝曾占百花先。"一日过京口，王梦楼太守见之，又书《桃花》诗于后云："桃花一树艳猩唇，独占名蓝似海春。误入溪流原有路，重来门巷竟无人。迷离夕照红如梦，怅望天涯绿少邻。我愿大千花世界，有花开处尽诠真。"《随园诗话》载严海珊《咏桃花》云："怪他去后花如许，记得来时路也无？"谓其暗中用典，绝世聪明。余以为不如太守之"误入溪流"一联更妙。

古英雄不得志，辄以醇酒妇人为结局者，不一其人。随园先生入翰林时，年才弱冠，散馆后改为知县，简发江苏，历知沭阳、江宁诸县事，有政声。三十五而致仕，享清福者五十年。著作如山，名满天下。而于好色两字，不免少累其德。余有吊先生诗云："英雄事业知难立，花月因缘有自来。"实为先生补过也。

团扇之名甚古，汉时已有之。有明中叶，乃行折扇。至本朝为尤盛，遂不复知有古制矣。阮芸台先生于嘉庆丙辰提学浙江，尝得一古团扇，有马和之画，杨妹子题，因依式仿制，以赏诸生之高等者。时钱塘陈云伯大令尚为秀才，岁试赋此题，有云："江南三月春风歇，樱桃花底莺声滑。合欢团扇剪轻纨，分明采得天边月。南渡丹青待诏多，传闻旧谱出宣和。入怀休说班姬怨，羞见曾怜晋女歌。班姬晋女今何有？携来合付纤纤手。阑前扑蝶影香迟，花间障面徘徊久。楼台花鸟院中春，马画杨题竟逼真。歌得合欢词一曲，不知谁是合欢人？"先生阅此卷，大为称赏，拔置第一，刻入《浙江诗课》及《定香亭笔谈》。不二十年，团扇之制遂行满天下。余亦有《团扇》诗赠先生云："用舍行藏要及时，制成团扇寄相思。时来毕竟如公少，明月清风一手持。"

余年十七，尝受业于金安安先生之门。先生时年八十，精神尚健，日以赋诗作书自课。偶命诸公子分赋瓶菊诗，余亦分得堂字韵，有云："寄人篱下非长策，喜带新霜入画堂。"先生为之击节叹赏，谓诸公子曰："此生出笔，颇有作意，将来必能自立者。"呜呼！余一生坎坷不遇，岂能自立耶？追忆师言，辄呼负负。

黄野鸿《卖书祀母忌辰》一首云："母没悲今日，儿贫过昔时。人间鲜乐岁，地下其长饥。白水当花荐，黄粱对雨炊。莫言无长物，亦足慰哀思。"所谓穷而益工，其信然耶！程山溪者名亮，闺秀张文姝子也，有《春日感怀》云："一年佳日是春光，底事逢春更感伤。雨际孤花难着力，风前归雁不成行。缊袍已敝还思典，土灶生尘久绝粮。多少闲愁何处写，满庭芳草易斜阳。"又王坦庵《春感》云："韶华如绣艳阳天，春到贫家亦枉然。破屋正愁连日雨，荒厨已断昨宵烟。鸥团穷海刚三载，燕返空巢又几年。满地蓬蒿人过少，临风独立耸吟肩。"呜呼！安得广厦千万间，留此辈人暖衣饱食，饮酒赋诗，快乐以终其身耶？

一官鞅系，垂老离家，此人间最苦之境，顾甘心受之者不一其人，或者此人之心思反以为乐，亦未可知也。陈石桥大令官富平，著《雁宕山人稿》，《闽中别兄》一首云："十载离家音信稀，间关执手见还疑。风尘到老境非昔，儿女来前名不知。旧里半凋闻欲泪，余生相见语多悲。饥驱明日又将别,立马斜阳涂路岐。"真令人不堪回首。

途中遇沽酒者或卖花者,其香扑鼻可爱,拟将此意采入诗中而未得也。偶见市中挂一楹帖,有"沽酒客来风亦醉,卖花人去路还香",不知何人所作,真先得我心矣。

诗有无心讥刺,而拈来恰合者。余中年常出门,每于四五月夜,独宿舟中,听蛙声喧杂,终夜不寝,偶书绝句云:"信宿扁舟夜未央,蛙声阁阁最凄凉。荒江月落天将晓,不辨官私闹一场。"一日在长安,有某冢宰见之,笑曰:"此诗当为江南吏治而作也。"余大惊,遂谓:"草茅下贱,何敢妄议时事?偶然得句,实出无心。"此所谓仁者见之谓之仁,智者见之谓之智也。

唐守之尝题《渔翁失网图》云:"一网复一网,终有一网得。笑杀无网人,临渊空叹息。"然余尝见人有营营于名利场中者数十年,至白首无成,依然故我,则不如困守固穷之为得也,故有诗云:"前舟网网张空水,后有蓑翁独坐看。"程鱼门太史亦有句云:"旁人束手休相怪,空网由来撒最多。"与守之之诗正相反。

咏物诗最难工,太切题则黏皮带骨,不切题则捕风捉影,须在不即不离之间。汪春亭《咏灯花》云:"影摇素壁梦初回,一朵花从静夜开。想到春光终易谢,搅残心事欲成灰。青生孤馆愁同结,红到三更喜乱猜。颇觉窗前风露冷,斯时那有蝶飞来。"吴野渡《咏红蓼花》云:"如此红颜争奈秋,年年风雨历沧洲。一生辛苦谁相问,只共芦花到白头。"吴信辰《咏虞美人花》云:"怨粉愁香绕砌多,大风一起奈卿何!"高桐邨《咏牵牛花》云:"莫向西风怨零落,穿针人在小红楼。"皆妙。

客中夜宿,秋蚊未靖,虽悬幛子,倚如长城,而一蚊阑入,则不寐通宵。其时新凉退暑,残月窥人,四壁虫声,百端交集,实难为怀耳。余尝有诗云:"十年落魄未成归,心事如云淡不飞。一个秋蚊缠客梦,半窗残月冷宵衣。拟留诗卷才难副,欲薄功名计亦非。惟有一封凭去雁,为传亲故莫相讥。"因诵宜兴储长源之"灯摇旅思风盈幔,虫语秋心月半墙"之句,令人心骨俱冷。

余尝论人生如行舟,忽前忽后,忽左忽右,无有一定。张帆者自然在前,摇橹者自然在后,然而亦看风水之顺逆,江湖之险夷,居先者固可羡,落后者亦未为失也。偶赋《前舟叹》二首云:"前舟后舟一时发,摇摇共指天边月。须臾月晕生长风,前舟张帆如执弓。霎时箭行三百里,白浪翻天黑云起。欲卸长樯势未能,载得百人同日死。后舟闻变追前舟,无那沧江水急流。看他倾覆不得救,吞声踯躅心烦忧。""前舟张满帆,后舟滞沙滩。前舟忽破山脚石,后舟反过前舟前。人间风浪何浩浩,为吉为凶未能保。总看收帆到岸时,区区前后何足道。"

摘　　句

《隋书》载炀帝以薛道衡"空梁落燕泥"句至于杀身,此古人忌才过甚也。即如谢灵运之"池塘生春草,园柳变鸣禽",庾信之"琴从绿珠借,酒就文君取",亦平常语耳。近日诗家愈出愈奇,命意鲜新,立辞典雅,皆古人之所未有。如翁朗夫之"烟波双鬓老,风雨一身秋",彭念堂之"日还停水上,山已堕云中",方南塘之"月出江花落,诗成海月圆",杨谷帝之"柳摇春雨暗,江涨水云流",张瑶英女史之"短垣延月早,病叶得秋先",范履渊之"橹声摇夜月,帆影落晴波",商响意之"蜂巢当午闹,蚓壤趁凉歌",俞楚江之"红怜花别样,绿爱柳当初",刘企山之"缺月依桥断,孤云背郭流",赵仁叔之"蝶来风有致,人去月无聊",童二树之"晴流鸣断壑,山影卧空田",黄星岩之"竹锐穿泥壁,蝇酣落酒樽",许子逊之"钟声凉引月,江气夕沈山",李维饶之"峡雨无朝暮,春风有别离",吴杜村之"落叶疑疏雨,秋云学远山",储玉琴之"伴佛灯双穗,窥人月半环",汪泽舟之"木落山无障,江流月有声",吴师石之"断崖残雪补,清磬夕阳浮",周东标之"疏雨下黄叶,秋风剪绿葵",汤述庭之"行共孤云懒,归输独鸟闲",赵味辛之"水清鱼入定,山古树无花",吴象超之"白云留晚磬,黄叶卷归樵",秦大樽之"风梳平野树,云涌一楼山",储长源之"雪晴春有态,山活翠难名",庄印三之"寒乌依夕照,落叶碎秋声",张仲子之"门临流水岸,犬吠隔花人",沈奕风之"夜雨洗村径,晓风开稻花",何秋山之"白头增旧感,黄叶落新愁"，石竹船之"帆随春树远，水带夕阳流"，缪牧人之"江连三楚白，山接九华青"，李少白之"一鸟翻云外，千峰落马前"，夏涵江之"病因看月减，情到惜花深"，于秋渚之"绿余三迳草，红露半墙花"，龚素山之"夜从花影转，秋带树声听"，孙涟水之"江光摇佛面，石色上僧衣"使阿麋见之，又当何如嫉妒也！

本朝七律，金声玉振，不特胜于有明一代，直可超出宋、元，而亦有高出唐人者，可谓极一时之盛。国初诸公无论矣，就余所见闻者，如王少林《大梁怀古》云："三花树色开神岳，万里河声下孟门。"黄浩浩《秋柳》云："小驿孤城风一笛，断桥流水路三叉。"何南园《感怀》云："身非无用贫偏暇，事到难图念转平。"黄野鸿《清明》云："村角鸟呼红杏雨，陌头人拜白杨烟。"浦翔春《野望》云："旧塔未倾流水抱，孤峰欲倒乱云扶。"鲁星村《郊外》云："春田牛背鸠争落，野店墙头花乱开。"汪泽周《赐书楼眺雨》云："亭远忽从烟际出，楼高先觉雨声来。"史位存《汴梁道中》云："云垂平野星初上，马走春沙夜有声。"《有感》云："扑蝶会过春似梦，湔裙人去水如烟。"潘汝庭《春日》云："草不世情随意绿，花知客意入帘红。"石远梅《山海关》云："万顷日华浮海动，九边风色卷沙来。"汤述庭《闲居即事》云："得句偶逢花照眼，举杯喜见月当头。"郭频迦《即事》云："月与梧桐寻旧约，秋将蟋蟀作先声。"《春感》云："三月落花如梦短，一湖新涨比愁多。"高爽泉《春草》云："新愁旧恨萦三月，细雨斜阳送六朝。"林远峰《灵隐寺》云："灵泉百道飞凉雨，古磴千盘入乱云。"皆妙。又如曹栋亭之"三秋月色临边早，万马风声出塞多"，张崑南之"松间细路通僧寺，花里微风扬酒旗"，朱子颖之"一水涨喧人语外，万山青到马蹄前"，石晓堂之"窥鱼浅渚翘双鹭，待渡斜阳立一僧"，邱学敏之"山连齐鲁青难了，树入淮徐绿渐多"，李啸村之"春服未成翻爱冷，家书空寄不嫌迟"，惠椿亭之"宿酒大都随梦醒，残灯多半为诗留"，刘春池之"道在已时惟自适，事求人处总难凭"，凌香坪之"春风久负青山约，旧雨难寻白鹭盟"，吴尊莱之"莫云抱郭霏红树，寒雨连江冻白鸥"，储长源之"春衣乍暖飞蝴蝶，绿酒初香荐蛤蜊"，刘元赞之"三春乡思先花发，万里征人后雁归"，"秋水怀人枫叶落，蓬窗卧病雨声多"，庄印三之"青溪渡口余三户，黄叶声中有六朝"，倪稼咸之"衰柳共怜残鬓短，闲云应笑客程忙"，吴退庵之"树碧两行临曲水，天青一角见高山"，方升矣之"小艇仍维前度树，斜阳已挂右边楼"，汤衍之之"社雨不知春事判，东风已觉落花多"，毛洋溟之"夜永骖鸾归碧落，风清有鹤响空山"，林汉阁之"窥客挑灯来黠鼠，移秋入户有寒蛩"，王饶九之"两岸白蘋秋水渡，一林红叶夕阳村"，吴梅原之"愁消白下鹅儿酒，人在青山燕子矶"，黄膌山之"人间万事成秋草，我辈前身是落花"，仲松岚之"吴楚帆樯随树没，金焦山色上衣来"，郑芸书之"绝壑冻云栖古塔，枯僧破衲补斜阳"，宗蕙亭之"酒不能攻愁有阵，曲为自度唱无腔"，魏野塘之"有客抱琴停午至，呼僮沽酒趁花开"，顾兰厓之"苍苔满径客稀过，凉雨到门僧未知"，冒葺原之"废苑春来花自发，空庭月落鸟相呼"，汪可堂之"三径春归花似雪，一斋人静日如年"，汪周士之"径仄秋花迎客座，夜深凉月恋人衣"，石晚晴之"瘦马踏干黄叶路，寒钟敲碎白云峰"，吴玉田之"山色和烟沉远浦，潮声挟雨吼沧江"，顾兰晖之"万种羁愁当夜集，一年乡梦入秋多"，曹剑涵之"别浦帆归千树碧，隔篱人语一灯红"，王籽园之"报喜灯花红一夜，相思春水绿三年"，阮梅叔之"脚底白云双屐滑，担头红叶一肩春"，吴云坡之"烟迷古塞晴疑雨，云拥深山昼亦昏"，朱天饮之"娱人可爱当窗树，留客遥看雨后山"，常寒斋之"秋从夜雨窗前听，月在美人楼上圆"，吴苍崖之"清夜思公惟有泪，白头知己更无人"，徐春圃之"炼句每存千载想，看花不放一春过"，徐德泉之"家无储蓄期邻富，邑有流亡望岁丰"，黄少渊之"芳草池塘寻旧梦，落花庭院算残棋"，如此类者甚多，摘之不尽。又赵瓯北先生集中有拟老杜《诸将》之作，张船山太守集中《有宝鸡县题壁》诗，长歌当哭，俱不可不读也。

卷九　碑帖

周　石　鼓　文

　　周石鼓文在京师太学仪门内，为石刻中最古，高二尺，广径尺余，形似鼓而顶微圆，其一如臼，相传为周宣王猎鼓也。初弃陈仓野中，按《续汉·郡国志》右扶风陈仓注引《辛氏三秦记》云"陈仓有石鼓山，鸣则有兵"并非上有石鼓旧文也。今金石家辄曰陈仓石鼓者，恐误。唐郑余庆徙凤翔县学，而亡其一。宋皇祐四年，向传师得之民间。大观二年，徙汴京国学，以金嵌其字。靖康二年，金人辇至燕，剔其金，置大兴学。元大德十一年，大都教授虞集始移国学。其篆凡六百五十言，至元中存三百八十六字，今仅存者二百八十余字而已。谓为周宣王鼓者，韩愈、张怀瓘、窦皋也；谓为文王鼓至宣王刻诗者，韦应物也；谓为秦氏之文者，郑樵也；谓宣王而疑之者，欧阳修也；谓宣王而信之者，赵明诚也；谓为成王鼓者，程琳、董逌也；谓为宇文周物者，马定国也：故王伯厚皆驳正之。至杨用修云得李宾之家唐人拓本全文，恐是升庵伪造。今阳湖孙渊如观察竟取杨本刻诸虎丘孙子祠，亦好奇之甚矣。高宗纯皇帝以乾隆庚戌亲临辟雍，见石鼓漫泐，为立重栏以蔽风雨，即以原文集为十诗，再刻十石，并御制《石鼓文序》，仍从韩愈定为宣王时刻。圣训煌煌，垂示万古，真艺林盛事云。

秦　泰　山　石　刻

　　秦泰山石刻，唐时已亡，今所传者二十九字，二世之文也。据宋人刘跂模拓，尚有二百廿三字，可读者一百四十有六字。据《集古》、《金石》二录，犹存四十字。本朝乾隆初，碧霞元君庙灾，则并二十九字亦亡之矣。嘉庆乙亥岁，前泰安令蒋君伯生赋闲无事，独游岱顶，闻之故老云,玉女池中有古刻,遂车水寻觅,果得残石两小块,审之仅十字,即二十九字中文也。遂拓数十纸,以贻海内博雅君子,则有翁覃溪阁学、阮云台宫保、梁茝林方伯、孙渊如观察俱赋诗作跋,为一时佳话。按二世元年是壬辰,至今道光壬辰,已三十五甲子矣。

秦琅玡台刻石

琅玡台刻石,十二行,计八十有六字,亦是二世之文。今在山东诸城县东南百六十里,三面临海,即琅玡台也。案始皇刻石之文,具载《史记》,凡七处:峄山、泰山、琅玡、之罘、东观、碣石、会稽是也。惟峄山之文独阙,故宋时郑文宝补刻之。元至正间,鲁人申屠驷又以会稽刻石模于绍兴府学。余又尝得徐铉所模碣石门墨本,刻之焦山方丈,实可补《史记》阙文,而学者有信之,有疑之,皆尚古之过也。

新莽天凤刻石

山东邹县野田间新出王莽时天凤二年刻石,七行,俱有界道,其后有"后子孙毋坏败"六字,似是墓间石也。今五经博士孟公继烺移置孟庙。嘉庆庚午春,山东金乡县马进士又于巨野县之昌邑聚田间得残碑一段,仅存铭文,上下亦不相连续,有云"宣仁播威,赏恭纠慢",又云"奋旅扬旌,殄灭丑类,勋烈焕尔,聿用作诗"云云,似此人以武功而显者。惜无纪年可考,惟存"七月六日甲子造"七字而已。

汉燕然山铭

吴江翁海村征君惠余双钩《燕然山铭》,云得之曲阜桂大令未谷,未谷得之玉虹楼所藏宋拓本,真如景星庆云,世未易见。余细审之,谓必是后人重模,如西之作卤,且之作氏,冠之作寇,铄之作烁,夐之作复,皆非汉人字体,又脱去"乘燕然"三字。然未谷深于汉隶,必有精鉴,即是重模,亦非近时人所能为之。案此铭《集古》、《金石》二录及《隶释》、《隶续》、《汉隶》、《字原》俱不载,惟刘球《隶韵》引模数十字。于奕正《天下金石志》、孙克宏《金石志》皆谓原石在今宣化府,而绝无传拓之本,何耶? 余恐宣府之本亦是重模耳。

汉西岳华山庙碑延熹八年

是碑旧在陕西华阴县西岳庙中,明嘉靖三十四年,地震碑毁,片石无存。海内所传,惟有两本,一为商丘宋氏漫堂所藏,一为华阴王无异所藏。然宋本缺十字,王氏本缺百五字,可以辨拓本之先后。近阮云台宫保又得一本,云是宁波天一阁藏本,亦有缺字,是又在王本后矣。宫保尝自刻一石于雷塘祖茔,并将欧阳《集古录》跋语真迹附刻其上,可谓嗜古者矣。

汉玄儒先生娄寿碑熹平三年

是碑旧藏吴门蒋韵涛学博家,前阙四十八字,后有丰道生题跋,知明时与《夏承碑》同藏于吾乡华东沙氏,即真赏斋主人名夏者也。乾隆六十年,余从韵涛侄春皋明经双钩得之,以寄翁覃溪先生,曲阜桂未谷遂以刻之京邸,此顾南原作《隶辨》时所未见。

汉熹平石经熹平四年

《熹平石经》,见于《后汉书·灵帝纪》,熹平四年,议郎蔡邕与堂溪典、马日䃅、张驯、韩说、单扬等奏求正定诸经,而刻至光和中。寻遭董卓之乱,焚烧洛阳宫府官舍,碑已残阙。后魏武定四年,由洛阳移至鄴城。周大象元年,又从鄴城移至洛阳。隋开皇六年,又从洛阳徙至长安。转移迁徙,碑益漫灭,故唐初已有十不存一之叹。洪氏《隶释》所载,不过九百七十又一字而已。余于乾隆五十年七月,偶于书肆中购得旧本《管子》一部,中夹双钩五六纸,率皆残阙不全,细心寻绎,得《尚书·洪范篇》七十八字、《君奭篇》十三字,《鲁诗·魏风》

七十三字,《唐风》三十一字,《仪礼·大射仪》三十七字、《聘礼》廿八字,《公羊·隐公四年传》十八字,《论语·微子篇》百七十字、《尧曰》篇三十九字,又盍毛、包、周有无不同之说及博士左立姓名十八字,合五百余字,不详何人所摹。惟视《管子》第一本上有国初徐树丕印记,则知为墙东老人所钩无疑矣。故翁覃溪阁学有诗云:"《熹平石经》纸摹十,钱子得自徐墙东。"盖纪实也。自余模勒之后,南昌学宫有重模本,绍兴学宫有重模本,如皋姜氏有重模本,而王司寇《金石萃编》亦载之。五十七年,余北行过济宁,钱塘黄小松时为运河司马,又藏有旧拓《尚书·盘庚》五行,《论语·为政》八行、《尧曰》四行。小松属余并刻之,均为艺林罕见之宝。

汉凉州刺史魏元丕碑光和四年

《魏元丕碑》,泰安赵氏所藏,世无第二本。洪氏《碑图》云:"碑十六行,石已断剥,所存者行三十一字,题名四行,行四人。"然则洪不言有阴者,是题名即在正面也。翁覃溪、张瘦铜、孔荭谷、孙渊如诸先生俱为考证,实存四百九十九字,较《隶释》少二十五字,此本却多出七字。审其用笔之妙,较《张迁》结体相似,而苍劲过之,汉隶中能品也。

汉幽州刺史朱龟碑中平二年

是碑系旧纸旧拓,亦是人间希有之物。据《隶释》云有四百十三字,今本只有一百六十四字,尚是三分之一。惟碑中"书"、"惠"两字,洪氏所无也。

汉郭有道陈仲弓碑建宁二年

《郭有道》、《陈仲弓》二碑,皆蔡中郎撰文所谓无愧辞者,惟两碑久亡,欧、赵亦未之见也。今山西介休驿路旁有《郭有道碑》,是国初傅青主重书,后郑谷口又书一碑,与傅书并峙,故顾南原有以五十步笑百步之讥。《陈仲弓碑》世亦无有，洪氏所载惟有《太丘长陈寔坛碑》。嘉庆元年，余偶书一本赠山阴陈雪樵骑尉，骑尉遂以刻石，因椎拓数百纸，传播坊间，不知何时流入海外，日本人视为原刻，戊辰、己巳之间，寄信中华海舶，一时要五百本，市者仍以余书翻刻以应之。海外人以耳为目，不知真伪如此。

汉淳于长夏承碑建宁三年

吴门陆谨庭孝廉家有《夏承碑》，中阙"化行"以下三十字，后有丰人叔、杨景西二跋，即吴山夫双钩之所自出也。王虚舟所见亦即此本。明嘉靖间，是碑与《娄寿碑》俱吾乡华东沙氏故物，今重刻本甚多，不堪入目矣。

汉成阳灵台碑建宁五年

此碑是黄小松司马所藏，翁覃溪先生定为重刻本，近亦不可多得矣。碑中字数与《隶释》相符，惟笔画间稍有讹处。江秋史侍御尝释出数字，可补洪氏之阙。

汉小黄门谯敏碑中平四年

是碑前有额曰"汉故小黄门谯君之碑"九篆字，亦小松所藏。审其结体用笔，其为重刻无疑。洪氏亦载此碑，"优游"下似是"氐"字，盖借作京邸之"邸"也；"丧亡"上似是"乃"字；又"七月廿八日癸卯"，今验此本是"十八日"：俱可证《隶释》之误。

汉圉令赵君碑初平三年

往时见海盐张芑堂征君案头有此碑，是全张未装者，既复见家竹汀先生家亦有全碑一张。洪氏云碑在南阳，即今河南之南阳府。数年之内凡两见，似此碑犹在人间，或隐于荒山穷谷间，难以寻觅耳。

汉巴郡太守樊敏碑 建安十年

乾隆四十九年，余寓吴门春晖堂陆氏，友人王晋康示余《樊敏碑》，视其拓本，的是原刻，为临一过而还之，以为坊间尚有也。后数年欲购不得，当面错过，至今犹悔。是碑在四川雅州府芦山县，后山阴李松云先生知雅州，屡有书托其寻访，终不可得。道光辛卯四月，余在袁浦节署，晤武威张介侯大令，知此碑尚在芦山，完好如旧，又知《高颐碑》在绵州之德阳县城外大路旁。则诸汉碑之存于人间者自亦不少，特无好古之士为之传拓耳。

汉酸枣令刘熊碑

郦道元《水经》载酸枣城有县令《刘孟阳碑》，即是碑也。曩时见歙县巴隽堂氏有双钩本，既又见扬州汪容甫家有宋拓原本，虽经残蚀，其字较多于巴氏，且有出于洪《释》之外者。后江秋史又为双钩，以巴、汪两家合参之，然总缺上半截。后见明州天一阁旧拓本，有"君讳熊字孟阳"下缺十字，始接"大帝垂精接感笃生圣明"等字，则知江秋史所钩是下半截也。

汉杨氏四碑

《太尉杨震》、《沛相杨统》、《繁阳令杨君》、《高阳令杨著》四碑，欧、赵、洪氏俱有之，惟罕见拓本。嘉庆元年春，青浦王兰泉司寇游西湖，携于行箧。时余在两浙转运使幕中，司寇出以见示，观其刻画显著，神气不侔，且字多别体，与《隶释》不合，当是宋人翻本。

两 晋 六 朝 碑

两晋、六朝之间，最重书法，见于《晋书》、《南》、《北》诸史，而碑刻无多。今所传者惟《刁遵》、《司马绍》、《高植》、《高贞》、《高湛》、《元太仆》以及《孔庙》、《乾明》、《贾使君》、《郑道昭》、《启法寺》、《龙藏寺》诸碑最为烜赫。其时已重佛法，造像尤多，要而论之，大半为俗工刻坏。故后人皆宗唐法，而轻视六朝，殊不知唐初诸大家之皆出六朝也。余则曰："譬诸友朋，但择贞贤可交而已，遑问其乃祖乃父乎？"

唐观音寺碣

陆德明为秦王世民撰《观音寺碣》，在武德五年，谓秦王平王世充、窦建德，班师凯旋，驻跸广武。值夜雨作，东南云际光焰射天，见观音菩萨全身毕露，王顿首拜瞻，乃建此寺。观此已开有唐一代奉佛之端矣。余谓德明著《经典释文》，世称儒者，何乃作此语，为后世口舌乎？援儒入墨，当自德明始。

唐化度寺碑

欧阳率更《化度寺碑》，李百药撰文，世无全本。案解大绅《春雨集》载河南范谔跋语，云庆历初，其高王父开府公讳雍举使关右，历南山佛寺，见砌下有石，视之，乃此碑也，叹为至宝。既而寺僧误会石中有宝，破而求之，不得，弃之寺后。公他日再至，失石所在，急问之，僧以实对，石已分三段，乃取数十缣易之以归，置于里第赐书阁下。遭靖康之乱，范氏诸子取而藏之井中。兵罢后，好事者始拓之，已而碎其石，又分为数片。今世所传宋拓本，皆是也。《宋潜溪集》谓当时南北俱有翻刻，南本失于瘦，北本失于肥，殊乏率更精绝之气。则今世所传宋拓者，恐未必尽是原石耳。

唐孔子庙堂碑

虞永兴《孔子庙堂碑》有两本，一在西安府学，一在城武县学，皆非原刻。在西安者，五代王彦超所刻也，至元、明时已剥蚀不全矣。

往时见商丘陈伯恭学士家一本尚有全文，余尝缩临，刻入《小唐碑》中。

唐九成宫醴泉铭

欧阳书《醴泉铭》，自宋、元、明以来为艺林所重，几至家弦户诵，人人家有一本。惟椎拓日多，佳本日少，故字多残阙，又经俗工洗凿，满纸模糊，率更面貌，十不存一矣。少时闻吴门蒋氏有佳本，据唐拓刻之，一字无损，然未见原拓，不敢信也。惟吾乡秦氏有旧本，千金不易，有秦仲坚者遂取翻刻，以售于人，谓之秦板。今坊家锦装檀匣，转相售易，所称宋拓者，大半皆秦板也。

唐 砖 塔 铭

《砖塔铭》明末时始出土，石已分为三块，近则愈拓愈坏，又亡去百二十余字，无全本矣。然得片纸只字，犹珍藏之不置者，因其秀劲有法，在欧、褚之间，故学者纷纷，遂为名碑，可见古人用笔，一挑一趯，皆有法度可寻也。撰者为上官灵芝，其下惟有"敬客书"三字。学者谓敬客当姓王氏，或又以敬客为方外者。余独不谓然，撰文为上官氏，则敬客亦姓上官无疑，与《李辅光碑》"巨雅书"同一例。今吴门重刻有十余本，皆以西纸拓之，以充原刻，可发一笑。

唐郎官石记序

张长史以草书得名，世谓之草圣，惟《郎官石记》是真书，太仓王敬美家有一本，为天下所无，董思翁尝模入《戏鸿堂帖》者是也。嘉庆乙丑岁，余在京师，南海叶云谷农部以此见示，后有王济之、元美、敬美诸跋，余为双钩一本藏之。近日吴门顾湘舟上舍又取双钩重模一碑，立于苏州府学尊经阁下，以存长史旧迹云。

唐云麾将军李秀碑

　　李北海书《云麾将军碑》有二,一为李思训,一为李秀,其官同,其姓同也。《李秀碑》本有六础,明万历初,宛平令李荫于署中掘地得之,后为王京兆惟俭取去,今所存惟二础。康熙中有宛平令吴涵者,移置顺天府文丞相祠中,前人载之详矣。其有全文者,一藏吴门蒋春皋氏,一藏歙人罗养芝家,相传俱是唐拓,余犹疑其翻本,殆宋、元物也。嘉庆元年六月,余尝双钩蒋本寄翁覃溪先生,先生报以诗云:"触暑吴阊蒋径闲,手模唐拓《李碑》还。心驰六础苔岑合,袖有千年翠墨斑。想对湖山盟北海,肯随董莫跋张宴。此碑莫廷韩得自张宴,各有手跋。《石经》重晤中郎后,扁二邕斋待我颜。梅溪尝手模蔡中郎《石经》,今又模北海此碑,故余以"二邕"题其斋扁。""燕山名迹几人知? 郭逸钩模复许谁? 借问群鸿戏海意,董文敏曾模入《戏鸿堂帖》。何如衣带过江时? 毕涧飞跋称恽南田蓄一旧本,尝缝入衣中,以防失坠,云云。贞珉元气凭君得,落笔精微不我欺。今日钱君新拓出,重开仙鹤伏灵芝。"越四年,余至京师,毗陵胡蕙麓为宛平令,即以余所双钩者刻石,署壁仍书李荫旧题,曰"古墨斋"。蕙麓闻余至,乃置酒招同先生与法梧门祭酒共观新刻,两公又赋诗见赠,为一时佳话云。

唐滑台新驿记

　　李少温《滑台新驿记》不载于诸家著录,似碑亡久矣。吴门贝简香氏得一旧本,有元人吾衍跋语,遂摹之砖板,可以乱真。又《缙云县城隍庙记》有重刻本,在今常熟县城隍庙戏楼下南向,明嘉靖壬戌年刑曹杞山郑公刻,邑人徐栻有记。

唐麻姑仙坛记

　　南城县有《麻姑仙坛记》大小二本,今人但知有小字本,而不知大字本为鲁公原刻。其小字者则赵明诚所云庆历中一僧所书,黄鲁直犹能道其姓名也。自欧阳《集古录》称之,咸以为鲁公亲手书,至陆放翁比之羊叔子岘山故事,亦过矣。试观鲁公书碑,如《多宝塔》、《东方朔画赞》、《郭敬之家庙》、《臧怀恪》、《中兴颂》、《宋广平》、《元次山》、《元靖先生》、《颜氏家庙》诸碑,有书大小两本者乎? 则永叔所谓"愈看愈妙"者,不过一时兴会语,不可遂为典据也。今曾宾谷中丞家有一大字本,尚是旧拓。

唐开成石刻十二经

余家有《开成石经》旧本,其用笔绝类欧阳率更,可备书家一格。《旧唐书》讥其字体颇乖师法,言其与经文相淆杂,非议其书法也。故顾宁人尤诋之,而不知原刻残阙,为后人修改补缀,以至鲁鱼莫辨,顾氏未见原刻,但凭修改之本而驳诘之,误矣。乾隆壬辰岁,毕秋帆先生为陕西巡抚,见诸碑率弃榛莽,瞻顾叹惜,始议兴修,赖以不坠。第卷帙浩繁,椎拓之难,装池之费,不能家置一部也。兹记其目录于此:《周易》九卷,计九石;《尚书》十三卷,计十石;《毛诗》廿卷,计十六石;《周礼》十一卷,计十七石;《仪礼》十七卷,计二十石;《礼记廿卷》,计三十三石;《春秋左传》三十卷,计六十七石;《春秋公羊传》十二卷,计十七石;《春秋谷梁传》十二卷,计十六石;《孝经》一卷,计一石;《论语》十卷,计十七石;《尔雅》三卷,计五石;又《五经》文字、《九经》字样共十石,每石高七八尺,广三四尺不等,都计六十五万二千五十二字。乾隆国学《石经》即仿《开成》旧式也。

四 唐 碑

毕秋帆先生巡抚陕西时,得唐碑四种:其一为《中大夫守内侍上柱国渤海高福墓志》,开元十二年。其二为《京兆府美原县尉张昕墓志》,开元廿四年。其三为《内侍省内常侍孙志廉墓志》,天宝十三载。其四为《游击将军守左卫马邑郡尚德府折冲都尉左龙武军宿卫上柱国张希古墓志》。天宝十五载。乾隆戊申八月，余在先生河南幕府，由黑冈口登舟，乘黄河南下，曾将四碑带回，安置乐圃之赐闲堂。至嘉庆四年九月，有旨查抄，为钱塘冯鹭亭编修购去，道光六年，又为嘉兴张叔未解元所得，今在新篁里。

唐　石　幢

吴门碑刻，遭建炎兵火，十不存一，故汉、唐之碑绝少，今所存者惟石幢耳。其一在西洞庭山包山寺，会昌二年九月僧契元书；又一幢无年月，与前幢东西对峙；又一幢亦无年月，座上有宋开禧乙丑闰中秋续刻题名；又一幢座上有明僧呆庵道人法住偈语。按朱长文《墨池编》载有咸通五年于僧翰书在洞庭山者，似即此中之一也。其二在光福寺前，大中五年五月立；又一幢大中六年十二月立，俱正书，亦东西对峙。其三在甪直镇，今元和县所辖，大中八年秋崔涣书，有"宋皇祐五年重立"字样。其四在常熟北山兴福寺，即唐时破山寺也。寺前有二幢，一平原陆宬行书，年月剥蚀不可辨，后有女弟子徐十四娘及树幢僧智峰等名；一京兆全贞书，亦无年月。按钱叔宝《续吴都文粹》云："破山寺石幢，唐大中间建造，宋建炎三年己酉八月重立。"偶阅县志，竟以为宋时所建，是前人未之考耳。其五在常熟梅李镇胭脂墩庵中，上刻"乾符五年岁次戊戌七月乙未十四日戊申建"；又一座"同勾当弟子许亮、李帖、代赞各舍三千文"云云，计五处，余皆椎拓之。又一幢在虎丘剑池，显德五年高阳许氏建，则五代周时物矣。

后梁镇东军墙隍庙碑记

乾隆辛亥岁，余在绍兴与修府志，于卧龙山上城隍庙拓得此碑，前载表奏，次列敕旨，最后作记，时在梁开平二年，先武肃王撰文，有官阶甚长。碑以城隍为"墙隍"，以戊辰为"武辰"，俱避全忠祖父名也。

后晋吴越文穆王神道碑

先《文穆王神道碑》在今杭州城外玉皇山之阳，墓前三百余步，地名头城门，玉皇山即龙山也。东坡《表忠观碑》"龙山之阳，岿焉新宫"是也。碑甚丰，大约高二丈许，龟趺螭首，上有一穿额，题"大晋故天下兵马都元帅守尚书令吴越国文穆王神道之碑"二十四字，篆书。本文五十行，行九十字，剥蚀过半，今存者尚有一千八百余字，取家刻全文校之，皆无悮。撰文者为丞相和凝，书丹篆额者则司农卿权令询也。余尝命石工护之，作《护碑图》。碑西南三百余步名玉屏峰，峰下吴氏墓茶园之内，尚有王子《忠献王神道碑》一座，亦螭首，碑略小。据《十国春秋》，太常卿张昭撰文，则剥蚀无一字矣。相传为明时太常吴诚、尚书江澜先后占葬时所毁。乾隆五十八年九月，余始访得之。

吴越僧统慧因普光大师塔铭

是碑在临安功臣山下净度寺桑园中。碑载普光号令因，为武肃王第十九子，幼通禅理，梁乾化三年出家，住安国罗汉寺，时年十三。梁授法相大师，封安国罗汉寺主，加两浙僧统。龙德三年，改授吴越僧统，赐号慧因普光大师。宝大元年八月十三日夜，集众讽经，乃为遗章，申辞王父，圆寂于真身宝塔寺，时年二十有四。王命归窆于锦里功臣山南，营建塔院。是碑撰书系衔皆磨灭难辨，惟有"镇东军节度使"六字及文内"业职忝词林"五字。《十国春秋》载皮光业以文字受知武肃，特赐进士第、秘书郎、右补阙，寻迁两浙观察使；文穆王嗣位，拜丞相。此碑虽残阙，而词句清丽，其为光业无疑。光业即日休子也。

蜀　石　经

福州梁茝林先生为江苏方伯，得孟蜀石经《春秋》残本，正文三百九十五字，注二百六十七字，计三页，共三十五行，皆昭二年传，左氏之第二十卷也。后有翁覃溪阁学、家竹汀宫詹跋语，考之甚详，定为孟知祥广政中据蜀时所刻。曾宏父《石刻铺叙》谓为皇祐元年枢密直学士田况刻，非也。先生既赋诗于后，复以示余，真古刻中之秘宝云。

马楚铜柱铭

嘉庆四年，楚南苗民既平，有好事者拓得五代时《楚王马殷铜柱铭》至京师者。铭文为李宏皋所撰，吴任臣《十国春秋》、朱竹垞《五代史记注》皆引之。南昌相国为装池巨册，以为至宝。余题其后云："楚王树国建功多，铜柱镌书继伏波。欲识五溪平复事，誓文墨拓好摩挲。""八百年来瘴雨零，行人指点一痕青。吾家铁券今还守，敢胜溪州柱上铭"。相国见之笑曰："此的真钱生诗，不可移易他人。"

宋高宗御书石经

高宗御书石经，在今杭州府学棂星门内，左右两庑，计《周易》、《尚书》、《毛诗》、《中庸》、《论语》、《孟子》、《左传》七种，仅存八十七石。余于嘉庆初年，尝馆于两浙转运使署，府学即在其西南隅。每当春秋佳日，辄同二三知己步入学宫，遍观石经及李伯时所画七十二贤像赞。曩余仿《熹平石经》体书《孝经》、《论语》、《大学》、《中庸》刻石，即于是时始也。案《元史》载申屠致远为杭州路推官，时有西僧杨琏真伽欲取高宗所书诸经石刻筑浮屠，赖致远力拒之。则今之仅存者，实致远力也。

宋表忠观碑

苏文忠表忠观碑有四：一刻有赵清献官阶九十余字，即《宣和书谱》所称有张有篆额者，今不存矣；一刻绍兴二十九年岁次己卯三月丙辰朔，曾孙婿左朝散大夫权书，工部侍郎杨偰重刊；一刻行书，本字如大指，今在杭州府学，惟二小石，亦不全；一刻明嘉靖三十九年，杭州府知府陈柯重模，今立在涌金门外重建表忠观御书堂前右庑两面刻者是也。其绍兴间所刻者，本在龙山表忠观旧址，宋末兵兴，观废，遂露立于草莽中。至明正德十二年，巡按御史宋廷佐始将此碑移入郡庠，后复遗失。本朝乾隆四年，诸暨余懋棫为府学教授，其同年友赵石函者来视余，忽于斋旁隙地得之，计二石，又缺其下半截，因置名宦祠中，一时名士如傅玉笥、桑弢甫、厉樊榭、周穆门、丁龙泓诸公，俱赋诗以纪其事。至五十九年八月，余监修表忠观落成，始请诸两浙转运使秦公震钧、杭嘉湖道秦公瀛、浙江督粮道张公映玑、暨钱塘知县蒋公重耀，从郡庠名宦祠移至观中，立于御书堂之左庑，而以三石柱副之。于时翁覃溪阁学、梁山舟侍讲、阮云台中丞亦各有诗文以纪其事，俱刻于三石柱之侧，真艺林佳话也。杨文襄一清记云："表忠观诸碑十有四，徙于棂星门北之两偏。"疑此两石之外，尚有十余石，不知沦没何所矣。案绍兴旧刻所云曾孙婿杨偰者，即杨和王沂中子，代州崞县人，见《宋史·杨沂中传》，惟称曾孙婿，殊不可解。据《荣国公忱墓志》，偰娶荣国第三女，其系衔尚是右中大夫、充敷文阁待制、提举佑神观。荣国为武肃七世孙，实是第八代孙婿，何云曾孙婿耶？考古亦无此称呼也。

墨妙亭诗刻

宋孙莘老尝知湖州，汇集汉、唐诸贤名迹石刻于郡斋，署曰"墨妙亭"。东坡为作记，并赋诗刻石，中有云："吴兴太守真好古，购买断缺挥缣缯。龟趺入座螭隐壁，空斋昼静闻登登。"盖纪实也。《吴兴志》云，元人守湖州，粗砂大石皆磨去，是以汉、唐诸刻无有存者，惟存东坡诗一石而已。后此石亦断缺不全。其一片嘉靖中王阳明守仁谪龙场驿丞时得之，曾琢为砚，存十二字，见裴文达公曰修记，一时朝贵俱有诗，蒋心余七古一首尤为绝妙。其一片天启初黄石斋道周得之，亦琢为砚，存十七字，为吴兴姚玉裁所藏，后归桐乡汪氏，当时如厉樊榭、丁龙泓、蒋心余诸公亦各有诗纪之，载吾友张芑堂征君《金石契》中。余幼时犹见拓本，今《戏鸿堂帖》所刻全篇，是思翁取旧刻重摹，非真迹入石也。

<h2 style="text-align:center">宋　刻</h2>

古有碑无帖，隋开皇时尝以王右军《兰亭》模于石版，其墨本犹在人间。唐太宗既得《兰亭》真迹，命供奉赵模、韩道政、冯承素、诸葛真四人各钩拓数本，分赐皇太子、诸王、近臣，而一时能书者如欧、褚诸公皆临拓相尚。又《乐毅论》相传为右军亲手书刻者，其余皆纸素。所传太宗哀集二王墨迹，惟《乐毅论》为石本，当为刻帖之始。自贺季真手模右军书十卷为《澄清堂帖》以开其端，至南唐升元二年李先主又出秘府所藏右军真迹，刻为四卷，为《升元帖》，则刻帖成部者，实南唐始也。宋太宗削平诸镇，四方图籍悉输内府，江南文物素盛，藏蓄前代遗墨尤多，至太宗淳化三年壬辰，有诏命翰林侍书学士王著钩模三代、秦、汉、魏、晋、六朝、唐人诸名迹，汇刻为《淳化阁帖》，又有《秘阁前帖》，然大半皆仿书，或唐人双钩，随意集成，未必尽是真迹也。米元章、黄长睿辨之甚悉。自此之后，法帖盛行。仁宗庆历五年乙酉，僧慧超与希白临模诸帖，刻石长沙，谓之《长沙帖》。皇祐中，庐陵萧太傅汝器与其弟汝智相继宰和州之含山，得刘楚公丞相《被赐阁帖》，重模载以归庐陵，谓之《庐陵帖》。哲宗元祐五年，秘书省邓洵武、孙谔等请旨，乞以《淳化阁》所未备，取前代遗墨刻之，至建中靖国元年毕工，历十二年而成，凡费缗钱一百十五万，是为《秘阁帖》十卷。元祐七年壬申，刘次庄得吕和卿阁本，临模为《戏鱼堂帖》，有释文十卷，因刻于清江，又名之曰《清江帖》。是年，又有诏旨以《淳化》、《秘阁》二帖未有之迹入石，为《秘阁续帖》十卷，实居《长沙》、《庐陵》、《清江》三刻之后。大观初，徽宗以《淳化阁帖》漫漶，且王著标题率多舛错，有诏出内府所藏真迹，命龙大渊等更定次序，又命丞相蔡京重题，名《大观帖》，又增入《十七帖》、《书谱》并他帖总二十卷，因刻石于太清楼下，为《大观太清楼帖》。三年己丑，汝州守谷阳王寀又采集晋、

唐、五代名人书刻石，置于郡斋之坐啸堂，每段皆刻汝州印记，谓之《汝州帖》；会稽有翻本，黄长睿深讥其谬。又驸马都尉潘师旦所刻之《绛州帖》，刘楚公丞相所刻之《潭州帖》，今人谓之《绛帖》、《潭帖》是也。又黄山谷所刻之《临江帖》，山谷自有释文刻于后。绍兴初，有《国子帖》，又《米帖》。绍兴十一年辛酉，郡守张斛集《秘阁》、《潭》、《汝》、《临江》诸帖，参校而成，为《武陵帖》，又《鼎帖》亦张斛所摹。绍兴十四年甲子六月，九江郡守林师说为镌薛尚功《钟鼎款识帖》，后郡守谯令宪又别镌王右军之《十七帖》，置于庾楼。淳熙十二年，修内史奉旨，又翻刻《淳化秘阁帖》，谓之前帖，又集王右军《乐毅论》不全本，与《黄庭经》起，及唐明皇、欧阳询、褚庭诲、孙思邈、狄仁杰、张旭、颜真卿、李阳冰、李德裕、毕諴、李商隐、李白、胡英、李邕、白居易等书，共为六卷，每一卷后俱有"淳熙十二年三月十九日奉圣旨模勒上石"字样，谓之《秘阁续帖》。绍熙、庆元之间，太师平原郡王韩侂胄刻《阅古堂帖》；开禧二年以罪死，籍没其家，石入内府，改名《群玉堂帖》计十卷。他如吴云壑之《玉麟堂帖》，岳倦翁之《宝真斋法书》，秦子明之《黔江帖》，武冈军重模之《武冈帖》前后总二十卷。湖州张氏之《乌镇帖》，福州所刻之《福清帖》，澧阳所刻之《澧阳帖》，上蔡所模之《蔡州帖》，彭州所刻之《彭州帖》，山阴陆放翁之《荔枝楼帖》，新昌石熙明又模汉《熹平石经》残字以及《黄庭》、《乐毅》、《曹娥像赞》并欧、虞、褚、颜小楷，谓之《越州石氏本》。嘉熙、淳祐之间，曾宏父所刻之《凤墅帖》及《续帖》，前后共四十册，置吉州凤山书院，七年乃成。云《凤墅》者，刻于庐陵郡之凤山别墅，故名也。曾又刻有《画帖》、《时贤题咏帖》。宋宣献之《赐书堂帖》、庐江李氏之《甲秀堂帖》、曹尚书彦约之《星凤楼帖》、王曼庆之《百一帖》、曹之格之《宝晋斋帖》、贾似道之《世彩堂帖》、太平府学之《姑熟帖》，嘉定间刘元刚集颜鲁公诸书为《忠孝堂帖》，又留忠宣与曾无玷三帖，又宋人集诸家法书刻石为《博古堂帖》，又《英光堂帖》，大半皆以《淳化》、《大观》为祖本而递增递改者，亦有采集诸名家法书在诸帖之外者，亦有专刻一家者，凡此之类，皆谓之宋刻。其中优劣之各殊，椎拓之先后，真伪之混淆无序，纸墨之浓淡不同，未可同日而语也。

明　刻

有元八十余年中，无刻帖者。虽如赵松雪之工书，亦惟究心二王，于有唐一代，除褚中令、李北海外，似无当于意，临模亦鲜。即虞伯生、鲜于伯机、邓善之、柯丹丘、张伯雨辈善于赏鉴，亦未闻刻帖成大部者。明洪武初，有泉州府知府常性始以《阁帖》祖本重刻之为《泉州帖》。周宪王为世子时，又以《阁帖》为主，而参之以《秘阁帖》，又增入宋、元人书，为《东书堂帖》。晋靖王为世子时，又以《阁帖》、《大观》、《宝晋》为主，而益以所藏，刻为《宝贤堂帖》。肃王又翻刻《淳化阁帖》旧本，谓之《肃府本》。成化间，长洲文征仲父子刻《停云馆帖》，章简甫再模之，今谓之章板，校原刻略瘦。嘉靖中，锡山华东沙刻《真赏斋帖》，章简甫又刻《墨池堂帖》，歙县吴用卿刻《馀清斋帖》。天、崇间，华亭董思翁刻《戏鸿堂帖》；金坛王太史肯堂刻《郁冈斋帖》；宜兴蒋一先刻《净云枝帖》；云间陈眉公聚集苏文忠书，刻《晚香堂帖》，又集米元章书，刻《来仪堂帖》；莆阳宋比玉集临蔡君谟书，为《古香斋帖》；汉阳太守孙克宏刻《东皋草堂帖》。崇祯庚辰，陆起龙又刻《片玉堂词翰》十二册，皆陆深书；莫方伯如忠及其子云卿刻《崇兰馆帖》。云间顾从义曾翻刻《淳化阁帖》十卷，上海潘氏亦曾翻刻《淳化阁帖》十卷。明末潘允端又刻《兰亭松雪十八跋》，后周东山又翻刻之。又曾见有《国朝名人书》十二卷，皆有明一代之人，不记何人所刻也。海宁陈氏刻《玉烟堂帖》二十四卷，又《渤海藏真帖》八卷，又取思翁最得意书为《小玉烟堂帖》四卷，《莲华经》七卷，他如《铜龙馆帖》、《大来堂帖》、《来仲楼帖》、《鹢鹈馆帖》以及《汲古堂帖》、《董氏家藏帖》、《宝鼎斋帖》、《清晖阁帖》，皆思翁一手书也。

本　朝　帖

本朝康熙中，有旨将内府所藏旧人墨迹，远自晋、唐，以迄本朝，编次模刻，题曰《懋勤殿法帖》二十八卷。雍正中，刻有《御书法帖》四卷。乾隆中，奉旨刻《三希堂法帖》二十八卷，又《墨妙轩法帖》二十卷，又《八柱兰亭帖》四卷。嘉庆九年谕内阁命成亲王刻《诒晋斋石刻》四卷；十年，又命户部侍郎刘镮之刻其叔父相国刘墉书，名曰《清爱堂石刻》四卷，又成亲王自刻所藏晋、唐、宋、元旧迹为《诒晋斋模古帖》十卷。按本朝刻帖尤多于前代，涿州冯相国之《快雪堂帖》，刻始于崇祯末年，至本朝顺治初尚未刻完，遂以行世，故仅有五卷，而题头亦未全也。自是以后，真定梁蕉林相国刻有《秋碧堂帖》八卷，王孟津相国有《拟山园帖》，华亭沈氏有《落纸云烟帖》，又《赐金堂帖》，陈香泉太守有《予宁堂帖》，虞山蒋相国子名洲为山东巡抚时，刻有《敬一堂帖》二十四卷，丹徒笪解元重光刻有《东书堂帖》四卷，江西曾观察恒德刻有《滋蕙堂帖》十卷，扬州江氏有《泼墨斋帖》，唐氏有《秀飡轩帖》，曲阜孔氏有《宝鼎斋帖》，孔舍人继涑刻有《玉虹楼鉴真帖》十六卷，又取张文敏照平生所为书曰《玉虹楼帖》十六卷，舍人孙昭薰刻舍人手书为《隐墨斋帖》十卷，长白鄂公西林为陕西巡抚时，刻有《环香堂帖》，嘉兴唐作梅大令刻有《绿蓑山庄帖》，大兴李味庄观察刻有《平远山房帖》，云南周侍郎于礼刻有《春雨楼帖》，阳湖孙渊如观察刻有《平津馆帖》，吾乡秦蓉庄都转刻有《寄畅园帖》，嘉善谢若农编修刻有《望云楼帖》，吴县谢氏刻有《禊兰堂帖》，钱塘金氏刻有《清啸阁帖》，南海叶氏刻有《贞隐园帖》，扬州鲍氏刻有《安素轩帖》。近昆山孙少迂刻《寿石斋帖》，蜀中卓海帆刻《快霁堂帖》。余与盛松云员外先刻有《诒晋斋帖》四集十六卷，皆诒晋斋主人书也。

伪　法　帖

吴中既有伪书画，又造伪法帖，谓之充头货。旧有《含翠亭》伪帖，以宣城梅鼎祚《真娘墓》诗为米南宫诗，后有"元丰壬辰米芾书"字样。考元丰纪元始戊午，终乙丑，而无壬辰，其为伪迹可知矣。更有奇者，买得翻板《绛帖》一部，将每卷头尾两张重刻年月，以新纸染色拓之，充作宋刻，凡五部：一曰《绛帖》，即原刻也；二曰《星凤楼帖》；三曰《戏鱼堂帖》；四曰《鼎帖》；五曰《潭帖》。各省碑客买者纷纷，其价甚贱，不过每部千文而已，遂取旧锦装池，外加檀匣，取收藏家图章如项墨林、高江村之类印于帖上，以为真宋拓。而官场豪富之家，不知真伪，竟以厚值购之，其价不一，有数十金者，有百余金者，有至三五百金者，总视装潢之华美以分帖之高下，其实皆伪本也。嘉庆初年，有旌德姚东樵者，目不识丁，而开清华斋法帖店，辄摘取旧碑帖，假作宋、元、明人题跋，半石半木，汇集而成，其名曰《因宜堂法帖》八卷、《唐宋八大家帖》八卷、《晚香堂》十卷、《白云居米帖》十卷，皆伪造年月姓名，拆来拆去，充旧法帖，遍行海内，且有行日本、琉球者，尤可嗤鄙。

论　刻　帖

张怀瓘《书断》云："楷者，法也，式也，后世以为楷法者也。"余亦曰："楷者，法也，式也，后世以为法帖者也。"近世刻帖者不明此意，但以古人墨迹，无论可法不可法，辄刻之帖中以为备，则非法帖矣。如岳忠武、文信国，以功显，以忠著，非书家也；王荆公、陆放翁，以文传，以诗名，非书家也。藏其墨迹可也，刻诸法帖不可也。近有某君刻国朝名人尺牍成大部者，费至数千金，殊觉无谓。大凡前人手札，皆率意为之，非如二王真迹之字字可法也。其中有大家书，有名家书，有托名书，有同名书，又有并不善书而随手属笔者，亦有他人代书者，未必字字可法，而刻诸石，其可乎哉？是不知《书断》之所谓法帖者也。

家　刻

余生平无所嗜好，最喜阅古法帖，而又喜看古人墨迹，见有佳札，辄为双钩入石，以存古人面目，亦如戴安道总角刻碑，似有来因也。乾隆五十三四年间，始出门负米，初为毕秋帆尚书刻《经训堂帖》十二卷，又自临汉碑数种，刻《攀云阁帖》二册，便为海内风行。嘉庆四年己未，游京师，钩刻成亲王法书为《诒晋斋帖》四卷；十年乙丑，复至京师，又增益二集、三集、四集，共十六卷；又得成王书一鳞片爪，集成小册，为《诒晋斋巾箱帖》四卷。是年七月，仁宗皇帝有旨，命吏部右侍郎刘镮之刻其叔父文清公墉平生所为书，余时在京师，为之钩勒，名曰《清爱堂石刻》四卷，十一年夏五月刻成进上。十三年戊辰，为长白铁冶亭宫保刻《惟清斋帖》四卷。是年，余始命两儿曰奇、曰祥将余历年所临汉碑五十余种模刻，名曰《攀云阁帖》。十四年己巳秋七月，为相国英煦斋先生钩刻《松雪斋帖》六卷，十五年庚午五月成。十六年辛未，自取唐、宋、元三代墨迹或旧拓本，择其尤者，辄为模刻，命曰《小清秘阁帖》十二卷，十七年壬申七月成。十八年癸酉，为云间沈绮云司马刻《小楷集珍帖》八卷。十九年甲戌冬，山居多暇，偶取蔡君谟诸书帖刻为四卷，曰《福州帖》，以寄汪稼门制府及王南陔中丞，时二公俱镇闽中，为督、抚也。二十年乙亥，自刻《写经堂帖》，起于钟、王，终于松雪，凡八卷。是年秋八月，为韩城师禹门太守刻《秦邮帖》四卷，皆取苏东坡、黄山谷、米元章、秦少游诸公书，而殿以松雪、华亭二家，时太守正摄篆秦邮。是年，萧山施秋水少府曾以余所临汉、魏隶书大小数十种刻成四卷，曰《问经堂帖》。二十一年丙子，南城黄两峰嵋为昭文令，介余选集山谷大小行书六册，曰《黄文节公帖》盖蔡、苏、米三家各有专刻，而文节无之耳。二十二年丁丑，婺源齐梅麓太守彦槐令吾邑，偶见前英相国所刻《松雪斋帖》而爱之，视相国所未备者，又续刻《松雪斋帖》六卷。是年冬，钟祥彭毓圃志杰为乌程令，余为刻《吴兴帖》六卷赠之。二十三年戊寅，又自刻《述德堂帖》自唐人临本《黄庭》、颜鲁公《竹山连句》及宋四家、赵荣禄、俞紫芝、张伯雨、吴仲圭、郭天锡、倪云林等书，合而为一，计八卷，以续《写经堂帖》之后。是年九月，《攀云阁帖》刻成，计十六卷。二十四年己卯孟冬，为长白斌笠耕观察取赵、董两文敏墨迹，刻为《抱冲斋帖》十二卷，其明年三月告成。道光元年辛巳、二年壬午两年之内，为歙县鲍让斋观察刻余向所缩临唐代诸碑三十二册，至四年而始成。是时仪征巴朴园、宿厓昆仲索视余所刻诸帖，余因检得六十四石赠之，藏之朴园壁间，命曰《朴园藏帖》八卷。次儿曰祥所刻《枕中帖》四卷，亦以是时成焉。七年丁亥，为嘉善周又山观察刻其尊甫山茨先生遗墨大小楷行草书六册，为《仁本堂墨刻》。八年戊子，为肤施张河帅芥航先生刻文与可、苏东坡画竹题跋，计两大册，分装四卷，曰《澄鉴堂石刻》。是年，又自刻《学古有获之斋帖》四卷，自钟鼎款识并周、秦、两汉、魏、晋、六朝以及有唐一代诸书，各摹数字，略备体格，本为课孙而刻，亦以便初学观览，为书法之源流也。其余所模刻者尚多，有古碣，有今碑，有墓志传诔，有诗刻题名，如秦《会稽刻石》与《碣石门刻石》、《泰山》、《琅邪》、《之罘》、《东观诸刻石》，汉《熹平石经》残字，《郭有道》、《陈仲弓》、《杨伯起》、《曹娥》诸碑及缩本汉碑，《定武兰亭》、褚模《兰亭》旧本、《乐毅论》、《九成宫醴泉铭》、《砖塔铭》、孙过庭《书谱》之类，不可枚举，俱别载《写经楼金石刻目录》中。

卷十 收藏

总　论

　　收藏书画，与文章、经济全不相关，原是可有可无之物。然而有笃好为性命者，似觉玩物丧志；有视为土苴者，亦未免俗不可医。余尝论之：其为人也多文，虽不知书画，可也；其为人也无文，虽知书画，不可也。大约千人之中，难得一人爱之，即爱之而不得其爱之之道，虽金题玉躞，插架盈箱，亦何异于市中之骨董铺邪？

　　考订之与词章，固是两途，赏鉴之与考订，亦截然相反，有赏鉴而不知考订者，有考订而不明赏鉴者。宋、元人皆不讲考订，故所见书画题跋殊空疏不切。至明之文衡山、都玄敬、王弇州诸人，始兼考订。若本朝朱竹垞、何义门、王虚舟辈，则专精考订矣，然物之真伪，恐未免疏略。

　　收藏书画有三等，一曰赏鉴，二曰好事，三曰谋利。米海岳、赵松雪、文衡山、董思翁等为赏鉴；秦会之、贾秋壑、严分宜、项墨林等为好事。若以此为谋利计，则临模百出，作伪万端，以取他人财物，不过市井之小人而已矣，何足与论书画耶！

　　看书画亦有三等，至真至妙者为上等，妙而不真为中等，真而不妙为下等。上等为随珠和璧，中等为优孟衣冠，下等是千里马骨矣。然而亦要天分，亦要工夫，又须见闻，又须博雅，四者缺一不可。诗文有一日之短长，书画有一时之兴会，虽真而乏佳趣，吾无取也。

　　《清河书画舫》谓看字画须具金刚眼力，鞠盗心思，乃能看得真切。余以为不然。看字画如对可人韵士，一望而知为多才尚雅，可与终日坐而不厌不倦者，并不比作文论古，必用全力赴之，只要心平气和，至公无私，毋惑人言，便为妙诀。看得真则万象毕呈，见得多自百不失一。然而亦有天分存乎其间，并不在学问之深长，诗书之广博也。

晋、唐名迹，品题甚少，即有品题，不过观款题名而已。至宋、元人始尚题咏，题得好益增名贵，题得不好益增厌恶。至明之项墨林，则专用收藏鉴赏名号图章见长，直是书画遭劫，不可谓之品题也。余见某翰林题思翁山水卷，以文衡山用笔比拟之，是隔云山一万重矣。

国初北平孙退谷筑万卷楼，藏书甚富，而赏鉴书画尤精，著有《庚子销夏记》八卷。退谷殁后，其物大半归黄昆圃家，而散于海内者亦复不少。如记中所载之唐僧怀素小草《千文》、欧阳文忠《集古录跋尾》、黄山谷《松风阁诗》、朱晦翁《城南二十咏》、贯休《罗汉》、易元吉《猴猫图》、宣和御题《十八学士图》、张择端《清明上河图》、赵荣禄书陶诗小楷及《枯树赋》，余皆亲见之。

高江村尝言，世人之好法书名画而必欲竭资力以事收蓄，与决性命以饕富贵者何异？其言甚确。然观其有小印一枚，曰"江村三十年精力所聚"，可见其好之笃，嗜之深，未必能作云烟过眼观也。《销夏录》中之物亦有真有伪，如苏文忠《送安国教授》诗有陈石碣跋者，今藏家黼堂侍郎家，的是双钩廓填，而江村亦收蓄之视为至宝，何也？

收藏书画是雅事，原似云烟过眼，可以过而不留；若一贪恋，便生觊觎之心，变雅而为俗矣。试观古来收藏家，从无有传之数百年子孙尚能守者。

有明一代书家，前有三宋、二沈，后有文、祝、董思翁诸公，此其最著者，其余如吴匏庵、李贞伯、陆子传、王雅宜、张东海、娄孟坚、陈鲁南、王百穀、周公瑕之流，亦称善书，可为案头珍玩。大约明之士大夫，不以直声廷杖，则以书画名家，此亦一时习气也。

有明一代画家，盛推文、沈、唐、仇为诸家之冠，然而可传者尚多，如王孟端、戴文进、杜东原、姚公绶、陶云湖、吕廷振、周东村、陈道复、王仲山、袁叔明、陆包山、宋石门、王酉室、钱叔宝、谢樗仙、赵文度、张君度、孙雪居、丁南羽、莫秋水、董思白、杨龙友、陈仲醇、李长蘅辈，亦卓然成家。近时收藏书画者，辄曰宋、元，宋、元岂易言哉！即有一二卷册条幅，又为海内士大夫家珍秘，反不如降格相从，收取明人之易为力耳。

唐

玄宗《鹡鸰颂》，纸本，高七寸八分，长五尺八寸，纸凡四接，岐缝内俱有"开元"二字小印。结构精严，笔法敷畅，迥非唐以后人所能为之。有蔡京、蔡卞二跋，前后俱有"宣和"、"政和"小玺，盖宋时曾入内府者。相传尚有黄山谷一跋，已亡之矣。谨案御刻《三希堂法帖》第二十七册有明洪武初人林佑跋语云："唐玄宗《鹡鸰颂》，宋时藏于秘府，徽宗朝，有鹡鸰千数集于后苑龙翔池，遂出此卷示蔡京、蔡卞，因题于后。宋亡，卷遂流落民间，为指挥方明谦得之。佑谓玄宗有一李林甫，徽宗有一蔡京，正鸱枭蔽日、凤皇远避之时，虽有鹡鸰数万，何益于治乱存亡哉！"据此，则知卷后不止失去山谷一跋也。今刻《经训堂帖》者，即此本。

欧阳率更《梦奠帖》真迹，计七十八字。宋时曾入御府，有"悦生图书"，则知又是贾秋壑家中物也。后有赵子昂、郭天锡二题。乾隆戊申岁，太仓毕竹痴员外曾购得，呈其兄秋帆先生，先生以"梦奠"二字非吉语，旋复还之。余时在先生河南节署，一见，后不知所归。

虞秘监书《汝南公主墓志》，起草凡十八行。有李东阳、莫是龙、王世贞、毛澄、王鸿儒、陈继儒、文嘉、严澂诸题，又钱毂、张凤翼、献翼观款，相传是王敬美奉常家故物也。敬美谓其萧散虚和，风流姿态，种种有笔外意，高可以入《兰亭》、《头眩方》之室，卑亦在《枯树赋》上，其称重如此。张氏《清河书画舫》则定为米元章临本。余亦未敢视其必真，然董思翁曾刻入《戏鸿堂帖》，金坛王肯堂太史又模入《郁冈斋帖》，经诸赏鉴家品题，自足宝贵耳。

颜鲁公《竹山书堂联句》诗真迹，书于绢素，雄古浑厚，用墨如漆，迥非后人所能模仿。国初藏真定梁相国家，刻入《秋碧堂帖》者是也。乾隆辛亥岁，为毕秋帆先生所得。先生殁后，图籍星散，又为扬州吴杜村观察所有。嘉庆丁卯岁，粤东李载园太守来吴门，携有杜少陵《赠卫八处士》诗墨迹卷，其书皆狂草，如张长史笔意，而杜村观察适至，颜册亦在箧中，余因邀二君各持墨迹，同观于虎丘怀杜阁下。余笑曰:"颜、杜生于同时,而未及一面;今千百年后使两公真迹聚于一堂,实吾三人作介绍也。"按《新唐书》,天宝十二载,安禄山反,鲁公守平原,少陵避走三川。后鲁公以元载谤贬湖州,在大历初年,正少陵出瞿塘,下江陵,泝沅湘时也。

《灵飞经》四十三行,墨迹在上清琼宫阴阳通真秘符之前,即海昌陈氏《藏真帖》祖本,其最后十二行,是《藏真》之所阙也。按《灵飞经》为唐开元廿六年玉真长公主奉敕写,元袁清容始定为钟绍京书,其说盖本思陵于经生书不收入内府一语,然亦未能断定为钟书也。明万历三十五年冬,董思翁得之吴用卿家,后思翁写《莲华经》,必展阅一过,珍如球璧。庚戌岁,思翁出所写《莲华》七卷,质于太常卿陈公增城所,每卷议值百金,而虞太常有难色,乃以《灵飞》一册辅之。越十六年,思翁遣其子持金来索《莲华》甚急,而陈氏正在勒石,不便遽反,往复不已,太常之子湖广参政名之伸者,遂将《灵飞》抵《莲华》以塞其意。参政私将《灵飞》割留四十三行藏于家,意作雷焕留剑公案,而思翁竟未检及也。至戊辰岁,参政遇思翁于西湖昭庆寺,问《灵飞》无恙否,则已作王谢家燕矣。自此四十三行藏于陈氏,传至体斋中丞名用敷者,亦能世守。吾乡秦味经司寇素闻《灵飞》名,从中丞借观数四,中丞故为司寇门生,不得已,乃赠之。司寇既得,秘不示人,殁后,其子静轩太史稍稍夸于人间。中丞任安徽布政时,偶过锡山,以计赚归,仍为陈氏所有,真艺林佳话也。余老友陈无轩学博曾载入《寓赏编》,与余备述甚详。是细麻纸本,甚完好,都四十三行,计六百八十五字,较诸全本,虽仅吉光片羽,而与石本对勘,则结体用笔,毫发不爽,至于精神奕奕,自在游行,又非石本所能几及也。余年来奔走衣食,以不获一见为恨,后见曾氏《滋蕙堂帖》,乃知即从《藏真》翻刻,故亦缺此十二行,并作赵松雪伪跋于后,则较《藏真》有霄壤之隔矣。余前年冬在邢上,知为吴余山文学所购,今中书舍人谢君若农借以上石。嘉庆辛未十月廿日过枫泾镇,始观于若农斋中,摩挲石刻几三十年,一朝得见真迹,喜不自胜。他日尚拟从余山再乞一观,仅模此十二行,以补陈、曾两家之阙,不亦大快事耶!

徐季海书《朱巨川告》,白麻纸本,高八寸五分,长五尺八寸六分,计三十二行，前后有尚书吏部告身之印四十三方，又宣、政小玺，盖宋时尝入内府者。其鲜于枢、张可与张宴三题之后，并书《新唐书》本传二十行，又董思翁一跋，即《戏鸿》、《快雪》祖本也。余在毕秋帆先生家见之，后为豪贵所索，遂入京师。

《范隋告身》，绢本，高八寸，长三尺六寸，僖宗咸通二年六月告，上署云"将仕郎权知幽州良乡县主簿范隋"十四字，即文正公五世祖也。后有宋人跋语二十一人，元人跋语二人。今藏吴门范氏义庄，有石刻。

怀素小草《千文》卷，黄素绢本，高九寸，长八尺七寸六分。笔法严密，字字用意，脱去平时剑拔弩张之习，而一趋于自然。后题"贞元十五年六月十七日于零陵书，时年六十有三"，字势略偏侧，正其晚年作也。后有宣、政三玺，即《宣和书谱》所载四卷之一。卷用黄素八方，每交接处，用军司马印印之。相传素师居永州龙兴寺，即吴吕蒙故宅，寺后浚井，得军司马印，故素师每作书必用是印。后有文休承一题，具载始末，严分宜《冰山录》中物也。本朝康熙中，为商丘宋中丞所得，不知何时归入明府。乾隆丙午岁，吴杜村太史购于京师，以赠毕秋帆先生。余尝模入《经训堂帖》，较《停云》所刻，有过之无不及处。

有唐一代，墨迹、告身而外，惟佛经尚有一二，大半皆出于衲子、道流，昔人谓之经生书。其书有瘦劲者近欧、褚，有丰腴者近颜、徐，笔笔端严，笔笔敷畅，自头至尾，无一懈笔，此宋、元人所断断不能跂及者。唐代至今千余年，虽是经生书，亦足宝贵。往时云间沈妃云司马托余集刻晋、唐小楷，为其聚唐经七八种，一曰《心经》，即妃云所藏。一曰《郁单越经》，歙鲍席芬家所藏。一曰《转轮王经》，繁昌鲍东方所藏。一曰《金刚经》，吴门陆谨庭所藏。一曰《长寿王品迦绵那经》，宁波孙晓江所藏。一曰《大般若经》，吴门黄荛圃所藏。一曰《莲华经》，扬州徐芝亭所藏。一曰汉阳塔中残经，张芑堂所藏。他如《兜沙经》吴门叶氏所刻、《律藏经》王梦楼所藏。之类，生平所见者，不一而足，乃悟《灵飞经》之非钟绍京书，不辩而自明矣。

罗昭谏尝为先武肃王镇海军掌书记，昭宗赐王铁券时，罗正在幕府，则谢表必其手笔也。余年十九，在吴门清嘉坊书肆中见昭谏手书《谢铁券表》稿，字如中指大，后书"乾宁四年月日臣罗隐代脱"十一字。代脱者，代为脱稿之义也。后有刘青田一题，考之最详。国初藏励宗万家，不知何时流落吴门。当时索价五百金，无有售者，后为粤东一客所得。屈指四十余年，至今犹在心目。

张僧繇没骨山水一幅，绢本，上列两峰，青绿相间，其下苍松三株，白云一道，掩映于紫翠之间，落笔雄奇，出人意表。旧为宛平王相国家所藏，画之上方有禹鸿胪之鼎题记。

尉迟乙僧天王像，绢本，着色，真唐人笔法也。本立轴，作袖卷装池，横看，自宋时已然，后有宣和、绍兴小玺及内府图书之印，并明道元年十月十日奉圣旨审定及内侍卢道隆等官衔，又元张金界奴上进题名一行，项墨林家物也。毕秋帆尚书以五百金得之，乾隆五十六年七月进呈，今藏内府。

五　　代

先武肃王赐崇吴院长老僧嗣匡墨牒一道，前一行有"天下都元帅"五大字，后题"龙德二年十二月牒"，最后又大书"都元帅吴越王"六字，下有押，犹今之画稿也。文作骈体，字径六分，绝似苏灵芝《悯忠寺碑》，盖晚唐书法皆如此。是物自元、明以来，世藏台州本家，与铁券并守。忆于乾隆辛亥岁，余在会稽同修郡志，尝借观，为双钩一通，刻《小清秘阁帖》中。至道光癸未岁，余再至会稽，则知为家薪溪族祖所得矣。按《姑苏志》，崇吴寺在今吴江县充浦，前临太湖，两洞庭山在望，惟地僻乡隅，鲜有至者。他日拟再刻一通，付之寺僧，犹见五代时牒封寺院之文也。

先忠懿王工于草书，见之史册，今藏台州白石山本家者，乃手状七行，后具押字，余前已双钩刻石，其米元章、危太朴诸跋皆为人窃去，惟存熙宁、元丰、元祐题名而已。中有贾平章观款，书法极工。癸未春三月，余往台州，因观铁券，又复摩挲者累日。

杨凝式《神仙起居法》真迹，凡八行，后有米友仁、商挺、留梦炎诸题。阮云台宫保尝以示余，余颇疑之，未为双钩，其后卒以刻石，有跋记于后。

王齐翰《挑耳图》卷，前有徽宗御题"勘书图"三字，又"王齐翰妙笔"五字。画一贵人自挑其耳，坐于屏幛之前，衣纹精细，设色甚工，俨然吴道子法也。后有苏东坡、颖滨兄弟及王晋卿题跋。旧为吾乡安氏之物，嘉庆壬戌十月，在扬州吴杜村太史家见之。

世称唐小李将军之画，今所传者绝少。余尝在吴盘斋大令曒城署中观五代时卫贤所画《广寒宫图》，楼台殿阁，细逾毛发，中有一宫门，上书"广寒清虚之府"六字，离宫别馆，用笔若丝，刻划精整，几无剩意，其款两字在一石隙之间，恐小李将军亦不能过之也。镶边绢上有梁蕉林鉴赏印记，其上又有一小玺，模糊不辨，想是南宋故府之物。

董北苑《潇湘图》，思翁旧物也，藏毕秋帆尚书家。卷长丈许，神采焕然，具有远山苍翠，江水漾洄景象。中流有一舟，坐朱衣乌帽一人，旁有二姝及鼓瑟吹笙者，又岸上渔人布网漉鱼者，盖取谢宣城诗"洞庭张乐地，潇湘帝子游"二语为境耳。思翁一生画学得力于此。前后有三跋，《随笔》中亦载之。后为豪贵夺去，今不知所归。

宋

高宗赐岳忠武墨敕，草书十四行，在朱色云龙笺上，有"皇帝上用"、"书诏之宝"两玺。此敕旧藏西湖岳庙，为奉祀孙世守。乾隆六十年，汪稼门先生为浙江布政使，始为装池，题一诗一跋，刻诸石上，嵌于庙壁。时余在转运使署，因将拓本寄翁覃溪先生，先生欣然赋诗见寄，余乃请方伯并刻之。自此海内之士题咏遂遍，近已满卷如牛腰矣。

高孝二陵墨迹。一高宗草书，在团扇上，书"芳草西池路，柴荆三四家。忆曾骑款段，随意入桃花"一首，后用"德寿"朱文玺，当为高宗晚年笔；一孝宗书"春云初起拂青林，冉冉因风度碧岑。既解从龙作霖雨，油然出岫岂无心"廿八字，合装一册，为仁和赵晋斋文学所藏。近时士大夫题咏甚多，余亦题二绝云："石经剥落长苔痕，遗恨冬青不足论。留得二陵真迹在，蓬门犹识赵王孙。""焚香再拜启题封，想见挥豪德寿宫。龙凤升天陵谷改，尚余文翰扇清风。"

陈简斋诗卷，纸本，凡一百零一行，计诗二十三首。旧有张宣公标题，今不存。后朱晦庵、刘西台、危太朴诸跋具在。案《宋史》，简斋名去非，〔高〕(仁)宗时为资政殿大学士。太朴跋语具详始末。

蔡忠惠《谢赐御书诗表》，字如指大，结构精严，后有文与可、米元章二跋。按《续书断》载仁宗深爱君谟书，尝以御笔书"君谟"两大字并诗以宠异之，君谟乃作《诗表》谢，即此卷也。往时见云南周氏刻入《春雨楼帖》，后见墨迹，在五柳居陶蕴辉家，索价五百金，无有售者。

又忠惠自书诗稿，计八页，每页十行，共七十三行。第一行书诗之三下书"皇祐五年二月"，正忠惠自福州入京一路纪行之作也。其第二页《题龙纪僧居室》之下有"此一篇极有古人风格"九字，则欧阳永叔亲笔也。是册南宋时曾入贾似道家，前后俱有"悦生葫芦"及长字印记，又有杨龟山、张正民、蒋璨、张天雨、张枢、胡粹中诸题。其书虽草草不经意，实君谟妙墨也。

苏文忠书，余所见者不下十余种，真伪参半。按崇宁、大观间，蔡京用事，以党籍禁苏、黄文词，并墨迹而毁之，至政和间始弛其禁，故后世传者少也。曩在京师，见翁覃溪先生家有大书《偃松屏赞》，乃其谪惠州时为书示其子过者，第绢本毁滥不全，余集其数句，刻入《小清秘阁帖》。又有《九歌》六段，是从家恬斋方伯处得，双钩上石，未见真迹。

又文忠书《四十二章经》真迹，余于乾隆六十年二月在福州，观于汪筠庄明府斋中。书在绢素，织成朱丝阑，高九寸许，长七尺二寸，小楷微带行笔，共一百廿八行，前有十数行破裂者，而后幅完好无阙。有宋僧悟静、元王原吉、哼存素、石羊山樵四跋。吾友陈无轩载入《寓赏编》，兹不复赘。后为筠庄子元度携于行箧，在晋陵舟中遇贼窃去。越二十余年，京口杨子坚忽于友人家见之，今不知所在，惜哉！

又文忠《橘颂》卷，有赵松雪题跋，向藏洞庭山席氏。乾隆丙午，有沈某兄弟二人，善作伪书，以售于人，遂借以双钩，与原迹无二，以示毕秋帆先生。时先生为河南巡抚，竟以千金得之，实伪迹也。

　　黄文节《松风阁》诗卷,高九寸余,纸本,三接,长六尺三寸,无款印。元至治间,为皇姊大长公主收藏,不择人而题者十四人,大半皆有官衔。乾隆己酉春三月,观于镇洋毕涧飞家。

　　又文节书刘禹锡《伏波神祠》诗卷,明时为严分宜旧物,有张于湖、范石湖两题,今藏诸城刘文清公家。信芳尚书尝以示余,生平所见山谷墨迹,此为第一。

　　米礼部书《宗室崇国公墓志铭》,郑居中撰文,几二千字。余所见者有大小两本,绝似褚河南哀册。后有袁桷、邓文原、黄溍、柳贯、揭泆、叶盛、吴宽七跋。其一今藏婺源齐梅麓员外家,其一藏扬州鲍氏。按《米襄阳志林》,当时临模米书酷肖可以乱真者有二人焉,一吴云壑名琚,一陈伯修之子陈寺丞,礼部俱授以作字提笔之法,或两人所临也。

　　又礼部《虹县旧题》真迹卷,无款,有"俨斋秘玩"图书,是华亭王氏之物。后有金大定间刘仲游、元好问两题。云南周氏、曲阜孔氏皆钩模入帖。

　　又礼部书杜诗《王宰山水歌》墨迹卷,绢本,后有徐守和两跋。云南周氏曾刻《春雨楼帖》,今藏吴门汪省吾茂材家。

　　朱文公注经草稿真迹,余见者有二种:一为嘉善谢若农中翰所藏,《易·系辞》自"无咎者善补过也"起,至"凡三百有六十句"止,计六十一行;一为吴门陆谨庭孝廉所藏,《论语》"颜渊问仁"至"司马牛问仁",计五页。近日又有人刻集注稿,行款尺寸大约相同,当是文公一手书者。

　　朱文公和张敬夫《城南二十咏》,北平孙退谷侍郎所藏,前有李宾之篆书"晦翁手泽"四字,后有干文传、黄溍、于渊、李东阳、吴宽、周木、陆简、何乔新、董越、李士实、张元桢、费宏十二人题跋,杨铁崖和诗,后又有陈白沙、谢肇浙、徐渤三题。其黄溍《书城南斋记》称常熟钱君伯广早从其乡先达尚书干先生游,先生守婺源时,得朱子手书《城南斋二十咏》而宝爱之,卒乃归诸伯广,遂即所居东偏构一斋,扁曰"城南"且以城南自号焉。按虞山谱,伯广讳广,千一公七世孙,柳溪先生宽之胞兄也。

庚辰十月廿六日，偶晤赵季由太守于吴门寓斋，出示吴云壑书《归去来辞》真迹，笔笔飞舞，全用米法。后有董思翁一题，倾倒殊甚。惜其物已经落水，有斑痕，墨光亦退矣。

文信国书"慈幼堂"三字，为吴中颐颐医陈仲和所得，即以名其堂。后有陈继、王鏊、刘吉、丘濬、费訚、吴宽、杨士奇、胡淡、杨荣、金幼孜、李东阳、杨畾、马绍荣、王恕、耿裕、白昂、倪岳、陈镒、朱仲阳、张昇、靳贵、刘忠、毛澄、杨守阯、吴俨、李傑、杨廷和、陆简、宋毂二十九人题跋。此吴门陆谨庭孝廉所藏，尝倩同邑陶君名赓考诸人名号爵里甚详，有小记附于后。

马远《松阴高士图》，吾乡李芥轩先生所藏，阅百年矣。嘉庆庚申，从子有穀持以示余。按远画本师李唐，用焦墨作树石，笔力矫矫，千古独绝，吴小仙所从出也。

李营丘《秋山行旅》，吴门缪武子家藏。凡宋人大幅画，绢素狭，俱是双屏，此仅存半幅矣。乾隆戊申岁，毕秋帆先生为河南巡抚，闻其名，为物色之，有客携至汴梁者。余时在节署，因获观焉。

米玄晖《云山图》卷，纸本，款题"绍兴十一年九月五日懒拙米玄晖戏作"十六字，后有元人韩性、王逢、杨遵、顾禄、宇文公谅、朱文瑛、陶九成诸题。道光乙酉四月，偶于汪氏见之。

元

赵荣禄书《寿春堂记》，大楷书，是绢本屏幅，剪装巨册者。嘉庆元年，余客两浙转运使幕中，云间陈古华太守携以见示，同海丰张穆庵都转、乌程陈无轩学博披览一过，后阮云台先生尝刻石武林。

《玄妙观重修三门记》，乌丝方格，字大逾寸，前有篆书八大字，作四行，本文计六十三行，每行八字，有董思白、李日华两跋，钱塘梁文庄公家藏物也。嘉庆元年二月，余谒山舟先生，始观此卷。曲阜孔氏既刻《鉴真帖》，而长白煦斋相国见而爱之，因介余往钱塘双钩，又收入《松雪斋帖》。

二赞二图诗卷，凡二百三十二字，后有卞华伯、王弇州、董思白、陈眉公、文湛持五跋。思翁谓是卷学颜鲁公《送蔡明远叙》，兼米海岳用笔，迥异平日之作，洵至论也。向藏毕秋帆尚书家，余尝钩刻入《经训堂帖》。嘉庆己巳，偶游京师，知为刘文清得之，今又为煦斋相国所有矣。

《汲黯传》小楷，用欧笔，烂漫千余言，当为松雪平生杰作。惟余近年所见者已三本，俱有文衡山补书，绢纸相杂，真赝莫辨。甚矣哉，作伪之人也！

《天冠山诗》，本廿八首，今陕刻祇廿四首。乾隆戊申、己酉间，北平翁覃溪先生督学江西，得一本，纸墨完好，后松雪自题云："道士祝丹阳示余《天冠山图》，求赋诗，为作此廿八首。"按其时是延祐二年，松雪在京师，官集贤学士，未尝至此山也。陕刻跋云："予昨游天冠山，且谓山在丹阳郡，不知是山在江西贵溪。"丹阳乃道士号，足证陕刻之不真。然用笔自佳，非近世人所能为之，或曰文待诏少年作也。

小楷《过秦论》三篇，刻于《戏鸿堂帖》者惟一篇耳。嘉庆乙亥，婺源齐梅麓员外宰吾邑，偶谈此卷，云真迹在其同乡董小楂编修处，越数年果得之，既而董又取去，且云五年后当惠赠也。梅麓赋诗云："鸥波妙墨世原稀，况复香光论入微。赵璧竟从千里去，吴钩今许五年归。米颠豪夺真无赖，季布盟言岂有违。寄语山灵好呵护，莫教化作朵云飞。"他日此卷竟来，余当为员外一并上石，以与《戏鸿》、《滋蕙》两刻抗衡，亦快事也。

《洛神赋》，松雪平生临本最多，相传松雪曾见过王子敬墨迹者。余曩在京师，见司马达甫中翰家一本，纸墨如新，今为孙制府平叔氏所藏。粤东吴荷屋方伯亦有一本，惜前缺数行，乞诒晋主人补书之。其余如梁蕉林所藏刻入《秋碧堂》者，尚是真迹，至《经训堂帖》所刻楷书本，则伪矣，而学者甚多，有翻刻盛行于世，异哉！

《头陀寺碑文》，吴门蒋氏所藏，余于己卯三月在斌笠耕观察舟中见之，用笔在《洛神》、《枯树》之间，可宝也。

《神仙篇》五首，一张正见，二卢思道，三王融，四陈思王，五郭景纯，后书"大德改元三月廿六日水精宫道人书"。字如中指大，灵和峭拔，当似松雪中年得意之笔。然观其卷中如"亿"之作"忆"，"娥"之作

"蛾","阿谁"作"何谁","进趋"作"进趣",恐松雪未必至此,其为伪本无疑。今在英相国家。

旧闻当湖家梦庐处有松雪临《黄庭经》卷,思之十年,不得一见。道光丙戌春日,偶于梅麓员外寓斋阅之,后无年月可考,审其结体用笔,实松雪早年书,殊乏英俊之气。有邓善之、杨载等十六人题跋,皆真。

临褚河南《枯树赋》卷,白宋笺本,长洲宋小岩编修所藏,后归毕秋帆先生。有赵孟淳、白珽、陈深、龚璛、周天球、黄姬水、彭年、文嘉、王世贞、文伯仁、黎民表诸题,最后有太仆寺印及抚治郧阳等处关防,是明时王敬美家旧物。

"快雪时晴"四大字,乃是题张伯雨临右军帖前者,后有徐幼文山水一幅,今藏查小山比部家。

《仇府君墓碑》,字与《寿春堂记》相等,前篆额六行,计廿四字,内两行为后人重补。此卷今藏笠耕少仆家,惜文中阙数行,失去仇公讳字。后有倪钲一跋,云仇字彦中,又见虞道园书《仇公墓志》,始知仇名锷也。

嘉庆己未春,余在京师,过质郡王府,见松雪画陶靖节像,阔袖幅巾,手携一杖,翩翩欲仙,上书《归去来辞》小楷十二行,真妙笔也。郡王薨后,世子尚幼,惜不能再见矣。

孙平叔制府家有松雪小楷《归去来辞》是毕氏广堪斋旧物,余尝模入《集珍帖》中,审其用笔,当为中年之作。

松雪所题《兰亭十三跋》墨迹,并《定武兰亭》,余尝于吴杜村太史家见之,所谓独孤长老本是也。尚有吴傅朋、钱舜举及柯九思二跋。为商丘陈望之中丞所藏,后德清谈韬华观察得之。谈没后,被火,图籍俱失,惟此卷尚存数字。今在英相国家。

吴门陆谨庭尝得松雪画《李太白庐山观瀑图》,青绿山水,一纸皆满,无空隙处,而一种幽深玄远之趣,溢于尺寸间,非松雪妙笔不能传之也。后有元、明人题识甚多,其姚公绶一跋最长,惜为后人妄加"赵氏子昂"四字朱文印,真为蛇足。

庚戌三月,余往娄东,在毕涧飞员外家见魏公自绘小像,纸本,长尺许,阔七寸,作一镜,像居其中,仅画半身,头戴一笠,身着月白氅衣,面圆而俊伟,丰神奕奕,微须,真元世祖所称神仙中人也。上惟有仲穆书赞两行。又在友人处见一像,有自题七律云:"致君泽物已无由,梦想田园雪水头。老子难同韩子传,齐人终困楚人咻。濯缨久判从渔父,束带宁堪见督邮。准拟新年弃官去,百无拘系似沙鸥。"后题"大德二年正月人日赵孟頫自题",又一行云"至治二年八月男雍拜装"。观魏公此诗,其出山服官,非素所愿,然亦何苦作此白珪之玷也。

赵松雪尝拜中峰和尚为师,为画一小像甚妙,盘椅一张,师横卧其上,朱履一双脱在椅前。此种画法,古所未见。后有偈云:"身如天目山,寂然不动尊。慈云洒法雨,遍满十方界。化身千百亿,非幻亦非真。觅赞不可得,为师作赞竟。至大二年正月人日弟子吴兴赵孟頫焚香谨赞。"此幅往在吴门陆白斋先生家见之,曾倩南浔陆梅圃临过一幅,后为友人攫去。观此两像,皆画于正月人日,或命意有在也。

世所传管仲姬墨竹最多,而真者绝少。忆于甲寅三月,余在钱塘,晤鲍〔渌〕(绿)饮先生于西湖寓中,见一卷,当是夫人生平杰作,后有夫人之姊名道杲者,嫁于姚,居南浔,一诗一跋,写作俱妙,题云:"绿窗无长物,树蕙与滋兰。光风布淑气,扬扬畹亩间。窗外何所有,修竹千万竿。密叶敷下阴,劲节当岁寒。方欣同臭味,且以报平安。吾妹忽来过,绿纱生薄寒。幔结贻佩缥,重之青琅玕。写真一挥洒,翰墨犹未干。古意镇长在,高风渺难攀。况有斐媲德,懿名垂不刊。"后跋云:"至大二年四月二日,吾妹魏国夫人仲姬见访于南浔里第,燕坐君子轩。夫人笑曰:'君子名轩,何以无竹?'爰使女奴磨墨,写此幅于轩中。夫妇人之事,箕帚、中馈、刺绣之外,无余事矣,而吾妹则无所不能,得非所谓女丈夫乎!为吾子孙者,可不宝诸?俟他日妹丈松雪来看,当又乞题咏也。姚管道杲识。"

赵仲穆书画,昔人称其克绍家风,然用笔太重,重则近俗,无复乃翁秀色,因知笔墨一道,各有天分存乎其间,虽父子不能传也。余弱冠时,在吴门见仲穆手书长卷,所录古今体乐府小词共计三十五首,后题"延祐六年春正月寄吴德璋姊丈一观"云云,后有文衡山、许初两题，皆精。衡山跋谓德琏者即王国器，魏公长婿也。德琏长于新乐府，当时为杨铁崖所称，故此卷所书，乐府为多，岂亦投其所好耶？

虞文靖公书其先世宋丞相雍国忠肃公允文所撰《诛蚊赋》，桂花纹白绫本，共计七十二行，最后十七行参错书在纸上，盖应其方外交闲上人所请也。后有鲁威、柯九思、苏大年、王敬方、郑元祐、杨椿并元祐书刻石疏共七题。此卷明时藏沈石田家，后归吾乡华东沙氏，至本朝又为梁蕉林所得，毕氏《经训堂帖》始刻之。

饶介之号醉翁，本籍江西，以元末乱隐居姑苏，跌宕自喜，尝与云林生往来。工草书，宗怀素。余尝见其《蕉池积雪》诗卷，童梧冈侍郎所藏也，后有金问、魏瀚、吕蒙、吴昂、王淮、朱应祥、蒋宗谊、姚公绶、鲍浩、马时正十人题跋，并卞令之、安鹿村书画印记，惜为后人填墨，殊失真面目矣。

张伯雨书，实出自松雪翁，而又有一种逸韵，与柯丹丘异曲同工。曩从王梦楼太守案头见所书《台仙阁记》，殊妙，竟似松雪矣。其片缣短幅，平生所见甚多，一时难以悉记。

赵大年《江村秋晓图》，绢本，无款，前后有元初人图书印三方，后有龚璛、吴讷、赵孟頫、陈敬宗四题，真迹也。

高房山山水简淡超逸，可与二米相伯仲。余尝见其墨竹一幅，亦可与吴仲圭、顾定之相伯仲矣。有赵松雪一诗题其下，云："高侯落笔有生意，特立两竿烟雨中。天下几人能解此，萧萧寒碧起秋风。"

黄子久与王叔明、倪云林、吴仲圭，俱为有元一代名家，惟子久清真秀拔，烦简得中，不特为三公之冠，实可越房山、松雪而上之。余曩时所见画幅甚多，惟在京师内务府胡某家见《浮岚暖翠》一幅为最妙。

王叔明为松雪外孙，画宗李昇，而皴法少异，其品在松雪、大痴之间，万壑千岩，长松修竹，又是一种溪径。余尝见叔明画《紫云山图》真迹，出笔奇古，与平时所作迥异，固知名家一丘一壑，无不臻妙境也。

叔明尝为陶九成作《南村真逸图》，余在秋帆先生家见之，高八寸，长三尺许，纸本，不著名款，惟用"黄鹤山樵"印一方，后附孙作撰传，王掞撰序，胡俨撰记，金声跋语，皆一时名手。张丑题云："万历戊午春获于长洲吴氏，是原博太史故物也。"又云："叔明与九成为中表兄弟，每过南村，辄流连不忍去，兴酣落笔，秾郁深至，可一扫丹青故习，非《松风阁》、《听雨楼》、《琴鹤轩》诸卷所可比伦也。旧时尚有叔明自题篆书五字，今失去。"

倪高士《懒游窝图》卷，纸本，高六寸五分，长一尺四寸，后有记二十行，书法类右军《东方先生画像赞》。题款曰"壬寅九日句吴倪瓒为安素先生写"，最后有彭敬叔、徐乘二诗。按《云林集》载此文，文中所谓金君安素者，实先世永谦公也。至正末年人，洪武初累荐，辟以人材科，将授官，以疾引退，改姓金氏，字曰安素，耕读堠山之阳以终其身，距云林所居甚近，家谱所载。是卷昔尝见于陆白斋先生家，既又见一幅，有记无图，毕秋帆尚书所藏，曾刻入《经训堂帖》者，实伪本也。

又尝见云林《溪亭山色》一幅，款题"丁未五月东海倪瓒画"，后有吴匏庵、卞华伯二诗。吴云："听松庵里试茶还，第二泉边更看山。独有去年诗兴在，云林清閟墨斑斑。"卞和云："倪迂仙去几时还，留得溪亭对远山。老我今为亭上客，啜茶闲试鹧鸪斑。"俱是真迹。

梅花道人书画俱妙，余所见不下一二十种，画竹尤多于山水。嘉善家醵堂少宰有大幅竹最妙，次则斌笠耕少仆所藏之绢本雨竹，皆仲圭生平杰作也。又道人有草书《心经》一卷，为诒晋斋主人所藏，后赠少宰，以少宰是嘉善人，与道人同里也。少宰遂属余刻石梅花庵，有跋记之。

顾安字定之，善画墨竹，吴仲圭以苍老胜，定之以秀色胜也。扬州吴杜村观察有小幅立轴，余曾双钩刻石，赠江元卿员外。又吴门王月轩所藏长卷，中有折竹一枝殊妙。又在钱塘赵氏见一幅，后有屈生题云："海内人传顾定之，生平画竹发清奇。披图记得湘江夜，翠影参差月下时。"

僧大祐书《七宝泉开山顺庵主行实》并道衍书《顺庵主塔铭》合卷，有钱仁夫、李应祯、戴冠三题，吴县光福寺中旧物也。按道衍即姚恭靖，书时在洪武十三年，是未见成祖之前。

元僧善继三世血书《华严经》八十一卷，在今虎丘半塘桥龙寿山房。相传金华宋景濂是善继后身，今有景濂一跋，在第二卷后。明人题跋观款散题于诸卷上者凡数十处，不能尽记也。

有元一代书法，大约俱由松雪门径，如柯丹丘、白湛渊、郭天锡、张伯雨、仇山村、俞紫芝是也。亦有独自成家者，如虞伯生、鲜于困学、康里子山、邓善之、周公瑾、杨铁崖、陆宅之是也。

有元一代画家，全讲气韵，不名一格，实能超出唐、宋人刻画之习。黄、王、倪、吴无论矣，生平所见者，山水则朱泽民、高房山、盛子昭、方方壶、曹云西诸家，花卉人物则王若水、王元章、钱玉潭、孟玉涧诸家，兰竹则郑所南、李仲芳、苏昌龄、顾定之、李息斋及其子遵道诸家，如过眼云烟，不能悉记，皆所谓以气韵胜人者也。

卷十一上　书学

钟　鼎　文

三代已有文字，而今不传，所传者惟大禹《岣嵝山碑》、比干《铜槃铭》、周宣王《石鼓文》、穆王《坛山刻石》、孔子《延陵十字碑》，及《诅楚文》之类，前人有信之，有疑之。即如薛尚功《钟鼎款识》刻本载有夏琱戈钩带铭及商器各种款识，余亦未敢信也。惟周钟周鼎及尊彝壶爵卣鬲斝觯瓿敦簠簋盉甗匜盘之文，尚有可据，虽后世亦有依式仿造者，而其铭文之古奥，字画之精严，决非后人所能伪作。故读书者当先读《六经》，为文章之源流；讲篆、隶者当先考钟鼎文，为书法之源流也。

小　　篆

学篆书者，当以秦相李斯为正宗，所谓小篆是也。惜所传石刻，惟有《泰山》二十九字及《琅邪台刻石》十二行而已。自程邈一变小篆而为隶书，篆学渐废。盖篆体圆，有转无折，隶体方，有折无转，绝然相反。今人有认汉器款识印章及五凤题字、《三公山碑》为篆书者，误矣。观徐鼎臣所模《绎山》、《会稽》、《碣石》诸刻，尚得秦相三昧，而唐之李少温，宋之梦瑛、张有，元之周伯琦，明之赵宧光，愈写愈远矣。本朝王虚舟吏部颇负篆书之名，既非秦非汉，亦非唐非宋，且既写篆书，而不用《说文》，学者讥之。近时钱献之别驾亦通是学，其书本宗少温，实可突过吏部。老年病废，以左手作书，难于宛转，遂将钟鼎文、石鼓文及秦汉铜器款识、汉碑题额各体参杂其中，忽圆忽方，似篆似隶，亦如郑板桥将篆、隶、行、草铸成一炉，不可以为训也。惟孙渊如观察守定旧法，当为善学者，微嫌取则不高，为梦瑛所囿耳。献之之后，若洪稚存编修、万廉山司马、严铁桥孝廉及邓石如、吴山子俱称善手，然不能过观察、别驾两公中年书矣。

隶　书

隶书之名见前、后《汉书》，又曰八分，见《晋书·卫恒传》。八分者，即隶书也。盖隶从篆生，程貌所作，秦时已有，亦谓之佐书，起于官狱事繁，用隶人以佐书之，故曰隶书，取简易也。篆用圆笔，隶用方笔，破圆为方，而为隶书。故两汉金石器物俱用秦隶，至东京汉安以后，渐有戈法波势，各立面目，陈遵、蔡邕，自成一体，又谓之汉隶。其中有减篆者，有添篆者，有篆、隶同文者，有全违篆体者，鲁鱼之惑，泾渭难分，真书祖源，实基于此。迨钟傅一出，又将汉隶变为转折，画平竖直间用钩趯，渐成楷法，谓之真书，篆、隶之道，发泄尽矣。自此两晋、六朝，从事真书；真书一行，随有行草；行草纷杂，隶学自掩。唐人习者虽多，实与汉法愈远，何也？唐人用楷法作隶书，非如汉人用篆法作隶书也。五代、宋、元而下，全以真、行为宗，隶书之学，亦渐泯没，虽有欧、赵、洪氏诸家著录以发扬之，而学者殊少。至元之郝经、吾衍、赵子昂、虞伯生辈，亦未尝不讲论隶书，然郝经有云："汉之隶法，蔡中郎已不可得而见矣，存者惟钟太傅。"又吾衍云："挑拔平硬如折刀头。"又云："方劲古拙，斩钉截铁，方称能事。"则所论者皆钟法耳，非汉隶也。至文待诏祖孙父子及王百穀、赵凡夫之流，犹剿袭元人之言，而为钟法，似生平未见汉隶者，是犹执曾玄而问其高曾以上之言，自茫然不知本末矣，曷足怪乎？国初有郑谷口，始学汉碑，再从朱竹垞辈讨论之，而汉隶之学复兴。然谷口学汉碑之剥蚀，而妄自挑趯；竹垞学汉碑之神韵，亦擅自增损，识者病之。惟长洲顾南原《隶辨》一作，能以诸碑参究，其法已开，又有吴江陆虔实赠公、吴县徐友竹处士为昌其学，而终未纯耳。盖古碑虽在，用笔不传，无有授受渊源，亲承指画，如花之初蕊，色香未备，栽培既久，群艳争芳，其势然也。今北平有翁覃溪阁学，山左有桂未谷大令，吴门有钱竹汀宫詹，扬州有江秋史侍御，闽中有伊墨卿太守，天都有巴隽堂中翰，浙江有黄小松司马及江秬香孝廉,皆能以汉法自命者,而学者自此日益盛云。

隶书生于篆书,而实是篆之不肖子,何也?篆书一画一直,一钩一点,皆有义理,所谓指事、象形、谐声、会意、转注、假借是也,故谓之六书。隶既变圆为方,改弦易辙,全违父法,是六书之道,由隶而绝。至隶复生真、行,真、行又生草书,其不肖更甚于乃祖乃父,遂至破体杂出,各立支派,不特不知其身之所自来,而祖宗一点血脉亦忘之矣。老友江民庭征君常言:隶书者,六书之蟊贼。余亦曰:真、行、草书,又隶书之蟊贼也。盖生民之初,本无文字,文字一出,篆、隶生焉。余以为自汉至今,人人胸中原有篆、隶,第为真、行汩没,而人自不知耳。何以言之?试以四五岁童子,令之握管,则笔笔是史籀遗文,或似商、周款识,或似两汉八分,是其天真,本具古法,则篆、隶固未尝绝也。惟一习真、行,便违篆、隶,真、行之学日深,篆、隶之道日远,欲求古法,岂可得乎?故世之学者虽多,鲜有得其要领,至视为绝学,有以也夫!

唐人隶书,昔人谓皆出诸汉碑,非也。汉人各种碑碣,一碑有一碑之面貌,无有同者,即瓦当印章以至铜器款识皆然,所谓俯拾即是,都归自然。若唐人则反是,无论玄宗、徐浩、张廷珪、史惟则、韩择木、蔡有邻、梁昇卿、李权、陆郢诸人书,同是一种戈法,一种面貌,既不通《说文》,则别体杂出,而有意圭角,擅用挑踢,与汉人迥殊。吾故曰:唐人以楷法作隶书,固不如汉人以篆法作隶书也。

或问汉人隶书,碑碣具在,何唐、宋、元、明人若未见者?余答曰:犹之说经,宋儒既立,汉学不行,至本朝顾亭林、江慎修、毛西河辈出,始通汉学,至今而大盛也。

顾南原作《隶辨》,实有功于隶书,近人所学,赖为圭臬。惟所引汉碑,半用《字原》、《隶韵》,或无原碑可考,其中亦有沿误;而翁覃溪先生排击之,几至身无完肤,未免过当。

许叔重云:秦灭经书,涤除旧典,官狱务繁,初有隶书,以趋约易,而古文由此绝矣。余亦曰:三国既分,图籍无征,钟法一变,遂有真书,流为行草,而隶书由此绝矣。

书法分南北宗

　　画家有南北宗，人尽知之；书家亦有南北宗，人不知也。嘉庆甲戌春三月，余至淮阴谒阮云台先生。时先生为七省漕务总督，款留者竟日，论及书法一道，先生出示《南北书派论》一篇，其略曰："书法变迁，流派混淆，非溯其源，曷反于古？盖由篆变为隶，隶变为真书、行、草，其转移皆在汉末、魏、晋之间，而真书、行、草之分为南北两派者，则东晋、宋、齐、梁、陈为南派，赵、燕、魏、齐、周、隋为北派也。南派由钟繇、卫瓘及王羲之、献之、僧虔等以至智永、虞世南、褚遂良，北派由钟繇、卫瓘、索靖及崔悦、卢谌、高遵、沈馥、姚元标、赵文深、丁道护等以至欧阳询、颜真卿、柳公权。南派不显于齐、隋，至贞观初乃大显。太宗独喜羲、献之书，至欧阳、虞、褚皆习《兰亭》，始令王氏一家兼掩南北。然此时王派虽显，缣楮无多，世间所习，犹为北派。及赵宋阁帖一行，不重碑版，北派愈微。故窦臮《述书赋》自周至唐二百七人之中，列晋、宋、齐、梁、陈一百四十五人，于北朝不列一人，其风迁派别，可想见矣。不知南北两派，判若江湖，不相通习。南派乃江左风流，疏放妍妙，宜于启牍；北派则中原古法，厚重端严，宜于碑榜。宋以后学者，昧于书有南北两派之分，而以唐初书家举而尽属羲、献，岂知欧、褚生长齐、隋，近接魏、周，中原文物，具有渊源，不可合而一之也。"真为确论。余以为如蔡、苏、黄、米及赵松雪、董思翁辈，亦昧于此，皆以启牍之书作碑榜者，已历千年，则近人有以碑榜之书作启牍者，亦毋足怪也。

六 朝 人 书

　　晋、宋、南北齐、梁、陈、隋之间，工书者林立，两晋称二王之妙，南北重崔、卢之书，又羊欣、阮研、徐淮南、陶隐居、姚元标、丁道护等，皆其选也。据《金石萃编》所载六朝碑刻，有一百四十余种，近阮宫保、孙渊如、黄小松、赵晋斋诸家所藏，又益二三十种。其间如《刁遵》、

《高湛》、郑〔道昭〕（昭道）、《元太仆》、《启法寺》、《龙藏寺》诸碑，实欧、虞、褚、薛所祖。惟时值乱离，未遑讲论文翰，甚至破体杂出，错落不检，而刻工之恶劣，若生平未尝识字者，诸碑中竟有十之七八，可笑也。

唐 人 书

有唐一代之书，今所传者惟碑刻耳。欧、虞、褚、薛，各自成家；颜、柳、李、徐，不相沿袭。如诗有初、盛、中、晚之分，而不可谓唐人诸碑尽可宗法也。大都大历以前，宗欧、褚者多；大历以后，宗颜、李者多；至大中、咸通之间，则皆习徐浩、苏灵芝及集王《圣教》一派，而流为院体，去欧、虞渐远矣。然亦有刻手之优劣，一时之好尚，气息之相通，支分派别，难以一概而论。即如经生书中，有近虞、褚者，有近颜、徐者，观其用笔用墨，迥非宋人所能跂及，亦时代使然耳。今之学书者，自当以唐碑为宗。唐人门类多，短长肥瘦，各臻妙境；宋人门类少，蔡、苏、黄、米，俱有毛疵，学者不可不知也。

有唐一代，崇尚释氏，观其奉佛念经，俱承梁、隋旧习，非高祖、太宗辈始为作俑也。有唐一代，崇尚法书，观其结体用笔，亦承六朝旧习，非率更、永兴辈自为创格也。今六朝、唐碑具在，可以寻绎。

宋 四 家 书

董思翁尝论宋四家书皆学颜鲁公，余谓不然，宋四家皆学唐人耳，思翁之言误也。如东坡学李北海，而参之以参寥；山谷学柳诚悬，而直开画兰画竹之法；元章学褚河南，又兼得驰骤纵横之势；学鲁公者，惟君谟一人而已。盖君谟人品醇正，字画端方，今所传《万安桥碑》直是鲁公《中兴颂》，《相州昼锦堂记》直是鲁公《家庙碑》；独行、草书又宗王大令，不宗《争坐帖》一派。乃知古人所学，人各异途，变化莫测，不可以臆见论定。总之，宋四家皆不可学，学之辄有病；苏、黄、米三家尤不可学，学之不可医也。

坡公书,昔人比之飞鸿戏海,而丰腴悦泽,殊有禅机。余谓坡公天分绝高,随手写去,修短合度,并无意为书家,是其不可及处。其论书诗曰:"我虽不善书,晓书莫如我。苟能通其意,自谓不学可。"又曰:"端庄杂流丽,刚健含阿娜。"真能得书家玄妙者。然其戈法殊扁,不用中锋,如书《表忠观碑》、《醉翁亭记》、《柳州罗池庙碑》之类,虽天趣横溢,终不是碑版之书。今类帖中所收及陈眉公集刻《晚香堂帖》,有真迹,有伪迹,夹杂其中。若《秋碧堂》所刻之《洞庭春色》、《中山松醪》二赋,孔氏《玉虹楼》所刻之小字《表忠·观碑》,全是恶札,何尝是坡公真迹耶?故友蒋艺萱中进士后,酷喜苏书,余劝之不可学,艺萱不以为然。余问之曰:"君自学苏书后,每书一幅,心中可得意否?"曰:"实自得意。"余告之曰:"此即受病处也。"艺萱深服余言。余年过五十,自分无有进境,亦不能成家,拟以苏书终其身,孰知写未三四年,毛疵百出,旋复去之,乃知坡公之书未易学也。

余弱冠时,辄喜学山谷书,虽老学见之,亦为称赏不置,心甚疑焉,因求教于林蠡槎先生。先生一见泳书,便云:"子错走路头矣!"因问曰:"将奈何?"先生曰:"必学松雪翁书,方能退转也。"后见冯定远论山谷诗,以为江西粗俗槎枒之病,一入笔端,便九牛拔不出,必以义山、西昆诸体退之,乃悟先生之言之妙。由此观之,山谷之诗与书,皆不可沾染一点。余谓文衡翁老年书,亦染山谷之病,终逊于思翁,沈石田无论矣。

米书不可学者,过于纵;蔡书不可学者,过于拘。米书笔笔飞舞,笔笔跳跃,秀骨天然,不善学者,不失之放,即失之俗。如国朝书家,盛推姜西溟、汪退谷、何义门、张得天诸公,皆一时之选。余谓西溟拘谨少变化,退谷书能大而不能小,义门书能小而不能大,惟得天能大能小,然学之殊令人俗,何也?以学米之功太深也。至老年则全用米法,至不成字。即如查二瞻本学思翁,老年亦用米法,终不能成家也。

赵 松 雪

或问余:"宋四家书既不可学,当学何书为得?"余曰:"其惟松雪乎！松雪书用笔圆转，直接二王，施之翰牍，无出其右。前明如祝京兆、文衡山，俱出自松雪翁；本朝如姜西溟、汪退谷，亦从松雪出来，学之而无弊也。惟碑版之书则不然，碑版之书，必学唐人，如欧、褚、颜、柳诸家，俱是碑版正宗，其中著一点松雪，便不是碑版体裁矣。譬如清庙明堂，林居野馆，截然两途，岂可浑而一之哉？"或曰："然则何不径学唐人，而必学松雪，何也？"余曰："吾侪既要学书，碑版、翰牍，须得兼备。碑版之书其用少，翰牍之书其用多，犹之读《三百篇》，《国风》、《雅》、《颂》，不可偏废，书道何独不然。"

总　　论

余尝论工画者不善山水，不能称画家；工书者不精小楷，不能称书家。书画虽小道，其理则一。昔人谓右军《乐毅论》为千古楷法之祖，其言确有理据。盖《黄庭》、《曹娥》、《像赞》非不妙，然各立面目，惟《乐毅》冲融大雅，方圆适中，实开后世馆阁试策之端，斯为上乘。如唐之虞、褚，元之赵，明之文，祝，皆能得其三昧者也。

碑榜之书，与翰牍之书，是两条路，本不相紊也。董思翁云："余以《黄庭》、《乐毅》真书放大，为人作榜署书，每悬看辄不佳。"思翁不知碑、帖是两条路，而以翰牍为碑榜者，那得佳乎？古来书碑者，在汉、魏必以隶书，在晋、宋、六朝必以真书，以行书而书碑者，始于唐太宗之《晋祠铭》，李北海继之。北宋之碑，尚真、行参半，迨米南宫父子一开风气，至南朝告敕、碑碣则全用行书矣。总之，长笺短幅，挥洒自如，非行书草书不足以尽其妙；大书深刻，端庄得体，非隶书真书不足以擅其长也。

思翁于宋四家中，独推服米元章一人，谓自唐以后未有过之。此所谓僧赞僧也。盖思翁天分高绝，赵吴兴尚不在眼底，况文征仲、祝希哲辈耶？元章出笔实在苏、黄之上，惟思翁堪与作敌。然二公者，皆能纵而不能伏，能大而不能小，能行而不能楷者，何也？余谓皆坐天分过高之病。天分高则易于轻视古人，笔笔皆自运而出，故所书如天马行空，不受羁束，全以天分用事者也。

米元章、董思翁皆天资清妙，自少至老，笔未尝停，尝立论临古人书不必形似，此聪明人欺世语，不可以为训也。吾人学力既浅，见闻不多，而资性又复平常，求其形似尚不能，况不形似乎？譬如临《兰亭序》，全用自己戈法，亦不用原本行款，则是抄录其文耳，岂遂谓之临古乎？

凡应制诗文、笺奏章疏等书，只求文词之妙，不求书法之精，只要匀称端正而已，与书家绝然相反。元章自叙云："古人书笔笔不同，各立面目；若一一相似，排如算子，则奴书也。"

或有问余云："凡学书，毕竟以何碑何帖为佳？"余曰："不知也。"昔米元章初学颜书，嫌其宽，乃学柳，结字始紧；知柳出于欧，又学欧，久之类印板文字；弃而学褚，而学之最久，又喜李北海书，始能转折肥美，八面皆圆；再入魏、晋之室，而兼乎篆、隶。夫以元章之天资，尚力学如此，岂一碑一帖所能尽。

虞道园云："坡、谷出而魏、晋之法废。米元章、黄长睿乃知古法。"虽过高之论，然其言甚确。

张丑云："子昂书法，温润闲雅，远接右军，第过为妍媚纤柔，殊乏大节不夺之气。"非正论也。褚中令书，昔人比之美女婵娟，不胜罗绮，而其忠言谠论，直为有唐一代名臣，岂在区区笔墨间以定其人品乎？

一人之身，情致蕴于内，姿媚见乎外，不可无也。作书亦然。古人之书，原无所谓姿媚者，自右军一开风气，遂至姿媚横生，为后世行、草祖法。今人有谓姿媚为大病者，非也。

思翁书画，俱是大作手。其画宗北苑，而兼得大、小米之长，尚在第二乘；惟书法无古无今，不名一格，而能卓然成家，盖天资高妙，直在古人上也。余尝见思翁一画卷，用笔淹润，秀绝人寰，后有款云"时年八十有一"。又见一书卷，临钟、王、虞、褚、颜、柳及苏、黄诸家，后有题云："此数帖余临仿一生，才得十之三四，可脱去拘束之习。"书时亦年八十一。夫以思翁之天资学力，尚作书作画，老而不衰，自成大家也。

近日所称海内书家者有三人焉，一为诸城刘文清公，一为钱塘梁山舟侍讲，一为丹徒王梦楼太守也。或论文清书如枯禅入定，侍讲书如布帛菽粟，太守书如倚门卖俏。余谓此论太苛。文清本从松雪入手，灵峭异常，而误于《淳化阁帖》遂至模棱终老，如商鼎周彝，非不古而不适于用。侍讲早年亦宗赵、董，惟自壮至老，笔笔自运，不屑依傍古人，故所书全无帖意，如旧家子弟，不过循规蹈矩，饱暖终身而已。至太守则天资清妙，本学思翁，而稍沾笪江上习气；中年得张樗寮真迹临模，遂入轻佻一路，而姿态自佳，如秋娘傅粉，骨格清纤，终不庄重耳。三公者，余俱尝亲炙，奉为圭臬，何敢妄生议论。然见文清笑侍讲为灶下老婢，侍讲亦笑文清为滕公佳城，太守笑两公，两公亦笑太守；虽文人相轻，自古而然，而谓三公必传，可与松雪、思翁争席者，则吾未敢信也。

卷十一下　画学

总　　论

唐张彦远《名画记》云："画者，成教化，助人伦，穷神变，测幽微，与六籍同功，四时并运，发于天然，非由述作。"又曰："象物必在于形似，形似须全其骨气。骨气、形似，皆本于立意，而归于用笔。"此千古不易之论也。故凡古人书画，俱各写其本来面目，方入神妙。董思翁尝言，董源写江南山，米元晖写南齐山，李唐写中州山，马远、夏珪写钱塘山，赵吴兴写苕霅山，黄子久写海虞山，是也。余谓画美人者亦然，浙人像浙脸，苏人像苏妆，或各省画人物者，亦总是家乡面貌，虽用意临写，神采不殊，盖习见熟闻，易入笔端耳。犹之倪云林是无锡人，所居祇陀里，无有高山大林、旷途绝巇之观，惟平远荒山、枯木竹石而已，故品格超绝，全以简淡胜人，是即所谓本来面目也。若说病讨药，限韵赋诗，死法矣，安能妙乎？

画当以山水为上，人物次之，花卉、翎毛又次之。唐、宋之法，以刻画为工；元、明之法，以气韵为工；本朝恽南田则又以姿媚为工矣。然三者皆所难能也。

画家有南北宗之分，工南派者每轻北宗，工北派者亦笑南宗，余以为皆非也。无论南北，只要有笔有墨，便是名家。有笔而无墨，非法也；有墨而无笔，亦非法也。

国初王秋山、高其佩，皆工于指头画，自此开端，遂遍天下，然赏鉴家所不取也。又有以指头书者，又有以箸削尖作字者，谓之借箸书。余谓凡此之类，皆不可以为训。书画二事，以笔写尚难于工，况以指、以箸耶？又如左手书，足写书，或以口衔笔作书，俱不足为奇，吾所不取。犹之以鼻吹笙、笛，以足打十番，是皆求乞计耳，岂可谓绝技乎？

　　作伪书画者，自古有之，如唐之程修己伪王右军，宋之米元章伪褚河南，不过以此游戏，未必以此射利也。国初苏州专诸巷有钦姓者，父子兄弟，俱善作伪书画，近来所传之宋、元人如宋徽宗、周文矩、李公麟、郭忠恕、董元、李成、郭熙、徐崇嗣、赵令穰、范宽、燕文贵、赵伯驹、赵孟坚、马和之、苏汉臣、刘松年、马远、夏珪、赵孟頫、钱选、苏大年、王冕、高克恭、黄公望、王蒙、倪瓒、吴镇诸家，小条短幅，巨册长卷，大半皆出其手，世谓之“钦家款”。余少时尚见一钦姓者，在虎丘〔卖〕（买）书画，贫苦异常，此其苗裔也。从此遂开风气，作伪日多。就余所见，若沈氏双生子老宏老启、吴廷立、郑老会之流，有真迹一经其眼，数日后必有一幅，字则双钩廓填，画则模仿酷肖，虽专门书画者，一时难辨，以此获巨利而愚弄人；不三十年，人既绝没，家资荡尽，至今子孙不知流落何处，可叹也。《尚书》曰：“作德心逸日休，作伪心劳日拙。”此之谓欤？

　　余生平游历，不过六七省，见有一才一艺者，无不默识其人，而于书画一道，尤为留心。工书者固多，工画者亦复不少。尝与友人论及，书画两事，较时文似易而实难，时文易于中式，书画难于入彀。试看中举人进士者，通天下计之，三年内必有二千余人；工书工画者，通天下计之，三年内数不出一两人也。因就平生所见工画者，汇而记之，各为小传云。

画　中　人

　　钱载号箨石，秀水人。乾隆壬申进士，官至礼部侍郎。能诗。工写生，不甚设色，兰竹尤妙，书卷之气溢于纸墨间，直在前明陈道复之上。余少时尚见之。

　　王元勋字湘洲，山阴人。少未读书，而喜于画，人物尤其所长。尝为余临宋本先武肃王像，出笔如篆，自在游行，恐吴道子亦不能过之也。年八十余卒。

　　王三锡字怀邦，自号竹岭，太仓人，王日初弟子也。山水宗大痴，而加之以秀润，当时与张墨岑齐名。游历名山，几遍天下，得其片纸，如获球璧。余与竹岭为忘年交,有《膝上鸣秋图》,其所绘也。年八十余,尚喜遨游山水。

王宸号蓬心,为麓台司农曾孙。以举人官内阁中书,出知湖南永州府知府。画宗家法,多用渴笔,苍劲中有气韵,为海内所称。太守在京时,有小仆陈桂者,穷甚,夜惟一被,而桂甚孝,尝以被覆母,而己则和衣以睡。太守怜之,为作山水小幅,上题云:"刮毛龟背不成毡,破被将来老母眠。戏语山僮休怅望,为伊十指换青钱。"后题云:"此画悬之市肆,当有好事者以布衾易之也。"其风趣如此。毕秋帆先生云:"太原子弟俱能动笔作画,太守其尤著者也。"

罗聘号两峰,江都人。尝受业于金冬心先生,山水人物俱工,颇有逸趣。其画梅宗华光长老。喜画鬼,有《鬼趣图》,当代王公大人、骚人墨客,题诗几遍。余初至京师,识其人,往来最密。其妻方白莲,子允绍、允缵,俱传其学。

徐坚字孝先,号友竹,又字緅园,吴县光福人。少贫苦而好学,凡诗文、书画、模印,皆能自辟门径,追踪古人。尝临董北苑《夏山烟霭》、江贯道《秋山雨霁》诸卷,海内名公巨卿,俱有题赠。余十余岁时即识之。年八十八而卒。

余集号秋室,仁和人。乾隆丙戌进士,官至翰林侍读学士。工书而喜画,人物宗陈老莲,画美人尤妙,京师人称之曰余美人。年八十余,尚能作蝇头小楷。

陆灿号星三,长洲人。工人物花卉,长于写真。乾隆庚子,奉旨召写御容。其弟子尤伯宣,亦吴中传真妙手也。

姚仔号笠山,为邹小山宗伯书画弟子。工于人物。乾隆三十二年,高宗南巡,尝献画册,赏荷包等物。至今锡山工人物者,犹传其派。

张敔号雪鸿,江宁人。中山东商籍举人,任湖北竹山知县,以冒籍事去官,遂遍游海内。工于写生,可以突过陈白阳。能左右手书画,尤奇,双歌推绛树,二牍有黄华,真近时罕见者。年七十余卒。

陶鼎号笠亭,江都人。工山水花卉,临模宋、元、明各家略备,惟少书卷气。余初至邗上识之。又有虞蟾字步青者,亦工山水,其学相似。

华冠号吉崖，无锡人。传真妙手，山水树石亦工。尝为质府宾客，官四川司马。仁宗在潜邸识其人，召写御容，赏赉甚厚。

史鸣鹤字松乔，江都人。画梅宗王元章一派，千枝万蕊，著手成春，大小幅俱臻绝妙。与山阴童二如截然两途，童以苍老胜，史以韵致胜，亦各人出笔也。余尝有诗赠之云："伸缣写得一枝春，玉立冰姿越有神。酒醒梦回明月夜，欲呼小宋是前身。宋器之有《梅花喜神谱》，自称曰小宋。"尝介余刻《梅谱》一卷，旋为祖龙取去。

张赐宁号桂岩，直隶沧州人。为南通州判官。山水宗石田翁，或似文待诏粗豪之笔。花卉人物，虽不甚工，而落笔有奇气。乾隆壬子岁，余入都，见悯忠寺方丈画济颠一幅，颇得吴道子法，因识其人，遂成莫逆。其子百禄传父学，亦官江南，稍胜乃翁矣。

莘开号芹圃，乌程人。与同邑陆楳圃学画于沈芥舟，山水、人物、花卉俱妙。芹圃没后，其夫人徐氏号湘生亦能画，尤善传真，然仅画妇人，至今犹在，年近八十矣。

陆楷号楳圃，其学与芹圃略相似。与余同馆吴门春晖堂陆氏者三年，后楳圃无所遇，坎坷以终。

秦仪号梧园，无锡人。工山水，宗赵大年，入王石谷一派，画杨柳尤工，人称曰秦杨柳。

黄震号竹庐，镇洋人。山水宗太原，尤工人物，画古圣贤像；翎毛、花卉，亦其所长。与余同寓毕秋帆尚书家。

金铎字亦山，本太湖厅人，流寓于芜湖者四十余年。山水在石田、衡山之间，亦工花卉。

方薰号兰坻，石门人。能诗。工山水，淹润如南田翁；又工花卉，近白阳山人，与奚铁生齐名。寓桐乡金比部德舆家最久。余尝访之，为余作"前舟网网张空水，后有蓑翁独坐看"诗意。

奚冈号铁生，钱塘人。工山水，笔墨苍秀，得思翁、南田两家法，老年入李檀园一派，为浙中画家巨擘。近日杭人言书法者必宗山舟，言画学者必宗铁生，此亦一时好尚。铁生尝为余作《养竹山房图》，又似云林生，盖其天分极高，无一点尘俗也。

王学浩号蕉畦，昆山人。乾隆丙午举人。工山水，乱头粗服，殊有理趣。晚年入沈石田之室。近吴中画学咸推蕉畦为第一云。

朱本号素人，江都人。工山水，笔端颇横，不受羁束。北游京师，与阳湖朱昂之青笠、泰州朱鹤年野云齐名，号为"三朱"。

黄易号小松，钱塘人，松石先生子。官山东济宁运河同知。工汉隶书，尤邃于金石文字。偶画山水，入李檀园、查梅壑一派，可称逸品。

周左号渔石，鄞县人。工人物，为余临上官周《鹿门偕隐图》，见者无不称赏。

汪炳文号星莽，江宁人。工山水人物，秀韵莫比。中举人后，会试十次不第。余在京师识之。官桃源教谕。

宋葆醇号芝山，山西安邑人。举人。不甚画山水，画则必宗北宋。精于赏鉴。流寓扬州，为广陵书院山长。没时年近八十矣。

周瓒号采岩，吴县横塘人。工山水人物，细逾毛发，用唐、宋人法，识者谓自仇十洲后无此种笔墨矣。阮云台宫保为浙江巡抚时，常在幕府，然吴门士大夫鲜有知其人者。

古煌号镜水，鄞县人。工人物界画，妙绝一世，今之仇实父也。尝赠余《试茶图》一幅，见者莫不叹赏。

张应均号东畬，长洲人。以明经官四川知县。山水宗北苑。尝为富阳相国代笔，与董耕云椿同在相府，后来者为太仓李大令祥凤也。

马履泰号秋药，钱塘人。乾隆丁未进士，官至太常寺卿。能诗工画，笔下颇有奇气，近金寿门。

胡钟号兰川，江宁人。乾隆丁酉举人，官云南澂江府知府。工山水，书法亦精，篆、隶、正、草，各体俱备。

孙铨号少迂，昆山举人，以南汇教谕保举，官山东惠民知县。工于山水，苍秀有法，书宗赵、董，为诸王记室最久。

李荣号散木，钱塘人。少未读书，好学不厌，能诗工书，尤爱六法，俱臻妙境。山水初宗石谷，后入思翁、南田一派，又工兰竹花卉，尝为诸幕府书记，有名公卿间。殁于粤东，可惜也。

张莘号秋毂，工山水花卉，能诗，与余同寓虎丘。秋毂尝作画百幅，乘海舶散布海东诸国，夷人有得之者，珍为至宝，亦以海物为润笔。余赠其楹帖云："笔底烟花传海国，袖中诗句落吴船。"

吴文澂号南芗，歙县人，流寓山左。能诗，尤工书画，凡篆、隶、真、草，山水、人物、花卉、翎毛，以及刻碑、模印诸事，莫不通而习之。嘉庆十八年，以布衣诣阙上书，奉旨回籍，不加罪也。晚年尝寓吴门，行医自食，可称奇士。

潘恭寿字慎夫，自号莲巢，丹徒人。山水、人物、花卉、翎毛，无所不工，又能模印。当时与王梦楼太守常到吴门，人有得其片纸者，如获至宝。余尝乞其画佛像一幅，绝似丁南羽，近时鲜有其比。

钱埙字鹿泉，其先本山阴籍，游幕蜀中，遂为成都人。自号梅花和尚，不削发，不披缁，状貌雄杰，修髯过腹，为人豁达不羁，而豪于饮。喜吟咏，善颠草，画梅尤入妙品，醉后落笔，逸趣横生，自谓醒时不及也。尝爱虎丘之胜，筑生圹于后山，左右俱植梅花，自题其墓柱曰："槐梦醒时成大觉，梅花香里证无生。"以嘉庆戊寅年卒于吴门，其故人周勖斋太守葬之，成其志也。

侯云松号青甫，江宁举人。工花卉，淹雅可爱。书法亦精。尝画《松竹图》寿余六十，较张雪鸿大令别出机杼。

汪梅鼎号浣云，休宁人。中乾隆癸丑进士。山水、花卉，皆臻绝妙，其出笔之雅，似不食人间烟火者，咸谓之南田后身。尝与王铁夫同寓扬州广储门之樗园，余过访之，相得甚欢。

钱楷号裴山，嘉兴人。中乾隆己酉会试第一，入翰林，官至安徽巡抚。巍科硕望，政事明能，为海内称重，而不知其诗之精、画之妙也。余尝得中丞山水小幅，其法在思翁、烟客之间，上题小诗云："万壑千岩梦乍回，还教弱翰写苍苔。莫嫌下笔多凝滞，瘴海寒云拨不开。"此帧盖在粤西提督学政时所作也。

钱维乔号竹初，阳湖举人，稼轩司寇之弟。官鄞县知县。山水用家法，稍逊于司寇。尝为余作《写经楼图》，气韵颇似元人。

黄钺号左田，芜湖人。乾隆乙卯进士，今官户部尚书。山水喜宗北苑，而为余画《秋林曳杖》一幅，又似倪、黄合作。先太安人九十寿诞,尚书为作《金萱图》,直是白阳山人矣。随笔点染,变化莫测,皆成绝妙。所著有《画品》二十四则,仿司空表圣例也。其弟子王子卿太守泽,中嘉庆辛酉进士,亦工山水,尝画《梅花溪上图》为赠,知其学有渊源。

万承纪号廉山,江西南昌人。以明经补授江苏知县,三仕三已,擢海防司马。山水宗吴仲圭,亦工兰竹,篆书尤其所长。在江南二十年,名声籍甚。

裘世璘号守斋,仪征人。以资为郎,历任浙江知县,捐升道员,署江西驿盐道。能诗。工花卉,宗虞山蒋相国一派。

程寿龄号漱泉,甘泉人。中嘉庆壬戌进士,入翰林,擢右春坊庶子。工篆、隶、真、草,山水、人物、花卉、白描俱备。为人孤峭,寡言语,不轻与人交接,而聪明绝世,至于词曲及笙笛箫管之属,咸能通习。与同邑诸生王古灵应祥齐名。

姚元之字伯昂,桐城人。中嘉庆乙丑进士,授翰林编修,升侍讲。工于花果翎毛,落笔苍秀,如石田翁;亦画山水,近华秋岳,寥寥数笔,精妙入神。

改琦号七芗,其祖本北直隶人,官松江游击,遂占籍华亭。工山水人物,有声苏、松间。小楷亦精,天然丰秀。

王霖号春波,江宁人。官福建盐场大使。工山水、人物,为余作"只恨年年压金线,为他人作嫁衣裳"诗意一幅,殊妙。

盛惇大号甫山,阳湖人。官内阁侍读。工山水,近黄大痴。

屠倬字琴坞,钱塘人。嘉庆丁卯进士,入翰林,出知仪征县,有政声。工书,山水宗北苑,而喜用侧笔,又近云林。

顾洛号西梅,钱塘人。工花卉、人物,而尤以美人得名,笔下有书卷气。尝见其为阮云台宫保画《花影吹笙图》,又有《晓妆图》扇头,俱妙绝一时,恐六如、十洲无此韵致。

徐鈘号西涧,钱塘人。诸生。能诗,工山水,尝乞奚铁生指授,中年颇近大痴。

陈鸿寿号曼生,钱塘人。以选拔得县令,官至海防司马,引疾归。花卉宗王西室,山水近李檀园。尝官宜兴,用时大彬法,自制砂壶百枚，各题铭款，人称之曰"曼壶"，于是竞相效法，几遍海内。余谓曼生诗文、书画、印章无所不精，不意竟传于曼壶，亦奇事也。

丁以诚号义门，丹阳人。工于传真，中年补山水、花卉，皆成绝妙。

陆鼎号铁箫，吴县人。工山水、人物。两耳俱聋，终身不娶，以笔墨自给，若有所甚适焉者。尝有句云："买山无计凭人笑，却写青山卖与人。"为一时传诵。

马冈千，陕西乾州人。能传真，工于界划。适毕秋帆先生为陕西巡抚，撰刻《关中胜迹图志》，延冈千入署绘图。时董耕云、黄竹庐诸君皆在幕府，为指示之，又命临摹宋、元、明各家，画学自此大进。为毕公作《行乐图》二十四幅，无不称赏焉。

金鹊泉，吴县香雪海人。少为木工，喜于画。尝寓吴门缪松心进士家，松心精于赏鉴，家藏李营北《江南》半幅及诸元、明人画极多，皆命临摹，咄咄逼人，亦奇士也。

胡桂号月香，吴人。少时为梨园子弟，在景山最久，而工于山水，酷似南田。高宗爱其笔墨，尝召入内府，呼之曰桂花。嘉庆四年三月，仍命供奉内廷，年已五十余矣。凡内府所有赏赐诸王公贵人画扇，皆其笔也。余于戊午冬入京，识其人，谨饬谦雅，淡于荣禄，外人鲜有知者。其子九思，号默轩，亦工画山水，无有乃翁之秀色矣。僧主云，吴兴人。为西湖净慈方丈。工山水，能书，俱宗华亭尚书，今之巨然也。余每至湖上，主云必攀留坐谈，终日不倦。年七十余，尚能作书画。

僧铁舟，湖北武昌人。工兰竹，能诗，天姿清妙，有名江淮间。画当胜于郑板桥，亦贯休、齐己一流人也。殁葬虎丘后山，余为题其墓。

僧懒庵，俗姓沈，长洲人。为画禅寺方丈。工山水，能诗。今退院住善庆庵，筑精舍数间，种竹浇花，有萧然自得之致。

卷十二　艺能

书

扬子曰："书，心画也。传千里之忞忞者，莫如书。"《释名》曰："书，庶也，纪庶物也。"无论士农商贾，俱所当习。惟书之为道甚广，有心手之妙用，有美丑之攸分，不可忽也。近日书家，稍知执笔，便好为人师，谓之字馆。乡村市井之徒，亦纷然杂遝，即有一二好天分，好笔资，皆为其师汩没。何也？盖先知觉后知，原未尝不可，惟不知因材而笃之道，但令其临模己书，合己意而后为善者，此书法之所以日坏而无杰出者也。余以为教人学书，当分三等：第一等有绝顶天资，可以比拟松雪、华亭之用笔者，则令其读经史，学碑帖，游名山大川，看古人墨迹，为传世之学。第二等志切功名，穷年兀兀，岂能尽力于斯，只要真行兼备，不失规矩绳墨，写成殿试策子，批判公文式样，便可为科第之学。第三等则但取近时书法临仿，具有奏折书启禀帖手段，可以为人佣书而骗衣食者，为酬应之学也；然而亦要天分，要工夫，如无天分，少工夫，虽尽日临碑学帖，终至白首无成。

数

数学通于天文、律历，虽为六艺之一，其法广大精微，非浅学所能尽也。自《周髀算经》开其前，《仪象法要》系其后，至元、明乃大备，而国朝尤精，实超出于前古。圣祖仁皇帝有《御撰历象考成》四十二卷，又《数理精蕴》五十三卷，高宗纯皇帝又有《御定仪象考成》三十二卷，于圆历仪象玑衡七政之术，无不洞悉其中，可以无余蕴矣。其余明是学者，前则有薛凤祚、梅定九、江慎修、戴东原诸公，近时则有钱辛楣、屈焕发、焦理堂、凌仲子、张古愚、李四香、蒋蒋山诸公，称一时之盛云。

射

射为六艺之一,古有乡射礼,载于《礼经》,故今天下儒学,俱有射圃,原所以教诸生之射者。国朝之制,凡八旗子弟十六岁以上,俱令习弓矢,是行古之道也。今蒙师教子弟,于小学大义尚未通晓,又安知弧矢之为用乎?夫射者,但求执弓坚,心平体正,自然中的,亦以养性情,备国用。故孔子曰:"射有似乎君子,失诸正鹄,反求诸其身也。"余尝论之:今文学诸生,有岁科考、书院考、院课、月课甄别诸名目,而武生以弓矢而进者,何独令其荒废,反为诈人武断、包漕说讼之事乎?

投　壶

今士大夫家子弟,年五六岁,即令从师识字,隔三五年,知识渐开,便多嬉戏之事,如博弈、饮酒、唱曲,皆可以贼子弟之性情,废读书之事业,虽父师教训不严,亦父师之少学问也。至如投壶之礼,今虽不行,亦可使子弟习之,以收束其身心。其法以十二筹,更相为用,有倚竿、带剑、狼壶、豹尾、龙首之名,使身如鹄立,筹如燕飞,能十投九中,自心旷神怡,则贤于博弈、饮酒远矣。

弹　琴

余年未弱冠,不甚喜笙笛箫管及弦索琵琶之音,深有慕乎弹琴而未得其人也。遂购一琴,朝夕抚弄,始从学于鹿裘道士黄忠夫,习者有七八曲,如《良宵引》、《静观吟》、《秋江夜泊》、《塞上鸿》、《梧叶舞秋风》、《梅花三弄》、《普安咒》之类,乃知世之能琴者,盖星罗棋置焉。其时有俞宗灏号梅华,滕鉴号古明,潘奕正号月池,孔继洛号沛霖,田英号静莲,又有夏芝岩、计松年、华禹玉、严卓云、邵象洲诸人,审其音节,大略相同。一旦恍然有悟曰:"琴制虽古,音则非古,实是今之乐,而非古之乐也。"遂废弃不复弹。盖音之起,由人心生,人心不古,音岂能古耶? 殆与笙笛箫管、弦索琵琶之音相类似也。

琵　琶

琵琶本胡乐,马上所鼓,大约起于晋、宋、齐、隋之间,至有唐而极盛,若贺怀智、康昆仑、王芬、曹保及其子善才,皆有传袭,自此历五代、宋、元、明俱不废。其音急而清,繁而琐,白香山诗所谓"大弦嘈嘈如急雨,小弦切切如私语"者也。近时能者甚多,工者绝少。吾乡有杨文学廷果精于此技,然所弹者皆古曲,非新腔小调之谓也。其曲有《郁轮袍》、《秋江雁语》、《梁州漫》、《月儿高》诸名色。杨没后,无有传其学者。近惟有吴门之姚香汀、松江之俞秋圃可称善手,以此技遨游公卿间,亦今之贺老也。

着　棋

余少时每喜看人着棋,娓娓不倦。比长,偶读韦曜《博弈论》,遂深恶之,以为饱食终日,无所用心之事,何必深究耶? 人生数十年,光阴迅速,则又何必做此废事弃业、忘寝与食之勾当耶? 世传范西平、施本庵诸人为一时国手,所刻《桃花泉棋谱》、《弈理指归》诸书,直可付之一炬。

相传范西平与施本庵寓扬州,偶于村塾中夜宿,施戏与馆中童子着棋,不能胜,范更之,又不能胜,两人怅然若失。又西平游甓社湖,寓僧寺,有担草者来,范与弈,数局皆不能胜,问其姓名,不答,忽笑曰:"近时盛称范西平、施本庵为天下国手,实吾儿孙辈耳! 弈,小数也,何必问出身,与儿孙辈争虚誉乎?"荷担而去。

摹　印

摹印始于秦,盛于汉,晋以后其学渐微。每见唐、宋人墨迹上所用印章,皆以意配合,竟无有用秦、汉法者。至元、明人则各自成家,与秦汉更远矣。国初苏州有顾云美,徽州有程穆倩,杭州有丁龙泓。故吴门人辄宗云美,天都人辄宗穆倩,武林人辄宗龙泓,至今不改。乃知雕虫小技,亦有风气运会存乎其间。近来宗秦、汉者甚多,直可超唐、宋、元、明而上之。天都人尤擅其妙,如歙之巴隽堂、胡城东、巴煜亭、鲍梁侣、绩溪之周宗杭,皆能浸淫乎秦、汉者;然奏刀稍懈,又成穆倩矣。习见熟闻,易于沾染,其势然也。

山阴董小池通守名洵,素精摹印,罢官后,寓京师三十年,无所遇,以铁笔游公卿间。余观其奏刀,却无时习,辄以秦、汉为宗,然必须依傍古人,如刻名印,必先将汉印谱翻阅数四,而后落墨。譬诸画家,无胸中丘壑,以稿本临模,终是下乘。同时公卿大夫之好摹印者,如仁和余秋室学士、芜湖黄左田尚书、上海赵谦士侍郎、扬州江秋史侍御、江宁司马达甫舍人,又有红兰主人与英梦禅、董元镜、赵佩德诸公,俱有秦、汉印癖者也。

汪绣峰启淑,歙之绵潭人。家本素封,以资为户部员外郎。喜藏古今文籍字画,尤酷嗜印章,搜罗汉、魏、晋、唐、宋、元、明人印极多,凡金、银、玉石、码瑙、珊瑚、水晶、青金、蜜蜡、青田、昌化、寿山,及铜、磁、象牙、黄杨、檀香、竹根诸印,一见辄收,至数万枚,集有《讱庵集古印存》二十四卷,又刻《飞鸿堂印谱》三集,皆延近时诸名家攒集而成,海内传为至宝。余在秋帆尚书家,与绣峰时相过从,见余案头有一铜印,鼻钮刻"杨恽"二字,的是汉人。绣峰欲豪夺,余不许,遂长跪不起,不得已,笑而赠之。其风趣如此。惟少鉴别,不论精粗美恶,皆为珍重,亦见其好之笃也。自称"印癖先生"。

余颇嗜篆刻,十五六时始见吴江张雨槐,是专学顾云美、陈阳山者。比长,闻光福镇有徐翁友竹,亦擅此技,乃投刺谒之,一见倾倒,因得见所刻《西京职官印录》八卷,是按《前汉书·百官公卿表》为之考正,如淮阴侯韩信、酂侯萧何,依次刻之。吴中篆刻,自云美后又一变矣。

近时模印者,辄效法陈曼生司马。余以为不然。司马篆法未尝不精,实是丁龙泓一派,偶一为之可也,若以为可法者,其在天都诸君乎?盖天都人俱从程穆倩入手,而上追秦、汉,无有元、明人恶习,所谓"刻鹄不成尚类鹜"者也。他如江宁之张止原、蔡伯海,锡山之嵇道昆、吴镜江,扬州之程漱泉、王古灵,长洲之吴介祉、张容庭,海盐之张文鱼,泾县之胡海渔,仁和之陈秋堂,虞山之屈元安,华亭之徐渔村,武进之邹牧村,皆有可观,亦何必一定法曼生耶?

刻　碑

自汉、魏、六朝、唐、宋、元、明以来,碑板不下千万种,其书丹之人,有大家书,有名家书,亦有并不以书名而随手属笔者。总视刻人之优劣,以分书之高下,虽姿态如虞、褚,严劲如欧、颜,若刻手平常,遂成恶札。至如《唐骑都尉李文墓志》,其结体用笔,全与《砖塔铭》相似,王虚舟云必是敬客一手书,而刻手恶劣,较《砖塔铭》竟有天壤之隔。又《西平王李晟碑》,是裴晋公撰文,在柳诚悬当日书碑时,自然极力用意之作,乃如市侩村夫之笔,与《玄秘塔》截然两途,真不可解也。唐人碑版如此类者甚多,其实皆刻手优劣之故。

大凡刻手优劣,如作书作画,全仗天分。天分高则姿态横溢,如刘雨若之刻《快雪堂帖》,管一虬之刻《洛神十三行》是也。

文氏《停云馆帖》,章简甫所刻也。然惟刻晋、唐小楷一卷最为得笔,其余皆俗工所为,了无意趣。

书法一道,一代有一代之名人,而刻碑者亦一时有一时之能手,需其人与书碑者日相往来,看其用笔,如为人写照,必亲见其人,而后能肖其面目精神,方称能事,所谓下真迹一等也。世所传两晋、六朝、唐、宋碑刻,其面目尚有存者,至于各种法帖,大率皆由拓本、赝本转转模勒,不特对照写照,且不知其所写何人,又乌能辨其面目精神耶?吾故曰藏帖不如看碑,与其临帖之假精神,不如看碑之真面目。

刻手不可不知书法,又不可工于书法。假如其人能书,自然胸有成见,则恐其将他人之笔法,改成自己之面貌;如其人不能书,胸无成见,则又恐其依样胡芦,形同木偶,是与石工木匠雕刻花纹何异哉?

刻行、楷书似难而实易,刻篆、隶书似易而实难。盖刻人自幼先从行、楷入手,未有先刻篆、隶者,犹童蒙学书,自然先习行、楷,行、楷工深，再进篆、隶。今人刻行、楷尚不精，况篆、隶乎？

选　毫

笔以吴兴人制者为佳，其所谓狼毫、兔毫、羊毫、兼毫者，各极其妙。然毫之中有刚柔利钝之不同，南北中山之互异。每一枝笔，只要选其最健者二三根入其中，则用之经年不败，谓之选毫。相传赵松雪能自制笔，取千百枝笔试之，其中必有健者数十枝，则取数十枝拆开，选最健之毫迸为一枝，如此则得心应手，一枝笔可用五六年，此其所以妙也。谚云"能书不择笔"，实妄言耳。

大凡书家以小笔书大字必薄，以大笔书小字必厚，其势然也。功夫浅则薄，功夫深则厚，其理然也。余幼时闻老辈作书，有取香火烧其笔尖然后用之者，故其书秃，无有锋颖，以此为厚，不亦谬乎！

制　墨

昔人有云，笔陈如草，墨陈如宝。所谓陈者，欲其多隔几年，稍脱火性耳，未必指唐、宋之墨始为陈也。今人言古墨者，辄曰李廷珪、潘谷，否则程君房、方于鲁，甚至有每一笏直数十百金者，其实皆无所用。余尝见诒晋斋主人及刘文清公书，凡用古墨者，不论卷册大小幅，皆模糊满纸，如渗如污。盖墨古则胶脱，胶脱则不可用，任其烟之细、制之精，实无所取，不过置案头饰观而已。

《说文》："墨者，黑也。"松烟所成，只要烟细。东坡所谓要使其光清而不浮，湛湛如小儿目睛，乃为佳也。近时曹素功、詹子云、方密庵、汪节庵辈所制者，俱可用。如取烟不细，终成弃物。

硾　纸

纸类不一，各随所制。近时常用者不过竹料、绵料两种，竹料用之印书，绵料用之写字。然纸质虽细，总有灰性存乎其间，落笔辄渗。

若欲去其灰性，必用糯米浆，或白芨水，或清胶水拖之，然后卷在木杆上，以椎千碓万碓，则灰性去而纸质坚。米南宫制纸亦用是法。若欲灰性自退，非百余年不可，然其质仍松，不可用也。

笺纸近以杭州制者为佳，碓笺、粉笺、蜡笺俱可用。盖杭粉细，水色峭，制度精，松江、苏州俱所不及也。有虚白斋制者，海内盛传，以梁山舟侍讲称之得名。余终嫌其胶矾太重，不能垂久。

书笺花样多端，大约起于唐、宋，所谓衍波笺、浣花笺，今皆不传。每见元、明人书札中有印花矸花精妙绝伦者，亦有粗俗不堪者，其纸虽旧，花样总不如近今。自乾隆四十年间，苏、杭、嘉兴人始为之，愈出愈奇，争相角胜，然总视画工之优劣，以定笺之高下，花样虽妙，纸质粗松，舍本逐末，可发一笑。

琢　砚

石之出于端州者，概而名之曰端。端非一种，种非一类，只要质理细，发墨易，便是佳砚。其他名色甚多，如鸲鹆眼、黄龙纹、蕉叶白之类，而石质粗笨，不发墨，则亦安用其名色耶？近日阮芸台宫保在粤东，又得恩平茶坑石，甚发墨，五色俱有，较端州新坑为优，此前人之所未见。

石之细而发墨者，亦不必端州，即如歙之龙尾，苏之巉村，汉宫之瓦当，魏、晋之宫殿砖，松花江之砥石，俱可为砚。近又以日本国石为砚者，皆出于通州、福山一带，人家墙壁内时时有之，相传为明时倭寇入江南压船带来者，其质坚而细，甚发墨，有黄、紫、黑三种，莫名其为何石，近亦渐少矣。

余尝论琢砚之工，全在乎取材，不必问做手。如砚材不佳，虽妙手亦何能为耶？曩时在小仓山房识江宁卫凫溪，手段却好，惟所琢之砚皆是弃材，不过陈设案头，与假古铜磁饰观而已。

铜　匠

铸铜之法，三代已备，鼎钟彝器，制度各殊；汉、魏而下，铁木并用；至唐、宋始有磁器，磁器行而铜器废矣。鲍照诗云："洛阳名工铸为金博山，千斫复万镂，上刻秦女携手仙。"则知古人之精于此技者，代不乏人，如隋之开皇、唐之开元铸有造像，宋之宣和、明之宣德铸有炉瓶，则去古法渐远矣。近吴门有甘、王两姓，能仿造三代彝器，可以乱真。又嘉定有钱大田者，能仿造壶爵，与古无异；子秉田亦传其法，尝为吴盘斋大令铸祭器十种，为余铸金涂塔铁券。又有江宁人冯锡与者，为余铸如意百柄，蟾镫一具，及带钩、铜璧、灵钟、清磬、铁箫、铁笛、书镇之属，亦能仿商、周之嵌金银，此又甘、王、钱三家所不及也。

　　自鸣钟表皆出于西洋，本朝康熙间始进中国，今士大夫家皆用之。案张鷟《朝野佥载》言武后如意中海州进一匠，能造十二辰车，回辕正南则午门开，有一人骑马出，手持一牌，上书"午时"二字，如旋机玉衡十二时，循环不爽，则唐时已有之矣。近广州、江宁、苏州工匠亦能造，然较西法究隔一层。

　　测十二时者，古来惟有漏壶，而后世又作日晷、月晷，日晷用于日中，月晷用于夜中，然是日有风雨，则不可用矣。尝见京师天主堂又有寒暑表、阴晴表，其法不传于中国，惟自鸣钟表，不论日夜、风雨皆可用。推此法而行之，故测天象又作浑天仪，以南北定极，众星旋转，玩二十八宿于股掌之间，法妙矣。而近时婺源齐梅麓员外又倩工作中星仪，外盘分天度为二十四气，每一气分十五日，内盘分十二时为三百六十刻，无论日夜，能知某时某刻某星在某度，毫发不爽，令天星旋转，时刻运行，一望而知，是开千古以来未有之能事，诚精微之极至矣。其法日间开钟对定时刻，然后移星盘之节气线与时针切，如立春第一日则将时针切立春第一线。则得真正中星；如夜间开钟对定中星，然后移时针与星盘之节气线切，则得真正时刻。

玉　　工

　　攻玉之工，古尚质朴，今尚工细，故古玉器中以宋做为最精，而本朝制作较宋尤精，此亦商质周文之义也。近三十年来，玉工渐渐改业，则贱金玉而贵粟菽矣。

周　　制

　　周制之法，惟扬州有之，明末有周姓者始创此法，故名周制。其法以金、银、宝石、真珠、珊瑚、碧玉、翡翠、水晶、玛瑙、玳瑁、琠渠、青金、绿松、螺甸、象牙、蜜腊、沉香为之，雕成山水、人物、树木、楼台、花卉、翎毛，嵌于檀梨漆器之上，大而屏风、桌椅、窗槅、书架，小则笔床、茶具、砚匣、书箱，五色陆离，难以形容，真古来未有之奇玩也。乾隆中有王国琛、卢映之辈，精于此技，今映之孙葵生亦能之。

　　嘉庆十九年，圆明园新构竹园一所，上夏日纳凉处。其年八月，有旨命两淮盐政承办紫檀装修大小二百余件，其花样曰"榴开百子"，曰"万代长春"，曰"芝仙祝寿"。二十二年十二月，圆明园接秀山房落成，又有旨命两淮盐政承办紫檀窗棂二百余扇，鸠工一千余人，其窗皆高九尺二寸，又多宝架三座，高一丈二尺，地罩三座，高一丈二尺，俱用周制，其花样又有曰"万寿长春"，曰"九秋同庆"，曰"福增贵子"，曰"寿献兰孙"，诸名色皆上所亲颁。

刻　　书

　　刻书以宋刻为上，至元时翻宋，尚有佳者。有明中叶，写书匠改为方笔，非颜非欧，已不成字，近时则愈恶劣，无笔画可寻矣。然康熙、雍正、乾隆三朝所刻之书，如《佩文斋书画谱》、《骈字类编》、《渊鉴类函》及《五礼通考》诸书，尚有好手。今则写刻愈劣，而价愈贵矣，岂亦有运会使然耶？

装　　潢

　　装潢以本朝为第一，各省之中，以苏工为第一。然而虽有好手，亦要取料净，运帚匀，用浆宿，工夫深，方称善也。乾隆中，高宗深于赏鉴，凡海内得宋、元、明人书画者，必使苏工装潢。其时海内收藏家有毕秋帆尚书、陈望之中丞、吴杜村观察为之提奖,故秦长年、徐名扬、张子元、戴汇昌诸工,皆名噪一时。今书画久不行,不过好事士大夫家略有所藏,亦不精究装法,故工于此者日渐日少矣。

成　衣

成衣匠各省俱有,而宁波尤多,今京城内外成衣者,皆宁波人也。昔有人持匹帛命成衣者裁剪,遂询主人之性情、年纪、状貌,并何年得科第,而独不言尺寸。其人怪之,成衣者曰:"少年科第者,其性傲,胸必挺,需前长而后短;老年科第者,其心慵,背必伛,需前短而后长。肥者其腰宽,瘦者其身仄。性之急者,宜衣短;性之缓者,宜衣长。至于尺寸,成法也,何必问耶?"余谓斯匠可与言成衣矣。今之成衣者,辄以旧衣定尺寸,以新样为时尚,不知短长之理,先蓄觊觎之心,不论男女衣裳,要如杜少陵诗所谓"稳称身"者,实难其人焉。

雕　工

雕工随处有之,宁国、徽州、苏州最盛,亦最巧。乾隆中,高宗皇帝六次南巡,江浙各处名胜俱造行宫,俱列陈设,所雕象牙、紫檀、花梨屏座,并铜、磁、玉器架垫,有龙凤、水云、汉纹、雷纹、洋花、洋莲之奇,至每件有费千百工者,自此雕工日益盛云。

乾隆初年,吴郡有杜士元,号为鬼工,能将橄榄核或桃核雕刻成舟,作东坡游赤壁。一方篷快船,两面窗槅,桅杆两,橹头稍篷及柁篙帆樯毕具,俱能移动。舟中坐三人,其巾袍而髯者为东坡先生,着禅衣冠坐而若对谈者为佛印,旁有手持洞箫,启窗外望者,则相从之客也。船头上有童子持扇烹茶,旁置一小盘,盘中安茶杯三盏。舟师三人,两坐一卧,细逾毛发。每成一舟,好事者争相购得,值白金五十两。然士元好酒,终年游宕,不肯轻易出手,惟贫困极时始能镂刻,如暖衣饱食,虽以千金不能致也。高宗闻其名,召至启祥宫,赏赐金帛甚厚,辄以换酒。士元在禁垣中,终日闷闷,欲出不可。忽诈痴,逸入圆明园，将园中紫竹伐一枝，去头尾而为洞箫，吹于一大松顶上。守卫者大惊，具以状奏。高宗曰："想此人疯矣。"命出之。自此回吴，好饮如故。余幼时识一段翁者，犹及见之，为余详述如此。余尝见士元制一象牙臂搁，刻《十八罗汉渡海图》，数寸间有山海、树木、岛屿、波涛掀动翻天之势，真鬼工也。

竹　刻

竹刻，嘉定人最精，其法始于朱鹤祖孙父子，与古铜玉、宋磁诸器并重，亦以入贡内府。近时工此技者虽多，较前人所制，有霄壤之分矣。

营　造

凡造屋必先看方向之利不利，择吉既定，然后运土平基。基既平，当酌量该造屋几间，堂几进，弄几条，廊庑几处，然后定石脚，以夯石深，石脚平为主。基址既平，方知丈尺方圆，而始画屋样，要使尺幅中绘出阔狭浅深，高低尺寸，贴签注明，谓之图说。然图说者仅居一面，难于领略，而又必以纸骨按画仿制屋几间，堂几进，弄几条，廊庑几处，谓之烫样，苏、杭、扬人皆能为之。或烫样不合意，再为商改，然后令工依样放线，该用若干丈尺，若干高低，一目了然，始能断木料，动工作，则省许多经营，许多心力，许多钱财。余每见乡村富户，胸无成竹，不知造屋次序，但择日起工，一凭工匠随意建造，非高即低，非阔即狭，或主人之意不适而又重拆，或工匠之见不定而又添改，为主人者竟无一定主见。种种周章，比比皆是。至屋未成而囊钱已罄，或屋既造而木料尚多，此皆不画图、不烫样之过也。

屋既成矣，必用装修，而门窗槅扇最忌雕花。古者在墙为牖，在屋为窗，不过浑边净素而已，如此做法，最为坚固。试看宋、元人图画宫室，并无有人物、龙凤、花卉、翎毛诸花样者。又吾乡造屋，大厅前必有门楼，砖上雕刻人马戏文，玲珑剔透，尤为可笑。此皆主人无成见，听凭工匠所为而受其愚耳。

造屋之工，当以扬州为第一，如作文之有变换，无雷同，虽数间小筑，必使门窗轩豁，曲折得宜，此苏、杭工匠断断不能也。盖厅堂要整齐如台阁气象，书房密室要参错如园亭布置，兼而有之，方称妙手。今苏、杭庸工皆不知此义，惟将砖瓦木料搭成空架子，千篇一律，既不明相题立局，亦不知随方逐圆，但以涂汰作生涯，雕花为能事，虽经主人指示，日日叫呼，而工匠自有一种老笔主意，总不能得心应手者也。

装修非难，位置为难，各有才情，各有天分，其中款奥虽无定法，总要看主人之心思，工匠之巧妙，不必拘于一格也。修改旧屋，如改学生课艺，要将自己之心思而贯入彼之词句，俾得完善成篇，略无痕迹，较造新屋者似易而实难。然亦要看学生之笔下何如，有改得出，有改不出。如仅茆屋三间，梁柎栋折，虽有善手，吾末如之何也已矣。汪春田观察有《重葺文园》诗云：“换却花篱补石阑，改园更比改诗难。果能字字吟来稳，小有亭台亦耐看。”

治　庖

凡治菜以烹庖得宜为第一义，不在山珍海错之多，鸡猪鱼鸭之富也。庖人善则化臭腐为神奇，庖人不善则变神奇为臭腐。曾宾谷中丞尝言，京师善治菜者，独推茅耕亭侍郎家为第一，然每桌所费不过二千钱，咸称美矣至矣。可知取材原不在多寡，只要烹调得宜，便为美馔。

古人著作，汗牛充栋，善于读书者只得其要领，不善读书者但取其糟粕。庖人之治庖亦然。

欲作文必需先读书，欲治庖必需先买办，未有不读书而作文，不买办而治庖者也。譬诸鱼鸭鸡猪为《十三经》，山珍海错为《廿二史》，葱菜姜蒜酒醋油盐一切香料为诸子百家，缺一不可。治庖时宁可不用，不可不备。用之得当，不特有味，可以咀嚼；用之不得当，不特无味，惟有呕吐而已。

同一菜也，而口味各有不同。如北方人嗜浓厚，南方人嗜清淡；北方人以肴馔丰、点食多为美，南方人以肴馔洁、果品鲜为美。虽清奇浓淡，各有妙处，然浓厚者未免有伤肠胃，清淡者颇能自得精华。

随园先生谓治菜如作诗文，各有天分。天分高，则随手煎炒，便是嘉肴；天分不高，虽极意烹庖，不堪下箸。

《易》曰："尊酒簋二。"《诗》曰："每食四簋。"可知古人饮食俭约，不比今时之八簋十簋始为敬客也。

仆人上菜亦有法焉，要使浓淡相间，时候得宜。譬如盐菜，至贱之物也，上之于酒肴之前，有何意味；上之于酒肴之后，便是美品。此是文章关键，不可不知。

孟子曰："鱼我所欲也，熊掌亦我所欲也。"熊掌之味，尚亚于今之南腿，不过存其名而已。惟鱼之一物，美不胜收，北地以黄河鲤为佳，江南以螺蛳青为佳，其余如刀鱼、鲈鱼、鲫鱼、时鱼、连鱼、鳊鱼，必各随其时，愈鲜愈妙。若阳城湖之壮鳗，太湖之鼋与鳖，终嫌味太浓浊，比之乡会墨卷，不宜常置案头者也。

王辅嗣《易经·颐卦》"大象"注云："祸从口出，病从口入。"盖古来已有此语，食者不可不慎。如河豚有毒，而味甚美，当烹庖时，必以芦芽同煮则可解。坡公诗云："蒌蒿满地芦芽短，正是河豚欲上时。"盖谓此也。虾味甚鲜，其物是化生，蚂蚁、蝗虫之子一落水皆可变，煮熟时有不曲躬者不可食。鲚鱼背脊有十二刺，应一年十二月，有闰则多一刺，如正月之毒在第一刺，二月之毒在第二刺，以此类推，有中之者能杀人，惟橄榄汁可解。鸡味最鲜，不论雄雌，养至五六年者不可食。又如蟹者，深秋美品，与柿同食即死。

刀鱼本名鮆，开春第一鲜美之肴，而腹中肠尤为美味，不可去之，此为善食刀鱼者。或以肠为秽污之物，辄弃去，余则曰："是未读《说文》者也。"案《说文》鱼部："鮆，饮而不食，刀鱼也。"此鱼既不食，秽从何来耶？故曰"人莫不饮食也，鲜能知味也"。

饮食一道如方言，各处不同，只要对口味。口味不对，又如人之情性不合者，不可以一日居也。

近人有以果子为菜者,其法始于僧尼家,颇有风味。如炒苹果,炒荸荠,炒藕丝、山药、栗片,以至油煎白果、酱炒核桃、盐水熬花生之类,不可枚举。又花叶亦可以为菜者,如胭脂叶、金雀花、韭菜花、菊花叶、玉兰瓣、荷花瓣、玫瑰花之类,愈出愈奇。

喜庆家宴客,与平时宴客绝不相同。喜庆之肴馔,如作应制诗文,只要华赡出色而已;若平时宴饮,则烹调随意,多寡咸宜,但期适口,即是嘉肴。

或有问余曰:"今人有文章,有经济,又能立功名,立事业,而无科第者,人必鄙薄之,曰是根基浅薄也,又曰出身微贱也,何耶?"余笑曰:"人之科第,如盛席中之一脔肉,本不可少者。然仅有此一脔肉,而无珍馔嘉肴以佐之,不可谓之盛席矣。故曰:经济文章,自较科第为重,虽出之捐职,亦可以治民;珍馔嘉肴,自较脔肉更鲜,虽出之家厨,亦足以供客。"

堆　假　山

堆假山者,国初以张南垣为最。康熙中则有石涛和尚,其后则仇好石、董道士、王天于、张国泰皆为妙手。近时有戈裕良者,常州人,其堆法尤胜于诸家。如仪征之朴园、如皋之文园、江宁之五松园、虎丘之一榭园,又孙古云家书厅前山子一座,皆其手笔。尝论狮子林石洞皆界以条石,不算名手,余诘之曰:"不用条石,易于倾颓,奈何?"戈曰:"只将大小石钩带联络,如造环桥法,可以千年不坏。要如真山洞壑一般,然后方称能事。"余始服其言。至造亭台池馆,一切位置装修,亦其所长。

制　砂　壶

宜兴砂壶,以时大彬制者为佳,其余如陈仲美、李仲芳、徐友泉、沈君用、陈用卿、蒋志雯诸人,亦藉藉人口者。近则以陈曼生司马所制为重矣,咸呼之曰"曼壶"。

度　曲

仪征李艾塘精于音律，谓元人唱曲，元气淋漓，直与唐诗宋词相颉颃。近时则以苏州叶广平翁一派为最著，听其悠扬跌荡，直可步武元人，当为昆曲第一。曾刻《纳书楹曲谱》，为海内唱曲者所宗。

近士大夫皆能唱昆曲，即三弦、笙、笛、鼓板亦娴熟异常。余在京师时，见盛甫山舍人之三弦，程香谷礼部之鼓板，席子远、陈石士两编修能唱大小喉咙，俱妙，亦其聪明过人之一端。

十　番

十番用紧膜双笛，其声最高，吹入云际，而佐以箫管、三弦，缓急与云锣相应；又佐以提琴、鼍鼓，其缓急又与檀板相应；再佐之以汤锣，众乐既齐，乃用羯鼓，声如裂竹，所谓"头似青山峰，手如白雨点"，方称能事。其中又间以木鱼、檀板，以成节奏。有《花信风》、《双鸳鸯》、《风摆荷叶》、《雨打梧桐》诸名色。忆于嘉庆己巳年七月，余偶在京师，寓近光楼，其地与圆明园相近，景山诸乐部尝演习十番笛，每于月下听之，如云璈叠奏，令人神往。余有诗云："一双玉笛韵悠扬，檀板轻敲彻建章。太液池边花外路，有人背手听宫墙。"

演　戏

梨园演戏，高宗南巡时为最盛，而两淮盐务中尤为绝出。例蓄花、雅两部，以备演唱。雅部即昆腔，花部为京腔、秦腔、弋阳腔、梆子腔、罗罗腔、二簧调，统谓之乱弹班。余七八岁时，苏州有集秀、合秀、撷芳诸班，为昆腔中第一部，今绝响久矣。

演戏如作时文，无一定格局，只须酷肖古圣贤人口气。假如项水心之何必读书，要象子路口气；蒋辰生之诉子路于季孙，要象公伯寮口气。形容得象，写得出，便为绝构，便是名班。近则不然，视《金钗》、《琵琶》诸本为老戏，以乱弹、滩簧、小调为新腔，多搭小旦，杂以插科，多置行头，再添面具，方称新奇，而观者益众；如老戏一上场，人人星散矣。岂风气使然耶？

杂　戏

按《文献通考》，杂戏起于秦、汉，门类甚多，不可枚举。然则今世之测变器物及弄缸、弄碗诸剧，愈出愈奇，皆古所无也。道光初年，以国丧不演戏，大家、酒馆辄以戏法、弄碗，杂以诙谐，为佑觞之具，自此风行一时。同乡言心香通守尝置酒招余，戏书二绝云："空空妙手能容物，亹亹清言欲笑人。谩道世间人作假，要知凡事总非真。""蹋球弄碗真无匹，舞剑缘竿未足多。观者满堂皆动色，一时里巷废弦歌。"惟考元吴渊颖有《碗珠》诗云："碗珠闻自宫掖来，长竿宝碗手中回。"似即今之弄碗也，可补古杂戏之缺。

杂戏之技，层出不穷，如立竿、吞剑、走索、壁上取火、席上反灯、弄刀舞盘、风车簸米、飞水顶烛、摘豆抽签、打球铅弹、攒梯、弄缸、弄瓮、大变金钱、仙人吹笙之类，一时难以尽记。又有一老人，年八十余，能以大竹一竿，长四五丈，竖起，独立竹竿头上，更奇，不知操何术也。他如抽牌算命、蓄猴唱戏、弄鼠攒圈、虾蟆教学、蚂蚁斗阵等戏，则又以禽兽虫蚁而为衣食者也。

履园丛话

［清］钱泳 撰 孟斐 校点

下

卷十三 科第

种 德

吾乡邹于度忠倚,前身相传为金山寺老僧。明末,有新状元舟过金山者,观者咸叹羡之,老僧曰:"状元亦人为之耳,有何难哉!"崇祯庚午科,于度之父名兑金者,挟重资赴金陵乡试,泊舟京口,忽起大风,行舟多覆。邹君启其箧指谓人曰:"吾财不吝,有救得一人者予十金。"于是人争赴救,溺者皆活,而金亦尽矣。老僧于山上见之,曰:"此人有德,吾可去矣。"遂入定坐化。是科邹君中式,归,见老僧入室,而于度生。本朝顺治九年壬辰,于度果状元及第。

陈理,山阴人,字厚庵,康熙初,官广西平乐府司狱,因入籍。孔兵之乱,曾救释被掠妇女千余人,恐不得脱,遂自烧其庐。事平回籍,幸获无恙。后长子允恭,登康熙三十三年甲戌进士,官都察院左佥都御史;次子廷纶,登三十九年庚辰进士,官安徽庐州府知府。孙齐襄,应雍正七年保举贤良方正科,历官至江西广饶九南道;次齐叡,江南镇江府通判;次齐贤,陕西郿州知州;次齐芳,湖北监利县知县;次齐庶,刑部直隶司员外;四人皆雍正元年同榜举人;次齐绥,恩荫生;次齐绅,中乾隆十七年壬申进士,授翰林院编修。至其曾孙圣瑞,官刑部陕西司郎中;圣时,官山东道监察御史;圣传,官福建台湾县县丞,殉贼匪林爽文之难,世袭云骑尉;圣修,官云南府通判:皆举人。玄孙广宁,以袭云骑尉世职历官寿春、兖州、腾越三镇总兵官,兴余为总角交,故能知其家世如此。

昆山徐健庵司寇之祖赠公某,于明时尝为常熟严文靖公记室。时三吴大水,赠公代具疏草请赈,文靖犹豫未决,筮之,因嘱卜者第日吉,乃请于朝,全活无算。生子开法。于鼎革时,有镇将某寇掠妇女数百人,锁闭徐氏空宅大楼,严命开法监守。开法悉纵之,送还其家,遂将空宅焚烧。及某来索取，曰："不戒于火，俱焚死矣。"某默然而去。开法连举三子，元文中顺治己亥状元，乾学中康熙庚戌探花，秉义中康熙癸丑探花。

吴县东洞庭山严氏，明季以资雄于乡。顺治乙酉，以赈济难民倾其家。至严晓山，家业又裕。乾隆乙亥，岁大祲，晓山倡捐谷米，同诸善士放赈，四鼓即起，始终理其事，不假手仆从。梦神告曰："汝家乙年种德，当于乙年受报。"至乙未岁，晓山子福中会元，入翰林。乙卯岁，福子荣亦入翰林，官至杭州府知府。道光乙酉岁，荣子良裘又中举人。良裘胞弟良训，辛卯、壬辰乡、会联捷，又入翰林。

吴门蒋宪副公改葬贞山，堪舆云大不利于长房。公冢媳盛夫人谓其子荣禄公之遂曰："子姓至多，若仅不利于我，无妨也。"荣禄素孝，闻母命，即以言达于各房，为宪副公改葬焉。时盛夫人弟御史符升曰："此一言已种阴德，堪舆之说且将不验。论时日生克，当于丁年发长房。"后荣禄公子光禄少卿文澜，举康熙丁巳；礼部主政文淳，举康熙丁卯。自此孙曾逢丁年成名者相接踵。乾隆丁酉，顺天三世同榜。时少司马元益自江西学政任满还朝，朝士贺之，公曰："此吾高祖母一言种德之余泽也。"

缪薜书名慧隆，吴县诸生。父国维，由进士历官贵州右参政，尝平蛮寇之乱，民德之。薜书乃叙次历官政绩，走数千里，请祀于闽、于浙、于黔，吴人称公孝行。子彤，自幼颖悟，中康熙丁未状元。孙日藻，乙未榜眼；日苣，戊戌进士。曾孙敦仁、遵义，俱中甲科。

钱塘王文庄公际华之父名云廷，阴德甚多。尝于除夕，有贩者索仆所负赈，时仆已更他主，告之故，贩遽肆咆哮，公即代偿之。又一日，家人市帨，卖帨者既去复来，云失其一，公偿以钱，卖帨者睨视谓曰："使汝不匿帨，肯与我钱耶！"人咸诮公，公怡然也。其忠厚类如此。封公登雍正丙午乡试；文庄中乾隆乙丑探花，官至礼部尚书。

张映葵字筠亭，长庠生，好学能文，敦行不息，赖砚田尽心教诲，贫无修脯者，无异视也。从学五百余人，成进士者济济。后以拔贡任天长教谕，旬课月试，寒暑不倦，成就甚众。尝摄县篆，有廉声。以赈荒积劳成疾，卒于官，祀乡贤。子光焯、孙凤翼相继科甲。

石琢堂殿撰为诸生时，家置一纸库，名曰"孽海"，凡淫词艳曲坏人心术与夫得罪名教之书，悉纳其中而烧之。一日阅《四朝闻见录》，内有劾朱文公一疏，痛诋文公逆母欺君、窃权树党，并及闺阃中秽事，有小人所断不为者，竟敢形诸奏牍以污蔑之。此编书者亦逆知后人之必不信也，且伪讠巽文公谢罪一表，以实其过。阅竟，不胜发指，拍案大呼，思欲尽购此书以付诸火，而苦无资也。夫人蒋氏，时庵侍郎侄孙女，颇明大义，欣然出奁中金钏助之。遂遍搜坊肆，得三百四十七部，悉烬于"孽海"中。是年登贤书，至庚戌岁遂大魁天下，后官至山东按察使。

太仓李塈字仁山。父维德以节俭起家，力行善事。塈有父风，见人缓急必周济之，而推诚相与，益以积德行善为事。延师课子，必敬必恭。生五子：长锡恭，中嘉庆丙辰进士，官翰林；次锡信，乾隆癸卯举人；锡瓒，己酉举人；锡惠、锡晋，嘉庆辛酉同登乡榜。

姚秋农总宪，中嘉庆己未状元。胪唱之前一夕，京师人有梦迎天榜者，见金牌二道，上书"人心易昧，天理难欺"八大字。盖姚高祖陈枭江南，曾以事活万人，知其有阴德之所致云。

立　品

科名以人重，人不以科名重，旨哉是言！吾邑锡、金两学仪门，前明时有"一榜九进士"、"六科三解元"两匾，志一邑科名之盛也。本朝顺治丁亥、己丑两科，皆中十一人；自壬辰至甲辰，六科中有四鼎甲，壬辰状元邹忠倚、乙未探花秦鉽、己亥榜眼华亦祥、甲辰探花周弘。三元备焉。解元范龙、会元秦鉽。前明未有此盛。康熙中修学，有欲易此二匾者，一士人争之曰："匾不可去也。九进士中有高忠宪，三解元中有顾端文，皆一代名贤，岂可去乎！"至今尚仍旧额。

康熙初，有人见赵恭毅公申乔应童子试，仪容肃穆，言语安详，寓一楼，终日兀坐，不闻有步履謦欬之声。后中进士，官至尚书，立朝謇谔，为一代名臣。

科第之得不得，在衡文之中不中，与其人之人品学问，原不相涉，不是中鼎甲、掇巍科者，就有学问也。《梁溪杂事》载明初开科时，诸生大比，文在高等者，必得缙绅三老保举生平无过，方准入试，其结状分款至十余条。永乐初，邑中有徐绍德者，以曾共倡女饮酒，为邻人所诘，降廪不与试。其遴选人材如此其重云。

状元、会元、解元，虽三年内必有一人，然其名甚美，妇人女子皆所健羡。一隔数年，便茫然不复能记其名矣。须其人有功业文章脍炙人口者，方能流传。即如三元，翁覃溪先生尝考过，自唐至今，计有十三人，所传者惟宋之王曾、明之商辂而已。

冯钝吟先生尝言："子孙有一才人，不如有一长者；与其出一丧元气的进士，不若出一能明理的秀才。"昔江阴有某进士者，少无赖，不齿于人；中式后，乡人不礼焉。有一士人曰："公等误矣。凡人中过进士，原该称呼老先生，譬如呼牛为牛，呼马为马，势不能称其为牛马也。"故读书人必先立品。

孝　感

彭一庵名珑，字云客，长洲人。方言矩行，士林推重。举京兆试，谒选留都，忽心动，急南还，父病正笃，阅五昼夜而殁，人谓诚孝所感。服阕，补长宁令。洁己爱民，以不善事上官，受诬被揭。其子定求闻难赴粤，焚香吁天，事得白。公回籍，殡葬父母毕，悬亲遗像于书室中，寝兴出入必拜告，终其身如此。后定求中会元、状元，曾孙启丰亦会元、状元，官至兵部尚书。启丰子绍观、绍升，孙希濂、希洛、希郑，曾孙蕴辉，俱中进士，科甲不绝。

吴编修廷珍，字叔琦，吴县人。幼孤，奉母极孝。十八岁游庠后，梦神谓曰："汝寿止二十，汝知之乎？"吴梦中惊泣曰："修短固定数，但无以报老母，奈何！"神曰："既有此念，自可延生，但须努力行善耳。"惊而悟，即奉立命功过格，实力奉行。阅六年，戊辰登乡荐。忽梦游神庙，殿阙巍峨，旁有人谓曰："汝得乡举，乃力行功过格之报也。"从此益自奋勉，奉行愈力；并将功过格诸善本参酌采辑，刊刻行世。嘉庆辛未，以第三人及第。

求　签

康熙己未，编修徐逸少先生公车北上，祷其乡大乘庵土神，得一签，后二语云："今日杏园沉醉后，声声报道状元归。"徐大喜，以为必登大魁。是科一甲一名乃常熟归允肃也，而先生亦捷南宫，授庶吉士云。

吾乡王殿撰云锦，康熙庚午举南闱。至丙戌年，年五十矣，拟不与礼部试，求签于关帝庙，有"五十功名志已灰，谁知富贵逼人来"之句。乃赴京，遂捷南宫，大魁天下。

关圣帝君签，有"前三三与后三三"之句。鄞小山教授云倬为诸生时，祈得之，乾隆癸卯乡试中三名，阅十年，癸丑会试中九名。毛养梧主政绣虎，嘉庆己卯乡试，亦祈得之，是科中三十三名，道光壬午会试中式，亦三十三名，未几殁于京邸，年三十三岁。又一士子祈得是签，中六十六名。

苏城蒋腾越公配黄淑人怀孕时，遣妪祷于韦驮神，得一签云："怀孕生男已有期，后来金榜挂名时。"旋生长子曾炘。越十年，复怀孕，又得是签，生四子曾煌。后兄弟俱中甲乙科，曾炘为长沙知府，曾煌为郴州知州。又是签旁注有"绵长宝贵"字，曾炘于长沙任题升长宝道，尤验。

嘉庆甲子科江南乡试，长洲蒋广文景曾于关帝庙祈得一签，有云："自南自北自西东。"及入场，首题为"谨权量"至"四方之政行焉"，文后比即用此句，下股对"无党无偏无反侧"。主考戴可亭先生以经语现成，密圈批中。

梦

朱竹垞检讨于康熙辛酉主试江南，拔胡任舆领解。初，胡梦有人授以诗，有"手弄双丸小天下"之句，而久困公车。至甲戌会试，题为"孔子登东山而小鲁，登泰山而小天下"章。试后，谒其房师赵恒夫于寄园,恒夫曰:"子必大魁也。"廷对果第一。

吾邑赵舜仪,寄居妻族。康熙乙酉春,梦有人告曰:"今科解元,教场巷赵姓也。"赵访之巷中,并无赵姓应试者。舜仪乃重价得巷内数椽,迁居以应所梦。及榜发,解元为黄音,果居巷内,庠姓赵也。鬼神之弄人,殆不可晓。

康熙戊子科兰溪郑孝廉集,素有弱症,入闱复发,倦极朦胧,梦人语云:"子中式须待一千五百年。"醒而大恚。明早得《孟子》题,乃"由尧、舜至于汤"三节也。甚喜,挥毫如意,遂与乡荐。

雍正癸卯,以登极连开乡、会恩科。范浣浦咸先一岁梦泥金报捷,有"齐第五"三字。及乡试,题乃"子华使于齐"一节,会试乃"道之以德,齐之以礼"一节,皆齐字在第五。范遂联捷,入翰林。

宁河崔解元凤集,乾隆庚辰赴试,祈梦有"功名只在草桥头"之句,醒而不解。行至草桥,正演《红梨记》赵解元事,是科果抢元。

吾乡有顾东田者,名与沐。曾宿关帝庙,梦一人屠狗而去其心,又一人杀牛而去其首,皆置东田前。醒而恶其不祥。后中式戊午科举人,始悟"戌"去心为"戊","牛"去首为"午"也。

苏州蒋古愚学博秉铎颍上,督课诸子甚严,时颍上人有"儿童都识孔夫子,祖父当如蒋老师"之句。古愚子国华,乾隆庚午举人,丁丑进士,官至永平守;国萃庚辰、辛巳联捷,官中翰。惟长子学文,富于学,屡踬南北闱,古愚忧之。甲申元旦,梦家中厅联更换,上联"长子克家居易俟命",下联"二人同心颂诗读书",落款"钟离子彭篯书"。古愚醒后,以告学文,学文愈加发愤,每日三文一诗,寒暑不辍。明年乙酉,举京兆,试书经房,南元次题"君子居易以俟命"一节。从弟禹迈同榜,以诗经房中式。主考同乡彭芝庭大司马为正,满洲钟公名音为副也。

吴香亭玉纶,登乾隆辛巳恩科进士。先于戊寅年除夕,梦灶神引至一处,列坐十神,而九神起立,开铁柜,示以金牌,有古篆二十余字可辨。送公登舟,岸旁鸣金伐鼓,见洪涛中一蛇缘楫而上,一蛇从空而降。寤以告观察公玉衡,公之兄也,谓公必中。蛇者巳也,金属辛。其岁适圣寿开科,乃取金牌中字,改名玉纶,至是果中会榜,时公年才三十耳。见湘舲阁学所撰年谱。

李石渠先生名殿图，尝官福建按察使。少时祈梦卜科第，梦神语之曰："遇亨而通。"不解所谓。乾隆乙酉中式北榜，出刘侍读亨地房。丙戌会试，卢学士文弨荐中，拨入纪太仆复亨房。梦始验。

苏州何一山中翰桂馨，入泮前，梦中得诗云："第一才名第一仙，声华好并李青莲。世人莫笑诗肠涩，匹马秋风落照前。"后中甲科，授庶吉士。散馆钦定一等第一，授编修。及翰詹大考，以诗中错字列下等，改授中书。何下名即李重轮也，则"秋风落照前"五字悉应矣。

泾阳怡廷相邻居有村学究，夜梦城隍庙前有大红缎金书云"庚子科解元柳迈祖"八大字，遂以梦告之廷相。廷相即于是科中式，其榜首果柳迈祖也。

鼎　甲

顺治十年，江南学政石公申岁试，案迟迟不发。既而谓诸生曰："余苦心力索得三状元，是以迟滞。"一昆山徐元文，一吴县缪彤，一长洲韩菼。石公召韩，谓之曰："子文元气浑涵，如玉在璞中，其光必发。然光焰太藏，不在其身，将在其子孙乎？"后徐、缪两人俱中状元；韩以青衿终其身，其子菼果中癸丑状元。始知石公巨眼，文有定评如此。

顺治乙未会试题"诗可以兴"七句。会元秦钺卷，本房以为平而弃之。会世祖作此题，典试官探知破题为"诗教有七"，急欲索七股格者以定元，遍索不得。再翻落卷，得秦文，正七股，遂置第一。及进呈，世祖大称赏，朱笔浓圈，击节不置。胪唱日，一甲至二名不及秦，世祖色变，至第三名为秦钺，世祖乃大悦，拍案曰："吾意此人必鼎甲也。"赐袍服特比状元。一时称之，以为异数。

顺治戊戌状元为常熟孙公承恩，世祖甚器重之。时公生子，入朝，世祖问曰："尔子曾取名乎？"公对曰："未也。"世祖曰："尔是状元，盍名为元？"既而曰："状元是尔已做过，将来必为宰相，当名曰相。"后公随驾冒风寒，未几卒。其子相，坎坷终身。

苏城吴氏始祖莹，明时葬在胥门外桐泾，与七子山相对。有术者过其地，曰："此吉壤也，逢壬戌当发，惟先旺女家耳。"及嘉靖壬戌，申文定公时行中状元，申为吴婿。天启壬戌，陈文庄公仁锡中探花，陈为吴甥。康熙壬戌，彭太史宁求中探花，彭为吴婿。乾隆壬戌，陆明府桂森中进士，陆为吴甥。嘉庆壬戌，吴裔孙棣华、殿撰廷琛始会、状。道光壬辰，廷琛堂侄钟骏又中状元。

韩文懿公菼，字元少，家故贫，能力学。性嗜酒，有李太白风。其为文也，原本《六经》，出以典雅，不蹈天，崇决裂之习。补博士第子员，以欠粮三升，为奏销案黜革。旋冒籍嘉定，拔取后，又以攻讦除名。应吴邑童子试，题系"狂者进取"一句，或云"其在宗庙朝廷"一句。邑宰见其文，以为不通，贴文于照墙，不取。时海寇作乱，苏郡中有驻防兵来守，韩公家居娄门，其屋尽被圈封为屯兵之所，其装折尚欲著房主办理。公既无居，益落魄不偶。迨昆山徐大司寇乾学来苏，方夜寝，有门生候于门者，争诵公之文以为笑柄。徐闻之，急问公姓氏，曰："此文开风气之先，真盛世元音也。"次早即命延见，收为门生，遂引入都中，援例中北闱乡榜。康熙癸丑，会、状连捷，官至大宗伯。噫！韩非徐不足以为师，徐非韩不可以为弟，诚千古知己也。

常州庄本淳学士培因，少时颇自负才华，不作第二人想。乾隆乙丑，其兄方耕少宗伯存与榜眼及第，时学士犹未捷南宫也，赋诗调之云："他年小宋魁天下，始信人间有弟兄。"后果中甲戌状元。潘芝轩尚书未第时，与其兄树庭中翰咸为名诸生，有声黉序。其封翁云浦参军索余书楹帖一联云："老苏文学能传子，小宋才名不让兄。"后芝轩中癸丑状元，树庭颇恶此联，为易去之。皆谶也。

乾隆辛巳殿试时，兆将军惠方奏凯归，高宗隆其遇亦派入阅卷。兆自陈不习汉文，上谕以诸臣各有圈点，圈多者即佳也。将军捡得赵翼卷独九圈，遂以进呈。先是历科进呈卷皆弥封，俟上亲定甲乙，然后拆封。是科因御史奏，改先拆封，传集引见。上是日阅卷逾时，见第一卷系赵翼，江南人，第二卷胡高望，浙江人，且皆中书；而第三卷王杰，则陕西人也。因特召读卷大臣，问："本朝陕西曾有状元否？"对曰："未有。"上即以三卷互易，赵为第三人及第。传胪之日，三人者例出班跪，而赵独带数珠。上升殿遥见，以问傅恒，恒以军机中书对，且言：“昔汪由敦应奉文字，皆其所拟也。”上心识之。其明日，谕诸臣，谓：“赵翼文自佳，然江浙多状元，无足异。陕西则本朝尚未有，即与一状元，亦不为过耳。”于是赵翼之名益著。

吴中有谚云：“潮过唯亭出状元。”唯亭，镇名也，去郡东四十余里。乾隆庚子六月十八日夜，东北风大作，海潮汹涌，直至娄关。明年辛丑，长洲钱湘舲解元棻果中会元，胪唱第一。道光辛卯八月，潮水又过唯亭。其明年壬辰，吴县吴钟骏状元及第。是科会元马学易亦在同城。

本朝鼎甲之盛，莫盛于苏州一府，而状元尤多于榜、探。顺治戊戌科则常熟孙承恩，顺治己亥科则昆山徐元文，康熙丁未科则吴县缪彤，康熙癸丑科则长洲韩菼，康熙丙辰科则长洲彭定求，康熙己未科则常熟归允肃，康熙乙丑科则长洲陆肯堂，康熙庚辰科则常熟汪绎，康熙壬辰科则长洲王世琛，康熙乙未科则昆山徐陶璋，康熙戊戌科则常熟汪应铨，雍正丁未科则长洲彭启丰，乾隆丙戌科则吴县张书勋，乾隆己丑科则元和陈初哲，乾隆辛丑科则长洲钱棻，乾隆庚戌科则吴县石韫玉，乾隆癸丑科则吴县潘世恩，嘉庆壬戌科则元和吴廷琛，嘉庆戊辰科则吴县吴信中，道光壬辰科则吴县吴钟骏也。

康熙丁丑科榜眼为常熟严虞惇，康熙乙未科榜眼为吴县缪日藻，嘉庆乙丑科榜眼为长洲徐颋，嘉庆辛未科榜眼为吴县王毓吴。

顺治乙未探花，长洲秦钺也；顺治己亥探花，昆山叶方蔼也；康熙庚戌探花，昆山徐乾学也；康熙癸丑探花，昆山徐秉义也；康熙丙辰探花，常熟翁叔元也；康熙壬戌探花，长洲彭宁求也；康熙壬辰探花，吴江徐葆光也；乾隆乙卯探花，吴县潘世璜也；嘉庆辛未探花，吴县吴廷珍也。

元

自有科第以来，中式三元者十有一人：唐张又新、崔元翰，宋孙何、王曾、宋庠、杨寘、王岩叟、冯京，金孟宗献，元王宗哲，明商辂，本朝则钱棻、陈继昌二人而已。

吴中会、状连元者凡六人：韩菼、彭定求、陆肯堂、彭启丰、钱棻、吴廷琛也。惟彭氏一家,祖孙会、状。其余则宝应王式丹、仪征陈俊、仁和金甡、嘉善蔡以台、秀水汪如洋,及近时陈继昌六人也。

相传苏州解元,自明弘治戊午科唐寅以科场事斥革后,总不利。长洲范龙,吴县申稷、施震铨,昆山王喆生,吴县张兆鹏,长洲惠士奇、施陛锦、薛观光,元和梅戫,常熟仲嘉德,昆山孙登标,昭文李景诉。惟钱棨中会、状,顾元熙官翰林侍讲。其沈清瑞、张祖勋、陆仁虎俱不甚显达,亦异事也。

吴门蒋时庵侍郎元益,字希元,中乾隆乙丑会元。圆妙观道士有李仙隐者,戏谓侍郎曰:“君本三元,惜名与字已占两元耳。”初侍郎会试,原拟第七名进呈,高宗御笔亲改第一。殿试卷以重写“策”字,不得进呈。高宗每拆一卷,必问:“会元在那里?”问至三,阿文端公在旁,对以不在内,自六卷以下,遂不复拆。甲午典试浙江,陛辞请训,高宗谓元益曰:“你是状元乎?”元益对曰:“臣是会元。”高宗曰:“你很可做状元。”可知凡人命名之与遭际竟有暗令者。后钱湘舲阁学棨为侍郎门生,且馆于侍郎家最久,竟得三元。

乾隆乙酉科,吴门顾梅坡为龙泉令,入闱分校。至九月初四日,各房荐卷俱已中定,将出榜矣,诸房考相聚饮,惟一令尚在房阅卷,共邀之。某令持一卷出,谓:“此卷可中魁,惜首场第一艺已用蓝笔抹,奈何?”诸人取阅,咸称善。第已抹,无复荐理。顾公曰:“如果欲荐,吾能洗之。”其法将白纸衬,用净笔洗去,有微痕,加密点焉。随呈荐,主司击节叹赏,即发刻。因魁卷已定,置廿余名外。揭榜,乃杭州潘庭筠也。赴鹿鸣宴,见房师某,某指梅坡谓潘曰:“此汝恩师也。”因告之故,潘泥首谢,称门生焉。至辛卯会试,潘首场遇同乡友抱病,拟曳白,潘劝之,且示以己作,嘱其运化。其人喜,直钞之,余仍自作,病乃愈,完二三场。闱中两卷俱荐此人,定魁,而会元即潘也。后以雷同并黜,潘大恚,遂成心疾。后仍捷礼闱,入词林,官至御史。其孙恭寿,中道光辛卯恩科解元。

嘉庆戊午科,江南乡试,扬州出文武两解元:黄承吉,江都人;张金彪,甘泉人。其明年会试,会元又江都史致俨也。

道光壬辰元旦黎明,苏州正谊书院讲堂前有喜鹊数十,飞鸣往来。山长泾县朱兰友先生亲见之,以为祥。是年会元为马学易,状元为吴钟骏,俱肄业于正谊者。

康熙乙酉科,长洲蒋学海以五经中式。是科进呈题名录,蒋列于解元之前,称"五经解元",前此无有也。

异　　事

吾邑中父子同榜者,前明惟崇祯己卯科秦钦翼及子汧也。国朝康熙乙酉,则秦道然与子芝田,然父北而子南。雍正壬子,则周永禧之与子曰万,皆南榜也。曰万与弟某同入泮,与父同举乡试,与季弟曰瓒乾隆辛未同捷南宫,亦科名异事。

有宁波秀才金法者,素有心疾,发狂锁禁者已数年矣。乾隆乙酉年秋试时忽愈,遂进场。及揭榜,中魁选。赴鹿鸣宴,忆及策内脱写第三问,心恐磨勘罚停会试,仍发狂,复锁禁数年而死。

康熙中,有长洲周某,年才舞勺,应院试。遇一痴道人谓周曰:"功名有路消寒会,喜气全凭一字中。"不解何义。及十八岁入泮,则九九也。应乡试数科,始中副车,闻报日值重阳,亦九九也。八十一岁,以老生钦赐举人,亦九九也。殁后以子贵赠官,适九十九岁,亦九九也。消寒之数,无不相符,亦奇矣哉。

吴门蒋西原,中康熙癸巳科乡榜第四,至乙未科,又中会榜第四。虞山孙子潇,中乾隆乙卯科乡榜第二,至嘉庆乙丑科,又中会榜第二。又有杨沂秀者,贵州定远人,嘉庆甲戌进士。幼时为童子试,县府察院考俱列第五。后乡会榜亦俱中第五。挑选陕西鄠县知县,掣签亦第五名。人称为"杨第五",尤奇。

嘉定秦簪园殿撰为秀才时,曾入韦苏州祠祈梦,终夜目不交睫。天明而起,觉头上似有一物,以手摸之,乃大蜈蚣,为其一夹,痛不可忍。隔十年后中状元,始悟头上一甲耳。梦神之巧如此。

吾乡有蔡琼枝者,曾遇日者言:"子当得科第,然必为僧乃中耳。"后入泮,学官索贽仪,蔡奇贫,无所贽,学官乃拘而闭之一室,琼枝读书不辍。时场期已逼,邑中大半赴金陵。会学官他出,其夫人偶步外庭,闻读书声,问:"何人?"曰:"生员也。"夫人曰:"今试期已迫,奈何拘此?"放之出,乃步行赴试。将入城,门已闭,寄宿僧寮。是夜衣冠尽被偷儿窃去,不得已,借僧衣帽服之,入城访友寓,始易去。是科遂中式,果应日者言。此康熙初年事。

余姚邵二云先生,名晋涵,中乾隆辛卯科会元。是科首题为"若臧武仲之知"四句,是日忽文思涩滞,至夜半而首艺尚未成,心甚慌惚。忆前己丑科落卷内有"子在陈曰"至"狂简"后二比似可移置,不暇修改,而竟直抄之,聊以塞责完篇,并不妄思捷获。而主试者阅至此二比,遂句句叹赏,以为空中议论,通场所无,竟置榜首。先生学问素充,经经纬史,下笔千言,何至有枯索之时,而为帖括题所束缚耶?即或文思偶滞,亦何至抄录绝不相关之题文耶?乃竟以此得元,亦奇矣哉!可见时艺一道,原可通融,是在慧心人能自得之耳。

汲县林午桥司马溥,乾隆丙午乡试,诗题"山呼万岁",因书"帝谓"为三抬,《诗经》"帝谓文王",乃天帝也,遂贴出。时毕公沅为监临,偶见林卷,曰:"帝谓原该三抬,岂可贴耶!"遂送弥封,是科竟中式。至己酉会试,捷南宫,覆试诗中出句有"从心应莫逾",又为阅卷大臣所贴,批云:"逾字入七虞,从无仄用。"适和相来,见此卷,遂将批条揭去,仍以进呈。莫解其故,咸以为此人必有嘱托,而林茫如也。隔数年后,读高宗御制诗,有"从心不逾矩斯贞"之句,已作仄声用矣,始知和相记此诗以为证耳。

本朝同邑人而一榜及第者:康熙壬辰科,状元长洲王世琛,探花徐葆光也;康熙乙未科,状元苏州徐陶璋,榜眼缪曰藻,传胪李锦也;雍正庚戌科,状元钱塘周澍,探花梁诗正也;乾隆壬戌科,榜眼武进杨述曾,探花汤大绅也;乾隆乙丑科,状元武进钱维城,榜眼庄存与也;嘉庆辛未科,榜眼吴县王毓吴,_{复姓吴,改名英。}探花吴廷珍,传胪毛鼎亨也。

祖孙父子兄弟同科者:江西奉新县有甘汝来,与其父万达、弟汝逢、子禾,雍正丙午同举于乡。惟汝来官至尚书。

国史有传,父子同登进士者:乾隆己未科,乌程费瀛,子兰先;甲戌科,嘉善周翼洙,子升桓;辛巳科,大兴邵自镇,子庾曾;嘉庆甲戌科,仁和陆尧春,子以烜也。三世同榜者:乾隆丁酉科顺天榜,吴县蒋曾煌与其弟业谦、侄元复、侄孙荣也。嘉庆甲子科，蒋荣之子景曾与其叔祖元封同登江南榜，叔瑛顺天榜，又三世同科。

　　本朝同胞兄弟同登进士者：顺治三年丙戌科，胶州法若真、法若贞；六年己丑科，乌程姚延启、姚延著；康熙六十年辛丑科，宜兴储大文会元，弟储郁文、储雄文俱同榜；雍正五年丁未科，宜兴储方庆、储善庆；八年庚戌科，福山鹿廷瑛、鹿廷瑄；乾隆元年丙辰科，归安沈涵、沈三曾且联名入翰林；二年丁巳科，归安潘汝诚、潘汝龙；十三年戊辰科，涿州刘湘、刘洵；三十四年己丑科，长洲张学庠、张学贤，大兴黄叔琬、黄叔璇，山阴沈诗李、沈诗杜，二人本孪生；乾隆二十二年丁丑科，长洲彭绍观、彭绍升；三十七年壬辰科，咸宁贾策安、贾策治；四十三年戊戌科，大兴邵自昌、邵自悦；五十二年丁未科，灵石何元烺、何道生；六十年乙卯科，乌程王以铻中会元，胞兄王以衔即中第二，廷对状元；嘉庆四年己未科，大兴俞恒泽、俞恒润，满洲廉善、廉能，同登乡榜，同中进士；十六年辛未科，固始祝庆蕃、祝庆扬。

　　同胞兄弟俱中甲科者：昆山徐乾学之子树谷、炯、树敏、树屏、骏，兄弟五人俱中进士；长洲张孟球之子学庠、绍贤、应造、企龄、景祁，兄弟五人俱中乡榜，学庠、绍贤同榜进士，应造亦中进士；大兴金澍、金溶、金潢、金洪、金濬；又邵自昌、邵自华、邵自悦、邵自本、邵自和、邵自巽、邵自彭，则六正榜、一副榜；代州冯履咸、冯履豫、冯履泰、冯履丰、冯履谦，亦同中甲科；又邹平李鹏九兄弟五人俱中乡榜，内中两进士；太仓李锡恭兄弟五人亦俱中乡榜，惟锡恭中进士。

　　弱冠登第者：顺治丁亥王熙，年二十一；乙未伊桑阿，年十六；戊戌陈廷敬，年二十；辛丑蒋埴，年二十；康熙己未李孚青，年十六；辛未黄叔琳，年二十；庚辰史贻直，年十九；壬辰舒大成，年十八；辛丑励宗万，年十七；雍正庚戌嵇璜，年二十；乾隆丁巳德保，年十九，蒋麟昌，年十九；乙丑梦麟，年十八；戊辰朱珪，年十八；壬申熊恩绂，年二十；甲戌戈源，年十九；丁丑彭绍升，年十八；辛巳秦承恩，年二十；丙戌祥霈，年二十；甲辰蒋攸铦、文宁，俱十九；嘉庆辛未侯官李彦章，年十六。长洲一邑中，蒋埴、彭绍升二人而已。

　　道光乙酉科广东乡试，有陆云从者，年一百二岁，钦赐举人。陆赴鹿鸣宴，房师戏谓之曰："三场辛苦，还能耐耶？"陆对曰："百岁蹉跎，窃自惭耳。"询其何年入泮，陆曰："乡先达庄有恭中状元之年，门生已应童子试第二次，去年岁试始入泮也。"其明年丙戌会试，又钦赐国子监司业衔，实年一百又三岁。京师哄然，咸往观之，貌如六十许人，耳聪目明，步履甚疾。

吴门周存喜放生，尝作《放鲤》诗，末句云："傥若乘龙去，还施润物功。"后入试，题为"白云向空尽"，诗成，苦结句不佳；忽忆《放鲤》诗，因以二语作结。主司嘉赏，遂中式。

阳湖赵瓯北先生，中乾隆庚午乡榜，其外孙汤文卿锡光又中嘉庆庚午乡榜。先生赋诗云："我方重赴鹿鸣筵，且喜东床有后贤。一代宾兴传异事，外孙外祖聚同年。"文卿亦赋诗呈先生云："骚坛一代主齐盟，少小相依识性情。难得母家成宅相，竟于甥馆继科名。翘才也算登黄阁，执拂曾经侍碧城。但愿王筠同外祖，再看春榜问前程。"

武　　科

马全初名瑔，乾隆壬申武探花，官福建游击。与同官某狎语失欢，奋拳相角，某败走，全骑追之，及城濠桥上相搏，俱堕濠水中。观者解纷，至督辕，全复大哗。事闻，制府俱为参劾，时年未三十耳。遂罢官，流落京师。相国傅公惜其材勇，留京营教习。己卯科改名全，又中式武举。其明年联捷，廷试技勇冠多士，又中状元。前后两榜鼎甲，亦所未闻。

归安胡某，恂恂为善，人极风雅。勉子弟读书，不许驰射。所生四子：长元龙，次跃龙，三虬龙，四见龙，俱中武进士。元龙官广西左江镇总兵官，跃龙官江苏扬州营游击，虬龙官陕西新安镇总兵官，见龙官山东济宁卫守备。元龙次子开琁，以武举官广东龙门协副将。跃龙二子亦中武举。胡某四授诰封，年八十余而卒。以同怀四人而俱中武进士，大江以南所罕见者也。

泰州刘荣庆、刘国庆同胞兄弟为武状元，古今未闻，亦可为熙朝盛事。

卷十四　祥异

日月合璧五星连珠

乾隆二十五年八月，钦天监奏称：明年元日午时，日月合璧，五星连珠，并绘图进呈御览，宣付史馆。案《汉书》，高祖元年，五星聚东井；《宋史》，开宝元年，五星聚奎。殆千有余年始一遇也。本朝雍正三年二月初二日，乾隆二十六年正月初一日，嘉庆四年四月初一日，道光元年二月十六日、三月廿八日，俱有日月合璧，五星连珠之瑞，距宋时又已七八百年。今雍正三年乙巳至道光辛巳，甫九十六年，而瑞应已五见，实我朝亿万年无疆之祥瑞也。

彩　云

嘉庆庚辰七月初九日申初，东月将升，忽见西南方彩云满天，绵亘西北，五色陆离，不可名状。十三、十四五更时，俱有白云如龙，从天河而下，若烟非烟，凌空夭矫，日出始散。

水　牛

国初，安东县长乐北乡名团墟，乡民张姓者，畜水牛百头，入水辄失其一。一夕，张梦牛云："我已成龙，与桑墟河龙斗，不胜，君可于吾角上系二刀以助之乎？"张旦起，视群牛中谁可系刀者，有一牛最大，腹下起鳞如龙然，遂以双刃系之。次日，大风雨，桑墟河龙伤一目遁去，此牛遂入大河，化为龙。今过大河，讳"牛"字，过桑墟，讳"瞎"字，否则风涛立至矣。丁丑秋日，余游海州云台山，闻之舟人所述如此，亦载《海州志》。

聚 宝 珠

顺治间，福建漳州平和县范某妻夜起，见地上有红光，从暗中取所带冠子罩住，以火烛之，得一大珠，藏妆匣中。匣惟一簪，明日启视，得簪无数，珠在其底，始知为聚宝珠也。因试以金银，无不然者。其妻常以佩身，家日殷富。后改葬其亲，与妻同在墓上，及启圹，有无眼白蛇一条，见风化水。是日取视，珠遂无光，试之亦不验矣。

道 士 鹅

嘉兴紫虚观，国初有道士薛存素者，为含山盗所劫，索金不与，盗杀之。视其首，乃鹅也，存素仍无恙，盗异而释之。王澹人有《化鹅堂记》。

丘 三 近

丘三近者，是胜国遗老，削发为僧，名正诣。学问淹博，工书法，何义门先生总角时业师也。年八十一，盥漱而逝，有白蛾从鼻孔中飞出。

乌 城

顺治十六年，嘉定县东南乡有乌数千，营一巨巢，四围户牖，俨如城堞。土人毁之，计柴三百余担。明日复营，谓之乌城。

银变虾蟆

常熟桂村有何太素者，作面店生理。适有人还银十两，即置于麦囤中。一佣工人见而窃之，随逃出。行不半里许，觉身畔蠕蠕而动，乃走至荒坟,取银解视,则尽变虾蟆,跃入草中,于是仍归供作。迨后太素寻觅此银,其人直言所以,乃与共迹之,则银固俨然在也。此康熙初年事。

一 产 四 子

康熙二年,山阴县宝盆陈姓妇一产四子;腹上微见鳞甲。十年五月,单港民家有猪生十二只,皆四耳。载县志。袁简斋《诗话》载直隶完县亦有一产四男者。又金陵伍少西之妻,十六乳而产三十二男,不杂一女。又有王殿臣者,绍兴潞家庄人,其妇六胎而得十二男,此乾隆中年事。

珠 光

康熙五年,宝山县民见海中一蚌,长约四五丈许,中衔一珠,如小儿拳,时时吐纳,白光亘天。俄有五龙盘旋其上,霎时间风雨晦冥,一白龙奋爪攫珠,为蚌所衔啮,良久始脱,忽沉入海,余四龙悉散。须臾天霁,蚌仍浮海面,珠光照耀如雪。闻此蚌至今尚在上海、崇明之间。海上珠光一现,数日内必有风雨。其光紫赤,上烛霄汉,忽开忽阖,难以言状。或谓珠光现,两三年内其地必有涨沙,屡试屡验。友人陈云伯尝为崇明令,亲见之,作《神珠引》以纪其事。

小 蛇

康熙中,嘉兴王店镇西偏有关帝庙,僧偶焚香殿上,见小蛇长尺许,蟠伏神座前,驱之不去。谛视之,首有二角。僧知其异,以果饼饲之,辄食,荤腥则不食也。夏夜每就河中饮水,人有见之者,约长十余丈。居人逐之,则归庙中,而不知即此小蛇也。一二年后,有估舶过此,舟人见有小蛇蟠伏柁上,驱之又来,如是者数次,舟人遂载以行。行至双板桥,忽天黑作雷雨,急泊舟,俄见一龙自船尾上升,水随之涌,而估舶竟无恙。自此以后,庙中小蛇不复见矣。

搏 虎

康熙丁卯,吾邑扬名、开化两乡之间有虎患,夜行昼伏。报之县官,饬猎户捕捉,绝无音响。至癸酉三月,忽于石坞见之,虎卧草中,莫敢撄者。少年沈二业贩柴,适见之,以坚木干直前击其头,虎大吼跳起,啮其左臂,少年以右手托虎腮,旋以膝踢其咽喉,臂得出,呼猎人前,放鸟枪毙之。少年以药敷其臂,不十日而痊矣。又己巳岁,虎入董坞民居,伤一行路人。有朱伯卿者,持鸟枪偕众逐虎,利独擒得之,挥众人退,挺身而追。虎迫扑,朱枪不能发,被伤面额,朱即以枪直入虎口,两手相持,枪为之屈,虎亦负痛而遁。朱犹纵步回家云。

鱼 斗

康熙三十四年,有巨鱼斗于海中,其声如雷。一鱼死,流入嘉定县地方之小练祈港。龙首人身,长五六丈,腥闻数里。

牛 腹 中 人

康熙四十四年,嘉定县大场民家有一牛,病且死。破其腹,有一儿,不啼亦不动,称之,重二十七斤。

句容某乡有夫妇二人,喜于为善,老而无子。家有一牛,忽孕,及弥月,生出一儿,甚肥白,能啼哭,遂抚育之如己子。后知为牧童与牛顽耍而成胎者也。异哉!亦为善之报。

鱼 吐 珠

康熙中恩免田赋,例业主得七,佃户得三。时吴门蒋怀民吏部家居,次子手槐甫十龄,谓公曰:"穷佃无告,盍尽与之。"公从其言。佃甚感德,相率至蒋门叩谢。中有佃网得一鱼,重十余斤,以献,蒋受之,给钱二千文。忽见鱼口中吐出一珠,蒋谓佃曰:"此汝物也,汝其持归。"佃喜甚,归,舟至太湖,珠渐大,从掌中跃入河。忽起祥光,涌出一塔,塔顶现楼台,闪烁绚烂,五色氤氲,顷刻而灭。蒋即以此鱼馈其内兄韩东篱太史孝基,畜之池,三日化小鱼数百头。亦异事也。

塔　裂

西安府城南十里有雁塔。嘉靖乙卯地震,塔裂为二。癸卯复震,塔合无痕。康熙辛未,塔又裂,辛丑复合。不知其理。

天 然 大 士 像

嘉善武塘地方有刘姓,世业医。其祖墓上古柏一株,偶为暴风雨所摧,遂伐去。柏干中空,其脂膏凝结成普门大士像,长五寸许,妙相端严,纤悉毕具,因送招提供奉焉。

锡 杖 御 盗

康熙中,谛辉和尚驻锡灵隐寺。一夕,忽呼侍者曰:"取吾锡杖横山门间,今夜有凶人来,当慎之。"三更后,果有大盗数十人,各持器械,号呼而来,僧众皆惊。但见锡杖空中自舞,盗皆退避。少顷又来,复如之。凡三次而天明矣。自后寺中储粟富有,而盗终不敢犯也。

莺 粟 鸡

吾邑龙尾陵潘姓者,以训蒙为业,而喜植花卉。所种莺粟结一瓶,其大如拳。既老而采之,中有三卵,若鹁鸽子,潘藏之书箧。未一月,闻箧中啾啾有声,启视之,出三雏。试与家鸡领之,不十日而大逾于鸭,观者如市。未几,俱生子,每月伏百卵,硕如鹅卵。人来购者,十倍其价。潘姓不十年,家饶裕矣。吾乡张介轩翁所目击,作文记之甚详。

鼻 中 人

有唐与鸣者,东乡人。偶昼卧椅上,齁齁睡熟。忽鼻中出两小人,可二寸许,行地上疾如飞。家人惊异,将攫之,仍跃入鼻中而寤。询之,具述梦状,始知短人者即唐之元神也。

见 祥 为 祸

吾乡荡口镇华某,同其子赴江阴科试。舟过锡山,泊王婆墩,忽水中有鲤鱼跃起,正落其舟。华大喜,以为祥,遂将此鲤烹而食之。舟将发,忽起大风,舟为之覆。华溺死,余人皆无恙。此所谓见祥而不为祥反为祸者也。

梁 中 出 血

吴门徐太守忠亮,于雍正初任云南昭通府知府。一日,其吴门旧居梁上忽有鲜血自空而下,家人异之,遂将屋脊拆开,并无他异。不数月,忠亮以任内亏缺铜斤,遂落职,监追而死。

抉 目 鱼

海州通潮之港,每岁逢闰,必有一巨鱼或龟鳖之属随潮而上,遂胶于滩,若有人抉其目者,大者或至数丈。海滨人候之,屡验。大凡东海有巨鱼流入内地者,必无目,无目,故随潮而进也。相传此鱼在海中作风浪翻船至伤人者,必有海神抉其目,使其自殉,或为人所杀,亦如人间杀人案罪之例,亦奇矣哉!案崔豹《古今注》:鲸鱼眼精为明月珠。《异物志》:鲸鱼死沙中,得之者皆无目。任昉《述异记》:南海有珠，即鲸目瞳，夜可以鉴，谓之夜光珠。桂未谷云："鲸为阴精，神明在目，其身将死，而神明早已销亡矣。"历参众说，以未谷为长。

猫 作 人 言

新城王阮亭先生家子孙至今繁盛，旧第犹在，有一猫能作人言。一日猫眠榻上，有问其能言否，猫对云："我能言，何关汝事！"遂不见。又江西某总戎署亦有两猫对谈，总戎偶见，欲擒之，一猫跃上屋去，独擒其一，曰："我活十二年，恐人惊怪，不敢言。公能恕我，即大德也。"遂放去，亦无他异。

失 金 钏

吴江城外地名盛庄者，有某家开油酒铺。一日友来假贷，不能应手，因将其女金钏付之，暂置质库。阅两月，其友来，将金钏送还，某随手放店柜中。是夜寐未熟，闻柜中有声似鬼啸，举火烛之，见一纸人，手持剪刀，触手即仆，取夹账簿中。乃查柜内，银钱俱无所失，惟金钏无有也。明晨取纸人出视，胸前有鲜血一点，焚之，啾啾作声，不知其何怪也。拟托人到龙虎山控告，友笑曰："控亦多费，是又失一金钏矣。"遂止。究未明其故。

食 鳖 食 鼋

吾乡葛友匡，为里中富翁，一生好食鳖，常买数十头养于瓮中，以备不时。一日独坐中堂，闻瓮中作人语云："友匡，汝欲灭尽我族耶？汝月内当死，还欲害如许性命！"友匡骇之，遂大怒，曰："见怪不怪，其怪自灭。"尽烹而大啖之，不十日死。

苏州有某富翁者，致资巨万。其子某好食异味，一日宴客，市得巨鼋，庖人将杀之，见鼋垂泪，以白某，请放之河。某怒，遂持刀自断其首，首堕地，忽跃至梁上，咸异之。遂烹而食，味极美。以半馈其姻家,以半宴客。某坐席,仅尝数脔,即目眩神迷,但见屋梁上皆鼋首,扶至寝室,则床帐皆满矣。某自言曰:"有数百鼋来啮我足,痛不可忍。"叫号三日而死。诸人食鼋者皆无恙。

食橘化蛇

广西太平府城东十余里,有大橘树一株,广荫数亩。浙江缙云县有某明经者,宦游过此,时值九秋,红黄实满。方停舆、渴甚,采择其巨而红者一枚,啖之。忽两目发赤,遍体肿痛,先脱两臂,复堕两股,化巨蛇入橘林中。亦奇事也。

背 生

歙县槐塘地方有程姓者,产二男背脊相联,啼声甚响。乃将琴弦作弓锯之,分而为两,以药敷之,不数日,平复生肌矣。后两弟兄皆寿至九十余。此乾隆初年事。

鸡作人言

乾隆十年,东乡黄渡地方有劳姓,家畜一雄鸡,忽作人言云:"大家要活命。"其家以为妖而杀之,未几以讼狱破家。后见《三冈志略》载:明嘉靖间,有高桥镇民家一鸡作人言云:"烧香望和尚,一事两勾当。"后倭寇至,适值妇女烧香,大肆焚掠而去。其事相同。

大 石

五台山清凉寺有大石一,相传为文殊菩萨遗迹。其石方广四丈,上可容数百人,而一人挽之即动,不解其理。高宗庚午西巡驾临,试之果然,上为霁颜。

虫　　荒

乾隆二十年，江以南虫荒，四府不登。其冬，苏州葑门、盘门外红灯四集，有人马之声。其次年春，瘟疫大作，死者枕藉。

牛　背　书

朱明经云翔有佃户蔡鸣皋者，家畜黄牛，忽生黑毛排八大字：左曰"主皮字"三字可辨，又一字模糊；右则"天下太平"四字。一时观者甚众。汛兵牵入城，报城守营，用醋喷湿，其毛不落。抚军某亦见之，拟奏闻，不果，仍发还。是岁田禾大熟，并无他异，殆丰年佳兆也。此乾隆辛巳六月事，见明经自撰年谱。

红　鸡　蛋

乾隆廿五年，余时才周岁。有鸡生蛋甚红，如胭脂新染，连生八九子皆然。一两年间，合家康安，并无祥瑞，亦无灾异。

失　　印

诸城刘文正公为东阁大学士时，阁中有银印一颗，忽失去，遍索无踪，已三日矣。公谓中书舍人某曰："纶扉重地，岂有穿窬耶？宜仔细再寻，三日后如不见，奏请交部议处。"至第三日暮，舍人某如厕，于路上似有物碍足，审视之，乃银印柄也。取之，竟如铁铸，不可拔。急禀刘公，用畚锸掘地始出，不知何缘入地也。此乾隆辛卯年事。

潮　　来

上海县城内化龙桥，为乔氏世居，厅事前有小池。一夕潮忽至，直通堂上，高一二尺许。潮退，荇藻浮萍淋漓满壁，莫不惊异。未几，乔公光烈为湖南巡抚，其弟照为浙江提督。后三十年，陆氏竹素堂上小池亦通潮，陆耳山先生锡熊为工部侍郎，著《四库全书提要》，海内闻名。

萤　火　城

乾隆癸巳夏六月，嘉定南翔镇西郊，忽一夕萤火团聚，至数十万，周围三四里，望如火城，其光烛天，观者如市，五日后方灭。

腌　蛋　有　光

乾隆己亥年，干将坊黄天禽家，夏日切腌蛋一盘，暗中有光如萤火，移灯视之，则无有也，恶而弃之。未几，天禽夫妇、寡媳、两孙相继死，家道亦落。余谓天禽家本应败坏，未必此为祟也。案沈括《梦溪笔谈》载，盐鸭卵通明如玉，屋中尽明。前古已有之。

古　树　自　焚

乾隆庚子六月，偶阅邸抄，见太常寺奏：社稷坛外围街墙内，有年久老槐树一株，于五月十四日巳时，忽于树节内生烟，即率领步军衙门人等立时上树，以水灌灭。事甚奇。忆余乙未岁八月，同吴镜江母舅游虎丘，见铁华岩上大枫树亦如之，并有火心爆出，游人聚观，寺僧亦以水灌灭之。归而问家君，家君曰："木能生火，此理之常，何异为？"并言曰："雍正年间，磻桥之东杨巷荡中，一夕有火光甚盛。里人王氏素富，疑为盗舟也，遂令家人备器械，鼓噪而前，并无一舟，但见火浮水面而已。观此，则知水亦能生火也。"

异　僧

吴门东禅寺有林酒仙像，即宋异僧遇贤也。好酒，喜食鸽，每食后,鸽仍从喉吐出,飞集梁间。至今塑之,以示灵异。乾隆四十九年春,一僧至渔舟,以十文买虾。视其钱,皆"太平通宝"。唅后悉吐于河,虾皆红色,跳跃而去。

阴　　兵

乾隆乙巳岁大旱。是年十一月初,中石湖中每夜闻人声喧噪,如数万人临阵,响沸数里。左近居民惊起聚观,则寂无所有,第见红光数点,隐见湖心而已。自镇江、常州以至松江、嘉湖之间,每夜俱有灯光,照彻远近。村人鼓噪,其光渐息,俄又起于前村矣。

黑　　土

乾隆五十年,江南旱。其次年三月,米至石五千文,饥民载道。吾乡斗山田中,忽生一种黑土,其色微黄而带白星,可以做饼煮粥,颇清香,食之亦饱。一时哄动,近乡居民来取土者,日以万计。同时安徽太和、宿松两县地方,亦有掘蕨得米者,其色纯黑,至数万石,活人无算。当事奏闻,有御制诗。

风　龙　阵

乾隆丙午四月初八日未刻,起风龙阵,吾乡石家桥至沈渎、官塘一带,拔木发屋者不计其数。最奇者,有夫妇二人在田中种豆,俱随风飞去,至数里而堕,却无恙。青石一块重二百余斤,亦随风而去,不知所之。曹家坟前荒田中,有湖广划子船一只,自空而下,中无一人,惟有青钱四百千。一家卧房内忽发大响,坠一包裹,内有钱七千文、银二锭。又有二人自运河塘上同行,皆飞上天,一堕吴江,一堕常熟,各伤折一手一脚。更有奇者,即于是月十四日晚,马桥、板村、鸿山一路发水,顷刻二三丈,居人逃避仓皇,凡草屋土室,尽为漂没。至吾家西庄桥,水势略缓,然亦至门槛而止。此故老所未闻也。

小　牛

乾隆戊申年四月,有江西客二人,持小牛一头来吴门,寓于东华严寺。来观者,每人索钱七文,日以千万计。其牛八足二尾,四足在腹,四足倒植于背,反覆皆可行。是年五月,徽、严二府俱大水,田庐俱没。余无他异。

猫　异

乾隆庚戌年,闵峄庭中丞鹗元抚吴已数年矣,时有内升之望。署中蓄一猫,洁白如雪,为中丞所爱,公余之暇,每置之膝上而抚摩之。一日,见猫尾上渐有朱斑,三四日间,则纯赤矣。中丞大喜,抱视诸幕客,咸以为祥,且曰:"此得花翎之兆也。"未匝月,为高邮巡检陈倚道叩阍入奏,遂被逮。时冯墨香外翰在幕中,亲见其事。

雪　中　人　迹

乾隆辛亥正月大雪,一昼夜堆积盈尺。雪中有男女履迹各一,两两相并,屋上尤多,苏、松、嘉、湖一带皆然,不知其理也。

双　面　人

乾隆辛亥秋,余姚仪家桥谢姓产一儿,两面,五官皆备,作直声啼。咸为不祥,弃置野田中,聚观如市。嘉庆丙子七月,常熟西南乡羊尖镇北塘岸上朱姓家生一女,有两头,眉目鼻口皆具。远近观者数千人。案《述异记》,汉平帝元始二年六月,长安女子生儿,两头异颈,头面相向,四臂共胸。即此类也。

一 乳 六 男

乾隆五十七年，嘉定县莱区南四图地方有周姓者，一胞生六男，此亦仅见者。知县吴盘斋谓余言。载入县志。

神 龙 攫 珠

河南兰阳城东有王家林，离城四里许。乾隆五十八年六月廿一日，大雷雨。雨止后，但见红光烛天，人以为火，咸往趋救，并无影响，惟见大杨树上有爪痕，深寸许，宽四寸，从根直上，树瘤中出烟，盖白杨自焚也。先是有两人避雨，立林旁小屋中，见有圆光一团，从窗孔中入，大寸许，其光四绕不定。顷之，又有一物如水獭，从梁隙中入，四足方头，长尺许，盘旋梁栋间，忽向东壁伸爪一攫，圆光泻地，又渐缩小而上，仍从窗孔中出，其物亦随而出。忽闻霹雳一声，但见此物身长数丈，已飞上天，大雨又至。始知所谓如獭者，神龙也；圆光者，珠也。此萧县刘君竹一为余言之甚详。

老 母 鸡

枫桥市浜高家桥顾姓，为儿期岁，使庖人杀老母鸡，方执刀，划然自断，人皆诧之。及烹熟，和面食之，受毒者四十余人，三人立毙。盖此鸡已畜七年矣。此乾隆五十八年事。

二 龙

乾隆癸丑夏，予友周竹珊寓于蜀之犍为。一夕，旋飙突起，屋瓦皆飞，天地晦冥，霹雳山倾，雨雹齐发，耳訇神眩，食顷始定，平地水深尺许。有巨舟为风所掣架大树上者，有持伞行人飘去数十里之外者，庭中卷蓬门窗俱吹出城外之翠屏山前者，惟文庙未损一椽,完好如故。是夕风雷时,有乡人见二龙空中追逐,向东南而去。

大　龟

乾隆甲寅六月,太仓浏河口有沈姓者,以鲞货为业。于海中网一大龟,长一丈二尺,载至梁姓行,数十人曳之上岸。沈臆念此龟必有明珠,索价二千两,久之无有售者。越二十三日,不饮不食,观者填门。梁厌其喧扰,诡言:"有司查讯,幸即持去,无累我也。"沈惧,仍曳上船,放入于海。始舍之,围围焉不动,船乃还。约离三里许,见龟头一伸,放白光三丈余,悠然而去,触浪排空,左旋右转,海水为之沸腾。乃知前此之任人捕之、曳之、视之、载之、放之而巍然不动者,恐伤人耳。真灵物也。

铁　人

杭州城隍山东岳庙,有铁人高四五尺,俗谓之"铁哥哥"。厉樊榭有诗,翟晴川《湖山便览》亦载之,言江上浮来也。或传李宫保卫筑钱塘,挑土出之。杭人云,此铁甚灵显,凡有人盗窃银钱物件者,失主祷之,十日内必有应验。余监修表忠观时,暂寓涌金门外王氏祠堂,一日,失去银十两,心疑是烧饭人张姓者,问之不认。余以危言吓之,其人计无所出,乃到东岳庙叩祷曰:"十日不报应,则投尔于西湖。"其事仅隔七日,祠丁之妻忽发痧胀,半日而死,此银尚未用也。后张姓告余如此,事亦奇。

龙　皮

乾隆五十九年五月,吴郡有龙斗于空中,风雨骤至,吹坍洞庭山湖滨民居无算,压死若干人。至六月二十九日昧爽,吴江垂虹桥畔忽堕龙皮一张,约长三四丈,鳞大于茶杯。

海　兽

乾隆甲寅六月朔日,海盐八团地方大雨雹。海潮退后,有一兽涸辙沙滩,长八尺余,色纯黑,毛如海虎,尾尺许无毛,四足如鱼刺,头如骆驼,眼口若涂朱。以挺击之,不动;以刀示之,则垂泪。土人观者数百人,咸以为不可杀。抬至海口,遂跃起入海中。不知何物也,志之以俟博物者。

元旦雷雨

乾隆六十年元旦,余在福建按察司署中。先一日,天气甚热,仅能着单夹衣,垂晚更甚,如四五月。下走厨夫,皆赤身用扇。黄昏时,雷声殷殷不绝。元旦辰刻,霹雳数声,大雨如注,平地水深二三尺,至午后始止。其年四月,镇闽将军魁公伦入奏闽省亏帑六百万,自总督、巡抚、藩、臬、道、府、州、县皆伏法。

棺　影

陕西臬司某,山东人。其诞日前一日,于署中厅事陈设灯彩、寿联、铺垫之类,时有西安太守同幕中客高晴江俱在座。晴江忽见玻璃屏影中,有黑漆棺木一具,太守亦见之,两人失色僵立。臬司某者来问,亦见之。某遂不乐,怃然去,棺影顿灭。其次日,某以旧案被逮入京。乾隆六十年事。

异　事

西藏及苗匪邪教未起事先,川中所种包谷,根下宛如人首,眉目毕具。李树忽生刀豆。一日早起,成都北门忽紧闭,不得开,视之,有大蟾蜍百万填塞,日高始散。皆异事也。

锦 江 巨 龟

《陇蜀余闻》载：成都东门江岸有巨龟，不轻易出，出则小龟千百随之。康熙癸丑滇藩谋逆时，曾一见之。嘉庆丙辰三月，巨龟见于城东之九眼桥，后随小龟无数，游漾水面者三日。是岁即有黔苗石三保之乱。逆苗未靖，而达东教匪接踵起事，蹂躏七载，人民死伤至亿万计。此龟岂预知之耶？按《物类相感志》载：秦惠王破蜀之后，张仪掘土筑城，随时颓圮。后有大龟从涧而出，周旋行走，仪命依龟行处筑之，城始成。又云龟尝处其中，出则境内有贼。观此则是龟由来久矣。

白　　蚬

余自幼居乡，乡间有白蚬之患。每当白露、秋分节间，稻禾初熟，于四更时忽起大雾，漫空遍野，雾中有白气一条或两三条，隐隐如白龙，而无头尾，其行甚疾，人呼之曰白蚬。此物一过，秋收顿减，转熟为灾，农民苦之。告荒不准，而州县官亦不能据实具详，最为民害。此物总在苏、常、嘉、湖之间，别处无有也。案字书无"蚬"字，犹言白虹也。然此究竟何物，殊不可解，大约明季始有之。

星　　异

嘉庆戊午十月廿八、九日夜，众星交流如织，人人共睹。庚辰七月十八日夜，亦有星移之异。廿五日初更，有大流星陨于南方，光如白昼。先是五六月内，太阳旁有一点小星，与日同行。八月十五日夜，太阴旁亦有一点小星，与月同行。甲申十一月初十夜，西北方星陨如雨。乙酉十月廿四、五两夜，星移如织，俱由西北而至东南。廿六日夜，东南方星陨，飒飒有声，最后有大星堕于地，其声如雷。

地 中 犬

嘉庆八年，矙城顾浦地方东岸民家，掘地得二犬，雌雄各一，置之瓮中，旋失所在。按《晋书》：元康中，娄县人怀瑶家，闻地中有犬声，掘之得犬子，大于常犬，哺之能食。还置穴中，覆以磨石，越宿失所在。与此事相同。《尸子》曰："地中有犬名地狼。"《夏鼎志》曰："掘地得狗名贾。"盖前古已有之矣。

蛤 中 珠

嘉庆甲子，长洲徐少鹤学士颋已中乡榜，除夕，与其夫人夜饭，食白蛤，中出一珠，如桐子大，以为祥。其明年乙丑，中进士一甲第二。

迎 凉

有陈某者，居近娄门，家道素封，房屋深邃。夏日闲居，苦于烦热，因将水龙喷水以迎其凉。忽空际堕一砖，有朱篆，是夜暴卒。

抢 米

嘉庆甲子年五月，吴郡大雨者几二十日，田俱不能插莳。忽于六月初一日，乡民结党成群，抢夺富家仓粟及衣箱物件之类。九邑同日而起，抢至初六日。不知其故。共计一千七百五十七案，真异事也。其时抚军汪公稼门仅杀余长春一人，草草完结。

墨 线

嘉庆十年三月，家小痴客四川之中坝巡司署。初五日早，哄传街上弹有墨线痕，亲自出署观之，自大堂暖阁至头门百余步甬道上，贯墨线一条。询之居民，咸称本镇各街巷暨幽僻处皆然。成都、龙安、嘉定皆同日弹有墨线，不知何异也。至立夏后，民间疫病大作，四五月尤甚。成都省城各门，每日计出棺木八百四五十具，亦有千余具者。先是三月初，简州刺史徐公鼎奉檄赴嘉定催铜，夜梦五人从东来，自称"行疫使者"，将赴成都。问其何时可回，答云："过年看龙灯方回也。"徐旋省后，适见瘟疫流行，忆及梦中语，即告制军，议以五月朔为元旦。晓谕民间，大张灯火，延僧道诵经礼忏，扎龙灯，放花爆，民间亦助结灯彩。每夜火光烛天，金鼓之声不绝，自锦江门直至盐市口，男女喧沓，歌曲满街，即每岁元宵亦无此盛也。如此半月，疫果止。

板 凳 自 行

嘉庆十二年冬十月，长山袁叔野刺史出京，过其焦家桥旧第，已下行李。叔野起如厕，厕上有板凳一条，无端自动，初不甚怪，遂步至后园，距厕上已远。忽见板凳彳亍而来，其老仆亦见之，叱之而止。殊不可解。

龙 带 石 牌 坊

嘉庆十三年五月，歙县槐塘地方忽起风龙阵，有一龙从石牌坊下穿过，两牌坊俱为龙带去，去数十步外始落地，石为齑粉，并未伤人。廿三年三月，离槐塘四五里地名潭渡村，亦起风龙阵，有两三抱大树一株，从地拔起，落于三里之外。树旁居民甚密，亦无所损也。

汉 口 镇 火

汉口镇为湖北冲要之地，商贾毕集，帆樯满江，南方一大都会也。毕秋帆尚书镇楚时，尝失火，烧粮船一百余号，客商船三四千只，火两日不息。嘉庆十五年四月十日，镇上又失火，延烧三日三夜，约计商民店户八万余家，不能扑灭，凡老幼妇女躲避大屋如会馆寺庙，亦皆荡然无余，死者枕藉。

天 不 可 测

嘉庆十九年正月十三、十四、十五三夜有月华，人人共见。五月初一、二日，余往高邮途中，闻蟋蟀声。六月初一，日蚀七分。中伏日，寒冷异常，俱着皮衣。地生白毛，江南、安徽、浙江三省皆然。七月初一日夜，太白经天。十四日，荧惑入斗牛度。十六日，狂风拔木。十七日夜，雨雪，河南尤甚。十八日夜，天雨血，凡有白罗衫、白手巾在露天者，皆为之红。自五月至八月，水望西流。种种奇异。然是年仅旱灾，米价每石至五千六七百文，秋收不登而已。二十一年冬，月华更甚，皆以为明年必又旱，讵于正月起至十一月，零雨间作，天无十日晴，稻谷俱腐，柴薪大贵。真天之不可测也。

山 鸣 地 动

二十年九月十九日，山西解州各属及蒲州、同州一带地方皆地震，河南之陕州、阌乡、灵宝亦皆震动。惟解州为尤甚，民房、城垣、祠庙倒塌无算，死者至三十余万人；惟关帝庙大殿五间，屹然不动。自九月起，或三四日一动，或数日一动，直到次年丙子春夏之交。至七月十四夜，解州、运城诸处复大动如前，后遂寂然。其动时，如闻地中有波涛汹涌之声，人民男妇老幼俱露坐，富者用布帐遮风而已。更可异者，是年之十月十二日，中条山大鸣，绵亘黄河八百余里。十二月，甘肃省又有山移之异。

妖 言 惑 众

嘉庆二十年八月十八日，妖人方荣升就擒。自称蓬莱无终老祖朱雀星宝霞佛下降，有四十二宿、九十甲子、十八地支之说。编造《万年时宪书》，以四十五日为一月，十八月为一年。金、木、水、火、土之外，增慧、动二者，为七行。并指通行正字为五行字，私以二三四字并为一字，称曰七行字。编造《字母》一书，所布逆词及所造《破邪显正明心录》，并所刻印记，皆从七行字体。又袭旧教有五等执仪名目，复增为九等。以花纪官：一品红梅，二品白梅，三品牡丹，四品芍药，五、六、七、八、九品，均以杂花卉为等威。有"九品莲台"名目，以分习教等差。又定官制：有三宫、六院、大将军、大学士、丞相、王、侯、公、伯，下至大夫六部诸等级。又称能出神上天，亲见天宫殿庭路径，捏画十图，并造脚册，记载宫室名目，谬称成事后规仿营建。又以黄册捏写星宿名，凡十万八千七百三十有一。每于私造书画成，辄向同教人自夸神奇天纵，妄自尊大。同教诸人，因其幼本村童，忽能书画，竟诧为天授，深信不疑也。前一年，江南北大旱，民人饥馑。方荣升窃谓灾黎易动，起意倡乱。八月间，潜引其党刻九龙捧珠印记一颗，名为"九莲金印"，云俟三年后坐朝问道时启用，实则逆词、逆书先已印用也。十月十五日，潜纠徒众，于李乔林家会合拜印，遂将伪造诸星名目诸书焚化，谓能使诸星宿降附人身，而徒众咸敬信之。有三醮妇李玉莲者，本有气臌病，腹便便然，自称怀孕者乃弥勒佛，信者甚众。玉莲又自称曾神游天上，知其福大，应与同举大事；而方荣升亦称玉莲为开创圣母，订期起事云云。其语长，不能备录。时节相百公制府两江，遂奏上其事。于九月十一日，将逆首方荣升处以极刑，其巨魁朱上信、朱上忠等廿四人俱凌迟，其与知逆情之周智荣、赵顺等十人斩首。其言遂息。方荣升浓眉大目，两颧高峙，临刑时犹顾谓其妻曰："我等本在天上，原不肯下降，今仍回天上，此后断断不可再下降矣。"其缪妄如此。

村牛搏虎

陕西汉中府西乡县出一猛虎，伤人无算，猎户与官兵莫能制之。有善搏虎某者，年老不能下车矣。众猎户、官兵禀县固请，其人始出。遂入山，手握铁鞭，拾级而上，卒遇此虎，竟为所杀。时村家养牛数十头，正在山上，见此虎至，群牛皆退缩，惟一牛独前，与虎熟视者久之，忽奋力一角，正穿虎喉，虎立毙。报之县官，遂将此虎赏畜牛之家，并以银五十两奖之，一县称快。未一年，畜牛之家偶将虎皮出晒于石磨上，牛卧其旁，醒而见之，以为真虎也，又奋力一角，力尽而死。

八 月 十 五 晡

嘉庆乙亥八月初，福建省城南门外地名南台，人烟辐辏，泊舟甚多，大半妓船也。衢巷间忽有两童子，衣朱衣，连臂而歌曰："八月十五晡，八月十五晡，洲边火烧宅，珠娘啼一路。"闽语谓夜为晡，屋为宅，妓女为珠娘，以方言歌之，颇中音节。连歌三日，不知其为谁氏子也。居人以其语不祥，遂告邻近，于中秋夜比户严防，小心火烛。至期，绝无音响。至次年丙子四月廿九日夜半，洲边起火，延烧千余家，毗连妓舟，皆为煨烬，至五月初一日晡时始熄。计上年八月十五夜，再数至八月又十五日，适符"八月十五晡"之谣也。吾友王子若茂才在福州，亲见其事。

龙　　斗

丙子七月廿五日，苏州胥门外双桥茶亭头，有两龙相斗，风雨大作，覆舟者无算，染坊架上布皆飞上天。

风　　暴

嘉庆丁丑六月十三，汉口镇大江中忽起风暴，飘荡大小船一千余只，死者无算。戊寅二月十六日，即于大江原处漂没大盐船十七只。其月二十二日垂晚，湖南岳州府东三十里城临矶陡起大风暴，一时人力难施，沉溺粮艘十七只，并淹毙运丁水手男女数百人。巡抚巴公奏闻，奉旨豁免。一月之内，两遇风暴，且同是十七只，亦奇。

大　木

嘉庆丁丑六月十七,苏州玄妙观雷击,三清殿西北隅大柱碎裂无余。有葑门外道士游观其下,同时击死。未几,地方官吏及绅士辈,欲于东西两汇购大木而重葺之,竟无此料。其年十一月,常熟福山港口有两渔船入海捕鱼,见水面浮一大木,头尾甚长。因言狼山有观音寺正在兴修,如带往江北,可得善价。即系缆向北行,坚不可动。渔人又言曰:"岂有神灵护持耶? 吾今带往江南可乎?"言未毕,木即向南,顷刻抵岸矣。其木长八丈九尺四寸,围圆二丈有余。地方绅士备价购之,始得兴修。此木之所来亦奇。归湘帆少府曰:"噫,天岂以此木将出,因而震其柱欤? 抑殿之不宜毁,特遗此木以成之欤? 不先不后,适当其时。然则需材之世,不患无材;而抱材者,亦不患不见用于世也。"

老　鹳

吴门有潘姓者,居胥门内之来远桥。家有老鹳巢于庭树,闻其声,颇类人言,似言某处有藏金。乃于后园掘地,果得之,自此致富。道光壬午六月,潘姓失火,老鹳庭树亦俱烧死。

蛟 与 龙 斗

嘉庆戊寅五月廿七日,苏州娄门外有地名龙墩者,元和县所辖,忽出一蛟与龙斗,冰雹大作,狂风拔木,雨下如注者一两时,拖坏民房庐舍五十余家,失去男女数人。有一人随风而飞,为龙所攫,背上爪痕显然,从空落下,却不死。有一家失去米五十石,亦随风飞去,数十里内,并无一粒堕者。又一家船四只、牛一头,与船坊、牛棚一齐上天,不知所往。先是龙墩地方有地一块,不积霜雪,不生草木,有以青草掷其地,次日必焦枯如焚。所谓蛟者即起于此处。蛟之形似狗而大,初起时,有黑龙自东飞来,与蛟斗良久。旋有白龙从北来,如佐黑龙者,逾时而去。其近处居民俱所亲见也。

尘　霾

嘉庆廿三年四月八日酉初刻,京城忽有暴风自东南来,俄顷之间,尘霾四塞,室中燃烛始能识辨,其象甚异。圣心震惕,因降旨近京之马兰峪、古北口、天津府等处,遍行查访。据马兰关总兵官庆惠奏:是日酉初南风,不过尘霾幛翳,旋有迅雷,阵雨倾盆而已。据古北口总兵官徐锟奏:是日酉初西南风,其色黑黄,闻有雷声,风气即散,小有阵雨,未能及寸。据天津长芦盐政嵩年奏:是日酉初并无尘霾,室中明亮,北风大作,雨势雾霈,自宵达旦,亦无雷声。又据山东巡抚陈预奏:是日酉初无风雨,至初九日卯寅时,大雨竟日,极为深透。合观各处奏报,情节不同。古人所谓"千里不同风",是其明验也。

黑　云

嘉庆己卯三月十八日,山东临清州城东有黑云三四团,自东南而至西北,白昼晦冥有一二时。次年七月某日,临清城外三四里许有一井,井中出黑气一条,其长径天,上冲云际,一昼夜而灭。

龙　见

是年五月初八日,有龙见于洞庭东山,须角毕露,凡十三条,观者如堵。须臾,油云四塞,大雨如注,龙亦不复见矣。是日一雨,至六月、七月、八月皆无雨,高田干涸,农民苦之。八月初,大府尚为祈雨。

蟾　蜍

嘉庆己卯八月,河决,开封、兰阳一带皆成巨浸。先是十日前,有大蟾蜍数千百头，随小蟾蜍几十万，自北而南，若迁徙状，人莫知其故。蟾蜍大者至四、五、六尺不等。亦是奇事。

火　　球

庚辰四月初，江苏织造府旗杆斗上忽有火球两个，升上落下，更余便起，四更时息，如是者五六夜。抚军知之，差巡捕官往视，果然。先一月前，浒墅关雷击旗杆，并击漏税房庭柱墙壁。与火球之异，不过相距二十余日耳。

群　鼠　渡　江

案《明史稿》：神宗四十五年，江南鼠异，自五月下旬起，千万成群，衔尾渡江而南。嘉庆庚辰五月，瓜州、仪征一带，亦群鼠渡江。上年四、五月间，河南开封府黑冈口一带，先有群鼠渡黄河。或言鼠属子，水位，此水沴也。又六月廿六日，许州东北乡地震，倒塌瓦房九千一百余间，草房一万六千九百四十余间，压死男妇四百三十余口，被压受伤者五百九十余名。见邸报。时州刺史为肤施张芥航先生，其公子杜园为余言之甚悉。

畅　春　园　虎

嘉庆庚辰五月廿七日，京师雷雨夜作，畅春园虎圈之虎忽逃其一。次早有中贵人三在前湖看荷花，卒遇之，虎食其一，两人跃入水中获免。越五日，奉旨命三额驸杀虎。翰林编修吴慈鹤纪以诗云：“太液莲开白于雪，三人晓起看花入。凉风吹鬓巾袖香，池边骇见於菟出。两人急跃清池里，一人已为虎所饵。至尊频蹙催赐金，有旨，赏银五十两与死者。一半残骸付妻子。黑河猛将行如风，长枪大槊何豪雄。虎知当死伏不动，翻身一箭穿其胸。万夫挢舌军吏贺，此勇真能不肤挫。吁嗟乎！期门羽林尽如此，太白欃枪安敢起！”

六　月　雪

辛巳八月，余往邗上，得偏报，云探得督宪差官从北回南，于六月十六日路过山东西大道阴平地方。是日天气奇冷异常，下雪五六寸不等，兖州府、济宁一带皆然。

鸡　异

辛巳秋，苏松一带有鸡异者甚多，一鸡两翅上俱生爪，到处皆然。前人谓之鸡距，有五爪者皆飞上天。又常熟东河下有鸡生子，中有小蛇一条，如蚯蚓而动。又余居之南顾家湾有雌鸡变雄，作高声啼。又徐市农家有雄鸡变雌，生子不已。更可异者，江阴有一家雄鸡一只重五六斤，忽不鸣不食，若有病者。其家杀之以佐盘飧，剖腹，中有小人一个，长二三寸许，头面手足皆具。

南方丙丁北方壬癸

道光二年九月十八日，广东省太平门外大灾，焚烧一万五千余户，洋行十一家，以及各洋夷馆与夷人货物，约计值银四千余万两，俱为煨烬。先是四、五月间，苏州有谣言不用洋钱，销毁至数百万枚。此或其先声耶？是年直隶、山东发水，被灾者八十余州县。北方壬癸，南方丙丁，似有定数云。

巨　蟒

道光壬午五月十七日午刻，上海县城内忽狂风拔木，白昼晦冥，大雨霹雳轰然而来，满城人无不惊骇。是时学宫左右风雨尤甚，有魁星阁最高，屋梁瓦石皆飞上天。见火龙一条从阁下蜿蜒而起，斗入云中，拖坍民房、楼观、寺庙数千余间，直至城外，向东南入海而去。是日黄浦客商渔户等船四百余号,漂没者三十余只。亦见有黑龙四条追逐火龙,逾时而没。后闻学中老门斗言,魁星阁下向有大蟒一头,其长数丈,每于春夏之交,蟠据阁之绝顶,仰天吸露,已有年矣。此火龙者,或即其化身耶?

环　　云

丁亥九月初六日,天日晴和。交未刻,忽见日旁有晕一重,须臾,晕左右又加两重,如连环然。须臾,连环上又加一小重,日在三环之中,而外又加一大环环之。其光如火焰,有五色,正贯于日之正中。千百条白气俱向东北,未起酉止。是年十月十三午刻亦如之,日光之外又生两晕,亦如连环然。日之正中,大环贯之,直圈于两连环之外,其向亦在东北。其大环四角有耳,如小月状,两明两暗,至酉而散。不知是何祥也。

卷十五 鬼神

张 抚 军 退 鬼

张清恪公伯行抚苏时，值江宁乡试，公为监临。故例，将点名，先召恩仇二鬼进。公大怒，正色而言曰："进场考试者，皆沐浴圣化，束身圭璧之士，尔辈平日何以不报，乃正当国家取士大典，一切关防严肃时，岂许纷纷鬼祟进场诊扰耶？"是科南闱无一病者。

邹 二 痴

邹公履，名德基，工于书法，出入平原、北海之间。而性情孤峭，如醉如痴，至今吾邑中人尚称邹二痴为名笔也。其父迪光，中万历甲戌进士，为湖广提学副使，积资巨万，俱为公履造园。园有炼石阁，公履所居也。忽一夕为群盗所杀，官捕数年不得。至国朝康熙初，有捕役高姓者，婪贿无数，丰衣足食。常夏月避暑，设一榻，张纱帱，卧于阁上，怡然适也。时月色甚明，似有人缘梯而上，带乌纱巾，着红道袍，徘徊大步。高惧，心知为邹公子，乃下床，叩首不止。公子曰："汝何等人，敢据吾阁邪？"以足蹴之，遂堕楼下。从人惊起，高自言如此。天未明，遂气绝，人传而快之。初，公履死，索盗无踪。有女巫能召亡者，焚符毕，巫忽起行，如邹公子状，唤家奴，取杖痛责之曰："巫者至贱，安得令彼召我？"家奴言："因主人被害，实为不平，求主人明示。"巫言："以人杀人，事甚平常，安问盗？"言讫，巫仆而醒。

绯 衣 神

康熙十一年八月廿六日夜，太仓、嘉定、宝山一带大雷电空中有二灯前导,中有一绯衣者,乘白龙,甲士数十,亦持镫随其后,远近乡民尽见之。其灯忽高忽低。明晨视,灯光低处,花禾悉坏。

鬼　戏

康熙中,常熟有包振玉者,系梨园中吹笛手。一日,忽有人来定戏,云在北门王姓,以银十锭,期于某日。至期而往,则巍然大第,堂中设宴。主人出,谓振玉曰:"今日系周岁,不可大闹,以官人幼,不任惊吓也。"遂点《西厢记》,减去"惠明寄书"及"杀退孙飞虎"两出,乃定席开场。众方演唱,振玉独执笛旁坐,暗窥坐中宾客,凡饮酒俱呷入鼻中,其往来男女侍从人等,俱足不帖地而行。心甚异之,以私语其众,众曰:"彼不欲闹,岂所畏在此乎?"于是忽将大锣鼓一响,倏无所睹,乃在昏黑中,则一古墓,惟听松风谡谡而已。通班大惊,振玉遂得疾,不数日死。

钱　莲　仙

康熙甲子,嘉定陈涵源授徒于龙江里。一夕,月下忽有女子来,自道其姓名曰钱莲仙,系元季钱鹤皋之女。按《太仓州志》:鹤皋,上海人。元季吴元年,太仓知州张某以城降张士诚,而鹤皋不从,结诸邑弟子数千人为变,入嘉定,俱送松江狱,胁以兵刃。当时有集仙宫道士杨仁实救之,即其人也。言与陈有文墨缘,晨夕相聚。钱才调隽绝,命题无不立就。已而渐闻于人,陈亦不以为讳。至丁卯岁,形迹渐疏,一去杳然。陈著《仙姝传》述其事,并录其送别诗云:"整顿簪环泣送君,依依难向小桥分。他年不断情缘处,把酒还浇陇上云。"而陈故无恙也。

乩　仙

秦对岩宫谕家有乩仙,适吴令君伯成至,知其召仙,必欲观之,宫谕延之入。时所请者云是李太白,令君曰:"请赐一诗。"乩判云:"吴兴祚何不拜?"令君言:"诗工固当拜。"又判云:"题来!"时有一猫蹲于旁,吴指之:"即咏此。"又判云:"韵来!"吴因限九、韭、酒三韵以难之。乩即书云:"猫形似虎十八九,吃尽鱼虾不吃韭。只因捕鼠太猖狂,翻倒床头一壶酒。"吴乃拜服。

打 眚 神

太仓西门水关桥有庞天寿者,素好拳勇。年七十余,忽丧其子。眚回之夕,其徒数十人,聚集豪饮。闻缋帷中窸窣有声,秉烛照之,但见一大鸟,人面而立。庞急将钩连枪扎住其背。此鸟欲飞不得,两翼扑人,宛如疾风,室灯尽灭,其徒亦皆仆地,喊不能出声,如梦魇者。独天寿尽力搦住,死不放手。天将曙,力乏腕疲,鸟竟逸去。次日,庞满面皆青,数十人仆地者,面上亦俱有青印。庞后犹活十余年,每见人述其事,犹言:"当时恨无人助我一臂之力也。"

送 凉

崇明李明经杜诗,年七十余,率其徒数人应科试,自崇抵昆,已薄暮矣。遍觅寓所,已无下榻处,惟东南门柏家厅有楼五楹,李遂偕其徒居之。时方六月下旬,盛暑郁蒸,诸徒舟车劳顿,已就榻酣睡矣。李独卧不成寐,见残月渐明,楼下如有人声窃窃私语,闻一人曰:"如此炎天,楼上诸公得毋太热乎?我辈夜凉无事,胡不上楼代为驱暑?"于是渐闻梯上有声,如连步而上者。李素称胆壮,亦不畏之。少顷,渐至榻前,各执蕉扇一柄。有无头者,则以扇插颈,答答若摇状;无臂者以扇插肩,盘旋于幛前。见数十鬼中,肢体无一全者,或驰于东,或趋而西。一人曰:"厢间进士公下榻,我辈盍先送凉?"既而曰:"某某虽秀才,尔辈何薄待之?我为之拂暑。"而独不至李。迨诸徒榻前摇扇几遍,将作下楼状,忽齐声曰:"扬仁风而不及老贡生,非情也。"遂各举扇一摇,呼啸而去。李徐呼其徒曰:"今夜得毋太凉乎?"皆答曰:"凉甚。"李曰:"汝不知其故乎?"因徐为道之。诸徒愕然惊起,不敢复卧。次早，询之土人，有老者曰："明季被兵时，有民人百余，皆潜伏此楼下。既而兵入，悉被屠戮，无一存者。今百余年，此楼尚多祟也。"是日亟迁寓而去。

闻角庵相士

扬州闻角庵，有相士寓其中，好酒，同寓有王叟者，亦好酒，相与友善，每夕共入市中饮，以为乐也。一日，叟谓相士曰："我鬼也，能知人死期，吾语子。"自此相者日盛，能定人生死，咸以为神仙。久之，王叟忽不乐，顾相士而泣，曰："某日将与君别去，欲借尊嫂腹为我寓也。"不解所言。未几，叟不见。是夜相士妻腹中有声，绝似叟语。其言死生如故，而相益神，积金甚多。妻死后，遂不知其所终。

董 庶 常

海宁董东亭庶常名潮，在京师，偶步近郊，瞥见一苑，有美人弹琵琶甚哀，潜识其地。次日，与同人访之，惟古冢荒烟，荆棘刺衣而已，为之骇然。未几卒。其同年友汤纬堂吊之云："红袖琵琶摧玉树，青山烟雨葬琼华。"盖纪实也。

诵 大 悲 咒

长洲吴西桥业医，其父名元祐，字天自，年六旬余，甚康健。每晨起茹素，诵《大悲咒》十余遍，寒暑无间。偶感微疴，从昏瞀中见二鬼摄去，觉天黯惨如黄昏。至玄妙观东岳殿，仰见有一人正坐者，色甚和，问："汝平日作何事？"对曰："诵《大悲咒》。"旁一吏曰："心不尽诚，虽多不算。"逐之出。两足无力，天又阴雨，沿途唤肩舆，过其妹婿家，停舆直入。见其家方晚餐，不起延接，因诘问之，皆惊审。吴怒而拍案，有煮虾一碟坠满地。乃出门，仍乘舆归。觉已身卧床上，大骇，急命子往询妹家，云："鬼啸案倾，不知何故也。"吴病痊后，改号曰补余。

春　杏

吴门沈某，其弟早卒，所聘某孝廉女，过门守贞有年矣。忽发狂疾，孝廉往问之，忽诃詈，不识其父也。乃默祷于乩仙，判曰："汝女前生系湖州沈姓子，少年时私其婢春杏，有孕，为沈子父母逐之，投缳死。后欲向沈子索命，而沈子又瘵没。今其魂尚来作祟，欲以捉沈子也。须延高僧礼《大悲忏》三日，呼春杏名祭之，斯可矣。"如其言，狂疾乃瘳。

马 公 宋 相

吾乡凡完愿酬神，俱有马公、宋相，别设下筵，必先祀之，匆匆送出，然后歌乐荐登上筵。实不知其为何神也。后见《土风录》，相传马公是苏州葑门人，名福，以卖菱为业。每晨担出阊门，过宋相公庙，必敬礼之。后与人争角不胜，投水死。适宋相公神舟至，因收作帐前驱使。巫祝家信之，私相尊奉。或云马公、宋相俱是五通神部下伤官。汤文正公灭毁淫祀时，五通神俱用铁链锁押，加以手靠脚镣，如重犯者。先命县官拿下其像，长屹然不动。公正色大骂曰："汝还崛强耶！"遂亲自动手，五像俱倒，杖四十，投之石湖。惟马公、宋相两像，终不能动。问是何神，庙祝诡以财神对，乃释之。至今乡人犹存其祀。

城　隍

《宾退录》极言城隍神之灵显，且各立名字，如汉之纪信、彭越、萧何、灌婴、张骞之类，不一而足，即祀典所云，凡御灾捍患有功德于民则祀之之意也。据苏州府城隍而言，向闻神是汤文正公斌，继又改陈榕门先生宏谋，既又改巡抚吴公坛，继又改观察顾公光旭，今间又改陈稽亭主政鹤矣。三四十年中，屡易其神，岂阴阳亦一体耶？

嘉庆元年十一月，余在两浙都转运使幕中。十五日夜，月食七分。二更余，俱已寝矣，忽闻人声沸天，急报城隍山上火起，通天皆红，延烧四五千家，所有杭州府仁和、钱塘两县，及布政司、粮、道、学院衙门前一带民居，皆成白地。是夜有原任嘉兴府方公云亭在运司前一小楼作寓，见火光中有红灯数百，围护一宅，火至辄息，意此宅必是积善人家，当记之。及天明往看，乃城隍庙也。

钱桂芳者，通州秀才，为人慷慨正直，古之君子也。年四十余，忽与妻子泣别，将为陕西襄城县城隍，言："明日本州城隍神来拜会相约，吾当去矣。"妻子大哭。桂芳曰："死生定数，哭之无益。"乃洒扫一室，供设香案，衣冠而待。次日，城隍神果来，仪从甚盛。妻子无所见也。桂芳哀求曰："我有七旬老母，可稍迟数年否?"城隍神首肯曰："当代为转详东岳神，其准不准，吾不能主也。"忽不见。越三年，其母卒。未几，桂芳亦死。其门弟子李西阑为余言。

惠山王婆墩对岸有汉纪信庙，里人谓之都城隍庙。每年三月廿八日，为城隍生日，是日歌乐喧天，游人无数。惟后楼三间，寂静无人，登之可以眺远。有男女两人，私约至此，将解亵衣，忽见金甲人叱之，投两人于楼外，适堕河中，一生一死。甚矣哉，神明之灵也!

长洲蒋时庵少马尊甫篁亭先生，生而聪颖。四岁入塾，祖侁圃公授以"忠臣孝子"四字，即记忆不忘。侁圃公知其为大器，且训之曰："汝高祖参议公，于明鼎革时，杜门养母，母丧，哭泣以致双瞽，此吾家之孝子也。汝高叔祖都督公，甲申之变，一门十五人殉节，此吾家之忠臣也。"篁亭八岁，即为二公作忠孝传，伯父光禄少卿紫峰先生奇之。十一入长庠，康熙辛卯、癸巳登乡、会榜，官户部郎中，特简广东廉州府知府。时同邑吴容斋先生由工部员外出知江西吉安府。二公俱为名宦，有"吉安安民，廉州廉吏。世治官清，欢天喜地"之谣。及蒋公罢官归，两浙制府李敏达公荐督浙江海神庙工，仲子元泰随行。公一日清晨忽谓元泰曰："吾廿三、四间当死。"人咸不信。廿三日果病，二十四日早，复呼元泰曰："我平生不言鬼神事，但奇兆有征，今夕当去。第我守廉郡，实有愧于朱仲卿之啬夫桐乡也。"公从叔瞿圃公亦在海宁，详询奇兆，公曰："参议公遗训二篇，忠孝两全，此时已证佛果矣。"余不言。至戌刻，端坐逝。未病前，家人梦中恍惚闻呼殿声，仪从甚盛，云是廉州来接新官者。此雍正九年事。乾隆中，公侄芝冈公名衡官江西粮道，署藩、臬篆。有藩署书吏邵某云，伊父向在粤东高廉道幕，屡至廉州城隍庙瞻拜，庙祝常言：神苏州人，最重忠孝节义。有节妇，族人欲夺其产，将谋害之。节妇知其事，避于庙。族人寻踪至，甫入庙，突见皂役数人，持棍击其背，不胜痛苦，遂逃归。节妇自此安居无恙。

扬州有倪瞎子者，孑然一身，寓旧城府城隍庙起课，每日得数十文，以此度日。有风雨无人来，则枵腹过夜。一日，有商家小伙发财，偶携妻妾入庙烧香，舆从甚盛。倪知之，窃于神前默祝曰："彼为下贱，荣耀如此。我本故家，饥寒如此。何天之无眼，神之不灵也！"是夕，忽梦城隍神拘审，神曰："尔何以告状？彼命应享福，尔命应受苦，俱有定数，敢怨天尤人耶？殊冒昧。着发仪征县，杖责二十。"一惊而醒。其明年冬，倪有姊嫁仪征，病死，往送之。至三更时，忽肚痛不可忍，遂开门欲出恭，适遇巡夜官，问之不答，遂褫其衣，责二十板。其甥闻之，立出辩明，已杖毕矣。神之灵显如此。

鬼　迷

杭州张仲雅先生名云璈，自言幼时随其尊人任安庆太守，年才七岁，有婢某者，尝伺之。一日，婢闭门浴，忽不见。遍处寻觅，见地板隙似露衣襟，遂发开，婢已昏迷，久之始醒。自言："近日独坐房中，有好女子年可十七八，尝往来于窗外。每曝衣履，此女告以将雨，宜早收。又言明日应有某夫人来，应办何事，可预为之。无不验也。今日我方就浴，见此女来约，到其卧房。初至一小径，甚窄，遂侧身入，见所居甚华丽，正卧其榻也。"太守疑为鬼物所凭，遂将是室关锁。署中老吏云："数十年前，有某太守妾为夫人所妒，死于署。此其鬼耶？"然婢并无恙，今年七十余矣。

滕 县 遇 鬼

苏州有盛云川、金藻庭者，为吴茂生店伙。进京贸易，共雇一车，过滕县，天忽曛黑，不复辨路。见一大宅，拟投宿，谓其阍人曰："不意迷涂至此，欲求一席之地，但不知主人为何大官？"阍人曰："是都统徐大人之居。都统殁后，惟夫人在，须禀命乃可。"遂入白之。少顷，延客入，高堂峻屋，明烛盈前，已罗列杯盘。一公子出，冠服华盛，便与同宴，侍儿歌舞之妙，目所未睹。金局蹐不安。盛以贸易而有措大风，谓公子曰："尊大人官至极品，公子得恩荫否？"公子不答。盛又曰："'子所雅言，诗书执礼'，俱澜翻否？乘此良宵相叙，且有此美酒佳肴，盍行一令，以见公子才学。"公子又不答。金视之，似有怒容，离席去，侍儿随之入内。一苍头出，谓二人曰："汝等触怒我公子，将罹祸。念汝等俱苏州人，与我有同乡谊，速随我行。"二人即呼车随之行。计走三里许，至茅舍，苍头推门入曰："汝等请进，吾有职司，不能奉陪。"二人秉烛四照，见斗室中止有一榻。揭帐视之，一人闭目而睡，寂然无声，须发皓然，身只尺许。正惊疑间，忽有狂风自帐中起，烛光遽灭。二人窜伏暗室，怖不敢喘，假寐于地。久之，东方既白，人屋俱亡，实卧于棘业古冢间耳。狼狈而起，车夫亦如昏迷者。逢耕人，始得官道。又行数里，乃见滕文公问井田处。

神 人 呵 护

苏城史家巷，当雍正、乾隆间，蒋、沈两家各有四第：蒋氏助教坦庵公在堂，父子会魁，兄弟馆阁；沈氏毅斋、砺斋、溶溪三太史同时贵显。里人夜见两红灯往来，东西照耀，光彻通衢，凡二十余年。迨助教殁后，沈亦中落，自此红灯不复见矣。

瞽　目　见　鬼

乾隆戊子岁，苏州沈尘缘学博霈卒于婺源任。其太翁兰谷明府正宰四川郫县，已七旬。家人隐其事，莫之告。及兰谷以双瞽告病归，一日忽谓家人曰："顷间吾目忽明，见霈儿袍服对我叩首，殆已死耶？"家人乃以实告。

鬼　皂　隶

锡山北门外有众安土地庙。邻女年十七，颇有姿色。一日女入庙烧香，见泥塑皂隶而笑之。是夕似有人来求欢，似梦非梦，鸡鸣而去。自是无夕不来。女知其鬼也，乃告父母，问其貌，女曰："似类某庙中右边皂隶者。"遂授以计，候鬼来时，以灶墨涂其面，次早瞷之，果然。其父乃持梃击碎之，鬼不复至。余闻其事，笑曰："皂隶如此淫恶，为土地神者何在耶？"

彭　半　壶

彭半壶，江西人，忘其名，游幕蜀中。善敕勒术。未弱冠，已入泮食廪饩，有文名。既长，即弃举子业，在龙虎山学法三年。遨游天下，历幕显要，饮酒食肉如常人。彭不自言术，人亦不知其术也。有某宦者官蜀中，太夫人年老，常卧病见鬼物，一鬼以扇扇之，即背冷如冰，一鬼以火熨之，即身热如火，百医不效。彭适在座，闻其事，曰："此病既有鬼，吾能治之。"某甚喜。至晚，于箧中取木剑一，小羊角笤二，披青布道袍。盥漱毕，焚香，朝北据案而坐，执笔书符，甫一点，疾呼天君名。焚符后，取羊角小笤，三掷三立，观者惊骇。彭在外方召将，而太夫人已亲见鬼物被神擒去矣。旋闻庭中如数千鸭足声，逃避后园，彭一路追逐，至后园，默运片时，曰："吾已放火箭三枝，恐鬼物复来也。"次日，见后园枯桑树上有三焦眼，高低不差累黍。太夫人病自此愈。后半壶忽道装，芒鞋竹杖，辞别故人，曰："从此入山，不复与诸君相聚矣。"问何往，笑不答。或留与饮，仍茹荤酒，不知所终。

鬼　婚

有洞庭渔人蒋姓者，其妻死，所遗一子，年四五龄，无人照应。时适有渔船吴氏新丧其夫，生女亦四五龄。于是媒人为之说合，竟再醮于蒋姓。蒋婚未一月，病甚，忽见吴氏故夫鬼来，索命甚急，且大哭曰："吾与汝无仇，何得占我妻又占我女，决不汝〔贷〕（代）也。"盖两家子女长成，又欲为婚姻，已有成说矣。蒋大惧，乃答鬼曰："吾故妻某氏，与君妻年相若，亦与君为妻可乎？"鬼大喜，跳跃而去。乃写婚书一纸，与楮锭同焚之，不数日而愈，以后寂然。按张华《博物志》、任昉《述异记》俱载有鬼神婚嫁之事，即近代五胜郎君，又其最可异者也。

净　眼

扬州罗两峰，自言净眼，能见鬼物，不独夜间，每日惟午时绝迹，余时皆有鬼，或隐跃于街市之中，或杂处于丛人之内，千态万状，不可枚举。画有《鬼趣图》卷，中朝士大夫皆有题咏，真奇笔也。乾隆壬子岁，余游京师，晤两峰，辄喜听其说鬼。言在玉河桥翰林院衙门旁，见金甲神二，长丈余。焦山松寥阁前见一鬼，长三四丈，遍身绿色，眼中出血，口中吐火。或曰：此江魈也。一日，有友人留夜宴，推窗出溺，一鬼仓卒难避，影随溺穿，状殊可怜。又松江胡中丞宝瑔，亦净眼，尝清晨见属员，有两鬼在前，横坐于窗槛，中丞呼止之，以告此员。闻者莫不惊骇，而中丞怡笑自若。

吴蔗芗名鸣捷，安徽歙县人，嘉庆辛酉科进士，出为陕西咸阳令。能白日见鬼，每日所见者以数万计，似鬼多于人。一日见有两鬼争道，适一醉汉踉跄而来，一鬼避不及，身为粉碎，一鬼拍手大笑。顷之又有一人来，碰笑者，碎裂如前，碎鬼亦拍手大笑。看此两鬼，情状最妙，蔗芗亲自言之。

关 圣 显 灵

嘉庆元年，白莲教匪据楚北之当阳，我军急攻，其利用炮。总督毕公正檄军中立时督铸，有一人诣营门，言荆州右卫署后废地中有之，虽立时鼓铸所不及也。其人忽不见。如言掘之，果得大炮十三位、"过山鸟"二十七、小炮九位，大小铁弹子无数。咸以为关圣显灵云。

鬼 差 救 人

苏州王府基，相传为明初张士诚故宫，今桥道废址犹在，有旱河一条，天雨积水，天晴则涸。一夕，有醉人从此经过，被鬼迷惑下水，水甚浅，不得死。忽见持灯者从南来，大声曰："尔被鬼迷耶？随吾灯走。"醉人随之，但见灯上有"长洲县正堂"五字，意此人是衙门中人也。行至玄妙观前宫巷，见持灯者从一家门隙中隐然而入。时醉人方醒，叩之，门闭甚固。少顷，有人开门，哭曰："吾儿死矣。"乃知持灯者为鬼差耳。

鬼 烧 天

余寓居钓渚者十二年。钓渚之水，东接华荡，西连家菱、宛山诸荡，水中芦荻甚多。每于春初黑夜，西风飒然，见水滩上灯光闪烁，须臾数千百灯，又并为一灯，天为之红。土人见之者，号曰"鬼烧天"。闻之故老云：顺治间，天下初定，此地贼盗甚多。羊尖有席宗玉者，练乡兵拒之，焚烧盗艘数千只于家菱、白米诸荡，民赖以安。此灯之异，或尚有阴魂未散耶？

阵 亡 鬼

乾隆五十三年，台湾既平，所有杭州、京口、江南各处驻防兵丁出师阵亡者，例将辫发解回原籍，照例抚恤，其解官是闽县五虎门巡检韩兴祖也。行至同安，投宿，适客店窄小，巡检官另住一店。其夜便有无数鬼物作闹，有一解差胆甚壮，大呼曰："吾奉宪牌，解汝等还家，因何吵闹耶？"有一鬼答曰："韩老爷不在此，吾等便说说话何妨！"次日，韩知之，不论水陆，总在一处住宿，安静之至。先是军需局设在厦门之天后宫，前临大海，每至深更，听海中鬼哭，似有百万军鼓之声，夜夜如此。撤兵后遂寂然。

大　娘　娘

余侄媳杨氏，于归后生一子一女，忽发狂，登墙上屋，如履平地。一夕，作吴兴口音云："大娘娘，我寻你三十年，乃在此地耶！"婢妪骇之，因问："尊神从何处来？有冤孽否？"答曰："我本某家妾，主人死，我方怀孕，而大娘娘必欲以内侄为后。及分娩，是男也，大娘佯喜。不意于三朝洗浴时，竟将绣花针插入小儿脐中，啼哭死，我亦自经。已告之城隍神，不日来捉汝矣。"言讫，乃大笑。不数日，狂益甚，伏地号呼，若用刑者然，未几死。论者云："如此案情，极应早报，乃隔三十余年耶！"于以知冥司亦废弛公事也。

唤　鸳　鸯

锡山有司马问渠者，喜吟咏，馆苏城华阳桥顾氏最久。死后降乩，适顾氏有人在乩前，问家中休咎，乩云："兄弟睽违同燕雁，君臣遇合唤鸳鸯。"不解其语。是年顾氏侍萱名翔云者，北闱中式，首题"君君臣臣"四字。从弟秋湄得信，即遣婢至侍萱夫人处报喜，婢名鸳鸯，斯已奇矣。后侍萱兄春甫常客河南，不得聚首，如燕雁之代飞，更奇。

嫖　鬼

福建南台闽安口多妓船。妓名"珠娘"，又名"踝蹄婆"，以其赤脚不裹足也。每与嫖客宴饮，正嬉笑间，忽有一妓欠伸者，便神色如迷，不省人事，即入卧榻，自解亵衣，若有人来淫之者。客知之，必远避。移时而醒，问其故，曰："此水魃弄人也。"或曰：是善嫖之鬼也。

无　常　鬼

乌程江某，以翰林改官，任直隶青县知县。适发赈，从中节省得七八万金，恐上官督过之，乃告病归。初至家，即见一巨鬼，长数丈，青面，高鼻，红眼，着白衣，手持铁枪，若欲杀之者。江大惧，急呼家人，忽不见。既而有谣言抄其家，江愈恐，遂将所有尽埋之，人无知者。未几，忽中风疾，不能言语，两手足皆跅，终日卧榻上，如醉如痴而已。自此室中鬼日益多，厥状狰狞，五色俱备，作闹无虚日。江既死，家中亦颠倒，只剩一孙。由是迁居，屋售他姓。呜呼，财之作祟固如是邪！

还　我　胡　须

虞山归氏有小婢名金杏者，随主母往祖师庙上长幡，见前殿有塑像，须甚长，金杏戏挽其须，随手脱去。归而病，忽发狂，作呓语云："还我胡须"，不绝于口，莫解其言。适舆夫来，知其事，主母许以重装，病乃愈。

鬼　说　话

齐梅麓先生名彦槐，中嘉庆十四年进士，以翰林改官，出宰吾邑。自言少时同两三友人游后园看梅花，有表叔某者，没数年矣，忽于梅树下见之。遂执手痛哭，谈论家事，移时而去。同游者绝不知也。时日将暮，友人相呼欲返，遍寻不见；及点灯招之，先生从梅树下应声而出，并无他异。不一年，其表叔家事大变。盖冥中亦逆料之也。

买　乳

溵川有周某，五十无子，因娶妾。越数年，始得男，喜甚。惟妾体弱,竟乏乳,因雇乳妪哺之。一日,妾忽作呓语,云:"我在冥司费多少钱买一孙,汝产薄,乃不自乳,而雇他人耶!"某审知其为故父语也,因以妾乏乳对。复言曰:"此易事,我仍向冥中买乳来,明日可速遣乳妪去。"且命多焚楮锭。次日妾醒,两乳涌出,遂自乳之,遣妪去。

神 洲 庙

虞山有神洲庙,不知始于何时。其神为女像,端严美丽,凡妇人求子者辄祷焉。嘉庆己卯岁,有诸生钱云骧者,偕二友人读书其中。钱素狂,适夏月,暑甚,谋移神像,而置卧榻于殿上,一友额之,一友止之。闻于庙僧,僧亦曰:"神最灵,不可也。"钱笑曰:"吾视神美,若果灵,当现形与我同宿。"遂上殿抱之出,而移其榻。是夕钱骤病,家人知之,迎以归,病益剧,不数日遂死。其一友额之者,亦染外症几半年;而止之者则无恙也。

逆 子 冥 殛

吴门沈某,居荠溪,家本小康,其叔拥厚资,无子,死,遂立某为嗣。某素无赖,不善事嗣母,又日事嫖赌,不顾家。及母卒,草草殡殓,停棺不葬者至十余年,并岁时祭祀亦忘之矣。一夕鬼啸,某秉烛出,忽见其叔父母以梃击之,某大呼逃避,复来击,立时死。家资荡然。

吾邑诸生有郑宗臣者,生一子,年才十五六,习为不善,宗臣恶之。子亦苦父之拘束也,乃取墨匣为小棺,捏泥像置棺中,题曰"清故邑庠生郑宗臣之枢",埋于庭前。其仆见而谏之,不听。埋甫毕,两足忽腾踊,痛哭不已,一弹指间,气遂绝。天之诛逆,未有若是之速者也。

讨 债 鬼

常州某学究者,以蒙馆为生,有子才三岁,妇忽死,家无他人,乃携其子于馆舍中哺之。至四五岁，即教以识字读书。年十五六，四书、五经俱熟，亦可为蒙师矣。每年父子馆谷合四五十金，稍有蓄积，乃为子联姻。正欲行聘，忽大病垂死，乃呼其父之名。父骇然曰："某在斯，汝欲何为？"病者曰："尔前生与我合伙，负我二百余金。某事除若干，某事除若干，今尚应找五千三百文。急急还我，我即去矣。"言讫而死。余每见人家有将祖父之业嫖赌吃着，不数年而荡然者，岂亦讨债鬼耶？

鬼 物 凭 临

大凡人之生死，或有恩德，或由冤孽，皆有鬼物凭临其间，不凭临，不死也。如水火、刀绳、斗殴、跌扑以及虎伤、蛇噬、堕马、坍墙之类，虽是定数，亦由其人之冤孽使然，人不能主也。扬州钞关对河有何姓者，开豆腐店，颇积资财。年二十五六，忽丧其偶。有邻妇新寡，年相若，遂与通，约为夫妇。妇将所蓄五六百金尽以畀何。未几，何听媒妁言，别娶他姓女。妇闻之，忧郁成疾，然不敢告人也。及病将死，始呻吟语其所亲曰："吾昨控城隍神，与何质讯，彼已定腰斩矣。"言讫而绝。是年冬，江南北苦寒，风雪时作，黄、淮俱冻，不解者至二十余日。何偶欲入城，过渡，失脚落水，适有寻丈大冰随流而下，触其腰，斩为两截。观者如云，莫不骇异。嘉庆十四年事也。又廿三年四月，苏州承天寺前有老妪，年五十许，忽思游虎丘，日日自念曰："吾能一到虎丘，死无恨矣。"其夫笑曰："虎丘不在天上，行即至耳。"遂命一童随之出阊门，未逾时，已到千人石上。仰见楼阁巍峨，喜形于色，遂拾级登五十三参，至天王殿下，痴立不动。忽闻梁上訇然一声，殿倾矣，此妪压为齑粉，而童子无恙也。观此二事，岂非有鬼物凭临者耶！

王 大 王 二

江阴有殷某者，中乾隆癸丑进士，官湖南同知。嘉庆初年，教匪滋事,殷同在军营佐理。有兵卒王大、王二者,为教匪所扳害,殷未分曲直,竟杀之以为功。后丁艰,服阕,补顺天府治中。忽发痰疾,尝持刀欲杀王大、王二,日日作闹,家人辈恐伤人,以锡刀换去铁者。殷忽将窗棂乱斫,皆为之断。卒狂死。

三　善

吴门顾杏川太史元恺,于嘉庆十八年秋,从金陵乡试归,过京口,偶感冒,寒热大作,忽作呓语,云有北固山神偕镇江府城隍、丹徒县城隍俱来迎,且贺曰:"君今科必魁榜,君祖父有三善,上帝皆纪录之矣。"顾不信,遂同往文昌宫查访云云。及归家,病旋愈,是科果中式。

祭品用热

邵北崖《桃渚随笔》载:松江某氏请乩仙,有近邻陆成衣亦降乩曰:"我为某家土地,受其香火,甚安。但祭品皆生冷不可飡,乞寄言某家,为我具热者。"如其言以告邻某。越数日,乩复降曰:"前日我一言,累其家多费,幸为我再告之:以后祀我,不拘荤素,但求热者可也。"大凡祭祀之品,需用热者,余亦尝持此论。考古之鼎彝皆有盖,俱祭器也。其法先将牺牲粢盛贮其中,而以盖覆之,取火熬热,上祭时始揭盖,若今之暖锅然,所谓"歆此馨香"也。若祭品各色俱冷,安谓之"馨香"耶?余家凡冬日祭祀,必用暖锅,即古鼎彝之意。以此法用之扫墓尤宜。敢告世人共知之,此理之易明者。

两　指

太仓王氏一楼,素有鬼,人不敢居。诸生陆某馆于其家,独不信,竟移榻。中夜见二鬼,徙倚渐近,一鬼曰:"楼有贵人。"一鬼曰:"什么贵人!"伸其两指曰:"不过此耳。"陆心喜,以为必登两榜。及年六十余,以岁贡乡试中副榜,盖两贡生云。

倒　划　船

虞山风俗以三月二十日兴龙舟。余见有划船老爷者,一敞口船载一木像,以艄倒行,纱帽袍笏,髭髯有须。邑中无赖子弟以仪仗拥护,奉若神明,旌旗满船,杂以鼓吹。其船有南划船、北划船之目,南划船相传是前明钱御史绣峰家园中采莲船也,不知何人取以出城,奉张睢阳手下将官南霁云像以实之,故牌额上称"南府"。后北城无赖羡慕之,亦照样打一船,称曰"北府",俚鄙可笑,一至于此。然其所谓"南府"、"北府"者,皆无庙祀,借民房为居,言神爱其家,居住其家,必发大财。每家居一月,亦有居十日者,又迁别家。轮流旋转,香烛盈庭,宛如祠庙,谓之"落社",虽邑中士大夫亦不以为怪也。龙舟一出,两船随之,民船皆让,男女老少虽坐舟中,咸起立,屏息无哗,极其诚敬。道光五年,萍乡刘君元龄字房伯,即金门侍郎子。来署昭文县事,以其在圣宫前"落社",竟敢乘轿放炮,以为大不敬。遂烧其船,碎其像,一方称快焉。

陈　三　姑　娘

青浦金泽镇有淫祠曰"陈三姑娘"者,有塑像附东岳行宫。每年逢三月廿八、九月初九,远近数百里内,男女杂遝,络绎而至者,以数万计,灯花香烛,昼夜不绝。乡中妇女,皆装束陪侍女神,以祈福祐。或有疾病者,巫辄言触犯三姑,必须虔祷。于是愚夫愚妇亟具三牲,到庙求免。庙僧拒门不纳,索费无已,亦看其家之贫富,富者至少三十番,然后延入,以为利薮。地方上有庠生杨姓者,为庙中护法,与僧朋比剖分。相传祷祝时必拣择美少年入庙哀求,尤为响应,真可笑也。三姑娘者,云是吴江之芦墟人,居三白荡边。年十六七,美丽自命,有桑间濮上之行。其父觉之,遂沉诸湖,后为祟,由来已久。道光六年十一月,余友徐君既若为青浦少府。先有孝廉倪皋者,禀于臬宪,奉文禁止。又有徐某与杨姓争利互控,松江府历年未审。既若抵任后,闻此言之凿凿,乃奋然亲往庙中,果有其事。遂锁拿三姑娘下船,其像盛妆纤足,体态宛然。观者数千人,咸以为不可亵渎神明,叩求宽免,恐触祸也。乃载归,置县堂下,纵火焚之,其讼遂结。民之愚惑如此。其后,闻东岳庙左近有乡妇,半夜忽然讠虎语,自言为三姑神,欲求一舟,送其渡河远徙。其夫少迟,则三姑神大哭曰:"天既明,恐不及矣,此亦气数也。"言讫寂然。即徐少府锁拿之日也。

王老相公桑三姐

又常熟乡民每有疾病,辄祷王老相公及桑三姐。相传老相公者,系本地人,一生好酒,乘醉投河,一灵未泯,因而为祟。祷者先备肴馔醇酒,置病人榻前,使两乡愚作陪。酒三行,渐移席出门外,且至近水河滨,预雇一舟,又移席置舟上,即解缆。摇到大河空阔处,陪者忽诡相怒,大骂攘臂,遂将席上所有余酒残肴,尽弃河中,以为送老相公去矣。桑三姐者,亦本地人,生时颇美,偶与和尚一笑,彼此直出无心。其父疑之,遂将三姐捆束,投诸水中。和尚闻有此事,亦投河以明心迹。一灵未泯,亦为祟。乡间至刻画像,俗称为"佛马"是也。病者亦祷之。此三事相类,皆狄梁公之所谓淫祠当禁也。

人 而 鬼

有佣工李姓者,自言在嘉定东乡为人挑棉花入市,其时有四更余,霜风飒然。闻荒冢中隐隐哭声,迤逦渐近,见一女鬼,红衣白裙,披发垢面。李挺立不惧,遂将所挑之杖殴之,鬼随堕地号呼,视之,则人也,盖惯以此法夺人财物者。李骂曰:"汝欲吓人耶?吾破汝法矣。"呜呼,人而鬼,独是人也哉!

卷十六　精怪

鼠食仙草

吾乡九里桥华氏家有楼,扃钥已久。除夕之夜,忽闻楼上有鼓吹声,异之。家人于墙隙中偷窥,有小人数百,长不盈尺,若嫁娶状,傧礼前导,奁具俱备。旁有观者曰:"明日嘉礼,当更盛也。"主人颇不信,至次日夜,乃亲视之,听鼓吹复作,花光灯彩,照耀满楼。有数十人拥一鸾舆,而新人在舆中哭,作呜呜声,后有老人坐兜轿,掩涕而送之,女从如云,俱出壁间去。主人大骇,自是每夜于隙间探之。不半月,闻呱呱声,生子矣。又数日,所生子就塾矣。其师纤长乌喙,白须飘然。向坐兜轿老人,手携童子出拜,师授以《中庸章句》,历历如人间。里中有闻之者,疑信参半。一日,有道人过其门,曰:"君家有妖气,当为驱除之,但须以牺牲谷食酬神,始能去也。"主人强诺之。道人仗剑作法,嘘气成烟,旋绕空际,即有金甲朱冠者现前,领道人指示梁柱而退。少顷,空中掷小人数十,道人飞剑叱之,须臾皆死,盛以竹筐,几盈石许。道人曰:"我远来不敢言劳,惟惊扰诸神,酬之宜速也。"言讫而去。主人自念曰:"除妖,正也;因妖而索食,是亦妖也。"遂不酬神。忽闻梁间疾呼曰:"汝辈强项若此,吾为施神术而求一饱不可得,吾曹日繁,将奈我何?"乃知所谓道人者,即掩涕送女之老人;金甲神者,亦即乌喙白须之蒙师也。而竹筐所盛之小人一石许,亦无有矣。因此穿堂穴壁,啮橐衔秽,箱无完衣,遗矢淋漓,作闹无虚日。主人不得已,急往江西诉张真人。真人祷之坛,乃曰:"此群鼠误食仙草,变幻为祟也。"乃书符数纸。主人归,悬诸楼上,复以小符,用桃木针针其穴,遂寂然。越数日,秽气大作,启楼视之,见腐鼠千余头,中有二白毛长尺许者,似即向之作法者也。此前明万历末年事。按今邑中风俗,岁朝之夜,皆早卧不上灯,诳小儿曰"听老鼠做亲",即以此也。

张 氏 怪

吾邑有诸生张熙伯，喜谈术数，多读志怪之书。忽闻梁间有呼相公者，始闻其声，继见其形，形无常，或作伟丈夫，或作十一二岁童子，或作女鬟，举家见之。一日，熙伯子晨起读书，怪挟书亦争诵，貌如一，熙伯莫能辨。子衣肩有绽处，验之亦同。无何，怪笑檐隙间，熙伯子仰窥其巢，几榻悉具，怪仅长寸许，踞几朗诵，乃金正希稿也。适客至，熙伯方咨嗟无以为馔，怪云："吾当为相公致之。"旋有酒一壶、佳肴四五品堕于桌上，宾主啖之极欢。熙伯故贫士，无钱籴米，忽有钱数百置案头。怪亦谈人祸福，无不中者。有客来熙伯家，作歇后语云："君家索隐行尚在耶？"怪应声云："子不语固在也。"如是者年余。适张真人过邑境，邑令吴澹元为言于真人。真人遣法官至，怪寂然；法官出，旋又至。熙伯浼令公再恳，真人曰："怪自外来者易去，自心发者难除，然吾终当有以治之。可移檄城隍，怪当自去。"比暮，怪言于熙伯曰："吾即去，但须迟我三日。"即收拾筐箱器皿，衣履什物，至于醯盐食具，莫不捆载而去。越数日复还，曰："大江以北，烽烟甚炽，吾未有备，将鸠工而饬材焉。惟重惊动相公起居，有足愧耳。"即召函人、矢人，造作干戈器械，锻炼刮磨，铮铮有声，数日而毕。乃集数百人，甲胄而驰，耀武庭中。庭不甚广，而纵横驰骤，五花八门，宛如教场演习兵弁也，一呼拥而去。此明季事。

朱 方 旦

湖广人朱方旦，鳏居好道。偶于收旧店买得铜佛一尊，衣冠如内官状，朱虔奉之，朝夕礼拜者三年。忽有一道人化缘，其形宛如佛像，朱心异之，延之坐，因问："此佛何名？"道人曰："此斗姥宫尊者。"谈论投机，道人问朱曾娶否，曰："未也。"道人曰："某有一女，年已及笄，愿与君结丝萝可乎？"朱大喜，请同行，俄至一处，门庭清雅，竹石潇洒，迥非凡境。少顷，有女出见，芳姿艳雅，奕奕动人。道人曰："老夫将倚以终身，君无辞焉。"朱曰："诺。"遂涓吉合卺，伉俪情笃。日用薪水，不求而自不乏。居无何，女曰："此间荒野，不足栖迟。闻京师为天下大都会，与君居之，始可稍伸骥足。"道人力阻不从，叹曰："此数也。"遂别而行。朱与女既入都，赁居大厦，广收生徒，传法修道，出其门者以千百计。时京师久旱，天师祈雨无有效也。女怂朱出，教以法咒，暗中助力。朱甫登坛，而黑云起于东南，须臾，甘霖大沛。有司上闻，圣祖因召见，赏赐甚厚，俨然与天师抗衡。天师不得已，心妒之，乃佯与之亲昵，以探其为何如人，而女不知也。如是者一年，女忽谓朱曰："妾有一衣，恳天师用印，谅无不允。"朱如命，遂求之。天师心疑，与法官商，此衣必有他故，不可骤印，姑以火炙之，竟化一狐皮。女已早知，遂向朱大哭曰："妾与君缘尽矣！妾非人，乃狐也。将衣求印，原冀升天，讵意被其一火，原形已露，骨肉仅存，死期将至，即君亦祸不旋踵矣！"彼此大恸，遂不见。其日天师已奏进，下旨将朱方旦正法。先是云间王侍御鸿绪劾朱妖言惑众，至是上嘉之，擢官至大司寇。

石　妖

华子旦者，吾邑人，居严家池北。暑月，每偕友乘凉于学宫前石阑上。一夕，月色甚明，黄昏人静，欲吃烟，思觅火不得，独步入学宫，见小门半启，有女郎露半身，绝色也，见华凝眄，与之火，良久掩扉入。华心荡，归卧书馆，思之不置。忽闻叩门声，启视之，即所见女郎也。自言是学官家人女，见君留情，故脱身至此，幸无漏泄。华喜甚，遂同枕席，缱绻甚笃，至天明而去。自是无夕不至，家人或窥见之，亲友亦知其事者，咸谓学官家人并无此女，恐为妖所魅。华以诘女，女曰："吾实仙也，与子有缘，幸勿疑。"尝偕华诣其所居，幽房曲径，复异人间。又挟华遍游天下诸名胜，悉记其联额，笔之书。然华体日羸困不能支，心亦疑为妖，而远之无计。一友教以银朱涂其额，如其言，女不觉也。试踪迹于学宫，见碑趺石龟首有朱焉，乃具呈于官，集众碎其首，中有小圆石，坚如铁，斧不能伤，火不能焚也，乃举而投诸湖，绝迹者旬余。一夕，女复至，衣袂皆湿，曰："吾固无恙，但来路稍远，今住此,不复返矣。"自是常居其家,日中亦不避,女工精绝。华妻怒甚,及见之,反转怒为喜,不知其所以然。至明年春二月,惠山神诞,赛会甚盛,且闻张真人将过境,华匍匐行至南郭,惫甚,憩驿前石上。见一道人,丰神特异,谓华曰:"子访真人,无为也。"华曰:"子能治妖乎?"道人曰:"易耳。"华遂跪求,道人出二符,曰:"一粘于房门,一粘于卧榻。吾今有事,期中秋为子除之。"华曰:"吾惫甚,不能归,奈何?"道人偕至道旁酒肆中,取酒一杯,书符其中,令华饮之。华故能饮,持杯觉重甚,饮不能尽。道人取杯尽之,曰:"子缘浅,可惜也。"道人径去。而华觉足有力,归如诚粘符。女至门,不能入,越窗而进,至卧榻,不能上,惟抱床足痛哭而已,历数往日恩情,曰:"奈何遽绝我?"华寂不为动。自后女虽居其家,不能近矣。至中秋夕,华方夜饮,耳中忽闻呼华子旦名,知道人至,寻声至后园,见道人背剑系胡芦立月下,出一符,令华偕其妻缚妖出。妖曰:"吾至此,复何言!但祈置我于暗处。"乃出掷于墙边。见道人仗剑指妖,有气一条如白练,绕剑而上,插于胡芦中,遂不见。后张真人过锡山,索其符观之,曰:"此吕祖亲笔篆也。"后子旦年至八十余而殁。康熙初年事。

忆余于嘉庆二十年秋,偶拜无锡校官郭晴川先生,于明伦堂后见一美婢,年可十六七,手抱婴孩,举止闲雅,衣妆亦华丽绝俗,意谓是门斗之女。余时正欲买妾,使人访之,佥云并无其人,异哉!或此怪尚在学舍中耶?

小 三 娘

湖广麻阳县方寿山中有女妖,白昼现形,空中闻语,自称小三娘。为民厉,民惧,多迁徙避之。县令设醮驱之,不去。时苏州蒋敬夫名焘,官辰州知府,手草檄文,率役数十人,操一豚蹄,一盂酒,亲履其地,询妖所在。土人曰:"山阴有一洞、时闻异声,窥者辄暴死,人莫敢近。"蒋曰:"居官不避难,遇难而死,无所悔也。况吾为天子吏,为忠臣孝子之裔,虽有妖,足以制之。"吏胥相顾惊愕,绅士再三劝阻。蒋曰:"诸君岂不知韩昌黎之驱鳄鱼乎?诸君视吾为何如人,而虞吾不能步昌黎后尘乎?"即至其处,吏胥勉强相从。洞口极狭,投以豚酒,焚檄咒之。俄顷,洞中黑风旋起,草木皆鸣。蒋曰:"妖能作祟,现形我前,我坐此待之。"良久无所见,率众归,路旁见绣鞋一双,皆曰:"是矣,妖所履也。"蒋曰:"妖已遁,民可无恐矣。"此康熙六十一年事。

石　虎

蒋光禄公茔在娄门外坝基桥。康熙四十年间,有坟之邻近一养媳,买面过蒋坟,稍伫立,倏失去,觅之不得。归而告其姑,姑怒,疑其诳也,骂之。养媳哭泣至蒋坟,向天拜祷,回视两旁石兽,有石虎口吐面一缕,因拉姑观之,怒始息。是夕,有人见茔前神灯照耀,逾时灭。明日视之,虎已缺其口,后不复怪矣。

寄橐致富

吴门有某行贾亏本,抑郁无寥。一日,有老翁来寄橐,甚重。一去年余,并无踪迹。因发之,尽黄白物也。暂取运用,致资巨万。越数年,翁忽至,询知其故,如数还之。翁笑曰:"我欲此物何为?我实仙也。汝命应富,但须祀我一室,每晨以火酒一杯、鸡子十枚供我座前,便足矣。"如其言。如此者数十年。后其子孙不甚信,祀奉稍怠,遂屡患火灾,不十年而大败。

龟　祟

嘉定外冈镇钱又任,途遇人携一小龟,背穹窿如塔,诧而市之,畜诸瓮中。或取置之地,龟亦时行时止,不背人,亦不行他处。邻人吴鼎之妻,颇有姿色,尝坐檐下绩,以口擘麻,乱者即吐弃之。龟时至,食其吐余。未匝月,吴妻忽见一客,衣黑衣,轩然而来,方趋避间,客突入抱,吴妻宛如梦寐,遂为淫亵。自是无夜不来,妇日就尪瘠。诘其由,乃知龟之为祟也,遂杀龟。妇忽大呼曰:"是不可饶也!"气顿绝矣。无何而鼎亦亡。

蛇　妻

湖州归安县菱湖镇某姓者，以卖碗为业，纳一妻甚美，而持家勤俭，异于常人。一日谓其夫曰："我见子作此生涯，饥寒如旧，非计也。子如信吾言，自有利益。"其夫听之，遂弃旧业，买卖负贩，一如妻言，不及十年，遂至大富。生二子，俱聪慧，延师上学。惟每年端午辄病，而拒人入房，其夫不觉也。长子方九岁，偶至母所，见大青蛇蟠结于床，遂惊叫反走，回视则母也。因告于师。师故村学究，以祸福之说耸动其夫。妻已知之，遂谩骂曰："吾家家事何与先生？"是夕忽不见。乾隆初年事。

妖　人

吴门有素封某，以资为郎，人亦恂恂儒雅，居城东。偶于井中见黑气，召巫视之，曰："此冤孽也，须令道士牒往酆都。"如其言，而黑气灭。后三年，气又从井中出，缭绕屋宇。巫曰："孽已深，须再牒。"又从之而灭。复三年，气再见，巫曰："孽不可逭矣，须以某道士来收治之。"某道士者，善符水，精敕勒术，重币延请始至，云："法事须百金，三日可灭，但需先付其半。"从之。第一夕，道士诵咒持灯，黑影绕灯旁。第二夕，黑影入灯内。道士云："明日须付清百金，妖始灭。"不从，仅付二十金，曰："且俟妖灭始清付。"道士怒，碎灯而去。但见黑影满帐，鬼声啾啾，而病者卒矣。或曰道士善隐形术，能召鬼，妖皆由道士所遣也。闻此道士每夜宿，必独居一室，有凿壁窥之者，见有两女子侍寝，想能摄生魂与之狎，真妖人也。

黄　相　公

余旧居金匮泰伯乡之西庄桥，东北半里许有村名新宅者，邹氏世居。其旁舍有倪姓为木匠，娶一妻，颇有姿。一日忽微笑曰："黄相公来了。"遂入卧房。自此每一月辄来五六次，其夫无如何也。有一夕，其夫忽见有白面书生从内出，急将大斧刃之，人随堕地。视之，一大黄鼠也。自后寂然。

蜒蚰精

阊门叶广翁精于昆曲，有《纳书楹曲谱》行世。其族子某，年少能文，颇好狭邪。一日独坐书室中，有女来奔，头挽双髻，曰西邻某家女也。遂与同寝，肤柔滑如凝脂，生窃自喜。惟此女每来，茵褥上必有白光一团如泥银者，莫解其故。越数月，生得疾，以瘵死。或谓此蜒蚰精也。

桃　妖

嘉定外冈镇徐朝元家，旧有桃花一株，其妹方笄，甚美，常曝袘衣于树上。一日忽见美男子立于旁，调笑者久之，遂通衽席。女益娇艳，而神气恍惚。家人密觇之，疑桃为妖，锯之，血迹淋漓，妖遂灭，而女亦寻毙。

狐老先生

山东兖州府城楼上，相传有狐仙。好事者欲见之，必先书一札焚化，并小备肴馔，至期而待，夜半必至，称之曰狐老先生。其人著布衣冠，言貌动作，绝似村学究。问其年，曰："三百岁矣。"于天地古今一切语言文字，无所不晓，独未来之事不言。人有见者，因诘之曰："贵族甚夥，传闻异词，每见有以淫秽害人者，何耶？"先生叹曰："是何言欤！世间有君子小人之分，吾族亦然。其所以淫秽害人者，不过如人间娼妓之流，以诱人财帛作谋生计耳，安得谓之人乎？"又诘之曰："然则君子所作何事？"曰："一修身，二拜月，如是而已。"闻者为之耸然。

天　狗

苏州宋文恪公墓在沙河口,乾隆中,有坟旁老妪陆姓,月下见一物如狗者从空而下,跃水中,攫鱼食之,如是者旬余,不解其故。一日,守墓者遥见华表上少一天狗,过数日,天狗如旧,或疑此物为怪,击碎之。

男 女 二 怪

胶山乡上舍里之东南,地名煤焦洞,有村民夫妇俱年少,妇微有姿色。乾隆戊午三月,妇偶于门首伫立,见一美男子,俊服丽容,过其居,彼此流盼。至夜,适夫他出,月甚明,忽有人排闼入,即日间所见之美男子也,拥妇同寝,极欢。自是每夜必至,夫不之觉也。未几,其夫亦见一女子至其门,美甚,疑近村无此女。迨夜将掩扉,而女在室矣。即与之登榻,而妻亦不知。厥后夫妇男女四人共卧,彼此各有所私,似若无见闻者。然夫妇日渐羸瘦,心知为怪,而莫由穷其源。里中父老闻之,乃言村南数百步有古墓,墓有老獾,或日久为妖耳。探之,墓果有大穴,集众掘之,迫以火,继灌以石灰水,讫无所见,而怪终不去。有道士叶某,习驱妖术,乃延之,设醮三日,遂不复至。

有 声 如 牛

先君十余岁时,常侍先祖母顾太孺人寝于贻燕堂之北厢。一夕,闻堂中有声如牛,猛厉欲绝。急召家人持灯烛之,一无所见,惟半窗残月而已。其明年春,先祖绍美公忽发痰疾,越五年而终。不识何怪。

管 库 狐 仙

乾隆丙午四月,杭州钱塘门外有狐仙作二女形,借寓人家,言语似北直隶人。其长者年貌不过十七八，少者垂髫，仅十一二，惟十余岁童子能见之。每日索清水一盂、茶二盏置几上。日午后，倩童子借书看，手不释卷，看毕即令童子还之。有人以《金瓶梅》与看者，女略一翻阅，微笑曰："此宣淫之书，不足观。"即掷地下。有老诸生王姓者，博学善考据，携一童子，欲谒之，女适他往，王怅然返。及出门，童子随指空，云女回矣，于是复入。女指座云："先生请坐。"王望空而言曰："吾闻汝等有三十六种，汝何产也？"女曰："西山派。"王曰："然则汝何不居燕、赵之间？"女曰："自乾隆二十七年二月圣驾南巡，吾等护跸而来。"王曰："何不护跸而返？"女曰："上帝使吾等看守藩库。"王曰："既如此，不居藩库何也？"女曰："本居藩库，今已满期，将欲归故乡耳。"王又曰："闻汝喜于看书，所看何书？"女笑曰："老书呆，凡世上所有之书，皆可观也。"王曰："何书最妙？"女曰："《易经》。"王曰："自汉至今，注《易》者不一其人，如汉之施、孟、梁丘、京氏、费氏、焦氏，全注汝能尽见之乎？且何者为优，何者为劣乎？"女又笑曰："此不过讲名物象数谶纬之说而已，精义不在是也。"坐话移时，滔滔不穷。然女所答问诸言，皆因童子传话，王无所闻也。越数日，忽去，酬房主人以库银五两。

鳖　精

世传盲词中有《白蛇传》，虽妇人女子皆知之，能津津乐道者，而不知此种事世间竟有之。乾隆戊申七月，有幕友某君者，吴郡人，其女嫁同城某氏。吴门俗例，新嫁娘每过端阳节，辄归宁销夏，舆从而归，其女忽在舆中大叫一声，急急至家，气已绝矣。举家惊惶，不知其故。一日夜方醒，问之，女云："昨在舆中，见黑衣人揭轿帘，遂为持去。至石湖中，旋有数十人来，似抢夺者，黑衣人亦率其从者数十人拒之，大战良久，忽闻空中语云：'光天化日中，汝等敢如此播弄人耶！'不知是何神也，但见两造人皆变原形，俯伏请命而已。黑衣者乃鳖精，从者则虾、蟹、鱼、蚌之属；而与之夺者，则为猴、为蝴蝶、为虾蟆、水鸡也。又闻空中语云：'速送还！'居有顷，但闻水声风声，两耳轰然，已抵家中矣。实似一梦也。"女既醒，无他疾苦，医者来视，亦不服药，以为无事矣。越三日，黑衣者复至，自此作闹无虚日。言其夫家在石湖中悮食其子，报仇而来，欲娶为妇。有虾精者，亦佐鳖精为祟。鳖精至，女则缩颈而行；虾精至，女则曲躬而坐。许其食，则食量兼人；不许其食，则滴水不能饮。因延圆妙观道士结坛设醮事，或将《易经》扎其额，或持宝刀覆其颈，百计千方，总无有效。一日，诸精怪私相语曰："吾等在此无所畏，不过难过京口耳。"女闻，告其父。某忽生一计，买大舟，携其女将至扬州过年，一面遣人诣江西张真人告状。讵舟至丹阳，鳖精怒谓其女曰："汝辈欲我过江耶？今日便杀汝！"言未讫，女忽瞑，不得已仍还家，时已十二月廿八日矣。至次年二月十日，张真人遣法官至。先一夕，诸精怪告黑衣者曰："闻明日有江西道士来，吾等先去矣。"黑衣人笑曰："江西道士奈我何耶！"至次日，黑衣人亦去，怪遂绝。

猪 首 人 身

甘肃张佩青先生，乾隆辛丑进士，官至翰林学士。未第时，同其友人王元堂，携二仆，俱在兰州皋兰书院肄业。路经猪嘴镇，是日适有大官过境，大小店住宿俱满，惟西口一小铺，尚有空房三间，云素有怪，不敢招人。张、王两公不得已，将就借宿。至三更时，四人俱熟睡，忽訇然一声，元堂先惊醒，见有一物，高七八尺许，猪首人身，蓝毛垢面，彳亍而来，一见大骇，恍如梦魇。佩青亦惊觉，大声呼仆，皆不应。店主人闻之，亦惊起，视之，一仆死矣，不知何怪也。后元堂仅举于乡，得大挑，为校官耳。此肤施张芥航河帅为余言之。

投 井

吴门陶汝恭，曾受业于族兄啸楼明经。嘉庆元年，年三十许，为鬼怪所惑，自投于井，赖家人救捞，得不死。问其故，据说是日垂晚，有素不识认之蓝衣妇人领至一处，洞门齐开，灯彩炫目，甫入门，遂觉身在眢井，无他异也。自此如醉如痴者累年，遂状其事于张真人。适真人有事来苏，命其法官邹姓者结坛，行符咒一日夜，至次日之寅刻，乃获之，藏其怪于瓮中。是早余自杭州回苏，晤汝恭，言语如常，时家人咸喜曰："愈矣。"其瓮上有天雷火三字符四条，贴于四遭。儿童不知，欲看其怪作何状，乃揭开。未半时，痴如故。越年余遂死，其家道亦萧索矣。

狐　报　仇

嘉庆乙丑年，陕西甘泉县有高中秋者，素无赖，而美须髯，身长八尺。尝入山打猎，有狐数十头，尽为所杀，剥其皮而食之。是年十二月，忽有二女子从天而降，娇美绝伦，自言琼宫侍者，谓中秋曰："上帝使我侍君，君有九五之尊，愿自爱也。"中秋窃喜，而无相佐之人，即以是言告之同邑武生王三槐及本营参将旗牌官高珠，皆大喜。高遂以其女许中秋，为正宫，而让二女为妃嫔。二女者，能撒豆成兵、点石为金之法，试之果然，遂起意谋为不轨。中秋有佣工史满匦者，欲胁之以为将，史不允。一夕，闻二高与王将割满匦头祭旗起事，约有日矣。满匦急星夜入城击鼓，县令知其事，一面飞禀上司，而以满匦为眼目，尽获之。是时金陵方宝岩先生为陕西巡抚，状其事于朝。中秋等皆凌迟，惟两女子杳无踪迹，盖狐报仇也。

高　柏　林

江阴高柏林者，少无赖，貌韶秀，住广福寺旁。偶于佛前求终身，得吉筶，心窃喜，私计他日得志，当新是寺。及长，有某邑宰召为长随，颇宠任之，呼曰小高。宰治故冲繁，差使络绎。一日，有钦差过，召小高，付以千金，令办供应。小高至驿中，前站已到，仓皇迎接，忽失金，愤极，拟投水死，忽有一老人救之，曰："汝命应发大财，此非汝死所也。"自此供应铺设，一无所备。钦差故廉吏，一见大悦，以为此人是干仆，即令跟随。嗣后势益大，凡关差盐政，皆任为纪纲，不十年，号称数十万，至郡守、监司皆与通兰谱，出入衙门，延为上客。后果重建广福寺。地方官仰体小高意，亦为科派民间，未免太过，百姓哗然。有作碑记一篇，假官封直达抚军者，抚军察其事，乃据实奏闻，有钦差讯办。先是小高感老人恩得不死，乃塑像于家，每晨必礼拜。至是而泣跪像前："尚求救我。"其夕家中闻马喘声，明晨视塑像汗出。如是者三夜，忽闻事得轻办矣。或曰即此老人往托某公为缓颊，小高实不知。后闻老人乃狐也。

树　神　现　形

阳湖洪大令饴孙，为翰林编修洪稚存子，中嘉庆戊午举人，选授湖南某县知县。署中厅事，旧有园池，古木参天。洪嫌其黑暗，遂命伐之，吏役不敢，曰："千年大树，素有神，不可伐也。"洪不信，怒曰："亟先芟树枝，明日再断其根。"是夜洪梦绿袍者数十人，皆折臂流血，诃洪曰："汝家福禄尽矣，尚敢肆毒耶！"洪惊觉。晨起至厅事，但见池水尽变成血，树皆人立而啼。洪大骇，因得疾，越日死。

蜘　蛛　网　龙

海州大伊山中有千年蜘蛛，能嘘气为黑风。居民每望见其风如黑烟蓬蓬，人皆严闭户牖，行路者则面墙伏壁，不敢触，恐其毒也。或幻作老人，形如村学究，喜与婴儿嬉戏，人尽见之，习以为常，并无他害。嘉庆十三年七月十八日，忽大雷雨，有两龙来击之。蜘蛛吐丝布网，缚住两龙。两龙窘，格斗半时，滨海皆漫。又突出火龙两条，焚其网，前两龙始遁去。须臾，雨收云散，龙与蜘蛛皆不见。居民于数十里外拾得蛛丝，大如人臂，其色灰黑，其质坚腻，或长丈余，或数尺，两头皆有焦痕，真奇事也。大兴舒铁云孝廉为作《蜘蛛网龙篇》七古一首，刻集中。案大伊山在海州城东南四十里，秦、汉时谓之伊闾。《史记·淮阴侯列传》"项王亡将钟离眜家在伊闾"是也。

借 寓

嘉庆辛未岁，诸城刘信芳尚书为江苏学政，将考扬州府属。其试院故在泰州，院东有富家某者，主人偶坐堂中，忽见一老人来谒，白须飘然，约年七十余矣。老人曰："刘学使将到此间，鄙人有家眷十余口，可否暂借尊府后园寓一月乎？"主人怪之，颇闻试院中有狐仙之说，慨然允诺，老人忽不见。遂将后园关锁，不许家人阑入。隔数日，有小婢抱官人到园门，见关锁，旋回内宅。忽空中似有人将所抱官人夺去者，其婢惶遽，哭告主母。主母亦会意，戒勿言。顷刻间，见小官人在房中卧榻上，嬉笑如常，手上添金镯一双。

放 火

淮城王姓者素封，开质库，因扩邻屋，见有小狐三头，遂毙其二，其一逃去。自此家中作闹无虚日。嘉庆乙亥冬日，质库大烧，深受赔累，以此控告张真人，给牒而归，安静数月，复闹如故。王不堪其扰，将烬余当包陈本四万余金，卖与程姓。忽闻空中人语云："吾与王姓有仇，尔不可买。"其妻闻之甚明，程不信，仍买其包。丁丑三月，包楼复起火，烧尽无余。

采 莲 朱 桂

清江浦有采莲者，本倡家女，风骚绝世。一夕，有美丈夫来宿，并无缠头。每夜辄来，驱之不去，知其为狐仙也。鸨母哀求之曰："仙来此间已八十余日，无一客上门者，岂仙必欲饿死我母女二人耶？"仙始惭而去。又有朱桂者，为茶坊佣工，每夜有好女子来奔。桂穷甚，其女稍稍周济之。后桂母欲为娶妻，其女不许，桂与争之，遂批其颊。如此者二三年，一日忽不见。此二事，清江人传为奇谈。

獭　鬼

长洲有徐某者，富而悭，亲友借贷，拒弗见也。其子年弱冠，颇思干蛊，每为延接，或私自周给之。父大怒，以为不肖，俟其见客时，持杖挞之，欲以绝其将来。未几，其子病，医药难治。或云獭肝可疗也，乃重值寻觅，得一小獭，取其肝。未及服，而獭鬼索命，云："杀吾子以疗尔子，岂天理之所能容乎！"徐百计禳祷，卒无效，颠痫以死，而家道贫矣。

赖　婿

有乡人周姓者，生一女，年及笄矣，临河浣衣，忽见水中跃出一少年，大惊，疑为鬼物。次日，有客来议姻事，周未许。客既去，而案头留红纸一张，乃赖氏求亲帖也，正怪乡村无此姓，拟待客来还之。隔月余，忽一少年趋庭，盛服，自称子婿。周大怒，逐之，少年笑曰："婿实姓赖，翁何得赖婚耶？"遂据房屋，设茵褥，馈仪物，并谒亲邻。方择吉期，忽一人来告曰："老安人死矣，亟亟归去。"少年大恸不止，入水而灭。或谓此少年是獭精也。云"老安人死"，遂不敢娶，亦奇已哉！

医　狐

肤施张子涵茂才阅余所辑《履园丛话·精怪》一门，因言其先世东白公善岐黄，性嗜酒，居家在古坊州之西原曰古路村。每至市中辄醉，戴月而回，率以为常。一夕忽遇美少年，若素相识者，欲请诊视，云所居甚近，遂同行。约二里许，入深谷中，及入门，见童仆如云，往来不绝。问所诊者何人，少年曰："内子临盆三日矣。"诊其脉，带弦而手微热，似受凉者；视其面，则雪白如玉，绝色也。因开一方，嘱之曰："市上惟王姓药铺为道地。"遂辞归。次日至药铺，果见所开方于案上，不知从何来，而药已空中撮去矣，共异之。其地故多狐，好事者循途而往，唯见山色空濛，苍苔满径，血迹淋漓而已。

火　怪

长洲县北乡屈家漾诸处，忽于嘉庆乙亥年冬，有火怪从荒坟中出，如烟一团，滚于地土。凡腐草枯叶，无不拉杂摧烧之。居民惊惧，伏地哀求，恐其上屋也。怪在空中自言："吾爱看戏，地方上倘能唱戏敬我，我即去矣。"于是乡人咸醵钱，演戏三日，其怪寂然。

佛 云 夫 人

钱唐王疏雨观察第四女名稷生，号佛云，年十七，德容兼备，尚未出阁。偶游西湖花神庙，似见花神回眸而盼之者，正讶诧间，忽有白雀飞入袖中，觅之不得。归而梦与花神相见，自此得病，如醉如痴，自言自语。观察恚甚，遂牒于城隍神，病少减。隔一二年，嫁于介休马方伯书欣之公子名鉴者。婚之夕，拜起，似有神人击其背，公子惊而病，二载而没。佛云柏舟自誓，至今嘉庆庚辰，已十余年矣，并无恙也。佛云能诗，工书画，弹琴弈棋，无不通晓，而尤明于音律。初佛云年六七岁，其母夫人钟爱之，送尼院拜为弟子。有老尼酬以银锁，归而变金。问老尼，尼曰："实银也。"殊不可解。

老　段

陕西太白山中，有樵者四十余人，夜宿山下，取胡琴鼓板，作秦腔以为乐。时残月初升，见一人长数丈，头大如栲栳，口阔二三尺，卓卓然来。樵者恃人多，不畏也。唱毕，长人大笑曰："唱得好！再唱一曲老段听听。"樵者复唱，长人复笑如前。每一笑时，山鸣谷应，树木飒飒生风。中有一恶少年，以樵斧烧红，投之长人口中，大叫一声而去。明日，樵者四处寻觅，惟见枯树一大株，节隙处樵斧犹存耳。此乾州马冈千言之，其事与石涛和尚相同。相传石涛在黄山夜坐，见一蓝发紫面长人,张口突入。石涛适围炉火,遂将铁箸夹一红炭,置其口中,其人负痛疾走。阅三日,石涛偶出山,忽见路旁核桃树一本,杈枒如人状,铁箸与炭俱在焉。此皆山魈木魅之属也。

山魈木魅之属,在处都有,总出于深山中。婺源齐梅麓太守为秀才时,尝与同学读书大障山古寺。一夕,闻窗外窸窣有声,须臾,渐入室,喧攘殊甚,不知何物,幸卧房紧闭,未能入也。及天明,看室中所有书籍、笔研、字画以及桌椅、器具,无不为之颠倒。寺僧曰:"此山魈也。"又吴门张渌卿,随其父宦闽中,闻某县官署后有鬼物,人不敢近。渌卿素胆壮,夜宿其处,从梁间偷看。至三更时,果有数物非人非兽,往来于庭砌之间;又有庞然而大者一头,长七八尺,亦无首无尾。私念曰:"必山魈也。"其次夕,戏将鞭爆五六串以药线相联,复以火药三四斤布置周遭,仍从梁间以待。看所谓鬼物者复来,渌卿炷以火,鞭爆齐发,火药亦飞炽满地,但见数物从火中跳跃大叫,移时而去。及天明,并无踪迹,后遂寂然。

卷十七　报应

德　报

元末明初有张某，江西人，积德累世，人无知者。尝卜一地葬其父母，葬毕，叹曰："吾子孙如不坠先业，必当为三公。"张生子五人，长曰振，次曰贤，次曰昭，次曰简，次曰铎，分居五处。其一居湖广，后为江陵相国居正，谥文襄，最先发。其一居四川，入本朝为遂宁相国鹏翮，谥文端。其一居江南，为京江相国玉书，谥文贞。其一居安庆，为桐城两相国，英谥文端，文端子廷玉谥文和。其一居长白山，入汉军，即菊溪相国百龄，谥文敏也。一支五房而出六宰相，且科甲蝉联，数世不绝，古今所无。而文和弟廷璐为礼部侍郎，廷瑑为工部侍郎，文和子若霭、若澄俱内阁学士兼礼部侍郎，若淳为刑部侍郎，尤为一门之盛。

长洲韩宗伯世能与清流令蒋育馨，同登隆庆丁卯榜。宗伯之祖永椿，居陆墓，家贫，早起持帚，扫两岸螺蛳尽入水中，四十年不倦。蒋祖京义，居娄门外，敦伦慕义，家贫，稍有蓄，必助族人读书膏火；送弟士修入城应郡邑试，徒步往来，雨雪饥寒不顾也。后永椿以孙贵，赠一品；京义以曾孙若来贵，赠一品。韩、蒋两家，三百年来为吴中望族。

蒋皆我公名育馨，长洲人。年十八，领隆庆丁卯乡荐，万历中官福建清流令，多惠政。录其阴德尤大者二端：清流山民多畜蛊毒，人至辄死。公亲自按捕，歼其渠魁，且以治蛊良方刊示通衢，人赖以生者甚众。又清流民俗，女婢鬻于人者，日椎髻赤脚，负汲道中，过时弗嫁。健儿多鲂鲤自处，终身不得娶。公下令，年二十外弗婚嫁者有重罚，能道令者各赠以银，一夕而毕愿者数千人。民感其德，为立生祠。迨公去任，老幼攀辕，以豆一石置公车前，曰："愿祝好官子子孙孙发科发甲也。"公之子灿即中崇祯元年进士,孙德埈中顺治十五年进士,垓中顺治十六年进士,埴中顺治十八年进士,俱以文学宦绩著名东南。自此曾元以下,登甲第、跻显秩者,至今不绝。

李明嶅字山颜,号蓼园,明末补嘉兴县学生,顺治元年举乡试,授福建古田县学教谕,受知于巡抚佟公国鼐。时闽有流民数千,或疑为寇,将杀之,蓼园力白其冤,得免。尝上佟大中丞诗,云:"间尝从行间,历历摩高垒。慷慨谈世事,兴酣掌每抵。海上扬风波,柙中出虎兕。书生佐军威,毋乃失所倚。妖人布流言,间左窃奸宄。城南数千人,如肉登诸几。多公重一言,豪民类迁徙。一时反侧徒,涣然释疑似。余力何有焉,公惠可知矣。相知贵知心,如公宁有几?平生一片心,士为知己死。长吟以报公,诗人歌乐只。"盖纪实也。是年山寇四出,榕城被围累月,及事平,则檄按士子之胁从者,人情汹惧。公谓中丞曰:"此邦初定,犹新国也,宜用轻典。惟亟请广招徕,以消反侧。"于是诸学生毕出复业。他邑效法,全闽以安。后蓼园引疾归,生子五人。长琇,官处州教谕;次我郊,官广西盐驿道;次陈常,中康熙癸未进士,历官两淮运使、陕西道监察御史;次在莘,中康熙丙子副车;次维钧,附贡生,初授江西都昌县,历官至直隶总督。门第之盛,一时无两,皆积德所致也。见嘉兴李金澜明经所记之《天香录》。

韩诵先公名菼,长洲人,至性过人。父治,由举人知黄岩县事,有政绩,卒于官。公奔丧千余里,遂病咯血。伯兄以役事被累,公尽哀所有以济兄,家虽破,绝无几微憾也。待女兄弟尤有恩意。一适张氏,夫妇相继殁,抚其孤成立。其笃于伦谊类如此。子菼,康熙癸丑会、状,仕至礼部尚书,谥文懿。孙曾俱占甲科。

沈韩倬公名世奕,长洲人。先世自玄谷公以下积德累仁。世奕登顺治乙未进士,官翰林。请假归,杜门读书,培植寒畯。赏识韩文懿公于未遇时,人咸服其精鉴。子旭初,康熙丙辰进士,官编修;朝初,康熙己未进士,官侍读。朝初子曾纯,康熙庚辰进士,官义乌县。俱以文学政绩称。后裔入馆选者相接焉。

宋文恪公德宜,明御史学洙子。性孝友,年十七,以父殉节事未彰,乃叙巡按山东状,伏阙上书,得赠恤。弟殁,抚孤女逾己出。凡宗族贫者，必竭力周之，无难色。中顺治十二年进士，官至大学士。子骏业、大业俱显贵。孙曾科甲至刑部侍郎镕，七世显贵。

苏城蒋公表，名维城，由岁贡廷试第一，授学正。生平敦厚好施。康熙癸卯，岁大饥，偕弟公逊设粥厂于南翔甫里，日计粟五十石，罄家赈济。又仿京师旧制，与许香谷、张循斋、张晋侯诸先生设堂玄妙观，以收弃婴，各捐田百亩。其余善行，不能殚述。年六十，隐居洞庭，尚未得子。往来太湖，买生物放湖中，三日为期。其夫人袁氏为先生置簉室二人，五年之中，连举五子。先生殁时，其弟公逊先生已卒。甫里人请于当事，为先生昆季建祠，春秋俎豆，至今不替。

广东钦州营游击阮公名玉堂，为今云贵总督阮云台宫保之祖。少善驰射，中康熙十四年武进士，授蓝翎侍卫，出放湖北抚标中军游击，改署苗疆九溪营游击。乾隆五年五月，湖南城步、绥宁两县苗民为乱。时云贵总督张广泗为经略，总制全军。阮随各营官兵进剿，杀获甚多。苗民粮尽不能支，乃乞降，近营跪哭。阮察其诚，为请于经略，经略云："设贼诈，汝当此咎耶？"阮以死自任。次日，率众贼乞降，经略云："发三炮不畔去，乃真降耳。"即对众发三大炮，毙数十人，余众股栗，莫敢仰视，于是受降。当是时，各山贼寨亦并破，老幼退保入横坡，山梁险隘，正路不能攻，而各营官兵由左路奋登突杀，贼之精锐殆尽，生擒男妇子女三千五百余人，解赴大营。经略欲尽诛其生口，阮为再四谏阻，不从。不得已，乃请曰："壮夫能执兵抗杀者，当诛之；其妇女及男子十六岁以下者，必宜赦免。"经略始可其请。阮既出营，为分别男女年岁，苗民环跪，哭声震于山谷。先择壮年强项者斩之，其余全活，给以口粮，阮之德也。至宫保，中乾隆己酉科进士，入翰林，现官云贵总督，晋宫保衔，赏戴花翎，以文章经济称于时。咸以为积德之报云。

吴县潘大冢宰世恩，其先世歙人。上祖某，居乡有盛德。尝以除夜人定后，秉炬至厅事，见一人蒲伏黑暗中，迫视之，邻子也。呼而询之，良久始言曰："某不肖，好搏蒱，家尽落，且负人累累。今除夜，索逋者甚亟，不得已，欲为肤箧之行。素习公家，门户甚熟，故乘夜至此。今猝遇公，有死而已。"翁曰："汝得若干可了诸负？"曰："须十金。"翁曰："十金事不难,何不早告?"命之坐,出二十金予之,曰："十金偿负者,十金权子母作小经纪,勿再蹈故智,我亦誓不以向者之事告人也。"其人感泣,叩头去。隔十余年,翁入山卜地,得一吉壤,而未知主其地者为谁。因就一村店饮,有男女两少年,见翁至,罗拜于前,谛视之,即除夜赠金之邻子也。盖其人得金后,为旗亭业,居数年,颇获利,娶妇且生子矣。翁大喜。其人款洽倍至,杀鸡炊黍,留翁宿其家。翁询以向所卜地,其人曰:"此我所买,欲以葬先人者,今大恩人以为佳兆,请献之。"翁不可,其人再三恳,始立券,仍厚给其直。远近地师相度之,皆以为此鼎元地也。数世后迁吴,冢宰伯父农部奕隽、比部奕藻先后成进士,冢宰暨其从兄编修世璜俱得鼎甲。古语云:"吉地非遥,根于心地。"良不诬也。

吾乡孙春台中丞名永清,未第时,尝佐广西方伯胡公文伯幕中为友。值土司以争荫袭相告讦,验其文,皆明时印玺。总督某公将拟以私造符信律,当斩,株连者甚众。春台先私具一稿,怀袖中,见方伯曰:"土酋志在承袭,无反状,岂宜以叛逆坐之?"方伯曰:"是上官意,且限迫,奈何?"春台出稿示之,方伯读竟大喜,陈于督抚,从之,得活千人。后中丞以中书舍人起家,官至广西巡抚。第三子尔准,中嘉庆乙丑进士,入翰林,历官至浙闽总督。

常州费欧余观察浚之父,故府中书吏也,为人肝胆有智略,状貌奇伟。乾隆三十三年大旱,有江阴饥民千余人结党滋事,大吏某欲坐以叛案,将入奏矣。费翁直其行,私将文书名簿,诈称失火,尽行烧毁,而自首于府中。太守知其贤,置不问,从轻发落。事隔二十余年,至观察,遂中乾隆丙午副榜,今官陕西督粮道。其公子开绶,中嘉庆庚辰进士,授庶常,年才弱冠耳。

兰州有秦某者,自幼出门谋生,为督抚堂官,日积月累,家颇饶裕。年过四十,尚无子。忽自省曰:"吾以家资数万,将欲与谁耶?"遂携万金入京,将报捐道员,又自念曰:"官场如戏场,一朝下台,皆非我有,不若不官之为美也。"尽以橐中金购买书籍,捆载而回。一到家,先立义学,以教邻里之不能习业者。每当朔望,亲诣学舍,辄以笔墨纸砚给赏诸生,以鼓励之。并立行仁堂,以济贫乏,凡施衣、施棺、施药之事,靡不周至。未几,连生两子,长维岳,号晓峰,中乾隆庚戌进士,入翰林;少子某,亦中乡榜,官山西知县。后秦某年九十余,享福二十年而卒。

乾隆五十年间,天津人有徐北山者,以鹾务起家,后渐中落。尝以除夕避债委巷,听黑暗中有哭声甚惨,以火烛之,则一寒士,以负人无偿,将欲自经者。北山告之曰:"余亦负人无偿者,尔亦何必寻此短见耶?"问其所负若干,曰:"二百金。"探怀中银,适符其数,尽以与之,其人叩谢去。隔十余年,北山之贫如故,而长子澜、次子淮中文武两进士,第三子汉中嘉庆戊午举人,其孙文焕又中道光戊子举人。

夏源泰在齐门西汇开木行,家道甚殷。其先本成衣匠,开一铺,与茅厕相近。一日在厕上得遗金约三百两,待其人而还之,乃木商伙计也。其人归,喜而告其主,主奇夏之为人,乃招之家中,令其成衣。数年后亦为伙计,遂发财。传其子,传其孙,至今犹盛。

无锡东门克宝桥有某姓者,偶入茶馆,拾得一包裹,开示之,皆金珠也。某素有膈症,窃自念曰:"吾死期将至,安用此为?"坐有顷,见一老妪踉跄而来,且哭且寻,问其故,乃还之,感谢而去。是日某回家,忽目眩恶心,吐出硬痰一块,坚如牛皮,以刀断之,旋合为一,咸惊异之。自此膈症遂愈。其人至今尚存,家道小康矣。

吴江县皂隶石鲁瞻,居心甚慈,清闲无事,辄取竹板磨极细,或浸粪缸,使人不痛不伤。有私托打重板者,石鸣咽不应,曰:"吾不忍为也。"如是者五十年,闻至今尚在,年九十五矣。四代同堂,儿孙绕膝。

冤　报

康熙时吴中有顾某者,宦于河南。商丘县有富室寡妇,族人谋其产,诬以奸情,且云腹中有娠。州县官得贿,寡妇上控,而顾某案其事,既不能为之平反,而又得贿以护州县官。寡妇知冤不能白,竟于上堂时藏匕首于膝裤中,自剖其腹,立时殒命。顾某以此削职归田。数年安居而已。有齐门外杨姓,贸易兰阳,路过其地,即寡妇之宅也。其宅已售他人作饭店,有大楼三间,素多鬼,不能居住。是时天已晚,杨急于投宿,主人曰:"今夜客多,惟大楼有鬼,不能留也。"杨自恃胆壮,遂投宿。未二更,果有鬼,是一妇人,彳亍而来,问:"客是苏州人耶?吾有冤欲报,非祸君也。"杨曰:"我非官,安能雪汝冤?"妇曰:"倘能带我去,必有以报大德。"杨曰:"惟命是听。其如何能带之法,幸示我也。"妇曰:"但于君启行时,呼贤妹一声,及上船、过桥,俱低声呼我。至苏日,以伞一柄,我藏于中,到顾某家,一掷其门中,斯可矣。"妇又曰:"我所以不离此楼者,有金珠一箧,值千金,藏于某处,即以报君也。"言毕而去,遂寂然至天明。杨如其言,果获之,遂回吴。顾某是日方演剧请客,杨从众人杂遝中持伞进门,人不觉也。顾方与客燕饮欢笑,忽见一女鬼,手持匕首,鲜血淋漓,立于堂下。遂大呼曰:"冤家到矣!"众客惊愕,无所见。是夜顾自缢死。吴门人至今传其事。

余乡张塘桥有某甲,种田为业,家道小康。邻家有佣者,娶一妻甚美。某甲见之,尝窃自念云:"若得此妇为妾,死无恨矣。"遂召佣者置之家,每俟其饱食后令之负重,如是者年余,遂得疾死。其妻旋嫁之,以为得所愿矣。越一二年,当八九月间,新雨乍晴,稻禾初熟,某甲往田畔游行,见丛莽中佣棺欲朽,忽生善念,意以为此人吾所致死,今年冬底必将此棺入土,以慰其幽魂也。忽闻棺中有声,突出一蛇,啮其足。甲大惊,负痛疾行,蛇尚在足,蟠数围,钩之不去,而甲已惫矣。因将前谋告人,一村老幼咸来,且观且骇。甲死而复苏者数次,忽谓其妾曰:"我腹痒不可忍,急取刀破吾腹,看其中有何物也。"遂抱持其妾而死。须臾,妾亦死。

山阴沈西园游幕河南,为光州陈刺史所聘。州民有老贡生某,一子远游,数年不归。媳少艾有姿色,育一女,仅五龄,翁媳相依,纺绩度日。其子出门时,曾贷邻某钱若干,久未偿。窥其媳美,书一伪券,以妻作抵,与权州吏目朱景轼夤缘贿嘱,具词控告。西园判以媳归邻某,贡生不从,发学夏楚,愤甚自经。其媳痛翁之被辱身亡也,知必不免,先将幼女勒毙,亦自经。越一年,陈刺史擢开封守,朱景轼瓜代。而西园亦改就杞县周公幕,又为朱景轼谋干,勒令杞县尉戴师雄告病,以景轼补其缺。乾隆丙午正月七日,西园夜见一戴顶者,携一少妇幼女登其床,教之咳嗽,旋吐粉红痰。自此三鬼昼夜缠扰,遍身拧捏，作青紫色，或独坐喃喃，自为问答。时有知其事者，而未敢言也。至十四日黄昏，西园有大小两仆，取粥进，瞥见窗下立一长人，身出檐上，以巨掌掌大仆面，其小者亦见之，同时惊仆，口吐白涎，不省人事，灌救始醒。被掌之仆，面黑如锅煤，莫不骇异。十五日，署中正演戏，西园在卧房大叫一声而绝。其尸横扑椅上，口张鼻掀，须皆矗立，两目如铃，见者反走。朱景轼为买棺殡殓，寄于西门外之观音堂。不一年，景轼二子一妻俱死，又以风瘫去官。杞县尉仍以戴师雄坐补。昧良之报应如此。汲县林午桥司马为周公荐卷门生，时在杞署，目睹其事云。

　　丹徒富翁有左姓者，同其友往苏买妾，看一女甚美，询其父为某营守备，以事谪戍，女愿卖身以赎父罪，索价千金。左既看中矣，其友谓左曰："外貌虽美，而不知其肌肤何如，有暗病瑕疵否？必观之方成交也。"左亦以为然，商于媒，女泣曰："吾为父，死尚不顾，何惜为人一看耶？"乃于密室中去其衣裙，呼左进。其友亦隔窗偷看，见腰下有黑疵，又谓左曰："此未为全璧也。"事遂寝。女大哭曰："吾为父罪，至于自卖其身，而羞辱至此，尚得为人乎！"自经死。未一年，其友见此女来索命，亦自经。左后得一子，美丰姿，而有洁癖，酷嗜书画珠玉玩好之物，见有微瑕，立弃之如土苴。尝造一园，工匠皆易以新衣，然后得进。楼台池馆、曲阑花树间，稍沾一点尘土，则必改作。衣履一日一换，恐其污体。每日肴馔，非亲自捡点，则不食也。以此破其家。丹徒人无不知之者。

　　余同乡邹剑南媳顾氏，娶三年矣，有妊生子。不数日，顾氏病下体溃烂，日夜号哭，忽自言云："姑娘恭喜，首产麟儿，今日特来索命，毋见惧也。"闻者惊诧，强问之，顾曰："余病不起矣。余未出阁时，与嫂本无嫌隙，只因藏过其金方一只，以致嫂咒骂不止。后吾母许其赔还，嫂故必求原物。适因嫂小产服药，遂将盐水换入，血晕而死。今事隔数年，嫂亦乘我产后来索，且日夜坐我床中，药饵皆被其吹嘘，岂能愈乎？"及将绝复醒，如是者数次，自云已到阴司审问，拶两手，夹两足，痛极难忍。家人启视之，手足青紫，如用刑然。此乾隆癸丑五月事也。

孽　报

　　国初苏州大猾有施商余、袁槐客、沈继贤，吴县光福镇则有徐掌明，俱揽据要津，与巡抚、两司、一府、二县声息相通，鱼肉乡里，人人侧目。太傅金之俊归田后，屡受施商余之侮，至患膈症而殁。施下乡遇雨，停舟某船坊内，主人延之登岸，盛馔款留。施见其家有兵器，遂挽他人以私藏军器报县拘查，施佯为之解救，事得释，曰："以此报德。"而其人不知也，再三感谢，馈之银，不受。适鲥鱼新出，觅一担送施，以为奇货。施即命其人自挑至厨下，但见鲥鱼已满厨矣。又见一银匠妻貌美，曰："此妇眼最俏。"匠闻之，以石灰瞎妻眼，恐其计夺也。其势焰如此。后金太傅门生某者，来官江苏臬使，闻其名，百般罗织，杖毙之，沉其尸于胥江。沈继贤尝与人斗牌，被人捉一张，曰："我之牌谁敢捉？"其人曰："捉尔何害？"沈唤家人耳语，少顷，县差捉其人去。其人恚曰："犯何法而捉我？"沈笑曰："捉尔何害？"又一势家款客，沈上坐，有一少年至，向沈一拱，满堂骇然，责少年，少年曰："我不认得沈继贤，何妨乎？"未几，少年被盗攀害，下县狱。其父兄以五百金求沈解救，得脱，踵门叩谢，沈曰："此事乃余讨情。"以五百金还之，少年恳受，不从，感激无地，叩首不已。沈笑曰："如今是认得我了！"少年始悟。吴俗语云："得罪了你，又不是得罪沈继贤，怕什么！"亦可想见其为人矣。后被巡抚汤文正公杖毙玄妙观三清殿下，满城人称快。徐掌明与昆山之徐联谱，势可炙人，谚云："长、吴两县印，不及掌明一封信。"尝与至戚黄振生有隙，令人殴死村农，抬尸至黄门，如张员外杀王德、保正诈周羽故事。讦讼十三年，至康熙二十二年，制台王公新命断结，办徐掌明发遣，寻以逃归论死。其子逊如，扮盗入孙氏室，强奸妇女，以泄旧忿。一妇被奸时，摸盗手六指，知为掌明子，案破，立斩。掌明之父亦被湖寇赤脚张三余党研死。三代不得其死，殆所谓"积不善之家，必有余殃"耶！袁槐客死后，其子为盗，问立斩，亦天报也。

　　康熙乙巳，嘉善有朱君达，妻顾氏颇美，县役某催科至其家，眴君达远出,突入内室,举手摸其颈。顾大惊,旋入房自泣曰:"此颈为人加手,岂可洗乎!"遂缢死。越两月,役偶乘舟往郡中,忽见顾氏上其舟,役作魅语云:"吾知之矣。"遂投水。适遇来船牵缠其颈,不能解,立时流血死。报应亦奇。

昆山徐健庵司寇,有幼子冠卿名骏,少聪慧,延孝廉周云陔教授。冠卿中式后,与其师同入京试礼部。师管束太严,冠卿以巴豆食之,卒于逆旅。其年冠卿即捷南宫,入词馆。京师人有知其事者,题其混名曰"药师佛"。药师佛恃才狂放,怨者颇多。雍正初年,以其诗中有"明月有情还顾我,清风无意不留人"之句,怨家遂以出首。当刑部审讯时,有与司寇瓜葛者,欲宽其罪,预告之曰:"实出无心。"及讯,冠卿仰见堂上有司员松江胡宗琳侍立于旁,与其师周貌无异,乃大惊,误供有心诽谤者。胡亦力争,遂画稿定罪。将正法时,所亲犹怪之,冠卿曰:"吾命也。"余无一言。余舅祖葛圣修先生尝馆于冠卿家,课其子,知之最详。

昔程伊川谓"饿死事小,失节事大",是以忠臣孝子节烈之妇,国家有旌表之例。觉罗雅公巡抚江苏,奏准不许滥膺,遂使陋巷穷嫠,向隅饮泣。虽然,忠孝二事,固人子之所当为;而妇人女子,素未读书,而能守志不移,始终一辙,是不可泯灭者。雅公素称循吏,此举未免过当。恭逢圣明御宇,凡有水旱偏灾,不惜数百万帑金,以嘉惠元元。雅公岂不知之,而独为此省区区小费耶!后公以征库车城失机正法,安知不以此一事之报也。

康熙四年六月十四日,嘉定西门外有一徐氏妇,荷锄往田,忽为暴雷震死。其子甫垂髫,亦为雷火所焚而未死,击其履粉碎。人争拾视,则以字纸置其子之履也。此慢亵字纸之报。

桐乡一士,好阅淫书,搜罗不下数十百种。有子少聪俊,每伺父出,辄向箧中取淫书观之。从此缠绵思想,琢凿真元,患痨瘵,夭死。其父悲恸不已,相继卒。又某邑一书贾,刻淫词及春宫图像,易于销售,积资四五千金。不数年,被盗席卷,两目旋盲。所刻诸板,一火尽烬。及死,棺殓无措,妻子离散。此编造淫书之报。

湖州某姓,为人阴险,有刀笔才,凡非理之事,经其饰说,便足夺人之听，平生所害不一人。后得一奇疾，发时辄自咬其指，必鲜血淋漓，方得少愈。十指俱破，伤风而死。此刀笔害人之报也。

有某翰林简放学政，取士颇不公，盈箱累箧，满载而归，遂为富翁，不复出矣。营造大宅两区，一在故乡，一在京师。二十年后，同夕火起，烧尽无余。

吾邑有黄君美者，好结交胥吏捕役，靡恶不为，被其害者不可数计。一日忽发狂，赤体持刀出门外丛人中，自割其肌肉，每割一处，自言此某事报。割其阴，曰："此淫人妻女报。"割其舌，曰："此诬人闺阃报。"人问之曰："汝舌已割去，何尚能言耶?"黄曰："鬼代吾语耳。"又曰："今到剥皮亭矣。"指亭上有一联云："冤孽而今重对对，人心到此再惺惺。"如是者一两日，复以刀自剖其腹，至心而死。此康熙年间事。

乾隆初年，吴门有土豪某者，作威作福，人人痛恨，而莫可如何也。某一日游山，见一妇美艳异常，遂与门下客谋取之，访知为乡镇某家，乃姻戚也，废然返。后复思之，至忘寝食。门客献计云："可立致也。"某大喜，问其故，客耳语而去。越数日，乡镇某家有巨盗，明火执仗，戴面具，缚其妇而淫之，财物一无所取。众怪之，有潜尾其后者，见盗悉下船，去面具，即土豪某也。遂鸣官，缉捕得其实，问立斩。无不快之。

业师金安安先生外孙中铣、中钰，俱家文敏公稼轩司寇之公子。乾隆甲午岁，余年十六，在安安先生家见之。时中铣已得内阁中书，中钰亦议叙中书科中书，两公子俱年二十外，状貌魁梧，聪明绝世，能诗，工六法，真善承家学者。不数年后，俱无疾而死，中铣死于舟中，中钰死于车中，云皆遇鬼祟活捉，其事甚确。后余在扬州晤赵瓯北先生，谭及此事，云文敏公因奉旨差办贵州威宁州刘标亏空一案，讯得原臬司高积曾办公表侄蒋牧论绞，竟挟私加意苛求，遂斩高以报复之。事隔十年，两子俱为所祟。甚矣哉! 鬼神之灵也。先是公出差贵州时，道经衡阳，知回雁峰有老僧名通慧者，善相人，公往求相，僧云："观公之相，必登台辅，两子簪缨。然眉宇间稍露杀气，公能种德，相可改也。公其勉之!"及返衡阳，复见其僧，僧大惊曰："可惜!"余无一语。公有两孙，余亦曾见之。一中副车，早死；一有痰疾，不言不语。家道亦凌替矣。

常熟黄草塘有须姓者，以屠牛为业。每杀一牛，必割其舌食之，以为美味。一日，将牛刀安置门上方，忽闻二鼠相争，仰面看之，刀落其口，断舌死。

又鱼行桥有一猎户，打鸟无算。后患病，医药无效。忽得一梦，梦神告之云："汝要病愈，须将稻柴扎一人，用汝平日所着衣冠披之，中藏生年月日，挂在树上，将鸟枪打之，便可愈也。"及醒，乃以梦告其子，命如法行之。讵鸟枪一发，大叫而绝。

余近邻有薛庆官者，以屠羊为业，家颇饶。年四十余，忽病，病愈后，面成羊状。以三百金往安徽宗阳籴米，死于江中，不得其尸，以空棺归葬。一两月后，有人见薛背一包，持一伞，从后宅周打鼓桥自行自哭。盖鬼复还家云。

枫泾镇有沈二者，好食狗肉，生平杀狗无算。乾隆丙子岁，沈抱病甚笃，昏迷中，见群犬绕床，争啮其体，号呼求救。临死时，自投床下，两手据地，作犬吠数声。

娄东有无赖杨姓者，以攘鸡为食，其术甚秘，人莫知也。其后，杨背上忽生雄鸡毛一茎，乞人拔之，痛不可忍。因自言曰："此吾偷鸡之报也。"

湖州荻港某姓者，娶一妻，颇有姿色，而冶容放诞，不异青楼，其夫愤之，未得间也。一夕，闻妻房中有人声，即持刀入，但杀其妻，而脱逃其奸者。其夫惧罪，即时商于地棍某，某曰："此事不难，必送吾三十金，方可救汝。"无可奈何，即书借票与之。棍乃为之计曰："尔急急回家，勿动声色，点灯室中而半掩其门，俟有人来，即杀之是已。"果如其言。天明辨之，即此棍之子也。辛亥六月间事。

娄门陈生某者，少聪颖能文。年十七，其父远宦，依外祖以居，延师课读。一日晨起，泣谓其师曰："昨夜梦先母告余云：'汝三世前罪案发矣！明日冥司当提讯，闻铁索声即去。第嘱家人勿哭，毋移尸，尚可还阳，否则不能转也。'"师闻之，叱曰："是呓语耳。"至次日晚，生自谓闻铁索声，师无闻也，一霎时，生已死。举家大惊，师亦骇，因述所梦,并嘱勿哭之语,阅两三时始苏。生自言晕绝时,被二役拘出胥门外,见一庙,引入跪阶下,与一女鬼质辨。知三世前系诸生,有同学妇新寡,与之奸,并诬其财物,致郁死。诉冥司,削其籍,转生为乞丐。其邻有某举人者,恒周给之,于是诸恶丐亦求索于举人,不遂,欲相约焚掠其家。生阳许之,而阴告其事。及期,诸丐哗然至其家,已有备,咸为拘缚投诸火,而生亦与焉。入冥冥中,谓已偿夙孽矣。冥司以生有报恩善念,即将举人枉杀事,夺其禄籍与生,判:"今生可登科,官五品。"而前世所私妇不服,屡控东岳神不已。东岳神遂判曰:"且察其今生,倘再有罪孽,不妨提讯定夺可也。"近因偶萌恶念,故被拘执耳。生与妇力辨是和非强,渠先来奔;而妇执以诱奸。两造争不能决,冥司怒,乃命一鬼取孽镜来与妇照,果得淫奔状,是雍正十三年八月廿四日事也。妇与生仍哗辨,冥司遂判妇入犬胎,生仍作丐。有号哭跪求于侧者,乃生亡母也。冥司曰:"汝子应削籍,不许识字。"急命一鬼持汤来,将灌生口,其母又哭,倾其半,仅三咽,口甚腥而肠欲裂矣,乃放出。群鬼争索贿,其母又为生支持之。其母曰:"汝回阳,速行善事三百条,尚可游庠耳。"推而醒,生遂病,月余始平复。后此生力行善事,不数年,果入学。其师王君寿祺言之甚悉。

蜀中有一无赖子,夏日大醉,裸体仰卧文昌殿前。道士劝之,反被辱詈,道士畏而避之,无赖犹讪谤不已,且对神像遗溺。忽风雷大作,霹雳一声,削柱木一片,锋锐如刃,适破其腹,划然中开,肠流满地。更有奇者,神前布幡、器具、柱木皆为雷火所烧,惟两柱上所挂金字长联,雷火烧处,逐字跳过,无一笔烧坏者。时吴门周勖斋太守适官叙永厅,亲自往验,目击其事。

余见有某太守者,家蓄美丽甚多,选其精于一艺者,号"十二金钗"。慕《金瓶梅》葡萄架之名,以金丝作藤,穿碧玉、翡翠为叶,取紫晶、绿晶琢为葡萄,搭成一架。其下铺设宋锦为褥,褥上置大红呢绣花坐垫,旁列古铜尊彝,白玉鸳鸯洗,官、哥、定窑瓶碗,及图书玩好之属,与诸美人弹琴弈棋,赋诗饮酒,或并观唐六如、仇十洲所画春册,调笑百端,以此为乐。不数年,太守死,而美人星散,宦橐萧然。又有某显宦者,好优童艳妇,不惜重费。入其室者,两行侍立,朗如玉山,唯有垂涎，不敢平视，怦怦心动而已。后官败出戍，死于黑龙江，家事亦颠倒不可问，呜呼！天道福善祸淫，如此其速耶！

常熟南门外有七图张姓者，兄弟四人，无恶不作。皆力田，颇饶裕。新造厅堂一所，费至数千金。尚未进屋也，道光元年五月，忽染时疫，兄弟叔侄以及老少妇女接踵而死者，至十八人，仅存两岁幼孩而已。闻者为之吐舌。

有某生者，籍润州，自其祖贸易吴门，遂为吴人。年少美丰姿。见邻有好女，两小无猜，目成心许。求姻不谐，生已别聘，女将嫁矣，生又诱与为乱。复设计破其婚姻，拟纳为妾，而复不果，女遂抑郁死。未几，时见此女为祟，生遂患羊头风，每发即晕。成婚后，延亲朋演剧宴会，生忽仆地，口称润州城隍同吴郡城隍欲会审，须往听讯，遂瞑。忽闻号泣声，又闻杖责声。醒曰："女先告本郡神，因原籍文书未到，不能出关，潜伏贡布船，至本籍告准，始会审定罪也。"遂死。

道光元年阊门崇真宫桥左右失火。时有乡人抢劫一箱，未至家，适其弟自赌博见之，遂夺去。计值百金，一夕而尽。乡人恚愤致病，医药半年，卖田去屋，始得就痊。枉费老心，转破其产。

东台姜又白言其邻有翟姓者，以胥吏起家，造孽不少，而其子甚朴诚，娶一妻，美而贤，事翁姑惟谨。初生一子，头顶尖出数寸，如牛角然，每一哭则更高，以为怪而毙之。继又生一子，鼻止一孔甚小，人中间缺寸许，可望其喉，亦以为怪而毙之。后生二女，皆娇美如其母。呜呼！岂天将斩翟姓嗣，故隐其恶而显其报耶？

道光庚寅五月十九日，大雷雨，高邮新工汛震死三人在太平船上，行人聚观。询之，乃分发广东候补知府卓龄阿与其妻关氏，并本船舵工一人。其仆言，主人在京，伉俪甚笃，独不孝于其母，分院而居，有黄泉相见之誓。母知子将出守，使人谓卓曰："吾母子不见久，譬如与汝为邻，今日远游，亦当来一面。"而卓与关竟驱车早行矣。一事如此，其他可知。天网恢恢，疏而不漏。惟舵工同时震死，不知其故。或言卓在京时，负人七万余金，债主十三人，皆山陕放账者，跟随坐索。卓不得已，即与其妻同谋，差舵工郭元良买砒霜，欲药之也。时州刺史某为验其尸下棺，交其仆从回旗，而以放账者提解回籍云。

忤 逆 报

吴门蒋荣禄公茔在阳抱山，乾隆四十八年六月十八日，大风潮，墓前华表倒地，中一逆子脑，即时陨命。公之曾孙古愚封公曰："先荣禄生平纯孝，见重于汤文正公。殁后犹不容此不孝之人偷息人世也。"

乾隆己酉十一月，常熟东南任阳乡有不孝妇，欲杀其姑，置毒药于饼中，而自往他所避之。其姑将食，忽有一乞人来求其饼，姑不肯，乞人袖中出一红绫衫与之换。妇归家，姑喜示其衣，妇又夺之。初着身，忽然堕地，姑急扶之，不能起，忽变成猪。邻人咸集，不孝妇犹语曰："我本应天诛，以今生无他罪过，故变猪以示人耳。"言讫而竟成猪叫矣，独其前脚犹似人手。太仓毛稼夫亲见其事，为余言之甚详。

嘉庆己卯五月十日，有苏州营兵遣担夫挑火药百斤往教场，偶过都亭桥周哑子巷打铁铺门首，铺中正在打铁，有火星爆入药内，忽轰然一声，满街如焚，死者五六人。中有不孝子乳名和尚者，须发俱烧去，尚未死。其人系游手棍徒，日以赌博为事，有老母年七十余，和尚既不能养，亦从未一呼其母。至是而母怜其创楚，犹百计医治之。和尚乃痛哭大呼其母者，一日夜而死。

陕西城固县乡民有不孝妇，平时待其姑如虐奴婢，非一日矣。嘉庆庚辰正月初一日早起，不孝妇忽向姑詈骂，喃喃不绝口，姑竟不理，而往别家拜年。有顷，不孝妇入房关门而卧，久之不开，但闻房中有声如牛马走。姑闻之，欲入房视，不得也。急呼他人打门，惟见不孝妇卧于地，一腿变成驴，越数月死。

山东定陶县一农家妇，素虐其姑。姑双瞽，欲饮糖汤，妇詈不绝口，乃以鸡矢置汤中与之，姑弗知也。忽雷电大作，霹雳一声，妇变为猪，入厕上食粪，一时观者日数千人。其后是猪终日在污秽中游行，见人粪则食之，岁余犹未死。案《南部新书》，有河南酸枣县下里妇，事姑不孝，忽雷震，若有人截妇人首，而以犬头续之。其事相类。

刻　　薄

有某公子最刻薄,在河南节署,胸无墨水,而善于骂人。偶将阖署宾客出具考语,每人定以八字,无不形容绝倒。尝谓人曰:"吾见世之所谓经济文章、游山玩水、吟诗作赋、征歌度曲、扫地焚香,以及书画琴棋、风流儒雅之辈,一应着即处斩。"其议论类如此。其治家也,事事亲裁,不经奴仆,而一钱如命,恐人侵蚀不利于己也。自此家道日富,积有良田万亩,大屋一区,计每日进门可得百金,而犹以为未足。后以奸事为人告发,自诣县中,觌面行贿。县官怒,立坐堂皇,取贿置库,一面通禀上司,关提收禁。自此花消二十余万两,事始平。又有一孝廉,才调有余,而言语尖辛,必欲胜人以为快。后官县令,积资数万金。惟有一子,亦聪明绝世,遂将所有宦囊挥霍殆尽,至于客死他乡。一孙痴呆,不识丁字矣。可畏哉! 故凡人出一言,行一事,宁忠厚毋刻薄,刻薄之至者,必有奇祸云。

残　　忍

有某公平生好食鹅掌,以鹅置铁楞上,其下漫火烧炙,鹅跳号不已,遂以酱油旨酒饮之,少焉鹅毙,仅存皮骨,掌大如扇,味美无伦。康熙二十八年,贼匪夏包子起兵谋反,以铁楞炙死,惨酷异常。

山西省城外有晋祠,地方人烟辐辏,商贾云集。其地有酒馆,所烹驴肉最香美,远近闻名,来饮者日以千计,群呼曰"鲈香馆",盖借"鲈"为"驴"也。其法以草驴一头,养得极肥,先醉以酒,满身排打。欲割其肉,先钉四桩,将足捆住,而以木一根横于背,系其头尾,使不得动。初以百滚汤沃其身,将毛刮尽,再以快刀零割。要食前后腿、或肚当、或背脊、或头尾肉,各随客便。当客下箸时,其驴尚未死绝也。此馆相沿已十余年。至乾隆辛丑岁,长白巴公延三为山西方伯,闻其事,遂命地方官查拿,始知业是者十余人,送按司治其狱,引谋财害命例,将为首者论斩,其余俱边远充军,勒石永禁。张味石大令为余言。

浙中有搢绅寓吴门，御下最残忍。性好淫，家中婢妪无不污狎之者。然稍有不遂，则褫其下衣，使露双股，仰天而卧，一棰数十，有号呼者，则再笞如数。或以烙铁烫其胸，或以绣针刺其背，或以剪刀剪其舌，或以木枷枷其颈。其有强悍者，则以青石一大块凿穿，将铁链锁其足于石上，又使之扫地，一步一携，千态万状，难以尽述。后有传其事于邻近者，咸为愤愤，率众詈其门，主人大怒，皆缚之。自此人益众，打毁殆尽，因成讼。大吏知其事，下太守穷治之，乃下狱，卒以无证据，仅办提解回籍，而案始结，然其家已破矣。有仆人某深知其事，言之甚确，将来又不知作何报应也。

折　福

戴尧垣《春水居笔记》载杭州余秋室学士厕上看书，折去状元一事甚详。乾隆壬子七月，余初次入京，见学士即问此事，学士曰："有之。"可见尧垣之言非妄。大凡人有以厕上看书，最为可笑。

云间蔡礼斋者，为侍郎鸿业之孙，左都御史冯公光熊外孙，通才也。最喜在裔桶上看书。乡试十余科不第，以援例作江西县丞，候补南昌，穷苦殊甚。有长子甚聪慧，未婚而死。礼斋亦旋殁。余尝劝之，不听。其一生困顿者，又安知不如余学士之折福耶？

广陵有醝商女，甚美。尝游平山堂，遇江都令，令已醉，认此女为娼也，不由分辨，遂笞之。女号泣，即回家，其父兄怒，欲白太守。是夜梦神语之曰："汝平日将旧书册夹绣线，且看小说曲文，随手置床褥间，坐卧其上。阴司以汝福厚，特假醉令手以示薄惩，否则当促寿也。"事遂止。后痛自悔改，以夫贵受封。雍正初年事。

卷十八　古迹

　　余生懒惰,惮于行役,纪游之处,不过直隶、山东、河南、湖北、江西、安徽、浙江、福建诸省而已。足迹所到,略志鸿泥,以备遗忘,不可谓之阅历也。江苏为父母之邦,习见熟闻,则从其简。

万　岁　山

　　万岁山在皇城西北隅,其南为太液池,中驾以金鳌玉𬟽之桥,桥之北为北海,桥之南为南海。楼台掩映,金碧交辉,松桧连云,秀出天表。嘉庆十年七月,曾随前国子祭酒法时帆先生,与文颖馆提调官孙平叔、徐心伯诸公,由西苑门至万善殿,查《道藏》诸经。红莲绿水,瑞日祥云,恍在赵千里仙山楼阁中也。京师。

丰　台

　　丰台在京城西便门外,为京师看花之所。凿池开沼,连畛接畦,无花不备,而芍药尤胜于扬州。相传即金时之拜郊台,当时有丰宜门、远风台诸名,故曰丰台也。京师。

楼　桑　村

　　余出入京师者数次,每过涿州,求所谓刘先主之楼桑村,渺不可得,惟黄沙扑面而已。按《蜀志》,先主涿郡人,少孤,与其母贩履织席为业。舍东南角篱上有桑树,高五丈余,童童如车盖,皆谓当出贵人,因号曰楼桑村,即今之涿州也。涿州。

董江都读书处

董家里在景州城西南广川镇,相传为仲舒读书处。成亲王有诗云:"何人自有《春秋》对,下马应寻董学村。"即此。景州。

直 沽

直沽在静海县东北,丁字沽、小直沽俱大禹治水时疏导之处。天津。

九 河 故 道

余尝过南皮,访之土人,云九河故道渠岸形迹犹有存者,徒骇在西北,太史在古皮城南,马颊在城西南,覆釜在东南,胡苏在西城下,简、洁俱在城西,钩盘在西北,惟鬲津即今之天津。皆为当时注海之处。南皮。

岱 庙

岱庙余凡三至,在山东泰安府城中。南向进泰安门半里许,至遥参亭,即岱庙前门。庙五门三阙,东西角楼五层,如天子宫室之制。进庙门,则老树参天,古刻林立,东西两旁有穹碑二座,一为宋宣和间立,一为大中祥符间立。迤北而行,上丹陛九级,登峻极殿,殿壁皆画东岳帝君出巡回驾仪仗,奕奕有神。回出殿门,东有汉柏五株,皆枯朽无叶。西有巨石如石浮图,而无一字,相传为汉武帝时所立。殿正中甬道上有名扶桑石者,不知何时置此。出二门转西,进延禧门,有唐槐,枝叶凌霄,苍翠可爱。槐之南为右阙门,揽衣而上,北望三峰,所谓南天门、日观峰者,俱在指顾间矣。泰安。

泉　林

泉林在山东泗水县，泗水出焉。高宗南巡，常幸于此。其地并无高山大林，水由平地流出，势甚汹涌，真是奇观。《论语》"子在川上"，相传即此地也。_{泗水。}

趵　突　泉

趵突泉在山东济南府西门外吕祖庙前，三窟突起，声如殷雷。相传此泉自王屋山来，为泺水之源也。乾隆壬子六月，余入京，为游第一次，自后每过济南，必往观焉。_{历城。}

南　池

山东济宁州城下有南池，因《杜少陵集》有与任城许主簿游南池诗而得名也，故今东偏小室中塑一二部像，而以许主簿配之。城上有太白酒楼，前工部尚书和公为巡漕御史时重建。嘉庆庚申四月，余由水路入京，泊南池，是时灵石何兰士亦为巡漕御史，钱塘黄小松为运河司马，同在南池会饮者三日。小松出示所藏金石图书，与州人李铁桥、山西刘镜古、吴江陆古愚同观，为一时佳会云。_{济宁。}

艮　岳

艮岳旧址在河南开封府城东北隅，约略计之，在今铁塔上方寺左右。初，宋徽宗未有子嗣，听方士刘混康言，京城东北形势增高，当有多福多男之祥。政和七年，遂命户部侍郎孟揆于上清宝篆宫之东筑为山林，象余杭之凤凰山，曰"万岁山"，周十余里，命宦者梁师成专董其事。时有朱勔者，构求天下奇花异木、太湖灵璧以及珍禽异兽、佳果文竹之类以进，号曰"花石纲"。专置应奉局于平江，每岁所费以亿万计。调民夫发运,皆越海渡江,至于凿城穿山而至。时东南监司、郡守亦有应奉,又有不待诏旨,但行进物至都,通宦官以献者。后上亦知其扰,稍加禁戢,独许朱勔及蔡攸入贡。竭府库之积聚,萃天下之技艺,凡六载而成。飞楼杰阁,瑶岛琼台,雄瑰伟丽,于斯极矣。宣和四年,上自为记,以此山在国之艮方,故名艮岳。至靖康中,金人犯阙,城门不开,大雪盈尺,冻饿以死者无算。诏令民任便斫伐为薪,以炊饮食。是日百姓入艮岳者以数万计,台榭宫室,为之一空。则当日之所谓芳林园、玉津园、同乐园、宜春苑、凝碧池者,更无从踪迹矣。今相国寺尚存湖石数峰,相传为当时旧物。毕秋帆尚书巡抚河南,尝筑嵩阳吟馆于内署之西偏,亦有数石峙于窗前。每逢宴会,必在此间,余亲到也。祥符。

吹 台

吹台,汉梁孝王筑,在开封城东南二里许,即师旷繁台,梁孝王增筑之,一曰平台。块然高耸,郁然深秀,阮嗣宗诗所谓"驾言发魏都,南向望吹台。箫管有遗音,梁王安在哉"是也。乾隆五十三年三月,余在毕秋帆尚书幕下,尝偕方子云、洪稚存、徐朗斋、凌仲子辈登此台,惟一望平畴,黄沙扑面而已。上有禹王庙,故土人又谓之禹王台。又有三贤祠,祀李白、杜甫、高适三人,今又增李崆峒、何大复,为五贤矣。祥符。

相 国 寺

在开封府城内,齐天保六年始建,名建国寺。唐睿宗时改为相国寺,明成化间更名崇法寺。崇祯十五年,贼李闯以黄水灌城,遂湮没。本朝顺治十六年,巡抚贾公汉复捐俸重建,今仍曰相国寺。百物充盈,游人毕集,为汴梁城胜地。

梁 王 城

在今开封府城西北二里,即战国时梁惠王故城。唐高常侍诗所谓"古城苍莽绕荆棘，驻马凄凉愁杀人"是也。

汴故宫

在开封府城内正北，本宋之大内，金人广之。明洪武十二年，即故址建周王府，今之贡院是也。当时之所谓太乙宫、景灵宫、玉清昭应宫者，皆不可问矣。

夷门

在府城安远门内，亦曰夷山，即汴城东门也，为魏侯嬴故迹。乾隆五十三年八月十日南归，有《出夷门》诗二首，刻稿中。

梅花堂拱奎堂

梅花、拱奎二堂，俱在开封府治内。先世翰林侍读学士藻及文肃公飏先后知开封时所筑，今废。以上皆祥符。

黄鹤楼

黄鹤楼在湖北武昌府城外，临江，以唐崔颢诗得名。其楼高七丈，飞檐画栋，八面玲珑。登楼一望，帆樯千树，烟火万家，真大观也。乾隆己酉八月十日，余在毕秋帆尚书武昌节署，将回江南，方子云、洪稚存、徐朗斋诸君设饯于楼上，吹笛赋诗，月出而罢。余亦书两绝云："倚楼横笛未成音，云影飞来似有心。黄鹤不归云不去，一诗传诵到如今。""晴川阁上月初环，鹦鹉洲边对别颜。惟有大江流日夜，不知何处是乡关。"武昌。

赤壁

赤壁在黄州府城西门外，乾隆五十四年四月十七日夜过此。是时月色甚明,因泊舟城下,赋诗云:"东山初上月,江水自中流。赤壁固无恙,雪堂犹在否?孤舟留枕席,人世总浮游。两赋传千古,光芒射斗牛。"志所称东坡竹楼、横江馆、寒碧堂、快哉、临皋亭诸胜,俱付之引领而已。_{黄州。}

庐　　山

余自幼梦游庐山,未得一至。道书所谓第十八洞天者,有香炉峰、五老峰、康王谷、白鹿洞、石梁瀑布之胜。余过九江,舟中望之,若隔天表。尝有诗云:"朝发浔阳江,遥望香炉峰。百里连青苍,千岩势尨嵸。境幽罕人迹,云迷讶天通。奔悦未能往,亦足开我胸。"其二云:"尝读石门诗,渺若登灵阙。想见诸道人,拂衣步空碧。此事千余年,应与仙云绝。惟有鲍参军,凌风几探阅。"_{南康。}

马　当　山

彭泽县东北有马当山,横枕大江。唐王子安舟过其下,遇神人助以顺风,一夕而至洪都者,即此。_{彭泽。}

石　钟　山

石钟山在湖口县城外,临江。乾隆己酉八月十六日,余从楚北回吴,偶泊舟北门外杨港,遂由西门乘一小舟游石钟,土人谓之上钟崖、下钟崖者也。初见巨石无数,如楼阁然,汩没中流,而又有如牛马、如虎豹者,盘踞于楼阁之下。又有一石人,高三丈许,作弯弓引箭之势,上题"英雄石"三字。时东北风甚急,仰见石壁,一削千仞,而怒涛搏击石罅,其声果如洪钟。正骇愕间,忽见红墙古庙,隐隐有人,舟师指曰:"此观音崖也。"乃摄衣而上,登一小阁,阁之左崖有"凌波仙掌"四大字,旁有石穴,深不可测,曰黄龙洞。凭阁而望,但见风帆乱飞,半入九江,半入鄱阳湖也。余急登舟,更欲游所谓下钟崖者,舟人且棹且唱,其歌云:"荒城正对白沙洲,但听江声日夜流。人家富贵无三代，每有清官不到头。"其声宛转，亦可以见风土人情之一班耳。顷之回，过城西门，系舟普陀庵下。循径而上，登怀苏亭，亭中有碑刻东坡《石钟山记》。亭右即为大江，丹崖林立，嵌空玲珑，俯听钟声，宛在足底。亭左右皆石壁，莫能名状，石上题名甚多，其王文成一题，在白云洞之上，文云："正德庚辰三月丁未，都御史阳明王守仁献俘，自南都还登此。参政徐达同行。"凡四行。其旁又有五言诗一首，不复记忆，似即纪擒宸濠以后事也。读毕而下，复乘舟循石壁行，其洞壑之奇，不亚上钟崖，而两壁如剪，夹一小阁，则奇险更甚于观音崖也。是时日色已晚，风亦稍定，始命舟回，已上灯矣。余生平所历佳山水，若江宁之燕子矶，镇江之金、焦两山，和州之天门，彭泽之小姑，黄州之道士狄，严州之钓台，绍兴之绕门山与吼山，皆不足奇，得此而叹观止矣。湖口。

浔　阳　江

九江府治后城上有庾楼，庾亮刺江州时所建，楼下即浔阳江也。城西半里许有琵琶亭，以白香山诗得名，前榷使姜公开阳所建。乾隆五十四年四月十四日垂晚，余尝停桡亭下。时江波漾月，柳影翻风，南望庐山，青苍不断，江上时有小舟载妇人弹琵琶，真江行绝景也。友人周竹珊诗云："琵琶一样听来惯，听到浔阳便有情。"德化。

礁　矶

礁矶在安徽芜湖县西七里大江中，高十余丈，周围十亩有奇。上有灵泽夫人庙，相传为三国吴大帝妹孙夫人殉蜀主，以黄武三年薨于此。余友王仲瞿孝廉尝作《礁矶孙夫人庙碑》，典雅可传，余为刻石庙中，可补裴松之注《三国志》之阙。芜湖。

太　白　楼

太白楼在太平府城西南采石山，亦名谪仙楼。楼上下墙壁间题

诗几遍。有萧尺木画壁,甚妙,咸以为画胜于诗,近亦刷去不存。_{当涂。}

识 舟 亭

亭在芜湖鹤儿山顶,俯瞰大江,帆樯四列,相传为谢宣城"天际识归舟"处也。壁间有前明方逢时、王思任题诗石刻。_{芜湖。}

滴 翠 轩

滴翠轩在芜湖赭山广济院塔旁,宋黄山谷读书处,旧名桧轩,为鸠江名胜。_{芜湖。}

乌 江

乌江在和州东南,距江口三里许,有土山甚峻,丛木郁然。山下有项王庙,遗像在焉,两侧以亚父范增、司马龙且配享。后殿塑夫人像,是为虞姬也。又有项王墓在庙后。据《史记》,葬项王榖城,安得复有墓在此乎?想前人附会耳。读汪佃碑记,知旧时有唐李少温篆额,今不存。又一碑刻王画像半身,石光莹然若镜。余有诗云:"不渡江东忍自亡,天心人事本难量。英雄已足称千古,香火还留祭一方。丛木秋风余杀气,鬼磷墓雨落星光。我来舣棹寒塘晚,惟听江流悲未央。"_{和州。}

天 门 山

天门山在和州东南,与太平府之博望山东西对峙,中隔一江,今人谓之东梁山、西梁山。乾隆五十四年三月廿九日,余泊舟山下,因登岸,携一仆造其绝顶。山形秀削,石路盘纡,俯瞰大江,声喧足底,即李青莲诗所谓"天门中断楚江开"是也。山下设游击一员,以备守御。距芜湖关不过四十里耳。_{和州。}

濡　须

濡须山在巢县东南，濡须水所经也。《方舆胜览》云："濡须山谓之东关，七宝山谓之西关。"胡三省《通鉴注》："东关即濡须口，亦谓之栅江口，当三面之险，相传为夏禹所筑。"按东关之名，见于《三国志·魏书》、《陈书》及《水经注》，《唐书·地理志》云"巢县东南四十里有故东关"是也。其地高峻险狭，实守厄之所。余于乾隆五十二年十月六日，扁舟过此。又行数里，过踟蹰山，《春秋》昭五年"楚子观兵抵箕山"，即此。乃披衣而起，回望濡须、龙洞诸山，已在微茫烟霭之间，秋林堕叶，半红半黄，落日暮云，忽青忽紫，宛如一幅徐崇嗣没骨法也。巢县。

孔　子　台

孔子台在巢县西北五十里，土名柘皋。《名胜志》云："孔子南游至橐皋，与弟子憩台而反。"即此。按巢县即夏、商时南巢地，周为巢伯国，后属楚，秦置居巢县，《史记·项羽本纪》"居巢人范增"是也。其云橐皋者，春秋时为吴邑，哀十二年"公会吴于橐皋"。汉置橐皋县，属九江郡。《三国·吴志·朱桓传》及杜预《左传注》、《括地志》，俱有橐皋之名，不知何时讹为柘皋。想"橐"、"拓"音相近，后人又因"拓"字类"柘"而再讹也。巢县。

芍　陂

芍陂在寿州南八十里，春秋时为楚相孙叔敖所造。陂周三百二十四里，横径百里。陂有五门，上承渒水，吐纳川流。西北为香门，陂水北流，经孙叔敖庙下，谓之芍陂渎。又北分为二水：一水东注，为黎浆；一水曰葛渎。又北流入寿春城中，又北径相国城东，又北出城，注淝水。《寿州志》云："西自六安州龙穴山，东自濠州横石，东南自龙池山，其水胥会于此。"按《后汉书》，建初八年，王景为庐江太守。郡界有故芍陂稻田，景率吏民修起芜废，灌田可万顷，境内丰赡。《魏书》志建安五年，刘馥修芍陂堰。《宋书》高祖遣毛修之复芍陂，灌田数千顷。又长沙王义欣镇寿阳，使参军殷肃因旧沟引渒水入芍陂，溉田万余顷。自唐、宋、元、明以来，或浚或废。本朝顺治十二年，寿州知州李大升又修之。真万世之利也。寿州。

淮　水

淮水出桐柏山胎簪峰下，有禹庙，庙前有三井，是为淮源。自汉以来，治淮者尝祷之。余至正阳关，必渡淮水。是年淮水大决，淹没民田以数十万计，为叹息者久之，乃作诗云："淮渎滔滔控数州，东驰千里未能休。几看祷庙寻三井，安得探源溯上流？秋潦涨时成窜鼠，阪田没处有浮鸥。我来问渡斜阳晚，白草黄沙漫野愁。"寿州。

颍　水

颍水出颍州府城北。余自乾隆丁未十月，将之汴梁，道出颍川，由太和至周家口，舟行者数日，遇如皋林铁箫，有诗云："颍水流不息，枫林落日黄。扁舟独西走，群雁向南翔。兄弟经年别，关河去路长。篷窗无限意，还见野鸳鸯。水边鸳鸯甚多。""暮寒泊村店，沽酒认青旗。犬吠闭门早，樵归生月迟。喜闻乡国信，况有故人期。相对挑灯坐，举杯聊酌之。"阜阳。

钱　塘　江

余以乾隆乙巳岁春三月，始游钱塘，嗣后往来于浙东西者几三十余年。其山则有南高峰、北高峰之峻险，其水则有西湖、玉泉之清冽，其寺宇则有净慈、灵隐之雄壮，其洞壑则有飞来、金鼓之幽深。古迹之多，名胜之雅，林木之秀，花鸟之蕃，当为海内第一。惟八月之涛最为奇观，其来如三座雪峰，其声如百万军鼓，心摇目眩，顷刻而至，则天下所无矣。按钱塘之号，先于周、秦，见《史记·始皇本纪》，至先武肃王筑塘捍海，而名益著耳。_{钱塘。}

烟 雨 楼

嘉兴府东南有烟雨楼。五代时武肃王第六子元璙为中吴军节度使，筑烟雨楼于澹湖之上，即此，又名鸳鸯湖。_{嘉兴。}

槜 李 城

按《史记·吴泰伯世家》，吴伐越，勾践迎击之，败于槜李。据府志云，在桐乡濮院之西，濮院即槜李墟也。其地有范蠡坞。_{秀水。}

魏 塘

嘉善东门外有河一道，通清风泾，曰魏塘，亦名武塘。相传魏武帝经此，故名。_{嘉善。}

石 尊

石尊在湖州府城南二里岘山上，是大石一块，中洼，可以贮酒，故又名洼尊。唐开元中，李适之为湖州别驾，每挈所亲登山酣饮。后颜鲁公为湖州刺史，偕宾客、门生、弟侄辈作《洼尊联句》诗，即此。今石尊上有一亭未圮，而所谓逸老堂者，已片瓦无存矣。_{乌程。}

墨 妙 亭

墨妙亭在湖州府署后。嘉庆癸酉初冬，余始至吴兴，时阳湖赵季由为吴兴太守，遂与寻觅汉、唐诸刻，竟无有存者，遂赋二诗云："苕花正浮雪，橘林新著霜。谢公到郡久，今始来斯堂。握手招残碑，一笑倾壶觞。墨妙已无亭，寒花尚余香。羲献不可作，颜徐亦难量。俯仰感古今，缅焉暗神伤。""坡公来吴兴，尝晤孙莘老。酬赠诗最多，当时和者少。屈指七百年，此事谁复讨？青山依然在，古刻迹如扫。乃悟金石质，年寿犹不保。何如饮美酒，令我颜色好。"乌程。

王右军别业

按《嘉泰会稽志》，即山阴县东北戢山下之戒珠寺，寺门有右军塑像，青巾道服，坐于正中。王梅溪有诗云："欲吊右军千载魂，祠堂荆棘断碑存。老僧相见话遗事，问我兰亭几世孙。"山阴。

东　府

《吴越备史》云：唐乾宁三年，先武肃王平董昌，敕改威胜军为镇东军，以王为镇海镇东军节度使，遂有越州之地。梁开平二年，升为大都督府，谓之东府。周广顺元年，大元帅吴越国忠懿王即越州东府又筑宫，治园囿，即今之绍兴府治也。山阴。

清　白　堂

绍兴府治中有清白堂，宋康定中范文正公仲淹知越州时所建，并自作记。乾隆五十七年，余与修郡志，太守李公属余隶书，刻诸堂上。山阴。

越　王　台

《名胜志》云：萧山县西九里有越王台，李太白诗"西陵拱越台"是也。《祥符图经》云：种山东北亦有越王台。种山即今之卧龙山，在绍兴府城内。其山盘旋回绕，形如卧龙，相传越大夫文种葬此，故名。府志云：嘉定十五年，郡守汪纲于卧龙山西南又筑一台，有曾耆年篆书三大字，刻诸石，今不存。山阴。

柯　　亭

柯亭在山阴县西南四十里，今亭已废，即为柯桥寺。按郡志：千秋亭一名柯亭，又名高迁亭。汉末蔡中郎避难会稽，宿于柯亭，仰观椽竹，因取为笛，今词家所谓"柯亭辨笛"是也。乾隆十六年，高宗皇帝南巡，有《柯亭》诗。山阴。

蓬　莱　阁

阁在绍兴府署后。《名胜志》云钱武肃王建，即五代镇东军节度使官廨，今府门前有镇东阁，尚其遗址。其名蓬莱者，取元微之诗"我是玉皇香案吏，谪居犹得住蓬莱"也。宋淳熙元年，武肃八世孙端礼知越州，重修。自元祐戊辰郡守章楶修之，又四十八年汪纲复修，由来久矣。乾隆辛亥、壬子之间，余尝盘桓于此，启窗一望，千岩万壑，毕呈案前，幽鸟闲云，时亲坐上，又在赵千里仙山楼阁中也。山阴。

雷　　门

雷门即今绍兴府城之五云门。《元和郡国志》云句践所立，以吴有蛇门，得雷而发，表事吴之意。《会稽记》云，雷门上有大鼓，围二丈八尺，每一鼓，声闻洛阳。孙恩之乱，鼓为军人斫破，有双白鹤飞出，后遂不鸣。会稽。

窆　　石

会稽禹庙，后坐镜湖，前对宛委山，地甚宏敞，而无唐、宋旧碑，惟窆石为最古。石在庙之左偏，状如称锤，上有亭覆之。《图经》云："禹葬会稽，取此石为窆，上有古篆不可读。"王顺伯《金石录》以为汉刻，或以为三国吴告祭文。有宋、元人题名，可辨者惟会稽令赵与升及元人员峤真逸、李偁两题而已。会稽。

兰　　亭

兰亭在山阴县西南二十七里，其地相传为越王勾践种兰处，因名。晋王右军《曲水诗序》即于此作也。由娄公埠舍舟而途，约行五六里许，即天章寺。亭在寺东，右军书序所谓"崇山峻岭，茂林修竹，清流激湍，映带左右"者，至此始信。国朝康熙三十四年，圣祖仁皇帝临幸于此，有御书大字兰亭穹碑一座，上覆以亭。乾隆十六年春，高宗纯皇帝南巡，又有御制《兰亭即事》诗一首，即刻其阴。癸丑三月三日，郡守李晓园亭特尝邀袁简斋太史、平宽夫宫詹辈二十一人，作修禊之会，余亦与焉。今五十余年矣，岁月易迁，欢情难再，可为太息者也。会中有桐城姚秋槎观察仿《西园雅集图》作记一篇，刻于郡志。会稽。

智永禅师书阁

书阁在会稽县之云门寺后，即王右军七代孙智永禅师临池之所也。隋、唐间《禊帖》真本即藏此阁。阁凡七间，甚高敞，阁后皆植竹，直接山顶。世所传退笔冢，即在竹中，今无其迹矣。乾隆壬子三月，余尝与袁简斋太史、平宽夫詹事、徐朗斋孝廉、陈斗泉文学一宿其中。会稽。

江文通宅

江文通宅在萧山县城，今为觉苑寺。寺前有梦笔桥，相沿已久。寺中古刻甚多。萧山。

天　台　山

天台山在浙东三百里，自古来游天台者，要皆得之耳食，或蹈前人纪载，未必皆亲历其境也。惟本朝王太初、王季重、潘稼堂、齐巨山四公为得其详。然此山周围数百里，一丘一壑，一溪一涧，风云之出没，花木之兴衰，古今不同，随时变幻，移步换形，即四公者，亦不过领略其大概，岂能穷幽历险，一一笔之于书？余游天台凡两次，所到之地，百不得一，如读《史》《汉》选本，不可谓之读过《史》《汉》也。即如石桥之瀑，险怪百出；桃源之山，壁立万仞，岂语言笔墨之所能尽？然古人记载，往往言过其实，逾于所见。孔灵符《会稽记》曰："悬溜千仞，谓之瀑布。"《临海记》曰："飞泉悬流，千丈如布。"《启蒙记》注谓"天台去天不远，有石桥，阔不盈尺，长数十丈，下临绝冥之涧"者，皆传闻之误。即如李太白诗所谓"天台四万八千丈"，又谁为之量丈耶？_{天台。}

桃　源　洞

桃源洞在天台县北二十里十四都护国寺之东，相传汉永平中，刘晨、阮肇遇仙于此。攒峰叠嶂，左右回环，中有一涧，随山曲折，水穷道尽，则有一洞潜通山足，仰头一望，但见诸峰插天，殆非人境。道光五年九月，余以重修先世会稽郡王墓时过桃源，真奇境也。_{天台。}

桐　柏　宫

桐柏宫在天台县西二十五里，道家所谓七十二福地之一。由清溪迤北而入，其路曲折清幽，至宫门，则一望如平畴，四山苍然，九峰回抱，别有天地。县志云，唐景云二年，为司马承祯建，然梁沈约有《桐柏山金庭观碑记》，则唐以前先有之矣。至太和、咸通之间，道士徐灵符、叶藏质新之，元微之、刘处静为记。五代开平中，先武肃王重建，名桐柏宫。至宋大中祥符元年，又改名崇道观。观中有上清阁，阁藏宋太宗、真宗御书，及高宗所临晋、唐法帖共五十三卷。又吴越国王所舍铜像天尊十位，连金银铜所铸火焰台座，檀香三清像一龛，计二百六十区；玉花八株，铜三清像，金银字经二百函；睦亲宅昭成太子宫圣迹四十轴,历代珍袭供奉,至明吴元年遭火,化为丘墟,惟存檀香像一区而已。洪武间重建,永乐中又加新之,其时尚有唐人碑刻,如《崔尚碑颂》,韩择木八分书。本朝雍正间又火,一椽无存。大吏奏请重建,乾隆初年始讫工。今观基虽宏壮,不过十之二三矣。_{天台。}

李 太 白 书 堂

唐李白书堂,在华顶峰最高处,相传太白尝游天台,读书于此。今为拜经台,高僧修道,结茅其上,四围筑以石城护之,防风雪也。其下有积水,为王右军墨池。_{天台。}

石　　桥

石桥在天台县北五十里,桥之上下有上方广、下方广两寺。其桥在昙华亭之下,如一龙横卧于两崖之间。其上则双涧合流,俱由桥下冲激,遂成飞瀑,一落数丈,声如殷雷,真奇观也。_{天台。}

白　云　山

台州府城东北隅有白云山,宋绍兴初,有先世赐第,贤穆大长公主所居也。道光三年三月,余往台州拜观唐赐铁券,曾一至焉,惟有祠堂三间,左右皆菜圃而已。_{临海。}

严 子 陵 钓 台

七里泷在严州府东北二十里,乾隆甲寅、乙卯之间,余往来者凡数次。其所谓钓台者甚高,台上有严公祠,两侧配享者为唐之贺知章、宋之谢皋羽也。台下急流汹涌,怪石嵯峨,绿树青山,四围环绕。祠旁有严氏子孙数家以奉祀事,多以渔樵为业。余有诗云:"直钩钓国曲钩名,富贵原无足重轻。我亦久忘名利者,合来祠下拜先生。"

"祠堂倾侧草萧萧，奉祀云礽亦寂寥。犹有先人家法在，多因避客混渔樵。"建德。

九仙山乌石山

福建省城藩署前南行里许曰狮子楼，即五代王审知还珠门也。又里许，过保泰桥，其东为九仙山，有定光塔；其西为乌石山，有坚牢塔。九仙山大石纵横，叠如楼阁，磨崖题名甚多，其可辨者，小华峰之侧有熙宁元年光禄卿、直昭文馆、知军州事程师孟及沈绅、刘彝等七人题名，又廓然台后有绍兴壬子程晋道题名，平远台左方有淳熙丙申陈休斋分书两题，又绍兴二年郑滋德篆书。其郡志所载野意亭、丹井、醉石、杏坛诸胜，俱无从踪迹矣。乌石山上有李少温篆书"般若台"三字摩崖，其旁亦有宋人题名，不暇细读。坚牢塔凡七级，其第五级有林同颖《造塔记》，有永隆纪年，今俱凿去，尚露笔尖。第七级又有伪闽王延曦宫嫔官属题名，此朱竹垞、吴志伊辈所未搜求者。余尝赋诗云："琅玡建国太匆匆，两世兵戈一雾中。负海自居天子座，因山犹筑梵王宫。至今残石留名姓，细辨题年记永隆。极目孤城思往事，塔铃无语怨东风。"闽县。

延　平　津

延平津在福建延平府延福门外，相传为雷、华沉剑处。山上有明翠阁、景云楼、凤冠岩诸胜。余以乾隆六十年二月十六日过此，是日东北风甚急，松杉怒号，桃李无色。与山僧坐话者久之，有《建河归棹》诗云："建河天下险，说起便生愁。众水趋崩壑，群山夹乱流。身居烟霭国，家在木兰舟。最怕前滩急，停桡更绾留。""落日张湖坂，奔流势渐平。急鸣巫峡雨，又激海涛声。对饭谁能食，推篷暗自惊。仙霞望不见，惟有暮云征。""夜泊延平驿，津头月一弯。悲风号独树，野火烧空山。干莫何时出，斗牛不可攀。我来凭吊古，叹息水潺潺。"南平。

卷十九　陵墓

夏　禹　陵

禹陵在绍兴府城南十五里，见《吴越春秋》、《越绝书》、《史记》《汉书》正义、《皇览》诸书。《嘉泰会稽志》云禹巡狩江南，死而葬焉，犹舜之陟方而死，遂葬苍梧。古圣人所以送终，事最简易，非若汉世人主之豫自起陵也。案自先秦古书，帝王皆不称陵，陵之名实自汉始，今名禹陵者，是后人尊之之辞也。陵有禹庙，甚巍焕，背湖南向，自唐、宋、元、明以来，春秋祭祀不绝。明嘉靖中，闽人郑善夫定禹陵在庙南数十步，时知府南大吉因立石，刻"大禹陵"三字，覆以亭。考古者不封不树，后之人何能定其故处？恐附会耳。今庙旁有姒氏者数家守卫之，相传即禹之苗裔。庙中无古碑，皆有明以来所立，惟窆石一块甚古，上有篆书，隐隐可辨，说者谓当是三国吴告祭之文也。乾隆五十七年春，余尝与修郡志，偕平宽夫侍郎、徐朗斋孝廉亲往拜之。

商　吴　泰　伯　墓

吴泰伯墓在吾邑之鸿山，旧名皇山。《南徐记》泰伯宅东九里，有皇山，泰伯所葬地。按《史记·世家》、《正义》注云，泰伯居梅里平墟，在无锡东南三十里是也。汉桓帝永兴二年，诏吴郡太守糜豹修之，周以垣埔，给五十户守卫其墓，晋肃宗太宁元年，诏祀泰伯用王者礼乐，具王者冕服，建庙于茔城南三十步，命晋陵太守殷师领焉。宋武帝永初元年，敕泰伯以太牢祀。唐太宗贞观十三年，诏重广泰伯门殿，遣礼部尚书韩太冲祀以太牢，赐金铜香炉一具。十五年，赐泰伯六十四世孙驸马都尉吴世伟苗田千顷，永充庙祀。宋太平兴国三年，敕朝散大夫梁周翰赐墓旁田二百二十三亩，令岁收供奉洒扫。仁宗天圣元年,敕赐绕墓田一百亩耕种,并入墓仓贮用。哲宗元祐七年,有诏吴泰伯以至德庙为额,遣官致祭。元符间,制封至德侯。崇宁初,进封王爵。元仁宗元贞元年,命祭三让王吴泰伯于姑苏至德庙。英宗至治二年,诏遣御史中丞察罕帖木耳致祭。明洪武二年改封吴泰伯之神,春秋祀之。弘治间,邑人杨文建亭表墓。本朝康熙中,巡抚吴存礼、邑令吴兴祚先后兴修,后为山民侵削,树木殆尽。雍正四年,邑令三乔林勒石永禁。乾隆二年,又给帑修葺,邑令王允谦增建享堂墓门。至嘉庆初年,墓之前后皆为近民开垦,墓门亦颓圮无余,仅存一小碣,有高忠宪公题字。向例,有泰伯庙道士东西两房轮流值管,而终年未尝一至,盖荒废久矣。十六年,婺源斋公彦槐来宰吾邑。先余尝画一图,请翁阁学方纲、曾中丞燠、吴祭酒锡麒、吴学士鼐、范编修来宗辈作为诗文,面呈齐侯,且请修墓,以发其端。至十九年,邑中大旱,侯劝赈乡间,始谒墓所。其明年,岁大熟,尚有赢余,即取造丰乐桥,且以修墓,凡费白金三千两有奇。自此垣墉复整,墓门复立,植以松柏,栽以梅花,添置守墓道士一人,田八亩,时加防护,侯之力也。后侯以匆匆去县,未立碑文,他日当为书刻之,以传诸后来云。

商 仲 雍 墓

按《史记》索隐注,仲雍冢在常熟县西虞山上,与言偃冢并列。《太平寰宇记》云,虞山有仲雍、齐女墓,即简文帝《招真治碑》所云:“远望仲雍,而高坟萧瑟;旁临齐女,则衰垄苍茫。”盖齐梁时犹不废也。唐、宋、元、明以来,无有为之表者,国初始修葺之。乾隆二十五年,裔孙有周姓者,相传为仲雍之后,又立墓门于北门大街,由山麓整路,直达墓所。五十四年,裔孙等又建石坊,学使曹秀先题曰“南国友恭”四字。近来邑之士大夫辄有讼官,谓周氏侵占言子墓者,可发一笑。

商大夫彭祖墓

《浙江通志》云,彭祖墓在临安县东南十里。《嘉靖临安志》

云，因彭祖寿年八百，故号其山曰八百山，里曰八百里。昔武肃王御黄巢，临安兵屯八百里矣，即此。《东坡诗集》有《彭祖庙》诗云："跨历商周看盛衰，欲将齿发斗蛇龟。空餐云母连山尽，<small>公自注：山有云母，彭祖所采服也。</small>不见蟠桃著子时。<small>施注：老彭善补导之术，并服木桂、云母、麋角，常有少容。</small>"子由亦有诗曰："猖狂战国古神仙，曳尾泥涂老更安。厌世乘云人不见，空坟聊复葬衣冠。"而朱文公《雪心赋》亦引用之，云："天柱高而寿彭祖。"《名山胜概》云："八百山逾横碛，次彭安，有孤冢如堂，或曰是商大夫老彭墓也。旁有一碑仆且泐，不可读。"据诸说，则彭祖实有墓在临安矣。案《水经注》，彭城有彭祖冢。又《续汉郡国志》武阳彭亡聚引《益州记》注云，亦有彭祖冢。二苏之诗，恐是彭城或武阳两地之墓，未必在临安八百里也。

周延陵季子墓

吴季札墓在江阴县北七十里，地名申港。墓前有石碑，古篆曰："呜呼有吴延陵君子之墓"十字，字大径尺，相传为孔子手书，体势奇伟。旧志载，唐开元中，玄宗命殷仲容摹拓其书，然则唐以前已刻之。大历十四年，润州刺史萧定重模勒石。今庙中所存者，是宋崇宁二年常州太守朱彦立，盖屡次重刻矣。今丹阳驿前及金坛之九里镇，俱有一碑，未知孰是。

周先贤言子墓

言子墓在虞山北麓乾元宫下，《史记》索隐及《吴地记》皆载之，宋、元以来不废。明弘治中，知县杨子器为表其墓。崇祯初，巡按御史路振飞再修。国朝康熙间，参议王儒重修墓道。雍正间，方伯鄂尔泰又建石坊，题曰"南方夫子"，而苏松粮道王澄慧又筑墙垣卫之。乾隆三十三年，裔孙襄阳太守言如泗、五经博士言如洙等屡为修建，规模宏敞，松楸郁然，为吴中古墓云。

周先贤曾点澹台灭明二墓

山东费县旧有曾点、澹台灭明二墓，碑志久阙矣。嘉庆十三年九月余入京，曾偕孙渊如观察同过费县，访得之，遂以隶古书丹付县令郭志青刻二碣，一立于曾点墓前，一立于澹台灭明墓前，以垂永久。

周先贤闵子墓

闵子墓，据《太平寰宇记》在范县东，今所传在历城者误也。嘉庆癸亥冬，阳湖孙渊如观察为山东兖沂曹济道，以查赈按行范县，知墓所在，时以河决，不能诣谒。及官粮储道，忽梦浚井出古丈夫，布衣泥涂状，自称闵子骞。觉而异之，因出俸钱，属县令谭文谟访视废基，申禁樵采，嗣以县令屡更，事未施行。至华亭唐晟宰是县，始捐廉重修，栽种树木，乞观察为文纪之，并访义士左伯桃、羊角哀墓于县之义城寺东，并考其原委，以存志乘焉。

周要离冢

余少时在阊门内十庙前，沿城脚下见水潭边有石碣，上刻"古要离冢"四字，横卧荒草中。据《后汉书》注，梁伯鸾墓在要离冢北，却无碑碣可考。道光七年，福州梁茝林方伯为访古迹，仅于潭水中得一碣，即是刻也，后有"成化十年渤海高出题"字样，而伯鸾墓终无踪迹。

汉高密太守钱咸墓

成化《湖州府志》云，在长兴县西五里。《浙江通志》云，咸为彭祖四十七代孙，墓在长兴县西五里，其山名伞盖山。《西吴里语》云，墓柱上题"汉故旗门将军高密太守钱府君之神道"。

汉富春公钱让墓

万历《湖州府志》云,富春公墓在长兴县西五里。按公讳让,字德高,高密太守咸之曾孙。顺帝永和元年举孝廉,除历阳、章安二县长,后从太尉赵峻,辟为西曹掾,迁黄门选部侍郎。九江寇盗周生、范容作乱,诏授广陵太守、征东大将军,讨平之。桓帝建和元年,拜广陵相、征东大将军、使持节都督江东诸军事、徐、兖二州刺史,封富春公,食邑五千户,实封一百五十户。夫人徐氏。合葬长城县平望乡西北梓山,乃江东钱氏第一代祖也。长城即今之长兴县。

汉太子洗马钱京墓

案先世《大宗谱》,公讳京,字仲恭,富春公第二子,仕后汉,历东宫舍人、太子洗马,葬长城县吴概山。

汉孝女曹娥墓

按《嘉泰会稽志》云,在县东七十二里。《后汉书》,元嘉初度尚设祭之谋之,改葬娥于江南道旁,即此。余于乾隆、嘉庆间尝三过其庙,庙之东偏有双桧亭,宋张即之书。亭后有大小两冢,其大为娥之父母,其小者即娥墓也。余为补书一碑,刻石墓上。

汉东海孝妇墓

余曩尝入京,过郯城县,路旁有东海孝妇祠,香火甚盛。嘉庆廿三年夏,偶游海州之云台山,过新县北二里亦有孝妇祠,祠后有二冢,相传孝妇死,祔于姑墓,土人为立祠焉。然案沈括《梦溪笔谈》,今东海县即汉之赣榆,属琅邪,非古之东海也。《广舆记》谓孝妇是郯人,

《一统志》云冢在郯城东十里，又似以郯城为真墓云。

三国吴王夫人墓

华亭南二里许，有屋基废地一块，近处居民有刘叟者，每见有红裳女子徘徊其间，人有见者，旋入地中而灭，甚怪之。疑土中有异，发之不数尺，获一砖甚古，下有巨椁如屋。旁有穴，以火烛之，有石榻，上卧髑髅一具，前植短碑，有"吴陆公逊第三女王夫人之墓"十二字，非篆非隶。左列石几，供一瓦盆，其色如玉，乃取出，贮水甚清，经年不竭。后见红裳者复来，或隐或见，其人随感疾死盆为好事者取去，并无他异。此乾隆初年事。

吴大将军丁奉墓

华亭新桥镇东市有丁奉墓。嘉庆八年，农人垦田见一石，携归，石上有"大将军丁奉墓"六字，余俱漫灭。今墓尚存，高三尺许。案《三国·吴志》：丁奉，安丰人。以斩孙綝、迁大将军。迎立孙皓，擢大司马左军师。

晋　谢　太　傅　墓

谢太傅安墓，在长兴县西南六十里，地名三鸦冈，今尚有子孙守墓者。按《晋书》，文靖卒，本葬于建康之梅岭。至陈，始兴王叔陵淫暴，好发古冢。晋世王公贵人多葬其地，叔陵乃发谢墓，以葬其生母彭氏。时文靖裔孙名夷吾者，适为长城令徙葬于此，立庙祀焉，有大观三年墓田碑可考。嘉庆三年，吾友邢佺山太守来宰是邑，重修其墓，并赋诗云："谢公原上夕阳斜，华表岿然树半遮。雷雨元功高百辟，风云荒冢护三鸦。古陂已泐唐人石，野草犹开晋代花。赖有乌衣贤裔在，蘋蘩重荐不须嗟。"钱竹汀宫詹、秦小岘少寇、阮云台宫保俱有诗纪之，为一时盛事云。

晋永安侯钱广墓

弘治《湖州府志》云,在长兴县西二里。按先世《大宗谱》,公讳广,字敬仲,西晋举孝廉,除上将军。平贼石冰、封云等有功,征补军谘祭酒、扬威将军,领江州刺史,使持节、征虏将军、都督江、洪二州诸军事,封永安侯,谥忠壮。夫人周氏,合葬长城县胡陵山。按《晋书》,永安侯广,名见《周玘传》。

梁临川王钱伯仁墓

按临川王伯仁,字仲方,宋明帝泰始中举孝廉,除王府兵曹参军、员外散骑常侍。萧梁革命,义不再仕,遂挂冠归。天监二年,诏举世家勋德之士,郡守柳浑表荐之,拜扬州刺史。卒葬高密太守墓西二里。夫人吴郡张氏,子五人:肃之、乐之、邕之、敬之、和之。有女名宝媛,归文瓒陈公,生子霸先,即陈武帝也。永定初,追赠临川王,见《陈书·外戚传》。又按颜鲁公《湖州石柱记》云:钱氏,长城人,父仲方。高祖微时,先娶之,早卒。及即位,追尊为昭皇后,墓曰嘉陵,在县北五里。

梁妙严公主墓

苏城阊邱坊巷有息园,今为钱氏家庙,族弟槃溪司马购顾氏依园地增筑之。园中有高阜曰妙严台者,即梁时妙严公主墓,府志已载之。案徐柯《妙严台诗序》云:考梁时公主之见于史书者,有玉姚、玉婉、玉嬛、令嬺、含贞,又长城、吉安皆有封号,不知妙严主何封也。简文王皇后生长山公主,名妙碧,则妙严为简文女无疑矣,旧志以为梁武帝女,误也。公主之墓西去数百步,今为蒲林巷,巷之西口有石马一区,故老相传尚是墓前物,今俗称石马鞍头是也。墓上建一亭,登亭南望有杰阁,即禅兴寺阁,上有公主像,戴毗罗帽,两手合十,作跏趺状,有宫女十人侍其两旁。相传公主曾下降郡人孙场,场死,梁亦旋灭,陈高祖以先朝公主,赐十宫人以优礼之,年八十余而卒。嘉庆十八年,槃溪浚池,得宋时旧刻,似是界石,有"东至王从事地"云云,则此墓唐、宋时犹存也。

陈黄门侍郎顾野王墓

案《吴地记》,顾野王墓在横山东平陆。横山今在吴郡西南十八里。《隋书·十道志》云,山四面皆横,故名横山。顾炎武诗序亦以为在今苏州府吴县横山之东越来溪上。今三吴顾氏皆其后也。

唐褚中令遂良墓

唐褚中令墓,据河南府志在偃师者,误也。案《新唐书》本传,遂良贬死爱州,即窆于彼,二男彦甫、彦冲,一孙俱祔。咸通九年,诏访其丧,归葬阳翟,唐人有诗纪其事,安有葬在偃师之说?且《宰相世系表》云,褚氏出自汉褚少孙后,裔孙重始居阳翟。又《褚亮传》云,亮父玠,玠祖澹,皆钱塘人。是其先并无居猴氏之说,自史载遂良自爱州贬所归葬阳翟,亦应在今禹州,不得云偃师也。乾隆戊申正月,余在开封,偶阅《河南府志》,与洪稚存论及此,故记之。

唐工部郎杜甫墓

案《河南通志》云唐工部郎杜甫墓在河南府偃师县之土娄村,元和八年,元微之志其墓。刘昫《旧唐书》载,宗武子嗣业迁甫之柩,归葬于偃师西首阳山之前。墓志亦云,启子美之柩,襄祔事于偃师。祔者,祔当阳侯墓也。是墓在偃师土娄无疑矣。自《河南府志》有"巩人与事"之语,遂沿《司马温公诗话》误载入巩县,反驳元微之祔葬偃师为江陵途次悬拟之词,岂旧唐书亦不可据耶!以嗣业数千里乞丐焦劳,迁柩归葬,岂不知其祖平日不忘本、不忘仁之言,祔葬当阳,以慰泉壤,礼也。乃去土娄咫尺,迁就葬巩,既违祖遗志,而又悖元公襄祔之言,断无是理。乾隆初年,为村民所侵,耕为麦地,邑令朱公访出,造营碑记,以复旧制。阅四十余年,又复侵削,旧时墓前本有杜公祠,为乡民改祀土谷神,欲复其旧不可,乃于城西五里堡专建焉。前临通衢,过者易识,后洛水暴涨,栋宇摧颓。五十二年,邑令南皮汤公毓倬又为清理,广其兆域,崇其冢封,环以墙垣,前开墓道,树碣大道边,至今不废。汤公又于城西五里堡以旧茶亭改建,其地轩敞,足以栖灵,即以旧祠僧奉香火。五十三年,余游河南,深悉其事。

唐鲁郡开国公颜真卿墓

颜鲁公墓在偃师县东北之邙山。明嘉靖中,先世祖乐闲公曾任偃师,尝为清理,墓前有米芾书碑,云:"公之使贼也,谓饯者曰:吾昔在江南,遇道士陶八八,授以刀圭碧霞,服之可以不死,且云七十后有大厄,当会我于罗浮山。后公葬偃师县北山,有贾人至南海,见道士弈,托书寄至偃师颜家,及造访,乃茔也。守墓苍头识公书,大惊,乃卜日开圹视之,棺已空矣。"其事甚奇,附录于此。

唐邋璞先生墓

按先世《大宗谱》,先生讳师宝,字道圭,隐居不仕,武肃王六世祖。始卜居临安,卒葬临安县石镜乡大钱村,世称邋璞先生。

唐赠尚书右仆射长城令公墓

《庆系谱》云:公讳仁昉,字德纯,邋璞先生子,武肃王五世祖也。卒葬大钱村父茔。

唐赠尚书左仆射检校司空常州刺史公墓

《庆系谱》云:公讳硕寰,字文甫,武肃王四世祖也。高隐不仕,晦迹丘园。夫人陈氏,合葬于临安县石镜乡。

唐宣州旌德县令赠尚书礼部郎
右谏议大夫洪胜王墓

《庆系谱》云：公讳沛，字仁泽，武肃王高祖。梁开平中，追赠吏部尚书、左仆射，建庙于临安，春秋致飨，追封洪胜王。配童氏，追封齐国太夫人，改封赵国太夫人，合葬于临安县锦南乡石镜溪祖茔。

唐赠尚书左仆射加太尉同中书
门下平章事建初王墓

《庆系谱》云：公讳宇，字道古，武肃王祖也。幼承庭训，精习诗书，而性尤至孝。唐赠尚书左仆射，加太尉、同中书门下平章事；梁赠检校司空，彭城侯，追封建初王。《坟庙记》云：建初王坟在天目乡官田桥中沙里，去县五里，计十三亩二角，坟客宋德。东至盛自福桑园，西至众户行路并水田，南至大官路，北至坟后直上大觇，分水为界。

水丘太夫人坟

《坟庙记》云：在锦南乡上钱王堡，计一十四亩一角，四面有高石塘，坟客李承礼。东至官路，西至钱照田，是钱寿田为主；南至朱仁佑田，是俞宗贵为主；北至戴照田，是钱长儿为主。康熙旧志云：水丘夫人墓在县南水丘坞，旁有定安院。《庆系谱》云：水丘太夫人为武肃王祖母，建初王之原配也。景福二年，敕自河南郡太君加封河南郡太夫人，历封楚、魏、梁、陈四国太夫人，累赠晋国、许国太夫人、九华太夫人。年九十余而薨，准敕祔庙配享。生子一，讳宽，即英显王也。

英 显 王 墓

《吴越备史》云：皇考讳宽，字宏道。僖宗文德元年，以子吴越王功高，敕授威胜军节度推官、检校尚书礼部员外郎，兼侍御史，加检校尚书职方郎中，兼御史中丞，进太府少卿、朝散大夫、检校礼部尚书。乾宁二年夏四月乙巳薨，赠尚书左仆射，累赠特进、检校司徒、开府仪同三司、检校太保、太尉、太傅、太师、中书令，追封英显王。至光化三年庚申十一月己酉，始葬皇考太师于安国县锦北乡清风里之原。初，太师薨，王因受制讨董昌，而淮帅杨行密遣将台蒙等围我姑苏、嘉禾等处以应昌，又遣安仁义、田頵等攻我镇戍，昌复构湖州刺史李师悦率兵四千人侵我封境，王命顾全武、许再思自西陵趋石城讨昌，进围越城，遂拔之，昌既死。至四年四月，我师复从海道以救嘉禾，破贼寨十有八所，擒贼将魏约、张宣等及士卒三千余人，嘉禾平。秋八月，王再命顾全武等复姑苏，而昭宗赐铁券适至。其明年，我师救苏州，生擒淮将李近思，斩首一千余级，再战，又斩其将梁琮、张庸等。而杨行密复遣将李简率兵屯无锡，我师复攻之，获其偏将陈益等，余皆散走。冬十月，乃克姑苏，淮将台蒙等皆宵遁，苏州平。其年闰十月，婺州王坛抗命，而衢州刺史陈岌复贰于我。光化二年春，我师复大败陈岌党于龙丘，而命副指挥使方密、罗聚等济师于婺州。其次年正月，淮将康儒、徐从皋等复攻婺州，王命从弟铢率师讨之，遂大败贼徒于轩渚，并绝其粮道，王坛急奔宣城，陈岌降，王以岌为浙东安抚使。是年冬十月，敕遣中使取王形图于凌烟阁。五年之中，王未尝有一日之安，是以缓也。英显王配水丘氏，即太夫人侄女，敕封越国、秦国太夫人，天复元年九月壬子薨，累赠太元太夫人，与英显王合葬焉。《坟庙记》云：墓在锦北乡，去县五里，计三顷六十六亩二角四十步，看管罗青，东至官路，见有石云云。泳谨案县志，锦北乡即今之县治也，宋时始建，则今县治二堂之后有钱王墓者，其为英显王墓无疑矣。国朝乾隆十年，滇南李公名元来宰临安，见县治二堂时有异鸟翔集，且循历巷道，空洞有声，因令一人持炬就空穴处，入丈许，则石屋宽敞，行数十步，砖甃坚固，见有一碑，模糊不辨，疑为武肃隧道，既出，遂盖净土，就堂改祠，以奉香火。其后绛州赵公民岱莅任，谓神人不并治，墓可存疑，而堂不可为祠也，因移建于旧墓前，工垂成，调去。岭南严公天召继之，立石存焉。今土人俱误视为武肃王墓，而实非也。以上先世七墓

《临安县志》俱失载。

武 肃 王 墓

先武肃王墓，在今临安县城内安国山下。《备史》云：长兴三年壬辰春二月，唐主遣吏部侍郎卢詹、刑部郎中杨薰，赐王国信、汤药等。三月己酉夜，大雪，至庚戌，三月二十八日。王薨于正寝，年八十有一，在位四十一年。朝廷闻讣，废朝七日，哀悼不已。诏谥曰"武肃"，命将作监臣李锴、光禄少卿臣张褒宣命。夏四月庚午，奉灵輴殡于衣锦军，即今之临安也。应顺元年甲午春正月壬午，敕葬王于安国县衣锦乡茅山之原，命工部侍郎杨凝式为碑文。《坟庙记》云：武肃王坟山并祠堂在县城内，计二顷四十五亩二角五十步，看管罗青、吴赞。东至县子城，西至县墙，南至官街火星池，北至大溪庙基，计一十一亩，祠堂基计九亩二角三十步，庙后坟山地计一百四十亩二角。又云：里城东桑园地计七十亩，祠堂西桑园地计一十四亩二角二十步。墓南向，后坐安国山，即茅山也。前对功臣山，山上有一塔，为功臣塔，甚耸秀。墓茔左右有龙虎沙两条回抱，前神道碑已倒，一字无存，华表一对，石马、石羊、石虎俱全，石翁仲两对，石将军一对，享堂五楹，其中供奉武肃王木主，以文穆、忠献、忠逊、忠懿四王配享。享堂之东数武有关帝庙，即吴越之太庙也，今居民尚称之曰太庙山，庙后有石室，即所谓五祖祏也。墓门之前，即是大街。泳谨案：武肃王墓载于《浙江通志》、《杭州府志》、《临安县志》及《吴越备史》、《十国春秋》、《五代史记》诸书。宋时墓基并祠堂，据碑记载有二顷四十五亩二角五十步，其四至余地，皆历历可考。元、明以来如旧。弘治间，邑令王公翔凤、毛公忠相继知县事，尝为置立屋舍栅门，令人看守，禁止作践，春秋设祭。后被土人将墓上东西龙印二山及甬道左右，各筑墙垣，占为园圃，锄犁耕种，放牧牛羊。正德十二年五月，经临安县省祭官陈天显、高燧等十三人禀呈于浙江按察金事许公赞，批发临安县查勘申详，得侵占人犯盛金等三十四人，即会同署印知事王儒及儒学掌印官，丈量清理，追出山田地荡共四十四亩五分零，不许占种，立石为界。即将盛金等分别治罪，其各地上原造小房，令其拆卸，仍将丈量细数并招情绘图，备行儒学收掌。饬本县知县廖瑜支给官银，于冢前临街建立大门三间，周围筑卫墙垣，又造享堂三间，拜台一所，着本县城隍庙护印道士梁元崇看守，给帖付照。嘉靖十八年二月，裔孙刑部郎德洪等又请于巡按浙江监察御史傅公，即批本县查勘清理，又命会稽裔孙生员莊守墓。以旧时祭费不敷，于本县祠典内每年增设祭仪，春秋二仲致祭，每祭照乡贤名宦品物，外加帛四端，共计银四两。议将种地山民编为茔户，专管护，其荒秽不治，坐之以罪。墓域地形周围五百一十步，并令多植松柏，以壮观瞻。至隆庆二年间，又被土民吴阿五等三十人占据，并毁坏石器，私创淫祠，复经裔孙彪题呈于巡按浙江监察御史李公，批准清查。遂限侵占之人立书退状，将所占之地还官，着守祠人照址管业，其久住房屋并山田、鱼池等俱令纳租，以为祭费。崇祯初，又被土民赵应元、王七等盗斫松树，裔孙简讨国本、受益等又呈于钦差督抚军门张公，勒石禁约，以惩侵盗，又批准下县国朝以来，坟庙无恙，子孙虽散处四方，未能年时祭扫而春秋享祀不绝。泳于嘉庆元年在两浙转运使幕中，往临安瞻拜第一次。道光三年，由吴门至杭州，瞻拜第二次。十一年，又偕族弟懋溪瞻拜第三次则知于七年七月，为住祠人唐阿七勾结县书张德铨等，盗伐墓上大松五株，本邑裔孙振礼、锦昌等具呈县主，讵德铨朦混，谓以此为变卖充公之用，反将振礼等七人管押勒结。于是裔孙生员丹陛、大聚等又上控，经杭州府知府成公亲提严讯，追价在案。时泳以惠山家祠未曾竣工，因循至十二年冬，始与族人松坡、荫轩、懋溪、佩之、砚茶辈酬费兴修，而太仓宗人伯瑜观察名宝琛者，正为浙江粮储道，将除云南按察使，亦有所捐，共得三百余两，重建照墙石库门，上署"钱武肃王神道"六字，而再立墓前大碑，题曰"唐故天下兵马都元帅尚父守尚书令兼中书令吴越国王谥武肃钱王之墓"三十字，又于东会锦门口立一碑，曰"钱武肃王故里"六大字。时以经费不敷，仅将祠堂添瓦小修，神牌更正，而甬道上之苍苔瓦砾，神宫前之积水潆洄，未能挑浚一律扩清，此十四年四月事也。至十五年春，泳偕诸宗人祭埽，则知伯瑜廉访又擢浙江布政使矣。是时地方大吏正入奏大修海塘，其钦差大臣为歇县吴退旃都宪，与泳本旧好，遂面递一呈，请修先墓。至次年海塘工竣，奉旨钦颁"朝宗效祉"四字额，恭悬祠内。而都宪还朝，先捐白金百两为倡，自是抚、藩、臬、运以及两浙诸观察各有所捐，合一千七百余两。正欲兴修，而为伯瑜方伯借挪先修会稽祠墓。至十六年，方伯始饬临安县知县冯云祥再修，清出胡姓所占东南角竹园一所，于东边照墙上再建一石库门，稍肃观瞻而已。

广 陵 郡 王 墓

广陵郡王讳元璙，武肃王第六子。石晋时为中吴军节度使，加检校太师，兼中书令。天福七年五月薨，以王礼葬于吴县南宫乡楞伽山之原，即今之南横山。〔王〕（玉）济之《姑苏志》及《苏州府志》俱以为忠献王者，悮也。墓久湮没，并无碑志，惟存翁仲、石将军、麒麟数事而已。嘉庆初年，为广东嘉应州军犯张乐真盗葬。至十五年春，余与族弟槃溪不忍坐视，首发其事，控诸县府，自此涉讼二年，卒为清复，至今祭之；而广陵嫡支子孙居浙江之象山县者最盛，而未之知也。余尝赋诗云："荐福山前落日迟，我来祭扫又何辞。螭头有石眠荒草，马鬣无封记断碑。小子尚能清谱牒，时泳正修广陵王一支之谱及广陵王墓域志。诸孙早为建崇祠。槃溪新建五王祠堂，以广陵王、威显公为配飨。王灵赫赫今如在，为祝山神好护持。"

文 穆 王 墓

先文穆王墓在钱塘县龙山之原，今名玉皇山。后晋天福七年二月十九日敕葬。旧时墓基有三百余亩，前案登云山，外案浙江会稽诸山，历历可数。墓前二百步外有神道碑一座，龟趺螭首，地名头城门，盖当时尚有墓城也。宋熙宁十年，郡守赵清献公抃以钱氏坟庙芜废，奏改废刹妙因院为表忠观，即在墓左，苏文忠公轼为作碑文。终宋之世，坟庙无恙。元时毁于兵火，则观废而墓存。明正德十二年，浙江按察使许公赞始为清理，已被土豪江氏占葬，图蔽所侵，谬指他向，十余年不决。至嘉靖十年,裔孙德洪、大经、应扬、邦祥、楞等复呈监司,请掘圹志以为验。于时御史王公继礼、金宪王公臣移文杭州守娄公至德,发土夫百余人,而郡佐敖公文瑞、刘公望之躬执畚锸以从事,十日而志见,乃命七日不掩筑,纵民来观,以示征信。远近相闻,扶老携幼,焚香罗拜,观者塞途。其明年,德洪请诸高陵吕柟大书"吴越国文穆钱王墓"八字,而浙江提学佥事林云同暨钱塘知县王钺为之刻石,即今墓前所立者是也。国朝康熙三年,奉文清丈,而旧时墓基所有三百余亩者,惟存十之一矣。雍正六年间,为土民先后盗卖。至九年,又有土豪孙兰台之故父贪涎风水,盗葬其亲,并将墓前石人、石兽及华表并天下兵马都元帅牌坊石柱等尽皆毁埋,以图灭迹。爰有二十六世孙志成者,于乾隆三年四月控县,为吏胥得贿蒙蔽,迟延不结,志成愤而成疾,郁郁以死。旋有二十七世孙时号心湖者,体志成之志,刈力扩清,又为弓算经承与管坟人王君瑞父子及族逆钱在中等通同作弊,讼延至二十六年。心湖抱愤无告,忽奋然起曰:"明春车驾南巡,吾当叩阍与孙氏权轻重耳。"孙故富家,闻之大惧,而当事亦恐负废弛之咎,俾通省理事同知纳公兴安治其事,即锁押王君瑞父子及钱在中、孙兰台等,一讯而明,立限孙氏及盗葬者三十余家统于十日内起迁,清出坟山二十八亩九分有零,另请归额,其案始定。今之得以春秋祭扫者,心湖力也。嘉庆初年,泳游两浙都转运使幕中,岁时往拜。至十三年春,又捐钱三十千文,而与住杭诸宗人劝资增筑石冢,计周围十六丈,高八尺余,上覆以土,亦四尺许,而请巡抚阮公元书碑立石,冀垂永久。道光十七年,宗人宝琛为浙江布政使,瞻拜墓下,命族人廷烺、廷燻、治增等又修之。

忠 献 王 墓

忠献王墓在文穆王墓西,两墓并列,仅隔一山,其神道碑一座,在今玉屏峰下。明成化间,先为太常吴诚占葬,由吴墓北行数十步,为江氏坟堂,坟堂之后有一涧水,甚清澈,再上数十步,有平坡,即忠献墓域也,松楸郁然,并无封冢。又上数十级,为嘉靖中宫保尚书江澜之墓。相传江氏占葬时，既将神道碑文毁灭，而墓之左右前后皆为江氏所有，其时子孙亦有控县者，而江氏势焰甚盛，既不能复，又坐诬告，流戍金陵，土人至今尚目为江半朝。旧有墓基三亩，国初犹为钱氏办粮，雍正八年，江氏一并盗买，竟无从识认矣。乾隆五十九年三月，锡山裔孙天球、文炳、俊选等同来祭扫，见平坡上有洞穴，疑为隧道，即呈之杭州太守李公亨，特立碑表志，谕钱塘知县邓公云龙亲勘立界，有案存焉。自神道碑至墓基，计二百四十步。

忠 逊 王 墓

忠逊王墓在会稽县南秦望山北，地名昌源，今误为桑园。《嘉泰会稽志》亦云在昌源坂，《流光谱》云在石伞峰大石屏之下，今土人谓之田螺石是也。案元至元中，有西僧杨琏真伽将发宋诸陵，浙东西骚动，大家之墓，各将石器埋藏，伐松平冢，恐罹此厄，墓之荒废，当在是时。宋末林景熙诗云："牛头一星化为石，千仞峻增垂铁脊。隆隆隐隐佳气藏，列峰环拱效圭璧。"又裔孙养廉诗云："零落穿碑春雨里，埋藏卧马夕阳边。"细味二诗，其墓在田螺石下无疑矣。国初为邑人屠氏所得，造为坟墓，松楸已高，幸正域尚存，惟存两石柱。道光三年三月初六日，泳游天台回，路过会稽，尝同宗人云亭、菊之辈，放舟入山，至昌源坂，拜墓下，纪以诗云："扁舟出城南，双桨如轻翮。乍过樵风泾，悠然入深碧。携我绿玉杖，著我游春屐。来看射的峰，更上田螺石。峭壁何峥嵘，飞泉乱喷激。祐室已无踪，墓门亦残阙。忆昔先让王，践祚方六月。祸起碧波亭，一朝弃簪笏。犹幸骨肉恩，爱护同毛发。迁徙镇东车，竟入神仙窟。诗酒乐余年，子孙满朝籍。至今越州民，思念犹未歇。以上诸事俱见《吴越备史》。遥遥七百载，几见沧海易。何况古墓田，松楸异今昔。翁仲既无语，桑精岂能白。亦有父老言，此中是真域。清酒谁荐芳，乌啼自朝夕。四山落苍翠，满路生荆棘。一顾三回头，行者咸叹息。我来昌源坂，凭人问遗迹。径窄滑苍苔，马鬣终难识。古寺留斜阳，钟声送行客。谓显圣寺。款款信归桡，镜湖水流急。"至十六年冬，有宗人宝琛为浙江布政使，泳遂告之，始知是墓所以荒废之故,旋命绍兴太守及山阴、会稽两邑宰勘明清丈,表志立碑。

忠 懿 王 墓

先忠懿王墓,据《宋史》在河南洛阳县邙山贤相里之陶公原,而《河南通志》、《河南府志》俱失载,何也?案靖康之乱,吾钱氏合族俱随高宗南渡,居于江浙两省者十之八九。绍兴元年,荣国公忱奉母贤穆大长公主定居台州,时金人盘踞汴梁,不能往祭,故又立忠懿王衣冠墓于天台,以便春秋奉祀,惟旧时谱牒无一言及者。乾隆五十九年春,钱塘袁简斋先生游天台,见有一碑,大书"宋秦国忠懿钱王墓"八字,卧于路旁,亦明嘉靖中裔孙德洪立。先生有诗云:"天台路旁古墓欹,大书忠懿钱王碑。更书南京尚宝吕,为十七世德洪题。其圹旁隆中洼陷,颇似发掘遭赤眉。在昔钱王薨逝后,宋主恩礼无少衰。赐葬洛阳贤相里,不闻此地曾舆机。或者子孙衣冠葬,七百载事难参稽。从来正史与碑碣,往往传闻多异词。崇韬枉哭子仪墓,安生误受熊光欺。我非成精老桑树,难呼翁仲说是非。且题数行书所见,郢书燕说存其疑。"道光三年,泳游天台,遍求不得,问山僧,亦无知者。他日当再为寻访,扶其碑而树之。

会 稽 郡 王 墓

先六世祖宋驸马都尉、会稽郡王暨贤穆大长公主合葬之墓,在天台县西北三十里,护国寺东五百步,凤皇山之阳。泳谨案,郡王以靖康元年十月六日薨于汴京赐第,年七十二。未几,金人入汴,二帝北巡,高宗即位于南都。建炎二年五月,王长子荣国公忱等奉母贤穆与郡王灵辅奔江南,权厝于丹徒县之南山,以一弟守之,即奉贤穆避浙东,旋迁台州。高宗既定鼎杭州,即台城赐公主营第。绍兴十二年冬,皇太后銮舆北归,贤穆欢呼大喜,乃求入觐。或谓主年高,恐撄寒暑。主曰:"吾蒙上恩至深,自恨老矣,不获春秋时见,今国有大庆,可即安不一贺天子乎?"遂行,既至临安,见上并见太后,相为涕泣,上与太后遣使劳问，相望于道。居数日，主寝疾，上趣国医诊视，疾少间。
十一月壬寅，忽索衣冠，命汤沐，端坐而薨，年八十有四。其明年九月
十三日，先有旨迁郡王灵輀与贤穆合葬焉，事具家传。道光三年二
月，泳游天台，亲拜墓下，荒凉不堪，墓前石坊已圮，仅存两石柱，中间
甬道有巨碑，上刻"会稽郡钱王墓"六字，明嘉靖间，余姚裔孙刑部郎
德洪立，而郡王冢封已洼陷如坎窖，似久无人祭扫矣。为感叹者久
之。归而告诸宗人，适是年江南水灾，莫有应者。至五年九月，始往
重修，凡费白金三百两有奇，半皆出自宗人捐助，亦以十三日筑成，并
访得郡王长子少保泸州军节度使荣国公忱墓在护国寺东北山之麓，
及三子德庆军节度使赠咸宁郡王愐墓在护国寺西半里许大岭山之
阳，即泳本房祖也。又荣国第三子观文殿大学士忠肃公端礼墓在护
国寺前山，其子越州安抚使笃墓在桃源山，与其孙左丞相赠太师魏国
忠靖公象祖墓在忠肃墓东偏，凡五所，俱高其冢封，立碑表志，祭奠而
归。呜呼！先世自武肃王以布衣提三尺剑，镇十四州，保民立国，传
子及孙，至忠懿王顺天纳土，泽及云礽，功德著于史册，自古莫有伦
比。故国家有祀祭之典，官吏有防护之册，而为之子孙者，岂忍听其
荒废不治而漠然置之耶！且武肃王后，惟忠懿一支子孙最盛；忠懿之
后，惟会稽一支子孙最盛。今江浙郡县奚啻数百万家，皆郡王嫡支
也，竟无一人为道之而祭之者，亦奇矣哉！

宋　六　陵

　　宋六陵者，高宗、孝宗、光宗、宁宗、理宗、度宗也，俱在会稽县宝
山，今名为攒宫山。乾隆五十七年三月，余随绍兴太守李公往拜之。
按六陵，元顺帝至元中有西僧杨琏真伽者，恃恩横肆，为江南总统，与
会稽天衣寺僧福开及剡之演福寺僧允泽，带同西僧及部领无赖人等，
诈称朝廷有旨，以杨侍郎、汪安抚侵占寺地为名，群拥陵上。时有陵
使中官罗铣者拒之，两相争执，群夫拥而殴之，罗大哭而逃逸。先发
宁宗、理宗、度宗、杨后四陵，劫取宝玉极多，而理宗之陵所藏尤厚，启
棺之初，有白光竟天，盖宝气也。复发徽、钦、高、孝、光五帝及孟、韦、

吴、谢四后之陵,浙东之民莫敢言者。时有唐、林两义士于暗中醵金以收真骨,一一表识,葬于天章寺旁,以冬青树识之。后真伽事败,其资皆籍没入官,理宗头颅亦入宣政院,以赐所谓帝师者。危素在翰林时,偶燕见,备言始末,帝太息者久之。至明太祖洪武二年,诏下北平,返理宗头颅葬旧陵,而天章寺之真骨亦得归葬,仍名六陵。其明年,即有旨遣官访历代帝王陵寝,令各行省臣同诣所在,审视陵庙,并图以进。于是浙江行省绘图奏上,始行建复,终明之世,禁人樵采。本朝雍正七年三月,钦奉上谕,饬令该地方官于宋高宗以下六陵加意防护,故春秋祭祀,至今犹不废云。

卷二十　园林

澄　怀　园 京师

澄怀园在圆明园东南隅，每年夏月，车驾幸园，尚书房暨南书房诸臣侍直之所。芳塘若镜，红藕如船，杰阁参差，绿槐夹道，真仙境也。余尝于嘉庆十四年七月，相国英公有笔墨事见嘱，小寓于此。时公为户部侍郎兼副提督，适姚伯昂、席子远两编修新入南书房，同在近光楼盘桓者四十余日，而上海赵谦士少农亦在园中，读画评书，征歌度曲，殊不知有春明门外十丈红尘也。余时将回江南，因赋七律四首，云："楼前车马响如雷，人在青山紫禁隈。百顷池台因地起，千年云木傍天开。久钦二妙同民部，恰见双星列上台。惟我清闲无一事，独随野鹤步苍苔。有邻园仙鹤常来栖止，飞翔楼下。""蓬莱十日小勾留，喜共群仙会一楼。太液莲华犹自发，蓟门山色最宜秋。仲宣不免思乡泪，郑众偏多为国忧。别院笙歌听未歇，鸡人传唱月如钩。""一番秋雨一番凉，立马重门夜未央。谓英公也。玉露珠圆双阙晓，宫槐花落四蹄香。明朝彩仗应无事，昨夕银河倍有光。我亦相思千里道，欲凭行止费商量。""从今归去听秋声，恰与飞鸿结伴行。云水偶然留雪爪，江天何处觅鸥盟。回思旧事千肠结，乍觉新凉百感生。却羡昆明池上柳，世间离别不关情。"

惠　园 京师

惠园在京师宣武门内西单牌楼郑亲王府，引池叠石，饶有幽致，相传是园为国初李笠翁手笔。园后为雏凤楼，楼前有一池，水甚清洌，碧梧垂柳，掩映于新花老树之间，其后即内宫门也。嘉庆己未三月，主人尝招法时帆祭酒、王铁夫国博与余同游，楼后有瀑布一条，高丈余，其声琅然，尤妙。

万 柳 堂

万柳堂在京师广渠门外，今为拈花寺，余尝往游数次。国初为冯益都相公别业，仿元时廉希宪遗制，亦名万柳堂，当时如毛西河、乔石林、陈其年、朱竹垞辈，皆有诗文纪之。然昔之所谓莲塘花屿者，即今日之瓦砾苍苔也。成亲王有诗云："十日春阴五日雨，崇文门外无尘土。寒草回青趁马蹄，越陌度阡成漫与。居人犹自说冯家，指点荒亭带残堵。野春无门关不住，锁绿惟凭万烟缕。老僧洒扫御书楼，满壁云龙照腾骞。国初笔迹此间多，竹色墙边无片楮。不知秋井几回塌，莓苔掩抑双猊础。故老风流杳可思，词林句律能从古。赋诗饮酒乐承平，揽迥临深慰羁旅。岂无葫芦嘲学士，亦有莲华歌相府。敝车羸马江南客，眼明到此思洲渚。群鸦剩有后栖啼，双燕如看旧时舞。希宪崇情且莫论，淡对凄如别南浦。落花纷纷已觉多，回首东风真莽卤。"以上京师。

随 园江南

随园在江宁城北，依小仓山麓，池台虽小，颇有幽趣。乾隆辛亥春二月初，余始游焉。时简斋先生尚健，同坐蔚蓝天，看小香雪海梅花盛开，读画论诗者竟日。至道光二年九月，偶以事赴金陵，则楼阁倾隤，秋风落叶，又是一番境界矣。其旧仆某尚识余姓名，真所谓"犹有白头园叟在，斜阳影里话当年"也。近年闻先生长君兰村又葺而新之，游人杂遝矣。

张 侯 府 园

张侯府园在江宁府城东，国初为靖逆侯张勇所建，今为刘观察承书得之。园不甚广，大厅东偏有赐书楼一座最高，可以望远，万家烟火，俱在目前，亦胜地也。其他如邢氏园、孙渊如观察所构之五松园，皆有可观。邢氏园以水胜，孙氏园以石胜也。以上江南。

乐　　圃 苏州

毕秋帆尚书为陕西巡抚时，尝买得宋朱伯原乐圃旧地，引泉叠石，种竹栽花，拟为老年退息之所，余为辑《乐圃小志》二卷赠之。尚书殁后，家产入官，无托足之地，一家眷属尽住圃中，可慨也已。案乐圃五代时为吾家广陵郡王金谷园遗址，伯原增筑之。元时为张适所居，明成化间又为杜东原所有，申文定公致仕后，又构得之。有赐闲堂、鉴曲亭、招隐榭诸胜。尝赋诗云：“栖迟旧业理荒芜，徙倚丛篁据槁梧。为圃自安吾计拙，归田早荷圣恩殊。山移小岛成愚谷，水引清流学鉴湖。敢向明时称逸老，北窗高枕一愁无。”又有《园居》诗云：“乐圃千年迹，萧斋五亩身。蓬蒿常谢客，花竹总宜人。清旷怀长统，风流属季真。临溪时独钓，吾自老丝纶。”其二云：“投老身犹健，探幽兴未阙。花神催烂漫，竹使报平安。茂树禽声合，高楼蝶梦残。不知人世上，何处有风湍。”呜呼！文定之与尚书，同是状元，同是一品官，何福命之不相及也！

狮　子　林

狮子林在吴郡齐女门内潘树巷，今画禅寺法堂后墙外。元至正间，僧天如、惟则延朱德润、赵善长、倪元镇、徐幼文共商叠成，而元镇为之图，取佛书“狮子座”而名之，近人误以为倪云林所筑，非也。明时尚属寺中，国初鞠为民居，荒废已久。乾隆廿七年，纯皇帝南巡，始开辟薙草，筑卫墙垣。其中有狮子峰、含晖峰、吐月峰、立雪堂、卧云室、问梅阁、指柏轩、玉鉴池、冰壶井、修竹谷、小飞虹、大石屋诸胜，湖石玲珑，洞壑宛转，上有合抱大松五株，又名五松园。后为黄小华殿撰府第。其北数百步，有王氏之兰雪堂、蒋氏之拙政园，皆为郡中名胜。每当春二三月，桃花齐放，菜花又开，合城士女出游，宛如张择端

《清明上河图》也。余二十许时尝往游焉,作《狮林竹枝词》云:"兰雪堂前青草蕃,蒋家三径亦荒园。寻春闻说狮林好,借问谁家黄状元。""虬须园子倚门边,分得秋娘买粉钱。入门疑到天台路,且避前头两少年。""苍苔新雨滑弓鞋,斜倚阑干问小娃。曾记飞虹桥畔立,不知谁拾凤头钗。""一双绣袜污泥溅,日暮归来空自怜。不是贪游生小惯,明朝还上虎丘船。"

拙 政 园

拙政园在齐门内北街,明嘉靖中御史王献臣筑,文待诏有记。御史殁后,其子好撙蒱,一夕失之,归于徐氏。国初为海宁陈相国之遴所得,未几,以驻防兵,圈封为将军府。园内有连理宝珠山茶一树,吴梅村祭酒有诗纪之。迨撤去驻防,又改为兵备道行馆,既而为吴三桂婿王永康所居。三桂败事,乃籍入官。康熙十八年,改苏松常道新署,旋复裁缺,散为民居,后归蒋太守棨,改名复园。春秋佳日,名流觞咏,有《复园嘉会图》。太守殁后,非复旧时景象。嘉庆中为海昌查愉余孝廉所得,修葺年余,顿还旧观。今又归当湖吴菘圃相国家,为质库矣。

归 田 园

归田园在拙政园东,仅隔一墙,明季侍郎王心一所构,中有兰雪堂、泛红轩、竹香廊诸景。今王氏子孙尚居其中。相传王氏欲售于人屡矣,辄见红袍纱帽者隐约其间,或呼啸达旦,似不能割爱者,人亦莫敢得也。余少时尝见侍郎与蒋伯玉手札,其时在崇祯十六年之十二月廿四日,书中言小园一花一木,皆自培植,乞分付园丁,时加防护云云。其明年,侍郎即归道山,宜一灵之不泯耳。

息 园

息园即顾氏依园旧址,族弟槃溪购而葺之。中有妙严台,相传为梁简文帝女妙严公主葬此。嘉庆十三年，浚池得古碣，是四至界牌，知唐、宋时尚有防护也。十六年，又添建先武肃以下五王家庙于前，北向，有江苏方伯庆公碑记。按府志，宋信安郡王孟忠厚府在闾丘坊巷，有藏春园，或即其地也。其东为秀野园，康熙中翰林顾嗣立所居，有"秀野草堂"额，一时名士如朱竹垞、韩慕庐辈，俱有诗纪之。

绣　谷

绣谷在阊门内后板厂，国初朔州刺史蒋深筑。初刺史之祖垄，成进士后，隐居读书，偶课园丁薙草，土中得一石，有"绣谷"二字，作八分书，遂以名其园。园中亭榭无多，而位置颇有法，相传为王石谷手笔也。康熙三十八年己卯，刺史尝集郡中诸名宿作送春会，坐中年最长者为尤西堂、朱竹垞两太史，张匠门、惠天牧、徐澄斋诸先生尚为诸生，画师则王石谷、杨子鹤，方外则目存上人。是时沈归愚尚书年才二十七，居末座。赋诗作画，为一时之盛。刺史之子仙根亦好风雅，乾隆二十四年，又作后己卯送春会，则以尚书为首座矣。世传《张忆娘簪花图》，即于是园作也。嘉庆中，为叶河帅观潮所得；道光初，又归南康谢椒石观察，作板舆之奉；今又为婺源王氏所有矣。先是蒋氏欲将是宅出售他姓，犹豫未决，为问于乩仙，仙判一联云："无可奈何花落去，似曾相识燕归来。"是宋人晏殊句也，而不解其义。迨归叶氏，则上句应矣；后叶氏转售于谢，谢又售于王，则下句应矣。异哉！

怀　云　亭

怀云亭在东白塔子巷，乾隆间郡人沈观察某占买大乘庵旧基，而造为园宅，未及三十年，而售于周勖斋太守。太守复拓而广之，颇有幽趣，改名朴园。有一峰名归云，甚峭。其东为蒋氏种梅亭。春时百花齐发，群艳争芳，系乐安全盛时四十八第之一，今归潘氏，为古香亭。

瞿　　园

瞿园即宋氏网师园故址，嘉定瞿远村氏增筑之，其西数十步，即前大宗伯沈归愚先生旧宅也。嘉庆戊寅四月，余尝同范芝岩、潘榕皋、吴槐江诸先生看园中芍药，其花之盛，可与扬州尺五楼相埒。范有诗云："看花车马声如沸，谁问尚书旧第来。"今又归天都吴氏矣。

涉　　园

涉园在新桥巷东，郡人陆闇亭太守所筑。园不甚广，东近城垣，有小郁林、观鱼槛、吾爱亭、藤花舫、浮红漾碧诸胜。近为崇明祝氏别墅。

逸　　园

逸园在吴县西脊山之麓，康熙中孝子程文焕庐墓之所。右临太湖，左有茶山、石壁诸胜，每当梅花盛开，探幽寻诗者必到逸园。其主人程在山先生名钟，即孝子孙也，少工诗，同邑顾退山太史择为佳婿。太史之女曰蕴玉者，自号生香居士，亦能诗，与在山更唱迭和，较赵凡夫之与陆卿子殆有过之。在山尝有诗云："空斋尽日无人到，惟有山妻问字来。"可想见其高致也。当时如沈归愚大宗伯、彭芝庭大司马、金安安廉访诸老，入山探梅，辄留宿园中。余年十二三时，尝随先君子游逸园，并见先生及生香居士，其所居曰生香阁，阁下为在山小隐，琴尊横几，图籍满床。前有钓雪槎，其西曰九峰草庐、白沙翠竹山房、腾啸台，下临具区，波涛万顷，可望缥缈、莫厘诸峰，虽员峤、方壶，不是过也。嗣生香没后，在山亦旋卒，一子尚幼，为地方官买得而造行宫，则向之亭台池馆，皆化而为方丈瀛洲矣。乾隆四十五年，高宗纯皇帝南巡，驻跸于此，有御制诗五古一首，其结句云："园应归故主，吾弗更去矣。"回銮后，此园遂废。今隔四十年，已成瓦砾场，无有知其处者。

灵 岩 山 馆

灵岩山馆在灵岩山之阳西施洞下，乾隆四十八九年间，毕秋帆先生所筑菟裘也。营造之工，亭台之胜，凡四五载而始成。至五十四年三月，始将扁额悬挂其门，曰"灵岩山馆"，先生自书，下有一联云："花草旧香溪，卜兆千年如待我；湖山新画障，卧游终古定何年。"二门曰"钟秀灵峰"，乃阿文成公书，又一联云："莲嶂千重，此日已成云出岫；松风十里，他年应待鹤归巢。"自此蟠曲而上，至御书楼，皆长松夹道，有一门甚宏敞，上题"丽烛层霄"四大字，是嵇文恭公书。楼上有楠木橱一具，中奉御笔扁额、福字及所赐书籍、字画、法帖诸件，楼下刻纪恩诗及谢表稿，凡八石。由楼后折而东，有九曲廊，过廊为张太夫人祠，由祠而上，有小亭曰"澄怀观"，道左有三楹，曰"画船云壑"，三面石壁，一削千仞，其上即西施洞也。前有一池，水甚清洌，游鱼出没可数，其中一联云："香水濯云根，奇石惯延采砚客；画廊垂月地，幽花曾照浣纱人。"池上有精舍曰"砚石山房"，则刘文清公书也。其明年庚戌二月十四日，余与张君止原尝邀王梦楼太守、潘榕皋农部暨其弟云浦参军，及陆谨庭孝廉辈，载酒携琴，信宿其中者三日，极文酒之欢。至嘉庆四年九月，忽有旨查抄，以营兆地例不入官，此园尚无恙也。自是日渐颓圮，苍苔满径，至丙子年间，为虞山蒋相国孙继煊所得，而先生自出镇陕西、河南、山东、两湖，计二十余载，平泉草木，终未一见，可慨也。道光甲申八月，余偶过是园，回思庚戌之游，屈指已三十四年矣。为题四绝云："卖去灵岩一角山，园门已付老僧关。林泉也自遭磨折，笑我重来鬓亦班。""忆昔春游花正红，曾随杖履殿诸公。坐中最羡三松树，依旧掀髯倚碧空。谓榕皋先生。""云壑巍然绝世奇，当年亭榭半参差。此中感慨谁能悉，试问墙间没字碑。旧时石刻俱已磨去。""眼前富贵总堪哀，世事无如酒一怀。却喜今朝风日好，山灵应为故人来。"

寒 碧 山 庄

寒碧山庄在阊门外花步洞庭,刘蓉峰观察所筑,园中有十二峰,皆太湖之选。道光三年,始开园门,来游者无虚日,倾动一时。

水 木 明 瑟 园

明瑟园在上沙,初吴江高士徐介白隐居于此,后郡人陆上舍穑增拓之,遂称胜地,秀水朱竹垞检讨为作《明瑟园赋》,后复荒芜。乾隆五十二年,其族孙万仞尝得王石谷所绘园图见示,余为补书朱赋于后。忽忽三十年,又为毕秋帆尚书营兆地,今且松籁如怒涛声矣。以上苏州。

东 皋 草 堂 常熟

东皋草堂在常熟大东门外,明左少参瞿汝说所筑,子稼轩先生式耜增拓之,有浣溪草堂、贯清堂、镜中来诸景。稼轩官户科给事中,本朝顺治三年,以议立永明王事,留粤东西数年,此园遂废。其子伯申守之,吴梅村祭酒有《后东皋草堂歌》七古一首,为伯申作也。近为赵叔才文学所购,亭台树石,犹有存者。道光癸未四月,余偕蕴山弟往游,烹茶坐话,有沧桑之感焉。

壶 隐 园

壶隐园在常熟县西门内致道观西南,明左都御史陈察旧第。嘉庆十年,吴竹桥礼部长君曼堂得之,筑为亭台,颇有旨趣,其后即虞山也。越数年,复得彭家场空地,亦明时邑人钱允辉南皋别业旧址,造为小筑田园,种竹养鱼,亦清幽可憩。

燕　谷

燕谷在常熟北门内令公殿右，前台湾知府蒋元枢所筑。后五十年，其族子泰安令因培购得之，倩晋陵戈裕良叠石一堆，名曰燕谷。园甚小，而曲折得宜，结构有法。余每入城，亦时寓焉。以上常熟。

康　山扬州

康山在扬州徐宁、阙口两门之间，相传为明状元康对山读书处，故名。余每至邗上，必偕友游康山，作半日清谈。其主人为江鹤亭，名春，初为仪征诸生，能诗，工于制艺，当时与天台齐次风齐名，风格高迈，一时名士皆从之游。余于嘉庆二年始到康山，鹤亭已没，见其子吉云。今阅三十年，复见其孙守斋矣。

小玲珑山馆

扬州马主政名曰琯，字秋玉，住东关街。好古博雅，考校文艺，评骘史传，旁及金石、书画、鼎彝、古玉、玩器诸物，与其弟曰璐俱能诗，好客，为东南坛坫。所居曰小玲珑山馆，有看山楼、红药阶、七峰草堂、清响阁、藤花书屋、丛书楼、觅句廊、浇药井、梅寮诸胜。今亭榭依然，惜非旧主人矣。

双 桐 书 屋

双桐书屋即王氏旧园，关中张氏增筑之，在左卫街。园门北向，进门转右有竹径一条，由竹径而入，小亭翼然，亭中四望，则修桐百尺，清水一池，曲径长廊，奇花异卉，真城市中山林也。余于嘉庆初始至扬州，园主人张丈琴溪辄来相招，极一时文酒之乐。今垂三十余年，则亭台萧瑟，草木荒芜矣。岂园之兴废亦有数欤？

片石山房

扬州新城花园巷又有片石山房者,二厅之后,湫以方池,池上有太湖石山子一座,高五六丈,甚奇峭,相传为石涛和尚手笔。其地系吴氏旧宅,后为一媒婆所得,以开面馆,兼为卖戏之所,改造大厅房,仿佛京师前门外戏园式样,俗不可耐矣。

江 园

扬州江畹香侍郎家有一园,在阙口门大街,回廊曲榭,花柳池台,直可与康山争胜。中有黄鹂数个,生长其间,每三春时,宛转一声,莫不为之神往。余尝与中丞之侄元卿员外把酒听之。未三十年,侍郎、员外叔侄相继殂谢,此园遂属之他人。余每过其门,不胜惘惘。

静修俭养之轩

静修俭养之轩在齐宁门内,鲍肯园赠公所筑。四围楼阁,通以廊庑,阶前湖石数峰,尽栽丛桂、绣球、丁香、白皮松之属。余于壬午、癸未两年,寓其中最久,每逢花晨月夕,坐卧窗前,致足乐也。

樗 园

樗园在广储门内。嘉庆甲子、乙丑间,吴门王铁夫学博为仪征书院山长,寓此最久,同时汪浣云、华吉崖亦尝寓焉。

平 山 堂

扬州之平山堂,余于乾隆五十二年秋始到,其时九峰园、倚虹园、筱园、西园、曲水、小金山、尺五楼诸处,自天宁门外起,直到淮南第一观,楼台掩映,朱碧鲜新,宛入赵千里仙山楼阁中。今隔三十余年,几成瓦砾场,非复旧时光景矣。有人题壁云:"楼台也似佳人老,剩粉残脂倍可怜。"余亦有句云:"《画舫录》中人半死,倚虹园外柳如烟。"抚今追昔,恍如一梦。

九　峰　园

扬州九峰园,奇石玲珑,其最高者有九,故以名园,相传皆海岳庵旧物也。高宗南巡见之,选二石入御苑,止存七峰,近又颓废,不过四五石而已。高东井有诗云:"名园九个丈人尊,两叟苍颜独受恩。也似山王通籍去,竹林惟有五君存。"以上扬州。

锦　春　园瓜州

锦春园在瓜州城北,前临运河,余往来南北五十余年,必由是园经过。园甚宽广,中有一池,水甚清浅,皆种荷花,登楼一望,云树苍茫,帆樯满目,真绝景也。高宗纯皇帝六次南巡,俱驻跸于此。成亲王有诗云:"锦春园里万花荣,媚景熙阳照眼明。百里蜀冈遥挹翠,一渠邗水近涵清。独怜废砌横今古,颇见幽篁记姓名。来日江船须早放,倚阑愁绝莫风生。"

朴　园仪征

朴园在仪征东南三十里,巴君朴园、宿崖昆仲以其墓旁余地,添筑亭台,为一家子弟读书之所,凡费白金二十余万两,五年始成。园甚宽广,梅萼千株,幽花满砌,其牡丹厅最轩敞,吴山尊学士书楹帖一联云:"花候过丁香,喜我至刚逢谷雨;仙根依丙舍,祝君家看到仍云。"有黄石山一座,可以望远,隔江诸山,历历可数,掩映于松楸野戍之间,而湖石数峰,洞壑宛转,较吴闾之狮子林尤有过之,实淮南第一名园也。道光癸未秋九月,余自邗上往游,与童君石林、张君石樵辈信宿其中,得十六景,有梅花岭、芳草垞、含晖洞、饮鹤涧、鱼乐溪、寻诗径、红药阑、菡萏轩、宛转桥、竹深处、识秋亭、积书岩、仙棋石、斜阳坂、望云峰、小渔梁诸名目,各系一诗,刻石园中。

珠　媚　园 通州

珠媚园在通州城东北隅。有州人王景献者,尝为广州太守,得前明顾大司马旧第,为增筑之,极池台花木之胜。其正中为花对堂,堂前大紫薇二株,海内罕见,明时植也。壬午三月,余由福山渡海到州城,时泗州陈雨峰为狼山总镇,嘉兴冯椒园为州刺史,置酒园中,欢会竟日,因书四绝句云:"辟疆旧有小峰峦,筑就平泉滞一官。斯事原来千古恨,空留花木让人看。""万个竹同文太守,一拳石肖李将军。探幽莫讶淮东少,如此名园自不群。""一湾春水曲通池,池上桃花红几枝。为语园丁好培植,再栽垂柳万千丝。""朱廊寥落莫云多,满径苍苔绊薜萝。置酒匆匆人欲去,紫薇花发再来过。"

文　园 如皋

如皋汪春田观察,少孤,承母夫人之训。年十六以资为户部郎,随高宗出围,以较射得花翎,累官广西、山东观察使,告养在籍者二十余年。所居文园,有溪南、溪北两所,一桥可通。饮酒赋诗,殆无虚日。惟求子之心甚急,居常怏怏不乐。道光壬午三月,余渡海游狼山,将至扬州,绕道访文园,时观察年正六十,须发皓然矣。余有诗赠之云:"问讯如皋县,来游丰利场。两园分鹤径,一水跨虹梁。地僻楼台静,春深草木香。桃花潭上坐,留我醉壶觞。""曲阁飞红雨,闲门漾碧流。使君无量福,乐此复何求? 阔别成清梦,相思竟白头。挂帆吾欲去,海上月如钩。"

塔　射　园 松江

松江张氏有塔射园,在东塔弄后,旧为许氏别业,郡人张孝廉维煦购得其半，茸为小园，以近西林寺塔，故名。园中有紫藤花，开时烂漫可观。旧闻昆山徐健庵司寇家有憺园，园西池内有小浮图影，又苏州虎丘有塔影园，此皆近于城市，与塔相近，理或有之。吾乡小马桥有宝泉堂，族曾叔祖蓉峰先生所建，堂前一井，水甚清冽，井中亦有塔影。马桥距锡山五十里，距苏亦五十里，塔影从何而来？此理之不可解者。

啸　　园

啸园在娄县治东，明太仆卿范惟一所筑，内有振文堂、天游阁诸胜。乾隆间沈氏虞扬得之，再为修造，清池峭石，窈若深山，不知在城市间也。

右　倪　园

右倪园在松江府城北门外，沈绮云司马恕所居，今谓之北仓，即姚平山构倪氏旧园而重茸者也。相传元末倪云林避乱，尝寓于此，恐亦附会。园中湖石甚多，清水一泓，丛桂百本，当为云间园林第一。以上松江。

豫　　园上海

豫园在上海城内，明潘恭定公恩之子方伯允端所筑，方伯自有记。其地甚宽广，园中有乐寿堂，董思翁为作《乐寿堂歌》，书于屏障，字径三四寸许，其墨迹至今存焉，余于张芥航先生案头见之。堂前为千人坐，有池台之胜，池边有湖石甚奇峭，名五老峰，有玉玲珑、飞骏、玉华之名，相传为宣和遗物也。今造城隍庙于其中，为市估所占，作会集公所，游人杂遝，妇女如云，医卜星相之流，亦无不毕集，虽东京大相国寺不能过之。

日　涉　园

日涉园在上海县治南，明太仆卿陈所蕴别业，后归陆氏起凤，至其元孙耳山先生锡熊贵，尤增筑之。园中旧有竹素堂，为吴门周天球题，三面临流，最为宏敞。高宗朝，先生以总纂《四库书》成，蒙赐杨基画《松南小隐图》，即以园中传经书屋改为松南小隐，以敬奉之，纪恩也。此园垂二百余年，陆氏至今世守。

吾　　园

吾园在上海城西，邑人李氏别业。得露香园水蜜桃种，植数百树，桃花开时，游人如蚁。园中有带锄山馆、红雨楼诸胜，桃林中筑一亭，二鹤居之，每岁生雏，畜之可爱。

从　溪　园

从溪园在法华镇，亦邑人李氏别业。法华故多牡丹，为东吴之冠，而园中所植者尤蕃茂。花开时，园主人必设筵，宴请当道搢绅辈为雅集焉。以上上海。

三　泖　渔　庄青浦

三泖渔庄在青浦县之朱家角，刑部侍郎王兰泉先生所居也。有经训堂、郑学斋、蒲褐山房诸额。先生博雅好古，尤精金石之学，著有《金石萃编》一百六十余卷，又《湖海文传》、《湖海诗传》共百余卷，皆收罗天下贤豪长者及骚人墨客之作，为东南坛坫。

南　　园太仓

太仓州城南有南园，前明王文肃公所筑，中有绣雪堂、潭影轩、香涛阁诸胜，皆种梅花，至今尚存老梅一株曰"瘦鹤"，亦文肃手植也。余于乾隆庚戌早春，曾同毕涧飞员外过之，已荒芜不堪矣。绣雪堂壁间有"话雨"二字，是董华亭尚书书，左方书"天启丁卯，同陈眉公访逊之山馆听雨题,四月七日其昌",计二十二字,墨沈犹存。道光庚寅冬日,偶见程芳墅所画《南园瘦鹤图》,不胜今昔之感,因书二绝句于后云:"昔年踏雪过南园,古寺斜阳草木繁。惟有老梅名瘦鹤,一枝花影倚颓垣。""相国门庭感旧知,满头冰雪最相思。偶然留得和羹种,曾听前朝话雨时。"王文肃、董文敏与陈眉公三人者最相善,俱年臻大耋。

平 芜 馆_{嘉定}

嘉定有张丈山者,以贸迁为业,产不逾中人,而雅好园圃。邻家有小园,欲借以宴客,主人不许。张恚甚,乃重价买城南隙地筑为园,费至万余金,署曰"平芜馆",知县吴盘斋为作记。遂大开园门,听人来游,日以千计。张谓人曰:"吾治此园,将与邦人共之,不若邻家某之小量也。"识见亦超。

澹 园_{清河}

澹园在清江浦江南河道总督节院西偏,园甚轩敞,花竹翳如,中有方塘十余亩,皆植千叶莲华,四围环绕垂杨,间以桃李,春时烂漫可观,而尤宜于夏日。道光己丑岁,余应河帅张芥航先生之招,寓园中者凡四载,余有《澹园二十四咏》,为先生作也。

长 春 园_{芜湖}

长春园在芜湖北门外,即宋张孝祥于湖旧址,本邑人陈氏废园,山阴陈岸亭先生圣修宰芜湖时,构为别业。园中有鸿雪堂、镜湖轩、紫藤阁、剥蕉亭、鱼乐涧、卓笔峰、狎鹭堤、拜石廊八景,赭山当牖,潭水潆洄,塔影钟声,不暇应接,绝似西湖胜概。曩余楚北往回,屡寓于此,时长君恒斋、次君默斋皆与余订兄弟之好,极文酒之欢。迨先生擢任云南,此园遂废矣,惜哉!后三十年而为邑中王子卿太守所购,故名希右园,有归去来堂、赐书楼、吴波亭、溪山好处亭、观一精庐、小罗浮仙馆诸胜。时黄左田尚书亦予告归来，日相过从，饮酒赋诗，为鸠江之名园焉。

玉玲珑馆 杭州

玉玲珑馆在城南横河桥前，大宗伯姚公立德所居，以窗前有湖石号"玉玲珑"，故名。按此石相传为宋宣和花石纲之遗，本包氏灵隐山庄旧物也，后归沈氏庾园，又归龚侍御翔麟，已屡易主矣。其石高丈许，颇有皱瘦之趣。道光癸巳冬日，余偶访顺德张云巢都转，曾一至焉。

皋园

皋园在清泰门北，俗名金衙庄，以金中丞曾居于此，故名。国初为余姚严少司农沆所构，中有梧月楼、小沧浪、墨琴堂、绿雪轩、芙蓉城、怡云亭诸胜。余以嘉庆元年自半山看桃花回，同海丰张穆庵都转访之，园主人托故不纳，怅然而返。至道光壬辰岁，又为严河帅烺卜筑于此。国初严公官少农，今河帅严公号小农，俱住此园，斯已奇矣。其明年冬，余偶至杭州，又偕范吾山观察访之，甫入门，见丛桂编篱，枯槐抱竹，正顾盼间，园丁出，报云有官眷游园，不便入也。乃知一游一豫，俱有小数存乎其间。

潜园

潜园在张御史巷，其门北向，前仪征令屠琴坞得余姚杨孝廉别业，增筑之。园中湖石甚多，清池中立一峰，尤灵峭，名曰"鹭君"。道光壬辰岁，嘉兴范吾山观察得之，自徐州迁居于此，赋诗云："窗前有石何亭亭，频伽铭之曰鹭君。当时得者潜园叟，太息主客伤人琴。此石之高高丈五，四面玲珑洞藏府。峭然独立波中央，但见群峰皆伏俯。瘦骨棱嶒莫傲人，羽毛为累失秋林。何日出山飞到此，不辞万里同归云。石乎，石乎！何不油然作云沛霖雨，空老荒山吾与汝。安心且作信天翁,莫羡穷鹗衔腐鼠。"

长 丰 山 馆

长丰山馆在涌金门外,郡人朱彦甫舍人得王氏别业而扩充之,盖其先世居休宁之长丰里,故名。园中有搴云楼,六桥烟柳,尽在目前,可称绝胜。舍人豪迈好客,每于春秋佳日,与郡中诸名宿载酒题襟,致足乐也。戊戌六月,余借寓楼上,有诗赠之云:"搴云楼外水如天,楼上团团月正圆。清酒一壶诗百首,全家同泛采莲船。"已上杭州。

倦 圃嘉兴

嘉兴府城西门内有倦圃,即宋岳鄂王孙倦翁珂故宅,圃甚宽广,俨若山林。嘉庆甲子三月,尝同家恬斋过圃中,荒废久矣。近为陈氏所购,葺而新之。据朱竹垞《曝书亭集》所载,有丛菊径、积翠池、浮岚、范湖草堂、静春轩、圆谷、采山楼、狷溪、金陀别馆、听雨斋、橘田、芳树亭、溪山真意轩、容与桥、漱研泉、潜山、锦淙洞、留真馆、澄怀阁、春水宅诸胜,俱仍旧题,为嘉禾胜地。

曝 书 亭

曝书亭在嘉兴之梅会里,朱检讨彝尊筑。仅有一亭,吾乡严秋水先生书额,汪蛟门为集杜诗一联以赠,曰:"会须上番看成竹,何处老翁来赋诗。"嘉庆初,扬州阮云台先生督学浙江,尝过访,既为修葺,又刻集杜一联于石柱,并赋诗纪之。道光七年,东莱吕公延庆知县事,又捐俸重修。

南 园

李元孚名原,嘉兴王店人,通申、韩之学。所居南园,即王复旦梅墅旧迹，在曝书亭后。园中有延青阁、听月廊、潚溪草堂、凉舫、玉兰径、见山亭、梅花岭、桂屏、片云轩、虚舟、息机处、镜香桥、知乐亭凡十三景，元孚俱有诗，命曰《南园杂咏》，诸前辈亦多和作，为一时之盛。元孚殁后，竟成弃地，近复种为桑园。事隔五十年，而元孚尚未葬，停枢园中，可叹也。以上嘉兴。

二 十 五 峰 园 嘉善

二十五峰园，在嘉善县城内环整坊科甲埭，本海昌查氏旧园，有春风第一轩、八方亭、清梦轩、平远楼诸胜，园多湖石，洞壑玲珑。今归苏州汪厚斋氏，终年关锁，命仆守之，三十年来，园主人未尝一至也。

青 藤 书 屋 绍兴

青藤书屋在绍兴府治东南一里许，明徐文长故宅，地名观巷。青藤者，木连藤也，相传为文长手植，因以自号。藤旁有水一泓，曰天池，池上有自在岩、孕山楼、浑如舟、酬字堂、樱桃馆、柿叶居诸景。国初陈老莲亦尝居此，皆所题也，后屡易其主。乾隆癸丑岁，郡人陈永年翁购得之，翁之子侄如小岩、九岩、十峰、士岩辈，皆名诸生，好风雅，始将天池修浚而重辟之，复求文长手书旧额悬诸坐上，即老莲所题诸景亦仍其旧，并请阮云台先生作记，一时游者接踵，饮酒赋诗，殆无虚日。嘉庆戊申，余重游会稽，曾寓于此，为作《青藤书屋歌》云："昔我来游书屋里，青藤蟠蟠老将死。满地落叶秋风喧，似叹所居托无主。今我来时花正芳，青藤生孙如许长。天池之水梳洗出，夭矫作势如云张。花开花落三百载，山人之名尚如在。发狂岂肯让弥衡，醉来直欲吞东海。颖川兄弟荀家龙，买得山人五亩宫。引泉叠石作诗料，三杨七薛将无同。吁嗟乎！石篑石公呼不起，门前走狗何足齿。能令遗迹不湮沦，便是青藤旧知己。况复披榛木栅乡，年年寒食拜斜阳。埠篷迭唱归舟晚，春水桃花何处香。"盖文长无后，有墓在木栅乡，将湮没矣，而陈氏昆仲复为修葺而祭扫之，又文长身后之遇也。

寓　　园

寓园在山阴县西南二十里寓山之麓，明末御史祁彪佳所筑，有芙蓉渡、玉女台、回波屿、梅坡、试莺馆、即花舍、归云轩、远山堂八景。崇祯乙酉闰月六日夜，彪佳衣冠投池殉节于此，其子理孙等遂葬公园旁，今为祠，塑公像，子孙至今守之。以上绍兴。

造　　园

造园如作诗文，必使曲折有法，前后呼应，最忌堆砌，最忌错杂，方称佳构。园既成矣，而又要主人之相配，位置之得宜，不可使庸夫俗子驻足其中，方称名园。今常熟、吴江、昆山、嘉定、上海、无锡各县城隍庙俱有园亭，亦颇不俗。每当春秋令节，乡佣村妇，估客狂生，杂遝欢呼，说书弹唱，而亦可谓之名园乎？

吾乡有浣香园者，在啸傲泾，江阴李氏世居。康熙末年，布衣李芥轩先生所构，仅有堂三楹，曰恕堂。堂下惟植桂树两三株而已，其前小室，即芥轩也。沈归愚尚书未第时，尝与吴门韩补瓢、李客山辈往来赋诗于此，有《浣香园唱和集》。乃知园亭不在宽广，不在华丽，总视主人以传。

有友人购一园，经营构造，日夜不遑。余忽发议论曰："园亭不必自造，凡人之园亭，有一花一石者，吾来啸歌其中，即吾之园亭矣，不亦便哉！"友人曰："不然，譬如积资巨万，买妾数人，吾自用之，岂可与他人同乐耶？"余驳之曰："大凡人作事，往往但顾眼前，傥有不测，一切功名富贵、狗马玩好之具，皆非吾之所有，况园亭耶？又安知不与他人同乐也！"

吴石林癖好园亭，而家奇贫，未能构筑，因撰《无是园记》，有《桃花源记》、《小园赋》风格。江片石题其后云："万想何难幻作真，区区丘壑岂堪论。那知心亦为形役，怜尔饥躯画饼人。""写尽苍茫半壁天，烟云几叠上蛮笺。子孙翻得长相守，卖向人间不值钱。"余见前人有所谓乌有园、心园、意园者，皆石林之流亚也。

卷二十一　笑柄恶俗附

太 无 窍

吴梅村祭酒既仕本朝，有张南垣者，以善叠假山游于公卿间，人颇礼遇之。一日到娄东，太原王氏设宴招祭酒，张亦在坐。因演剧，祭酒点《烂柯山》，盖此一出中有张石匠，欲以相戏耳。梨园人以张故，每唱至张石匠，辄讳张为李，祭酒笑曰："此伶甚有窍。"后演至张必果寄书，有云"姓朱的有甚亏负你"，南垣拍案大呼曰："此伶太无窍矣！"祭酒为之逃席。

阑 玻 楼

太仓东门有王某者，以皮工起家至巨富，构一楼，求吴祭酒梅村榜额。梅村题曰"阑玻楼"，人咸不喻其意，以为必有出典，或以询梅村，梅村曰："此无他意，不过道其实，东门王皮匠耳。"闻者皆大笑。乾隆中，铅山蒋心余题一医者之堂曰"明远堂"。人问其典，心余曰："子不闻不行焉，可谓明也已矣；不行焉可谓远也已矣。"尤妙。

五 两 轻

国初有某监察，眷恋一优儿，连袂接枕者五六夕，赏以五金，其人不怿。一客闻之，笑曰："此唐时王右丞有诗，已说其轻矣。"问何诗，曰："恶说南风五两轻。"

打 生 员

康熙间，苏州太守卢某试童子，有一秀才混入，为吏指出。守曰：

"汝秀才，欲为人代作文耶？"其人仓皇急遽曰："生员并不是秀才。"太守笑之，责以数板逐出，曰："我不打你秀才，打你生员。"

雌 雉

顾三公，中翰梁汾子也。少颖异，读《论语》"山梁雌雉"，忽谓先生曰："前读《〔邶〕（卫）风·雄雉》之诗，此其配乎？"先生笑之，莫不惊其敏悟。

但 顾 姨 姨

吾邑吴承濂、黄蛟起皆名诸生，黄继娶即前妻之妹，而不睦于昆季。一日，两君各送子院试，同一寓，既出场，询知试题为"兄弟怡怡"。黄讲题义作法，吴曰："子毋但顾怡怡，忘却兄弟也。"黄面赤不言者半日。

性 畏 蟢 子

王司农茂京性畏蟢子，每见必惊惧失色。西田相国其叔也，一日令舆夫密置数枚于肩舆中，嘱勿使知之。明日司农升舆，忽见蟢子，惶惧仆地，将责舆夫，从者具以实告，然司农之愤犹未释也，计思有以报之。越日命工修足，呼僮聚其皮，将酒醋蔗糖共贮于瓶，以遗相国。明旦遇于朝，谓司农曰："昨日见惠之品，大嚼之而无味，究系何物耶？"司农莞尔答曰："老叔以蟢子见吓，小侄不得不以老脚皮奉敬也。"

蝎 子 太 守

雍正初，有一同知引见，不意帽中藏有蝎子，欲出不得，钩其首甚痛，涕泪交并。世宗望见骇异，询其故，乃免冠叩首，诡云："臣感念圣祖仁皇帝六十一年深仁厚德，臣家两世受恩，遂不自知涕泪之横集也。"世宗曰："此人尚有良心。"遂记名，以知府用。后人称曰"蝎子太守"。

王　老　虎

雍正间，太仓知州有王某者，素性严厉，人称为老虎。治贼尤不肯一毫假易，其时有口号曰："三击升堂鼓，跳出王老虎。不是一夹棍，定责三十五。"又曾以试事责死嘉定县假冒童生，嘉定人群起鼓噪。时亦有集《四书》句以成文者，其破题云："有众逐虎，自取之也。"

侮圣人之言

吴门有某秀才者，狂放不羁，每以经文断章取义，或涉秽亵语作《四书》文，如"弥子之妻与子路之妻"、"则慕少艾"、"男女居室"为题，令人不能卒读，较《西厢》制义、春郊演剧尤有甚焉。曾在某督学幕中阅文，忽折其臂，痛苦万状，作歇后语诗云："抛却刑于寡妻，来看未丧斯文。止因四海困穷，博得七年之病。既折援之以手，全昏请问其目。且过子游子夏，弃甲曳兵而走。"多以虚字押韵，匪夷所思，可以概见。后是人竟偃蹇终身，未及中年，丧身绝嗣，哀哉！大凡喜于侮圣人之言者，其人必遭大劫。

溺于声色

乾隆中，有某太守告老归田，溺于声色，慕西湖之胜，借居曲院荷风，日与梨园子弟、青楼妓女征歌度曲，为长夜之饮，遂收梨园为义子，青楼为义女，无分上下，合为一家。有轻薄少年书东坡《和文与可洋州园池》诗二首云："烟红霞绿晓风香，燕舞莺啼春日长。谁道使君贫且老，绣屏锦幛咽笙簧。"其二云："日日移床趁下风，清香不断思何穷。若为化作龟千载，巢向田田乱叶中。"太守闻之，即移寓去。

糊 涂 人

人贵晓事，不贵办事。能办事者，亦能偾事；能晓事者，决不败事也。尹望山相国总督两江时，戏谓属员云："诸公平日最怕何物?"或言蛇蝎，或言虎狼。公曰："都不怕，只怕糊涂人。"满坐尽笑。明将军亮亦尝言："吾出军打仗者数十年，从无所怕，生平最怕者糊涂人耳。"两公之言相同。

牡 丹 亭 脚 色

乾隆庚辰一科进士，大半英年，京师好事者以其年貌，各派《牡丹亭》全本脚色，真堪发笑。如状元毕秋帆为花神，榜眼诸重光为陈最良，探花王梦楼为冥判，侍郎童梧冈为柳梦梅，编修宋小岩为杜丽娘，尚书曹竹墟为春香，同年中每呼宋为小姐，曹为春香，两公竟应声以为常也。更有奇者，派南康谢中丞启昆为石道姑，汉阳萧侍御芝为农夫，见二公者，无不失笑。

喜 对

献县纪相国善谐谑，人人共知。有天津牛太守名稔文者，其子坤娶妇。相国与太守本为中表兄弟，送喜对一联云："绣阁团圆同望月，香闺静好对弹琴。"初尚不觉也，次日相国来贺，指此联曰："我用尊府典故何如?"

什 么 东 西

乾隆戊申年，京师工部衙门失火，上命大司空金简鸠工新之。时京师有一联云："水部火灾，金司空大兴土木。"久之，无有对者。中书君某，河间人也，语于人曰："此非吾乡晓岚先生不能。"因诣纪求之。

纪曰："是亦不甚难对。"踟蹰有顷,先生忽笑曰:"但有妨足下奈何?"
中书曰:"有对固无伤也。"先生曰:"北人南相,中书君什么东西?"其
人惭而退,都中人哄传。

交 相 拍 手

　吾乡嵇涤圃先生^{承志},尝为河东河道总督,父子两世奇遇。其封
翁某,少无赖,置身赌博场,贫益甚,乃就食于叔父文敏公^{曾筠}河东官
署。文敏甚恶之,恐其滋事,训诫綦严,不许出署。翁抑郁无聊,遂逃
出,充作河标兵,拔百夫长。后文敏薨,文恭公^璜又邀圣眷最隆。乾隆
三十四年,文恭奉命勘南河工程,时封翁正在标下,捧茶一杯,打踉以
进,文恭为之起立,诸大吏皆见之,疑而不敢问也。至公事毕,有某公
从容窃问,文恭答曰:"此余族兄也。"乃大惊,自此屡次拔擢,至瓜州
守备,而涤圃亦中乡榜,历官至长芦都转运使,遂引疾归。一日偶与
如夫人戏曰:"吾不欲做显官耳,若出山,珊瑚顶、孔雀翎有何难哉?"
如夫人曰:"妾不敢信,主公若得赤顶翠翎,妾愿作绿珠、红拂以事主
公。"交相拍手,自此出山,已而果然。

臣 愚 不 敢 妄 对

　苏州汪竺香元亮,博闻强记,为吴中名宿,中乾隆壬午经魁,朱文
正公深器重之。每有不得意事,则风病时发。有一科会试,头二场已
入彀矣,至三场策问,皆元元本本,通场无及。然只对四问,有一问仅
六字,云"臣愚不敢妄对",房官阅之大笑,遂落孙山。

平 上 去 入

　平宽夫侍郎官翰林日,新置一妾,同僚贺之。李松云先生以《诗
韵含英》一部为贺,平纳之而不解其意,且怪其仪之轻也。明日李来,
平诘其故,笑曰:"此非四声韵乎? 以尊姓第一字略作一读,^{音豆。}下

三字一气连读，则得之矣。"平大惭，先生大笑。

雁　行

李安公名镇，吴郡名诸生，中某科副车，为人甚迂，事母与兄，动必以礼，而其兄之迂亦不让安公也。一日，兄弟两人往金陵乡试，将登舟矣，其兄谓安公曰："弟有科举，兄尚录遗，今日之行，弟当先登。"安公逡巡不敢，曰："岂有以弟而先兄耶！"逊让不已，遂作雁行，船头窄狭，两人俱堕水中，同伴者大笑。

小　字

崇明张南溪讳身长八尺，同时有王铁夫莒孙、沈芷生清瑞俱短小，不过南溪之半。三人最为莫逆，往来相随。每到玉峰考试，铁夫在前，南溪在中，芷生在后，诸少年见三人，目为"小"字。癸卯乡试，芷生中解元以去，则又目曰"卜"字。嗣铁夫入京，召试钦赐举人，竟成"丨"字矣，读曰衮。今诸生中尚以此为笑柄者。嘉庆元年，南溪始举孝廉方正，"小"字则全不见矣。

打　兔　子

毕秋帆先生为陕西巡抚，幕中宾客大半有断袖之癖，入其室者，美丽盈前，笙歌既叶，欢情亦畅。一日先生忽语云："快传中军参将，要鸟枪兵、弓箭手各五百名，进署伺候。"或问何为，曰："将署中所有兔子，俱打出去。"满座有笑者，有不敢笑者。时嘉定曹习庵学士以丁内艰，为关中书院山长，与先生为亲戚，常居署中。先生偶于清晨诣其室，学士正酣卧，尚未开门也，见门上贴一联云："仁虎新居地，祥麟旧战场。"先生笑曰："此必钱献之所为也。"后先生移镇河南，幕客之好如故，先生又作此语，余适在座中，正色谓先生曰："不可打也。"问何故，曰："此处本是梁孝王兔园。"先生复大笑。

何 须 畏

乾隆五十八年，百菊溪相国为浙江按察使，李晓园河帅为杭州太守，两公皆汉军，甚相得也。忽以事龃龉，李大愠，同在一城，至一月不禀见，遂欲告病，文书已具矣。时方酷暑，相国遗以扇，并书一诗，有句云："我非夏日何须畏，君似清风不肯来。"李读诗不觉失笑，相得如初。

势 利

人情势利，自古有之。《左传》则晋文公重耳之及于难也，《国策》则苏秦始将连横，《史记》则《司马相如传》，《汉书》则《朱买臣传》，言语形容，可发一笑。余谓天下之势利，莫过于扬州；扬州之势利，莫过于商人；商人之势利，尤萃于奴仆，似能以厘戥权人轻重者，当为古今独绝。

此亦妄人也已矣

松江张公星为诸生，有才名，嗜酒而狂。尝以夏日浴于泮池，门斗禁之弗听也。后渐闻于正副两学师，乃出而呵责之，张则以污泥浮藻覆面，赤身立水中，两手击水拒之。学师怒，因命门斗拘之尊经阁，令作文，以"此亦妄人也已矣"句命题。张援笔立就，其后二比，出股云："此其人不可以教谕者也。"对股云："此其人不可以训导者也，此亦妄人也已矣。"两学师愈怒，欲斥除之，然爱其才，竟释焉。

情 痴

有紫珊居士者，喜步平康。一日游秦淮河上，与妓者翘云相爱甚笃,频行,翘云啮舌上血染素帕为赠,以订终身。儿女情痴,一至于此。紫珊为赋《青玉碗》一阕,云:"生绡谁倩佳人织,织就相思,难织同心结。私愿欲教郎解识,为郎忍痛,啮破莲花舌。点点猩红亲染出,不是胭脂,不是鹃啼血。一片情天容易缺,几时双桨,迎来桃叶,炼取娲皇石。"袁兰村赋《沁园春》词一首,尤为绝妙,亦附于后:"是胭脂痕,是吐绒欶,何其艳耶?怪斑斑染出,似灵芸泪;轻轻点就,异守宫砂。眉作烟含,齿刚犀露,忽见莲开舌上花。明灯下,累檀郎细认,一口红霞。华清汗渍休夸,试比并香痕总觉差。想樱唇欲启,故教款款;丁香强递,愁送些些。色较情浓,心如丝洁,广袖何须斗石华。生绡好,得亲承芟泽,侬却输他。"

读 时 文

余少见鹅湖华思愚先生,为人质直,好学不倦。或有谓先生曰:"鹅湖真读书里也。"先生曰:"此处并无读书人,子何以见?"或惊讶曰:"若某某者,皆诸生有名于场屋,何谓无之?"先生笑曰:"子言谬也,此读时文者耳,乌得谓之读书人耶!"

又 何 加 焉

乾隆某科礼部会试,有某举人甚富,以夹带枷号。有同年友嘲之曰:"既富矣,又何加焉?"

陈 见 山

陈见山,苏州人,尝卖药邗上,以此起家开有青芝堂药材,为扬城第一铺。得郑侍御休园为别业,捐同知衔,居然列于诸搢绅商人之间。每有喜庆宴会,辄著天青褂五品补服。一日在席上,有刻薄少年云:"我有一联曰'五品天青褂',诸公能对否?"旁一少年应声云:"六味地黄丸。"

识　字

　　昔蒲城王孝斋进士名综，入京谒选，唱名者读如梁，王不应，曰："此读'京'字也。"吾乡周定斋进士名捺，入京谒选，唱名者读如扇，周不应，曰："此读'炎'字也。"京师人笑之，咸谓进士不识字之故，小学太浅。余见嘉定李许斋方伯_{赓芸}，中进士后刻同登录，李酷嗜《说文》，因书许斋为"虋斋"，写书匠不识虋字，竟书作"霹邑斋"三字。京师人亦笑之，又谓李公识字之故，小学太深也。

出　题

　　南昌相国彭文勤公尝以周兴嗣《千文》颠乱，另成一本，一字不易，进呈祝嘏，高宗称其敏慧。其督学江苏时，考己未进，出题俱有巧思，如考两学则出"率西水浒"、"逾东家墙"、"有众逐虎"、"其父攘羊"之类，考三学则出"王之不王"、"朝将视朝"、"行尧之行"之类，不可枚举。其时适值万寿，考八学则出"臣彭恭祝天子万年"，嵌在八题之第一字，如"臣事君以忠"、"彭更问曰"、"恭则不侮"、"祝鲍治宗庙"、"天子一位"、"子服尧之服"、"万乘之国"、"年已七十矣"之类。有提调官王姓，雅号王二麻子，适考四学，遂出"王二麻子"四题。_{"王何必日利"、"二吾犹不足"、"麻缕丝絮"、"子男同一位"。}考六学则出"李陵答苏武书"，嵌在六题之末一字，如"井上有李"、"必因丘陵"、"夫子不答"、"后来其苏"、"又尽善也"_{谓武}、"子所雅言诗书"之类。一日考四学，出"洋洋乎"，_{注："鬼神之为德"章。}又"洋洋乎"，_{注："大哉圣人之道"章。}又"洋洋乎"，_{注："师挚之始"章。}即欲退堂早膳。学官禀曰："尚少一题。"相国沉吟曰："少则洋洋焉。"堂下诸生，莫不掩口而笑。

　　李沧云先生为河南学政，乡试前考遗材，士子恐不取，辄欲夤缘以期必得，谓之"买科举"。先生知之，再录一场，出题云："焉有君子而可以货取乎？"宜桂舫中丞为江苏巡抚，考内帘官，稽查甚严，诸明府大窘,竟有不能完卷者。题云:"其中非尔力也。"凡属此种出题,皆文勤开其端云。

小 姐 班 头

吴门称妓女曰小姐,形之笔墨,或称校书,或称录事。有吴兴书客钱景开者,尝在虎丘半塘开书铺,能诗,尤好狭邪,花街柳巷,莫不经其品题甲乙,多有赠句,三十年来编为一集,名《梦云小稿》。尝曰:"苟有余资,必为付刻,可以纪吴中风俗之盛衰也。"袁简斋先生每至虎丘,辄邀景开为密友,命之曰"小姐班头"。一日,余在先生席上遇之,赠以诗云:"把酒挑情日又斜,酒酣就卧美人家。年年只学梁间燕,飞去飞来护落花。"先生见之,抵掌大笑曰:"此真小姐班头诗也。"

张 都 转 诗

海丰张穆庵映玑为两浙都转盐运使时,余为幕中掌书记,每听都转闲话,必以谐谑出之。丙辰三月,与阁学阮公元、方伯谢公启昆、观察秦公瀛同游西湖,三公皆即席赋诗,惟都转一人默坐他席,笑曰:"公等皆科目出身,吟诗作赋,余捐班人亦有句,可请教否?曰:春来老腿酸于醋,雨后新苔滑似油。"合座称善。方伯谓都转曰:"君肯作诗,便是名家矣。"一日,呼驺出署,有老妇认为地方官,号哭叫冤,都转停舆讯问者久之。供称其夫某又置别室,停妻再娶,有干法纪等语。都转忽正色向此妇曰:"我是卖盐官,不管你吃醋。"遂呼驺而行。合市大笑。

馆

歙县诸生曹某者,素贫苦,惟蒙馆自给。年四十余,以优贡入京朝考,列二等,仍寓京蒙馆,为作一诗云:"本为求官去,反从问舍来。何时官与舍,两字得分开?"亦可发一笑也。

酱

今南方烹庖鱼肉皆用酱,故不论大小门户,当三伏时,每家必自制之,取其便也。其制酱时,必书"姜太公在此"五字,为压胜,处处皆然。有问于袁简斋曰:"何义也?"袁笑曰:"此太公不善将兵,而善将酱。"盖戏语耳。后阅颜师古《急就章》云:"酱者,百味之将帅,酱领百味而行。"乃知虽一时戏语,却暗合古人意义,见《随园随笔》。

打 油 诗

按打油诗始见于《南部新书》,其无关于人之名节者,原未尝不可以为游戏;若借此报怨,或发人隐私,或诬人狭亵,此阴律之所最重,不可不慎也。友人陈斗泉云:"金腿蒙君赐,举家大笑欢。柴烧三担尽,水至一缸干。肉似枯荷叶,皮同破马鞍。牙关三十六,个个不平安。"此种诗虽谐谑,而炼字炼句,音节铿锵,非老手不能。又金陵有一僧,尝作打油诗四十首,命其集曰《牛山四十觭》,中有一首云:"春叫猫儿猫叫春,听他越叫越精神。老僧亦有猫儿意,不敢人前叫一声。"莫谓是打油诗,其笔甚峭,不可及也。

又王讲泉明经言其友郎苏门庶常,留馆后乞假回里,由粮船挈眷入京,有七律三首云:"自中前年丁丑科,庶常馆里两年过。半欧半赵书虽好,非宋非唐赋若何? 要做骆驼留种少,但求老虎压班多。当时譬喻话。三钱卷子三钱笔,四宝青云账乱拖。""几人雅雅复鱼鱼,能赋能诗又善书。那怕朝珠无翡翠,只愁帽顶有珒璩。先生体统原来老,吉士头衔到底虚。试问衙门各前辈,此中风味近何如?""粮船一搭到长安,告示封条亦可观。有屋三间开宅子,无车两脚走京官。功名老大腾身易,煤米全家度日难。怪底门工频报道,今朝又到几知单。"

两 槐 夹 井

旧传有一秀才，于岁试前一日偕友闲步，见道旁有两槐树，中界一井，戏谓其友曰："明日入场，即用此典故也。"一时笑其妄言。试后出场，验其文，果有"自两槐夹井以来"一段云云。及案发，列高等，得补廪饩。苏州有徐孝廉者，肄业紫阳书院，课题是"九人而已至三分天下有其二"，后二比有"九貂九骚"对"三薰三栗"，发案亦前列。同人叩问用何书，徐曰："吾昨见市中有乞儿抢薰肉三块，物主殴以栗子拳三下。至九貂九骚，俗语所谓十个胡子九个骚，十个鬎鬁九个刁，此其典耳。"满座大笑。近时风气，衡文者大率类此，胸既空疏而喜用典故，明知獭祭而视为妙文，所以受人欺妄；而诸生之以聪明自用者，亦以此欺人。时文变迁，皆由此辈，可叹也已。

画 猪

或谓文中之时艺，犹画中之猪，余骇然问故，曰："牛羊犬马，各有专家，曾见有以刚鬣为点染者乎？今所流传字幅诗文词赋以及杂言小说，无不可书之屏幛，曾见有录荆川、鹿门、归、胡、陶、董之制义者乎？"

文 王 课

今人占文王课，多用钱以定奇耦，因名曰金钱课。是筮法之变，非京房《易传》之钱卜也。人有以问余者，答曰："钱可通神，自然灵验耳。"

赋 得 诗

今大小试俱有赋得诗，命题多不注出处，偶有知者，其人未必淹博；偶有不知者，其人亦未必空疏也。况岁科两试，并不在诗题之知与不知，而必欲使人暗中摸索耶？或误认题旨，转为所累。彭文勤公为江苏学政,考长、元、吴三学,出诗题"平仲君迁"四字,诸童生未读庾子山《枯树赋》惟赋晏子搬家,为一时笑柄。

戏　　言

吾乡华雨棠先生通申韩之学,有名公卿间,常曰:"吾长子才庸而糊涂,故使其出仕;次子才敏而练达,故使其治家。"闻者莫不笑之。虽是戏言,实抒怀抱。

三　百　铜　钱

余友扬州王古灵,能画人物,无古无今,用笔如篆,今之吴道子也。尝画《两仙对酌图》赠余,余题其上云:"三百铜钱沽十斤,两人对酌恰平分。颓然醉倒白石上,仰看千峰推白云。"有一商翁见之,哑然失笑曰:"三百铜钱可以入诗,则三百纹银、三百洋钱皆可以为诗矣。"殊不知余用少陵语也,故俗子难与言诗。

陋　吏　铭

近日捐官者,辄喜捐盐场大使,以其职与知县相等,而无刑名钱谷之烦也。有扬州轻薄少年用刘禹锡《陋室铭》而为《陋吏铭》者,其辞云:"官不在高,有场则名;才不在深,有盐则灵。斯虽陋吏,惟利是馨。丝圆堆案白,色减入枰青。谈笑有场商,往来皆灶丁。无须调鹤琴,不离经。无刑钱之聒耳,有酒色之劳形。或借远公庐,署印官有借佛寺为公馆者。或醉竹西亭。候补人员每喜游平山堂,每日命酒宴乐而已。孔子云:何陋之有?"

圈　文　章

吾乡有王荣世者,其父乃贩牛估也,一字不识。而荣世少聪颖,喜读书。既开笔作时文,每至文期,父必索其文而阅之,数其圈多者则喜形于色，圈少则挞之。未数年，荣世果入泮。昔赵青藜先生馆选后，掌教徽州紫阳书院，娶两妾，各生一子，俱同庚，后皆长成，能作文矣。赵自为批阅，二妾亦各阅其子之文，较相比对，以圈多者为偏爱，必吵骂终日，至于不食。赵不得已，每阅文时，必置算盘于案头，总以圈点同其数，以平两妾之詈。后二子皆中式。

不 准

为官者必用读书人，以其有体有用也。然断不可用书呆子，凡人一呆而万事隳矣。有名进士某者，选得知县，到任未几，有报窃案刃伤事主者，刑席拟批，总嫌不当，乃亲书状尾云："贼，凶人也。兵，凶器也。以凶人而持凶器，尔必撄其锋而试之，其被杀也，宜哉！不准。"昔传归震川先生作令，视民如子，每坐堂皇，观者如云，不禁也。一日讯奸情，观者益众，先生曰："汝等若不退，吾洒墨水矣。"满堂大笑。

木 兰 诗

有某公子迷于两伶人，一日演《佳期》，问两人谁为优。余笑曰："我有定评，只不敢说耳。"某固问，答曰："《木兰诗》结末二语。"座中皆大笑。

镶 边 酒

近时俗尚骄奢，挟妓饮酒，殆无虚日。其座旁陪客，或有寒士，不能具缠头挥霍于筵前者，谓之镶边酒。余笑曰："昔杜少陵尝陪诸贵公子丈八沟携妓纳凉，诗所谓'公子调冰水，佳人雪藕丝'者，岂非镶边酒耶？"

二 婢

有某搢绅致仕归，一日之内，连纳两妾。人笑其非，余独谓此公当深于经学者。何以言之？《易》曰："枯杨生稊。"《礼记》曰："行役以妇人。"皆老年娶妾之证。余如有钱,必欲效之,亦买二婢。人问曰:"二婢何为?"余曰:"与其夹我于死后,宁若夹我于生前之为乐也。"

狗 医

吴郡新郭里有药材铺,铺主人姜姓者,浙江慈溪人。姜素知医理,里中有疾病,辄请其调治,颇有验。家畜一狗甚驯,姜每出诊,狗必随之,摇尾侍坐以为常。一日主人偶他出,有乡人患湿气,一腿甚红肿,不知其所由,来以示姜。此狗忽向其腿上咬一口,血流满地,作紫黑色。主人归,痛打其狗,而以末药敷之,一宿而愈。有患隔症者,姜误以为虚弱,开补中之剂,狗又号其旁,乃改焉,饮数服即瘥。有孕妇腹便便,饮食渐减,姜认其水痼,狗侍其侧,作小儿声,乃悟其旨,而以安胎药治之,越月而孪生,产母无恙也。姜以此狗知医,每出诊必呼其同行,一时哄传,有狗医之目。后狗忽亡去,不知所之,姜叹曰:"吾道其衰乎!"未几亦病死。余闻之笑曰:"江南之人最信医药,而吴门尤甚。是狗既知内外科,而又兼妇人科,以匡主人之不逮,历数诸医中,岂可多得哉?以视今之舟舆出入,勒索请封,若有定价,而卒无效验,或致杀人者,真狗彘之不若也。"

长 随

长随之多,莫甚于乾、嘉两朝;长随之横,亦莫甚于乾、嘉两朝。捐官出仕者有之,穷奢极欲者有之,傲慢败事者有之,嫖赌殆尽者有之,一朝落魄至于冻饿以死者有之,或人亡家破、男盗女倡者有之,据所见闻,已不一其人,皆由平生所得多不义之财,民脂民膏也。而间亦有喜于语言文字者,虽无甚要紧,而实可恶。昔阿文成公出使湖北,忽问毕秋帆制府曰:"闻某翰林为尊纪书联,竟称某兄大人,何无耻也!"制府默然,后察其实,遂召此仆逐出之。有周良者,苏州伶人,亦取号莲塘,百文敏公之长随也。尝画《莲塘图》,求海内名公卿及骚人墨客之辈题咏几遍,而诸公亦若惟恐后者。后为曾宾谷中丞司阍,知其事，逐之，落莫以死，一家星散。又刘松庵者，陶云汀宫保之长随也。尝画《梦游佛境图》，求大人先生题诗。卷中有五状元、两尚书皆称其先生，或称某兄、某丈者。余初不知其为何如人也，诡托官亲，或曰幕友，遂为属笔，后知之，懊悔无已。故为人书题卷册，不可不慎。近复有以秀才而当签押门上者，真斯文扫地矣。

武进刘煦堂刺史官直隶昌平州时，有司阍王诚者，顺天人，自言其曾祖已当长随，积资巨万，家有质库八所。其为人也，老成练达，既无嗜好，亦不捐官，公事之暇，惟静坐一室而已。余闻而异之，遂谓人曰："夫执鞭之事，原所以求富也；既富矣，而仍为执鞭，何也？意此人以长随为乐者耶！"

孝经通四书熟

江铁君明经荐一业师与某富翁家，其徒赋质甚钝，每日读《论语》两三行，掩卷即不复记忆。主人嫌其师之不善课，啧有繁言。铁君曰："此甚易事，当令先讲《孝经》。"富翁喜，因令师以《孝经》训其子，朝夕讲诵，越月余而其钝如故也。翁疑其绐已，复造江而询其故，铁君曰："翁岂未读《三字经》耶？《孝经》通，《四书》熟也。"

绯　　仙

有女校书号绯仙者，扬州人，善谈笑，爱文墨，修短合度，秀绝人寰。一时士大夫为之哄动，欲求一见而不可得，年未二十而积蓄数万金，尚未许人也。一日在谢君琅林席上，谈及绯仙，余曰："此人前身必是大商，曾将金银挥霍于众人者，故今生众人亦将金银作缠头，实是收债耳。"此余偶然戏言，琅林目余，拍案大笑。始知为某商翁孙女也，为叹息者久之。

面　貌　册

凡岁科试诸生，面貌册向为循例，虚应故事而已。胡希吕先生视学江苏,详细殊甚,恐有顶冒也。常熟生员沈廷辉,年三十余,册填"微须"。讵先生以微训无,凡有须而填微须者,俱不准入场。廷辉闻之曰:"吾必被逐矣。"进场之前一日,拟嘱学书改正,适学书他往,寻至三更,不得已往剃头铺将须刮去。旋闻鼓吹声,急赴辕门听点。及唱沈名,先生熟视廷辉曰:"此人又一顶替者,册上填明有须,何以无须?"盖此学书素与沈善,因学使有斥逐之信,特为沈改微为有;而沈则未见学书,不意反变有为无也。无可置辩,废然而出。旋有一生,素狡點,亦以微须被斥,生故与学使强项,先生大怒曰:"汝读书尚不知朱注'微,无也'解耶?"生笑禀曰:"若然,则孔子微服而过宋,脱得赤膊精光,成何体制也!"先生默然,后无被逐者。

和　　相

嘉庆己未正月初八日辰刻,仪亲王传旨,命乾清门侍卫立拿和相交刑部审问,一面抄其家产,至十八日早,赐死狱中。余时在京师,闻见较详,偶阅《冰山录》,知严分宜家产不过二千余万,比之和相,百中之一分耳。尝记元人吊脱脱丞相诗云:"百千万贯犹嫌少,堆积黄金北斗边。可惜太师无脚费,不能搬运到黄泉。"吾于和相亦云。

朱　　玉

秦淮女校书朱玉,颇敏慧,能识人。蓬云孝廉未第时,玉最钦重,以才子目之。后蓬云中式,玉自夸鉴赏之真。嘉庆庚午,赵瓯北先生重赴鹿鸣,尝主其家,是时玉有征兰之信,先生书楹帖一联赠之,云:"怜卿新种宜男草,愧我重看及第花。"一时传为佳话。

素 不 相 能

吾乡邹晓屏相国与秦小岘司寇素不相能,每有言论,辄彼此龃龉。后司寇以目疾告归,而相国亦以教匪林清谋叛,不能先事预防,有旨著回原籍,闭门思过,因此同在林居。一日两公于惠山卒然相遇,司寇曰:"公何以入山?"相国曰:"君能见我耶?"从者皆窃笑。

马上得之马上失之

上海赵谦士少农,由监生入懋勤殿行走,历官至户部侍郎。上每巡幸热河,侍郎辄随驾,以较射得孔雀翎。嘉庆十六年,恭缮御制诗,误书"驻"为"注"字,业已刻石进呈矣。侍郎急入奏,自行检举,上以赵素醇谨,不加之罪,仅拔去花翎。京师人有谑之者曰:"如侍郎之翎,可谓马上得之,马上失之矣。"

绣 阁 英 才

本朝文运天开,文章日盛,而间及于女子,亦著作如林,惜无人为之选录成大部者。近时某君虽有《撷芳集》,何足数也。余尝戏语孙子潇庶常云:"君诗才绝妙,刻集盈尺,而多闲暇,何不精选绣阁英才之诗,都为一集,俾扫眉人吐气乎?昔顾侠君选元诗毕,梦中有古衣冠者数十人来谢。他日君梦中,自亦必有无数红裙翠袖,深深拜谢于君前者,岂非一大快事耶!"

官　　妓

唐宋时俱有官妓,如白香山之与元微之欧阳永叔之与苏东坡,皆所不免。近时无官妓,而竟有太守、监司俱宿娼者。余笑曰:"此无他,亦行古之道也。"赵瓯北先生有《题白香山集后》云:"风流太守爱魂消,到处春游有翠翘。想见当时疏禁网,尚无官吏宿娼条。"

升 官 图

韩城师禹门太守两次落职,余作书慰之曰:"一官何足介意耶?

亦如掷升官图,其得失不系乎贤不肖,但卜其遇不遇耳。"太守阅之,为之解颐。

王 良 善 驭

余弟子徐季雅名颖,长洲人,内阁学士颐之胞弟也。年未弱冠,能为古文,笔端颇横,因促其受业于王铁夫。越一年,余偶在友人席上问铁夫云:"季雅近为文有进境否?"铁夫曰:"如小驹乱走,尚未驯也。"余曰:"是在王良之善驭耳。"

两 耳 太 聪

族叔印川少府,少与前两广总督吴槐江先生同入泮宫,最为莫逆。先生年八十,少府年八十五,俱强健如少年。一日两公相晤,各言近状,少府曰:"余所恨者,两耳太聪也。"先生愕然问故,答云:"近日后生家,专以诈人搭桥、包漕说讼等事,似为一业者,余不欲闻之耳。"

者 者 居

余游历之地,不过七八省,每见古碑、石刻及匾额、楹帖之类,其最佳者,辄为手记;而最可笑者,亦不能忘也。如酒店匾额曰"二两居",楹帖曰"刘伶问道谁家好,李白回言此处高",在处皆有。河南永城、睢州一带又有酒店一联云"入座三杯醉者也,出门一拱歪之乎",已足供喷饭矣;而南阳夏镇各处,家家门上有一联云"五湖天马将,四海地龙军",竟不知作何语。尤可笑者,湖北武昌府城隍庙大殿上有金书大匾四字,曰"不其然而"。又山东济南府省城有酒店曰"者者居",余不解,一日在孙渊如观察席上谈及此条,有一土人在座,答曰:"此出之《论语》。"余问曰:"《论语》何章?"曰:"近者悦,远者来也。"一时为之绝倒。

男慕贞洁女效才良

闻西洋人以妇人当家，其夫则反处深闺，插花傅粉，若为其妻妾者。今广东嘉应州亦有此风，然较西洋为优，男人在家读书，女人支持家务，或开张店铺，或出门营生，以养其夫，一切米盐琐屑之事，俱不使其夫婿知之，恐旷功也。故粤中通省以嘉应一州文风为最盛，科第亦甲于他州县。一日余在袁浦张河帅席中，有北平杨桂山都转自粤东来，偶谈及此事者，河帅笑曰："此欲翻周兴嗣《千文》二句，当云'男慕贞洁，女效才良'者也。"满座大笑。

先为阎罗王定案

昔毛西河有女弟子徐昭华，为西河佳话。乾隆末年，袁简斋太史效之，刻十三女弟子诗，当时有议其非，然简斋年已八旬，尚不妨受老树著花之诮。近有士子自负才华，先后收得五十三女弟子诗，都为一集，其中有贵有贱，杂出不伦，或本人不能诗，为代作一二首以实之，以夸其桃李门墙之盛。此虽从事风流，而实有关名教。曩余在三松堂，客有艳称其事者，潘榕皋先生叹曰："此人死后必转轮女身，自亦工画能诗，千娇百媚，而长安游侠公子王孙为其所惑者，当十倍之，必得相于到五百三十人，方能抵其罪过。"余笑曰："公竟先为阎罗王定案耶！"

恶　俗附

出　会

大江南北迎神赛会之戏，向来有之，而近时为尤盛。其所谓会首者，在城则府州县署之书吏衙役，在乡则地方保长及游手好闲之徒，大约稍知礼法而有身家者不与焉。每当三春无事，疑鬼疑神，名曰出会,咸谓可以驱邪降福,消难除蝗。一时哄动,举邑若狂,乡城士女观者数万人,虽有地方官不时示禁,而一年盛于一年。其前导者为清道旗,金鼓,肃静、回避两牌,与地方官吏无异。有开花面而持枪执棍者,有绊为兵卒挂刀负弓箭或作鸟枪藤牌者,有伪为六房书吏持签押簿案者,有带脚镣手铐而为重犯者,有两红衣刽子持一人赤膊背插招旗,又云斩犯者,种种恶状,习惯自然,恬不知耻,而反以为乐,实可笑也。近江阴李明经见田亦极论之,有赛会十弊,以为鬼神非其族类,不歆其祀,而通乎上下,唯社为然。然自古方社祈年,不过烧纸钱,击鼍鼓,枌榆坛下,酒奠春风,桑柘林边,人嬉夕照,乐太平之有象,式礼法于不愆,未有侮弄神明,叫嚣乡里,妄违礼法,败坏风俗,若此之甚者也。其言确切,深中时弊,略记于后。

一曰渎鬼神。《论语》曰:"未能事神,焉能事鬼?"未闻有敬鬼神而近之者也,不过借众人之钱财,供会首之醉饱,愚民不知其故,遂从而和之,一时成俗,百弊丛生,其宜禁者一也。

一曰乱法度。凡一府一邑,俱有山川社稷坛、文武城隍庙以及乡贤、名宦诸祠,此皆列于祀典,官民之所宜春秋祭祀者。至若某土地神之为某王某侯某将某相,则不列于祀典,名爵既别,尊卑无序,古今倒置,仪仗各殊,即所谓淫祠也。而僧道借以弄钱,妇女因而游玩,其宜禁者二也。

一曰耗财用。一方赛会,万户供张,竟有勉强支持,百端借贷而入会者,亦有典衣粜米,百孔千创而入会者。以有限之钱财,为无益之费用,至于债不得偿,租不得还,冻饿穷愁而不自知者,虽斯民之自贻伊戚,亦由土俗之有此厉阶,其宜禁者三也。

一曰误本业。城市之民俱有其业,乡曲之民各有其事,民以勤俭为本,安有空闲时耶?且赛会皆在三春,既失其时,又失其业,吾实不知其肺腑。且试问此等事为名利乎?为衣食乎?小人之愚,一至于此,其宜禁者四也。

一曰混男女。凡乡城有盛会,观者如山,妇女焉得不出。妇女既多,则轻薄少年逐队随行,焉得不看。趁游人之如沸,揽芳泽于咫尺,看回头一笑,便错认有情,听娇语数声,则神魂若失,甚至同船唤渡,舟覆人亡,挨跻翻舆,鬟蓬钗堕,伤风败俗,莫此为甚,其宜禁者五也。

一曰煽火烛。无论在城在乡,迎神之日,灯烛辉煌,香烟缭绕,茶坊酒肆,柴火熏天。更有扎彩灯出夜会者,亦有敛民钱放烟火者,设有不虞,难于扑救,奸民亦乘机抢夺,遂不可问,其宜禁者六也。

一曰兴赌博。赛会人杂,易于聚赌,摇摊押宝,纷纷而来。或输钱已竭,尚求亡羊于无何有之乡,或借贷无门,陷此身于不可知之地,剥衣而去,攘臂而来,贻祸地方,不知所止,其宜禁者七也。

一曰聚打降。乡曲狂徒,市中匪类,平时聚饮,三三两两,尚多相打相击之事。况赛会人众,千百为群,遇店行沽,逢场入局,一撄忿怒,便逞横凶,或莫与解纷,即酿成命案,因而祸延保甲,讼累村坊,其宜禁者八也。

一曰招盗贼。异方匪类,混迹人丛,稽察綦难,穿窬甚便。日间以热闹尽欢,夜静而熟眠失窃,富者金帛霎时俱罄,贫人米粟一扫而空,至于觅贼追赃,计已晚矣,其宜禁者九也。

一曰坏风俗。人本质朴,因出会而多置衣裳;家本贫穷,因出会而多生费用。甚至在城在乡,俱崇华美,小街小巷,迎接亲朋,使斯民咸入豪奢,而风俗因之败坏,其宜禁者十也。

赌

《家语》哀公问于孔子曰:"吾闻君子不博,有诸?"孔子曰:"有之,为其兼行恶道也。"司马子长谓"博贵枭",言"便则食,不便则止",贪之至也。近时俗尚叶子戏,名曰马吊、碰和;又有骰子之戏,曰赶洋、跳猴;掷状元牙牌之戏,曰打天九、斗狮虎;以及压宝、摇摊诸名色,皆赌也。上自公卿大夫,下至编氓徒隶,以及绣房闺阁之人,莫不好赌者。按诸律例,凡赌博,不分军民,俱枷号两个月,杖一百;偶然会聚、开场窝赌及存留之人抽头无多者,各枷号三个月,杖一百;官员有犯者,革职枷责,不准收赎。若是其严也。余尝论女子小人,未尝读书识义理,犯之有也。若公卿大夫,受国重寄,食禄千钟,不以致君泽民为心,而以草窃狗偷为事,亦终日屹屹,彼此较量,而斯民号呼门外,拘候堂皇,愁怨难伸,饥寒交迫者,不知凡几,而皆不之省,斯人也,大约另具一种心肝者耶!记戊辰十月,余游济南时,菊溪相国尚为方伯,有太守、监司俱为此戏,方伯闻而责之,监司曰:"此不过消遣而已。"方伯怒曰:"君等非无事者,盍即以公案簿书消遣乎?"监司莫能对也。

卷二十二　梦幻

汲　古　阁

虞山毛子晋生明季天、崇间，时流贼横行，兵兴无定。子晋本有田数千亩，质库若干所，一时尽售去，即以为买书刻书之用。创汲古阁于隐湖，又招延海内名士校书，十三人任经部，十七人任史部，更有欲益四人，并合二十一部者。因此大为营造，凡三所：汲古阁在湖南七星桥载德堂西，以延文士；又有双莲阁在问渔庄，以延缁流；又一阁在曹溪口，以延道流。汲古阁后有楼九间，多藏书板，楼下两廊及前后，俱为刻书匠所居。阁外有绿君亭，亭前后皆种竹，枝叶凌霄，入者宛如深山。又二如亭左右则植以花木，日与诸名士宴会其中，商榷古今，殆无虚日。又有所谓一滴庵者，为子晋焚修处，中揭一联云："三千余年上下古，八十一家文字奇。"为王新城尚书笔也。当崇祯末年，谷屡荒，人民扰乱，凡吴郡乡城诸富家，莫不力尽筋疲，而子晋处之自若，其用意良深矣。子晋没后，其子名扆字斧季者，于诸子中最为知名，又补刻书数十种，以承父志，实为海内藏书第一家也。初子晋自祈一梦，梦登明远楼，楼中蟠一龙，口吐双珠，顶光中有一山字，仰见两楹悬金书二牌，左曰"十三经"，右曰"十七史"。自后时时梦见，至崇祯改元戊辰，忽大悟曰："龙，即辰也。珠顶露山，即崇字也。"遂于是年誓愿开雕，每年订证经史各一部，其余各种书籍，亦由此而成焉。

杨　贵　妃

顺治乙未，陕西兴平令贺文龙尝夜梦一女子，明珰靓妆，由仪门直升堂级，诉人侵地而去。后一日，贺出门，经杨贵妃墓，乃悟所梦，为之清界而封树焉。

许　　昌

嘉定有老儒名朱纲,为人方正不苟,颇信佛老之说。一日,忽梦二冥使来召,便随之行,至冥府,心甚怖之。少顷,阎君打鼓升殿,司门者报云:"东昌府知府到。"纲听称其知府,遂不甚惊。纲上阶,阎君下座相揖,分宾主礼。阎君问曰:"公在任时,判许昌弑母一案,得无过当耶?"纲一闻此言,前世事忽然现前,对曰:"许昌实不曾弑母,毒杀其母者,乃恶妻也。昌从外归,一知消息,即当黜妻首官正罪,乃以情爱难割,含糊隐忍,犹同枕席,尚得为人子乎?纲拟以《春秋》许世子不尝药、赵盾不讨贼之例,断之曰弑母,谁曰不宜?"阎君点头曰:"公言是。"乃长揖送下阶,仍命二冥使导之归,遂醒。朱纲自此益信鬼神之事,长斋绣佛,杜绝世故,以终其身焉。此康熙初年事。

传　闻　之　甚

钱塘吴志伊检讨著《十国春秋》,最详雅可传。尝作《吴越世家》读至欧阳《五代史》"考钱氏之始终,非有德泽施于一方,百年之际,虐用其人"云云,乃叹曰:"钱氏据有两浙,几及百年,武肃以来,善事中国,保障偏方,厥功实巨。至竭十三州之物力,以事中朝,国以是渐贫,民以是渐安,何云非有德泽,虐用其人欤?岂仁者之言耶!"乃尽削《五代史》、《江表志》、《归田录》之讥,谓传闻之甚。是夜检讨梦数百骑,皆铁兜鍪,有金甲绣衣者拥一神人,方准丰下,双童如电,朱衣赤舃,揖吴而言曰:"我唐吴越国王钱某也。崎岖山海间,斩蛟刘鳄,保民立国,不为无功,而为欧阳氏滥贬,幸公为我雪千载冤。"再拜去,吴惊悸而悟,戈声剑采犹击耳轮间也。吴农祥《就正藁》载其事。

鬼　　胎

国初羊尖席氏有老奴朱云者,尝以其女为主人妾。主人逝,女辄梦侍寝,怀孕四五月而堕,则一物如败荷叶,紫色。医者曰:"鬼胎也。"三年凡三孕,后其女遣嫁,梦遂绝。

自 矜 埋 葬

刘秀才名大佑,字约斋,长洲人,累举乡荐不售。其所居在察院巷城守署之西,署南有高墩,明季兵燹后,瘗骨累累。雍正初,城守某将尽徙其遗骸而筑照墙,秀才闻其议,为之悯然,而窘于力,因告贷于友朋,得数金,就其骸之藏于瓶者,倩人善埋之,计埋一百十一具,而金尽矣,秀才虽心怜之,而无如何也。是年秋应省试,仍荐而不售,益郁郁不乐。腊月廿四之夕,秀才因于灶神前具疏,自道其平生虽无大阴德,然掩骸一事,当亦可挽回造化,何神听之不聪也! 辞色愤愤。越夕,梦至城隍庙中,神升座呼大佑,谓之曰:"汝读书人,岂不知功名迟速有定,何得自矜埋葬一事,罔渎神听? 若再不悛,当褫汝衿矣。汝苟作善不怠,何患不登科第耶!"秀才唯唯而觉。越三载,中雍正己酉科乡榜第一百十一名,后官中书舍人。

改 名

王奎字效乾,吾邑砖桥人,博学能文,记其《春怨》云:"杨柳依依绿,春风拂拂吹。封侯君自觅,日暮妾心悲。"颇得古意。少时梦家门口贴进学报单,认其名曰余奎,遂易姓名赴试。是年江南学院为余公正健,果入泮。相传余公本无锡人,三四岁时有远客买去为子,犹不忘其旧云。

梦 中 判 囚

乾隆廿一年,苏州府前石碑忽倒,观者如堵。缘两童抛球误落碑后,一童爬取,碑倒压死;一童折左腿,有老妇负回。是时府尊萨公_载适回署,询知其事,乃谓书吏曰:"昨夜本府梦上官委余判两囚罪,一囚判斩字，再判一囚，有老妇再四哀求，乃判减等。兹闻老妇负回，真符所梦也。"此童系滕痗药之子孙，及其壮也，无恶不作，混名海鬼，以母控忤逆发遣，正合减等之言。

文敏公逸事

家文敏公维城以少司寇丁艰回籍，梦见一大碑，上书"哀哀哀"三字，心甚恶之，语其弟竹初明府。竹初曰："三口为品，兄将来当着一品衣耳。"未几卒，诏赠尚书衔，赐葬立碑，乃悟其梦。

永和银杏

扬州钞关官署东隅，有银杏树一株，其大数围，直干凌霄，春花秋实。乾隆四十八年冬月，有某观察夜梦一人，长身玉立，手持一纸，上书"甲寅戊辰甲子癸酉"八字，曰："吾树神也，居此一千五百余年，兴亡屡见，公知我乎？"寤而恍然，乃命精于推算者算得晋穆帝永和十年甲寅三月三十日也。后厄于火，凡一昼夜乃息，既而复青。

陈　太　守

吴门陈太守基德为诸生时，祈梦，见一所似堂皇者，屏门上惟有"皇恩雨露深"五字，遂醒。后入京乡试，以在科场中为人代作文字事发，拿交刑部，会大旱得雨，有旨赦狱犯减等，遂得出。后卒中式举人，充教习，馆期满，挑知县。不数年，擢河间府知府，接印时入公馆，见有新粘楹帖，适"帝德乾坤大"一门摇转，仅见下联，恍记梦中事。到任未几，旋告病，卒于家。

梦　断　龙　狱

金兰畦司寇官部曹时，有同僚梦至一所，灯烛辉煌，侍卫森列，堂上正坐者为兰畦，旁坐更有二人，外闻数千百人呼冤声，拥一龙至阶前，俱诉曰："孽龙行雨，漂没居民无算。"一吏趋进曰："据天条当斩。"金不应，旁坐者曰："依例。"金拍案叱吏曰："行雨因公，漂没过出无心，法当流徙。"吏以例争，金怒曰："汝等舞文宜斩！"命即释龙，龙忽跃上天去，呼冤者群詈金，金推案起，遂瘖。

损 阴 骘 除 名

乾隆丁酉科，龚太史大万、姚主政某同典广西试，首题为"斯民也"二句，某房官得一卷，欲荐之，忽梦见一人曰："此人三破人婚姻，损阴骘，不可荐。"某以梦不足信，遂荐之。夜复梦曰："此卷系抄袭陈勾山旧作，窗稿中有其文可查。荐而不售，衣巾尚在；荐而或售，据新例必除名。汝虽无大处分，何苦害人耶？"某以梦告主司，谓我辈识勾山文，足征眼力，若置前列，恐遭磨勘，附榜末或无害也。主司以为然。及到部，磨勘官复梦如前，遂以抄袭除名。

写 婚 书

苏州有韩生某，能文章。其嫡母有所爱仆妇新寡，与仆某通，欲嫁之，而嫡母主其事，无人为作婚书，命生作。生恐伤阴骘，辞之，母固强之，不得已为作一稿，令他人代书。时值秋闱，生有妇归宁母家。未几，妇翁梦神告曰："汝婿今科本当乡荐，以为人写婚书除名矣。"醒以询女，女曰："无之。"后归家，与姑言其梦，始告以前事，妇曰："休矣！"是科贴出，不得终场，后数应试，竟不第。

鲤 鱼 求 救

苏州娄门金命之之侄媳郭氏，夜梦红衣人伏地叩头曰："我东海县人也，明日有大难，乞夫人救之。"郭氏不解其言，因谓之曰："汝住何处？得来救汝。"红衣人曰："现住吊桥墈下某家鱼桶内。"郭应之。

及天明，召老仆告其故。至吊桥堍下某家，果有一赤鲤，不过四五斤重耳。遂送至娄江，摇尾而去。

贺 氏 第

如皋高云庐有妹名兰，生而颖异，通《五经》，工书法，为人持重，寡言笑。年十九，随其叔父涟漪公之衡阳官署。适中元日昼寝，梦有一老妪谓曰："迓太夫人回故第。"促之登舆，随风飘飘然至一宅院，扁曰"贺氏第"。回廊复道，恍如旧游，惟空旷荒凉，类久无人居者。槛外老梧一枝，风过萧萧有声。堂中设筵席，席上燃香烛，而遂居首坐，老妪旁侍，阶下有苍头祝曰："主人远宦在外，今届太夫人二十周期，老奴具酒馔冥资，望来受享。"祝毕，焚楮帛，金银倾出，老妪急取纳诸袖中，余散满地。复令登舆，送之归，遂寤，以告家人，且曰："各品吾俱未食，惟食西瓜少许。"觉胸中作恶，吐出瓜瓤犹未化也。是年秋旱，署内久无此物矣。逾年而卒，云庐悼之云："魂远可能归故土，梦残曾记话前因。"盖纪其事云。

先伯桂山公索嗣

先伯父桂山公幼聪颖，十二岁能文，先祖甚爱之，至十六，尚未婚娶，以暴疾卒。卒后七十余年，先君在梦中屡见一少年，并不识认，谓先君曰："吾汝长兄也。吾既无子，又无祭享，奈何？"醒而异之，遂以第二孙庭兰为公后，且命泳增修其墓，立石存焉。阴阳一理之说，斯可见矣。然隔七十余年始为示梦，何其迟也。

沈 肯 松

苏州沈念亭孝廉璠为诸生时，居京师最久，一夕梦侍上侧，捧盘进御，盘中有纸卷数十件，上从盘中掣一卷以与璠手，曰："就是他。"璠启视之，乃"肯松"二字，醒而异之。偶归家，适其弟赴童子试更名，璠以梦告父,父曰:"用此二字可也。"是年肯松果入泮,乾隆癸卯科登顺天乡榜,其明年甲辰,中会试第二,历官河南祥符知县,升归德通判。余游毕秋帆先生幕中,正沈君官祥符时也。

梦 董 思 翁

潘榕皋先生书法董思翁,且慕思翁之为人。尝卧病半岁,一夕,梦徬徨水滨,一巨舸自远来泊,中有一叟,须眉皓然。潘抠衣入谒,问其姓名,叟曰:"予董其昌也。"潘心喜下拜,起而言曰:"久欲见公,不识公近在何所?"叟云:"欲识吾居,颇忆我所书经否?青色青光,黄色黄光,赤色赤光,白色白光,彼有人焉,子其无意乎?"潘初不记是何经语,因言:"夙昔爱公墨妙,如渴思浆,亦能少酬鄙愿否?"叟起立就几,蘸墨疾书,俄成巨幅,精灵变幻,不可名状。潘喜甚,复请曰:"能再书一幅否?"叟仰天而笑,化成白鹤,望空飞去。潘急起追之,了无所见,惟见莲影摇波,香风四匝,潘手搴莲子,嚼而咽之,甘美无伦,蘧然而觉,病遂愈。彭二林先生尝记其事。

司 马 达 甫

司马达甫亶,江宁人,河东河道总督骑之公子,中乾隆癸卯副车,以甲辰召试,钦赐中书。坦白无玼,汲古不倦。常收藏汉铜印谱最多,用顾从义集古印谱之例,分为职官、私印,而私印又分为四声,凡十六册。余游京师,尝寓其家,为定甲乙。后一年,中翰忽病没,年才三十二也。时上海赵谦士侍郎尚为御史,亦有同好,遂将印谱借去。隔一二年,侍郎忽梦达甫来索印谱甚急,且曰:"吾生平所好,岂肯割爱让他人耶?"侍郎异之,遂将十六册检出,还其子名淳者,后遂不梦云。

曹 方 广

先君故友曹方广鑛,读书自厉,淹贯古今,尝取前人注释诸书,辄为驳正，人笑其迂。惟一生不遇，坎轲终身。嘉庆壬戌十月，族兄啸楼忽梦方广来，补服顶帽，招要同往，啸楼辞以足疾，曹曰："此躯壳也，至此复何顾耶？吾先来致意，缓日再相请耳。"啸楼曰："信如君言，则吾将死矣。吾死并无所怖，第不知增何疾苦？"曹曰："无他疾，亦无所苦也。"遂去。隔数日，啸楼果殁，年八十一。

击　　蛇

吴县乡民有往穹窿山进香者，见舟子击一小蛇，某在旁戏语曰："蛇能索命，击之者往往不祥。"亟避去，亦不救也。是夜，梦有一蛇人立而言曰："见死不救，何忍心耶！"遂以尾击其腮而醒。觉而齿痛异常，忽出黑血数升，延医视之，曰："此蛇毒也。"医治半载始痊，而其人之家资已荡然矣。

十　神　人

乾隆五十年丙午，江南大旱，自三月不雨至于七月。时先君子年六十四，偶触暑，腹疾大作，医药罔效，饮食不进者至四十日，先君子亦自分不起，乃谓泳曰："吾尝自占，年可逾七十，今病至此，岂数之不验耶？"一夕，漏四下，忽闻异香满室，庭树肃然，先君子忽张目曰："顷吾梦见十神人来，邀余行，余辞之，已首肯去，吾病其痊乎？"自是渐思饮食，腹疾亦止，月余始平复。至六十年七月，先君子并无病，夜梦十神人复至，遂谓泳曰："吾将殆矣！"竟以八月廿七日子时殁，计延寿者十年，亦奇矣哉！

枯　骨　托　梦

吴县木渎镇有一富家，买地作生圹，某孝廉者为经纪其事。孝廉夜梦古衣冠者数人，长揖而言曰："公贵人也，将来福禄无涯。惟我辈枯骨，全仗公成全，幸勿抛弃，当有以报大德也。"觉而异之。至期开土,果获枯骸。孝廉素不信鬼,乃弃掷太湖中。未几,孝廉竟发狂疾,月余而死。

诗 人 黄 逵

乾隆辛亥九月,余应绍兴太守李晓园之聘,与修府志,同徐朗斋孝廉寓卧龙山下之慎余堂,即通判衙署也。一夕梦有人布衣蓝履,揖余而言曰:"某玉壶山人也,闻君等修志,来助抄写之役可乎?"余唯唯,醒后犹能记忆。次日早起,偶展《苏州府志·冢墓》门,见有山阴诗人黄逵者,客死于苏,葬虎丘半塘寺,号玉壶山人墓,因补入《文苑传》。

鬼 神 弄 人

嘉庆癸酉科江南首场,有吴江某姓者,梦一老人告曰:"汝文须用'稻粱初熟,啄粮恋彭蠡之滨;橘柚方浓,择木念衡阳之浦'四句,方可入彀。"醒而思之,竟无可用之处,因置之。至次场,《礼经》题系"鸿雁来"一句,遂用梦中语。及榜发,竟未售,后领落卷,知文已呈荐,被主司抹此数语,故摈之。因叹鬼神之弄人,亦甚无谓也。

秦 桧 铁 像

千古奸邪,无逾秦桧,堕豕胎而雷殛,掘狗葬而焚灰,人心犹未快也。今岳坟铁像,明正德八年浙江都指挥使李隆始铸铜为之,仅秦桧、王氏、万俟卨三人反接跪墓前。久之,被游人击碎。万历中,按察副使范涞更铸以铁,而又添张俊一像。本朝乾隆中,熊公学鹏为浙江巡抚,四铁像又已击坏,县官禀闻,拟请重铸。熊未批准,窃念岳王灵爽在天,逆桧沉沦地狱久矣,顽铁无知,何烦重铸耶!是夜熊梦四铁像来,叩谢阶下,醒而异之,仍饬县官重铸,至今存焉。

四　十　一

苏州蒋以暄于韦苏州庙祈梦，梦至一巨第，门首墙上有真草隶篆四行，每行三字相同，乃"四十一"也。真书一行下，旁注一"悲"字；草书一行下，旁注一"去"字；隶书一行下，旁注一"存"字；篆书一行下，旁注一"喜"字。醒后，不解何义。未几，其尊甫赠公容斋先生殁，时为乾隆四十一年，真书一行乃验。服甫阕，以暄亦殁，年四十一岁，草书一行又验。以暄生前耽吟咏，多散佚，殁后友人检其遗稿，仅存四十一首，隶书一行又验。嘉庆庚辰，以暄胞侄泰阶官起居注主事，加三级，恭遇覃恩，貤赠以暄朝议大夫，距以暄殁已四十一载，篆书一行又验。

三　十　三

元和徐孝廉名孝华，初次乡试，在省寓，梦途中猝有一贵人肩舆至，仆从如云，徐避至道旁，舆中人忽招手，谛视之，即其故父也。言语甚多，醒后都不记忆，惟临别曰："汝三十三。"徐记在心，然亦不明其义。及嘉庆癸酉乡闱报捷，拆条乃三十三名，始悟所梦。

南　游　梦

康茂园先生名基田，山西兴县人，乾隆癸酉乡荐后，曾作南游梦，数十年升沉显晦，了不记忆，惟记舟至太仓州城下，听岸上人语云："此太仓西门也。"欣然登岸，进西门，流览逾时，出北门而去。丁丑成进士，简发江苏知县，似太仓或有缘矣。凡水陆所经，如梦中所遇。补新阳县，东去太仓西门三十里，调昭文，出太仓北门七十里，以为梦兆已验于此。或以升太仓为言，终无验。嗣任岭南，调中州，再至江苏，官职日显，擢任河道总督，年已六十有七矣。因邵工大坝被焚，降太仓州知州，至西门入城，如旧游。旋署松江府知府，州人遮道送别，公避之，由北门登舟，然后知梦征之乃如此也。因作《南游梦记》。

红面金甲神

乾隆戊申年六月廿四日夜，荆州大水灌城。人民死者以千万计。半月前，荆州府署中有幕友某，蒲圻人，夜梦有红面金甲神持长鞭驱之甚急，次夜复梦如前，遂欲辞馆。太守问其故，笑不言，固叩之，乃以实告。太守惊曰："署中恐有火灾耶？"因备水缸数十百具，置之大堂前，此友竟飘然归矣。及水至，满城尽为冲决。四更初，又有红面金甲神随灯数百盏，由西北至东南，城门自开，水为之泄，活人无算。制府毕秋帆先生有七律十章，以纪其事。

注 苏 诗

桐乡冯星实先生应榴，中乾隆辛巳恩科进士，历官至四川布政使。告养回籍，从事苏诗，罗百氏之说，以证王、施、查三家之讹，勤心博考，朝夕不辍者至七年。先是，己酉十二月，忽梦文忠公来，高冠长髯，相视而笑，自此益力成之，凡五十卷。大约精诚所至，便形梦寐，其理然也。

冥 狱

僧允中，俗姓张，号蕴辉，长洲人。其兄芝冈先生凤翼，中乾隆辛丑进士，余旧交也。蕴辉少读书不成，遂出门习钱谷，游幕湖南，有辰州府泸溪县知县黄炳奎者，延为钱席。嘉庆元年，苗匪滋事，地方官竞欲立功，每得苗人，不辨其是非曲直，辄杀之。黄适获得张有一案七八人，正欲办理，刑席他出，遂交蕴辉属稿，蕴辉力劝不从，卒详上论斩。后一年，苗匪平，黄死，年未三十耳。至十九年秋八月，蕴辉偶至扬州，寓一饭店，夜梦有两人持去，至一处，高门大户，若今之督抚衙门，见一少年上坐于堂皇，两旁吏役肃然，如讯狱者。蕴辉窃自念：

"岂有人讼我耶？何为至此。"回头忽见黄，黄亦视蕴辉，若不相识者。蕴辉意以为必是亏空案，故累我也。顷之召蕴辉名，上坐者曰："苗人张有一案，汝所办耶？"蕴辉始豁然记其事，供曰："大凡刑、钱两席办案，总听东家做主。如此案当时原劝过，东家不听，非我罪也。"上坐者曰："汝属稿详上官，岂能逃避？"相持者久之，上坐者遂目一吏曰："暂令还阳，若能出家行善，念《金刚经》三千遍，忏悔罪过，便赦汝。"蕴辉不敢再辨，但见黄痛哭，已上刑具矣。前两人复掖之出，忽暗黑不辨道路，且雨雪交下，满地泥泞，一跌而醒。遂于次日收拾行李，买舟诣高旻寺，削发为僧。余亲问蕴辉，自述如此。

西 华 山 神

秀水王仲瞿昙，乾隆甲寅科举人，载籍极博，落拓不羁。嘉庆丙子七月，与余同游云台山，看其病重，因促之归杭州寓馆。丁丑八月初一日，果死。死月余，有钱唐冯霈田者，仲瞿弟子也，忽梦仲瞿着古衣冠，自称西华山神，生前原欲在世间大兴佛法，因声色之孽太重，降为岷山山神，过五十年始可复位。惟欲报一仇，必致荼毒生灵，则终古堕落，然此仇必报也。醒时犹能记忆，此梦亦奇。

王 太 守

江阴王侪峤名苏，以翰林出为卫辉太守者数年，丁艰后，服阕北行，殁于京邸。适有严方伯名烺者，与太守旧好，遂遣一介携其枢送回江南。隔一二年，太守有爱妾某，忽梦其主人来召，且命烹庖，醒后犹能记忆。自此不时梦去。一日，侪峤谕之曰："今日有严大人在此，急作一两样好菜。"嗣后每梦严大人常在座中，心甚疑之，后询之他人，曰："严方伯早卒矣。"又闻太守枢南还时，路遇他舟触其船者，其水夫立晕，晕而复苏，曰："王大老爷命跟随诸鬼笞之，甚痛。"余在京时与侪峤往来，人甚谦雅，不谓其死后灵爽如此。

东平王马夫诈人

江阴诸生有陈春台者，家甚贫，以蒙馆自给。一日出门，忽遇旋风一阵，觉心骨俱冷，归而病作。叩之巫者，说有东平王为祟，家中人竞请祈祷，春台素不信，亦无力也。有邻媪代为张罗，借得五千钱，一祷而愈。后春台知其事，大怒，乃写一纸告诸东岳，谓东平王是正神，何得向人索祭，扰累寒士耶！忽一夕，梦东岳神拘审，春台到案下，闻堂上传呼东平至矣，回顾有着黑袍者，参谒案前。神问曰："今有人告状，尔知之乎？"东平不认。又召本境城隍神查访，城隍神上曰："卑县已查明，是东平公马夫狡狯，东平实不知。今马夫亦带在此也。"东岳神遂命斩之。春台跪案下，见马夫已绑出，遂诉曰："马夫虽蒙正法，生员所费之五千钱，是挪措者，尚求追还。"东岳神不答，作迟疑状，忽语曰："汝于两月后到靖江取之可也。"遂醒，满身大汗。隔一两月，有至交在靖江，以事札致，春台渡江去，偶在路旁捡得小纸一张，乃钱票，适五千也。忽思所梦，因向铺户取之而归。此嘉庆廿四年五月事。

自 挽 诗

虞山赵子梁同钰能诗，才名洋溢。庚辰九月十五日夜，梦若有人谓之曰："尔百日内当死，尚懵懵耶！"醒而怪之，乃仿随园老人作自挽诗四首，云："本来原是梦中身，噩梦无端记得真。就使百年仍倏忽，可堪余日再因循。安排床箦须防病，商酌衣衾要顾贫。一事在心怎瞑目，未刊诗卷托何人？""细想吾生亦快然，即今五十四流年。弦虽两断难回首，丁已双添是踏肩。薄有才名传世上，差余识见出人前。便教真个形销化，也算逍遥极乐天。""多谢阎浮不遽收，宽期犹得十旬休。已忘书替来生读，未看花增几处游。巫典薄田偿客负，牢持宝砚嘱妻留。直须一点无牵挂，才把文章地下修。""呼来芍药是将离，毕竟瑶棺降几时。学浅忍抛诗弟子，归迟端误女孩儿。事经逆料虽无定,梦出凭空却可疑。万一不材冥主弃,罡风还有引回期。"越三月余,并无恙,真梦之不足征也。

松 雪 翁 入 梦

余自束发即学松雪翁书,至十八九岁,最喜临摹山谷,业师林蠡槎先生谓泳受病已深,仍以松雪为退转之法。后每见松雪墨迹,辄留神披览,如《黄庭经》、《乐毅论》、《汲黯传》、《过秦论》及《洛神》、《枯树》、《雪赋》、《头陀寺碑》、《归去来辞》之类,不一而足。中年为英煦斋相国家钩勒《松雪斋帖》六卷,既又为齐梅麓太守钩勒《松雪斋帖》六卷,则余与松雪虽不同时,若有深契焉者。嘉庆十八年九月,余始游吴兴,求所谓水晶宫、莲花庄、红蓼滩诸胜,皆草烟木瘁矣。惟一品石尚在高氏一老寡妇家,鸥波亭则仅存基址在芦苇中,松雪旧宅惟有一门,甚低,元时旧制也。余徘徊于门外者久之,遂告之太守赵公学辙、归安陈公三立、乌程彭公志杰,刻一碣曰"元赵文敏公故里"七大字,立于旧宅之前,一时观者云集。归至南浔舟中,夜梦松雪翁来谢,面圆而白,鬖鬖有须,身着蓝衫,一如曩时在毕涧飞员外家所见松雪自绘小像者。醒而异之,乃作诗曰:"北海追魂迹已陈,公来入梦又何因。燕台一宦原如寄,公与中峰札云:"一官如寄。"鸿迹千年自有真。争说画禅成独绝,但言书法亦谁伦。雌黄却怪华亭老,不肯从公步后尘。"盖董华亭一生评论松雪,至老年则渐渐服膺,乃知松雪之书未易言也。

梦 神 狡 狯

大凡人心地不宁则多梦,语又云:"日之所思,夜之所梦。"余生平无妄想心,而所梦者皆非所思也,岂梦神故作狡狯,以揶揄弄人耶?一夕梦至一处,宛如旧游,高门大户,楼阁巍然。一童子出,惊喜曰:"主公回矣。"忽见仆从如云,左右环列,入堂内,则姬妾满前,拥夫人出见,谓余曰:"两子入京考试,尚未归家,自君之出,所喜得三孙,阖家康安,岂非幸事!"遂入内室,见金银如出,若比今之藩库,尤为充裕。有五六大柜，启视之，皆珠玉宝器，无暇赏玩。又一柜皆贮古钱，如齐吉货、太公九府钱，以至两汉、六朝钱币，不下数千百种。既而又见唐、宋各监所铸之钱，中有年号从未经见者，正欲翻阅洪遵《泉志》及《宋史·食货志》，为之考订源流，忽闻外堂人声甚沸，一老仆飞报曰："两郎君皆中鼎甲矣。"铜钲数声，梦为之醒，怅然于枕上者久之。又一夕，梦与中贵人坐，坐上皆列宝器及唐、宋名人书画图籍，有玉鸳鸯一对，高二尺许，莹白如雪，中贵人谓余曰："此连城璧也。"余取视之，失手落地，分为数片。中贵人声色俱厉，余亦踟蹰不安，跪谢曰："愿赔还。"乃取家产及所爱书帖悉卖之，不足，又乞旧好张罗借贷，莫有应者，自此大困，饥寒交迫，妻子亦鸠形鹄面，不堪属目也。乃窃自念曰："人生至此，尚何足言！吾闻世上事有真有梦，若真也，愿速死，若梦也，愿速醒。"顷之，果梦也。余尝有诗云："人生如梦幻，一死梦始醒。何苦患得失，扰扰劳其形。"李青莲云："处世若大梦。"为千古达人语，特未言梦之醒耳。

和　神　国

《幽怪记》载李元之尝梦往和神之国，如死者，数日而复生。见其国人寿皆一百二十岁，皆生二男二女，与邻里为婚姻。地产大瓠，瓠中有五谷，不烦人栽种而实。水泉皆如美酒，气候常如深春，树木叶皆彩绿，可为衣襟云云。余每有此论，吾辈若能在此国作百姓，则何有于功名富贵、谋衣谋食事耶！虽羲皇上人不是过也。乃作诗云："欲买青山愿未成，心头万绪任纵横。何时梦到和神国，无事萦心过一生。"

卷二十三　　杂记上

三　教

或问儒、释、道何以谓之三教？余答之曰：天地能生人而不能教人，因生圣人以教之；圣人之所不能教者，又生释、道以教之。故儒、释、道三教并行而不悖，无非教人同归于善而已。孔子曰："中人以上，可以语上也；中人以下，不可以语上也。"盖圣人之教，但能教中人以上之人，释、道不能教也；释、道之教，但能教中人以下之人，圣人亦不能教也。纪晓岚相国有云："帝王以刑赏劝人善，圣人以褒贬劝人善，刑赏有所不及，褒贬有所弗恤者，则佛以因果劝人善。"颇与余言相合。今为儒者不知仁义，为释者不知慈悲，为道者不知清静，惟与利是图，则天地亦无如之何矣。

先君子养竹公有言曰："以雪为白，以墨为黑，常人之见也；雪可化黑，墨可化白，圣人之见也；雪即是黑，墨亦是白，道家之见也；白者非雪，黑者非墨，佛家之见也。常人之见实，圣人之见大，道家之见奥，佛家之见空，此三教之分也。"

兄弟和家之肥

天地开辟，即有九州。九州之君，皆天所生，天之视君，犹诸子也。诸子和，则天下治；诸子不和，则天下乱。伊古以来，事莫妙于尧舜之递传，尚有嫌乎？汤武之革命，虽曰顺应，实起争端。争端一生，天下反覆；兄弟不和，一家反覆。故致中和则万物育，兄弟和则家之肥也。

天人异论

金正希先生云："圣贤所自信者天命，而人事则未敢必也。"蒋雉园先生云："有不可知之天道,无不可知之人事。"家竹汀宫詹曰："两先生皆通儒也,其言异,其旨一。夫子曰'不尤人',人事可必乎?又曰'不怨天',天道可知乎?"

情

天地不可以无情,四时万物皆以情而生;人生不可以无情,三纲五常皆以情而成。推而广之,风云月露,因人而情;山川草木,因人而情。声色可以移情,诗酒可以陶情。情之所感,寝食忘焉;情之所钟,死生系焉。然则情也者,实天地之锁钥,人生之枢纽也。然情有公私之别,有邪正之分。情而公,情而正,则圣贤也;情而私,情而邪,则禽兽矣。可不警惧乎!

可　知

兄弟不和,妇女作主,几席生尘,饮食无度,一家之事可知矣。官吏相蒙,奴仆执柄,是非倒置,惟利是图,一国之事可知矣。仁义不施,廉耻道丧,神人交怨,灾异叠生,天下之事可知矣。

戒杀放生

《孟子》曰:"恻隐之心,人皆有之。"戒杀放生,尤恻隐之至者也。然而天下皆戒杀,则禽兽将为人害矣;天下皆放生,则人将为禽兽役矣。要之扶危济困,是君子之存心;而救蚁埋蛇,亦仁人所并用。则亦何必戒杀,何必放生哉!究为释子之慈悲,而非圣人之仁义也。

徒阳运河

今丹徒、丹阳百里之间,为江潮淤垫,舟楫难行,每到漕船回空之后,辄两头打坝,雇夫开浚,每年所费不资。而一经水浅,不特不通漕运,而商船亦以阻塞,至于物价腾贵,行路咨嗟,而莫可如何也。盍请当事抽分开浚之费,为造船百余只,计口授食,以备不虞。水浅则藉以拨粮,粮过则取以载土过江,弃于瓜步之下,不久成田,招民耕种。而徒、阳两县之闸,以时启闭,不使长开。行之五年,必有大效。

不 可 少

盐米为斯民之食用,不可少也。盐无税,则私贩绝迹;米无征,则市价自平。官吏为斯民之父母,不可少也。官能清,则冤抑渐消;吏能廉,则风俗自厚。

读万卷书行万里路

语有云"读万卷书,行万里路",二者不可偏废,然二者亦不能兼。每见老书生矻矻纸堆中数十年,而一出书房门,便不知东西南北者,比比皆是。然绍兴老幕、白发长随,走遍十八省,而问其山川之形势、道里之远近、风俗之厚薄、物产之生植,而茫然如梦者,亦比比皆是也。国初魏叔子尝言,人生一世间,享上寿者不过百岁,中寿者亦不过七八十岁,除老少二十年,而即此五六十年中,必读书二十载,出游二十载,著书二十载,方不愧"读万卷书,行万里路"者也。

廿 一 经

昔人以《六经》而广为《九经》,又广为《十三经》,其意善矣。近金坛段懋堂先生又言当广为廿一经,取《礼》益以《大戴》,《春秋》益以《国语》、《史记》、《汉书》、《资治通鉴》,又谓《周礼》六艺之书,《尔雅》未足以当之,当取《说文解字》、《九章算经》、《周髀算经》三种以益之,庶学者诵习佩服既久,于训诂名物制度之昭显,民情物理之隐微,无不了如指掌。无道学之名,有读书之实。其说甚新。

蒋　都　督

　　长洲蒋龙江都督守皖江时，王师已下金陵，不日将至，痛哭曰："天乎！不可为矣。"乃召妻妾子女于厅事前，谕之曰："吾以匹夫受天子厚恩，国亡与亡，死复何憾？若辈尽为俘矣。"妻王夫人进曰："臣既死君，妻亦死夫，理之当然者。"妾七人言亦如之。次子传、三子祖皆曰："父为忠臣，儿敢不学孝子耶！"二女与未婚媳赵氏曰："愿吾门全忠孝节义也。"乃积薪纵火，阖门烧死。都督顾视灰烬，提刀而出，巷战经日，犹杀四十余人，旋自刎。是时公胞侄珍，官苏州游击，亦遇敌亡。事与周将军遇吉一门尽节事相类，为千古不可磨灭者。国朝乾隆四十一年诏旌胜朝殉节诸臣，都督已予谥忠烈，详《明史》矣。而其随从殉节者共十四人，俱遵旨入祀忠义、节孝二祠，而志乘阙焉，特记于此。

父 子 大 拜

　　本朝父子大拜者有四家：桐城张文端公英，次子文和公廷玉；常熟蒋文肃公廷锡，子文恪公溥；无锡嵇文敏公曾筠，子文恭公璜；诸城刘文正公统勋，子文清公墉也。其父子俱为一品者：海宁陈清恪公诜为礼部尚书，子文勤公世倌大拜；钱塘徐文敬公潮为吏部尚书，子文穆公本大拜；富阳董文恪公邦达为礼部尚书，子文恭公诰大拜。

席　宗　玉

　　国初吾乡羊尖镇有席宗玉，慷慨尚义，远近称为长者。崇祯十六年冬，忽有如皋李元旦携其母许、其妻姚并子女僮仆辈，悉投奔于宗玉。元旦系大冢宰大生之子，官詹事府少詹，许系大学士许毂女，姚系癸未探花永言女也。元旦赠宗玉诗云："君岂蓬蒿侣，龙蛇偶寂寥。霜摇三尺剑，月冷数声箫。疏竹成幽径，荒庐接小桥。家贫还甚侠，车盖敢相招。""畴昔怨离歌，前宵来渡河。那堪芳草路，只送马蹄过。烽燧殊方满，星霜客鬓多。愿期春色里，同剪北窗萝。""已驾寒江楫，还为卒岁留。老慈牵嫂袿，稚子曳君裘。候雁常虚帛，呼天欲寄愁。即今空汗漫，不复似依刘。""每成别后梦，即捡隔年书。天地情难老，江湖泪有余。寒云生旧榻，落日忆空庐。满目交游尽，思君总不如。"其明年三月，闻思陵崩，遂大哭辞去，回如皋，阖门殉难。时有义士柏仲祥者，一日能行三百里，负元旦子祥官而逃，不知置何处。仲祥后被获，死南京。呜呼！自古圣帝明王皆以民为邦本，而至于此极耶！故民贵而官贱，则天下治；官贵而民贱，则天下乱；官贵而民贵，则天地开；官贱而民贱，则天地闭矣。

率 由 旧 章

大凡处事不可执一而论，必当随时变通，斟酌尽善，乃为妙用。余尝论"率由旧章"一语，不知坏尽古今多少世事。有旧章之不可改者，有旧章之不可不改者。至如吾乡之北望亭桥，今改为丰乐桥，南堍为无锡所辖，北堍为金匮所辖。嘉庆二十年将重建时，诸乡民原请造纤路，以便往来舟楫，锡令韩君履宠因问诸乡民，向来有否？曰："无之。"韩曰："然则牵由旧章可也。"而监造之绅衿华凤仪辈，因人碌碌，亦不与韩君辩，将陋就简，数月而成。每遇西北风，其流直冲，无有约束，覆舟殒命者，一岁中总有数次。此"率由旧章"之误事也，可畏哉！

峨 嵋 老 僧

江阴朱中丞勋以佐贰起家，官至陕西巡抚，赏戴花翎。先是中丞诞生时，适有老僧在门首化斋，告其家曰："闻即刻公喜生一相公，此儿将来当大贵，六十年后或可于长安相遇也。"道光初年，朱正在陕西，偶有差役以事入峨嵋，遇此僧。僧曰："有一书烦为我寄朱大人，我尚知其诞生时也。"差回省城，不敢投，禀之长安令，启其书，无他语,令为转呈,但言今年某月某日当束装北上。果于是日得旨,召入京师,以四品京堂用。

修　志

郡县之有志,犹国之有史,家之有谱也。书因革之变,掌褒贬之权,发幽潜之光,垂久远之鉴,非志之不可。然志之有二难焉:非邑人则见闻不亲,采访不实,必至漏略;如邑人而志邑事,则又亲戚依倚,好恶纷沓,必至滥收。没其所有则不备,饰其所未有则不实,此其所以难也。

凡重修府、州、县志,无论文章巨公、缙绅三老,总不可以涉手,以其易生丛谤也。盖修志与修史同一杼柚,作文难,评文易,吹毛求疵,文人恶习,试观诸史如《史记》、《汉书》,虽出马、班之手,尚不能无遗议,况他人邪!

嘉庆十九年,余与修《高邮州志》,将刻成,署曰《嘉庆高邮州志》,州中诸缙绅见之哗然,以为不通,仍去"嘉庆"二字。余笑谓州刺史冯椒园曰:"吾见《元和郡县志》、《元丰九域志》、《乾道临安志》、《乾道毗陵志》、《淳熙三山志》、《绍熙云间志》、《嘉泰会稽志》、《嘉定赤城志》、《宝庆四明志》、《景定建康志》、《咸淳临安志》、《至元嘉禾志》、《大德昌国州图志》、《延祐四明志》之类,不可枚举,岂诸缙绅亦以为不通耶?少所见多所怪也。"

吾邑无锡之名,始见于《史记·东越列传》。无锡名县,见于《汉书·地理志》。无锡有志,始于元人王仁辅,一修于景泰冯择贤,再修于弘治吴凤翔、李舜明,三修于万历秦子成。本朝康熙二十九年,乡先正秦对岩、严蒻渔两先生修之;乾隆十六年,浦二田、华剑光两先生又修之。嘉庆十七年,少司寇秦小岘先生又修之,颇将旧志删改,且懒于采访,凡乡间所有人物节孝,概行疏略,颇不满于邑中。余因请之司寇,阅新志所未载者,为采录一编,名曰《梁溪补志》,存稿以俟后来云。

道光五六年间余拟修《虎丘志》,有一缙绅曰:"钱某并非本地人,何劳涉笔耶!"余闻之而止。夫虎丘一区,无关紧要,而尚遭人谤,其他可知。案《虎丘志》始于明洪武初王仲宾,久已失传,重修者为松陵周安期,再修于娄东顾湄,元和令周岐凤又修之,震泽任兆麟又修之,皆非本地人也。

八　　体

秦书有八体:一曰大篆,二曰小篆,三曰刻符,四曰虫书,五曰摹印,六曰署书,七曰殳书,八曰隶书。今世所传亦有八体:一曰钟鼎文,薛尚功《钟鼎款识》是也;二曰秦篆,泰山《琅邪台刻石》是也;三曰秦隶,《两汉金石器物款识》是也;四曰汉隶,东京汉安以后诸碑是也;五曰钟隶,《上尊号奏》、《受禅》、《孔羡碑》是也;六曰真书,六朝、隋、唐诸碑是也;七曰行书,《兰亭》与《集王圣教序》是也;八曰草书,《二王帖》、《书谱》是也。

性　恭　谨

余有老友徐翁长,出门曾见山阴何恭惠公煟为河南巡抚时,性恭谨,每得各省同寅亲友公文书启,命仆开函时,必起而拱立,两手捧诵,诵毕然后坐,及答书,亦必拜而后发,其诚如此。公子裕成亦任河南巡抚,然不及乃翁矣。

袁　简　斋

袁简斋先生一生不信释氏,每游寺院,僧人辄请拜佛,先生以为可厌,乃自书五言四句于扇头云:"逢僧必作礼,见佛我不拜。拜佛佛无知,礼僧僧见在。"似深通佛法者。又先生一生不讲《说文》,一日宴会,家人上羊肉,客有不食者,先生曰:"此物是味中最美,诸公何以不食耶?试看古人造字之由,美字从羊,鲜字从羊,善字从羊,羹字从羊,即吉祥字亦从羊,羊即祥也。"满座大笑,似又深通《说文》者,皆可以开发人之心思。

苏东坡生日会

　　毕秋帆先生自陕西巡抚移镇河南,署中筑嵩阳吟馆,以为燕客之所。先生于古人中最服苏文忠,每到十二月十九日,辄为文忠作生日会,悬明人陈洪绶所画文忠小像于堂上,命伶人吹玉箫铁笛,自制迎神、送神之曲,率领幕中诸名士及属吏门生衣冠趋拜,为文忠公寿,拜罢张宴设乐,即席赋诗者至数百家,当时称为盛事。迨总督两湖之后,荆州水灾既罢,苗疆兵事又来,遂不复能作此会矣。呜呼! 以公之风雅爱客,今无其继,而没后未几,家产籍没,子孙式微,可慨也已。

改　　嫁

　　改嫁之说,袁简斋先生极论之,历举古人中改嫁之人,若汉蔡中郎女文姬改嫁陈留董祀;《新唐书·诸公主传》,其改嫁者二十有六人;又权文公之女改嫁独孤郁,其实媵也;韩昌黎之女,先适李汉,后适樊宗懿;范文正公之子妇,先嫁纯礼,后适王陶;文正母谢氏亦改适朱氏;陆放翁夫人为其母太夫人之侄女,太夫人出之,改嫁赵氏;薛居正妻柴氏亦携资改嫁;而程伊川云妇人宁饿死不可失节,乃其兄明道之子妇亦改嫁,不一而足。余谓宋以前不以改嫁为非,宋以后则以改嫁为耻,皆讲道学者误之。总看门户之大小,家之贫富,推情揆理,度德量力而行之可也,何有一定耶? 沈圭有云:“兄弟以不分家为义,不若分之以全其义;妇人以不再嫁为节,不若嫁之以全其节也。”

金 石 文 字

　　金石文字,虽小学之一门,而有裨于文献者不少,如山川、城郭、宫室、陵墓、学校、寺观、祠庙,以及古迹、名胜、第宅、园林、舆图考索,全赖以传,为功甚巨。而每见修志秉笔者,往往视为土苴而弃之,真不可解也。王兰泉司寇为《金石萃编》一书，有与诸史互异，辄以证之，此深于金石者也。孙渊如观察尝言："吾如官御史，拟请旨着地方官吏保护天下碑刻。"此癖于金石者也。

算 尽 锱 铢

每日费用，虽小不苟，所以惜物力、谨财用也。苏州人奢华靡丽，宁费数万钱为一日之欢，而与肩挑贸易之辈，必斤斤较量，算尽锱铢，至于面红声厉而后已，然所便宜者不过一二文之间耳，真不可解也。相传沈归愚尚书贫困时，鲜于僮仆，每早必提一筐自向市中买物，说一是一，从不与人争论，诸市人知其厚道，亦不敢欺，彼时尚有古风。

布 衣 可 贵

嘉庆己巳岁七月，余在京师，英煦斋相国家有笔墨事，尝招余住澄怀园之近光楼。时公为户部侍郎兼副提督，同寓者为席君子远、姚君伯昂，两编修也。一日五鼓天未明，大雨如注，闻鸡人传唱声，知公已早到宫门矣。两编修闻之，亦急具衣冠，冒雨入朝，不迟晷刻。余时正高卧，枕上朦胧谓两编修曰："吾今日始知布衣之可贵也。"

南 北 气 候

故老尝言：大江以北，麦花昼开；大江以南，麦花夜开，总未留神察看。嘉庆七、八年间，偶见麦花皆昼开，殊不信。一老农曰："麦花自国初以来，俱如旧说，其昼开者，始于嘉庆初年。"盖由南北气候日转，犹之北方产梨、枣、瓶果之属，今南方亦有之；南方产姜、莲、慈菇、荸荠之属，今北方亦有之。余于乾隆壬子始入京师，夏间蚊虫绝少；至嘉庆十三、四年六、七月内，每到垂晚，则蚊声如雷矣。

水 仓

扬州有余观德者,人颇豪侠。乾隆五十九年四月,新城多子街一带不戒于火,延烧达旦,观德率众扑救甚力,因创为水仓,起名甚新。其法在闹市中距河较远处,买地一区,前设小门,后为大院,置水缸数十百只,贮以清水,设有不虞,水可立至,此良法也。余友孙春洲尝作门联云:"事有备而无患,门虽设而常关。"自余观德创后,扬州城内随处皆置水仓,惜其法不行于苏、杭之间耳。

大 归 四 事 诗

莲池大师临终时有诗云:"病药两非何足辨,死生双幻不须忙。"真达者之言也。余尝见云间张文敏公照有小册,蝇头细书,上题曰"大归四事诗",殊妙。四事者,衣、衾、棺、椁也。今录于此:"儿女千行泪点污,着来寒暖不关肤。谁能立地明三事,漫说升天重六铢。翠袖明珰长已矣,绣裳命卷更何如。早知一向为黄土,虚费区分紫与朱。衣。""越纻吴绫细剪裁,千条百结裹枯骸。闺中绣满梵王字,原上飞成鬼伯灰。不许鸳鸯栖并翼,任他蝴蝶梦千回。恰如旅客和衣睡,欹枕鳏鳏子夜来。衾。""谁信千年永不开,徒教骨肉隔黄埃。收回天上三春艳,盖尽人间一石才。水土几番灰却了,山林又复斧斯来。还愁仙骨埋难尽,碧落殷勤选玉材。棺。""双手卷然鬈沐余,竭来小有洞天居。浑如护惜加穷裤,莫是堤防用槛车。蝼蚁一生忙不定,牛羊他日此相于。漆园再向枯骸语,为问王孙意底如。椁。"

吴 书 呆

吴江吴茝堂先生,名燮,乾隆丙辰尝举博学鸿词科,不遇,浮沈诸生中,年七十余,无家室,宿食紫阳书院。后辈轻薄,肠肥脑满,视茝堂如怪物,无与言者。一日书院课期,苏州太守孔公名传炯点名,及苣堂,苣堂趋而前,与太守执手问好,太守怒曰:"汝一老诸生,太无礼节,敢与我抗礼耶!"苣堂遂挺立慢骂曰:"汝父与我同举鸿博科,汝尚在子侄行,岂有孔门子孙而轻视长者乎?"太守大骇,询之他人,知其实,踧踖谢罪。人称为吴书獃。

朱文正公逸事

朱文正公相业巍巍,莫不称为正人君子,待人接物,必恭必敬,晚年益自刻厉,宏奖人材,后辈门生仰之如泰山北斗。一日有通家子某,欲晋谒,阍人辞以请客。问请何人,阍人曰:"昨日请老师、父执及前辈,今日请同年、同寅,皆已故者。"某骇然,问其礼,每一席设五六位不等,椅坐上书某名某公,以尊卑分次序,而自居末座,衣冠肃然。坐定,命仆行酒、上菜、上饭、上茶,一如生人。祭毕,则送诸门外。如是者三日,莫知其故也。越月而薨。

易 于 传 播

毕秋帆先生为陕西巡抚,重修马嵬驿;伊墨卿太守在惠州,重修朝云墓;陈云伯大令在常熟,重修河东君墓,皆民事之不甚急者,而易于传播,人人乐道之,何耶? 如阮云台宫保提学山东,重修郑康成祠,于浙江重修曝书亭,巡抚江西,重修玉茗堂;唐陶山方伯令吴时,重修桃花庵;林少穆中丞为杭嘉湖道,重修放鹤亭;陶云汀制府、梁苣林方伯在苏州,重修沧浪亭,并肇建五百名贤祠及梁伯鸾祠;孙渊如观察在山东,重修闵子墓,并访义士左伯桃、羊角哀墓于范县之义城寺东,则又在毕秋帆诸公上矣。

福 慧 庵

余旧居之东,有福慧庵者,地颇幽闃,又谓之静室,有莲华域、憩云窝、文昌阁诸胜,国初有杲道人来卓锡于此。道人名圆通,相传为崇祯某科进士，文章书画，无所不长，至于雕文刻镂，皆亲自制作，良工见之缩手。尝手写《莲华经》七卷、《楞严经》十卷，而葡萄一幅，尤为绝作，隐然以温日观自命。余少时读书庵中，尝披阅之。辛巳秋日，偶过圆公塔院，题壁二首云："艰难心事总成灰，师自红羊劫里来。收束儒书归佛刹，独持禅悦老岩隈。空门安用雕龙手，举世谁怜吐凤才。留得葡萄遗墨在，焚香展读不胜哀。""廿年不到憩云窝，殿屋苍凉绊薜萝。拂面红尘成底事，满头白雪又来过。穷通有命凭谁问，福慧难兼奈老何。礼罢远公旧时塔，数声清梵莫云多。"

红白盛事

苏杭之间，每呼婚丧喜庆为红白事，其来久矣。乾隆六十年冬，阮云台先生以詹事府正詹提督浙江学政，旋有旨擢内阁学士兼礼部侍郎。其明年，正续配夫人孔氏，为衍圣公胞姊，公馆在钱塘门外，先生乘八座行亲迎礼，卤簿鼓吹，填塞道路，杭城内外士民妇女观者以数万计。是年秋，孙补山先生灵枢由广西赐葬钱塘，奉旨入城，舆马之盛，执事之多，从来未有。其上一年，富阳董相国丁邢太夫人忧，从京师扶枢归里，自镇浙将军、都统、巡抚、盐政、司道以下暨合郡缙绅皆素衣跪送，而满城兵甲侍从，旌旆飞扬，自江头至六和塔，直接秋涛宫，分列皆满。萧公福禄，其先本回部人，为狼山镇总兵官，年已七十二，忽然丧耦，尚欲续弦，久之无有应者。嘉兴马姓，亦是教门，有闺女年三十八，尚未字人，早拟守贞以终其身矣。至是萧来求亲，女私念曰："婿年虽老，究属二品官，一嫁便作夫人，较守贞不字，老苦于空房，自为优也。"欣然愿嫁，择日成婚。未期月，萧公升浙江提督，与夫人赴任，道出嘉兴，行归宁之礼。旌旗舆马，箫鼓喧阗，自参将以下与标兵三千余人皆披甲挂刀，排列成行，跪迎于西城门外，观者万人，咸为叹羡。吴门韩旭亭公与潘榕皋农部及其弟云浦公皆八十称觞。旭翁以子𪩘贵，封光禄大夫、刑部尚书；云翁以子世恩贵，亦封光禄大夫、户部尚书。俱蒙钦赐寿杖、福字、荷包等物，荣耀乡间。而榕皋嗣君世璜亦鼎甲，称觞之日，数郡毕至，胞侄殿撰公世恩、中翰公世荣俱侍左右，晋接宾朋。此皆红白事之最盛者也。

诂 经 精 舍

嘉庆初年，扬州阮云台先生一为浙江学政，两为浙江巡抚，于西湖圣因寺旁设诂经精舍，选诸生中经学修明，通于一艺者，习业其中，有东京马融氏之遗风。余每游湖上，必至精舍盘桓一两日，听诸君议论风生，有不相能者，辄吵攘面赤，家竹汀宫詹闻之，笑曰："此真所谓洙泗之间，龂龂如也。"其精舍中肄业诸生，则有洪颐煊、洪震煊、徐养源、徐养浩、陈鸿寿、陈文杰、胡敬、徐熊飞、吴东发、汪嘉禧、孙同元、赵春沂、赵坦、范景福、何兰汀、徐鲲、丁子复、李遇孙、金廷栋、陶定山、张鉴、沈涛、周联奎、顾廷纶、邵葆初、蒋炯、李方湛、吴文健、陆尧春、朱壬、汤锡蕃、王仁、朱为弼、何起瀛、钱林、张立本辈，凡三十余人，为一时之盛。及先生还朝，诸生皆散去，或仕或不仕，近且雕落作古人者，又不一其人矣。

毕

唐杜牧之梦改名毕而卒，宋邹忠公梦道君赐笔而卒，盖毕字古人已有忌之者。毕秋帆尚书名沅，为两湖总督八年，忽以事降调山东巡抚，心窃喜之。未几仍复两湖之任，遂愀然不乐，谓人曰："吾将终老于斯乎？"已而苗匪起事，领兵堵御，没于当阳。乃知姓名亦有忌讳焉。

茂 林

族弟槃溪家有一青衣名茂林者，滕姓，湖南辰州府滕家堡人，系武世家，族中有十三武举、两进士。自言嘉庆元年，苗匪滋事，福大将军督师。一夕有苗千余人来扑官军，官军急号救于滕氏，立率父兄子弟持器械出佐官军，杀苗数百人，苗遁去，将军以为功，题升十余辈。不数日，苗知为滕氏兵，遂约数千人直歼滕氏，滕氏亦号救官军，官军皆不应，无一人出者，此堡遂成瓦砾场，茂林其遗孤也。余时寓息园，闻其语,为叹息者久之。

苣 香 校 书

苣香校书者,本旧家子,长洲人,能画,工词曲。其父某曾为府司马。父没后,与母独居,遂落籍。余尝有诗云:"鸾飘凤泊寻常事,一堕迷楼最可怜。"又云:"见卿惟念南无佛,安得开笼放雪衣。"盖惜之也。后为鸨母凌虐,忧郁成疾,不知其所终。

杨 婉 春

庚申六月十二日,余出都,从潞河归櫂,有杨氏女婉春者,苏州人,年十五,善言笑,在某王府度曲,将附余舟,余以同乡谊,弗却也。行至泇河,适逢七夕,婉春乃言曰:"今夕当唱唐明皇拜月一曲。"其聪慧如此。遂命仆人吹笛和之,歌声嘹亮,听者莫不凄然,因书三绝句为赠,云:"泇河水碧鹭双飞,人到良期心事违。赖有盈盈年十五,能令秋客坐忘机。""客里年华去若驰,抚今追昔不胜悲。听卿一曲《长生殿》,想见开元全盛时。""银河有影度窗纱,乌鹊无心踏彩霞。同是孤舟沦落客,不知好梦属谁家。"

赵 梅 卿

"白璧千双珠作阙,金钗十二玉为裾。人间多少繁华梦,比到梅花总不如。"此王惕甫学博诗也。道光乙酉年,苏州阊门外有妓赵梅卿,素未著名,吴江周蓉裳见之,大为赏识,戏书此诗于梅卿扇上,自是声价十倍,车马盈门。

定 数

乾隆十二年秋,东北风起,海水大上,南人谓之海啸,漂没人民屋舍无算。有一人既溺于水矣，忽有一红面者挽之，曰："此吾家人也。"
不一二年，火起寝室，其人烧死，始知红面者是火神也。又壬寅六月
立秋日，沿海崇明、宝山、福山一带亦海啸，死者无算。有老妇年八十
二岁，亦死此厄，生时自言海啸已经七次，俱得救援，至此而仍溺于
水。又苏州叶某者，性迂拙，一无所能，其父死，既无产业，且有逋负。
叶终日不乐，屡欲寻死，或独宿于枯庙，或时走于荒坟，欲投井则有人
救之，欲自经则有人解之，遂投入太湖，忽见朱衣人持挺驱之，得达彼
岸，适遇其戚，送以归。叶自述如此，而人亦谓历经诸难不死，将来必
有后福。居无何，竟窃刃自戕。昔晋惠公死于高粱，卜者先知；周亚
夫饿纹入口，卒死于狱。乃知人之死于水火，命之短长，俱有定数。

苓 巴 鸡

吾邑疡医窦西岩之父，少时在金陵，以千钱买蜀贾苓巴子三升，
已用其半，曝于庭，为家畜白鸡啄食之。鸡日渐高大，金胸翠翼，雪羽
朱冠，鲜妍五彩，巨过于鹅而高倍之，人不识为鸡也。人来观者如市，
膏药遂大售，日进千钱，子孙温裕者三世。

机 神 庙

机杼之盛莫过于苏、杭，皆有机神庙。苏州之机神奉张平子，不
知其由，庙在祥符寺巷。杭州之机神奉褚河南，庙在张御史巷。相传
河南子某者，迁居钱塘，始教民织染，至今父子并祀，奉为机神，并有
褚姓者为奉祀生，即居庙右。余于戊辰岁为阮云台中丞书《褚公庙碑
记》，因悉其事。按唐时以七月七日祭机杼，想又以织女星为机神也。

鸟 枪 打 雨

嘉庆元年，苗人滋事，上遣福公康安提兵征讨。时值四五月，霖雨
间作，无一日晴者。福公忧之，命道士祈晴，不应，乃遣鸟枪兵向天而

开,始放日光,隔数日,虽开枪亦不应也。此余弟子杨生补帆在军中,亲见其事。闻甘肃省每遇阴霾,致损田禾,须开鸟枪打散,亦此意也。

五　云

五云者,丹徒王梦楼太守所蓄素云、宝云、轻云、绿云、鲜云也。年俱十二三,垂髫纤足,善歌舞。余时年二十五六,犹及见之。越数年,五云渐长成矣,太守惟以轻云、绿云、鲜云遣嫁,携素云、宝云至湖北,送毕秋帆制府,审视之,则男子也。制府大笑,乃谓两云曰:"吾为汝开释之。"乃剃其头,放其足,为僮仆云。

换　棉　花

余族人有名焜者,住居无锡城北门外,以数百金开棉花庄换布以为生理。邻居有女子,年可十三四,娇艳绝人,常以布来换棉花,焜常多与之,并无他志也。不二三年,焜本利亏折,遂歇闭,慨然出门,流落京师者十余载,贫病相连,状如乞丐。一日行西直门外,忽见车马仪从甚盛,有一绿帱朱轮大车,坐一女,珠翠盈头,焜遥望不敢近。其女见焜,亦注目良久,遂呼仆从召至车前,曰:"君何至此也?"焜已不识认,浑如梦中,唯唯而已。遂命从者牵一马随之入城,至一朱门大宅,见其女进内宫门去,盖某王府副福晋也。顷之,召焜进,谓之曰:"余即邻女某人,向与君换棉花者,感君厚德,故召君。"因认为中表兄妹,出入王府。三四年间,焜得数千金,上馆充誊录生,以议叙得县尉,旋升内黄县,擢直隶河间府同知,署太守印篆。此乾隆初年事。

刺　史　新　闻

有某州刺史者,故贼也。先是壬子、癸丑间,有云南刘某入京谒选,随一仆,住驴马市,箧中颇裕。有同寓客知之,故与仆善,殷勤异常,仆偶出,客必为其主左右之,较仆尤为周慎,刘甚感。未一年,掣签得县丞,分发河南,客大喜,诡曰:"小人有胞弟在河南藩署当门上,拟随老爷同行可乎?"刘亦喜,乃束装,虽僮仆之亲,无以过也。行至邯郸,刘忽病痁,一日死。仆与客俱大哭,抱持殡殓,寄棺古寺中。客忽向仆曰:"吾两人所恃者主人耳,今主人死,尚复何言!虽然,有计焉,幸箧中凭文在,吾为官,尔为官亲,谁复知之耶?"遂与仆行。未渡河,仆又死,客抵省中,只一人耳。乃缴凭,未匝月,委署某县丞,获巨盗有功,题升知县,乃改名。不数月,屡获盗,连破七案,又升某州刺史,以良能称。一日,有探差来报云,探得州境百里外某铺,有夫人自云南来,随一弟曰舅爷,早晚将抵署矣。刺史佯喜,即遣两妾前迎,询其所来。妾还报曰:"太太衣履甚破,行囊亦罄竭矣。"刺史急取衣饰满一箱,白金百余两,仍遣两妾前为开发路费,且曰某日最良,可以进署。复以白金二百两与舅爷,辞以署斋甚窄,断不能款留,请即回滇,命一差送之。越四五日,刺史命仆从执事鼓吹人等接太太入署,而刺史托故他往,谓家人曰:"今夜回衙恐迟,尔等勿伺候,宜早息,仅留一妪守内宅门可也。"至三更时始回署,而直入夫人之室,诸妾婢仆皆早睡,但闻主人进房,切切私语而已。后二年正月,有老僧踔辕门,适刺史回署,遥拱手曰:"僧与大老爷别二十年,今为大官矣。"刺史惧,不与言,使家人许其三千金,僧不允,谩骂曰:"汝今逃避何处去耶?"盖此僧是名捕也。刺史急吞金死,而刘夫人亦为殡殓,寄棺于某寺,而与两妾收拾行李,积蓄万余金,同归云南,车辆甚多。

刑 罚 不 中

自古来官家办命案,莫不舍重就轻,辄引《尚书》"罪宜惟轻"一语,或者曰:"实刑罚不中耳。"

奇 案

余友陈春嘘大令尝官盛京锦县知县凡八、九年,有一案甚奇。有民家迎娶新娘,已登舆矣,行至数里,忽大风雪,不能行,由小路入一枯庙中暂避。谁知风雪更甚，计五日夜不止，至雪晴后，则已二十余日矣。两家始通音问，杳无踪迹，大为骇异，寻至数日方得之，计两家随从男女七十余人，皆冻饿死。

富　贼　贵　贼

吾邑有富翁某开质库，每到库中，必于无人处窃小物以为得意，其伙皆知之，以此开销而向主母索还，以为常也。又虎丘杜开周翁言，有某观察者，每日必窃他人物一两件。一日，管门家人有皮马褂置在签押房，观察窃之，家人不敢问，乃推杜翁索之。翁以是问观察，观察曰："不知也。"翁固问，始笑曰："吾早知尔衣，亦不取矣。"此二人一富一贵，皆犯窃疾，何也？

经　训　堂　帖

乾隆庚戌岁三月三日，余寓毕秋帆尚书乐圃之赐闲堂，时正为尚书刻《经训堂帖》，遂取松雪斋所藏《兰亭》五字未损本及唐怀素小草《千文》、徐季海《朱巨川告》、蔡君谟自书诗稿、苏东坡《橘颂》、陈简斋诗卷、朱晦庵《城南诗》、虞伯生《诛蚊赋》、赵松雪《枯树赋》诸墨迹置诸案头，同观者为彭尺木进士，潘榕皋农部，张东畬大令，郭匏雅、陆谨庭两孝廉，弹琴赋诗，欢叙竟日，为一时佳话。尚书殁后，家产荡然，家人辈拓之为糊口计，可怜也。忽忽三十年，诸公半皆凋谢，卷册亦已散亡，惟《经训堂帖》岿然独存，金石之可贵如此。

悟　　情

悟情女士姓翁氏，扬州人。其姊云卿为和希斋大司空侧室，和殁后，云卿殉节。时悟情年十五六，同在京师，亲见其事，忽悟曰："人生富贵功名，一死便了，又何必作葵藿之倾心，杨花之飘荡耶？"乃慨然出京，相依京口骆佩香夫人，以守贞自誓。嘉庆甲子十月，余偶过丹徒见之,悟情状如男子,意气豪放,善吹箫,能填词,尤娴骑射,上马如飞,一时名公卿皆敬其为人,真奇女子也。后出家为比丘尼,赵瓯北先生有诗赠之。

裹　足

妇女裹足之说,不载于经史。经史所载者,惟曰"窈窕",曰"美而艳",或言领、言齿、言眉目,从未有言及足者。案《太平御览》云"昔制履,男子方头,妇人圆头",见《宋书·五行志》。《唐六典·内官·尚服》注,谓皇后、太子妃"青袜、舄,加金饰",开元时或着丈夫衣靴。则唐时尚未裹足也。《杂事秘辛》载汉保林吴姁"足长八寸,胫跗丰妍,底平趾敛"。杜牧诗"钿尺裁量减四分",钿尺长八寸,减四分为七寸六分。韩渥诗"六寸肤圆光致致",李白诗"履上足如霜,不着鸦头袜",杜甫诗"罗袜红〔菓〕(渠)艳",乃青履红袜,非金莲之谓也。即《大唐新语》并《国史补》,亦只云马嵬店媪收得杨妃锦靿一只,并不言足之大小也。又《唐诗纪事》段成式《光风亭夜宴伎有醉殴者》诗云:"掷履仙凫起,扯衣蝴蝶飘。"斗殴时其履可以掷人者,其不小可知。然则裹足之事始于何时?《道山新闻》云"李后主窈娘以帛绕足,令纤小屈足新月状",唐缟有诗云"莲中花更好,云里月常新",因窈娘而作也。或言起于东昏侯使潘妃以帛缠足,金莲帖地,谓之步步生莲花。张邦基《墨庄漫录》亦谓弓足起于南唐李后主,是为裹足之始。至宋时,有裹有不裹。《湛渊静语》云,程伊川先生家妇女俱不裹足、不贯耳。陶九成《辍耕录》谓扎脚始于五代以来方为之,熙宁、元丰之间为之者尚少。此二说皆在宋、元之间,去五代未远,必有所见,非臆说也。大约此风至金、元时始盛,自此相沿而成俗矣。其足小而锐者,考之于古,亦有所出,出于古之舞服。《史记》云,临淄女子弹弦继足。又云,揄修袖,蹑利屣。《集解》徐广注云:利屣,舞屣也。舞则见屣。舞屣赤色花纹,薄底,头利锐,缀以珠,似即今女人之鞋式也。他如张衡《西京赋》"振朱屣于盘樽",《许昌赋》"振华足而却蹈"又《文选·舞赋》、庾信《舞赋》、顾野王《舞赋》以及曹植《妾薄命》诗,简文帝、昭明太子舞诗俱有言及足者，盖古者女衣长而拽地，不见足，惟舞见足，故言履、言屣也，因知窈娘裹足，乃舞服也。

《说文》尸部："屣，履中荐也。"《吴中古迹记》有西施响屣廊，似即今女人鞋中之高屣，故行步有声。足之稍大者，欲令使小，则用高屣，言高荐也。今人谓之高底者，非也，要之亦舞服也。古乐府有《双行缠》曲，或疑为裹足之证，曲云："朱丝系腕绳，真如白雪凝。非但我言好，众情共所称。"又云："新罗绣行缠，足跌如春妍。他人不言好，我独知可怜。"谢灵运诗："可怜谁家妇，缘流洗素足。"陶渊明《闲情赋》："愿在丝而为履，同素足以周旋。"又唐人诗："两足白如霜。"夫赋足而言其白、言其素、言其妍，其不缠也可知矣。所谓双行缠者，乃缠其两股，非缠其足也。总之妇女之足，无论大小，有高屣无高屣，贵乎起步小，徐徐而行，即《焦仲卿》诗所谓"纤纤作细步，精妙世无双"也。若行步蹒跚，丑态毕露，虽小亦奚以为！

大凡女人之德，自以性情柔和为第一义，容貌端庄为第二义，至足之大小，本无足重轻。然元、明以来，士大夫家以至编民小户，莫不裹足，似足之不能不裹，而为容貌之一助也。其足之小者，莫如燕、赵、齐、鲁、秦、晋之间，推其能小之道，盖亦有法焉。凡女子两三岁便能行走，四五岁之间，即将两足以布条阑住，不使长，不使大，至六七岁已成片段，不缠而自小矣。而两广、两湖、云、贵诸省，虽大家亦有不缠者。今以江、浙两省而言，足之大莫若苏、松、杭、嘉四府，为其母者，先怜其女缠足之苦，必至七八岁方裹，是时两足已长，岂不知之，而不推其故，往往紧缠，使小女则痛楚号哭，因而鞭挞之，至邻里之所不忍闻者，此苏、杭人习焉不察之故也。然则苏、杭皆大足耶？曰：否。得其法则小，不得其法则大。

天下事贵自然，不贵造作；人之情行其易，不行其难。惟裹足则反是，并无益于民生，实有关于世教。且稽之三代，考之经史，无有一言美之者，而举世之人皆沿习成风，家家裹足，似足不小不可以为人，不可以为妇女者，真所谓"戕贼人以为仁义"，亦惑之甚矣。国朝八旗妇女皆不裹足，古道犹存，其风足尚。《庄子》云："天子之侍御，不爪揃，不穿耳。"耳尚不穿，岂可裹足耶？盍请地方大吏出示禁约，凡属贵臣望族以及诗礼之大家,俱遵王制,其倡优隶卒及目不识丁之小户,听其自便。如以此法行之十年,则积习渐消,天下万民皆行古之道矣。

本朝崇德三年七月,奉谕旨,有效他国裹足者,重治其罪。顺治二年禁裹足。康熙三年又禁裹足。七年七月,礼部题为恭请酌复旧章以昭政典事,都察院左都御史王熙疏,内开:顺治十八年以前,民间之女未禁裹足。康熙三年遵奉上谕,下议政王、贝勒、大臣、九卿科道官员会议,元年以后所生之女,禁止裹足。其禁止之法,该部议覆等因,于本年正月内,臣部题定元年以后所生之女,若有违法裹足者,其父有官者交吏、兵二部议处,兵民则交付刑部责四十板,流徙十,家长不行稽察,枷一个月,责四十板,该管督抚以下文职官员有疏忽失于觉察者,听吏、兵二部议处在案。查立法太严,或混将元年以前所生者捏为元年以后,诬妄出首,牵连无辜,亦未可知,相应免其禁止可也。裹足自此弛禁。事见《蚓庵琐语》及《池北偶谈》。

考古者有丁男丁女,惟裹足则失之。试看南唐裹足,宋不裹足得之;宋、金间人裹足,元不裹足得之;元后复裹足,明太祖江北人不裹足得之;明季后妃宫人皆裹足,本朝不裹足得之,从此永垂万世。由是观之,裹足为不祥之金明矣,而举世犹效之何也? 盖妇女裹足,则两仪不完;两仪不完,则所生男女必柔弱;男女一柔弱,而万事隳矣。且裹足为贱者之服,岂可以行之天下,而且行之公卿大夫之眷属耶? 予所以喋喋言之者,实有系于天下苍生,非仅考订其源流而已。

卷二十四　杂记下

阿　文　成　公

阿文成功业巍巍，富贵福寿，近世无比。高宗纯皇帝赐其七十寿联云："耆筵锡庆高千叟，云阁铭勋赞上台。"八十寿联云："纯嘏懋勋延带砺，耆龄硕望重丝纶。"嘉庆元年九月，以疾乞假，其明年八月薨，年八十有一。图像紫光阁者四次，两子四孙俱登显秩，真所谓出将入相，全寿全归者也。乾隆五十四年四月，文成奉命勘荆州堤工，余时在毕秋帆尚书幕下见之，乃身裁短小，弱不胜衣，并无龙威燕颔之相也，亦奇矣哉！

示　　子

欲子弟为好人，必令勤读书，识义理，方为家门之幸，否则本根拔矣。今人既不能读书，岂能通义理，而欲为好人得乎？天下岂有不读书、不通义理之好人乎？

语云："忤逆弗天打，一代还一代。"其言虽俗，甚是有理。余则曰："欲知祖宗功德，今日所受者是也；欲知子孙贤愚，今日所行者是也。"

勿以小善为无益，小善积得多，便成大善；勿以小恶为无伤，小恶积得多，便是大恶。

君子小人之分，在乎公私之间而已。存心于公，公则正，正则便是君子；存心于私，私则邪，邪则便为小人。

妇言是听，兄弟必成寇仇；惟利是图，父子将同陌路。而不知兄弟者手足也，不可偏废；父子者根本也，岂可离心。

凶人为不善，善人自必笑其非；而善人为善，凶人亦必笑其非也。

故贤者视己,似己非而人是;愚者视己,必己是而人非。

得隆庆失隆庆

嘉庆元年,吾乡秦蓉庄都转购得族中旧第曰宝仁堂,土中掘得一小碣,上有六字曰"得隆庆失隆庆"。询此屋盖建于明隆庆初年,至乾隆六十年冬始行立议,嘉庆元年交价,故曰"失隆庆"也,亦奇矣哉!

知 音 犬

吾乡孙方伯藩家有一犬,闻曲声便至,坐于笙笛者之前,喑喑然似遥相和状,驱之不去,闻之又来,共呼之曰"知音犬"。此犬前世必是优伶。闻纪晓岚相国之祖姚安公,有里人负其金不还,反出怨言。其人死后,姚安公忽梦此人来,适圈中生一青骡,疑其托生,以其名呼之,辄昂首作怒状。此人平生好弹三弦,唱《边关调》。辛彤甫先生有诗云:"六道谁言事杳冥,人羊转毂迅无停。三弦弹出《边关调》,亲见青骡侧耳听。"即纪其事也。

苏 小 妹

或有问于余曰:"俗传苏小妹嫁秦少游,事有之乎?"余谢曰:"不知也。"时余适修《高邮州志》,翻阅《淮海集》,乃知少游之夫人姓徐氏,为里中富人徐天德之女。天德字赓实,号元孚,有义行,少游为作事状,载集中,而旧志竟未及。案《墨庄漫录》、《菊坡丛话》俱载东坡止有两妹,一适柳子玉,一适程璐之子之才也。

刘 王 氏

阳湖有刘王氏者,甚美丽。嫁某氏子,十七而寡。再嫁刘氏,不一年，刘又没。其族人又欲嫁之，王大哭曰："吾再醮已无面目，安能三醮耶？"遂自经死。时无为吴盘斋为县令，验其尸得实，遂将所逼人置之法。惟王氏虽烈，是已醮妇，于例不能请旌，乃赋一诗刻诸墓上，云："分钗劈凤已联年，就义何妨晚概愆。鸠以换巢难择木，鹤经别调任更弦。也同豫让传千古，莫恨苏章有二天。究胜世间长乐老，几回生敬又生怜。"

秀　　才

乾隆乙巳岁，余春秋二十有七，始识袁简斋先生于吴门。偶与先生大论时文，一时倾倒，因呈所作《西湖》诗就正，遂载于《随园诗话》中。及刻成后，先生称余为秀才。尝寄书求改，先生答曰："秀才二字昉于汉，在可改不改之间，昔杨素称孔子为秀才，非今之生员也。"强辞夺理，可发一噱。

小　棺　材

苏州府城隍庙住持有袁守中者，所居月渚山房，因以自号。余尝借寓其斋，见案头有紫檀木小棺材一具，长三寸许，有一盖可阖可开。笑曰："君制此物何用耶？"袁曰："人生必有死，死则便入此中。吾怪世之人但知富贵功名、利欲嗜好，忙碌一生而不知有死者，比比是也。故吾每有不如意事，辄取视之，可使一心顿释，万事皆空，即以当严师之训诫，座右之箴铭可耳。"余闻之悚然，守中其有道之士欤！

前　世　事

每见士大夫家忽出一子弟，淡于荣禄，绣佛长斋，与释子往来，常诵经礼拜，此人前世必是高僧。每见平等人家忽出一女子，喜于笔墨，弄粉调朱，写赵昌之花，吟徐淑之句，此人前世必是名士。

大　蛇

吾乡长邱头有大蛇，其穴在于水车棚之下，有早起耕田者见之，身长数丈，仰头吸露于高阜之上，其人惊而逸去。近民受其毒者，不一其人，皆浮肿死，居民患之非一日矣。有一年十二月，居民聚数十人欲捕之，其先一日，设香烛酒醴祭土神，告以故。忽起东南风，黑气一条，迤逦向西北去。其次日发之，惟有古墓，砖大如箕，杳无踪迹，盖龙蛇之灵，事诚有之。今京师都察院有蟒蛇，其围如大柱，而能出入窗棂。内务府西十库内亦有蟒二条，皆首矗一角，鳞甲作黄金色，将启钥，必先鸣钲，恐见之也，京中士大夫莫不知之。

难得糊涂

郑板桥尝书四字于座右，曰“难得糊涂”，此极聪明人语也。余谓糊涂人难得聪明，聪明人又难得糊涂，须要于聪明中带一点糊涂，方为处世守身之道。若一味聪明，便生荆棘，必招怨尤，反不如糊涂之为妙用也。

东涧老人墓

虞山钱受翁才名满天下，而所欠惟一死，遂至骂名千载，乃不及柳夫人削发投缳，忠于受翁也。嘉庆二十年间，钱塘陈云伯为常熟令，访得柳夫人墓在拂水岩下，为清理立石。而受翁之冢，即在其西偏，竟无有人为之表者，第闻受翁之后已绝，墓亦荒废。余为集刻苏文忠书曰“东涧老人墓”五字碣，立于墓前，观者莫不笑之。记查初白有诗云：“生不并时怜我晚，死无他恨惜公迟。”君子之泽，五世而斩，信哉！

豪　侈

朱鸣虞素豪侈，一日忽有僧踵门请见，朱出迎，僧貌甚古，延之坐,问其何来,僧曰:"吾与君同住空山,修行数十年,竟忘本来面目耶? 特来点化耳。"命取三盆清水来,曰:"请君看前生。"视水中,一老僧也。次看今生,即己形容也。再看来生,一疯丐也。朱大诧,僧曰:"君如再不悟,暴殄天物,虽疯丐亦不可得矣。"遂出门去。朱急遣人尾之,忽不见。

四 字

嫖、赌、吃、着四字,人得其一,即可破家,有兼之者,其破更速。吴门有二绅,俱官县令,一好吃,一好赌。好吃者,有一妪善烹调,一仆善买办,其蒸炙之法,肴馔之美,迥非时辈庖人所能梦见,每一日餐费至十余金,犹嫌无下箸处。其后家事日落,妪、仆亦相继死,至不能食糠秕,卧死牛衣中。其赌者,家中无上无下俱好之,游手之徒亦由此入门,凡田地、产业、书籍、器用尽付撑蒲,不及十年,一家荡然。其人死后,至两女尚未适人,亦邀群儿赌博,不知其所终云。

红 裙

妇人无贵贱,母以子贵,妻以夫贵,古之定礼也。至于服色,无有一定。今作妾者不许着红裙,此妒妇之立论,不可遂为典据。杜少陵《纳凉遇雨》诗"越女红裙湿",白香山《琵琶行》"血色罗裙翻酒污",东坡诗云"更将文字恼红裙",则红裙者唐、宋时妓女所用,无所为贵贱也。今大小百家皆服之,青楼之假冒良家者亦服之,又谁为之分辨耶? 按《大清会典》,妇女之服饰,惟八旗有定制,然今亦不用,况民间耶?

尺

尺寸古今不同。余尝仿制一尺,准以工部营造尺为则,将周制铜剑茎较于今尺,则五寸一分半;以曲阜颜氏所藏周尺较于今尺,则六寸七分；以汉元延尺较今尺，则七寸二分；以汉建初尺较今尺，则七寸三分半；以晋尺较今尺，则七寸六分半；以宋三司布帛尺较今尺，则八寸九分半。可知尺寸之长短，一代长于一代。若以今之裁衣尺较工部尺，则又盈一寸许矣。

贫　官

《金陵琐事》载，南坦刘公罢嘉兴太守，训蒙自给。远庵李公罢江西副使，殊无生计，授徒于高淳。又顾横泾先生罢河南副使归家，环堵萧然，客来从邻家乞火煮茗，当时传为佳话。近日长洲蒋少司马元益，历官主试学政，致仕家居，惟以砚田糊口，典质度日。吾乡邹晓屏相国归田时，年已七十又四，一裘三十年，仅存其韠，赖门生赠遗以为薪水。其子光骏官徽州司马，署府篆，有巨商某尝捐郎中，在刑部行走，其家出丧，以三千金为寿，乞太守一至为荣，往返再三，终不应，笑曰："岂能以阿堵物污吾家风耶？"其廉如此。

一　品　夫　人

吴门韩旭亭封公初聘蒋氏，兰石司马女也。始生日，其伯父西原太史命门下士某为女推算，曰："异哉！据命当为一品夫人，然日上冲克太甚，而必夭折，何也？"至八岁果殇。韩又娶顾氏，贤淑知大义，力劝封公迎初聘蒋遗像归，而自居继配。后以仲子崶贵，历官至刑部尚书，叠遇覃恩，赠一品夫人。

孙　春　阳

苏州皋桥西偏有孙春阳南货铺，天下闻名，铺中之物亦贡上用。案春阳宁波人，明万历中，年甫弱冠，应童子试不售，遂弃举子业，为贸迁之术。始来吴门，开一小铺，在今吴趋坊北口，其地为唐六如读书处，有梓树一株，其大合抱，仅存皮骨，尚旧物也。其为铺也，如州县署,亦有六房,曰南北货房、海货房、腌腊房、酱货房、蜜饯房、蜡烛房,售者由柜上给钱取一票,自往各房发货,而管总者掌其纲,一日一小结,一年一大结。自明至今已二百三四十年,子孙尚食其利,无他姓顶代者。吴中五方杂处,为东南一大都会,群货聚集,何啻数十万家,惟孙春阳为前明旧业,其店规之严,选制之精,合郡无有也。国初赵吉士载入《寄园》,余澹心《板桥杂记》亦载之,近时袁简斋《食单》亦有其名,但未详耳。

形　家　言

堪舆家每视地,辄曰某形某像,以定吉凶,虽渺茫不足信,然亦有其事者。吴门汪廉访圻,少孤露,年二十余,以蒙馆自给,在阳山聚徒数年,因父母未葬,以二金买一地,在瓜山绝顶,峻险异常。葬后,便出门游京师,冒宛平籍入泮,连捷中进士,不二十年,官至云南按察使。因思父母墓葬山顶,难于祭扫,托所亲就山下筑石路一条,蟠曲而上,费至二千金,甚坚固也。一日有形家过其墓曰:"此穴如燕巢栖于梁间,惜筑甬道如长蛇注穴中,祸不旋踵矣。"未几,果以亏空事谪戍,家产入官。此乾隆四十五年事。

陈状元犯土禁

术家有太岁、大将军之说,凡动土迁移者必避其方,犯者辄不利,其说皆出之阴阳家,前史所未闻也。吴门陈永斋观察卜筑于因果巷之薛家弄,不信阴阳选择之言,乃自择一日,启工开土,至尺许,忽见有物如猪头,满头生眼,竟为张闭,观察心甚惧,又窃自解曰:"吾状元是文曲星,可以压之。"少顷忽不见,余无他异,说者以为即太岁也。筑至后堂,见骷髅甚多,急命工人同瓦砾堆于后圃。堂后又有一巨棺,朱漆尚坚,十余人抬之不动,不得已仍覆土而筑墙,半棺在墙内,半棺在墙外也。工始毕,其长子在京谒选,忽生腰疽而没。讣至,其媳大恸,吞金几死。不一二年,观察卒。未几,蒋夫人亦卒。咸以为犯土禁所致云。

命　中　缺　水

归安王勿庵侍郎以衔初生时,星家推算八字中缺水,或谓其太夫人曰:"必令小儿在渔舟上乳养百日以补之。"乃召一渔人妇,畀其钱米,寄养百日。及中状元归,侍郎忽念此妇养育之恩,使人踪迹之,其妇尚在,年七十余矣。招致家中,向妇四拜,不数日此妇病,乃送回,即死,咸以为折福所致云。

樟　柳　神

星命之学,自古传之,而绝不可解者,年用夏正,而月首寅日,用周朔而时起子也。宋储泳《祛疑说》曾辨之,究未明晰。且年月日时相同者,而富贵贫贱各异,又何说焉? 于是看五星,辨分野,说愈歧而术愈谬矣。然而巫蛊厌胜,皆用本人生命。今吴越间有所谓沿街算命者,每用幼孩八字咒而毙之,名曰樟柳神,星卜家争相售买,得之者,为人推算,灵应异常,然不过推已往之事,未来者则不验。也乾隆甲辰七月,有邻人行荒野中,闻有小儿声,似言"奈何",倾听之,又言"奈何",乃在草间抬得一小木人,即星卜家之所谓樟柳神也。先兄柏溪见之,持归戏玩,留家两三日,诸小儿皆不安,或作寒热,或啼哭不止。先君子曰:"此不祥物也。"速还之,安然如故。

治　贼

盗贼横行,捕役庇纵,最为里阎之害,而杀人放火,奸宄百出,亦因此而生焉。是皆地方官平日不能留心,视为无甚要紧,以至酿成大案,比比是也。余友陈春嘘名昶,以举班大挑得知县,分发浙江。其令桐乡时,独坐二堂饮酒,捕偶获一小贼来,问之,无有实供。令含笑自若,谓贼曰:"汝能饮酒乎?"曰:"能。"遂赐以酒数杯,贼醉矣。复问之:"近石门县有棉花案,半年未破,汝知之乎?"贼曰:"非小的地界。"

春嘘讶曰："然则汝地界在何所？"贼分说甚明。又曰："汝窝有若干人？"贼不肯说，令大怒，示以刑，贼惶遽，遂招三处。即乘夜亲率捕役民壮四十余人，以此贼为眼目，一夜中获数窝，得三十余贼，起赃无算，讯之，连破十三案，棉花案亦与焉。春嘘令桐乡二年，境内肃清，可以开门过夜。近有周太守名焘者，为通州知州时，每获一贼，即断其脚胫。有一贼甚强项，谓刺史曰："小的做贼多年，亦颇知读《大清律例》，割脚胫在何条例？"周笑曰："汝言甚是。惟吾亦问汝，三百六十行，行行吃饭着衣裳，汝在那一行？"贼口噤，遂割其脚胫。众贼闻之皆逃散，士民感德。

琴 心 曲

嘉庆丙辰八月，余在两浙转运使幕中，十五日夜，与许君春山、孙君复初携古琴茶具出涌金门，泛舟西湖，小泊圣因寺前。于时已二更余，万籁寂然，月明如昼，因命篙师烹茶，余抚琴作数弄，忽有两女子，着碧罗衫，挽堕马髻，容仪不凡，翩翩从柳影中来，窃听者久之。余与春山、复初皆肃然，不敢问讯，究不知是仙是鬼也。其明年春，偶过陈雪樵寓斋，晤陈云伯，挑灯夜话，为述其事。云伯赋《琴心曲》云："珠帘宰地春灯红，主人醉客邀春风。团圞明月夜三五，一庭花雾香濛濛。座中惨绿江南客，携琴独坐花间月。自谱新声信手弹，细将旧事重头说。兰桡双桨去年秋，曾向西湖载月游。红豆低吟波渺渺，白蘋闲采水悠悠。高城夜静沉鱼钥，桂花流影惊飞鹊。佳客相逢得许衡，词人更复招孙绰。片片流云送画桡，高楼何处夜吹箫。回环梵宇排三塔，指点苏堤认六桥。银浦无声沉万籁，宾朋连袂邀情话。风月无边明远诗，湖山如此华源画。午夜无声月满天，一声柔橹破孤烟。秋江三叠临风弄，欲托琴心问水仙。红墙隐隐离宫近，楼台金碧琉璃映。秋花深锁六宫间，夜乌梦稳双堤静。玉宇高寒展画图，此身濯魄到冰壶。夜山如影人声寂，瑟瑟西风瘦绿芜。忽闻笑语花间出，两美双双堤上立。顾影低佪若有情，月华如水秋衣湿。对此苍茫百感生，凭将幽意托瑶琴。冰弦掩抑焦桐语，写尽相如曲曲心。最怜此际情难识,半是踌蹰半怜惜。人影遥随花影流,芳心暗与琴心合。罗带风飘云鬟斜,分明咫尺隔天涯。空教绿绮怜君意,何处红楼是妾家。苦向篙师详姓氏,曲中暮雨依稀是。衣香人影最魂消,一叶扁舟归去矣。此时珠斗影阑干,囊住龙腰不再弹。独对银蟾愁不语,夜潮声急海门寒。归舟载取新愁重,玉钗惆怅墙东宋。天风环佩荡余音,残灯红晕芙蓉梦。梦魂仿佛向瑶台,依旧明妆约步来。凉月影中情缥缈,万花深处意徘徊。花前月下还相见,分将团扇遮娇面。自言天上谪仙人,谢君深意空留恋。鸡声喔喔动晨光,一枕游仙未许长。自写新词怜蛱蝶,空将锦字托鸳鸯。从此段家桥畔路,愁过当时鼓琴处。满地苔钱燕子飞,桃花门巷迷崔护。屈指相思秋复春,镜中眉黛画中身。只应一片西泠月,曾照微波解佩人。我闻此言重太息,世间万事空陈迹。花月姻缘事有无,情禅参破成鸿雪。我亦人间有半生,花前曾解唱双行。月中人去琴声悄,一曲长歌万古情。”此诗刻入《碧城仙馆集》中。

唐 竹 庄

吴门唐竹庄名景煌,本富家子,因家事中落,为人贩买人参,往返沈阳者凡数次,而好为诗,著有《出关诗草》。《出塞》云:“驱车出边塞,天地何茫茫。四顾不见人,千里尘沙黄。横视一气中,山海交青苍。北风裂地来,沙砾皆飞扬。严阳盛寒气,白日无晶光。坚冰不可渡,驽马停彷徨。区区衣食事,驱我适远方。白云自南来,浩然思故乡。”《燕台怀古》云:“骑马出远郊,落日天苍皇。经过碣石馆,不见燕昭王。市骏得国士,报齐辟土疆。追后六国衰,全秦独横强。丹虽寡谋识,激烈志慨慷。脱不披逆鳞,燕亦终沦亡。至今易水上,风色犹悲凉。遥遥建国始,布政流风长。召伯有余烈,吾其思甘棠。”笔力沈雄,直接汉、魏,非抽黄对白家所能道也。《登澄海楼》云:“到此长城尽,洪波入杳冥。百蛮分岛屿,一气混空青。故土思南国,高楼俯北溟。何当趁风色,万里独扬舲。”《度凄惶岭至山海关望长城》云:“策马岭云高,关门倚石牢。千峰蟠朔漠,一线走临洮。楼角侵边色,城根撼海涛。每怀今古事，不尽水滔滔。"《宵征》云："肃肃戒征鞍，苍苍夜色阑。草枯风力劲，林静月光寒。边柝宵争发，霜钟晓未残。关心长路客，于役敢求安。"《途中寒食》云："寒食青山下，莺花客路稀。云阴低古戍，柳色上征衣。墟落新烟起，溪桥夕照微。那堪逢令节，游子未忘归。"《登泰山》云："灵镇东邦望秩崇，岩岩岱岳荷神功。阴阳混合三元上，齐鲁青苍一气中。碣石烟横霄汉紫，扶桑日曜海涛红。蓬莱宫阙分明近，抗手群仙欲御风。"《山海关》云："雄关特立势嶙峋，东北封疆此郁蟠。匝地海声腾朔漠，极天山势控辰韩。龙沙积雪三边白，雁迹风高万里寒。牢落长征豪气在，重来跃马问登坛。"《吉林感怀》云："朝朝静对吉林峰，迢递音书意万重。知己向谁寻鲍叔，小人有母愧茅容。心依羌笛三边月，梦绕江枫半夜钟。乡土不同时物换，一樽浊酒度严冬。"皆慷慨激裂之音。

牛　次　原

天津牛次原名坤，中嘉庆己未进士。乾隆壬子，余初入京师即识之，貌不甚扬，而聪明绝世，广于交游，偶作诗，亦清新可喜。尝记其《临清即事》一首云："几树垂杨官道斜，不成村落野人家。偶从三尺竹墙里，时露一枝山杏花。昼永人稀初叱犊，陇深麦浅不藏鸦。仲春天气寒犹峭，想得江南摘早茶。"

丧　子

顾南雅学士视学云南，忽丧其子，至于痛哭不辍，废寝忘餐。余作诗慰之云："亡羊当补牢，丧马勿轻逐。君是南国才，岂效西河哭。不见东家翁，有子俱碌碌。不见西家子，虽多何足齿。酒囊饭袋奚以为，臧获与台亦如此。人生扰扰无彭殇，直是一梦炊黄粱。百年长作牛马走，促促总为儿孙忙。吁嗟乎！多男多累何时了，有子不如无子好。东门不哭增离忧，伯道无儿少烦恼。我闻青丘言，君应传真诠。恶儿亦何须，愿得一子贤。无灾无悔到卿相，昂然直上青云巅。"

言 过 其 实

赞美之辞，往往言过其实。东坡与米元章书云："独念吾元章迈往凌云之气，清雄绝世之文，超妙入神之字。"余观元章《露筋碑》、《相论》及五七言诗与其平时笔札，殊无过人处，今人但重其书法之神妙，不暇计其诗文之工拙也。元晖尤逊乃翁，其奉敕审定晋、唐名人墨迹，不过但书右某人书，臣某鉴定恭跋数字，从无一字论断，亦无一字考订者。乃知古人赞美不可尽信，东坡赞人尚如此，何况他人耶？

沧 江 虹

沧江虹，扬州阮云台宫保坐船也。壬午六月，陛见出京，道出邗上，乘沧江虹直达洪都。时宫保为两广总督，舟中赋诗云："可是江天夜夜虹，蒲帆一路月明中。开窗远接沧浪水，捩柂初回舶艒风。银汉微明低入海，匡庐深碧上连空。米家书画寻常事，莫与雷家剑气同。"是年九月，余于役金陵，亦乘此船，宫保是诗尚在篷板上也。又书四绝句于后云："挂席沧江正好风，举头西望水连空。柂楼喜读新诗句，知是米家贯月虹。""两岸衰杨水一湾，苍苍都是六朝山。古来无数兴亡事，尽入寒涛暮霭间。""萧萧芦荻已深秋，我比芦花亦白头。三十余年如一梦，也将旧事付东流。""指点金陵话昔时，白云红树最相思。故人犹有何戡在，书寄羊城开府知。"

陈 疋 吾

陈疋吾名格，前工部尚书文和公五世孙，少工诗，稿多散失，只记其《感怀》云："桂花香冷露华新，小院秋风伴客身。料得今宵明月下，一家团坐说征人。"《留别》云："莫向临岐折柳枝，柳枝原不管相思。人生难得惟知己，天下伤心是别离。"皆妙。

浮　签

蒋砺堂相国以乾隆四十三年入泮，时方十龄，后中乡榜，成进士，入翰林，至道光五年大拜。偶于旧篓中检得童子试卷，上浮签一纸云"蒋攸铦，年十岁，镶蓝旗，金文渊佐领下，身小，面白，无须，习《易经》，坐东文场余字第二号"三十三字。按此号在聚奎堂后，会经堂席舍中也。次年丙戌，适典试礼闱，复得至会经堂，此纸之出，若为之先兆者。相国因嘱顺天府学官，将是年满洲、蒙古、汉军同进诸生名，注明旗籍，汇为一册，装池而什袭之，而请曹、卢、英诸相国题诗，一时和者甚众。其明年丁亥，相国出为两江总督，是时延州张芥航先生为南河河帅，亦赋七律四章云："童子抡科肇有唐，羌无故实隶青缃。词林此日添佳话，名纸多年閟古香。身小已凝公辅器，文成知噪凤鸾翔。十龄集泮何劳羡，不朽勋猷纪太常。""纶阁平章赞太清，春风桃李又持衡。捡来故纸呈符谶，抱得初心答圣明。旧地会经身再到，髫龄谭《易》客皆惊。蝉联科第看双凤，早注余庆作瑞征。""卅八春秋迹已陈，当时片楮亦堪珍。弄持可但同觿觽，呵护端疑有鬼神。淡墨填将年贯备，锦缇装就色香新。朱文记录皆名贵，郑重留题老健身。""更凭若个话前游，九十人中第一流。苦忆主司衡鉴好，也教同学姓名留。秀才本色基台鼎，元老深情托倡酬。谁续《摭言》须记取，宗臣韵事足千秋。"

艳雪山房稿

小湘公子名文焞，内府正黄旗人，以玉牒馆议叙得知县，未补缺。道光己丑岁，始出京师，省其尊甫监督公于淮上。时余在袁浦节署遇之，尝以所著《艳雪山房稿》见示，《从戎曲》云："玉门关下饮葡萄，霜气棱棱逼战袍。醉后浑忘家万里，枕戈笑看月如刀。""沙场白骨积成山，二十从戎老未还。夜半惊闻传羽檄，将军即刻破完颜。"深得唐人乐府遗意，能暗用狄青故事尤妙。又《纪梦》二绝云："春来心事等飞鸥,梦到青溪旧酒楼。满树桃花人不见,斜阳红映碧波流。""夹岸垂杨风动摇,醒时转侧尚魂消。分明记得溪头路,杖策听莺过板桥。"亦复清新有味,可补熙朝雅颂之遗。

题 壁 诗

嘉庆庚午秋,偶过燕子矶山亭,蔓草侵阶,颓垣欲倒,见粉墙上有七绝一首云:"垂垂杨柳碧山嵌,风卷杨花上客帆。燕子无家飞不起,半江丝雨湿春衫。"后无姓名,不知谁作。隔三四年,复过其处,则修茸一新,此诗尚未抹去,岂圬者亦知诗耶?

有人过邯郸,见题壁云:"生死世间原草草,功名梦里太匆匆。不如归去沧江上,醉倒花香鸟语中。"又京口题壁云:"满篷飞雪觉春寒,怪底停舟缩颈看。似此风波公莫渡,不如归去老江干。"两诗皆用"不如归去",可见出门者有何意味,而必欲朝秦莫楚何耶?清江浦已近东省,凡小民庐舍,大半皆以芦荻为之。道光辛卯岁四五月,大雨,平地水深三尺,民房半皆漂没,有旅客题壁云:"盲风怪雨日纵横,纸阁芦帘拽水行。堪笑主人同客窨,一时携手入愁城。"旅寓之苦如此,尤不堪以一日居也。高季迪诗云:"富老不如贫少,美游不如恶归。"可为久客者诵之。

题壁诗鲜有佳者,有《不寐》诗云:"夜永寒偏觉,迢迢送远更。朔风何凛冽,残月转凄清。失学羞言禄,无田莫问耕。晓来翻欲卧,曙色半窗明。"读其诗全是天籁,后题秋舫山人,不知谁氏。

释 道 诗

释、道诗最易工,何也?以其所居境界清闲,力学甚易也。亦最难工,何也?自幼披剃,即读经忏,谁能以经史子集贯于胸中哉!若读书人半路出家,自有不得已之事,即有一二诗篇,亦必写其牢骚抑郁,而终非释、道之诗也。记目存和尚题《张忆娘簪花图》云:"他年得入维摩室,不许簪花许散花。"乃为得体。若祥上人之"水藻半浮苔半湿,浣纱人去不多时",佛裔之"鱼亦怜侬水中影,误他争唼鬓边花",句虽新,乃色鬼语,尚得为释、道耶?

有青螺庵客僧名量周者,貌甚恶俗,惟念佛而已。一日有诸名士集庵中作诗社,赋梅花诗,轻视此僧,不之顾。量周忽技痒,求分韵,得音字,云:"几被霜侵与雪侵,孤根留得到而今。谁于冷处垂青眼,只合空山抱素心。茅屋风高门正掩,板桥冻折路难寻。棱棱莫谓无相识,曾有何郎为赏音。"诸名士皆垂头丧气,为之搁笔。

余偶见禅鉴僧《咏四皓》云:"因秦生白发,为汉出青山。"一联甚妙。又墨禅师《盘山》诗云:"一鸟堕寒翠,千峰明夕阳。"隆光师《即景》云:"水绕柴门碧,花欹钓槛红。"又《雨后》云:"返照一条溪畔路,晴云几叠画中山。"皆僧道中不可得之句也。

闺　秀　诗

沈佩玉夫人,叶中丞世倬孙媳,克昌孝廉室也。有《月下睡起》云:"蛩吟深夜月,人卧一庭花。"十字颇为士林传诵。又云:"四壁虫声秋已老,半窗月色夜如年。"《清明有怀》云:"走马路迷红杏雨,啼莺声断绿杨烟。"

虞山女史邵秋士名_{广仁},五六岁时,祖母苏太恭人授以诗,即能吟诵。后归仁和家小谢_{廷娘},为谢庵吏部之媳,卒年二十六。有《咏白秋海棠》云:"闲房寂寂掩重门,相伴冰肌玉一盆。凉月西风成独对,花光人影共消魂。颇多惨绿凄清态,绝去嫣红点染痕。妆阁不须银烛照,斜阳亭院未黄昏。"《题黄仲则悔存斋诗稿后》云:"才去愁魔又病魔,诗人心力渐消磨。才如李贺天还忌,哭比唐衢泪更多。入坐无言惟懒慢,挑灯有得费吟哦。吾家衣钵相传后,_{自注:仲则先生曾受业于先伯祖叔心公。}彩笔从今叹逝波。"著有《吟秋阁遗稿》,吴山尊学士为之序。

吴筠字湘屏,号畹芬,上虞学博吴竹溪季女,适嘉兴李杏村孝廉_{贻德}。杏村好学,擅诗歌,畹芬相与唱酬,常欲出杏村上。有句赠杏村云:"柳絮因风传谢女,梅花何福作林妻。"其风致可想见也。

余以癸酉年春卜居翁家庄,相传为翁司寇叔元旧宅也。尝作七律四首,自写胸臆,一时和者至数十字,字字珠玑,不能尽录。周勖斋太守押门字韵云:"虞山拱笏青延屋,春水如油绿到门。"袁茂才治押仙字云:"不求闻达宁非福,得聚妻孥便是仙。"席上舍世楠押肩字云:"莫将清福看如水,好去红尘息此肩。"陈上舍柘慈炌云:"载酒定多人问字,司花应遣鹤看门。"又云:"已逢叔度思投辖,乍见洪崖笑拍肩。"皆名句也。惟第一首悲字最难押,如王艾轩之"得完太璞非容易,一琐名缰便可悲",袁茂才之"丘壑从心容我懒,烟花过眼替人悲",俱妙。陈柘慈为伯恭学士之长君,其夫人王氏,名嵒藻,号绮思,华亭人,所和四首,尤为绝妙,附录于此。其一云:"软红扑面复何为,收拾归心上钓丝。已卜莺迁酬燕喜,何劳鹤怨与猿悲。高情陶令营三径,妙喻庄生恋一枝。看尽稻花香十里,耦耕生计未嫌迟。"其二云:"振衣千仞耻徒论,占得临溪郭外村。岂为逃名辞越水,偶因长啸寄苏门。缓歌漫吊前朝迹,风雅能归异代孙。定有新诗吟白纻,清樽檀板付桃根。"其三云:"小住吴中隔一墙,俶居何幸近华堂。花开绮陌青春短,燕蹴晶帘白日长。落纸乍惊诗笔健,当歌不厌酒杯忙。请看衮衮登台者,可有闲情把玉觞。"其四云:"才名凤昔动幽燕,瞥眼星霜历廿年。笔阵钟王无敌手,谭锋荀陆本齐肩。早趋朱邸称词客,晚卧沧江作散仙。最是撑肠五千卷,一瓯茶熟正高眠。"

沈采石夫人名榖,嘉兴人。父山渔明经,讳光春,故禾中宿学,著有《醉墨斋诗集》。母许氏,讳英,号梅村,著有《清芬阁吟稿》。采石少学诗于明经,旋学画于母氏,而又与其弟西雍太守相切磋,一时有左太冲、贵嫔之目,著有《白云洞天诗》一卷。《出塞曲》云:"汉王不轻战,命将守塞口。行行日已远,夜夜惊刁斗。丈夫重意气,君恩故难负。日落尘沙昏,身当三军首。大破强胡胆,执馘献我后。功绘麒麟阁,名垂千载后。"《中兴四将歌》云:"中兴有四将,韩岳乃可称。张刘何为者,而亦居其名。张骄刘惰不足道,握兵乃比韩岳早。韩岳自是生死臣,金牌痛哭骑驴老。图其像者刘松年,笑他亦厕韩岳间。此图传之万万古,论功论罪俱昭然。吁嗟乎!张刘地下如有知,请看灵岩西湖两墓定国元勋碑。"《题刘阮入天台图》云:"做到神仙便有情,会仙石上订三生。重游未必来时路,几树桃花照眼明。"《春游》云:"知我春游天乍晴，鸟啼花落踏春行。云山佳处真如画，一幅生绡写不成。"《闻邻曲》云："歌声宛转是谁家，自启珠帘月半斜。听到四弦凄绝处，一庭银海浸梨花。"皆妙。

李璠字瑶圃，嘉兴人，明经李金澜姊也，适同里太学生张芝梁。芝梁贫不能治生，终年馆于外。瑶圃亲操井臼，奉姑教子之外，辄喜吟咏，著有《倚阁吟》百余首。嘉庆戊辰正月，忽有《别外子》诗云："卅载齑盐甘淡泊，一宵风雪了因缘。"是夕死。

虞山王云上名份，能诗，家素贫，常出门负米。其夫人席氏，亦工吟咏，有"愁连双鬓改，贫觉一身多"之句，传诵艺林。

合肥女史赵景淑，字筠湄，少有夙慧，喜读书，尝集古今名媛四百余人，各为小传，题曰《壸史》。又著《香奁杂考》一卷，征引详博。至于韵语，特其余事耳。其论本朝诗则取王阮亭、李丹壑一派，而不喜明七子，辄效李长吉，盖天性然也。记其《舟中闻雁》一首云："柁楼不寐寒灯挑，愁听征雁声嗷嗷。西风穿林霜月小，北斗插地秋天高。羁臣海上魂应断，独客天涯渺河汉。只有渔舟自在眠，空江影落寒星乱。"又《湖上吊韩蕲王》云："君相筹边只议和，北来鼙鼓震关河。小朝已定红羊劫，大将空悲白雁歌。三字狱成同调少，两宫仇在痛心多。江山满眼都残阙，忍向西湖策蹇过。"慷慨沉雄，能写出蕲王一生心事，则又绝去阮亭蹊径矣。没时才廿四，尚未字人，惜哉！

蒙城张丽坡将军好风雅，尝为江苏抚标中军参将。有女公子名襄号云裳者，年十余龄即能诗，不三四年，著书盈尺矣。有《锦槎轩诗集》十卷，各体俱备。《拟古别离》云："漠漠塞上云，渺渺榆林树。青山几万重，一别从兹去。前程尚模糊，安问归时路。风雪满征衣，今宵宿何处？"《游山》云："指点青山郭，真堪作画图。心随流水逝，目送片云孤。树色分朝暮，山光乍有无。归来忘远近，喜不藉人扶。"《拟岳大将军钟琪奉诏起征金川留别故人之作》二首云："未许身闲水石间，九重恩诏起衰颜。蒋侯已拟长开径，李广无端又出山。老别那能期后会，壮行原不计生还。却怜旧雨纷纷集，乱树寒云拥剑关。""乍抛钓艇脱羊裘，共唱《阳关》赋远游。怜我已成强弩末，感君还望大刀头。牙旗影落边城月，笳箫声高绝塞秋。此去百蛮应见笑，邯郸梦里又封侯。公常有句云："只因未了尘寰事，又作封侯梦一场。""《春日闲居》云："深闺梦短思悠悠，为怯春寒懒下楼。自笑年来娇养惯，满帘红日未梳头。"七言如"穿云惯舞双龙剑，踏月能开十石弓"，"卷起湘帘看宝剑，烧残银烛读《阴符》"，俱有穿云裂石之声，真将家子也。

自古妇人工诗画者甚多，而能评论古今作诗话者绝少。如皋有熊澹仙夫人者，名琏，苦节一生，老而好学，尝著诗话四卷，其略云：诗本性情，如松间之风，石上之泉，触之成声，自然天籁。古人用笔，各有妙处，不可别执一见，弃此尚彼。又云：诗境即画境也，画宜峭，诗亦宜峭，诗宜曲，画亦宜曲，诗宜远，画亦宜远，风神气骨，都从兴到，故昔人谓画中有诗，诗中有画也。澹仙诗词俱妙，出于性灵，《题黄月溪乞食图》云："田园荡尽故交稀，舞榭歌筵一梦非。未必相逢皆白眼，凭他黄犬吠鹑衣。"借题发挥，骂尽世人。澹仙又有感悼词数十首，集曰《长恨编》，类皆为闺中薄命者作也，未能全录，兹仅记其题辞《金缕曲》一阕云："薄命千般苦。极堪哀、生生死死，情痴何补。多少幽贞人未识，兰蕙香消荒圃。埋不了、茫茫黄土。花落鹃啼凄欲绝，剪轻绡、那是招魂处。静里把，芳名数。　同声一哭三生误。恁无端、聪明磨折，无分今古。怜色怜才凭吊里，望断天风海雾。未全入、江郎《恨赋》。我为红颜频吐气，拂霜毫、填尽凄凉谱。闺中怨，从谁诉？"

吴藻字蘋香，仁和人，著有《蘋香词》，长短调俱绝妙，实今之李易安也。记其有《虞美人》二阕云："风漪八尺玲珑展，午睡何曾惯。自煎汤药倦摊书，长日如年强半病消除。绿沉瓜是清凉饮，热恼须臾尽。斜阳偏到小窗红，争得阶前添种碧梧桐。""晓窗睡起帘初卷，十指寒如剪。昨宵疏雨昨宵风，无数海棠摇得可怜红。分明人也因花病，几度慵看镜。日高犹是不梳头，只听喃喃燕子话春愁。"《清平乐》二首云："一庭苦雨，送了秋归去。只有诗情无着处，散入碧云红树。黄昏月冷烟愁，湘帘不下银钩。今夜梦随风度，忍寒飞上琼楼。""弯弯月子，偏照深闺里。病骨阑珊扶不起，只把纱窗深闭。几家银烛金荷，几人檀板笙歌。一样黄昏院落，伤心谁似侬多。"可想见其心事矣。蘋香尤多颖悟，心境甚达，记其《金缕曲》后半首云："心情渐觉今非昨。看庭前、残红满地，又添离索。狼藉胭脂香粉散，多半隔宵风恶。因悟到、人生荣落。回首繁华原若梦，再休提、我命如花薄。茵与溷，偶然错。"读之令人下泪。

任蕴昭字梦檀，嘉兴人。生数月而孤，六岁复失恃，育于祖母姚。幼聪慧，耽书史，倚两姑习女红，分题拈韵，调笑为乐。年十九，嫁同邑诸生陆少枚颐高。其于归时，有别两姑诗云："分手各无言，惟有泪如雨。寄语世间人，生男莫生女。生男离别少，生女别离多。鼓吹喧满堂，行矣将如何？"颇有古乐府音节。少枚游学广陵，梦檀食贫自若，不数年而没，年二十七。

毕秋帆先生购得朱长文乐圃，不过千金，没后未几，有旨抄其家产，园已造为家庙，例不入官，一家眷属尽居圃中，近亦荒废不治，无有过之者。有女史胡智珠题壁一绝云："清池峭石古亭台，深锁园扉昼不开。此日恰逢摇落后，花时悔我未曾来。"智珠又有《咏蚕豆》云："花开低傍麦畦边，面面匀圆结实鲜。且喜尝新共樱笋，正当四月养蚕天。"《灯谜词》云："胸中不必多书卷，只要聪明悟得来。"不即不离，清新有味。其女淑慧，号定生，亦能诗。

国初王文简公尝为扬州推官，提唱风雅，极一时之盛。后卢雅雨先生为两淮转运使，在平山堂筱园筑三贤祠，以欧、苏两文忠配以文简。四方游客，每来谒祠，辄有议论，以文简尚不称与欧、苏同祀也。近复移三贤祠于桃花庵，又以汀州伊墨卿太守附入为四贤者。嘉庆己卯六月，有莲因女史过祠下，题壁云："谁人于此祀三贤，风雅骚坛有后先。堪笑扬州花月地，不知水部与樊川。"语中带刺，颇见心思。

做 诗 阿 娘

长洲蒋竹浦封翁尊慈陈太淑人用一姬，素不识字，而喜吟诗。时赠公容斋暨其兄辛斋两先生埙篪唱和，殆无虚日，此姬每从门屏窃听，有明白易解者，辄记不忘，久之亦能自为诗。《中秋无月》云："最怕中秋风雨来，人家伫月尚徘徊。七龄小姐痴憨甚，拜祝天门两扇开。"用唐人七岁女子赋诗事，尤典切。后辛斋以病废，长卧床褥，知妪能诗，召而询之。适榻前有佛手柑二枚，置于几上，指以为题，妪应声云："十指拳拳不肯开，掌中定捧寸珠来。何缘得近诗人榻，香气还宜问蜡梅。"时有婢名蜡梅者，亦侍于旁，盖戏之也。辛斋为之叹赏，给以吴绫一端，笑谓容斋曰："此妪可匹郑婢。"初，宅中婢仆素轻妪，以为痴，及见主人优礼，咸呼之曰"做诗阿娘"。阿娘又有句云："读书盼望为官早，毕竟为官逊读书。"亦妙。

穆庆能为骈体文

嘉庆初，吴门蒋氏玉照堂有小仆穆庆者，喜为骈体文。许穆堂侍御偶过其家，闻鹦鹉能言"春日晴和，新莺百啭；秋风萧瑟，病蝶孤飞"。询之，乃穆庆所撰也。

优伶能解韵语

近日优伶中亦有能解韵语者。陆畹卿云："吟诗忘月出，弄酒喜更长。"潘映莲云："愁至闻歌解，花开晤别难。"顾蓉卿云："日暮扬鞭疲马倦，更深击柝素娥来。"有沈文振者，曾搭集秀班，能书，仿松雪《天冠山》诗，尤奇。

历代笔记小说大观总目

汉魏六朝

西京杂记(外五种) 〔汉〕刘歆 等撰 王根林 校点

博物志(外七种) 〔晋〕张华 等撰 王根林 等校点

拾遗记(外三种) 〔前秦〕王嘉 等撰 王根林 等校点

搜神记·搜神后记 〔晋〕干宝 陶潜 撰 曹光甫 王根林 校点

世说新语 〔南朝宋〕刘义庆 撰 〔梁〕刘孝标注 王根林 标点

唐五代

朝野佥载·云溪友议 〔唐〕张鷟 范摅 撰 恒鹤 阳羡生 校点

教坊记(外七种) 〔唐〕崔令钦 等撰 曹中孚 等校点

大唐新语(外五种) 〔唐〕刘肃 等撰 恒鹤 等校点

玄怪录·续玄怪录 〔唐〕牛僧孺 李复言 撰 田松青 校点

次柳氏旧闻(外七种) 〔唐〕李德裕 等撰 丁如明 等校点

酉阳杂俎 〔唐〕段成式 撰 曹中孚 校点

宣室志·裴铏传奇 〔唐〕张读 裴铏 撰 萧逸 田松青 校点

唐摭言 〔五代〕王定保 撰 阳羡生 校点

开元天宝遗事(外七种) 〔五代〕王仁裕 等撰 丁如明 等校点

北梦琐言 〔五代〕孙光宪 撰 林艾园 校点

宋元

清异录·江淮异人录 〔宋〕陶穀 吴淑 撰 孔一 校点

稽神录·睽车志 〔宋〕徐铉 郭彖 撰 傅成 李梦生 校点

贾氏谭录·涑水记闻　［宋］张洎 司马光 撰　孔一 王根林 校点

南部新书·茅亭客话　［宋］钱易 黄休复 撰　尚成 李梦生 校点

杨文公谈苑·后山谈丛　［宋］杨亿口述、黄鉴笔录、宋庠整理　陈
　师道 撰　李裕民 李伟国 校点

归田录（外五种）　［宋］欧阳修 等撰　韩谷 等校点

春明退朝录（外四种）　［宋］宋敏求 等撰　尚成 等校点

青琐高议　［宋］刘斧 撰　施林良 校点

渑水燕谈录·西塘集耆旧续闻　［宋］王辟之 陈鹄 撰　韩谷 郑世刚
　校点

梦溪笔谈　［宋］沈括 撰　施适 校点

麈史·侯鲭录　［宋］王得臣 赵令畤 撰　俞宗宪 傅成 校点

湘山野录 续录·玉壶清话　［宋］文莹 撰　黄益元 校点

青箱杂记·春渚纪闻　［宋］吴处厚 何薳 撰　尚成 钟振振 校点

邵氏闻见录·邵氏闻见后录　［宋］邵伯温 邵博 撰　王根林 校点

冷斋夜话·梁溪漫志　［宋］惠洪 费衮 撰　李保民 金圆 校点

容斋随笔　［宋］洪迈 撰　穆公 校点

萍洲可谈·老学庵笔记　［宋］朱彧 陆游 撰　李伟国 高克勤 校点

石林燕语·避暑录话　［宋］叶梦得 撰　田松青 徐时仪 校点

东轩笔录·嫩真子录　［宋］魏泰 马永卿 撰　田松青 校点

中吴纪闻·曲洧旧闻　［宋］龚明之 朱弁 撰　孙菊园 王根林 校点

铁围山丛谈·独醒杂志　［宋］蔡絛 曾敏行 撰　李梦生 朱杰人 校点

挥麈录　［宋］王明清 撰　田松青 校点

投辖录·玉照新志　［宋］王明清 撰　朱菊如 汪新森 校点

鸡肋编·贵耳集　［宋］庄绰 张端义 撰　李保民 校点

宾退录·却扫编　［宋］赵与时 徐度 撰　傅成 尚成 校点

桯史·默记　［宋］岳珂 王铚 撰　黄益元 孔一 校点

燕翼诒谋录·墨庄漫录　［宋］王栐 张邦基 撰　孔一 丁如明 校点

枫窗小牍·清波杂志　［宋］袁褧 周辉 撰　尚成 秦克 校点

四朝闻见录·随隐漫录　［宋］叶少翁 陈世崇 撰　尚成 郭明道 校点

鹤林玉露　［宋］罗大经 撰　孙雪霄 校点

困学纪闻 〔宋〕王应麟 撰 栾保群 田松青 校点

齐东野语 〔宋〕周密 撰 黄益元 校点

癸辛杂识 〔宋〕周密 撰 王根林 校点

归潜志·乐郊私语 〔金〕刘祁 〔元〕姚桐寿 撰 黄益元 李梦生
　　校点

山居新语·至正直记 〔元〕杨瑀 孔齐 撰 李梦生 庄葳 郭群一
　　校点

南村辍耕录 〔元〕陶宗仪 撰 李梦生 校点

明代

草木子(外三种) 〔明〕叶子奇 等撰 吴东昆 等校点

双槐岁钞 〔明〕黄瑜 撰 王岚 校点

菽园杂记 〔明〕陆容 撰 李健莉 校点

庚巳编·今言类编 〔明〕陆粲 郑晓 撰 马镛 杨晓波 校点

四友斋丛说 〔明〕何良俊 撰 李剑雄 校点

客座赘语 〔明〕顾起元 撰 孔一 校点

五杂组 〔明〕谢肇淛 撰 傅成 校点

万历野获编 〔明〕沈德符 撰 杨万里 校点

涌幢小品 〔明〕朱国祯 撰 王根林 校点

清代

筠廊偶笔 二笔·在园杂志 〔清〕宋荦 刘廷玑 撰 蒋文仙 吴法源
　　校点

虞初新志 〔清〕张潮 辑 王根林 校点

坚瓠集 〔清〕褚人获 辑撰 李梦生 校点

柳南随笔 续笔 〔清〕王应奎 撰 以柔 校点

子不语 〔清〕袁枚 撰 申孟 甘林 校点

阅微草堂笔记 〔清〕纪昀 撰 汪贤度 校点

茶余客话 〔清〕阮葵生 撰 李保民 校点